STEPHANIE LAURENS

Ein widerspenstiges Herz

Buch

Die Gentlemen aus dem Bastion Club haben ihren Mut im Kampf gegen die Feinde Englands bewiesen. Doch nichts hat sie auf die größte Herausforderung überhaupt vorbereitet: das andere Geschlecht ...
Als es für Deverell, den attraktiven Viscount Paignton, Zeit wird, eine Ehefrau zu erwählen, verlässt er sich ganz auf seine Tante, die die Richtige für ihn schon finden wird.
Sie schickt ihn daraufhin zu einer Abendveranstaltung auf dem Land, auf der, wie sie behauptet, er die perfekte Frau antreffen wird: Phoebe Malleson.
Und tatsächlich läuft er ihr dort über den Weg. Jedoch nicht im Ballsaal, sondern in der Bibliothek. Phoebe ist nicht die typische Frau ihrer Zeit, sie ist unkonventionell, aber liebenswert und klug, und Deverell ist hingerissen. Doch die schöne junge Frau hat ihren eigenen Kopf, und Heiraten gehört nicht zu ihren Plänen, obwohl auch sie in Versuchung gerät ...

Autorin

Stephanie Laurens begann mit dem Schreiben, um etwas Farbe in ihren wissenschaftlichen Alltag zu bringen. Ihre Bücher wurden bald so beliebt, dass sie ihr Hobby zum Beruf machte. Stephanie Laurens gehört zu den meistgelesenen und populärsten Liebesromanautorinnen der Welt und lebt mit ihrem Mann und ihren beiden Töchtern in einem Vorort von Melbourne, Australien.

Von Stephanie Laurens bei Blanvalet lieferbar:

Hauch der Verführung (36807) · Eine Nacht wie Samt und Seide (36808) · Ein feuriger Gentleman (37775) · Geheimauftrag: Liebe (37776) · In den Armen des Spions (37767) · Eine stürmische Braut (37850) · Ein sündiges Versprechen (38239)

Stephanie Laurens

Ein widerspenstiges Herz

Roman

Aus dem Amerikanischen
von Firouzeh Akhavan

blanvalet

Die Originalausgabe erschien 2006 unter dem Titel
»To Distraction« bei Avon Books,
an imprint of HaperCollins*Publishers*, New York.

Verlagsgruppe Random House FSC® N001967
Das FSC®-zertifizierte Papier *Holmen Book Cream*
für dieses Buch liefert Holmen Paper, Hallstavik, Schweden.

1. Auflage
Deutsche Erstausgabe Juli 2014 bei
Blanvalet Verlag, einem Unternehmen der
Verlagsgruppe Random House GmbH, München

Umschlagmotiv: © Johannes Wiebel | punchdesign,
unter Verwendung einer Illustration von
© Chris Cocozza und Shutterstock.com
Redaktion: Ulrike Nikel
LH · Herstellung: cb
Satz: DTP Service Apel, Hannover
Druck und Bindung: GGP Media GmbH, Pößneck
Printed in Germany
ISBN: 978-3-442-38352-8

www.blanvalet.de

1

London
Ende April 1816

»Mein lieber Junge, natürlich weiß ich genau die richtige Braut für dich.«

Audrey Deverell, eine attraktive Dame mittleren Alters mit einem unverkennbaren Hang zur Exzentrik, lehnte sich auf dem hohen Stuhl, auf dem sie hockte, weit nach hinten zurück und musterte das Bild, an dem sie gerade pinselte.

Sie kniff die Augen zu schmalen Schlitzen zusammen und wiegte nachdenklich den Kopf.

Dann griff sie nach der Palette, die neben ihr auf einem Tischchen lag, strich mit dem Pinsel über eine Farbe und tupfte sie ganz zart auf eine Stelle der Leinwand, um sich anschließend mit einem zufriedenen Blick auf die erzielte Wirkung wieder gerade hinzusetzen.

Jetzt fand sie auch wieder Muße, sich ihrem Neffen zuzuwenden.

»Ich wundere mich eigentlich, warum du so lange gebraucht hast, mich danach zu fragen«, sagte sie.

Jocelyn Hubert Deverell, der siebte Viscount Paignton, den alle nur Deverell nannten, saß in einem gepolsterten Korbsessel neben den großen Fenstern, durch die die Nachmittagssonne in das Studio seiner Tante schien.

Er beobachtete, wie Audrey sich nach langem Prüfen für einen weiteren Farbton entschied, den sie geziert ihrem Werk hinzufügte. Einem Landschaftsgemälde, das eine einzelne Eiche zeigte.

Zumindest konnte er nicht mehr erkennen.

Bei seinem letzten Besuch, der mittlerweile einige Monate zurücklag, hatte es hier noch ganz anders ausgesehen, und die Malerei war noch kein Thema gewesen.

Damals beschäftigte Audrey sich hingebungsvoll mit Korbflechten, und überall im Raum verteilt standen fertige und halbfertige Proben ihres Könnens. Weshalb er heute bei seiner Ankunft ein spöttisches Grinsen nicht unterdrücken konnte, als sie ihm im typischen Gewand eines Malers entgegenkam. Den schmalen Körper in einen dunklen Malerkittel gehüllt, dazu ein schwarzes Barett auf den kupferfarbenen Locken, führte sie ihm stolz ihr neu eingerichtetes Studio vor.

Deverell ließ sich nichts anmerken.

Weder seine Verwunderung noch seine Belustigung.

Audrey hätte es ihm auch übel genommen, pflegte sie doch ihre wechselnden Passionen stets mit großer Hingabe zu betreiben.

Die einzige Schwester seines Vaters, erheblich jünger als ihre drei Brüder, war seit geraumer Zeit jenseits der Vierzig und unverheiratet. Die Bezeichnung alte Jungfer lehnte sie ab, obwohl man sie hinter vorgehaltener Hand so bezeichnete.

Sie scherte es nicht.

Ungeachtet möglichen Geredes, beschäftigte sie sich mit Dingen, wonach ihr der Sinn stand, egal was andere darüber denken mochten.

Die tonangebende Gesellschaft nahm es hin und lud sie

immer wieder ein. Als eine Deverell mit Ansehen und Vermögen war sie ein überall gern gesehener Gast. Vielleicht weil sie ein bisschen Farbe und Schwung in die steifen Gesellschaften brachte, und es schien fast, als würde manche verheiratete Freundin sie wegen ihrer offen zur Schau gestellten Extravaganzen gar beneiden.

Und weil sie sich die Freiheit nahm, die sie brauchte.

Deverell mochte Audrey ebenfalls.

Schon seit seiner Jugend fühlte er sich mit ihr viel stärker verbunden als mit irgendeiner seiner anderen Tanten, von denen es von mütterlicher Seite noch fünf weitere gab, und hatte es sich angewöhnt, sich mit speziellen Anliegen bevorzugt an sie zu wenden. So auch jetzt.

Allerdings hatte er nicht mit einer so eindeutigen Antwort gerechnet.

»Die bewusste Dame …«

»Ist in jeder Hinsicht perfekt. Sie stammt aus einer hervorragenden Familie, ist attraktiv und lebhaft, leidet unter keiner Krankheit, weder geistiger noch körperlicher Art, verfügt über eine nicht unbeträchtliche Mitgift sowie eine gute Bildung und hervorragende Umgangsformen, für die ich mich persönlich verbürgen kann.«

Bei ihrer letzten Bemerkung zog der Neffe eine Augenbraue hoch. »Du stehst mit ihr in Verbindung?«

Audrey bedachte ihn mit einem strahlenden Lächeln. »Sie ist eine meiner Patentöchter, von denen ich eine ganze Schar habe.«

Sie richtete den Blick erneut auf ihr Bild. »Weiß der Teufel, warum, aber viele meiner Freundinnen fanden mich offenbar prädestiniert für dieses Amt. Oder sie wollten die kinderlose Freundin in die Aufzucht der nächsten Generation einbeziehen.«

»Diese Dame …«

»Wird eine verständnisvolle Ehefrau für dich abgeben. Vertrau mir … Ich habe dein Dilemma bereits seit Monaten kommen sehen und mich mit der Angelegenheit selbstverständlich beschäftigt. Du bist jetzt zweiunddreißig, und sowohl wegen des Titels als auch wegen des Besitzes musst du auf jeden Fall heiraten. Das lässt sich nicht vermeiden, ob es dir nun passt oder nicht. Vergiss deine Onkel, die dich theoretisch beerben könnten, falls du kinderlos stirbst. Weder George noch Gisborne haben Söhne, und so ist das keine akzeptable Alternative.« Sie hörte kurz mit ihrer Pinselei auf, um ihm einen ernsten Blick zuzuwerfen. »Und es wäre ja wirklich das Letzte, wenn der ganze Besitz an Prinny ginge!«

»In der Tat.«

Die Vorstellung, dass Ländereien und Liegenschaften sowie das Vermögen – alles also, was ihm durch den Tod eines Cousins zweiten Grades unerwartet in den Schoß gefallen war – womöglich mangels eines männlichen Erben an die Krone und deren lasterhaften zukünftigen Träger gehen könnte, erfüllte den jungen Viscount mit ausgesprochenem Widerwillen.

Alles, nur nicht der Prince of Wales.

Zwar hatte Deverell nicht erwartet, eines Tages je die Nutznießung eines solchen Besitzes zugesprochen zu bekommen, doch nachdem es einmal passiert war, wollte er das Erbe für seine eigene Familie sichern und verhindern, dass es irgendwann einem anderen in die Finger fiel.

Vor allem nachdem er seine neuen Besitztümer in Augenschein genommen hatte.

Es nutzte alles nichts: Er musste heiraten.

So verlangte es die Stellung eines Viscount Paignton.

»Abgesehen von der Frage eines Erben …«, setzte er das Gespräch fort.

»Gibt es natürlich gesellschaftliche Verpflichtungen, die wahrzunehmen sind.« Audrey nickte, ohne von ihrer Leinwand aufzublicken. »Deine Frau muss in der Lage sein, diese Aufgabe voll und ganz zu erfüllen. Bälle, Empfänge, Dinner – das alles will vorbereitet und mit Stil durchgezogen werden.«

Deverell versuchte gar nicht erst, seine gequälte Miene zu verbergen. »Wenn die künftige Viscountess Letzteres auf ein absolut notwendiges Minimum reduzieren könnte …«

»Denk nicht einmal daran, nicht bis du wenigstens auf ein paar Ehejahre verweisen kannst. Erst dann, und selbst dann nur vielleicht, sieht man es dir nach, wenn du dich aus dem Staub machst und dich in deiner Bibliothek vergräbst. Doch bis dahin wird dir nichts anderes übrigbleiben, als die Zähne zusammenzubeißen und bei sämtlichen Pflichtveranstaltungen an ihrer Seite auszuharren und zu repräsentieren.«

Audrey blickte ihn streng und ein wenig schadenfroh an. »Neben der Planung deiner gesellschaftlichen Auftritte wird es deiner Frau obliegen, sich um deine Gesundheit zu kümmern, damit du keinen dieser Anlässe verpasst.«

Da konnte er seiner Zukünftigen ja nur viel Glück wünschen, dachte er resigniert.

»Du scheinst ja sehr genaue Vorstellungen von den Eigenschaften meiner künftigen Frau zu haben«, sagte er missmutig und schaute seine Tante mit leichtem Tadel an.

»Aber natürlich, mein Lieber. Ich kenne dich seit deiner Geburt, und ganz gleich, wie du es siehst – du bist deinem Vater *sehr* ähnlich, hast wie er wenig für affektiertes Gehabe und noch weniger für Hohlköpfe übrig.«

Sie wandte sich jetzt endgültig von ihrem Gemälde ab, um sich ganz auf ihn zu konzentrieren. »Und das Jahrzehnt als Geheimagent in Frankreich hat dich zusätzlich geprägt und diese Einstellung noch verstärkt. Dich vielleicht sogar ein wenig unduldsam gemacht. Aus diesem Grund halte ich es für ausgeschlossen, dass dir eine Kandidatin aus der Schar der Debütantinnen auch nur annähernd gefällt.« Sie blickte ihn fragend an. »Ich gehe davon aus, dass du das Angebot bereits gesichtet hast.«

»Schrecklich, ein Albtraum. Die Auswahl hat sich als einfältige, geschwätzige Schar von Frauenzimmern erwiesen, die mit weniger Verstand gesegnet sind als mein Pferd.«

Audrey grinste. »Ganz meine Meinung. So sehe ich das auch und kann dich nur ermuntern, dich an anderer Stelle nach einer Braut umzuschauen.«

Sie legte ihre Palette beiseite und begann die Pinsel mit einem alten Lappen zu reinigen.

Deverell legte die Stirn in Falten. »Willst du damit sagen, dass ich mich woanders hätte umsehen sollen? Weil ich mir die Suche auf dem Londoner Heiratsmarkt gleich sparen kann?«

Audrey verdrehte die Augen. »Also, wirklich, mein Lieber, ich begreife nicht, dass du so begriffsstutzig bist. Die Damen, die für dich wirklich infrage kommen – diejenigen, die keine Gänschen sind –, halten genauso wenig vom Heiratsmarkt wie du. Diese Ladys trifft man nicht bei Almack's, wo sie sich neben einem Stück Kuchen einen passenden Mann einzuverleiben hoffen.«

So langsam fand Audrey seine Aufmerksamkeit, denn Hoffnung keimte in ihm auf, den Rest seines Lebens doch nicht mit einer langweiligen Ehefrau verbringen zu müssen.

»Dieser Ausbund an Tugend, den du als die perfekte Ehefrau für mich betrachtest – wer ist das?«, fragte er nach einer Weile.

Angelegentlich beschäftigte sie sich wieder mit ihren Pinseln, bevor sie lächelnd antwortete.

»Phoebe Malleson.«

Weder die Dame noch ihr Name sagten ihm etwas. »Bin ich ihr schon einmal begegnet?«

»Falls du dich nicht an sie erinnern kannst, lautet die Antwort Nein. Und vermutlich haben sich eure Wege bislang wirklich nicht gekreuzt. Phoebe ist vor einer Woche fünfundzwanzig geworden und meidet seit Jahren alle Anlässe, die irgendwie im Verdacht stehen, Orte für Eheanbahnung und Kuppelei zu sein.«

»Fünfundzwanzig und noch nicht verheiratet.« Sein verwunderter Blick traf den von Audrey. »Wie kommst du zu der Ansicht, dass diese Dame die perfekte Frau für mich sein könnte?«

Angesichts des nachsichtigen mütterlichen Lächelns, mit dem seine Tante ihn bedachte, kam er sich plötzlich wie ein Sechsjähriger vor.

»Schalte endlich deinen Verstand ein, Deverell. Phoebe ist genau die Richtige für dich, eben weil sie sich bislang weigerte, in den Stand der Ehe zu treten.«

Er hütete sich nachzufragen, was sie damit konkret meinte. Das war doch auch nicht normal, eine Ehe generell abzulehnen.

Und was sollte ausgerechnet er mit einer solchen Frau.

Na ja, immerhin hatte die Tante gesagt, dass die junge Dame attraktiv sei. Außerdem gab es eine recht einfache Möglichkeit, alles Wissenswerte über sie in Erfahrung zu bringen.

Indem er ein Treffen herbeiführte.

»Ich nehme an, dass Miss Malleson sich nicht in der Stadt aufhält. Wo könnte ich sie denn kennenlernen?«

»Doch, doch, sie ist sogar meist in der Stadt.« Audrey wedelte mit dem Pinsel. »Nur nicht da, wo du nach ihr suchen würdest. Sie ist ein Einzelkind, und ihre Mutter starb vor vielen Jahren. Seitdem hat sie reihum bei einer ihrer vielen Tanten gelebt, mal bei der einen, mal bei der anderen, und begleitet sie bei ihren Besuchen.«

Audrey ließ den Pinsel in ein Glas fallen und drehte sich zu ihm um.

»Seit Längerem hat sie sich entschieden, sich ganz bei einer von ihnen niederzulassen. Zufällig handelt es sich um meine liebe Freundin Edith Balmain. Mit ihr wird sie übrigens eine mehrtägige Hausgesellschaft auf Cranbrook Manor besuchen, die übermorgen beginnt.«

Sein Blick ruhte spöttisch auf Audreys Gesicht. »Welch ein Zufall! Lady Cranbrook ist doch ebenfalls eine Freundin von dir, nicht wahr?«

»Sehr richtig. Ich habe vor, morgen dorthin zu fahren.«

Sie musterte ihn prüfend und nickte anerkennend mit dem Kopf.

Was sie sah, gefiel ihr: seine breiten, in feinen Wollstoff gehüllten Schultern, sein akkurat gebundenes Halstuch, das schneeweiße Hemd, die modische Weste und seine lässig ausgestreckten langen Beine, deren Muskeln sich deutlich unter der eng sitzenden Hirschlederhose abzeichneten, die glänzend schwarzen Reitstiefel.

Ihr Grinsen wurde breiter. »Und wenn ich Maria erzähle, dass ich dich überredet habe teilzunehmen, wird sie mir die Füße küssen.«

Er verzog das Gesicht. »Wann wird Miss Malleson eintreffen?«

»Edith lässt sich bestimmt nicht einen einzigen Tag entgehen – du tust also gut daran, jede sich dir bietende Gelegenheit zu nutzen. Komm einfach übermorgen am Nachmittag an, dann wird Phoebe ganz sicher bereits da sein. Die Gesellschaft dauert vier Tage, und die solltest du nutzen.«

Sie schaute ihn streng wie eine Gouvernante an: »Komm ja nicht zu spät.«

»Ach ja?«

»Natürlich! Du gehst doch wohl nicht davon aus, dass die Sache ein Kinderspiel wird, oder?«

»Wie lange werde ich schon brauchen, um Miss Malleson einer kritischen Betrachtung zu unterziehen und mich zu entscheiden, ob ich um ihre Hand anhalte? Du hast mir schließlich selbst versichert, dass sie in jeder Hinsicht zu mir passt.«

Audreys Miene wurde ernst. Sie betrachtete ihn eine ganze Weile, ehe sie langsam den Kopf schüttelte.

»Mein lieber Junge, du hast eine völlig falsche Vorstellung. Hier geht es nicht darum, ob Phoebe *dir* gefällt, sondern ob du *ihr* gefällst. Und das lässt sich nicht so ohne Weiteres feststellen. Mit anderen Worten: Die Frage lautet nicht, ob sie die perfekte Braut für dich ist – da brauchst du dir keine Sorgen zu machen –, sondern ob du sie davon überzeugen kannst, dich als perfekten Ehemann zu betrachten.«

Er blinzelte ein paarmal.

Audrey bedachte ihn wieder mit einem gönnerhaft liebevollen Lächeln. »Du bist ja wohl nicht davon ausgegangen, dass es leicht sein wird, sich die richtige Frau zu angeln.«

Deverell, der sich die Sache genau so vorstellte, unterdrückte ein Stöhnen.

Er hätte auf Anhieb zehn Dinge nennen können, die er lieber in Angriff nehmen würde, als eine anspruchsvolle Lady zu überreden, ihm ihre Hand anzuvertrauen.

Aber irgendwann musste es sein.

Nichtsdestoweniger lenkte er, nach einem Wechselbad der Gefühle, zwei Tage später seine offene Kutsche aus der Stadt heraus auf die frisch befestigte Straße Richtung Surrey.

Zumindest war es ein schöner Morgen mit einer leichten Brise, in der der Duft von Gras und frischem Grün lag. Seine beiden Schimmel legten sich mächtig ins Geschirr, waren offensichtlich froh darüber, abseits der verkehrsreichen Straßen Londons einmal ordentlich ausgreifen zu können.

Wenngleich hin- und hergerissen, ob er Audreys Anweisung Folge leisten sollte oder nicht, betrachtete er diesen Ausflug als eine Herausforderung des Schicksals, das einen manchmal zwang, sich ins Unvermeidliche zu fügen.

Das hatte er bereits vor langer Zeit gelernt.

Und die Suche nach einer passenden Frau war nun einmal unvermeidlich und damit unaufschiebbar.

Zudem vertraute er Audrey, baute darauf, dass sie ihn verstand. Deshalb war er auch mehr als nur ein wenig neugierig, die von ihr auserkorene junge Dame kennenzulernen.

Gott wusste, dass er kläglich daran gescheitert war, auf eigene Faust eine Kandidatin, die diesem Ideal bloß annähernd entsprach, ausfindig zu machen.

Bis Audrey ihn darauf ansprach, hatte er nicht einmal in Erwägung gezogen, dass die Jahre seiner Geheimagententätigkeit im Krieg gegen Napoleon seine Erwartungshaltung verändert haben könnten. Doch sie hatte recht, denn seine Aufgaben dort waren nicht ohne Einfluss auf sein Wesen geblieben, wie er jetzt erkannte.

Sich ständig verstecken und seinen wahren Charakter verbergen zu müssen konnte nicht spurlos an einem Menschen vorbeigehen.

Zwar mochte er tief in seinem Innern noch derselbe sein wie früher, aber gewisse Charaktereigenschaften waren stärker ausgeprägt worden.

Nicht nur zu seinem Vorteil.

Die Erfahrungen in Frankreich hatten ihn härter gemacht, bestimmter und entschlossener, rücksichtsloser, ungeduldiger. Er war gezwungen gewesen, sich mit Problemen auseinanderzusetzen, die sich den meisten Männern in ihrem ganzen Leben nicht stellten – die verhinderten, sich selbst etwas vorzumachen.

Deverell wusste also, dass er keinen einfachen Ehemann abgeben würde. Dazu war er nicht tolerant genug, zu fordernd, und das nicht nur als Liebhaber. Wenn ihm eine Frau gehörte, erwartete er, dass sich ihr ganzes Leben um ihn drehte.

Und das würde sich kaum noch grundlegend ändern.

Das stand für ihn fest wie das Amen in der Kirche.

Tatsächlich vermochten die meisten jungen Damen seinen Charakter nur selten richtig zu deuten. Hinter der vornehmen, gelassenen Fassade brodelte es – da war er von einer beinahe unbarmherzigen Entschlossenheit und setzte alles daran, dass die Dinge so liefen, wie er es wollte. Und mochte er dabei auch lächeln und bezaubern, das Ergebnis blieb dasselbe. Ein Grund, warum er nicht überall den Ruf genoss, ein angenehmer Gentleman zu sein.

Vielen war er unheimlich.

Obwohl er andererseits als eine der gefragtesten Partien galt.

Dennoch ging er den naiven jungen Dingern nach Möglichkeit aus dem Weg, obwohl sich das manchmal schwer einrichten ließ. Er passte einfach nicht in das Beuteschema ihrer ehrgeizigen Mütter, ungeachtet der ehrgeizigen Ziele, die viele von ihnen verfolgten.

Leider wollten die kuppelnden Matronen das nicht unbedingt einsehen.

Bis er Titel und Ländereien erbte, hatte ihn das nicht sonderlich geschert. Da war er in London einer von vielen netten, betuchten jungen Gentlemen gewesen, die zur besseren Gesellschaft gehörten, und konnte sich aus dem Hintergrund einen Eindruck verschaffen.

Soweit es die Etikette erlaubte, erschien er etwa in letzter Minute zu einem Ball und stahl sich eine halbe Stunde später, nachdem er die anwesenden Damen in Augenschein genommen hatte, wieder davon.

Sein Begleiter bei diesen vorsätzlichen Unhöflichkeiten, die für beträchtliche Verwirrung sorgten, war Christian Allardyce gewesen, der Marquess of Dearne. Ein guter Freund und Kamerad aus Kriegszeiten, wie er und sechs weitere Freunde ehemaliger Geheimagent, der sich wie die anderen gezwungen sah, in die Welt der Hautevolee zurückzukehren und nach einer passenden Frau Ausschau zu halten.

Weil allen das anfangs schwerfiel, hatten sie sich vor einem Jahr zum Bastion Club zusammengeschlossen, einer Zuflucht vor den marodierenden Müttern der Londoner Gesellschaft und einem sicheren Rückzugsort.

Sie hatten sich fest vorgenommen, nicht in irgendeine Heiratsfalle zu tappen, sondern selbst zu entscheiden, wer die Richtige für sie sei. Vieren von ihnen war das Kunststück bereits gelungen, während Deverell noch mit dieser Verpflichtung haderte und die Suche halbherzig betrieb.

Jetzt war vor drei Tagen auch noch Jack Warnefleet in

den heiligen Stand der Ehe getreten, und die Hochzeit in Somerset hatte ihm die Notwendigkeit des Umdenkens vor Augen geführt.

Es war Zeit, ebenfalls eine Frau zu finden.

Obwohl er es nur ungern zugab: Der Gedanke, dass die anderen nach und nach in den Hafen der Ehe einliefen, beunruhigte ihn ebenso wie die Vorstellung, allein auf seinem künftigen Wohnsitz Paignton Hall in Devon den ganzen Sommer zu verbringen und von jeder ortsansässigen Mutter mit einer Tochter, die es an den Mann zu bringen galt, verfolgt zu werden. Darüber hinaus zu unzähligen Anlässen zu erscheinen, zu lächeln, zu plaudern, zu tanzen und dabei immer auf der Hut zu sein.

Während all der Jahre in Frankreich hatte er jeden Tag in jeder Minute und Sekunde auf der Hut sein müssen. Aufmerksam, wachsam, ruhe- und rastlos. Er war diese Anspannung leid und wurde zusehends unzufriedener, weil er noch immer aufpassen musste, wenngleich in anderer Weise.

Es reichte ihm.

Deverell wollte, dass dieses Theater endlich ein Ende nahm, brauchte es förmlich. Wollte sich entspannen, sich wieder an einer Frau erfreuen, an ihrer Gesellschaft, ihrem Lachen, ihrem Körper, ihrem Seufzen, ohne dass beständig dunkle Hintergedanken über ihm schwebten.

Er wünschte sich eine Ehefrau.

Das schon. Ein weibliches Wesen, das sich glücklich schätzte, ihn zu heiraten, das Leben mit ihm zu teilen und ihn von der Mühsal des Junggesellendaseins zu befreien.

Im Grunde betrachtete er die Ehe mehr oder weniger als Flucht.

Der gleichmäßig widerhallende Hufschlag seiner Schimmel begleitete seine Gedanken und unterstrich seine Entschlossenheit, ernstliche Anstalten auf der Suche nach einer Frau zu machen. Für die sanfte grüne Landschaft von Surrey, die an ihm vorbeiflog, hatte er kaum einen Blick.

Bald schon erblickte er den Wegweiser nach Cranbrook. Er zügelte die Pferde, um sie Richtung Süden zu lenken, und nach einer knappen Meile tauchte ein imposantes Tor auf.

Deverell war am Ziel.

Er fuhr hindurch und trieb die Schimmel zu einem flotten Trab an. Eine sanfte Brise strich durch die Kronen der Eichen, die die Auffahrt säumten. Dann erblickte er das Herrenhaus, ein flaches, breites Gebäude aus grauem Stein, dessen Fassade mit Zinnen versehen war.

»Wollen wir etwa dorthin?«, fragte Grainger, sein Stallbursche und auf dieser Reise zugleich sein Page.

Deverell kannte den hoch aufgeschossenen, gutherzigen jungen Burschen, der gerne lachte, seit einem knappen Jahr, hatte ihn bei seinem ersten Besuch auf Paignton entdeckt und sogleich seine Begabung im Umgang mit Pferden bemerkt. Was dazu führte, dass er Grainger aus der Zahl der namenlosen Stall- und Hausjungen heraushob und ihm sogar seine preisgekrönten Vierbeiner anvertraute. Als Page allerdings fehlte ihm jegliche Routine.

»Solange wir hier sind, benimmst du dich so, wie es Mrs. Mottram auf Paignton Hall von dir erwarten würde. Tu, was man dir sagt, und schau zu, nicht unangenehm aufzufallen.«

Er spürte Graingers Blick.

»Dann soll ich Ihnen nicht helfen? Gibt's denn nichts, was ich tun könnte, von den Schimmeln mal abgesehen, mein ich?«

Deverell wollte die Frage schon verneinen, als ihm eine

möglicherweise nützliche Aufgabe für den eifrigen Grainger einfiel.

»Eventuell brauche ich dich später noch, doch in erster Linie musst du dich ruhig, freundlich und hilfsbereit gegenüber allen anderen Bediensteten zeigen und darfst niemanden stören. Halte Augen und Ohren offen, das könnte für mich hilfreich sein.« Er blickte den Jungen an. »Hast du das verstanden?«

»Aye, ja, das bekomme ich hin.«

Deverell verbarg sein Grinsen. Grainger malte sich jetzt bestimmt aus, Dienstmädchen zu begegnen, mit denen sich vielleicht nicht nur reden ließ …

Als der Wagen vor der Freitreppe zum Stehen kam, eilte sogleich ein Stallbursche herbei, der die Zügel entgegennahm und sich um das Gespann kümmerte, während der Gast die Stufen hinaufstieg. Noch ehe er das Portal erreichte, schwang die Tür weit auf, und ein großer, würdevoller Butler bat ihn mit einer Verbeugung herein.

Drinnen wurde er in den Salon geführt, einen langen Raum, in dem eine ganze Wand von hohen Glastüren eingenommen wurde, die vom Boden bis zur Decke reichten und hinaus auf die Terrasse und den dahinterliegenden Garten führten. Dort erwartete ihn die Gastgeberin gemeinsam mit seiner Tante.

Wie Audrey es vorhergesagt hatte, zeigte Lady Maria Cranbrook sich entzückt, ihn in ihrem Haus begrüßen zu dürfen, und versicherte ihm ohne Umschweife, dass seine Gegenwart für reichlich Aufregung unter den weiblichen Gästen sorgen werde.

Angesichts solcher Begeisterung lächelte er charmant, warf Audrey jedoch einen scharfen Blick zu, über den diese gleichmütig hinwegsah. Dafür nickte sie zustimmend, als ihre Freundin Maria vorschlug, gemeinsam nach draußen zu gehen, wo bereits der Großteil der Gäste promenierte und jedem Neuankömmling neugierig entgegensah.

Deverell überfielen prompt Fluchtgedanken.

Welche von den zahlreichen jungen Damen mochte die von Audrey gepriesene Phoebe sein?

Wie auch immer: Ein Rückzug kam nicht infrage, denn einige der Ladys und Gentlemen winkten ihm bereits zu, und außerdem wäre es mehr als unhöflich gewesen, so einfach wieder zu verschwinden.

Wer A sagte, musste auch B sagen.

Und so schwer konnte es kaum sein, eine Frau ausfindig zu machen und sie auf ihre Tauglichkeit als Ehefrau zu prüfen.

Schwerer, als er dachte, jedenfalls.

Bis er nämlich seine Vorstellungsrunde absolviert und sich höflich mit jedem weiblichen Wesen, ob jung oder alt, unterhalten hatte, war ihm Phoebe Malleson nicht begegnet und er mit seiner ohnehin recht begrenzten Geduld fast am Ende angelangt. Gereizt entschuldigte er sich bei einer Matrone und ihren beiden Töchtern, die ihn umringten, und stapfte davon, um seine Tante abzufangen, die ihn amüsiert anblickte.

Obwohl seine angespannten Gesichtszüge seine Verärgerung verrieten, beherrschte er sich. »Von deiner mustergültigen Dame gibt es nicht die geringste Spur.«

»Natürlich nicht, mein Lieber – ich habe dich ja gewarnt.« Audrey klopfte ihm auf den Arm, rückte näher und sagte leise: »Mit fünfundzwanzig will sie sich nichts mehr vorschreiben lassen oder ihre Zeit damit verschwenden, den anwesenden Gentlemen Interesse an einer Heirat vorzugaukeln, die sie nicht verspürt. Sie hält sich irgendwo im Haus auf, nur nicht im Pulk der übrigen Gäste. Denen geht sie lieber aus dem Weg. Genau wie du, wenn ich das mal so sagen darf.«

Er runzelte missmutig die Stirn. »Wenn sie weder an Herren noch an einer Heirat interessiert ist, warum bin ich dann hier? Das ist doch die reine Zeitverschwendung.«

»Damit sie ihren Fehler einsieht und sich eines Besseren besinnt. Mit deiner Hilfe, wie ich hoffe.« Audrey griff nach seinem Arm. »Hast du Edith Balmain schon kennengelernt, meine Freundin und Phoebes Tante?«

»Ja.«

Er sah kurz zu der munteren weißhaarigen Dame hinüber, die mit ihren flinken hellblauen Augen voll Interesse alles aufsog, was um sie herum geschah. Auf den ersten Blick war sie der Inbegriff einer ältlichen Lady, ziemlich klein, leicht gebeugt mit sanften Gesichtszügen und zurückhaltendem Wesen, doch wenn man sie eingehender betrachtete, erhielt man einen ganz anderen Eindruck von ihr.

Sie war eine scharfsinnige Beobachterin, die genau hinschaute, auch hinter die Fassade, und am Ende alles wusste einschließlich privater Dinge, welche die Leute meinten verbergen zu können. Eine interessante Person ohne Zweifel. Selbst ohne die Verwandtschaft zu der hochgelobten Phoebe wäre sie ihm aufgefallen.

Audrey war noch nicht fertig damit, ihm die Notwendigkeit seiner Anwesenheit bei dieser Hausgesellschaft schmackhaft zu machen.

»Mein lieber Deverell, wenn es einen Mann unter all den hier versammelten Gentlemen gibt, dem ich es zutraue, Phoebe von ihrer albernen, vorgefassten Meinung abzubringen, dann bist du es«, erklärte sie mit einem selbstzufriedenen Lächeln. »Und wenn du es schaffst, irgendwie ihre Aufmerksamkeit zu erringen, dann sollte die größte Hürde bereits überwunden sein. Da bin ich mir sicher. Außerdem bist du ein Mann mit Erfahrung und solltest auch eine so selbstbewusste Frau wie sie für dich gewinnen können.«

»Eines ist mir trotz deiner Lobpreisungen noch immer nicht ganz klar: Warum hegst du nicht die geringsten Zweifel, dass sie die Richtige für mich ist? Vielleicht jagt sie mich ja zum Teufel.«

»Sobald du ihr begegnet bist und sie ein wenig kennengelernt hast, wirst du verstehen, was ich meine«, erklärte seine Tante orakelhaft.

Deverell resignierte.

Mehr würde er ihr nicht entlocken können, und so beugte er sich mit einem vernehmlichen Seufzer über ihre Hand und begab sich ins Haus, um Ausschau nach Miss Malleson zu halten.

Leute aufzuspüren war eine seiner Stärken – das lag Geheimagenten einfach im Blut, selbst den ehemaligen noch.

Als Erstes befragte er den Butler und erfuhr von ihm, dass Miss Malleson garantiert nicht ausgefahren sei – sonst hätte er eine Kutsche bereitstellen müssen – und sich folglich im Haus oder in der näheren Umgebung aufhalte. Eine Auflistung der möglichen Orte, die sie bevorzugte, lieferte der beflissene Stripes gleich mit. Sie könne im Wintergarten sein, in der Orangerie, im Labyrinth, in der Hauskapelle, im Billardzimmer oder in der Bibliothek.

Deverell machte sich auf die Suche.

In der genannten Reihenfolge.

Als er am Ende die getäfelte Tür zur Bibliothek öffnete, wurde er endlich fündig und erkannte gleich zwei Dinge auf einen Schlag. Dass er die Gesuchte und keine andere vor sich hatte und dass seine pauschale Meinung von Frauen einer Revision bedurfte.

Phoebe Malleson war weiß Gott keine typische Vertreterin ihrer Zunft. Das sah er auf den ersten Blick.

Leise trat er näher und betrachtete sie.

Kopf und Schultern an ein mit Fransen verziertes Kissen gelehnt, lag sie auf einer vor einem hohen Fenster stehenden Chaiselongue und war so in ihr Buch vertieft, dass sie ihn zunächst nicht bemerkte. Das hereinströmende Licht ließ ihr kastanien- bis mahagonifarbenes Haar, das sie zu einem Kranz aufgesteckt trug, intensiv rotgolden leuchten.

Er nutzte er die Gelegenheit, sie genauer zu mustern.

Gemessen an der Länge ihrer sittsam unter dünnen hellblauen Röcken verborgenen Beine schätzte er sie ein kleines bisschen größer ein als den Durchschnitt. Sie besaß eine schlanke Figur, hatte dabei aber offenbar wohlgeformte Hüften und einen straffen Busen. Ihr Hals war lang, ihre Haut blass und zart. Ihr energisches Kinn jedoch verriet einen entschlossenes Charakter.

Sein Blick umfasste ihr Gesicht, das ihm außerordentlich ausdrucksvoll erschien. Eine breite Stirn, eine gerade Nase, große Augen, deren Farbe er nicht zu erkennen vermochte, dichte Wimpern und ein vielleicht eine Spur zu großer Mund mit vollen roten Lippen. Ein Gesamtbild, das den Eindruck von Lebendigkeit, von Lebens- und Willenskraft vermittelte. Lauter Attribute, die er bei anderen jungen Damen nie wahrgenommen hatte.

Audrey hatte recht gehabt. Man brauchte Phoebe Malleson nur zu sehen, um eine unwiderstehliche Neugier zu verspüren sowie den Wunsch, mehr über sie zu erfahren und herauszufinden, was in so einer ungewöhnlichen Frau vorging.

Auf einem niedrigen Tisch vor der Chaiselongue stand ein Teller mit Obst, nach dem sie jetzt, ohne von ihrem Buch aufzuschauen, eine Hand ausstreckte. Geschickt zupfte sie Trauben von ihren Stängeln, führte sie genießerisch zum Mund und schob die saftigen Beeren langsam zwischen ihre sinnlichen Lippen.

Gebannt beobachtete Deverell sie und trat unwillkürlich von einem Bein aufs andere. Die junge Frau hob ihr Gesicht.

Phoebe Mary Malleson wirkte ziemlich überrascht, als sie eine elegante gestreifte Weste sah, in der ein recht großer und kräftiger Gentleman steckte. Sie blinzelte. Wie war es ihm gelungen, sich unbemerkt so nah an sie heranzuschleichen?

Jedenfalls, das stellte sie sogleich fest, besaß er die atemberaubendsten grünen Augen, die sie je gesehen hatte und die sie aus dem Gleichgewicht brachten. Erinnerungen an die geheimnisvolle Tiefe eines Bergsees, dessen Farbe zwischen hell und dunkel changierte. Sie wollte wegschauen, doch irgendetwas hielt sie zurück.

Wer zum Teufel war er?

Besser gesagt, flüsterte ihre innere Stimme, *was* war er?

Der Anflug eines eigenartigen Schauderns kroch ihr über den Rücken, und zugleich konnte sie nicht aufhören, ihn anzustarren, fühlte sich wie gebannt, wie hypnotisiert.

Beunruhigt über die lächerliche und für sie neue Tatsache, dass sie so leicht zu beeindrucken war, zwang sie sich endlich, den Blick von ihm abzuwenden, und setzte sich mit einem Räuspern auf.

»Guten Tag.« Wenigstens klang ihre Stimme wie immer gelassen und beruhigend fest. »Ich glaube, wir sind uns noch nicht vorgestellt worden.«

In ihrem letzten Satz schwang ein deutlich hörbares Maß an Hochmut mit. Höflich, kalt und distanziert. Und leicht vorwurfsvoll. Schließlich wagte sie es, unter gesenkten Wimpern hervorzuspähen, um ihr Gegenüber eingehender zu mustern.

Er war wirklich groß und kräftig, dabei jedoch wohlproportioniert. Alles stand im richtigen Verhältnis zueinander. Seine modische, dezent elegante Kleidung war mit Sicherheit ebenso teuer wie erlesen, und eine Aura gebändigter Kraft umgab ihn.

Seine klaren und markanten Züge kennzeichneten ihn zweifelsfrei als ein Mitglied ihrer Klasse, obwohl seine Züge eine nicht zu übersehende Härte, ja, einen gewissen Zynismus verrieten, der nicht zu einem sorglosen Dandy der Oberschicht passte. Seine Lippen zuckten leicht.

Vor Spott oder vor Belustigung?

»Ich fürchte, ich bin Ihnen gegenüber im Vorteil, Miss Malleson«, sagte er und fixierte sie mit seinen irritierend grünen Augen. »Ich bin Deverell.«

Mit einem leichten Stirnrunzeln blickte sie zur Seite. »Deverell?« Sie klopfte mit den Fingernägeln auf ihr Buch. »Ach ja, Sie müssen Audreys Neffe sein.«

Er trat näher und reichte ihr die Hand, die sie zögernd ergriff, und mit festem Griff zog er sie auf die Beine, um sich anschließend mit einer eleganten Bewegung zu verbeugen.

»Sehr richtig. Deverell oder Paignton, ganz nach Belieben.«

Phoebe erwies ihm zwar ihre Reverenz mit dem für junge Damen obligatorischen Knicks, vermied es jedoch in Anbetracht seiner eindrucksvollen und seltsam einschüchternden männlichen Präsenz, ihn dabei anzusehen. »Äh … Ja, ich hörte davon, dass Sie zu diesem Titel gekommen sind.«

Warum war er hier und störte ihren Frieden? Um ihn schnell wieder loszuwerden, blickte sie demonstrativ zu den Regalen hinüber. »Suchen Sie ein bestimmtes Buch?«

»Nein.«

Unverändert hielt er ihre Hand. Phoebe holte tief Luft und schaute in seine Augen, die aus der Nähe betrachtet noch faszinierender, noch fesselnder waren. Sie konnte ihn bloß anstarren und sich in diesen smaragdfarbenen Tiefen verlieren …

Aus den Augenwinkeln bemerkte sie, wie sich seine Lippen verzogen.

»Ich bin Ihretwegen hier«, sagte er lässig.

Es dauerte einen Moment, bis seine Worte zu ihrem Gehirn durchdrangen, ohne jedoch für sie einen Sinn zu ergeben. Lediglich seine Stimme klang bedeutungs- wie geheimnisvoll und hätte sie auf die richtige Fährte führen können.

Eigentlich, doch so etwas zog sie gar nicht in Betracht.

Und eine vernünftige Reaktion auf seine Worte wollte ihr auch nicht einfallen.

»Hat meine Tante nach mir gefragt?«

Eine dümmliche Frage, denn Edith würde kaum einen fremden Mann nach ihr schicken.

Seine dunklen, leicht geschwungenen Augenbrauen hoben sich spöttisch. »Nicht dass ich wüsste.«

Ihre Augenlider flatterten, und sie blickte durch das Fenster in den Garten hinaus.

»Oder werde ich zum Tee gebeten?«, fügte sie hinzu, um sogleich zu merken, dass das Aufgabe des Butlers wäre.

Wenigstens gelang es ihr bei dieser Gelegenheit, ihre Finger aus seiner Umklammerung zu lösen.

Deverell schaute er auf die Uhr auf dem Kaminsims.

»Vermutlich werden Sie in Kürze wirklich zum Tee gerufen, aber nicht von mir.«

Bevor sie weitere Peinlichkeiten von sich gab, schwieg sie lieber. Nur eines war ihr nach wie vor schleierhaft: Was um Himmels willen wollte dieser Fremde von ihr?

Sie kniff die Augen zusammen und starrte ihn an. »Warum sind Sie dann hier?«

Er schenkte ihr ein charmantes kleines Lächeln. »Das war Audreys Vorschlag.«

»Ihre Tante?« Sie sah ihn mit fragendem und zugleich strengem Blick an. Offenbar nahm sie ihm nicht ab, dass er sich von jemandem herumkommandieren ließ.

Um seine Mundwinkel zuckte es. »Ja, Audrey.«

»Und wieso?«

»Weil sie vermutlich der Meinung war, es sei empfehlenswert für mich, Sie kennenzulernen.«

Sie zog die Brauen hoch. »Und: Ist es so?«

Sein Lächeln wurde breiter und, wenngleich kaum merklich, spöttischer. »Das wird sich ohne Frage noch zeigen.«

Eine Ahnung erwachte in ihr.

Sie hielt seinem Blick stand, während die Gedanken in ihrem Kopf rasten. Erinnerungen daran, was sie über ihn gehört hatte: wenig Konkretes und nichts, was sie auf seine ungeheure und überwältigende Wirkung seiner körperlichen Nähe vorbereitet hätte.

Im Grunde genommen wusste sie lediglich, dass er wohlhabend war, einen Titel geerbt hatte und nicht zuletzt deshalb eine Frau brauchte. Eigentlich bedurfte es keiner großen geistigen Anstrengungen, um zu erkennen, warum Audrey sie zusammengeführt hatte. Doch entgegen aller Hoffnungen ihrer Taufpatin war sie nicht an der ihr zugedachten Position der Viscountess Paignton interessiert.

Wie also konnte sie ihn am besten loswerden?

Indem sie ihm unverblümt sagte, er solle verschwinden? Eine Vorgehensweise, die bei Männern wie ihm wahrscheinlich nicht von Erfolg gekrönt wurde. Davon zumindest ging sie trotz ihrer nicht allzu reichen Erfahrung aus. Er würde sie entweder nicht ernst nehmen oder, was noch schlimmer wäre, ihre Ablehnung als Herausforderung betrachten.

Nein. An dem Ort, wo sie sich gerade aufhielten, musste sie einen anderen Weg wählen, um mit ihm fertigzuwerden. Und sie hatte auch schon eine Idee.

»Vielleicht«, sagte sie und blickte ihn provozierend an, »sollten wir uns jetzt den anderen zum Tee anschließen.«

Seine Augen flackerten, während er ihre Miene erforschte, um ihre Hintergedanken zu erraten.

»Wie Sie wünschen«, sagte er vage und neigte den Kopf.

Noch ehe er ihr seinen Arm anbieten und sie damit zu mehr Nähe als von ihr erwünscht nötigen konnte, bedachte sie ihn mit einem triumphierenden Lächeln und wandte sich der Terrassentür zu.

»Wir können hier langgehen.«

Mit diesen Worten schritt sie betont heiter vor ihm nach draußen.

2

Für seine Verhältnisse erheblich verwirrt, folgte Deverell der jungen Frau, die jetzt schwungvoll die Glastür aufstieß, nach draußen. Sie betraten eine der kleineren Terrassen, von der ein paar Stufen nach unten in den Garten führten.

Er hatte eine Verbindung gespürt. Jenen Funken, der in dem Moment zwischen ihnen übersprang, als sich ihre Blicke begegneten – und er war sich sicher, dass sie dasselbe empfand, obwohl sie nur geblinzelt und jegliche Gefühlsregung unterdrückt hatte.

Und ihn nach Kräften ignorierte.

Deverell war es nicht gewohnt, dass eine Frau sich wie sie verhielt und sich dermaßen vehement gegen seine Anziehungskraft sträubte. Gleichzeitig konnte er sich nicht daran erinnern, jemals bereits im ersten Moment so stark von einem weiblichen Wesen in den Bann gezogen worden zu sein.

Ohne sich umzublicken, schlug sie den Weg ein, der um das ganze Gebäude herumführte.

»Sie sind das erste Mal hier, nicht wahr? Maria, Lady Cranbrook, schart gerne eine bunte Gästeschar um sich.«

Er folgte ihr zu der gepflegten Rasenfläche, die man von der Hauptterrasse vor dem Salon aus erreichte und wo sich die anderen Gäste versammelt hatten. Deverell schaute nachdenklich hinüber zu den alten Bäumen, die jenseits des Grüns in einen Wald übergingen.

Phoebe gab sich beinahe aufgesetzt munter. »Ich bin sicher, dass Sie in den nächsten Tagen eine Menge interessanter Dinge erleben werden. Maria veranstaltet normalerweise immer ein Picknick in den Hügeln, und es werden ein paar herrliche Ausritte stattfinden.«

Sie sprach über die Schulter und legte ein Tempo vor, als müsse sie schnellstmöglich seiner Gegenwart entfliehen und sich in den Schutz der Herde begeben. Doch auch wenn sie es eindeutig darauf anlegte, war er nicht willens, sie entwischen zu lassen.

Sie redete ohne Unterlass, verwies auf die Herrlichkeit der Grünanlagen und rühmte einen in der Nähe stehenden kleinen Pavillon, der bloß dekorativ, ansonsten jedoch nutzlos war.

Ihm hingegen war ihr Anblick lieber.

Seine erste Einschätzung ihrer Figur wurde bei näherem Betrachten erfreulicherweise noch übertroffen. In der Tat war sie recht groß für eine Frau, was vor allem an der Länge ihrer Beine lag, und reichte ihm etwa bis zum Kinn. Zwar schlank, offenbarte ihr Körper unter dem Musselinkleid ansprechende Rundungen, und er erkannte, dass sie ihre Korsage mehr als angemessen ausfüllte.

Ihr blaues Kleid mit dem runden Ausschnitt, der weder prüde noch zu freizügig wirkte, bezeichnete er für sich als damenhaft. Es bewies, dass seine Trägerin sich ihrer Weiblichkeit sehr wohl bewusst war, ohne sie demonstrativ zur Schau stellen zu wollen.

Zu Deverells besonderen Talenten gehörte die Fähigkeit, Menschen problemlos zu schlüsseln, ihren Charakter, ihre Eigenschaften. Dazu reichten ihm meist ein kurzer Blick und wenige Worte. Und was er auf Anhieb in Phoebe entdeckte, spiegelte Audreys Beurteilung wider: Sie besaß nicht das geringste Interesse an Männern und rechnete außerdem nicht damit, es in näherer Zukunft zu entwickeln.

Na schön, ohne Zweifel eine Herausforderung, vor die er sich gestellt sah.

Andererseits gab der zwischen ihnen übergesprungene Funke Anlass zur Hoffnung. Und in Anbetracht dessen, was er mittlerweile als Ursache für seine wachsende innere Unruhe und die lähmende Unlust erkannt hatte, war er alles andere als abgeneigt, sich um Phoebe Malleson zu bemühen.

Vielleicht würde sie Überdruss und Langeweile ja vertreiben.

Indem sie ihm ihre Hand zur Ehe reichte.

Jedenfalls beschloss er, sich der Sache mit vollem Einsatz zu widmen.

Dass sie sein Interesse dermaßen rasch und heftig zu erregen vermochte, bestärkte ihn nur in diesem Vorsatz. Er konnte sich nicht daran erinnern, wann eine Lady ihn jemals so neugierig gemacht oder seinen Eroberungsdrang in einem solchen Maße angefacht hatte. Und dass sie die gegenseitige Anziehungskraft eindeutig zu verbergen suchte, spornte ihn nur noch mehr an.

Dann waren sie bei den anderen Gästen eingetroffen, die teilweise bereits an den weiß gedeckten Tischen Platz genommen hatte, um den Tee einzunehmen.

»Sicherlich haben Sie sich schon umgesehen und sich mit vielen bekannt gemacht. Ansonsten halten Sie sich an Peter Mellors. Er ist ein enger Freund des Hauses und kann Ihnen bestimmt alle Fragen beantworten, sollten Sie welche haben.«

Lieber würde er sie fragen, dachte er und wartete gespannt darauf, wohin sie ihn führte und was sie mit ihm vorhatte.

Wie sie ihn loszuwerden gedachte.

Seine Erwartungen hinsichtlich der nächsten vier Tage stiegen, galt es doch, die spröde Phoebe zu erobern. Jagdfieber brach prickelnd bei ihm aus. Es versprach eine ausgesprochen vergnügliche Zeit zu werden.

Er nahm sich vor, Audrey für ihren Einsatz zu danken.

Phoebe marschierte hocherhobenen Hauptes zu den Tischen und kam Deverell vor wie ein General beim Besuch seiner Truppen. Oder wie Moses, vor dem sich das Rote Meer teilte, denn respektvoll traten die anderen zur Seite, als sie mit ihm im Gefolge aufkreuzte.

Er selbst hielt sich dicht hinter ihr und bedachte alle mit einem freundlichen Lächeln, ohne sein spezielles Interesse zu verbergen. Sollten die Gäste doch merken, dass sie es mit jemandem zu tun hatten, der Phoebe Malleson zur Strecke zu bringen gedachte.

Sie eilte auf den Butler zu, der hinter einem Serviertisch stand und einen reich verzierten Silbersamowar bediente. Bevor sie etwas sagen konnte, ergriff Deverell das Wort. »Eine Tasse für Miss Malleson bitte.«

Sie warf ihm einen empörten Blick zu, nahm jedoch den Tee widerspruchslos und höflich entgegen.

»Und Sie, Sir?«

Deverell begegnete Stripes Blick. Der Mann wusste ganz genau, dass er nicht der Typ war, der sich mit Tee begnügte. Andererseits …

»Gerne«, sagte er deshalb und nahm die dargebotene Tasse in Empfang, obwohl Phoebe ihn argwöhnisch musterte und sich von ihm wegdrehte. Dann huschte ihr Blick über die Gäste, ehe sie sich gezielt auf eine der Gruppen zubewegte. Er folgte ihr automatisch.

»Mrs. Hildebrand. Leonora, Tabitha. Mr. Hinckley.«

Phoebe blickte Deverell an, als er neben sie trat. »Ich nehme an, Sie haben bereits die Bekanntschaft von Viscount Paignton gemacht?«

Die Damen, deren Blicke bereits an ihm klebten, zeigten ihr strahlendstes Lächeln. Mr. Hinckley neigte den Kopf.

»Ich habe Seiner Lordschaft gerade die vielen Vergnügungen beschrieben, mit denen wir uns während unseres Aufenthalts hier für gewöhnlich die Zeit vertreiben.« Sie lächelte Leonora Hildebrand, einer attraktiven Blondine, zu. »Du bist so eine hervorragende Reiterin, meine Liebe – planst du eventuell für heute Nachmittag einen Ausritt?«

Eigentlich nicht, doch als Leonora ihn mit ihren blauen Augen ansah, wusste Deverell, dass sie ihre Meinung ändern würde.

Und er erkannte, worauf Phoebe es anlegte.

Nämlich darauf, mannstolle junge Ladys auf ihn zu hetzen.

Zumindest hier ging ihre Rechnung auf, denn prompt antwortete Leonora mit schmelzender Stimme, während ihr Blick förmlich an seinem Gesicht klebte.

»Daran hatte ich selbst bereits gedacht. Vielleicht könnten wir ja eine kleine Gruppe bilden?«, flötete sie.

Mit einem Lächeln, das geistesabwesend wirkte, nahm er noch einen Schluck Tee, ohne auf den Vorschlag zu reagieren. Woraufhin Leonora sich an Hinckley wandte, der nur allzu gerne bereit war, in die Bresche zu springen.

»Wir könnten zur Furt reiten. Bis dahin ist es nicht weit, sodass wir zum Abendessen auf jeden Fall rechtzeitig zurück wären.«

Begeistert richtete er seinen Blick auf Mrs. Hildebrand.

Leonoras Mutter, der Deverells demonstrative Gleichgültigkeit nicht entgangen war, ließ sich zu einem Lächeln herab. »In der Tat. Frische Luft und Bewegung sind genau das, was der Doktor der armen Leonora gegen die Schwermut verordnet hat, unter der sie in den letzten Wochen gelitten hat. Ich muss feststellen, London wird in letzter Zeit geradezu überschwemmt von anmaßenden Bürgerlichen und ausgemusterten Offizieren.«

Das galt ihm, aber Deverell war es egal. Sein Urteil über Leonora und Mrs. Hildebrand stand bereits fest.

»Können wir Sie dafür begeistern, sich uns anzuschließen, Paignton?«, fragte Hinckley ihn.

Er tat, als müsse er überlegen. »So verlockend es klingt, ich denke nein. Ich bin gerade erst eingetroffen und will mich erst einmal hier in der Nähe umsehen.«

Hinckley ließ sich seine Erleichterung nicht anmerken und wandte sich Phoebe zu. »Miss Malleson?«

Phoebe blickte kurz zu Deverell. Ihr Verstand drängte sie, Ja zu sagen, um seiner Gegenwart zu entgehen, doch einer Eingebung folgend, entschied sie sich anders. Überdies traute sie es ihm zu, in letzter Minute seine Meinung doch noch zu ändern und sich für eine Teilnahme am Ausritt zu entscheiden.

Dann hätte sie ihn womöglich noch dichter auf der Pelle als hier im Haus.

»Vielen Dank, nein. Vielleicht fragen Sie Mr. Manning und Miss Pilborough, die sich beide sehr fürs Reiten begeistern«, erklärte sie und fügte an Deverell gerichtet hinzu: »Sie wollten sich doch mit Mr. Mellors unterhalten. Ich sehe ihn da drüben.«

Dann schenkte sie den anderen dreien ein strahlendes Lächeln. »Wenn Sie mich entschuldigen?«, sagte sie und manövrierte Deverell zu der Gruppe, in der sich Peter Mellors sowie seine bildschöne Schwester Deidre befanden.

Nachdem er an Leonora offensichtlich keinen Gefallen fand, musste sie ihm eben eine andere junge Dame zuzuführen versuchen, damit er sie in Ruhe ließ.

Ihr Leben war schon turbulent genug. Da konnte sie es absolut nicht brauchen, dass ihr ein heiratswütiger Kerl nachstellte.

Schon gar nicht so einer wie er.

Irgendetwas war doch da gewesen mit dem Militär, erinnerte sie sich dunkel. Irgendwelche Geheimaufträge jedenfalls. Undenkbar. Das wäre ja das Allerletzte.

Was nämlich niemand oder so gut wie niemand wusste: Phoebe hatte sich einer Aufgabe verschrieben, mit der sie sich teilweise hart am Rande der Legalität bewegte.

Da hielt sie einen professionellen Spion vorsichtshalber lieber aus ihrem Umfeld fern. Allein der Gedanke, er könnte ihr unter Umständen auf die Finger schauen, jagte ihr einen Schrecken durch die Glieder.

Vor Besorgnis. Weswegen sonst wohl?

Hoffentlich machte Deidre mehr Eindruck auf ihn als Leonora. Immerhin schaute sie bereits die ganze Zeit über verstohlen zu ihm herüber und wandte sich ihnen jetzt mit einem hocherfreuten Lächeln zu. Trat sogar ein Stück zur Seite, um neben sich Platz zu machen, und Deverell blieb nichts anderes übrig, als sich von Phoebe in die entstandene Lücke schieben zu lassen.

Nachdem sich alle begrüßt hatten, ergriff sie das Wort. »Peter, mein Lieber, ich habe Viscount Paignton gerade davon vorgeschwärmt, wie gut du das Haus und die Umgebung kennst. Er war noch nie hier und könnte jemanden brauchen, der ihm das eine oder andere zeigt.«

Mellors grinste gutmütig und nickte Deverell zu. »Fragen Sie nur, Mann. Ich helfe gerne.«

»Nun, das Billardzimmer habe ich bereits gefunden. Und falls mir darüber hinaus etwas einfällt, wende ich mich mit Vergnügen an Sie.«

»Na, prima. Womit Sie den wichtigsten Raum des Hauses entdeckt hätten«, sagte Peter mit einem Augenzwinkern. »Wir – na ja, die meisten Gentlemen wenigstens – treffen uns für gewöhnlich nach dem Abendessen auf ein paar Runden.«

»Nachdem Sie Ihren Pflichten im Salon nachgekommen sind, hoffe ich doch.«

Mrs. Morrison, eine eindrucksvolle Matrone, beäugte Peter mit gespielter Missbilligung, aus der schnell Ernst werden konnte, falls er jetzt etwas Falsches sagte.

»Aber natürlich«, schwor er grinsend. »Das versteht sich schließlich von selbst.«

»Das will ich Ihnen auch geraten haben.« Mrs. Morrison verstand in dieser Hinsicht keinen Spaß. »Das Letzte, was wir wollen, ist nämlich, dass die Herren uns allein lassen«, fügte sie erklärend für Deverell hinzu.

»Bei diesem erlesenen Kreis attraktiver Damen kann ich mir nicht vorstellen, dass Ihnen ein solch trübes Schicksal widerfährt.«

Seine schlagfertige, mit einem charmanten Lächeln und einer Hand auf dem Herzen vorgetragene Antwort entlockte der gestrengen Matrone ein wohlwollendes Nicken.

»Haben Sie die Absicht, die ganzen vier Tage über zu bleiben?«

»So ist es geplant.«

»Natürlich nur, wenn Sie nicht vorher abberufen werden«, warf Deidre Mellors ein.

Die ausgesprochen hübsche junge Dame mit glänzend braunem Haar meldete sich zu Wort in dem unverkennbaren Bemühen, seine Aufmerksamkeit zu erringen, und setzte dabei gekonnt und fast ein wenig schamlos ihre bezaubernden Haselnussaugen ein.

»Wie ich hörte, befinden sich Ihre neuen Ländereien in Devon. Es ist bestimmt nicht leicht, sich in die Verwaltung eines so großen Erbes einzuarbeiten.«

»Nun, so schwierig, wie man vielleicht meint, war es wiederum nicht. Ich habe hervorragende Leute vor Ort, die mir zur Hand gegangen sind.«

»Dann werden Sie den Sommer wohl dort unten verbringen?«

»Nein, das hatte ich eigentlich nicht vor.«

Deverells Antwort wirkte zerstreut, denn ihm lag nichts an Deidres Interesse. Seine Aufmerksamkeit galt einzig und allein Phoebe, die sich leider wegdrehte, um sich mit Mrs. Morrison zu unterhalten. Worüber, das war nicht zu verstehen.

»Ich habe erst noch ein paar Dinge zu erledigen, ehe ich mich für den Sommer zurückziehen kann«, sagte er deshalb lahm zu Deidre.

»Ach ja?«

Als die braunen Augen verdächtig zu leuchten begannen, hielt er es für ratsam, das Thema zu wechseln.

»Wird hier viel gejagt?«, fragte er mit einem unverbindlichen Blick in die Runde.

Peter verzog das Gesicht. »Zu dieser Jahreszeit gibt es kaum Wild.« Er sah kurz Edgar Thomas an, der neben ihm stand. »Allerdings könnten wir ein Turnier veranstalten.«

»Aber ja nicht mit Pistolen«, wandte Deidre sofort ein, »sondern mit Pfeil und Bogen, damit wir Damen ebenfalls teilnehmen können.«

Als Deverell lächelte, nahmen die anderen das als Zustimmung und begannen auf der Stelle, einen Wettkampf im Bogenschießen zu planen.

Wie lästig.

Ihm war ein solches Turnier herzlich gleichgültig. Mehr noch störte es seine Pläne, die ganz auf Phoebe und ihre Eroberung gerichtet waren.

Sie dachte jedoch anders, denn sie versuchte soeben, sich heimlich aus dem Staub zu machen. Zumindest verabschiedete sie sich gerade unauffällig bei Mrs. Morrison.

»Wollen Sie sich nicht ebenfalls an Pfeil und Bogen versuchen, Mylord?« Deidre schaute ihn unverblümt an.

»Ich habe fest vor, ein Ziel anzuvisieren«, antwortete er kryptisch und lächelte unverbindlich.

Das Ziel, auf das er es abgesehen hatte, befand sich zu seinem Bedauern bereits außer Hörweite.

Da Deidre die Anspielung sichtlich nicht verstanden hatte und er keine langen Diskussionen wünschte, nickte er Peter und Edgar zu. »In Ordnung, setzen Sie mich auf die Teilnehmerliste. Aber wenn Sie mich bitte jetzt entschuldigen ...«

Obwohl Deidre sichtlich enttäuscht war, unternahm niemand den Versuch, ihn zurückzuhalten, und so konnte er sich an Phoebes Fersen heften.

Seine Zielperson, seine Beute.

Als sie ihn kommen sah, unterdrückte sie ein gereiztes Seufzen und überlegte bereits, welche junge Dame noch interessant für ihn sein könnte. Deidre hatte sich ebenso wie Leonora als Reinfall erwiesen.

Bevorzugte er etwa Kandidatinnen im Debütantinnenalter?

Nein, denn kurz darauf erreichte ihre Verzweiflung einen neuen Höhepunkt.

Die ganz jungen Ladys, die sie ihm vorstellte, hatten nämlich dafür gesorgt, dass er jetzt endgültig wie eine Klette an ihr hing. Darüber hinaus war ihr inzwischen der Verdacht gekommen, dass er sich viel zu widerspruchslos von ihr herumführen ließ. Dafür war er einfach nicht der Typ.

Sie begann seine Absichten zu durchschauen.

Durch nichts und niemanden würde er sich von ihr ablenken lassen. Ganz gleich wie aufgeschlossen und kontaktfreudig er sich auch geben mochte, seine Aufmerksamkeit galt ausschließlich ihr.

Phoebe lief eine Gänsehaut über den Rücken.

Wütend auf sich selbst, weil er es schaffte, solche Empfindungen bei ihr auszulösen, entfernte sie sich energischen Schrittes von der letzten Gästegruppe – wohl wissend, dass er jetzt umso dichter neben ihr herschlich und mit seiner Nähe all ihre Sinne in Aufruhr versetzte.

Unter einem Baum, der sie vor neugierigen Blicken verbarg, blieb sie unvermittelt stehen und wirbelte herum, fixierte ihn mit gereizter Miene.

»Audrey hat mir erzählt, dass Sie Major bei der Garde waren und bei Waterloo gekämpft haben. Stimmt das?«

Seine grünen Augen begegneten ihren, und die Erheiterung, die sie darin aufblitzen sah, brachte sie zum Kochen.

»Zusammen mit einer ganzen Armee.«

»Aha. Nachdem Sie offenbar mit Bonapartes besten Leuten aufgeräumt haben, ist es mir schleierhaft, dass ein so liebes Ding wie Heather Jenkings – die letzte junge Dame, Sie wissen schon – Sie zu Tode erschrecken konnte.«

Seine dunklen Brauen zogen sich verwundert zusammen. »Zu Tode erschrecken?«

»Na ja, auf jeden Fall sorgte sie dafür, dass Sie verstummten.« Sie wedelte in Richtung des um Heather versammelten Grüppchens. »Sie standen da wie eine Sphinx und brachten außer einem Hallo und einem Auf Wiedersehen und einigen knappen Antworten kein Wort heraus.«

Er sah sie freundlich, wenngleich leicht amüsiert an. »Zu schweigen schien mir das Klügste zu sein. Besser, als mir meine Langeweile anmerken zu lassen.«

Sie runzelte die Stirn. »Heather hat Sie gelangweilt?«

»Alle jungen Damen langweilen mich. Die gute Heather war höchstens besonders einfältig.«

Während sie seine ausdruckslose Miene zu ergründen versuchte, presste sie die Lippen aufeinander. Rief sich in Erinnerung, dass *sie* nicht mehr als junge Dame durchging.

Vorsichtig erwiderte sie: »Ich verstehe, dass Sie eher eine reifere Frau suchen. Heißt es zumindest.« Als sein durchdringender Blick sie traf, fügte sie hastig hinzu: »Jeder weiß das und geht davon aus, dass Sie exakt aus diesem Grund hergekommen sind. Um Ausschau zu halten.«

Ein Lächeln spielte um seine Lippen. »Eigentlich nicht. Zwei Dinge stimmen allerdings: Ich brauche eine Frau, und ich bin hier.«

Sie zwang sich, nicht wegzuschauen. »Falls Sie in irgendeiner Weise daran denken, dass ich dafür infrage kommen könnte, dann sollten Sie sich das schnell aus dem Kopf schlagen – ich bin absolut nicht an einer Heirat interessiert. Mir ist jedoch klar, dass Audrey und Edith diesbezüglich etwas im Schilde führen und Sie möglicherweise unter einem Vorwand hergelockt haben. Das Mindeste, was ich für Sie tun kann, wäre also, Ihnen bei der Suche nach einer passenden Braut zu helfen.«

Seine Augen weiteten sich, während sich seine Mundwinkel amüsiert verzogen. »Mir helfen?«

»Ja. Offensichtlich haben Sie Hilfe nötig.« Sie drehte sich mit verschränkten Armen um und nahm die versammelten Gäste auf dem Rasen in Augenschein. »Also, welche körperlichen Voraussetzungen wünschen Sie sich bei Ihrer Zukünftigen?«

Wie vor den Kopf geschlagen, antwortete er nicht sofort, ging dann aber auf das Spiel ein.

»Groß sollte sie sein, größer als der Durchschnitt«, sagte er mit dunkler Stimme und musterte sie bedeutungsvoll von oben nach unten. Der Länge nach.

Phoebe begriff es nicht, ließ vielmehr suchend den Blick über die anderen weiblichen Wesen schweifen.

Mit Ausnahme der betagten Lady Althorpe waren alle eher klein, jedenfalls deutlich kleiner als sie selbst. Zu klein für ihn? Mal sehen, vielleicht ließ sich dieser Mangel durch andere Eigenschaften wettmachen. Monica Simmons und Georgina Riley etwa bestachen durch ihre Schönheit.

»Blond oder brünett?«

Nach kurzem Zögern antwortete er gedehnt: »Ich habe eine Vorliebe für ein bestimmtes Dunkelrot.«

Die Farbe ihres Haares.

Ohne den Blick von der Menge abzuwenden, stieß sie durch zusammengepresste Lippen hervor: »Augenfarbe?«

»Eine interessante Mischung aus Violett und Blau.«

Sie verengte die Augen zu schmalen Schlitzen, wandte den Kopf zu ihm um und fixierte ihn streng. »Das funktioniert so nicht. Es hat absolut keinen Sinn, dass Sie mir Ihre uneingeschränkte Aufmerksamkeit schenken.«

Seine Lippen kräuselten sich. »Zu spät.« Er sah zu den anderen hinüber. »Nachdem Sie mich den verschiedenen Damen vorgestellt haben, wurde mir nur noch klarer, dass Audrey bemerkenswert gut meine Wünsche und Bedürfnisse kennt und mich nicht grundlos an Sie verwiesen hat.«

Sie holte tief Luft. »Sei's drum, Mylord. Wie ich bereits sagte, bin ich nicht an einer Heirat interessiert.«

»Ja, ich weiß, das erwähnten Sie bereits.«

»Na, dann dürften Sie ja langsam merken, dass Sie Ihre Zeit bloß mit mir verschwenden.« Sie wedelte mit der Hand in Richtung der Teegesellschaft. »Selbst wenn hier niemand Ihren Vorstellungen entsprechen sollte, gebe ich Ihnen den dringenden Rat, die Gelegenheit für ein Training zu nutzen. Sie könnten, was Ihre Annäherungsversuche betrifft, weiß Gott etwas Übung brauchen.«

Die Worte waren eine Beleidigung.

Deverell dämmerte, dass sie es genau darauf angelegt hatte. Weil er ihr auf die Nerven ging und sie ihn loswerden wollte.

Er lag richtig mit seiner Vermutung.

Phoebe wünschte ihn dorthin, wo der Pfeffer wächst, und schalt sich selbst, ihn nicht gleich in der Bibliothek abgewimmelt zu haben. Wie viele Kränkungen musste sie ihm noch an den Kopf werfen, bis er sich verzog?

Eine Minute verstrich.

»Ich habe eine bessere Idee.«

Fünf einfache Worte, doch sie schienen zweideutig gemeint, und das alarmierte sie in höchstem Maße.

Ihr Herzschlag drohte auszusetzen, ihr Atem stockte, und es kam ihr vor, als seien sie allein auf weiter Flur, als gebe es all die Menschen dort hinten auf dem Rasen nicht.

Sie und er in einer Welt ohne Zeit und Raum.

Seine Augen, grün, durchdringend und heiß, ruhten auf ihr, wanderten über ihr Gesicht zu ihren Lippen, wo sie unanständig lang verweilten.

Mit jeder Faser ihres Körpers nahm sie seine Nähe wahr, diese übermächtige Glut, die sie nicht zu benennen wusste und die ihr bedrohlich erschien und die sie gleichzeitig einhüllte und lockte wie eine unverhohlene Verführung.

»Haben Sie je daran gedacht, Ihre Meinung zu ändern?«

Sie blickte ihm in die Augen und entdeckte eine Härte, eine Rücksichtslosigkeit und eine Kraft hinter dem Zauber, die sie an eine Zeit, einen Ort und einen Vorfall erinnerten, an den sie lieber nicht denken wollte.

Kalt lief es ihr über den Rücken.

»Nein.« Sie unterdrückte ein Beben. »Und das wird auch nie geschehen. Niemals.«

Sie musste hier weg. Mit fest vor dem Oberkörper verschränkten Armen und gesenktem Kopf machte sie auf dem Absatz kehrt und ließ ihn stehen.

»Was zum Teufel ist nur los?«

Phoebe, bereits in Abendgarderobe, hob den Blick zu dem Spiegel auf der Frisierkommode und sah darin in die dunklen Augen ihrer Zofe. Skinner, eine magere, zähe Person mit einem grauen Knoten, bearbeitete gerade das Haar ihrer Herrin mit einer Bürste und steckte es kunstvoll hoch.

Ohne ihre Tätigkeit zu unterbrechen, wies sie mit einer Kopfbewegung auf den mit Edelsteinen besetzten Kamm, den Phoebe in Händen hielt. »Geben Sie ihn mir lieber, ehe er zerbricht«, sagte sie und nahm ihr das kostbare Stück ab, um es in die Frisur zu stecken.

»Heute Nachmittag ist ein Gentleman eingetroffen: Deverell, Viscount Paignton. Er ist Audreys Neffe, hat vor

Kurzem unerwartet den Titel geerbt und braucht daher dringend eine Frau.«

»Aha.«

Skinner, nicht nur Phoebes Zofe, sondern auch ihre engste Vertraute, schob die letzte Nadel ins Haar und warf ihr einen scharfsinnigen Blick zu. »Und hat dabei ein Auge auf Sie geworfen, stimmt's?«

»Es scheint so, aber da ist er bei mir an der falschen Adresse. Ich bin viel zu sehr mit unserer geplanten Rettungsaktion beschäftigt. Ein Mann, der mir nachstellt und meine ungeteilte Aufmerksamkeit wünscht, ist das Letzte, was ich brauchen kann.«

»Hm.« Die Zofe widmete sich Phoebes Schmuckkasten. »Nach dem zu urteilen, was mir in den Räumen der Dienstboten zu Ohren gekommen ist, muss er ein feiner Herr sein«, meinte sie und reichte ihrer Herrin ein Paar Perlenohrringe.

»Woher weißt du das? Hat er etwa einen Kammerdiener dabei?«, entgegnete sie skeptisch.

Skinner gab ein abfälliges Geräusch von sich. »Nein. Er reist in Begleitung eines Stallburschen, der gleichzeitig als eine Art Page fungiert. Er kann nichts Schlechtes über den Viscount sagen. Anscheinend genießt er großes Ansehen auch bei dem Rest seiner Dienerschaft. Außerdem sind auch die anderen Kutscher hier von ihm ganz angetan. Unser Fergus behauptet, dass Seine Lordschaft sich hervorragend mit Pferden auskennt. Seine beiden Schimmel sollen wahre Prachtexemplare sein. Der Junge ist jedenfalls ein netter Bursche, benimmt sich anständig und überschlägt sich förmlich, um sich nützlich zu machen. Wenn sein Herr ein nur halb so gutes Herz besitzt wie er, kann er kein schlechter Kerl sein.«

»Trotzdem.« Phoebe drehte sich wieder zum Spiegel und legte einen Ohrring an. »Wir können es nicht brauchen, dass er mich beobachtet, wie eine Klette an mir hängt und mich auf Schritt und Tritt verfolgt, schon gar nicht hier und jetzt.« Sie nahm das zweite Ohrgehänge entgegen. »Wo wir gerade davon reden: Hast du mitbekommen, für wann Lady Moffat erwartet wird?«

»Morgen früh. Sie übernachtet bei ihrer Schwester in Leatherhead und soll kurz nach dem Frühstück eintreffen.«

»Ausgezeichnet. Dann sollten wir genug Zeit haben, alles so einzurichten, dass wir unseren Plan nach dem Ball am dritten Abend in die Tat umsetzen können.«

Skinner legte die Perlenkette um Phoebes Hals. »Ich hatte gedacht, Sie würden lieber bis zum letzten Tag warten.«

Die junge Frau schüttelte den Kopf. »Nein, die frühen Morgenstunden nach dem Ball eignen sich am besten. Dann schlafen alle noch selig, und Lady Moffat vermisst ihre Zofe mit etwas Glück nicht vor Mittag oder sogar erst später. Auf diese Weise bleibt, wenn nichts Unvorhergesehenes passiert, Zeit genug, um rechtzeitig zu verschwinden und das Mädchen in London zu verstecken.«

»Na, dann los.«

»Aber zuerst muss ich Deverell davon überzeugen, dass es ihm niemals gelingen wird, mich zu einer Heirat zu bewegen. Ich fürchte nämlich, dass ich ihn mir andernfalls nicht vom Hals schaffen kann.«

Während Skinner zustimmend und energisch schnaubte, betrachtete Phoebe sich im Spiegel. Die bernsteinfarbene Seide hob das Dunkelrot ihres Haares hervor und verlieh ihrem Teint einen sanften Glanz, der vom Schimmer der Perlen um ihren Hals noch verstärkt wurde. Dazu kontrastierte das Blauviolett ihrer Augen und das leuchtende Rot ihrer Lippen.

Ja, sie konnte mit ihrem Aussehen höchst zufrieden sein.

Leider schien Deverell das zu ihrem Bedauern ebenfalls zu finden.

Warum zum Teufel gab er nicht einer anderen jungen Lady den Vorzug?

Stattdessen folgte er ihr jetzt wie ein Schatten. Und so schmeichelhaft das auch sein mochte, störte es doch ihre Pläne.

Die kurzfristigen wie die langfristigen.

Sie kniff die Augen zusammen. »Wenn ich es nicht schaffe, ihn von mir abzulenken, was kann ich denn sonst noch tun?«

»Ihm die Wahrheit sagen«, schlug Skinner vor, die gerade Phoebes Tageskleid aufhängte. »Wenn dieser Mann wirklich so ein so netter Gentleman ist, den alle mögen, wäre es das Beste, Sie sprechen offen mit ihm.«

»Ich habe ihm bereits erklärt, dass ich kein Interesse an einer Heirat habe.«

»Auch warum das so ist? Als logisch denkende Wesen verlangen Männer handfeste Gründe. Ihre Erfolgsaussichten sind bestimmt größer, wenn Sie darauf eingehen und ihm klarmachen, weshalb Sie kaum Ihre Meinung ändern werden. Sie müssen ja nicht alle Einzelheiten preisgeben.«

Phoebe betrachtete ihr Spiegelbild und kräuselte die Nase. Stand seufzend auf, als von unten ein Gong ertönte, der zum Dinner rief. »Ich sollte jetzt gehen.«

Als er in den Salon trat, stand sie bereits wartend an der Seite von Peter Mellors und zwei anderen Gästen. In Anbetracht der Art und Weise, wie sie auseinandergegangen waren, fragte Deverell sich, womit sie ihn jetzt wohl abzuschütteln gedachte. Irgendwie wirkte sie merkwürdig angespannt, und er wusste nicht, was das bedeuten mochte.

Er begrüßte Lady Cranbrook und seine Tante mit einem Nicken, um sich dann unter die Gäste zu mischen, die in kleinen Gruppen zusammenstanden. Von Phoebe hielt er sich zunächst fern, blieb hier und dort stehen und wechselte ein paar Worte mit diversen Gästen, ohne sein Ziel jedoch nur eine Sekunde lang aus den Augen zu verlieren.

Hübsch sah sie aus.

Ihre Garderobe gefiel ihm, wenngleich sie nicht der neuesten Mode entsprach. Das Kleid passte zu ihr, ließ sie feminin und distinguiert zugleich erscheinen. Auch andere Gentlemen betrachteten sie mit unverhohlenem Wohlgefallen. Ungeachtet ihres Desinteresses am anderen Geschlecht besaß sie dieses gewisse Etwas, das Männern sofort ins Auge fiel.

Eine Erkenntnis, die seinen Ehrgeiz anstachelte. Er wollte dort Erfolg haben, wo andere gescheitert waren.

Langsam näherte er sich ihr, wurde jedoch ständig aufgehalten von beflissenen Müttern, die für ihre Töchter den geeigneten Ehemann suchten. Er begegnete ihnen mit höflicher Geduld, zumal er registrierte, dass Phoebe sich allen anderslautenden Bekundungen zum Trotz über die Aufdringlichkeit dieser Damen offensichtlich ärgerte und ungeduldig wurde.

Sie löste sich von ihren Gesprächspartnern und kam auf ihn zu.

Nachdem er sich galant bei Lady Riley und ihrer Tochter Georgina entschuldigt hatte, drehte er sich um und fing Phoebe vor einem der hohen Fenster ab.

»Miss Malleson.«

Er streckte die Hand nach ihren Fingern aus. Einen kurzen

Moment lang zog sie in Erwägung, sie ihm zu verwehren, doch dann reichte sie sie ihm. Während er sich leicht verbeugte, strich er flüchtig mit dem Daumen über ihre Knöchel, ehe er die Hand mit offensichtlichem Zögern losließ.

Ihre Augen verengten sich. »Ich dachte, Sie hätten meinen Wink verstanden, der immerhin deutlich genug war, und würden den anderen Damen mehr von Ihrer Aufmerksamkeit schenken. Offensichtlich ist das nicht der Fall, oder?«

»Natürlich nicht.« Er lächelte sie an. »Oder haben Sie das ernsthaft von mir erwartet?«

Nein, hatte sie nicht.

Während sie noch mit den Auswirkungen seiner verführerischen Berührung ihrer Finger kämpfte, holte sie tief Luft und erklärte in gemessenem Ton: »Das muss aufhören, denn es hat absolut keinen Sinn. Ich verspüre keinerlei Neigung zu heiraten, und das betrifft Sie sowie jeden anderen. An einer Ehe liegt mir nicht das Geringste und an einem Leben als Ehefrau schon gar nichts.«

Er hielt ihren Blick ohne ein Zeichen von Resignation fest. »Warum?«

Skinner hatte recht: Sie musste ihm plausible Erklärungen liefern.

»Weil es nur drei Gründe gibt, aus denen eine Frau die Ehe in Erwägung zieht. Erstens, sie braucht finanzielle Sicherheit. Zweitens, sie wünscht sich eine Familie, weil sie nichts anderes mit ihrer Zeit anzufangen weiß. Drittens, sie tut es aus Verlangen nach dieser speziellen … männlichen Gesellschaft, die eine Ehe bietet.«

Sie hatte nach einer besseren Formulierung für ihr drittes Argument gesucht und war jetzt keineswegs überrascht, als sie Erheiterung in seinen Augen aufblitzen sah.

»Männliche Gesellschaft?«

Sie funkelte ihn an. »Sie wissen sehr wohl, was gemeint ist.«

Er besaß die Frechheit zu lächeln. »Allerdings.«

Einige Sekunden lang sah er ihr tief in die Augen. In seinem Blick lagen Wärme und Verlockung …

Entschlossen schob sie die Gedanken beiseite. »Was mich betrifft, brauche ich als Erbin meines Vaters keinen Ehemann, der mich unterhält. Außerdem habe ich Interessen und Beschäftigungen genug, die meine Zeit ausfüllen und meine Aufmerksamkeit verlangen. Meine *ganze* Aufmerksamkeit, wohlgemerkt. Und schließlich und endlich empfinde ich in puncto männlicher Gesellschaft nicht das geringste Bedürfnis. Daher sehe ich für mich keinen Vorteil darin, mich zum Altar führen zu lassen.«

Forschend lag sein Blick auf ihrem Gesicht. Sein leichtes Lächeln verriet, dass sie es bislang nicht vermocht hatte, ihn zu überzeugen und in seinem Vorsatz zu erschüttern.

»Obwohl ich keinen Einblick in Ihre finanzielle Situation habe, räume ich ein, dass Sie als Erbin Ihres Vaters der Versorgung durch einen Ehemann nicht bedürfen. Trotzdem frage ich mich, ob Sie sich schon einmal überlegt haben, dass dieser Umstand, Ihr persönliches Vermögen, Sie zur Beute für Mitgiftjäger machen könnte? Keine angenehme Vorstellung, oder?«

Sie blickte ihn missbilligend an. »Es geht hier nicht um Fragen nach meinen gesellschaftlichen Vorzügen, sondern allein darum, worin *ich* den Reiz einer Ehe sehe.«

»Gewiss.« Seine Stimme wurde tiefer und der Ton vertraulicher. »Lassen wir den zweiten Grund einmal außer Acht und beschäftigen uns mit dem dritten. Da bin ich nicht davon überzeugt, dass Sie überhaupt je die Gelegenheit hatten, sich ein zutreffendes Urteil zu bilden …« Seine grünen

Augen tauchten in ihre blauvioletten und suchten dort nach Antworten. »Wie viele Männer haben Ihnen schon den Hof gemacht?«

Sie blinzelte und bekam nur am Rande mit, dass Stripes erschienen war und zum Abendessen rief. »Keiner. Ich hatte …«

Sie verstummte.

Als sie keine Anstalten machte weiterzusprechen, fragte er behutsam: »Haben Sie überhaupt jemandem gestattet, es zu versuchen?«

»Nun ja. Nein. Warum auch? Ich hatte noch nie ein Interesse an …«

»Wie können Sie so etwas behaupten, wenn Sie es niemals ausprobiert haben. Wenn Sie es niemandem erlauben, Ihnen so nahezukommen, um es herauszufinden?«

Die Worte jagten ihr eine Gänsehaut über den Rücken. Er stand jetzt direkt neben ihr, und als sie hochblickte, trafen sich ihre Augen erneut.

Eigentlich hatte er sagen wollen, »um Sie zu verführen«, es dann aber lieber gelassen. Trotzdem war seiner Stimme anzuhören, was er meinte.

Selbst Phoebe konnte das nicht ignorieren.

»Ich hege keinerlei Interesse daran, es herauszufinden«, entgegnete sie trotzig.

»Aber Sie sind doch eigentlich kein Feigling«, sagte er und schrak zusammen, als er sah sich plötzlich seiner Gastgeberin gegenübersah.

Ihr anzügliches Lächeln sprach Bände.

»Da sind Sie ja, Mylord – ich habe nichts an Ihrer Wahl auszusetzen. Bitte führen Sie Miss Malleson zu Tisch, wenn ich bitten darf.«

»Es wird mir ein Vergnügen sein, Madam.«

Lady Cranbrook tätschelte kurz Phoebes Arm, der man die Missbilligung über dieses Arrangement allzu deutlich anmerkte, und schwirrte geschäftig davon.

Ohne sich um die reservierte Miene zu scheren, bot er seiner zaudernden Begleiterin den Arm, und wartete, dass sie der Aufforderung folgte.

»Ich verspreche, nicht zu beißen«, sagte er aufmunternd.

»Ich nicht«, erwiderte sie kampflustig, legte aber immerhin die Hand auf seinen Ärmel.

Da er es für klüger hielt, sich einen weiteren Kommentar zu verkneifen, führte er sie mit einem Grinsen aus dem Salon und reihte sich mit ihr in die Schlange der zum Speisesaal strebenden Gäste ein.

Nach dem Dinner zog Phoebe sich mit den anderen Damen erneut in den Salon zurück, während die Herren noch dem obligatorischen Portwein zusprachen.

Durch die offenen Glastüren drang milde Abendluft herein und bewog sie, einen Moment dort zu verharren und den Blick in die Ferne schweifen zu lassen.

Deverell hatte sie … verführt, in gewisser Weise zumindest. Sosehr sie auch vor dem Wort zurückschreckte, traf es doch zu.

An seinem Arm hatte sie das Speisezimmer betreten: steif, wachsam und entschlossen. Von dem Augenblick an aber, als er neben ihr Platz nahm, wurde ihre Standhaftigkeit durch immer neue Fragen und scharfsinnige Bemerkungen untergraben. Ja, sie ließ sich sogar wider bessere Einsicht auf ein richtiges Gespräch ein. Und bevor sie überhaupt begriff, was er im Schilde führte, war sie in seinen Bann gezogen worden.

Und das, obwohl sie wusste, dass man Gentlemen wie ihm niemals trauen durfte. Nicht jenen Männern, die Arroganz und Macht besaßen und beides ausspielten. Die es gewohnt waren, dass man nach ihrer Pfeife tanzte.

Dessen ungeachtet besaß dieses Exemplar auch noch einen messerscharfen Verstand und eine spitze Zunge.

Dennoch konnte sie sich nicht erinnern, jemals ein Abendessen mehr genossen und sich mehr von ihrem Tischnachbarn unterhalten gefühlt zu haben.

Leider schien er das zu wissen.

Und auszunutzen.

Als er sich nämlich erhob, um ihr beim Aufstehen vom Tisch zu helfen, hatte sie in seinen Augen einen Anflug von Berechnung entdeckt, den er nicht einmal zu kaschieren suchte. Ihm schien es nur recht, dass sie es sah, es wusste.

Ein Zeichen, dass er sich für absolut unwiderstehlich hielt.

Männer besaßen offenbar die tief verwurzelte Neigung, niemals ihren Erfolg infrage zu stellen. Sosehr sie Deverells Gesellschaft auch genoss, sosehr es ihr Spaß machte, sich Wortgefechte mit ihm zu liefern, ihre Schlagfertigkeit mit seiner zu messen – er war und blieb ein Mann, vor dem sie sich hüten sollte.

Erneut rief sie sich energisch ihre Vorsätze in Erinnerung, bevor sie sich den anderen Gästen zuwandte.

Es dauerte nicht lange, und sechs gefragte junge Damen scharten sich um Phoebe, um sich von ihr den einen oder anderen Rat zu holen. Immerhin kannte sie allein aufgrund ihres Alters die meisten der anwesenden Junggesellen recht gut, und die jüngeren Vertreterinnen des schönen Geschlechts schienen etwas auf Phoebes Rat zu geben. Schließlich war sie kein Mauerblümchen, das links liegen gelassen wurde, sondern eine unabhängige Frau, die sich die Verehrer aus eigenem Willen vom Leib hielt.

Das imponierte.

Als die Herren nach der Portweinrunde hereinschlenderten, waren sie in eine angeregte Unterhaltung über deren Vorzüge vertieft.

Obwohl sie bewusst nicht zur Tür schaute, stellte Phoebe zu ihrer Überraschung fest, dass sie genau merkte, wann Deverell den Raum betrat. Sie spürte seinen Blick auf ihrem Gesicht, ihrem Hals, ihren Schultern und hatte ihre liebe Not, die aufsteigende Erregung niederzukämpfen.

Was um alles in der Welt war das – diese Wirkung, die er auf sie ausübte?

Kein anderer Mann hatte je so an ihren Nerven gezerrt wie er.

Mit wachsender Anspannung und beinahe instinktiv verfolgte sie jede seiner Bewegungen. Er spazierte in den Raum, ohne direkt auf sie zuzukommen. Sie riskierte einen Blick und sah, wie er sich über Ediths Hand beugte und sich dann mit Audrey unterhielt, die neben ihrer Tante auf einer Chaiselongue am anderen Ende des Raumes saß.

Vielleicht würde Deverell ja den Abend damit verbringen, Edith möglichst viele Auskünfte über sie zu entlocken und das Ganze von einer anderen Seite aus anzugehen. Auch diese Mutmaßung besänftigte nicht den Aufruhr in ihrem Innern. Verwirrt, verärgert und nicht wenig bestürzt, zwang sie sich mit aufgesetztem Lächeln, ihre Aufmerksamkeit wieder auf die Gespräche um sie herum zu richten.

Der Himmel stehe ihr bei, wenn sie sich so leicht von den geschickt gewählten Worten eines Mannes betören ließ, dass sie sich nach nur ein oder zwei Stunden in seiner Gesellschaft nach mehr sehnte.

Endlich wurde sie erlöst.

Deverell entschuldigte sich bei Edith und Audrey und kam quer durch den Raum auf sie zu, blieb direkt neben ihr stehen. Doch ihr Lächeln verlor sich schnell, denn innerhalb weniger Minuten sorgte er mit ein paar Bemerkungen dafür, dass die kleine Gruppe sich betreten auflöste.

Phoebe erstarrte.

Bei dem, was er da von sich gab, handelte es sich um Details und Informationen, die er ihr beim Abendessen gezielt entlockt hatte und die er jetzt an den Mann oder die Frau brachte, um die Gesellschaft zu sprengen. Peinlichkeit kam auf, und unbehagliches Schweigen setzte ein, obwohl es sich nicht um wirkliche Taktlosigkeiten handelte. Nur um kleine mit leisem Spott versetzte Spitzen, aber das reichte.

Als Peter Mellors und Georgina Riley sich als Letzte empfahlen, sah sie sich ihm allein gegenüber.

»Mylord …«

»Nennen Sie mich Deverell, wie es jeder tut.«

»Sie scheinen da einem Irrtum aufgesessen zu sein. Ganz gleich, wie energisch und mit welchen Mitteln Sie Ihr Ziel verfolgen mögen, ich lasse mich nicht umstimmen.«

»Vielleicht.« Seine grünen Augen blieben fest auf ihr Gesicht gerichtet. »Aber sollten wir nicht auf der Terrasse weiterreden? Obwohl es mich natürlich brennend interessiert, was Sie zu sagen wünschen, sehe ich keinen Grund, die zahlreichen Neugierigen in diesem Raum an unserer Unterhaltung teilhaben zu lassen. Sie etwa?«

Nein, natürlich nicht. Dennoch schwieg sie zu dem Vorschlag, denn sie unterstellte ihm durchaus wenig ehrenhafte Absichten.

»Sollten Sie sich um Ihren guten Ruf sorgen – Ihre Tante kann uns sehen.«

»Zum Teufel mit dem Anstand, ich bin fünfundzwanzig!«

Sie machte auf dem Absatz kehrt und trat durch die Tür auf die Terrasse hinaus.

Verstohlen lächelnd folgte Deverell ihr, hielt sich so dicht hinter ihr, dass er fast in sie hineingerannt wäre, als sie unvermittelt auf der breiten Treppe stehen blieb. Er konnte es gerade noch verhindern und hielt einen Fingerbreit vor ihr an.

Eine Winzigkeit, die ihren von Seide bedeckten Busen von seiner Brust trennte.

Er blickte auf die elfenbeinfarbenen Hügel unter ihrer tief ausgeschnittenen Korsage und beobachtete, wie sie sich beim Atmen hoben und senkten. Zu seinem Erstaunen wich sie nicht zurück, blinzelte bloß benommen angesichts der ungewohnten Nähe.

Alles in ihm drängte ihn, einen Arm um sie zu legen, sie an sich zu ziehen, den Kopf zu beugen und von diesen verlockenden Lippen zu kosten.

Und ihre Argumente mit einem Gegenargument zu entkräften.

3

Ihr Puls raste. Er konnte es spüren. Sein Instinkt verriet es ihm, da gab es keinen Zweifel. Und in diesem Moment wusste er endgültig, dass sie nie zuvor einem Mann so nahe gekommen war.

Zumindest keinem, der die Absicht hatte, um sie zu werben. Sie zu verführen.

Obwohl ihr trotz ihrer fünfundzwanzig Jahre jegliche Erfahrung zu fehlen schien, reagierte sie sinnlicher, als er es je bei einer anderen Frau erlebt hatte, dazu extrem sensibel. Deverell erkannte in ihr eine Frau mit ausgeprägt leidenschaftlichen Gefühlen, die es zu erwecken galt, und genau das nahm er sich vor.

Phoebe würde ihm nicht mehr entkommen.

Sie zitterte beinahe, und er schwankte zwischen dem Drang, sie zu beruhigen, und dem Wunsch, sie an sich zu reißen. Untersagte sich die Verlockung jedoch, griff stattdessen nach ihrer erhobenen Hand und schob sie behutsam ein Stück von sich weg, sie dabei mit seinem Körper vor neugierigen Blicken abschirmend.

Da sie noch benommen wirkte, schloss er die Finger fester um ihre. »Phoebe? Was wollten Sie mir sagen?«

Geübt in der Taktik der Verstellung, gelang es ihm, seine Stimme gelassen klingen zu lassen und seine wirklichen Gefühle, die ihm umtrieben, zu verbergen.

Sie blinzelte mehrmals, wurde rot und trat einen Schritt von ihm zurück. Mehr war ihr nicht möglich, weil er unverändert ihre Hand hielt.

»Ich, äh …« Sie holte tief Luft und fixierte ihn. »Ich möchte noch einmal betonen, dass ich wirklich nicht das geringste Interesse an einer Heirat habe, mit wem auch immer. Und sofern Sie nur einen Funken Feingefühl besitzen, lassen Sie mich mit diesem Thema endlich in Ruhe.«

Phoebe erstarrte.

Was hatte ihr bloß diese Worte eingegeben?

Sie waren ihr irgendwie ohne ihr Zutun über die Lippen gekommen.

Hatte es mit seiner verwirrenden Nähe zu tun, seinem männlichen Körper, dessen Glut sie selbst ohne direkte Berührung zu spüren meinte? Der eine einzige Verlockung darstellte? Das Herz schlug ihr noch immer bis zum Hals, und am liebsten hätte sie ihn auf der Stelle geküsst.

Diese Erkenntnis verblüffte sie so sehr, dass es ihr nur folgerichtig erschien, wenn sie nicht mehr klar denken konnte.

Sie musste hier weg, fliehen. Sich aus dem Bann dieses Mannes befreien, in den sie unaufhaltsam gezogen wurde. So sehr, dass sie es nicht schafften, den Blick von diesen beunruhigend sinnlichen Lippen zu lösen.

Doch ihn schien, wie sie bemerkte, eine ähnliche Faszination erfasst zu haben. Ihre Lippen pochten, und unwillkürlich fuhr sie mit der Zunge darüber, während er seine Augen nicht von ihr abwandte.

»Tja, wenn das so ist …« Seine Stimme klang wie ein unheilvolles Flüstern in dunkler Nacht. »Wenn Sie wirklich eine Abneigung gegen die Ehe haben, könnten wir ja …«

Wie in Trance beobachtete sie, wie seine Augen sich verschatteten; spürte, wie er ihre Hand, die er noch in seiner hielt, hob und umdrehte. Sein Blick verschmolz mit ihrem, dann senkte er den Kopf, hob ihr Handgelenk an seine Lippen und drückte einen heißen und empörend leidenschaftlichen Kuss auf die empfindsame Unterseite.

Die Berührung brannte wie Feuer. Phoebe schnappte nach Luft und hatte das Gefühl, dass sich plötzlich alles um sie herum drehte.

Er schaute sie an. »Antworten Sie nicht, nicht jetzt.« Der tiefe, dunkle Klang seiner Stimme ging ihr durch Mark und Bein. »Denken Sie einfach darüber nach.«

Ihr Gehirn hatte endgültig zu funktionieren aufgehört. Als könne er das spüren, verzog er den Mund und bot ihr seinen Arm an.

»Wir sollten besser wieder hineingehen.«

Im Salon führte Deverell sie zu Edith zurück, blieb indes an ihrer Seite.

Phoebe war dankbar, dass er sich angeregt mit ihrer und seiner Tante sowie mit Mr. Philips unterhielt und sie nichts weiter als zu nicken brauchte. Und nach einer Weile begleitete sie Edith wie immer nach oben, als diese sich für die Nacht zurückzog, um dann ihren eigenen Raum aufzusuchen, wo Skinner bereits auf sie wartete, um ihr beim Entkleiden zu helfen.

Und um sie auszufragen, doch abgesehen von der Beteuerung, ihr Möglichstes getan zu haben, um Deverell zu entmutigen, wusste sie nichts Entscheidendes zu berichten.

Die verwirrenden Empfindungen in seiner Gegenwart verschwieg sie lieber.

Erst als sie sich unter ihre Decke kuschelte, ließ sie die Ereignisse des Tages noch einmal Revue passieren. Durchlebte jene Momente erneut, dachte darüber nach, was sie gefühlt, was sie getan und was das zu bedeuten hatte.

Und verstand schlagartig, worauf er mit seiner geheimnisvollen Bemerkung hinauswollte.

»Tja, wenn das so ist, könnten wir ja …«

Kein Zweifel, es gab nur eine Erklärung, eine andere Auslegung fiel ihr nicht ein.

Nicht wenn man alles insgesamt betrachtete: seinen Tonfall, sein Verhalten, seine Worte.

Wenn sie kein Interesse an einer Heirat hatte, dann aber vielleicht an einer Liaison.

War es das, was er meinte?

Eine leise Stimme in ihrem Innern protestierte. Immerhin ging es um den Neffen ihrer Patentante, einen Viscount. Würde ein solcher Mann sich so benehmen? Oder hielt er sie nur zum Besten? Schließlich hatte er den Satz ja gar nicht beendet, seinen Vorschlag nicht offen ausgesprochen.

Phoebe seufzte.

Doch: Genau so war es gemeint gewesen. Da musste sie nur an seine sinnliche Aura, seine Verführungsabsicht zurückdenken.

Die Gedanken raubten ihr den Schlaf, denn mehr noch als sein Verhalten entsetzte sie ihre eigene Reaktion. Dass es Männer wie ihn gab, war ihr hinlänglich bekannt, nicht jedoch die Tatsache, dass sie sich von so etwas blenden ließ.

Entschlossen warf sie sich auf die Seite und bemühte sich, der ungeheuerlichen Tatsache, dass er ihr ernstlich eine Liaison vorschlug, den Zutritt zu ihren Träumen zu verwehren.

Sie beschloss, sich auf die wirklich wichtigen Dinge im Leben zu konzentrieren und Deverell während ihres Aufenthalts auf Cranbrook Manor nach Möglichkeit aus dem Weg zu gehen.

Das begann damit, dass sie sich, anstatt zum Frühstück zu erscheinen, ein Tablett aufs Zimmer bringen ließ. Und dass sie, anstatt ihr vergessenes Buch in der Bibliothek selbst zu holen, ihre Zofe schickte.

Bei dieser Gelegenheit erfuhr sie auch, dass Deverell sich mit den anderen zu einem ausgedehnten Ritt zu den Ruinen einer Festung aus der Eisenzeit verabredet hatte.

Durch das geöffnete Fenster hörte Phoebe das Klappern von Stiefelabsätzen, dann das Lachen und Scherzen der Reiter, die sich auf der Terrasse versammelten. Die Stimmen wurden leiser, als alle sich zu den Stallungen begaben. Sie wartete noch zehn Minuten, bevor sie das Tablett beiseiteschob, aufstand und mit dem Roman in der Hand nach unten eilte.

Die in kühlem Halbdunkel liegende Eingangshalle war menschenleer. Sie lauschte auf Stimmen, konnte jedoch keine hören, weder das lebhafte Geschnatter junger Damen noch das tiefe Brummen irgendwelcher Herren. Die älteren Damen standen erfahrungsgemäß sowieso alle recht spät auf.

Alles war so, wie es sein sollte.

Phoebe huschte zum Morgenzimmer am Ende der Halle, das sie wie erwartet leer vorfand, schlüpfte hinein, ließ die Tür angelehnt und machte es sich bequem.

Und wartete.

Auf die Ankunft von Lady Moffat.

Die Uhr auf dem Kaminsims schlug zur halben Stunde, als sie Geräusche hörte. Sie legte das Buch beiseite, erhob sich leise und spähte vorsichtig durch den Türspalt in die Halle.

Es war so weit.

Stripes, der Butler, huschte vorbei und erteilte Anweisungen an einige Lakaien, während Lady Cranbrook mit strahlendem Gesicht die Treppe heruntergeeilt kam.

»Aurelia! Herzlich willkommen, meine Liebe.«

Jetzt durfte sie sich ebenfalls bemerkbar machen.

Phoebe setzte ein Lächeln auf und betrat die Halle, um ebenfalls Lady Moffat zu begrüßen, die mit einigen Dienern und vielen Gepäckstücken soeben aus London eingetroffen war. Sie umarmte die junge Frau.

»Phoebe, wie schön, dich zu sehen. Ich nehme an, dann ist Edith desgleichen nicht weit.«

»Ja, das sehen Sie ganz richtig, Mylady. Sie hält sich noch auf ihrem Zimmer auf, freut sich aber bereits sehr, mit Ihnen bald angeregt plaudern zu können.«

»Das Vergnügen liegt ganz auf meiner Seite. Es gibt niemanden, mit dem man sich so hervorragend austauschen kann wie mit Edith. Sowohl über ernsthafte Dinge als auch über die kleinen Geheimnisse der Londoner Gesellschaft. Manchmal glaube ich, dass niemand so gut informiert ist wie sie.«

Eine Vermutung, die zweifellos stimmte.

Flüchtig begegnete Phoebe dem Blick der Zofe und nickte dieser kurz zu, bevor sie die beiden Ladys sich selbst überließ und ins Morgenzimmer zurückkehrte, wo ein Diener inzwischen die hohen Fenstertüren geöffnet hatte, um einen herrlichen Tag hereinzulassen.

Mit verschränkten Armen blickte sie gedankenverloren hinaus.

Unglaublich! Aurelia Moffat schien wirklich nicht Bescheid zu wissen, worüber alle Welt redete.

In den Londoner Salons zerriss man sich nämlich seit

Wochen die Mäuler über Lord Moffat und die Zofe seiner Frau. Jessica, eine hübsche kleine Venus, war das, was Männer gerne als appetitlichen Happen bezeichneten, und Lord Moffat galt nicht gerade als Kostverächter.

Nicht ungewöhnlich in seinen Kreisen, doch das Mädchen einzustellen war der Gipfel an Taktlosigkeit.

Phoebe fragte sich, ob man in diesem Fall die schändlich hintergangene Lady nicht diskret ins Bild setzen sollte.

Nur wer sollte das übernehmen?

Sie selbst musste sich in dieser Angelegenheit bedeckt halten.

Dann lieber Edith, der schließlich jedes Gerücht zu Ohren kam.

Andererseits erübrigte sich die Sache bald von allein.

Da sie für den Moment nichts unternehmen konnte und wollte, beschloss sie, einen Spaziergang zu machen. Draußen lockte die Sonne, schien allerdings nicht so stark, dass sie einen Hut oder Sonnenschirm hätte holen müssen.

Hinter ihr erklang ein Geräusch. Es war Stripes. »O Pardon, Miss. Ich wusste nicht, dass Sie hier sind.«

»Ist schon in Ordnung, ich wollte gerade gehen. Sollte meine Tante nach mir fragen, sagen Sie ihr bitte, dass ich einen Spaziergang zu dem kleinen Aussichtsturm unternehme.«

Nach kurzem Zögern fügte sie hinzu: »Sind alle Herren ausgeritten?«

»Das kann ich nicht genau sagen, Miss, aber weder in der Bibliothek noch in den anderen unteren Räumen ist jemand.«

Phoebe lächelte. »Vielen Dank, Stripes.« Dann machte sie kehrt und trat zuversichtlich durch eine der offen stehenden Türen ins Freie.

Von seinem Platz unter dem Apfelbaum beobachtete Deverell, wie Phoebe auf ihn zukam. Aus dieser sicheren Entfernung konnte er seinen Blick unbemerkt über sie wandern lassen: über ihre Kurven und die Konturen ihrer langen Beine, die Rundungen ihrer Schenkel, die sich deutlich unter den leichten Röcken abzeichneten, während sie, den Blick zu Boden gerichtet, in gleichmäßigem Tempo über den Rasen spazierte.

Nach Absage seiner Teilnahme am Ritt hatte er sich hierher zurückgezogen. Die rustikale Bank in der Nähe der Brücke über den Bach lud nicht allein zum Verweilen ein, sondern ermöglichte ihm zudem einen ungehinderten Blick auf die Rückseite des Hauses, die Stallungen und die Parkanlagen, die in das Wäldchen übergingen.

Ein idealer Beobachtungsposten, um sich auf die Lauer zu legen.

Um auf seine Beute zu warten.

Und da war sie auch schon.

Phoebe machte einen nachdenklichen und völlig versunkenen Eindruck. Obwohl er hoffte, dass ihre Gedanken bei ihm oder bei ihrem Verhältnis zueinander waren, glaubte er nicht daran.

Besonders eine Sache ließ ihm keine Ruhe.

Sie hatte, vielleicht unabsichtlich, auf eine Tätigkeit angespielt, die ihre volle Aufmerksamkeit erfordere und ihrer ganzen Energie bedürfe, und sie vage als Hindernis für Ehe und Familie bezeichnet.

Als er sich später bei Audrey erkundigte, hatte diese nicht die leiseste Ahnung gehabt, worum es sich handeln könnte. Edith ebenfalls nicht. Dabei pflegten beide Damen vorher stets den Eindruck zu erwecken, dass Phoebe keiner besonderen Beschäftigung nachging. Sie las, korrespondierte, unternahm Besuche und führte im Allgemeinen das Leben einer vornehmen, gut situierten Dame, die frei war von Verpflichtungen.

Bloß dass dieses Bild nicht demjenigen entsprach, das sie von sich selbst zeichnete.

Und weil irgendeine Betätigung besser zu ihrem Charakter passte als Müßiggang, glaubte er ihr.

Sie sprühte schließlich nur so vor Lebendigkeit und Tatendrang – nichts zu tun, das käme für sie kaum infrage. Sie brauchte irgendein Projekt, dem sie sich widmen konnte. Eine echte Aufgabe, die ihren Verstand und ihre Energie forderte.

Je mehr er darüber nachdachte, desto fester war er davon überzeugt, dass sie sich mit etwas Besonderem beschäftigte. Mit etwas Geheimnisvollen, über das sie nichts preisgeben wollte. Deverell kannte sie mittlerweile gut genug, um zu ahnen, dass es sich mit Sicherheit um nichts Alltägliches handelte.

Er musste herausfinden, was es war.

Was sie so interessierte und gefangen nahm, dass es ihre ganze Zeit und ihre Gedanken beschäftigte. Vielleicht bot sich hier ja sogar ein Anhaltspunkt, sie zu erobern. Natürlich musste er sich in diesem Zusammenhang vergewissern, dass sich die Tätigkeit mit den Aufgaben einer Viscountess vertrug und kein Hindernis für eine Ehe darstellte.

Phoebe bemerkte ihn erst, als sie in den kühlen Schatten der Bäume trat, und da war es für einen Rückzug bereits zu spät. Innerlich fluchend blieb sie stehen und sah zu, wie er sich gemächlich erhob und ihr entgegenschlenderte.

»Nicht einmal eine Dame von fünfundzwanzig sollte allein spazieren gehen.«

Ihr erster Impuls war, das Kinn trotzig zu recken und ihm

eine patzige Antwort zu geben. Bis ihr einfiel, dass es albern klänge, ausgerechnet in seiner Gegenwart zu beteuern, sie habe schließlich nichts zu befürchten.

Das wäre weiß Gott absurd.

Wo sie ständig vor ihm auf der Hut war.

»Ich will zum Aussichtsturm auf dem Hügel«, sagte sie deshalb lahm, aber wahrheitsgemäß.

Ihre Auskunft entlockte ihm ein Lächeln. »Schön, ich begleite Sie. Dann können Sie mir alles zeigen, was Sie gestern als so sehenswert beschrieben haben.«

Sie kniff die Augen leicht zusammen und versuchte zu ergründen, ob sich hinter dieser Maske der Liebenswürdigkeit eine dunkle Absicht verbarg. Obwohl er genau wusste, dass sie ihn nicht um sich haben wollte, drängte er ihr seine Begleitung auf. Und ihr fiel kein Grund ein, warum sie ihm das verwehren sollte.

An seinem Gesicht war nicht abzulesen, was er plante. Wohl aber, dass sein Entschluss feststand. Sich auf einen Streit mit ihm einzulassen, war also zwecklos.

Sie deutete auf die Brücke. »Da geht's lang.«

Schweigend promenierte er an ihrer Seite im Sonnenschein und schien zu ihrer Überraschung nicht zum Reden aufgelegt. Wie angenehm, dachte sie. Gleich hinter dem plätschernden Bach bog der Pfad den Hügel hinauf ab. Die Steigung war zum Glück so gering, dass nicht einmal er auf die Idee kam, ihr seinen Arm anzubieten.

Trotzdem, und obwohl er Abstand hielt, konnte sie nicht verhindern, dass all ihre Sinne auf ihn reagierten.

Der denkwürdige Augenblick auf der Terrasse, sein unehrenhafter Vorschlag einer Liaison – alles war wieder präsent und führte dazu, dass jeder Nerv in ihrem Körper vibrierte und ihre Gefühle verrücktspielten.

Irgendwie hatte er eine Saite in ihr berührt, von deren Existenz sie nichts ahnte, bis sie ihn zum ersten Mal erblickte. Wie ein albernes Schulmädchen, das jemanden anhimmelte, schalt sie sich. Dabei hatte sie solche Schwärmerei selbst in diesem Alter nicht erlebt, geschweige denn später.

Und so fand sie es erniedrigend, dass sie im reifen Alter bis über beide Ohren verliebt war, ohne gegen dieses Chaos in ihrem Innern anzukommen. Nicht einmal konzentrieren konnte sie sich, verspürte bloß den unsinnigen Drang draufloszuplappern, um sich abzulenken, und fürchtete zugleich, sich damit noch lächerlicher zu machen.

Sie hob den Kopf und sagte so beherrscht wie möglich: »Audrey hat nicht viel über Ihre Zeit bei der Armee erzählt. An welchen Orten waren Sie eigentlich eingesetzt?«

Als er nicht sofort antwortete, schaute sie in seine Richtung. Er hielt den Kopf gesenkt, seine Miene war nicht zu erkennen.

»Zu Anfang war ich bei der Garde, wurde aber innerhalb eines Monats versetzt.« Er begegnete ihrem Blick. »Die letzten zehn Jahre des Krieges habe ich in Paris verbracht.«

»Paris? Aber …« Sie stockte, begriff mit einem Mal die Andeutung und begann neu. »Dann waren Sie also ein Spion?«

Deverell zögerte, doch wenn sie ihn heiraten sollte, musste sie über seine Vergangenheit Bescheid wissen.

»Die offizielle Bezeichnung dafür lautet Geheimagent.«

Zu seiner Erleichterung war sie keineswegs entsetzt, sondern vielmehr ehrlich interessiert.

»Was haben Sie da gemacht? Geheimnisse aufgedeckt und nach Whitehall geschmuggelt?«

Seine Mundwinkel hoben sich belustigt. »Das eher selten, ich hatte einen anderen Auftrag.« Nach kurzem Überlegen fuhr er fort. »Bevor ich zur Armee ging, erwarb ich mir neben dem üblichen Bildungsgang in Eton und Oxford hervorragende Kenntnisse in geschäftlichen Dingen. Angebot und Nachfrage auf nationaler Ebene. Wissen, wie man Transporte logistisch beeinflussen kann. Große Warenmengen von einem Ende der Welt zum anderen zu verschieben, darauf basiert unser Familienvermögen, und mein Vater brachte mir das Know-how bei.«

Sie folgten weiter dem Pfad. Er stützte ihren Ellbogen, um ihr über eine Baumwurzel zu helfen.

»Wegen dieser speziellen Kenntnisse sowie meiner Beherrschung des Französischen – immerhin spreche ich so gut, dass man mich zumindest für einen Bewohner der Kolonien halten würde, wenn schon nicht für einen gebürtigen Franzosen – war ich bestens geeignet, die Geschäftswelt in Napoleons Staat zu unterwandern und zu schädigen.«

Er blickte sie an und sah, dass sie ehrliches Interesse zeigte.

»So ist es zum Beispiel schwierig, die Versorgung einer Armee mit Waffen zu gewährleisten, wenn kein Roheisen ins Land kommt. Unterbricht man in Krisenzeiten wichtige Warenströme, kann dies eine bedeutende Beeinträchtigung sämtlicher Kriegsanstrengungen nach sich ziehen.«

»Wie spannend. Es muss ziemlich …« Sie runzelte die Stirn und verstummte. »Ich wollte sagen, es muss ziemlich aufregend gewesen sein, aber bestimmt auch sehr gefährlich.« Sie sah ihn an. »Zehn Jahre sind eine lange Zeit.«

Er nickte und blickte zu Boden, weil die Erinnerungen ihn überfielen.

»Man musste immer sehr vorsichtig und auf der Hut sein, um sich nicht zu verraten.«

Inzwischen waren sie bereits ein gutes Stück den Hügel hinauf. Der Weg machte jetzt eine Biegung, bevor er sich weiter die Bergkuppe hinaufwand. Hier und da spendeten kleine Baumgruppen Schatten und luden zum Verweilen und Genießen der Aussicht ein, die sich immer wieder bot.

An einer solchen Stelle hielt Phoebe inne und richtete den Blick auf das Mosaik der Felder, die verstreut in den Hügeln lagen.

Eine leichte Brise ließ einzelne Strähnen ihres Haares wehen, die sich aus dem Knoten gestohlen hatten und ihren Nacken umspielten. Doch als sie spürte, dass er seine Augen darauf heftete, wurde sie verlegen und griff ihr Gespräch wieder auf.

»Ich habe gehört, dass Sie erstklassige Vierbeiner besitzen. Daraus schließe ich, dass Sie inzwischen so leben, wie Sie es ohne den Krieg getan hätten.«

Er stieß ein kurzes Lachen aus, während sie sich wieder auf den Weg machten.

»Ich wünschte, es wäre so, leider hat mir das unerwartete Erbe jedoch ein anderes Schicksal beschert.« Nachdenklich schaute er in die Ferne und zuckte dann die Achseln. »Um die Wahrheit zu sagen, hätte ich selbst unter anderen Umständen kaum noch für ein mondänes, unbekümmertes Leben getaugt. Zehn Jahre, wie ich sie erlebte, verändern einen Menschen.«

Er brauchte sie nicht anzusehen, um ihre Verwirrung zu bemerken. Zum ersten Mal begriff sie wohl, dass er nicht in die Schublade passte, in die sie ihn gesteckt hatte.

»Was halten Sie vom Regenten? Sind Sie ihm einmal begegnet?«

»Prinny? Ich kann nicht behaupten, dass ich von ihm angetan war.«

Seine Worte entlockten ihr ein Lächeln und ermutigten sie, weiter in ihn zu dringen. Offenbar suchte sie nach Anhaltspunkten, um ihn einordnen und beurteilen zu können. Durchaus nicht widerwillig ließ er sich auf ihr Spiel ein und gab bereitwillig Auskunft, um ihre Neugier zu befriedigen.

Obwohl es nach außen nicht den Eindruck erweckte, unterschied er sich von anderen Männern seines Schlags. Um diese Feststellung kam Phoebe nicht umhin – allerdings auch nicht um die Tatsache, dass alle Einsichten und Erkenntnisse nicht dazu beitrugen, dieses äußerst ärgerliche Gefühl der Verliebtheit zu mindern.

Ganz im Gegenteil.

Nun wollte sie erst recht mehr über diesen Mann wissen, der mit einer so außergewöhnlichen Vergangenheit aufwarten konnte.

Als sie bei dem kleinen, runden Aussichtsturm auf dem höchsten Punkt des Hügels ankamen, hatte sie bereits genug erfahren, um sämtliche ihn betreffenden, vorgefassten Ansichten über Bord zu werfen. Was sie natürlich wiederum zu seinen Worten auf der Terrasse führte und der Frage, ob sie wirklich so gemeint waren, wie sie vermutete?

Und wenn ja, was das bedeutete.

Deverell folgte ihr auf die Holzplattform unter dem karussellartigen, weiß gestrichenen Dach. Phoebe trat ans Geländer, hielt sich daran fest und blickte in die Landschaft, die sich unter ihr ausbreitete, während er hinter ihr stehen blieb, um sie zu beobachten. Ihre Haltung, die Art, wie sie sich bewegte und was ihm das verriet.

In gewisser Weise war sie wie ein offenes Buch. Vom Typ her direkt und voller Entschlossenheit machte sie aus ihren Absichten keinen Hehl – lediglich ihre Motive und die

Gründe für ihre Entscheidungen sowie die daraus resultierenden Handlungen verbarg sie weitgehend.

Dieses Versagen wurmte ihn.

Weil ihm trotz seiner an sich ausgeprägten Fähigkeit, andere Menschen zu durchschauen, ihre geheimsten Gedanken somit ein Rätsel blieben. Und von anderen auf sie zu schließen, das funktionierte erst recht nicht. Dazu war sie zu einzigartig.

Jemand mit seiner Vergangenheit empfand das als beunruhigend, weil es ihn der Kontrolle beraubte und er mit seinem Vorhaben zu scheitern fürchtete. Was er bei Phoebe unter keinen Umständen erleben wollte.

Also verlegte er sich aufs Raten, aufs Spekulieren. Dass sie ihre Meinung zum Thema Heirat nicht zu ändern gedachte, hatte sie klipp und klar zu verstehen gegeben. Aber wie sah es mit dem anderen Vorschlag aus? Würde sie sich auf eine Liaison einlassen?

Er vermutete eher nein, mochte aber die Hoffnung nicht aufgeben.

Unbemerkt trat er neben sie.

Die Aussicht war einfach herrlich. Unter ihnen lag das Herrenhaus mit seinen Nebengebäuden inmitten der Parkanlagen, Wälder und Felder, dahinter der Fluss und die sanften Hügel, die sich bis zum purpurgefärbten Horizont erstreckten.

Der perfekte Ort für ein bisschen Überzeugungsarbeit.

Er senkte den Kopf und blickte in ihr Gesicht. Ihre Gedanken waren zweifellos nicht bei Feldern und Fluss, wie sich unschwer erkennen ließ.

Deverell verbarg ein Lächeln, und seine Lippen verzogen sich leicht, als er die Hand hob und mit einem Finger die feinen Strähnen berührte, die ihren Nacken liebkosten.

Ein Beben ging durch ihren Körper. Der Griff ihrer Hände am Geländer wurde fester, ehe sie Luft holte und ihm einen gereizten Blick zuwarf.

»Lassen Sie das!«

Er schaute sie an und richtete seine Aufmerksamkeit erneut auf ihren Nacken.

»Warum? Hat es Ihnen nicht gefallen?«

Einen Moment lang rechnete er mit einer ehrlichen Antwort, wurde jedoch enttäuscht.

»Nein«, fuhr sie ihn unwirsch und voller Abwehr an.

Grinsend nahm er seine Hand weg, neigte stattdessen den Kopf, damit sich ihre Blicke auf gleicher Höhe begegneten und er ihr und sie sein Gesicht studieren konnte.

Phoebe beäugte ihn misstrauisch, während sich ihre Hände an das Geländer krallten.

Er schenkte ihr ein aufrichtiges Lächeln.

»Vergessen Sie nicht zu atmen«, sagte er und fügte hinzu: »Wenn Sie in Ohnmacht fallen, muss ich Sie auffangen und vielleicht sogar zum Haus zurücktragen.«

Ihre Augen wurden ganz groß und fixierten seine. »Ich falle nie in Ohnmacht.«

Statt einer Antwort schmiegte er seine Hand an ihren Nacken. Nur ganz sanft, nicht energisch, aber mehr brauchte er gar nicht zu tun. Sie erbebte aufs Neue – unfähig, ihre Erregung zu unterdrücken und ihre Reaktion auf seine Berührung zu kontrollieren.

Eine Erkenntnis, die einen Schwall purer Lust durch seinen Körper jagte.

Sein Instinkt drängte ihn, sie fester zu halten, sie an sich zu ziehen, seine Lippen auf ihren Mund zu drücken und einfach Besitz von ihr zu ergreifen. Er rückte noch ein Stückchen näher.

Ihre Lider flatterten, ihre Blicke trafen sich, und er erkannte den Kampf, der in ihrem Innern tobte. Und die damit verbundene Angst.

Deverell erstarrte.

Nichts hätte ihm schneller Einhalt gebieten können als dieser Anblick. Er gab sie auf der Stelle frei, streichelte bloß weiter behutsam und beruhigend ihren Nacken. Nicht viel anders würde er ein nervöses Pferd behandeln, dachte er.

In beiden Fällen durfte man nicht zu schnell vorgehen, und diesen Fehler hatte er soeben begangen. Und das bei einer unerfahrenen Jungfrau. Phoebe war schließlich noch unberührt und durch seine Nähe wie gelähmt, würde mit Sicherheit am liebsten vor ihm davonlaufen.

Und das mit fünfundzwanzig. Er konnte nicht glauben, dass sie wirklich bislang nie geküsst worden war. Aber bei dieser heftigen Reaktion, dieser Panik …

Dennoch war die Art und Weise, wie sie auf ihn reagierte, ungewöhnlich intensiv. Eine Tatsache, die ihn gewaltig reizte, die er dennoch nicht ausnützen würde. Für weitergehende Schritte war es einfach zu früh. Bei ihr war Umsicht angesagt, kein stürmisches Vorpreschen. Vor allem nicht am zweiten Tag ihrer Bekanntschaft.

Phoebe wand sich innerlich. Einerseits versuchte sie sich weiter von ihm zurückzuziehen, andererseits spürte sie seine Hand besitzergreifend in ihrem Nacken. Sie spannte sich an zur Gegenwehr, falls er sie zu küssen versuchte, aber seine Lippen streiften nur sanft das glänzende Haar über ihrem Ohr.

»Hören Sie auf, sich so zu verkrampfen. Ich tue Ihnen nichts«, flüsterte er und wartete, dass die Worte zu ihrem Verstand durchdrangen.

Gleichzeitig hoffte er, sie würde die Angst vor Berührungen verlieren. »Geben Sie es auf, gegen mich zu kämpfen. Ich kann Ihnen mehr über sinnlichen Genuss beibringen, als Sie sich vorzustellen vermögen.«

Sie öffnete den Mund zum Protest, schwieg dann aber.

»Und sparen Sie sich die Mühe, so zu tun, als hätten Sie kein Interesse.« Er fing ihren Blick auf. »Die Art von Genuss, von dem wir hier sprechen, weist niemand zurück.«

Noch auf dem Rückweg pochte Phoebes Herz wie wild. Sie hatte das Gefühl, knapp einem gefräßigen Raubtier entkommen zu sein. Allerdings bloß vorübergehend, denn noch war die Gefahr keineswegs gebannt.

Und einem Raubtier glich er durchaus.

Gleichzeitig erkannte sie immer deutlicher, dass die Versuchung keineswegs allein von ihm ausging, sondern der merkwürdigen Spannung zwischen ihnen beiden entsprang.

Sie hatte keine Ahnung, was sie mit ihm anfangen sollte. Und erst recht wusste sie nicht mit dem Gefühlssturm in ihrem Innern umzugehen, was mehr als alles andere an ihren Nerven zerrte und sie immer wieder aufs Neue die Fassung verlieren ließ.

Aus Gründen, die ihr schleierhaft waren, fand sie ihn nämlich zunehmend interessanter. Vor allem seit sie mehr und mehr feststellte, dass er nicht dem gängigen Klischee entsprach. Weder was seine Vergangenheit noch was sein Verhalten ihr gegenüber betraf. Da hatte er immerhin ihren Willen respektiert und auf weitere Intimitäten verzichtet.

Und sie nicht geküsst.

Dabei hätte sie sich in dem Moment, da er von ihr abließ, beinahe gewünscht, er möge nicht aufhören, sondern ihre Panik einfach übergehen und ihr alles beibringen, was sie wissen sollte.

Fraglos eine Wahnsinnsvorstellung.

Jedoch eine überaus reizvolle.

Sie stieg die Stufen zur Terrasse hinauf und drehte sich mit einem Ruck zu ihm um. »Vielen Dank für Ihre Begleitung, Mylord.«

Drinnen ertönte eine Glocke.

»Das dürfte die Aufforderung zum Mittagessen sein«, sagte er mit einer galanten Geste. »Wollen wir uns zu den anderen gesellen?«

Phoebe nickte ergeben und rauschte durch die Tür, obwohl ihr der Sinn nicht unbedingt nach der Gesellschaft einer schnatternden Menschenmenge stand.

Zum Glück zeigte niemand aus der vom Ausritt zurückgekehrten Gruppe Interesse an ihr. Die Teilnehmer bemühten sich eher, Deverell klarzumachen, welch aufregende Dinge ihm entgangen waren, sodass Phoebe sich ganz auf ihr Essen und ihre Gedanken konzentrieren konnte.

Natürlich saß er neben ihr, und wie schon zuvor verwirrte seine Nähe ihre Sinne. Bloß dass sie diesen Zustand zunehmend als weniger bedrückend empfand. Vielmehr verspürte sie eine heimliche und irgendwie sündige Verlockung in seiner Gegenwart. Und statt diese zu bekämpfen, rief sie sich lieber Szenen in Erinnerung, die ihr Bild von ihm verändert hatten.

Nach dem Essen allerdings musste sie in den sauren Apfel beißen und den anderen zum Bogenschießen folgen. Auf dem rückwärtigen Rasen waren Peter Mellors und Edgar Thomas bereits damit beschäftigt, Anweisungen für das Aufstellen der Zielscheiben zu geben. Die Damen würden es sich im Schatten der Bäume auf Stühlen bequem machen können.

Deverell hockte sich zwischen Audrey und Phoebe auf den Rasen und berichtete seiner Tante vom Besuch des Aussichtsturms, wobei er zu Phoebes Erleichterung nicht erwähnte, wer ihn begleitet hatte. Audrey fragte nicht nach.

Edgar gab schließlich durch Händeklatschen das Signal für den Beginn des Turniers. »Ich bitte um Ihre Aufmerksamkeit.« Er lächelte jovial. »Wir haben Vierergruppen zusammengestellt, deren Gewinner jeweils eine Runde weiterkommt«, sagte er und erklärte im Detail die aufgestellten Regeln und verlas die Namen der jeweiligen Gruppen. »Als Erstes finden die Vorrunden der Damen statt, dann die der Herren und am Ende, wie der Name schon sagt, die Finalrunden.«

Diejenigen, die sich auf die Liste hatten setzen lassen, standen auf. Auch Deverell erhob sich, blickte auf sie hinab.

»Nehmen Sie nicht teil?«

»Kein Interesse.«

Mit einem Grinsen neigte er grüßend den Kopf und schlenderte zu den anderen Gentlemen.

Als die Vorrunden der Damen begannen, schaute Phoebe sich um. Wenn sie still und heimlich verschwinden wollte, war das jetzt der richtige Zeitpunkt. Die älteren Ladys unterhielten sich angeregt oder beobachteten ihre Schützlinge, während ihre männlichen Altersgenossen ein wenig abseits des Wettkampfs in eine angeregte Diskussion über die Jagd verwickelt waren.

Deverell entdeckte sie mit einem Bogen in der Hand bei den anderen Junggesellen, die sich bemüßigt fühlten, den jungen Damen nützliche Ratschläge zuzurufen oder sie anzufeuern. Es wurde viel gelacht, und die Stimmung war gut. Niemand nahm den Wettbewerb allzu verbissen.

Phoebe sagte sich, dass sie jetzt aufstehen und sich leise im Schutz der Bäume davonstehlen sollte, doch der warme Nachmittag mit seiner lauen Brise und dem herrlichen Sommerduft war so angenehm, und sie fühlte sich so träge, dass sie nicht die Energie aufbrachte, sich von ihrem Stuhl zu erheben.

Und obwohl das Bogenschießen an sich sie nicht interessierte, waren die Possen an der Linie sowie der wachsende Kampfgeist der Teilnehmer recht unterhaltsam. Mal wohlwollend lächelnd, mal boshaft grinsend verfolgte sie die Anstrengungen.

Das Finale der Damen bestritten Leonora und Deidre. Die eine blond, die andere brünett, waren sie zwei attraktive junge Frauen, moderne Dianas, die nicht nur beim Bogenschießen miteinander rivalisierten.

Am Ende gewann Deidre. Höchst entzückt blickte sie um sich und ließ sich auf fröhlich-charmante Art ausgiebig loben. Dabei entging es Phoebe nicht, dass ihr Blick auf Deverell ruhte und sie seine Glückwünsche mit besonderer Inbrunst entgegennahm.

Schließlich wurde es Zeit für das Herrenfinale, das Deverell neben zwei anderen Teilnehmern erreicht hatte. Er war ein paar Jahre älter als die anderen beiden, dazu größer, schwerer und stärker. Daher überraschte es Phoebe keineswegs, als er nach der ersten Runde klar in Führung lag.

Allerdings schenkte er selbst seinen Konkurrenten keine Beachtung, sondern richtete sein Augenmerk stärker auf die jungen Damen, die mit aufgeregter Begeisterung hinter der Linie standen und offensichtlich darauf warteten, dem Gewinner zu gratulieren, sich an seinen Arm zu klammern und seine Aufmerksamkeit zu fordern.

Ein Fehler womöglich.

Denn anders als bei den vorherigen Versuchen trafen seine Pfeile nicht ins Schwarze, und so lag er, als die Punkte ausgerechnet wurden, nicht mehr auf dem ersten Platz. Lachend gratulierte er dem Gewinner, klopfte ihm anerkennend auf den Rücken, um sodann schnurstracks über den Rasen auf Phoebe zuzusteuern.

»Verflixt!«

Erst als sie ihn kommen sah, wurde ihr bewusst, dass sie den Zeitpunkt für eine Flucht gründlich verpasst hatte. Vorausgesetzt, dass sie ihm überhaupt entwischen wollte.

Schon trat er in den Schatten der Bäume und blieb vor seiner Tante stehen, die den Wettkampf durch eine Lorgnette, die jetzt in ihrem Schoß lag, verfolgt hatte.

Sie blickte zu ihm auf und stellte in nüchternem Ton fest: »Ich habe gar nicht gewusst, dass Charlie so ein exzellenter Schütze ist – er trifft sogar besser als du.«

Er zuckte gleichmütig mit den Schultern. »Er war eben der beste Mann des Tages.«

Bevor sie weiter darüber diskutieren konnten, erschien Stripes und rief die Gäste zum Tee.

Deverell unterdrückte eine Grimasse und blickte zu Edith und Audrey. »Tee?«

»Ja bitte.«

Er drehte sich fragend zu Phoebe um.

»Ich helfe Ihnen.«

Sie streckte ihm ihre Hand entgegen, damit er sie von ihrem Stuhl hochziehen konnte, und Seite an Seite begaben sie sich zu dem Tisch, wo Tee und Kuchen ausgeteilt wurden. Die begehrlichen Blicke diverser junger Ladys mied er tunlichst.

Zurück bei den Tanten reichten sie ihnen Tassen und Teller, ohne dass die beiden groß davon Notiz nahmen. Zu sehr waren sie in Erinnerungen an ein lange zurückliegendes Ereignis vertieft und verliehen nur mit einem kurzen Nicken ihrem Dank Ausdruck.

Unversehens kreuzten sich ihre Blicke.

Hastig schaute er weg und griff verlegen nach seiner Tasse. Richtete seine Augen auf die Gästeschar auf dem Rasen, obwohl niemand ihn interessierte.

Allein Phoebe zählte.

Seitdem sie von ihrem Spaziergang zurückgekehrt waren, hatte sie ihn immer wieder verstohlen gemustert, die ganze letzte Stunde lang.

Deverell fühlte sich auf eine Art und Weise erregt wie schon seit Jahren nicht mehr. Das letzte Mal war ihm so etwas während seiner Zeit in Eton passiert, und das war lange her. Umso verwunderlicher fand er es, dass er jetzt im reiferen Alter Reaktionen zeigte, die sich kaum von denen des Schuljungen unterschieden. Ein fast peinlicher Gedanke, wenn man all die Erfahrungen bedachte, die er inzwischen gesammelt hatte.

Was aber war mit ihr?

Begann sie möglicherweise über seinen Vorschlag nachzudenken?

Sein Verlangen nach ihr war endgültig seit jenem Moment auf dem Aussichtsturm schmerzhaft gewachsen, wenngleich er wusste, dass er sich vermutlich noch zahlreiche Beschränkungen würde auferlegen müssen.

Seine eigenen Bedürfnisse waren mehr als unbefriedigt, und Deverell wünschte sich sehnlichst, es gäbe eine Gelegenheit herauszufinden, wo er mit Phoebe inzwischen stand. Diese Unsicherheit verhinderte, dass er an anderes denken konnte, was ihn letztlich auch den Sieg im Bogenschießwettbewerb gekostet hatte.

Wenn er sie nicht bald zumindest küssen konnte, würde er noch den Verstand verlieren.

Vor allem musste er sie allein haben.

»Die nächste Stunde, wenn nicht länger, passiert hier nichts weiter«, sagte er so leise, dass Audrey und Edith ihn nicht hören konnten. »Hätten Sie vielleicht Lust auf einen kleinen Spaziergang? Ich denke da an eine sehr hübsche Stelle am Bach, die mir heute Morgen aufgefallen ist.«

Einen Moment lang musterte sie ihn, nickte dann zustimmend und stellte ihre Teetasse auf dem neben Audrey stehenden Tischchen ab.

»Wir gehen ein Stück am Bach entlang.«

Phoebe wartete auf einen Einwand ihrer Tante und überlegte sich bereits eine Rechtfertigung, doch Edith lächelte ebenso wie Audrey zufrieden.

»Ja, natürlich, Liebes«, stimmte sie zu und entließ die Nichte mit einem Winken. »Es ist wirklich ein herrlicher Nachmittag.«

»Da wäre es eine Schande, ihn nicht voll auszukosten«, fügte Audrey hinzu.

Das waren die richtigen Anstandsdamen, dachte Phoebe und sah die beiden argwöhnisch an. Sie hätten zumindest ein paar mahnende Worte an Deverell richten müssen, wie es sich schickte. Ihn mit einem Blick bedenken, der »Benimm dich« bedeutete. Nun ja …

Der Ausdruck auf seinem Gesicht ließ sie alle derartigen Überlegungen vergessen, denn seine Miene verriet eine Anspannung, die ihr neu war.

»Hier geht's lang«, sagte er gepresst.

Sie tauchten unter den Ästen durch, ohne dass jemand von ihnen Notiz genommen oder sich ihnen anzuschließen versucht hätte. Zum Glück, denn mit Sicherheit wünschte er keine Gesellschaft.

Und sie ebenfalls nicht.

4

Durch Sonnenlicht und Schatten, den eine Vielzahl von Bäumen spendete, promenierten sie einen Weg entlang, der mit sanfter Abwärtsneigung vom Haus wegführte. Das Murmeln des Baches war bereits zu hören, aber zu sehen bekamen sie ihn erst hinter der nächsten Biegung.

Deverell nahm ihre Hand, um ihr über einige knorrige Wurzeln hinweg zu dem steilen Uferrand zu helfen.

Bedingt durch die ergiebigen Niederschläge des Frühlings führte das sonst eher bescheidene Flüsschen viel Wasser und rauschte spritzend über Steine und Felsblöcke hinweg. Es klang wie ein munteres Lied, in dessen Melodie Libellen mit ihrem Schwirren und Finken mit ihren Rufen einfielen. Die träge Wärme des Nachmittags, die im Tal herrschte, umfing sie und spendete ihnen ein angenehmes Wohlgefühl.

Keiner von ihnen sprach.

Phoebe, die den Besitz zwar von früheren Besuchen kannte, nicht jedoch diesen Teil des Geländes, wusste auf Anhieb, dass er dieses Fleckchen Erde mit der »hübschen Stelle« gemeint hatte, denn der Bach verbreiterte sich hier zu einer Art kleinem See mit sichtlich tieferem Wasser, das sämtliche plätschernden Geräusche verschluckte. Bäume mit hängenden Ästen umstanden die unbewegliche Oberfläche.

Deverell führte sie unter den grünen Baldachin.

Nach dem kleinen Marsch in der Sonne war die erfrischende Kühle unter dem Blätterdach eine willkommene Abwechslung. Sie folgte ihm unter einen alten Baum, der nur wenige Meter vom Ufer entfernt stand, lehnte sich an den glatten Stamm und sah ihm zu, als er sich bückte, einen flachen Stein aufhob und ihn mit einer kurzen Bewegung aus dem Handgelenk über die stille Wasseroberfläche hüpfen ließ. Aufgestört schoss ein Eisvogel flussabwärts davon.

Die Hände an den Hüften stand Deverell da und blickte übers Wasser. Sie drückte sich noch fester gegen den Baumstamm und fragte sich, was sie eigentlich hier machte. Das Schicksal herausfordern?

Als hätte sie diesen Gedanken laut ausgesprochen, drehte er sich um und kam lässig auf sie zu. Blieb direkt vor ihr stehen, blickte in ihre Augen und erforschte sie, bevor er seine großen Hände mit schweigsamer Zärtlichkeit an ihr Gesicht schmiegte, es sanft anhob und sie küsste.

Das Ganze geschah so behutsam und so selbstverständlich, dass sie gar nicht dazu kam, in Panik zu geraten. Wie er sich bewegte und wie er sie berührte, ließ jegliches Anzeichen einer Bedrohung vermissen. Ihre Lippen wurden weich unter seinen, noch ehe sie darüber nachdenken konnte.

Selbst als sie endlich realisierte, was geschah, blieb sie entspannt und verspürte keine Regung, ihn wegzustoßen. Nichts dergleichen passierte, nichts änderte sich. Seine Lippen lagen warm und zärtlich auf ihren, verwöhnten sie ohne Drängen mit Liebkosungen, lockten, verführten.

Es gab nur seine Hände und seine Lippen.

Und den sinnlichen Genuss.

Eine Empfindung, die sie durchströmte wie warmer Honig und sie erregte. Die allmählich – Schritt für Schritt – dafür sorgte, dass sie mehr wollte, heftiger danach verlangte.

Bis sie unter seiner Führung ihre Lippen teilte und ihm ihren Mund bereitwillig anbot.

Phoebe empfand nichts als einen erregenden Rausch, als seine Zunge über ihre strich und seine Hände sanft ihr Gesicht streichelten.

Deverell unterdrückte den Drang, sie einfach zu packen, sie in seine Arme zu reißen und die Dinge voranzutreiben. Doch er wollte nicht riskieren, dass sie einen Rückzieher machte und vielleicht sogar die Flucht ergriff. Trotz ihrer Hingabe spürte er ihre Wachsamkeit. In so einem Fall musste er mit besonderer Vorsicht vorgehen und sich genug Zeit nehmen.

Mehr als je bei einer anderen Frau.

Trotzdem blieb das animalische Bedürfnis.

Am liebsten würde er sie einfach nehmen, seine Begierde befriedigen. Es wäre ihm ein Leichtes, sie zu überwältigen und sie gleich dort beim Fluss ins Gras zu werfen. Wenn ihm nicht alle seine Instinkte sagen würden, dass er sie auf diese Weise nie erobern konnte.

Im Gegenteil: Er würde sie verlieren.

Es blieb ihm nichts anderes übrig, als sich fürs Erste zu bescheiden. Ein Kuss war das Höchste der Gefühle. Daher richtete er seine ganze Energie und seine nicht unbeträchtliche Erfahrung darauf, dass sie seinen Kuss erwiderte.

Phoebe hob eine Hand und berührte seine Hände, die sich nach wie vor voller Sanftheit an ihr Gesicht schmiegten. Eine Berührung, die ihr fast ehrfürchtig vorkam. So vorsichtig, so beruhigend, so völlig anders als erwartet.

Noch während ihr Körper sich ihm ergab und zuließ, dass er sie zu gegenseitigen langen, langsamen und erregenden Zärtlichkeiten verleitete, versuchte ihr Verstand diesen rätselhaften Mann zu ergründen.

Sein Kuss war behutsam, obwohl ihm selbst ganz und gar nichts Weiches anhaftete. Schließlich hatte er bislang immer mit unerbittlicher Härte und Rücksichtslosigkeit vorgehen müssen und seinen Willen zum Maßstab erhoben. Selbst in dieser Situation spürte sie das.

Jetzt allerdings hielt er sich im Zaum, zügelte all das, wovor sie sich fürchtete.

Obwohl er selbst den heftigen Wunsch verspürte, sie an sich zu ziehen, ihren Körper zu berühren, ihre Brüste, ihr Hinterteil. All das wollte er nur zu gerne, aber er stellte seine Begierden zurück, um sie nicht zu verprellen.

Phoebe wusste nicht so recht, was sie davon halten sollte. War es wirklich ein Zeichen von Respekt, von Selbstbeherrschung und innerlicher Stärke?

Wollte er ihr entgegenkommen?

Oder handelte es sich um eine Verführung ganz eigener Art?

Konnte sie ihm überhaupt vertrauen?

Zögerlich löste sie sich von seinen Lippen, und er ließ sie gewähren, hielt lediglich weiter ihr Gesicht mit seinen Händen umfangen.

Sie öffnete die Augen und blinzelte ihn an, beobachtete, wie er sie musterte, und schalt sich eine Närrin. Vertrauen? Ihm? Er war die Bedrohung in Person, der Typ Mann, bei dem keine Frau sich je sicher fühlen würde.

Aber wieso spürte sie diese Bedrohung, die sie ihm unterstellte, nicht?

Sie zog die Stirn kraus. »Ich weiß nicht …«, stammelte sie hilflos und völlig durcheinander.

Er lächelte. »Warum machen wir nicht einen Schritt nach dem anderen und schauen, wohin uns der Weg führt?«

Phoebe bezog seine Worte zu Recht auf den Vorschlag,

sich mit ihm auf eine Affäre einzulassen. Offensichtlich schien er jedoch zu signalisieren, dass er ihr das Tempo überlassen wollte. Für einen Mann wie ihn zweifellos ein äußerst großzügiges Angebot – eines, das ihn bestimmt eine Menge Überwindung kostete. Und sie? Obwohl sie keine Heirat wünschte, wusste sie im tiefsten Herzen, dass sie ein Nein zu seinem Angebot bereuen würde.

»Ich …« Sie holte tief Luft und wagte den Sprung ins kalte Wasser. »Ja. Einverstanden, aber wirklich immer nur einen Schritt nach dem anderen, und dann sehen wir weiter.«

Einen kurzen Moment lang sah er ihr ruhig in die Augen, bevor seine Miene ein leicht resigniertes Lächeln annahm.

»Nun gut, halten wir es so. Nur wissen Sie eigentlich, dass ich Sie am liebsten bereits geküsst hätte, als wir uns das erste Mal sahen?«

»In der Bibliothek?«, fragte sie überrascht.

»Ja.« Warm und fest umschloss er ihre Hand. »Falls ich Sie allerdings damals schon geküsst hätte, wäre es nicht dabei geblieben, nicht mit dieser Chaiselongue. Zudem waren wir ganz allein.«

Sie neigte den Kopf und sagte verwegen: »Das sind wir hier und jetzt ebenfalls.«

Sein Blick wurde durchdringender, bevor er schließlich den Kopf schüttelte.

»Ja, das stimmt, aber alles hat seine Zeit und seinen Ort. Und das trifft hier beides nicht zu.«

Deverell tat einen Schritt nach hinten und zog sie vom Baum weg. »Kommen Sie, wir sollten zurückgehen. Sie müssen sich fürs Abendessen umziehen.«

Waren ihre Worte eine Einladung oder eine Prüfung gewesen? Vermutlich Letzteres. Deshalb musste er sich von ihr entfernen, um die Glut seiner Leidenschaft zu ersticken.

»Sag Jessica, dass sie mich im Musiksalon treffen soll, sobald sich alle zur Nachtruhe begeben haben.«

Phoebe saß vor der Frisierkommode und blickte Skinner im Spiegel an. »Heute ist eine musikalische Soiree geplant, und die finden die meisten Gäste bestimmt langweilig. Gut für uns, denn dann sind wir ungestört. Sollte wirklich noch jemand unten sein, kann Jessica erklären, dass Lady Moffat ihren Fächer vergessen hat und sie ihn suchen muss.«

»Aye, das richte ich ihr aus. Aber wenn der Abend so langweilig wird, wie Sie sagen, warum wollen Sie dann das hier tragen?«

Die Zofe nahm das pfauengrüne Seidenkleid hoch und schüttelte es aus, ehe sie Phoebe mit nachdenklicher Miene ansah.

Die junge Frau begegnete kurz ihrem Blick und langte dann nach dem Parfum.

»Weil die Gesellschaft hoffentlich interessanter ist als die Unterhaltung.«

»Gesellschaft, wie? Groß, dunkel und sündhaft gut aussehend. Meinen Sie so eine Gesellschaft?«

»*Jegliche* Gesellschaft«, erwiderte Phoebe in strengem Ton, obwohl Skinner natürlich ins Schwarze getroffen hatte und sie für ihn hübsch auszusehen wünschte.

Weil sie wusste, dass er Zeit mit ihr verbringen wollte und sie sich zugegebenermaßen auf diese Momente freute. Immerhin versprach sie sich davon eine bedeutsame Erweiterung ihres Erfahrungsschatzes. Und was Unterricht auf dem Gebiet sinnlichen Genusses anging, dürfte es kaum einen geeigneteren Mann geben als ihn.

»Soll ich Jessica schon erzählen, dass wir für unseren Plan morgen Nacht ins Auge fassen?«

Phoebe verschloss das Parfumfläschchen, nachdem sie sich den Duft hinters Ohr getupft hatte.

»Ja. Hat Fergus Emmeline, Birtles und Scatcher eine Nachricht zukommen lassen?«

»Ja. Er denkt, dass er bis morgen früh Antworten erhält.«

»Gut. Gib mir Bescheid, wenn alles vorbereitet ist.«

Sie stand auf und ließ sich von Skinner das blaugrüne Kleid über den Kopf streifen, zog es gerade und betrachtete sich im Spiegel.

Der Anblick gefiel ihr. Diesen ungewöhnlichen Farbton konnten nicht viele tragen, aber zu ihrem Teint passte er ausgezeichnet. Und was am allerwichtigsten war: Die Farbe würde alle Blicke auf sich ziehen.

Von jedermann.

Sie blieb stehen, während die Zofe das Kleid schnürte, und setzte sich erst wieder, als es ans Frisieren ging. Geduldig öffnete Skinner den Knoten, bürstete das lange Haar, bis es glänzte, und steckte es zu einer modischen Abendfrisur auf. Aquamarinfarbene Ohrringe sowie ein dazupassendes Armband und eine Kette vervollständigten den Aufzug.

»Verflixt«, schimpfte Skinner, als sie die heraushängenden Strähnen im Nacken bemerkte. »Diese Haare sind einfach zu kurz. Ich werde sie mit Nadeln feststecken müssen.«

Phoebe zögerte. Sie hatte plötzlich das Gefühl, dass Deverell in diesem Moment diese Strähnen berührte und die Hand an ihren Nacken schmiegte.

»Nein. Lass sie, wo sie sind.«

Skinner sah sie überrascht an, doch Phoebe zuckte nur

leicht die Achseln und griff nach dem gemusterten Schultertuch.

»Ich habe mich an sie gewöhnt.«

Und wenn sie nicht da wären, würde Deverell sie vielleicht nicht noch einmal auf diese Weise berühren.

Was schade wäre, denn es hatte ihr gefallen.

Nach dem Dinner begab sich die Gesellschaft in den pompös ausgestalteten Musiksalon, wobei Phoebe sich nach wie vor nichts erwartete außer Langeweile.

Der Abend hatte bereits schlecht begonnen.

Als Erstes wurde sie beim Betreten des Salons, wo man sich vor dem Essen versammelte, von Peter und Edgar aufgehalten, die sie in ein nicht enden wollendes Gespräch über das für den morgigen Nachmittag geplante Krocketturnier verwickelten. Jedes Mal, wenn sie den Mund öffnete, um sich zu entschuldigen, stellten sie ihr noch eine Frage.

Ihr Unmut rührte allerdings vor allem daher, dass sie Deverell nirgends erspähen konnte.

Schließlich entdeckte sie ihn am Fenster, eingekeilt zwischen Deidre und ihren Freundinnen Heather und Millicent, die sich wie eine rüschenbewehrte Mauer vor ihm aufgebaut hatten.

Zwischen ihr und ihm.

Ein Blick in Peters Gesicht bewies ihr, dass dieses Arrangement kein Zufall war. Gerade als sie eine bitterböse Miene aufsetzte und verschiedene Fluchtmöglichkeiten gegeneinander abwog, erschien Stripes und bat ins Speisezimmer.

Leider besaß die Gastgeberin die Angewohnheit, die Tischordnung jeden Abend neu zusammenzustellen. Und heute saß Deverell am anderen Ende der Tafel zwischen

Georgina und Deidre, während Phoebe von Charlie und einem Mr. Combes unterhalten werden sollte.

Obwohl die Herren ihr Bestes gaben, blieb es eine vergebliche Liebesmüh, denn von ihr war kein Entgegenkommen zu erwarten. Dieses Arrangement entsprach ganz und gar nicht ihrem Geschmack, und die Aussicht auf die musikalischen Darbietungen verbesserte ihre Laune nicht gerade.

Als älteste der unverheirateten jungen Damen war sie ausersehen, das Aufspielen zu eröffnen. Zweck eines solchen Abends war es nämlich, den anwesenden Junggesellen einen Eindruck von den Talenten der Heiratskandidatinnen zu vermitteln.

Mit anderen Worten, es ging um Kuppelei.

Da sie dafür eindeutig nicht mehr zur Verfügung stand, hätte sie das Ansinnen am liebsten entschieden abgelehnt, doch das wäre zu unhöflich gewesen. Wenn sie also nicht umhinkam, den holperigen Vorträgen der anderen zu lauschen, sollten die Zuhörer wenigstens vorher von ihr ein Bravourstück hören.

Sie klappte den Klavierdeckel hoch, fuhr probehalber mit den Fingern über die Tasten, um sich zu vergewissern, dass das Instrument einigermaßen gestimmt war, und griff nach dem bereitliegenden Stapel Notenblätter.

Sie ging die Seiten durch, als sie plötzlich ein leichtes Kribbeln im Nacken verspürte.

Deverell.

Wie immer, wenn er sich näherte, merkte sie es, ohne ihn sehen zu müssen. Kurz spähte sie zu den anderen hinüber, die gerade ihre Sitzplätze einnahmen, und bekam am Rande mit, dass die Töchter mit ihren Müttern diskutierten, was sie spielen sollten, um sich bestmöglich zu präsentieren.

Deverell blieb neben ihr stehen, schaute sie einen Moment lang an und betrachtete dann die Blätter in ihren Händen.

»Was werden Sie vortragen?«

Sie zuckte die Schultern. »Eine Arie, eine Sonate – etwas Ruhiges jedenfalls.«

Als sie kurz aufblickte, sah sie, wie seine Mundwinkel zuckten.

»Singen Sie?«, fragte er.

»Ja.«

»Wie wäre es in dem Fall mit einer Ballade? Wenn Sie etwas Passendes finden, biete ich meine Unterstützung an.«

Sie unterdrückte ihre Verwunderung. »Bariton?«

Er nickte.

Gezielt blätterte sie jetzt in dem Stapel und zog ein Blatt hervor.

»Wie wäre es damit? Das Stück besteht aus zwei Teilen. Erst wird abwechselnd allein gesungen, dann im Duett.«

Er überflog die Noten. »Ich erinnere mich daran.«

»Ausgezeichnet, tragen wir das vor«, entschied sie, während er bereits die anderen Noten wegräumte.

Lady Cranbrook, die die Szene am Piano beobachtet hatte, eilte mit einem erfreuten Lächeln herbei.

»Viscount Paignton und ich werden gemeinsam eine Ballade vortragen«, erklärte Phoebe ihrer Gastgeberin.

Ein Strahlen ging über das Gesicht der Lady, und sie klatschte entzückt in die Hände.

»Wie wundervoll, meine Liebe«, sagte sie und wandte sich Deverell zu, der rechts neben Phoebe Aufstellung genommen hatte. »Vielen Dank, Mylord. Das ist wirklich die beste Art und Weise, um die anderen Herren sowie die Damen einzustimmen und zu ermutigen, es Ihnen gleichzutun.«

Dann drehte sie sich um, rief die Zuhörer mit lautem Klatschen zur Ruhe und kündigte den ersten Vortrag an.

Erheitert legte Phoebe die Finger auf die Tasten. »Normalerweise gelte ich nicht unbedingt als Vorbild«, flüsterte sie Deverell mit einem Anflug von Zynismus zu.

Der grinste bloß anzüglich und sagte trocken: »Das kann ich mir vorstellen.« Mit einem Nicken deutete er dann auf das Pianoforte. »Wenn Sie so weit wären …«

Was folgte, war mit nichts zu vergleichen, was sie je zum Vortrag gebracht hatte. Die Noten flossen ihr mühelos mit dem richtigen Anschlag und in perfektem Takt aus den Fingern. Schließlich setzte ihr Gesang ein. Sie besaß eine ungewöhnlich ausdrucksvolle Altstimme, die kräftig genug war, den Raum zu füllen, ohne dass es angestrengt klang. Obwohl sie die erste Strophe solo sang, spürte sie den Unterschied, den seine Nähe ausmachte: Sie trug das Stück lebendiger und irgendwie präsenter vor.

Und als er in ihren Gesang einstimmte, vergaß sie plötzlich den Raum, in dem sie sich befanden, vergaß die anderen Menschen, die sie beobachteten. Seine Stimme war trotz ihres Volumens leicht und erstaunlich kontrolliert, schien eins mit der Musik zu werden und ein Netz des Wohlklangs um sie beide zu spinnen, das sich zu faszinierender Harmonie verdichtete und ihre Stimmen auf sinnliche Weise miteinander verflocht.

Ihre wurde lauter, wenn seine leiser wurde und umgekehrt. Erst dominierte der eine, dann der andere, doch nicht um sich zu messen, sondern um herauszufinden, wie sie sich gegenseitig unterstützen und sich zu Höchstleistungen antreiben konnten. Nie zuvor hatte sie ein solches Wechselspiel erlebt.

Die Ballade bestand aus zwölf Strophen. Die Musik und

ihre Stimmen führten sie immer weiter, immer tiefer in das verzauberte Flechtwerk, bis sie schließlich die beiden Schlussakkorde erreichten, die sie perfekt hielten und zu einem einzigartig harmonischen Klang verschmolzen.

Nach dem letzten Ton kehrten sie in die Wirklichkeit zurück, in jenen Augenblick völliger Stille, der einer großartigen Vorstellung folgt. In der Tat mussten die Zuhörer erst einmal Luft holen, ehe sie in der Lage waren, Beifall zu spenden.

Dann aber kam er umso begeisterter. Lächelnd und mit einem huldvollen Nicken nahm Phoebe das Lob entgegen, ehe sie Deverell gestattete, ihre Hand zu nehmen und sie zu Audrey und Edith zu führen, die mit einem entzückten Lächeln auf einer Chaiselongue an der Seite des Raumes saßen.

»Wundervoll«, strahlte Edith, während Audrey bloß selbstgefällig lächelte.

Deverell flüsterte leise: »Das hat mir großen Spaß gemacht.«

»Mir auch.« Sie blickte ihn an. »Ich muss gestehen, dass ich Ihnen das gar nicht zugetraut hätte. So eine Stimme findet man nicht oft.«

Seine Lippen verzogen sich geringschätzig. »Einer der positiven Nebeneffekte, wenn man viel Zeit in Pariser Salons verbringt.«

»Aha.« Sie schaute zum Pianoforte, wo soeben die nächste junge Dame zu spielen begann. Langweilig und dilettantisch, wie sie es erwartet hatte.

Außerdem trug es dazu bei, dass erneut ihre Unruhe und Ungeduld wuchs, die sie in Deverells Nähe empfand. Es fiel ihr schwer auszuharren. Nur zwei der Vorträge waren recht passabel, der Rest jedoch ließ jedes Talent vermissen.

Sie warf einen Blick auf Deverell.

Obwohl seine Haltung gelassen wirkte, merkte sie ihm an, dass er den Abend ebenso zermürbend fand wie sie und lieber allein wäre mit ihr. Immerhin hatten sie einen neuen Weg eingeschlagen, den sie gerne weiter erkunden wollten. Trotz des bewegenden Erlebnisses beim gemeinsamen Vortrag war ihre Sehnsucht alles andere als gestillt. Und sie fragte sich bereits resigniert, ob sie heute Abend noch mit irgendwelchen Fortschritten rechnen durfte.

Endlich löste sich die Gesellschaft auf, und Phoebe schickte sich an, ihre Tante aufs Zimmer zu begleiten, als sie Deverells Hand auf ihrem Arm spürte.

Sie wandte sich zu ihm um.

»Später, beim Tempel am See?«

Als sie zögerte, hob er ihre Hand, um sie voller Zärtlichkeit mit den Lippen zu berühren. Die sanfte Liebkosung reichte aus, um ihre Nerven vibrieren zu lassen. Sein fester Griff verriet ihr, dass er noch entschlossener war als sie, den nächsten Schritt zu tun.

»Ja. In Ordnung«, flüsterte sie zurück. »Sobald alles ruhig ist.«

Mit einem Nicken ließ er sie los. Sie drehte sich um, ging zu Edith und führte sie hinaus. Auch ohne es zu sehen, wusste sie, dass Deverell sie nicht aus den Augen ließ.

Es war schon fast Mitternacht, als sie durch eine Seitentür nach draußen schlüpfte, um sich mit Jessica, Lady Moffats Zofe, zu treffen.

Phoebe erklärte dem Mädchen, was zu ihrer Rettung geplant war und wie sie vorzugehen gedachten. Jessica wäre ihr vor Dankbarkeit fast um den Hals gefallen. Das arme Ding war völlig verzweifelt gewesen in Anbetracht der Aussicht, ins Landhaus der Moffats zurückkehren zu müssen, wo ihr der lüsterne Hausherr wieder nachstellte.

Schnell verabschiedete sich Phoebe, um zu ihrer nächsten Verabredung zu eilen. Zu dem Treffen mit Deverell.

Als sie um die Hausecke bog und in Richtung des im klassischen Stil neben einem künstlichen See errichteten Tempels ging, lehnte er bereits lässig an einer der Marmorsäulen und wartete auf sie.

Am Nachmittag hatte er in den Stallungen unauffällig bei einem Schwatz den Kutscher Fergus ausgehorcht und wusste jetzt, dass sie außerdem eine Zofe namens Skinner dabeihatte, eine herbe Frau mit einem gütigen Herzen, die sich schon seit ihrer Kindheit um sie kümmerte. Von Grainger, seinem Burschen, erfuhr er überdies, dass Phoebes Zimmer neben dem von Edith im Hauptflügel des Anwesens lag und man von dort aus Garten und Terrasse sehen konnte. Deshalb erkannte er auch sofort, dass sie nicht auf direktem Weg aus ihrem Zimmer kam, denn der hätte sie aus einer anderen Richtung zu dieser Stelle geführt.

Der Tempel war ihm aufgefallen, als er nach dem Besuch der Stallungen durch einen kleinen Spaziergang die Frustrationen loszuwerden versuchte, für die es derzeit keine Befriedigung geben würde.

Und am Abend dann, als seine Unzufriedenheit einen neuen Höhepunkt erreichte, kam er ihm als idealer Treffpunkt wieder in den Sinn. Nach dem Duett mit ihr war ihm nämlich klar, dass er nicht einschlafen würde, ohne sie nicht wenigstens noch einmal zu küssen.

Ein kleiner Schritt auf dem langen Weg zur Verführung.

Sie näherte sich jetzt etwas langsamer und spähte ins Dunkel. Vom Haus durch eine Gruppe von Bäumen abgeschirmt, trat er vor in einen der überwölbten Gänge.

Und dann erblickte sie ihn.

Trotz der Dunkelheit konnte er ihr Lächeln erkennen, sah, wie sie die Röcke raffte und schließlich zu ihm die Stufen hinaufeilte.

»Ich wusste nicht, ob Sie hier…«

Er griff nach ihrer Hand und zog sie mit sich in die Schatten des Tempels zurück. Am liebsten hätte er sie sofort an sich gerissen, konnte sich zum Glück gerade noch beherrschen. Umfasste stattdessen ihr Gesicht, hob es an und küsste sie.

Diesmal allerdings blieb es nicht dabei.

Als er den Kuss vertiefte, folgte sie ihm willig. Ihre Hände legten sich auf seine Brust, eine nach der anderen, und obwohl es eine federleichte Berührung war, drang sie ihm bis tief ins Mark.

Dann nahm er ganz sanft, ganz langsam eine Hand von ihrem Gesicht. Sie bot ihm ihren Mund aus freien Stücken dar. Ihre Zunge spielte mit seiner: unschuldig, unerfahren und gelehrig dabei. Sie lernte zu geben und zu nehmen, sinnlichen Genuss zu empfangen und zu erwidern. Es war ein berauschendes Gefühl, ein einfaches und dennoch deutliches Zeichen ihres Interesses.

Aber damit nicht genug.

Vorsichtig umfasste er ihre Taille, ließ den Arm dort ruhen und sie die Berührung spüren, damit sie sich daran gewöhnte. Während er sie weiterhin küsste, sie weiterführte, ihr zeigte, wie viel mehr ein Kuss sein konnte, zog er sie sacht näher, überaus sacht, Stück für Stück, bis schließlich die Seide ihrer Korsage seine Jacke streifte.

Was ihr keinesfalls entging, denn ungeahnte Empfindungen schossen durch ihren Körper. Sie spürte, wie die Spitzen ihrer Brüste fest wurden, und reagierte bloß einen kurzen Moment verwirrt. Mit seinen Lippen auf ihren, dem trägen Streicheln seiner Zunge über ihre kam keine Panik auf, keine Angst.

Sie wusste, dass sein Arm sie hielt und das auch gegen ihren Willen könnte, doch er bedrängte sie nicht, packte sie nicht, trieb sie nicht in die Enge.

Trotzdem spürte sie ihn von Kopf bis Fuß. Je länger er sie küsste, je länger sie dort stand, desto stärker fühlte sie seine Härte und Erregung, die ihr durch und durch ging.

Und sie schwach werden ließ.

Als die Versuchung, sich an ihn zu schmiegen, einfach zu groß wurde, warf sie sämtliche Bedenken über Bord, sank ergeben an seinen Körper, presste ihren Busen fest an seine Brust und ihre Schenkel eng an seine muskulösen Beine.

Ein wohliger Schauer reiner Wonne erfasste sie. Sie genoss das Gefühl mit allen Sinnen, genauso seine Reaktion, die sie zudem zutiefst erstaunte. Wie selbstverständlich setzten sie den Kuss fort, kosteten weiter voneinander, aber alles geschah ohne Eile und mit einer erstaunlichen Beherrschung seinerseits.

Seine Küsse blieben träge, bloß einladend, nicht fordernd, während sich sein Körper anfühlte, als halte er einen gierigen Dämon gefangen, der allein durch reine Willenskraft im Zaum gehalten wurde. Sie schob ihre Hände nach oben zu seinen breiten Schultern, dabei jeden Zentimeter erforschend, jeden Muskel ertastend.

Hinter seinen sanften Küssen lauerten leidenschaftliches Feuer und eine Gier, bei der sie sich fragte, ob sie sie wohl je stillen, je befriedigen konnte.

Heiße Glut stieg in ihr auf.

Noch entschiedener, noch begehrlicher erwiderte sie seine Küsse. Er nahm alles, was sie ihm anbot, und gab ihr im

Gegenzug alles, was sie wollte. Seine Beherrschung indes blieb unerschütterlich und wankte nicht für den Bruchteil einer Sekunde.

Versuchung wallte in ihr auf, stärker, heftiger, zwingender. Doch bei aller Wonne, die sie empfand, wusste sie, dass es zu riskant war. Trotz seiner scheinbar felsenfesten Beherrschung durfte sie ihn nicht leichtfertig in Versuchung führen, ihn womöglich dazu verleiten, seinen Gefühlen freien Lauf und sie die ganze Kraft seines Verlangens spüren zu lassen.

Am Ende war er es dann, der sich zurückzog und den Kopf hob. Sein Gesicht lag im Schatten, sodass seine Augen nicht zu erkennen waren, aber sie konnte ihn spüren.

Stand da in seinen Armen, die sie weiterhin zärtlich an sich drückten, und nicht eine einzige ihrer Warnglocken schrillte. Sie fühlte sich rundum wohlig und hätte fast vor Zufriedenheit wie ein Kätzchen geschnurrt.

»Sie schmecken wie ein erlesener Wein, der berauscht und süchtig macht, selbst wenn man ihn in kleinen Schlucken trinkt«, murmelte er an ihrem Ohr.

»Und Sie schmecken … gefährlich.« Gefährlich männlich, fügte sie im Stillen hinzu.

»Das bin ich auch, allerdings nicht für Sie.«

Sie blickte ihm in die Augen und stellte fest, dass sie ihm glaubte.

Deverell ließ die Arme sinken und trat einen Schritt zurück. »Kommen Sie, ich bringe Sie ins Haus zurück.«

Mit einem Nicken fügte sie sich, und Seite an Seite machten sie sich auf den Rückweg durch die Bäume und über den Rasen. Er zeigte ihr, wie man die mit Kies bestreute Auffahrt überquerte, ohne ein Geräusch zu erzeugen, und geleitete sie durch eine Terrassentür in die Bibliothek.

Als sie an ihm vorbeigehen wollte, hielt er sie auf und zog sie erneut an sich. Obwohl er sie überrumpelte, ließ sie es zu, gestattete ihm einen letzten, langen, sehnsüchtigen Kuss.

Als er sich von ihr löste, raunte er an ihren Lippen: »*Ein* Schritt zur Zeit.«

Die Hände gegen seine Brust gestemmt, blickte sie in seine dunklen Augen und nickte.

»Gute Nacht.«

Sie drehte sich zu ihm um. »Kommen Sie nicht mit herein?«

Er schüttelte den Kopf.

»Ich werde noch ein Stückchen gehen«, erklärte er und schloss die Tür hinter ihr.

Sie schaute ihm nach, wie er sich über den Rasen entfernte.

Völlig aufgewühlt, drehte sie sich um und eilte nach oben.

5

»Meinen Sie, wir könnten eventuell falsch abbiegen?«

»Sehr leicht sogar.«

Deverell betrachtete die Kutschen, die vor ihnen fuhren beziehungsweise ihnen folgten.

»Leider bezweifle ich, dass man es uns so ohne Weiteres gestattet, uns zu verirren.«

Phoebe, die in ihrem mit magentafarbenen Blütenzweigen verzierten Musselinkleid ein entzückendes Bild abgab, seufzte und hob den Sonnenschirm ein wenig.

»Im Grunde genommen sind Picknicks ja eine schöne Sache, wäre man nicht dazu verdammt, so viel törichtes Gerede über sich ergehen zu lassen, denn das verdirbt einem immer den Appetit.«

»In dieser Beziehung werden Sie keinen Widerspruch von mir hören«, sagte er und fügte nach einer Weile hinzu: »Wieso haben wir uns nur zum Teilnehmen breitschlagen lassen?«

»Ich weiß es nicht.« Phoebe bedachte ihn mit einem strafenden Blick. »Aber ohne Ihre allzu offensichtliche Aufmerksamkeit hätte wenigstens ich mich auf meinen Status als alte Jungfer berufen und mich mit meinem Buch in die Bibliothek zurückziehen können. Ich habe es immer noch nicht zu Ende gelesen.«

»Durch so ein feiges Verhalten hätten Sie mich Damen

wie Deidre und Leonora ausgeliefert, und so grausam wollen Sie doch wohl nicht sein«, sagte er mit einem Lächeln.

Sie rümpfte die Nase. »Ein Gentleman muss damit rechnen, auf dergleichen Schwierigkeiten zu stoßen, wenn er an einer als Hausgesellschaft getarnten Brautschau teilnimmt.«

»Die Einzige, die ich mir anschauen wollte, waren Sie.« Er wagte es so offen zu reden, weil er selbst kutschierte und keine neugierigen Ohren zu fürchten brauchte. Die hatte nämlich Grainger trotz seiner sonstigen Vorzüge unbedingt.

Blinzelnd drehte sie ihm den Kopf zu. »Tatsächlich?«

»Das habe ich Ihnen bereits gesagt, als wir uns das erste Mal trafen.«

Ich bin Ihretwegen hier.

Phoebe erinnerte sich deutlich an seine Worte, und erneut lief ihr beim Klang seiner wohltönenden tiefen Stimme derselbe eigenartige Schauer über den Rücken.

»Ja, das stimmt. Ich hätte wohl besser zuhören sollen.«

Er sah sie fragend an und verstand in der Tat nicht auf Anhieb den Sinn ihrer Worte und wollte schon nachhaken, doch der schmale, stark ausgefahrenen Weg erforderte seine volle Konzentration, und er vergaß es.

Als sie schließlich ihr Ziel erreichten und er ihr vom Wagen herunterhalf, hatte Phoebe drei verschiedene Szenarien ersonnen und wieder verworfen, um die lästige Begleitung loszuwerden. Er hatte recht: Man würde ihnen nicht erlauben, sich von der Gruppe abzusondern.

Anscheinend waren alle überdies entschlossen, ihnen nicht einen einzigen Moment des Alleinseins zu gönnen. Ständig verlangte man nach ihm, ihr oder nach ihnen beiden. Selbst während des Picknicks auf einem begrünten Hügel verwickelte man sie immer wieder ins Gespräch oder machte sie auf dieses und jenes aufmerksam.

»Sie kennen sich sehr gut in dieser Gegend aus.«

Deverell hatte es sich neben Phoebe im Gras gemütlich gemacht und blickte gedankenverloren zum Horizont. Sie saß auf einer dicken Reisedecke und schaute in die Ferne, während eine lebhafte Brise mit ihrem Haar spielte. Keiner von ihnen nahm von der schnatternden Gästeschar Notiz.

»Ich bin nicht weit von hier aufgewachsen. Mein Vater ist Lord Martindale, und unser Besitz liegt etwa zwanzig Meilen entfernt.« Sie zeigte Richtung Osten.

»Verbringen Sie viel Zeit dort?«

Ein bekümmerter Zug legte sich um ihre Lippen. »Nein, ich verließ Martindale mit acht Jahren. Meine Mutter war ein Jahr zuvor gestorben, und danach wurde mein Vater zum Einsiedler. Inzwischen verlässt er das Gut nur noch selten. Nach dem Ende der Trauerzeit schickte er mich zu meinen Tanten, elf an der Zahl, zwischen denen ich häufig herumgereicht wurde. Die meiste Zeit habe ich allerdings bei Edith verbracht, die nach dem Tod ihres Ehemanns ebenso einsam war wie ich.«

Als er schwieg, sah sie ihn forschend an. »Haben Sie Geschwister?«

Er schüttelte den Kopf. »Wie Sie habe auch ich meine Mutter in jungen Jahren verloren, und mein Vater starb während meines Aufenthalts im Ausland. Außer Onkel und Tanten habe ich also keine Verwandtschaft.«

»Was die Notwendigkeit einer Verheiratung erklärt.«

Er nickte.

Noch ehe sie mehr in Erfahrung bringen konnte, gesellten sich Georgina und Heather zu ihnen.

»Wenn wir zurück in Cranbrook sind, findet das Krocketturnier statt. Natürlich müssen Sie unbedingt beide daran teilnehmen.«

Phoebe verzog ungehalten das Gesicht, denn ihr missfiel Georginas bestimmende Art.

»Ich fürchte, dass ich nach diesem Picknick nicht mehr genug Energie besitze, um eine ernst zu nehmende Mitstreiterin zu sein. Ihr müsst deshalb leider auf mich verzichten.«

»Oh.« Georgina dachte kurz nach und kam dann offensichtlich zu dem Schluss, dass man Phoebe ohnehin nicht brauchte. Mit strahlenden Augen wandte sie sich an Deverell.

»Aber Sie spielen, nicht wahr, Mylord? Sie sind bestimmt nicht zu erschöpft.«

Phoebe registrierte, dass Deverells leicht zusammengekniffene Augen auf ihr ruhten.

»Ich beteilige mich aber nur unter der Bedingung, dass Miss Malleson meine Partnerin ist.«

Es kostete sie alle Mühe, nicht in Lachen auszubrechen. Jetzt blieb Georgina keine andere Wahl, als sich ihr wieder zuzuwenden und zu betteln: »Phoebe? Dann spielst du doch, oder?«

Er war ein Teufel, kein Zweifel, denn nun stand sie mit dem Rücken zur Wand.

»Sofern Lord Paignton mich mit seinem zweifelsfrei vorhandenen Können unterstützt, werde ich zur Not genug Energie aufbringen, um mitzumachen.«

Und so kam es, dass sie sich drei Stunden später Seite an Seite am Rande des Krocketfelds wiederfanden.

»Ich habe seit Jahren nicht mehr gespielt«, warnte Deverell sie.

Dennoch hatte er, wie sich schnell herausstellte, nichts verlernt, wenngleich sich die Art und Weise seines Spiels von der ihr bekannten unterschied.

In seiner Variante gab es weitaus mehr Körperkontakte zwischen den Spielpartnern, zumindest zwischen ihnen. Sie konnte sich nicht erinnern, dass man sich beim Krocket überhaupt auf Tuchfühlung bewegte, doch ständig kam es zu kleinen Zusammenstößen, einem sanften Drücken seiner Hand in ihrem Rücken und zu scheinbar unabsichtlichen Berührungen zwischen seinen in einer engen Hirschlederhose steckenden Beinen und ihren unter den weiten Röcken verborgenen Schenkeln.

Nicht zu vergessen das Streicheln der Strähnen in ihrem Nacken.

Ihr war von Anfang an klar, dass er mit voller Absicht vorging, aber es störte sie nicht. Im Gegenteil. Sie genoss die wohligen Schauer, die ihr prickelnd über die Haut liefen, wenn sie seinen Atem spürte oder seine Hand gar rein zufällig an eine ihrer Rundungen stieß, wo sie nun wirklich nichts verloren hatte.

Zumindest nicht in der Öffentlichkeit.

Diese flüchtigen, nicht für fremde Augen bestimmten Berührungen fügten ihrer Beziehung eine neue Facette hinzu. Und obwohl sie in der letzten Runde des Turniers schließlich von Peter und Heather besiegt wurden, hatte ihnen das Spiel mit Sicherheit größeren Spaß bereitet als allen anderen Teilnehmern.

Der Nachmittag war also nicht völlig verschwendet gewesen.

Nur wirkten die neuen Eindrücke nach, als sie sich bereits auf ihrem Zimmer befand, um sich für den abendlichen Ball umzukleiden. In ihrer granatroten Robe hatte sie das Gefühl, aus der Haut fahren zu müssen.

Es kribbelte überall. Ihre Nerven waren angespannt, reagierten auf den geringsten Reiz und fieberten der leisesten Berührung, der geringsten Zärtlichkeit entgegen.

Zur Hölle mit ihm. Herzhaft fluchend, versuchte sie ihre Empfindungen zu unterbinden und hoffte dennoch allen Verwünschungen zum Trotz, dass an diesem Abend etwas geschah, das ihre Sehnsüchte befriedigte. Obwohl sie keine Ahnung hatte, wie das im Rahmen eines Balles möglich sein sollte. Sie sank auf den Stuhl vor ihrer Frisierkommode und griff nach ihrem Lieblingsduft.

»Ist alles für heute Nacht vorbereitet?«, fragte sie Skinner, die sich daranmachte, ihr die Haare zu richten.

Die Zofe nickte. »Sie werden mit der Kutsche auf dem Feldweg warten, wie Sie gesagt haben. Jessica weiß Bescheid, dass Sie sich mit ihr in der Bibliothek treffen. Armes Ding, sie ist so verzweifelt, dass sie bestimmt weglaufen würde, wenn wir sie nicht in Sicherheit brächten.«

»Hm. Behalte sie im Auge, sofern du kannst. Das fehlt uns gerade noch, dass sie etwas Dummes anstellt und im Haus Aufsehen erregt.«

»Ich werde sie wie meinen Augapfel hüten. Wollen Sie sich nach dem Ball noch umziehen?«

Phoebe ging in Gedanken ihre Pläne durch und schüttelte den Kopf.

»Nein, ich glaube, das dürfte bei dem guten Wetter nicht nötig sein.«

»Dann werde ich Jessica nicht mehr von der Seite weichen, sobald Lady Moffat sie nicht mehr braucht, und ihr Gesellschaft leisten, bis es an der Zeit ist, sich mit Ihnen zu treffen.«

»Gut, das halte ich für klug.«

Es klopfte leise an der Tür, und Audrey schlüpfte mit einem heiteren Lächeln herein.

»Da bist du ja, Liebes. Ich hatte gehofft, dich vor dem Ball noch zu sehen.«

In elfenbeinschwarze, im Togastil geschneiderte Seide gehüllt und mit einem passenden goldfarben und schwarz gemusterten Turban auf dem Kopf, begab sich Deverells Tante schnurstracks zu dem Sessel neben der Frisierkommode und musterte anerkennend Phoebes Kleid.

»Diese Farbe steht dir ausgezeichnet, Liebes. Was wirst du dazu tragen? Deinen Granatschmuck und die Perlen?«

Die junge Frau warf Skinner, die sich weiter an ihrem Haar zu schaffen machte, im Spiegel einen Blick zu. »Genau das hatte ich vor.«

»Ausgezeichnet.« Audrey machte es sich in dem Sessel bequem. »Sowohl Edith als auch ich ... Nun ja, wir sind sehr erfreut, dass du dir offenbar einen Ruck gegeben hast.«

Noch ehe die verwunderte Phoebe darauf eine vernünftige Antwort geben konnte, fuhr Audrey fort: »Ich dachte, ich sollte dir vielleicht etwas mehr über die Deverells erzählen, die männlichen insbesondere. Sie waren ausnahmslos in ihrer Junggesellenzeit ziemliche – nennen wir es beim Namen – Lebemänner und trieben es toll. Aber sie wurden recht ruhig, sobald sie in den Stand der Ehe traten.«

Aus den Augenwinkeln beobachtete Phoebe, wie Audrey mit leicht geneigtem Kopf nachdachte.

»Ich bin mir nicht sicher, ob zwischen diesen beiden Phasen nicht immer schon ein Zusammenhang bestand. Letztere ist vielleicht eine direkte Folge der vorher gesammelten Erfahrungen, wenn du verstehst, was ich meine.«

Als Phoebe weiterhin abwartend schwieg, ergriff sie erneut das Wort. »Deine Mutter und ich standen uns sehr nahe, haben uns gegenseitig all unsere Hoffnungen und Träume anvertraut. Das weißt du ja, doch eine Geschichte kennst du noch nicht, und die möchte ich dir jetzt erzählen. Es ist, glaube ich, an der Zeit dafür. Als ich jung war, so mit zweiundzwanzig, hatte ich einen Verehrer und dachte, ich sei verliebt in ihn. Nun ja, das war ich wohl auch, aber mein Vater hielt ihn für einen ausgemachten Taugenichts und verbot mir, ihn zu heiraten. In jener Zeit war ich längst nicht so unabhängig wie heutzutage und beugte mich seinen Wünschen ohne großen Widerstand. Außer zu schmollen, habe ich nicht besonders hart um ihn gekämpft. Trotzdem ...« Audrey zuckte leicht mit den Schultern.

Phoebe runzelte die Stirn. »Du hast nie aufgehört, ihn zu lieben?«

»Nein, so war es nicht. Mein Vater lag gar nicht so falsch mit seiner Einschätzung des armen Hubert. Und es ist auch nicht so, dass ich all die Jahre meine Verliebtheit wie eine Fackel vor mir hergetragen hätte. Allerdings habe ich mich oft gefragt, was gewesen wäre, wenn. Schließlich können sich Menschen ändern, wie ich später lernte.«

Audrey richtete sich auf und zog ihr Schultertuch straff. »Du kennst mich gut genug, um zu wissen, dass ich in meinem Leben nur sehr wenig bereut habe und rundum zufrieden bin. Dennoch frage ich mich von Zeit zu Zeit, ob ich glücklicher geworden wäre, hätte ich die Chance ergriffen, die mir das Schicksal bot, und um Hubert gekämpft. Damals wollte ich ihn wirklich, und ich werde nie erfahren, was hätte sein können. Wäre er ein Tunichtgut geblieben trotz einer Heirat? Oder wäre er ein zuvorkommender, liebevoller Ehemann geworden, der all meine Wünsche erfüllt hätte?«

Audrey erhob sich leise raschelnd. »Was ich damit sagen möchte, ist Folgendes: Obgleich ich nichts bereue, was ich in meinem Leben getan habe, bedaure ich manchmal, etwas unterlassen zu haben, anstatt es ernsthaft zu überprüfen.«

Sie suchte im Spiegel Phoebes Blick. »Ich wollte dich nur ermutigen, Liebes, dass du, falls das Schicksal an deine Tür klopft, erst einmal darüber nachdenkst, was wäre wenn, ehe du es fortschickst.«

Die junge Frau griff nach der Hand der Älteren. »Danke, ich werde mir deinen Rat zu Herzen nehmen.«

Ein Lächeln erhellte Audreys Gesicht. »Schön.« Dann wandte sie sich Richtung Tür. »Und jetzt sollte ich besser gehen und Edith abholen. Wir sehen dich dann im Salon.«

»Sie ist immer noch eine höllisch gut aussehende Dame«, meinte Skinner anerkennend, nachdem sie die Tür hinter Audrey geschlossen hatte. »Kein Grund für sie zu meinen, sie bekäme keine Gelegenheit mehr. So alt ist sie ja weiß Gott nicht.«

»Nein, da hast du recht.«

Während sie ihre Ohrringe und die Perlenkette anlegte, dachte Phoebe über Audreys Worte nach. Natürlich hatte sie vom Heiraten gesprochen, aber …

Sie nahm ihr Retikül und verließ das Zimmer. Warum sollte Gleiches nicht auch für eine Liaison gelten?

Jedenfalls musste sie herausfinden, was sein könnte, und das brachte sie nur in Erfahrung, wenn sie sich auf diese Geschichte einließ.

Audreys Äußerungen über die männlichen Mitglieder ihrer Familie gingen Phoebe nicht mehr aus dem Kopf.

Deverell erschien erst relativ spät im Salon und sah in

seinem schwarzen Jackett und dem weißen Leinenhemd atemberaubend gut aus. Zwar kam er ohne Umschweife zu ihr, doch für mehr als ein paar oberflächliche Bemerkungen blieb keine Zeit, weil Stripes die Gesellschaft bereits zum Dinner bat.

Diesmal saßen sie einander gegenüber, was ihr in gewisser Hinsicht sehr gut gefiel, gab es ihr immerhin Gelegenheit, ihn zu beobachten und über ihn nachzudenken.

Lebemänner hatte Audrey gesagt. Eine durchaus passende Beschreibung auch für diesen Deverell, obwohl er aufgrund seiner besonderen Vergangenheit als Geheimagent zugleich anders war. In seinem Blick lag eine Spur von Verwegenheit und Unbezähmbarkeit, ein Rest von archaischer Ursprünglichkeit, der ihn von den kultivierten Gentlemen unterschied.

Ohne Frage der Grund für das Interesse, das er erregte.

Insbesondere die jungen Damen konnten nicht aufhören, ihm begehrliche Blicke zuzuwerfen, die ihre Bereitschaft bekundeten, sich von ihm den Kopf verdrehen zu lassen. Phoebe rümpfte verstohlen die Nase.

Diese albernen Dinger würden sich hinten anstellen müssen.

Noch bevor das Essen endete, musste sie sich allerdings eingestehen, dass es ihr kaum anders erging als den anderen. Dass auch sie sich von dieser unterschwelligen Wildheit angezogen fühlte, von dieser Dominanz und Entschlossenheit, die seine Faszination ausmachten und der sie ebenfalls erlegen war.

Blieb nur die Frage, was ihn zu ihr hinzog.

Jedenfalls fand er sich nach dem Essen sofort wieder an ihrer Seite ein, um sie in den Ballsaal zu führen und nach ihrer Tanzkarte zu fragen.

»Mit fünfundzwanzig ist man aus diesem Alter heraus«, bekam er zur Antwort.

Mit einem Grinsen strich er leicht über ihre Finger, die auf seinem Arm lagen. »Gut. Dann können Sie ja jeden Walzer mit mir tanzen.«

»Unsinn«, widersprach sie ihm. »Zwei Walzer sind das Äußerste – nun ja, allenfalls drei.«

»Und das, obwohl Sie bereits fünfundzwanzig sind?«

»Sehr richtig. Schließlich müssen Sie ebenfalls mit anderen Damen tanzen. Das erwartet man von Ihnen.«

Er nickte ergeben. Vermutlich hatte sie recht, denn keine der heiratswütigen Mütter würde sich die Chance auf einen Walzer ihrer Tochter mit ihm entgehen lassen.

Ihr Gespräch wurde unterbrochen, als Georgina und Deidre sich in Begleitung einiger junger Herren näherten und kurz darauf das kleine Orchester zum ersten Tanz aufspielte. Einem Walzer.

Deverells Finger umschlossen ihre, er hob ihre Hand verwegen an die Lippen und küsste sie.

»Ich denke, dieser Tanz gehört mir.«

Als sie sich von ihm auf die Tanzfläche führen ließ, bemerkte sie den verdrießlichen Blick, den Deidre ihrem Bruder zuwarf, sowie dessen hilflose Grimasse.

»Sie haben ihre Pläne durchkreuzt«, stellte sie fest. »Genau wie ich gesagt habe.«

Deverell zog sie schwungvoll in die Arme und vollführte mit ihr eine elegante Drehung.

»Mein Plan hat Priorität.«

Was nicht zu übersehen war, denn auf ihrer ersten Runde durch den großen Saal war sie mit nichts anderem beschäftigt, als seine verlockende Nähe auf ihre ausgehungerten Sinne wirken zu lassen. Ihm nahe zu sein schien ihre angespannten Nerven zu beruhigen, weil es ihr baldige Linderung in Aussicht stellte.

Der Walzer mit ihm barg ein Versprechen.

Schamlos, unschicklich, sündig.

Seine Stärke umfing sie und erzeugte ein Gefühl, das sogar intensiver war als jener Moment in seinen Armen, als er sie geküsst hatte. Während sie ihre Runden durch den Saal drehten, gab sie sich ganz seiner Führung hin und gestattete ihm, sie bei den Wendungen noch eine Winzigkeit fester an sich zu ziehen. Und gebannt von seinem Blick fragte sie sich, was er wohl in ihren Augen las, in denen er so intensiv forschte.

Deverell bezweifelte, dass sie überhaupt wusste, wie leicht sie in diesem Moment zu durchschauen war.

Nachdem sie heute Nachmittag auseinandergegangen waren, hatte sie eindeutig eine Entscheidung getroffen. Sie war nicht darauf aus, verführt zu werden, aber bereit dazu. Jedoch allein von ihm, nicht von einem beliebigen anderen Mann. Er war derjenige, der diesen Sinneswandel herbeigeführt hatte, und der Einzige, mit dem sie dieses Abenteuer wagen wollte.

Ein Wissen, das die kreatürliche Seite in ihm beruhigte, die sich mit einem Mal machtvoll meldete und seine Eifersucht provozierte, wenn andere wie Milton Cromwell etwa sie begehrlich anstarrten.

Aber er war es schließlich, unter dessen Führung sie sich auf den Pfad intimer Zweisamkeit begeben würde.

Ein ungeahntes Siegesgefühl drohte ihn zu überwältigen, das er jedoch gnadenlos unterdrückte. Ihre Entscheidung war zwar ein Triumph für ihn, doch wichtiger schien ihm, dass er nun eine Perspektive hatte und den nächsten kleinen Schritt wagen konnte.

Und darauf konzentrierte er sich.

Nach einer Drehung, als sie schwungvoll die lange Seite des Saales entlangtanzten, fragte er: »Wieso nur meinen diese jungen Dinger wie Deidre Mellors, es sei verführerisch, möglichst viel von ihren Reizen zu zeigen und dabei nur knapp einem Skandal zu entgehen?«

Phoebe schien verwundert über seine Frage. »Ich habe keine Ahnung. Aber ist es denn nicht verführerisch? Haben Männer so etwas nicht gern?«

»Es geht nicht so sehr darum, was wir mögen, sondern vielmehr darum, was uns am meisten fasziniert.«

Und das sei manchmal das Geheimnisvolle, das Verborgene, erklärte er ihr. Ein Kleid etwa, das die Fantasie anregte, anstatt mit einem offenherzigen Ausschnitt allzu viel preiszugeben.

»Wir sind primitive Wesen«, fügte er hinzu. »Man muss uns reizen.«

Sie lachte. »Das merke ich mir.«

»Tun Sie das.« Er fing ihren Blick auf, als sie sich drehten, und sagte dann mit tiefer Stimme: »Ein kluger Kopf ist das reizvollste Ziel, wenn es um Verführung geht, und die mächtigste Waffe.«

Sie zog die Brauen zusammen. »Etwas, womit Sie sich auskennen.«

»In der Tat.«

Als die Musik endete, wirbelte er sie ein letztes Mal herum, ehe er sich verbeugte.

Mit einem leicht atemlosen Lachen knickste Phoebe und ließ sich von ihm zu Audrey und Edith geleiten, die sich auf einer Chaiselongue niedergelassen hatten.

Ein kluger Kopf ist das reizvollste Ziel … und die mächtigste Waffe.

Bildete sie es sich nur ein, oder waren seine Worte zugleich eine Warnung?

Ein Hinweis auf die Richtung, die er einzuschlagen gedachte?

Die nächste Stunde saß sie wie auf glühenden Kohlen, wartete und hoffte auf eine Antwort.

Er enttäuschte sie nicht.

»Der Morgensalon? Diesen Raum wird während eines Balls kaum jemand aufsuchen.«

So war es.

Als sie das leere Zimmer betraten, schien der Mond durch die hohen Fenster herein und spendete ihnen genug Licht, um sich einigermaßen orientieren zu können. Lampen waren nicht angezündet worden.

Phoebe kam das Dämmerlicht mehr als gelegen. Sich in dieser Form überhaupt mit Deverell einzulassen war ohnehin schon schwierig genug. Da musste sie ihn nicht auch noch sehen können, seine mächtige Erscheinung vor Augen haben, die ihr nur die eigene Schwäche ins Bewusstsein rief.

Und die Tatsache, dass er wie üblich die Situation beherrschte.

Sie hörte, wie hinter ihr der Riegel ins Schloss fiel und wie seine Schritte sich ihr näherten.

Schnell wirbelte sie herum, stand nur wenige Zentimeter vor ihm, erkannte sogar im Dunkeln seinen intensiven Blick.

»Ich würde gerne wissen …«

Behutsam legte er die Arme um sie und zog sie an sich. »Was denn?«

»Äh …« In ihrer Aufregung vergaß sie ganz, was sie hatte sagen wollen.

Aus dem Ballsaal drang leise Musik in den stillen Raum.

Seine Mundwinkel zuckten leicht. Dann legte er eine Hand an ihr Gesicht und fragte leise: »Ist es etwas Wichtiges?«

Seine Berührung ließ sie erzittern.

»Ich glaube, ich wollte wissen, woran Sie gerade denken.«

»An Sie«, sagte er schlicht.

Der Arm um ihre Taille fasste sie enger, und sie schmiegte die Hände an seine Brust, dabei den Drang unterdrückend, sie weiter nach unten gleiten zu lassen.

Nach einem kurzen Räuspern sagte sie schnell: »Und an was genau?«

Sein Grinsen wurde breiter. Er beugte sich über sie und streifte mit den Lippen ihren Mund.

»Daran, was ich mit Ihnen machen möchte. Was *wir* machen möchten.«

Ihre Lippen pochten, sehnten sich nach seinen, doch sie schluckte und hauchte bloß: »Was?«

»Das hier.«

Sein Tonfall gab ihr zu verstehen, dass sie ihn lange genug auf die Folter gespannt hatte und seine Geduld erschöpft war. Er küsste sie, eroberte ihren Mund, nicht gewaltsam, aber entschieden und kein Widerstreben duldend. Er würde es nicht erlauben, ihm diesen Kuss zu verwehren.

Was ihr auch völlig fernlag.

Schließlich wollte sie sich dieses Vergnügens nicht berauben. Sie gestattete ihm, was er wollte, ehe sie ihn ermutigte, sich mehr zu nehmen.

Eine Einladung, der er auf der Stelle nachkam.

»Und das hier«, raunte er mit rauer, tiefer Stimme an ihren Lippen und schlang den Arm um sie wie ein stählernes Band, das sie an ihn fesselte.

Als er ihre Anspannung spürte, zögerte er kurz, bevor er sich erneut über sie beugte und sie noch inniger küsste, noch drängender, noch gieriger. Bis sie antwortete, bis sie die Hände um seinen Hals gleiten ließ und seinen Kuss erwiderte.

Deverell brauchte alle Kraft, um sich auf ihre Lippen zu konzentrieren, ihren Mund, den heißen Tanz ihrer Zungen. Er kämpfte darum, seine Gedanken auf das immer sinnlicher werdende Spiel zu beschränken und sich nicht von anderen Empfindungen hinreißen zu lassen, die ihr schlanker Körper ihm verhieß, der sich in voller Länge an ihn presste. Brust an Brust, Hüfte an Schenkel, die sich aufreizend aneinander rieben.

Sie gab ihm willig nach, obwohl er einen Rest von Unentschlossenheit und Abwehrbereitschaft bei ihr zu spüren meinte.

Wie lange würde er seine animalischen Regungen unterdrücken können?

Sie waren es schließlich, die den Kuss in einen Brand, in eine wahre Feuersbrunst der Begierde verwandelten, die sie dazu verleiteten, sich atemlos an ihn zu klammern und dahinzuschmelzen.

Sie ergab sich ihm, und es schien ihrem Wunsch zu entsprechen, dass seine Hand liebkosend zu ihrer Hüfte glitt, sich dann weiter vortastete, um ihr Hinterteil zu packen und aufreizend zu kneten.

Phoebe gab der Versuchung nach und presste sich beinahe schamlos an ihn.

Sie war überwältigt vom Ansturm der Gefühle, von der Innigkeit und sengenden Hitze des Kusses, der unnachgiebigen Verlockung durch seine Lippen und Zunge, seiner forschenden Hand, vom Auflodern ihrer eigenen Bedürfnisse und Wünsche.

Doch plötzlich erstarrte sie.

Als er sich bewegte, merkte sie, was sich dort hart an ihren Bauch presste: seine Erektion.

Das letzte Mal, dass sie einem Mann so nahe gewesen war …

Erstaunlich leicht gelang es ihr, den Gedanken zu verdrängen. Alles war so ganz anders als damals. Diesmal strömte warmes Verlangen durch ihre Adern, diesmal hüllten sie Leidenschaft und Lust ein, ihre wie seine.

Diesmal wollte sie es.

Vielleicht beherrschte sie nicht, was hier geschah, aber er beherrschte sich.

Stück für Stück schüttelte sie ihre Ängste ab, befreite sich aus ihrem Klammergriff. Deverell, dem die Veränderung nicht entgangen war, hielt inne, um sie nicht zu verschrecken, und atmete erleichtert auf, als sie sich wieder entspannte und sich wieder bereitwillig an ihn schmiegte. Diese Hürde hatten sie, dem Himmel sei Dank, genommen.

Wäre sie in Panik geraten, was dann?

Unausdenkbar, doch das Glück war ihm hold gewesen.

Aber er kannte seine Grenzen, und die schienen für den Moment erreicht. Er wagte es nicht, das Spiel mit den Intimitäten noch länger fortzusetzen.

Langsam, Stück für Stück, holte er sie zurück. Gegen ihren Willen, wie ihm schien. Ihre Lippen klebten an ihm und verführten ihn, verlangten und schmollten schließlich, als er darauf bestand, sich von ihr zu lösen.

Trotzdem empfand er eine stille Befriedigung, als er die Leidenschaft in ihren Augen erkannte.

Und auch er wollte sie dringender, als er sich je hätte vorzustellen vermögen.

Mit einem gepressten Atemzug entließ er sie aus seinen Armen, trat zurück und schuf so einen gewissen Abstand zwischen ihnen. Sie seufzte, ehe sie zu Boden blickte und ihre Röcke ausschüttelte.

»Wir sollten wohl lieber zurückgehen«, sagte sie wenig überzeugt.

Im fahlen Mondlicht starrte er sie an. Es hieß zurückzugehen oder …

Obwohl sich sein Körper schwer wie Blei anfühlte, schaffte er es, einen Arm zu heben und ihr galant den Vortritt zu lassen.

»Ja, das denke ich auch. Wir sollten uns wieder zu den anderen gesellen.«

Mit gesenktem Kopf ging sie an ihm vorbei, während ihr fragender Blick zu ergründen versuchte, warum er plötzlich so kurz angebunden war.

In diesem Moment konnte er nicht mehr an sich halten. Er stürzte hinter ihr her, schlang einen Arm um ihre Taille und zog sie erneut an sich, die Hände über ihrem Mieder, wo seine liebkosenden Fingerspitzen nicht ganz ohne Absicht an ihrer Brust entlangstrichen.

Er neigte den Kopf, drückte die Lippen auf das warme, duftende Haar über ihrem Ohr und flüsterte: »Ich will Sie, Phoebe, und Sie werden mir gehören. Schon bald.«

Eine Sekunde verging, dann richtete er sich wieder auf und ließ sie los.

Eine Weile blieb sie reglos stehen, bevor sie den Kopf ein wenig zu ihm drehte und auf seine Lippen sah. »Bald«, wiederholte sie und stürmte zur Tür hinaus.

Vergeblich versuchte er, die Lust aus seinen Gedanken

zu vertreiben, und folgte ihr mit bewusst ausdrucksloser Miene.

Sie würde es tun und sich auf eine Affäre einlassen. Mit Deverell.

Doch zunächst galt es, sich um anderes zu kümmern.

Später in der Nacht, eine Stunde nachdem der letzte Gast sich in sein Zimmer zurückgezogen hatte und Ruhe im Haus eingekehrt war, stieg Phoebe die Haupttreppe hinunter, um Jessica zu treffen. Erst wenn das erledigt war, konnte sie ihre Gedanken endlich voll und ganz auf Deverell konzentrieren.

Und auf seine beachtlichen Verführungskünste.

Wozu nicht zuletzt seine Fähigkeit gehörte, sie zu verwirren und zu erregen, wie es noch keinem Mann zuvor gelungen war. Und dafür brauchte er sie bloß anzusehen. Eine kleine Berührung, und ihre Sinne erwachten zum Leben; ein mit dunkler Stimme gehauchtes Wort, und ihr Verlangen bekam Flügel.

Wenn sie etwas über Leidenschaft lernen wollte, war sie bei ihm gut aufgehoben.

Ihn musste wirklich der Himmel geschickt haben.

Am meisten schätzte sie allerdings, dass er sich ihr zuliebe zurückhielt, sie nicht vorschnell drängte. Das war bewundernswert und beruhigend zugleich, besonders für sie.

Ein ums andere Mal hatte er eine rote Linie gezogen und diese nicht überschritten. Heute Nacht hätte er weiter gehen können, aber nein. Ihre Vereinbarung sah vor, es langsam angehen zu lassen, Schritt für Schritt.

Wie würde der nächste aussehen?

Es bereitete ihr Freude, sich das vorzustellen.

Die Eingangshalle lag in dunkle Schatten getaucht. Angestrengt lauschte sie auf etwaige Geräusche, doch alles blieb still. Auch die Bediensteten hatten die letzten Arbeiten erledigt und sich in ihre Kammern zurückgezogen. Und selbst wenn jemand unerwartet auftauchen sollte, könnte sie sich immer noch mit einer Ausrede herauswinden.

Leise schlich sie durch die Flure zur Bibliothek und schlüpfte hinein. Der Raum lag im Dunkel, denn das Mondlicht erreichte die Fenster nicht mehr. Angestrengt versuchte Phoebe, in der Finsternis etwas zu erkennen. In der Mitte des Raumes blieb sie stehen. »Jessica?«

Das Mädchen schluckte hörbar. »Hier, Miss Phoebe.«

Offenbar hatte sie neben dem Kamin gekauert und trat jetzt mit einer kleinen Tasche und einem Bündel, das sie umklammert hielt, vor. Soweit Phoebe erkennen konnte, trug Jessica einen dicken Mantel über ihrem Kleid.

»Nicht mehr lange, dann bist du in Sicherheit. Komm jetzt«, sagte sie zu dem verängstigten Mädchen.

Sie hatten vereinbart, über Terrasse und Rasen gleich in den nahen Wald zu gehen.

»Hier entlang«, sagte sie mit gedämpfter Stimme. »Die Kutsche wartet auf dem Feldweg auf der anderen Seite des Waldes. Die Mauer hat ein Loch. Wir brauchen also nicht zu klettern.«

Als sie Jessica, die geduckt neben ihr hertrippelte, einen beruhigenden Blick zuwarf, nickte die zwar, doch ihre Augen waren angsterfüllt, und ihr Gesicht zeigte eine Blässe, die nicht dem schwachen Mondlicht zuzuschreiben war. Neue Wut auf den ehrlosen Lord Moffat packte Phoebe.

Sobald sie den Waldrand erreichten, tauchten sie in die schwarzen Schatten unter den Bäumen ein. Der Weg lag zwar im Finstern, aber Phoebe kannte ihn gut genug, um sich ohne Stolpern vorzutasten.

Dann standen sie vor der Mauer, in der ein Stück fehlte, und zwängten sich durch das Loch auf den Weg, wo bereits die Kutsche wartete.

Phoebe deutete auf die Silhouette eines kräftigen Mannes. »Keine Angst, Jessica, er ist ein Freund.«

Einer allerdings, der aussah wie ein nicht allzu seriöser Ladenbesitzer von zweifelhaftem Ruf. Trotzdem schien Scatcher, wie er hieß, ein gutmütiger Kerl zu sein. Er streckte ihnen die Hände entgegen.

»Da sind Sie ja. Wir haben uns schon gewundert.«

Das Wir bezog sich auf die beiden Männer, die bereits bei dem alten Gefährt warteten: Phoebes und Ediths Kutscher Fergus McKenna, der mit Scatcher Wache hielt und als Kontaktmann fungierte, sowie Birtles, der sie vom Kutschbock aus mit seiner Peitsche grüßte.

Sie winkte ihm zu, bevor sie den Schlag öffnete. Ihr Lächeln wurde breiter, als ihr Blick auf die Gestalt im Innern der Kutsche fiel. Auf Emmeline, die erste Frau, der sie geholfen hatte.

Sie wandte sich an Jessica. »Emmeline und ihr Mann Birtles werden dich zur Agentur nach London bringen. Solange du bei ihnen bist, kann dir nichts passieren. Ich werde dich besuchen, sobald du dich etwas eingelebt hast, und dann können wir besprechen, wie es für dich weitergeht.«

»Vielen Dank, Miss. Ich weiß nicht, wie ich Ihnen je danken kann«, antwortete sie noch immer zitternd, doch die ärgste Anspannung war von ihr abgefallen.

Als Phoebe hörte, wie dem Mädchen fast die Stimme versagte, lächelte sie und trat zurück.

»Mach einfach nur, was Emmeline sagt, dann gilt deine Schuld als beglichen.«

Die warmherzige, mütterliche Frau empfing die kleine

Zofe liebevoll und wies ihr den Platz neben sich zu, bevor sie sich mit einem Nicken von Phoebe verabschiedete.

Nachdem Scatcher den Schlag geschlossen hatte, drehte er sich zu ihr um und blickte sie eindringlich unter seinen buschigen Brauen hervor an.

»Sind Sie sicher, dass ich Sie nicht zum Haus zurückbringen soll? Der Wald da ist ziemlich düster.«

Phoebe grinste ihn an. »Nein, mir wäre es lieber, wenn Sie jetzt zu Birtles auf den Bock klettern und ihr alle ohne viel Federlesens nach London zurückkehrt.«

Scatcher brummte etwas vor sich hin, wusste aber, dass es keinen Sinn hatte, mit ihr zu streiten, und fügte sich den Anweisungen. Sogleich trieb Birtles die Pferde an und schwang seine Peitsche ein letztes Mal zum Abschied.

Kurz hob Phoebe die Hand zum Gruß, wartete noch, bis die Kutsche um die erste Kurve geholpert war, ehe sie sich umdrehte und durch das Loch in der Mauer zurückkletterte.

In dem kleinen Graben, den sie durchqueren musste, hob sie die Röcke an, bis sie wieder ebenen Boden unter den Füßen spürte. Schon wollte sie zügig losmarschieren, als sie gegen eine Wand prallte.

Eine aus Fleisch und Blut.

6

Ihr stockte der Atem. Fast wäre sie in Panik geraten, doch bevor sie die Nerven verlor und losschrie, fasste er nach ihren Armen, und sie erkannte ihn.

Mit einem Zischen ließ sie ihren angehaltenen Atem entweichen.

»Deverell.«

Einen Augenblick lang herrschte Totenstille. Sein Griff war eisenhart, und sie empfand nicht die Beruhigung, die seine Stärke ihr sonst vermittelte. Jetzt atmete sie die Aura eines angsteinflößenden, gereizten Mannes.

Der Macht über sie besaß.

Sie blickte ihm ins Gesicht. Obwohl sie in der Dunkelheit seine Miene nicht erkennen konnte, spürte sie, dass sein Blick sie förmlich durchbohrte.

Und als er sprach, hallte seine Stimme wie ein Peitschenknall in ihren Ohren.

»Was zum Teufel treiben Sie hier?«

Nervös hob sie den Kopf.

»Lassen Sie mich los«, sagte sie mit zittrigem Atem und wartete, bis er die Hände schließlich, einen Finger nach dem anderen, mit zusammengebissenen Zähnen von ihren Armen nahm.

»Was haben Sie gemacht?«

Sein Ton klang jetzt gemäßigter, aber die Schärfe und der

Unmut waren nicht zu überhören. Trotzdem konnte sie ihm nicht die volle Wahrheit verraten.

Sie musterte ihn mit störrisch gerecktem Kinn. »Das geht Sie nichts an.«

Er betrachtete sie einen endlos scheinenden Moment lang und sagte dann nur: »Da irren Sie sich.«

Seine Kälte jagte ihr einen Schauer über den Rücken. Der Mann vor ihr strahlte jetzt genau die Gefährlichkeit aus, die sie schon immer hinter seiner trägen Fassade gespürt hatte, und das machte ihr Angst. Daran änderte selbst das Wissen nichts, dass er ihr nie etwas Böses antun würde.

Er wandte seine Augen nicht ab, und seine ganze Aufmerksamkeit galt ihr und nur ihr allein.

»Ich habe gesehen, wie Sie zusammen mit einer anderen Frau das Haus verließen, wie Sie mit ihr durch den Wald gegangen sind und sie zu einer wartenden Kutsche geführt haben, um sie dort zwei Männern zu übergeben. Sie kannten sich. Wer war die Frau? Was geht hier vor? Und was haben Sie mit der ganzen Sache zu tun?«

Hätte sie bis zu diesem Zeitpunkt noch Zweifel an seinem Erfolg als Geheimagent gehabt, wären sie spätestens jetzt zerstreut gewesen. Ihm konnte man nichts vormachen.

Jedes Wort klang wie eine einzige Anklage, jeder Satz war geprägt von Autorität und Unnachgiebigkeit. Er würde sie so lange unter Druck setzen, bis sie kapitulierte und ihm alles erzählte.

Bis sie gestand.

Etwas in ihr wehrte sich gegen dieses Ansinnen. Schließlich hatte diese Sache mit ihrer Beziehung nicht das Geringste zu tun und würde keinen Einfluss auf die ins Auge gefasste Liaison nehmen.

Ganz abgesehen davon, dass es viel zu riskant wäre, ihn einzuweihen.

»Ich habe Ihnen nichts zu sagen, Mylord.«

In puncto Entschlossenheit standen ihre Worte den seinen in nichts nach.

»Ganz gleich, was Sie denken mögen, ich sehe keinen Grund und keine Notwendigkeit, Ihnen zu antworten und mich zu rechtfertigen.«

Das Kinn vorgereckt, hielt sie seinem Blick einen Moment lang stand, ehe sie den Kopf senkte. Sie trat einen Schritt zur Seite und wollte um ihn herumgehen.

»Wenn Sie mich bitte entschuldigen …«

»Keine Verbindlichkeit?«

Seine Worte klangen sanft, ruhig und bedrohlich zugleich, verursachten ihr eine Gänsehaut. Abrupt hielt sie inne und merkte erst jetzt, wie dicht er vor ihr stand.

»Gar keine«, erklärte sie mit der gleichen Ruhe und Gelassenheit, obwohl sie sich innerlich wie versteinert fühlte.

Seine Brauen hoben sich, und er machte einen Schritt auf sie zu.

In der einen Sekunde noch stand sie auf dem Weg, in der nächsten fand sie sich mit dem Rücken an einem Baum wieder, wo sie mit unnachgiebigem Griff an der Taille festgehalten wurde. Bevor sie etwas sagen oder reagieren konnte, hatte er ihr Kinn gepackt und ihren Kopf in den Nacken gezwungen, ehe sich seine Lippen über ihren schlossen.

Keine Verbindlichkeit?

Sie wusste, was er beweisen wollte. Die Fäuste gegen seine Schultern gestemmt, versuchte sie standhaft zu bleiben, ihn abzuweisen. Doch er hatte ihren Mund bereits erobert und sich sofort auf einen Raubzug begeben, auf die Jagd nach ihren Sinnen, ihrem Verstand.

Und nach ihrer Stärke, die sie brauchte, um ihm zu trotzen.

Vergeblich bemühte sie sich, ihn wegzustoßen, aber Deverell vor ihr rührte sich keinen Millimeter, und die Flucht nach hinten verwehrte der Baum.

Verzweifelt wand sie sich, um den Kuss zu beenden, als er sich plötzlich von ihren Lippen löste.

Mit geschlossenen Augen rang sie nach Luft.

»Reden Sie.« Ein klarer Befehl.

Sie atmete tief durch und nahm all ihren Mut zusammen.

»Nein.« Erneut stemmte sie sich gegen seine Schultern. »Lassen Sie mich.«

Wieder ging alles so schnell, dass sie nicht wusste, wie ihr geschah. Mit einer raschen Bewegung befreite er seine Schultern von ihren Händen und drückte sie über ihrem Kopf gegen die harte Rinde.

Hilflosigkeit überfiel sie, die sich zur Panik steigerte, als er sich über sie beugte und sein Mund sich stürmisch und besitzergreifend auf den ihren legte.

Deverells Absicht war es, sie zu küssen, bis sie nicht mehr wusste, wo ihr der Kopf stand. Er wollte sie ablenken, sie überrumpeln, ihren Widerstand brechen, bis sie schwach wurde und ihm verriet, was er wissen musste.

Kein Zweifel plagte ihn offenbar, dass seine Methode nicht zum Erfolg führen könnte, dass sie nicht unter seinem sinnlichen Angriff dahinschmelzen und nachgeben würde.

Er irrte, denn ihn erwartete heftige Gegenwehr.

Sein auf Eroberung ausgerichteter Verstand brauchte eine ganze Weile, um zu begreifen, dass sie sich ihm tatsächlich widersetzte und sogar zu fliehen versuchte. Lächerlich, dachte er und spürte zugleich, dass ihre Verzweiflung wuchs.

Um nicht alles schlimmer zu machen, löste er sich ein wenig von ihr, ohne sie freizugeben. Und als er sie ansah, erkannte er die Angst in ihren Augen.

Zu seiner Verblüffung zog sich sein Herz schmerzhaft zusammen und war plötzlich schwer wie Blei. Verwirrt starrte er sie an, hielt nach wie vor ihre Hände umfasst.

Sie holte stockend Luft, ohne ihren schreckensstarren Blick, der dem eines Beutetiers in der Gewalt seines Jägers glich, auch nur für den Bruchteil einer Sekunde von ihm abzuwenden.

»Lassen Sie mich los. Sofort.«

Ihre bebende Stimme klang fremd in seinen Ohren. Da war nichts mehr von Vertrauen oder von Trotz und Widerspruchsgeist. Nein, Phoebe schien ihn anzuflehen, und jetzt endlich kam er ihrem Wunsch nach.

Ihm wurde noch weher ums Herz.

Er verstand nichts, suchte durch den Schleier der Dunkelheit in ihrem Gesicht einen Hinweis zu finden, was gerade in ihr vorging, und vielleicht zu verstehen, warum sie so heftig reagierte.

Ihre Hände legten sich an den Baumstamm hinter ihr. Ihre Brust hob und senkte sich, wenn sie Luft holte. Er rührte sich nicht und wartete schweigend ab. Wagte nicht, etwas zu tun oder zu sagen aus Angst, es könnte das Falsche sein.

Die Minuten verstrichen.

Während es nach außen so wirkte, als würde sie sich beruhigen, spürte er, dass sie in Wahrheit nur einen winzigen Schritt davon entfernt war, in kopflose Panik zu verfallen. Ganz langsam, ganz vorsichtig drückte sie sich vom Baum ab, ohne ihn nur eine Sekunde lang aus den Augen zu lassen.

Ein schier unerträglicher Anblick.

Nie war es seine Absicht gewesen ... Sie dachte doch wohl nicht, dass ... Er streckte die Hand nach ihr aus, weil er sie stützen wollte.

»Phoebe?«

Mit einem schnellen Schritt wich sie seiner Hand aus, als gehöre sie einem Aussätzigen.

»Kommen Sie mir nicht zu nahe.«

Ihre Worte klangen leise, ja gequält, trafen ihn mitten ins Herz.

Er ließ die Hand sinken, rührte sich nicht vom Fleck und beobachtete schweigend, wie sie an ihm vorbei auf den Weg huschte und auf unsicheren Beinen in Richtung Haus davoneilte.

»Bleiben Sie weit, weit weg von mir.« Wie ein verklingendes Flüstern schwebten ihre Worte zu ihm zurück. »Kommen Sie mir nie wieder zu nahe.«

Mit zusammengebissenen Zähnen wartete er eine Weile, bis ihr Vorsprung groß genug war, um ihr in gemessenem Abstand zu folgen. Vom Rand des Wäldchens sah er, wie sie in der Bibliothek verschwand, und dann waren da nur noch er und die Nacht und das erbärmliche Gefühl, versagt zu haben.

Er hatte einen unverzeihlichen Fehler begangen. Unabsichtlich zwar, aber nicht wiedergutzumachen. In tiefer Dunkelheit stehend, ließ er die Szene beim Baum noch einmal Revue passieren, ohne allerdings neue Erkenntnisse zu gewinnen.

Am nächsten Morgen begab er sich zeitig zum Frühstück nach unten, wo er nach der langen Ballnacht niemanden der anderen Gäste antraf. Und so zog er sich schließlich mit der neuesten Ausgabe der Londoner Zeitung, die Stripes ihm gebracht hatte, in die Ruhe und den Frieden der Bibliothek zurück.

Er ließ sich in einem Sessel nieder, der gegenüber der Chaiselongue stand, wo er Miss Phoebe Malleson das erste Mal in entspannter Haltung und beim genüsslichen Verzehr von Weintrauben erblickt hatte.

Seine Gedanken kehrten zu diesem Moment zurück, und es fiel ihm schwer, sich auf die Zeitungslektüre zu konzentrieren. Zumindest war das Journal ein wirksamer Schutz, falls andere Gäste in die Bibliothek einfielen und ihn in ein fröhliches Gespräch zu verwickeln suchten.

Nach langen, schlaflosen Stunden war er zu der Überzeugung gelangt, dass er keine Schuld trug an der unglücklichen Eskalation der Ereignisse. Im Gegenteil.

Genau genommen hatte er den nächtlichen Spaziergang nur gemacht, um seine Sinne zu beruhigen und das Feuer der Begierde zu ersticken, das sie in ihm entfacht hatte. Dass er dabei auf sie stoßen würde, konnte er schließlich nicht ahnen.

Und so war er zufällig Zeuge geworden, wie sie sich mit einer anderen Frau im Schlepptau auf höchst verdächtige Weise aus dem Haus stahl. Natürlich war er ihr daraufhin gefolgt, um auf sie aufzupassen und dafür zu sorgen, dass ihr nichts geschah.

Lauter ehrenwerte Beweggründe.

Außerdem fand er es durchaus normal, sich nach den Hintergründen dieser merkwürdigen Geschichte zu erkundigen. Was es mit diesem Mädchen auf sich hatte und mit den fremden Männern bei der Kutsche, nur verhielt sie sich ganz und gar nicht kooperativ.

Eine einfache Erklärung, um mehr hatte er sie nicht gebeten. Sicherlich nicht zu viel verlangt von der Dame, die erst wenige Stunden zuvor unmissverständlich ihre Bereitschaft signalisiert hatte, sich von ihm verführen zu lassen. Warum also reagierte sie in anderer Hinsicht so abweisend?

Deverell begriff es nicht, sooft er auch darüber nachgrübelte.

Hinzu kam, dass er seine eigenen Wünsche – so schwer es ihm fiel – ihr gegenüber ständig in den Hintergrund stellte. Doch sie dankte es ihm schlecht. Indem sie ihm misstraute und sich seine Fürsorge verbat.

Letzteres wurmte ihn fast am meisten, denn der Gedanke, dass sie mitten in der Nacht völlig ohne Schutz durch einen finsteren Wald spazierte, um sich mit raubeinigen Gesellen auf einem Feldweg zu treffen, entsetzte ihn zutiefst. Nicht auszudenken, wenn ihr etwas zugestoßen wäre. Immerhin betraf das ihn genauso wie sie, denn schließlich handelte es sich um die Frau, die er zu heiraten gedachte. Auch wenn sie davon nichts wissen wollte.

Falls ihr etwas zustieß, stünde er wieder am Anfang.

Aber das war nicht die Hauptsache.

Diese Frau ging ihm auf eine Art und Weise unter die Haut, die er nicht verstand.

Wie auch immer: Sie war in sein Leben getreten, und er musste die Konsequenzen tragen. Genau wie sie. In diesem Punkt ließ er sich auf keinerlei Diskussionen ein.

Im Laufe des Vormittags lauschte er mehrfach nach draußen, doch von den anderen war nichts zu sehen und zu hören. Erst gegen Mittag ertönten Schritte von der Treppe her. Er faltete die Zeitung, die er inzwischen beinahe auswendig kannte, legte sie beiseite und erhob sich.

Als er das Speisezimmer betrat, in dem mehrere kalte Platten auf einer Anrichte bereitstanden, saß Phoebe bereits am Tisch inmitten einer Schar anderer junger Damen. Obwohl sie ihn zweifellos bemerkt hatte, blickte sie nicht auf, während die anderen, vor allem Deidre und Leonora, ihn mit einem strahlenden Lächeln begrüßten.

Mit weltmännischer Nonchalance erwiderte er ihren Gruß durch ein leichtes Verziehen der Mundwinkel, ehe er sich zum Büfett begab und am anderen Ende des Tisches bei Lord Cranbrook und Lord Craven, einem der wenigen älteren Herren, Platz nahm und mit mäßigem Interesse ihrem Gespräch über Pferde folgte.

Kurz darauf betraten einige der älteren weiblichen Gäste den Raum, darunter Audrey, die sich schnell mit Essen versorgte und dann auf ihren Neffen zukam. Er stand auf und rückte ihr einen Stuhl zurecht.

Anstatt sich gleich zu setzen, blieb sie neben ihm stehen und legte eine Hand auf seinen Arm. »Was hast du angestellt?«, fragte sie bekümmert.

Er unterdrückte ein missmutiges Knurren. »Nichts, aber irgendetwas geht hier vor sich.«

Sorgenfalten traten auf ihre Stirn. »Was meinst du damit?«

»Wenn ich das nur wüsste«, erwiderte er mit grimmiger Miene.

Sie zögerte, tätschelte dann seinen Arm und nahm Platz. »Edith und ich haben vollstes Vertrauen zu dir, mein Lieber, also tu, was getan werden muss, um das Problem zu lösen«, flüsterte sie ihm verschwörerisch zu.

Während sich beide anschließend schweigend ihren Tellern widmeten, bahnte sich draußen ein Eklat an. Das Mittagessen war beinahe beendet, als Lady Moffat, die einen ausgeprägten Hang zum Theatralischen besaß, völlig außer Atem und außer sich vor Empörung in den Raum gefegt kam.

»Maria, Gordon!«

Mit zerzaustem Haar und nachlässiger als sonst gekleidet, begann sie Lady und Lord Cranbrook ihr Leid zu klagen.

»Das ist einfach unsäglich! Meine Zofe ist auf und davon, und niemand scheint die geringste Ahnung zu haben, wohin das undankbare Geschöpf verschwunden sein mag.«

»Gütiger Himmel!« Lady Cranbrook blickte ebenso erschrocken wie verwirrt drein.

»Was soll ich nur tun?«, jammerte Lady Moffat.

Deverells Blick ging über den Tisch zu Phoebe. Äußerlich ruhig musterte sie die aufgebrachte Lady mit einem gleichgültigen, ja sogar tadelnden Blick. Gab sie ihr etwa eine Mitschuld an dem Drama, das sich unter ihrem Dach abgespielt hatte?

Mehr Interesse zeigte sie an den Reaktionen der anderen Gäste, die sie verstohlen beobachte. Allen voran an denen von Lady Cranbrook, die aufgestanden war und ihre Freundin Amelia zu beruhigen versuchte, sowie an denen der anderen älteren Damen, die sich um sie scharten. Die junge Damengeneration sowie die Herren beachtete sie mit Ausnahme des Hausherrn vielleicht so gut wie gar nicht.

Ein weiterer Grund für Deverell, sich zu wundern.

Wie hing das alles zusammen?

Warum interessierten sie manche der Gäste und andere nicht im Geringsten?

Seine Beobachtungen bestärkten Deverell nur in seinem Vorsatz, sich eingehender über Hinter- und Beweggründe dieser merkwürdigen Aktion zu erkundigen.

Und Phoebe gründlich auf den Zahn zu fühlen.

Er schrak zusammen, als Lady Cranbrook ihn plötzlich direkt ansprach.

»Mylord, ich habe mich gefragt, ob wir Sie wohl dazu bewegen könnten, uns mit Ihrem fachkundigen Rat zu unterstützen.« Sie rang die Hände. »Es ist wirklich beunruhigend. Immerhin handelt es sich bereits um das dritte Dienstmädchen, das innerhalb weniger Monate während einer Hausgesellschaft verschwunden ist.« Nach einer kurzen Pause fügte sie eilig hinzu: »Selbstverständlich zum Glück nicht alle in diesem Haus, aber alle innerhalb unseres Bekanntenkreises.«

Sie gestikulierte heftig in Richtung der anderen Damen, die ihm ebenfalls flehende Blicke zuwarfen.

Aha. Jetzt wusste er zumindest, warum Phoebe die Ladys eingehend beobachtet hatte.

Aber was sollte er in dieser Angelegenheit tun?

Entführte Dienstmädchen fielen nicht unbedingt in den Zuständigkeitsbereich eines Geheimagenten.

Selbst nicht in den eines offiziell ausgemusterten.

Lord Cranbrook erhob sich und stellte sich neben seine Frau, um ihn ebenfalls inständig zu bitten. »Ich bin zwar der örtliche Richter, Paignton, aber ich muss gestehen, dass ich mit derlei Dingen nicht gerade vertraut bin. Personal, das sich in Luft auflöst, nun ja!«

Seine Lordschaft blies die Backen auf. »Ich wäre Ihnen sehr verbunden, wenn ich auf Ihre Unterstützung zählen dürfte und Sie der Sache auf den Grund gingen.«

Was konnte er da schon sagen?

Er begegnete Audreys Blick und las darin nichts außer der ruhigen Zuversicht, dass er sich um diese Angelegenheit kümmern werde.

Also nahm er Lady Cranbrooks Hand und verbeugte sich. »Wenn ich Sie dadurch beruhigen kann, will ich tun, was in meiner Macht steht.«

Zusammen mit Lord Cranbrook zog er sich in dessen Arbeitszimmer zurück, wo sie zuerst den Respekt einflößenden Stripes und die Haushälterin, eine rechtschaffene Frau, befragten. Weder er noch sie wussten der Geschichte etwas Neues hinzuzufügen. Sie hatten lediglich mitbekommen, dass Jessica, als ihre Herrin sie um ein Uhr gerufen hatte, nicht aufzufinden gewesen war.

»Haben Sie ihr Zimmer durchsucht?«, fragte Deverell.

Stripes verstand. »Ihr Bett war benutzt, Mylord, und einige Sachen waren noch da.«

»Einige?«

»Ihre Dienstkleidung und so«, warf die Haushälterin ein. »Sämtliche persönliche Dinge fehlten allerdings. Desgleichen die Tasche, die sie bei ihrer Ankunft dabeihatte.«

Deverell nickte und erhob sich. »Ich würde gerne mal einen Blick in ihr Zimmer werfen.«

Von seiner allmählich wachsenden Neugier einmal abgesehen, versprach er sich durch eine Besichtigung des Zimmers auch Aufschluss über Phoebes Verwicklung in diese mysteriöse Angelegenheit. Zudem lag ihm viel daran, mögliche Spuren, die zu ihr führten, zu beseitigen. Dass ihr Ruf durch diese Geschichte litt, war das Letzte, was er brauchen konnte.

Lord Cranbrook begleitete ihn auf den Dachboden zu den Dienstbotenzimmern, doch obwohl er gründlich vorging, konnte er nichts Verdächtiges finden. Nur dass das Bett nicht wirklich benutzt war, fiel ihm auf. Jemand hatte es ganz bewusst zerwühlt, denn die Mulden und Falten in den dünnen Laken waren nicht durch eine schlafende Person entstanden.

Wieder in der Eingangshalle wandte er sich seinem Gastgeber zu.

»Wenn Sie gestatten, Mylord, sehe ich mich noch ein bisschen um und versuche, weitere Informationen zusammenzutragen.«

Cranbrook nickte bereitwillig. »Natürlich. Ich sehe in der Zwischenzeit nach den Gästen.«

Deverell wartete, bis er sich in Richtung Bibliothek entfernt hatte, und steuerte dann auf den rückwärtigen Rasen zu, wo bereits Grüppchen älterer Damen unter den Bäumen Platz genommen hatten und aufgeregt ihre Mutmaßungen zu den jüngsten Ereignissen austauschten. Ihre Töchter schienen weniger interessiert, sondern vergnügten sich mit Spielen oder harmlosem Geplauder.

Deverell näherte sich seiner Tante, die sich gerade mit Mrs. Hildebrand unterhielt. Sobald sie ihn kommen sah, empfahl sie sich jedoch mit einer Entschuldigung, um sich ihm zu widmen.

»Lady Cranbrook erwähnte zwei ähnliche Fälle, bei denen Dienstmädchen während einer Hausgesellschaft verschwunden sein sollen. Warst du dabei?«, fragte er.

Audrey blinzelte. »Nicht bei beiden, aber Edith kann dir bestimmt etwas über die Gesellschaft in Winchelsea Park erzählen. Bei der ersten hingegen, der von Lady Alberstoke im März, war ich selbst anwesend. Da verschwand die Gouvernante des Hauses.«

Sie blickte ihn fragend an. »Zu diesem Zeitpunkt gab es keinen Grund, einen Zusammenhang zwischen dem Verschwinden der Frau und der Hausgesellschaft zu vermuten. Das junge Ding hatte wohl einfach nur die Nase voll und machte sich aus dem Staub.« Sie bemerkte Deverells skeptischen Blick. »Würdest du Lady Alberstoke kennen, wärst du keineswegs überrascht. Einen schlimmeren Drachen hat die Erde noch nicht gesehen.«

Er verzog das Gesicht und nickte.

»Ich werde mich mal mit Edith unterhalten«, sagte er und ging hinüber zu dem Baum, unter dem Phoebes Tante saß und mit Lady Cranbrook sprach.

Ihre Nichte neben ihr schien völlig in ihren Roman vertieft.

Was sie nicht hinderte, ihn heimlich zu beobachten.

Mit einem Lächeln begrüßte er Lady Cranbrook und Edith, bevor er sich zwischen ihre Stühle hockte und ihnen auf charmant beredte Weise das Versprechen ihrer Hilfe bei seinen Ermittlungen entlockte.

»Audrey hat mir erzählt, dass Sie an beiden Hausgesellschaften teilgenommen haben, in deren Verlauf weibliche Angestellte verschwunden sind. Stimmt das?«

»O ja!« Edith nickte heftig mit dem Kopf.

Deverell wandte sich an Phoebe und fragte in freundlich-geschäftsmäßigem Ton: »Und Miss Malleson ebenfalls?«

Edith lächelte. »Sie begleitet mich zu allen gesellschaftlichen Ereignissen. Eine Annehmlichkeit, die ich sehr zu schätzen weiß.«

Phoebe schaute kurz von ihrem Buch auf und gab das Lächeln zurück, doch es war nicht wirklich herzlich, sondern eine Spur verkrampft. Nur dass niemand außer Deverell das bemerkte.

»Ich habe gehört, was bei Lady Alberstoke vorgefallen ist. Audrey scheint der Meinung zu sein, es handle sich einfach um einen Zufall, dass die Gouvernante Ihrer Ladyschaft während der Hausgesellschaft die Flucht ergriff. Sie meint, sie habe sich nicht mehr anders zu helfen gewusst.«

Edith nickte. »Das sehe ich genauso. Niemand, der nicht völlig abgestumpft ist, könnte es für längere Zeit bei Lady

Alberstoke aushalten, und soweit ich mich recht entsinne, war diese Gouvernante sogar eine recht elegante Person.«

»Ja«, stimmte Maria Cranbrook zu, »sie war in der Tat ziemlich hübsch.«

»Und wie steht es mit dem zweiten Vorfall, dem in Winchelsea Park?«

»Nun, dabei«, antwortete Edith, »handelte es sich um Mrs. Bonham-Cartwrights neue französische Zofe. Eine sehr mysteriöse Geschichte. In der einen Minute noch sang sie ein Loblied auf das Mädchen, und in der nächsten war es verschwunden. Niemand hatte nur die leiseste Ahnung, was geschehen war.«

»Also, bei der Gouvernante der Alberstokes konnten wir uns immerhin vorstellen, dass sie vielleicht mit einem Mann durchgebrannt war«, ergänzte Maria Cranbrook Ediths Ausführungen. »Doch das mit dem französischen Mädchen konnte sich niemand erklären, zumal Mrs. Bonham-Cartwright eine gutherzige Frau ist, ganz anders als Lady Alberstoke. Was uns allerdings am meisten Kopfzerbrechen bereitete, war die Tatsache, dass die Zofe erst kurz zuvor ins Land gekommen war und hier vermutlich weder Freunde noch Familie besaß.«

»Die Vorstellung«, sagte Edith leise, »was dem Mädchen widerfahren sein mochte, war beunruhigend. Deshalb hat dieses jüngste Ereignis alle so in Aufruhr versetzt.«

Deverell nickte. »Ich verstehe«, sagte er und zeigte den Damen seine freundlichste Miene.

Was man von dem Blick, den er Phoebe zuwarf, nicht gerade behaupten konnte.

»Sie werden doch Ihr Möglichstes tun und uns berichten, was Sie herausgefunden haben, nicht wahr?«, bat die bestürzte Gastgeberin ihn noch einmal inständig.

»Das ist meine Absicht, Madam.«

Er verbeugte sich höflich und überließ die Damen erneut sich selbst.

Als Nächstes rief er Grainger zu sich, der sich gerade um die beiden Schimmel kümmerte, und fragte ihn nach dem verschwundenen Mädchen.

Der junge Stallbursche stand genauso vor einem Rätsel wie jeder andere auch.

»Ein süßes kleines Ding. Ein bisschen schüchtern, aber ich dachte, das liegt daran, dass sie erst seit Kurzem in Anstellung war und so.«

»Erst seit Kurzem?« Deverell stützte sich auf den Zaun des Auslaufs neben dem Stallgebäude und sah Grainger an. »Bist du dir sicher?«

»Aye. Nicht mal sechs Wochen. Hat sie mir selbst gesagt.« Nach einer Weile hakte er nach: »Wieso? Ist das wichtig?«

»Schon möglich.«

Deverell berichtete, was er über das Verschwinden der beiden anderen Frauen wusste.

»Deshalb fragen Sie sich jetzt, ob die Gouvernante vielleicht ebenfalls frisch angestellt war, stimmt's?«

»Genau.« Deverell zögerte, ehe er sich weiter vortastete. »Wie haben denn Miss Mallesons Leute die Nachricht aufgenommen? Skinner und ihr Kutscher – wie war doch gleich sein Name?«

»Fergus McKenna.« Grainger runzelte die Stirn, und man konnte ihm ansehen, dass er angestrengt nachdachte. »Soweit ich mich erinnere, waren sie alle schockiert.« Er sah Deverell neugierig an. »Warum fragen Sie?«

Den Blick auf die Pferde gerichtet, dachte er belustigt,

dass Phoebes Personal besser schauspielerte als sie selbst. Er zögerte mit einer Antwort, aber da Grainger sich nicht nur als sehr nützlich, sondern auch als sehr diskret erwiesen hatte, teilte er ihm kurz das Wesentliche mit. »Miss Malleson ist irgendwie in diese Sache verwickelt, wahrscheinlich allerdings nicht freiwillig.«

Grainger zog seine Brauen so hoch, dass sie beinahe unter seinen in die Stirn fallenden Haaren verschwanden.

»Sie meinen, dass irgendjemand sie erpresst? Damit sie ihm hilft, die Frauen zu verschleppen?«

»Keine Ahnung. Da es jedoch eine Möglichkeit unter vielen darstellt, müssen wir vorsichtig zu Werke gehen.« Er richtete sich auf. »Behalte Miss Mallesons Leute gut im Auge. Jemand hat ihr geholfen, höchstwahrscheinlich Skinner. Sie dürfte auch falsche Spuren wie das zerwühlte Bett gelegt haben. Eines solltest du dir gut merken ...« Er blickte Grainger eindringlich an. »Falls Miss Malleson in diese Angelegenheit verstrickt ist, werden ihre Leute alles daransetzen, sie zu schützen. Mit allen Mitteln. Unternimm also nichts, was ihre Aufmerksamkeit erregt. Wenn man sie aufschreckt, könnte nämlich eine riskante Situation entstehen.«

Und eine unberechenbare dazu.

Eine, die er vermeiden musste.

Alles, was er erfahren hatte, deutete darauf hin, dass der Zwischenfall der vergangenen Nacht nur die Spitze eines gigantischen Eisbergs darstellte. Eines nicht nur gefährlichen, sondern auch verbotenen Komplotts, in dem Phoebe bis zu ihrem hübschen Hals mit drinsteckte.

Deverell kehrte nach seinem Gespräch mit Grainger nachdenklich ins Haus zurück und schaute von den Fenstern des Salons zu dem Baum hinüber, unter dem Phoebe noch immer mit ihrem elenden Roman saß.

Sie gab sich wirklich alle Mühe, ihm aus dem Weg zu gehen, wollte offensichtlich nichts mehr mit ihm zu tun haben. Nichtsdestoweniger würde er die Wahrheit herausfinden, denn die Frage, ob sie in einer Zwangslage steckte, brannte ihm auf der Seele. Schließlich fühlte er sich verantwortlich für ihre Sicherheit und ihren Schutz.

Über das Warum brauchte er nicht lange nachzudenken.

Phoebe blieb so lange wie nur eben möglich draußen bei den anderen, steckte die Nase in ihr Buch und blätterte hin und wieder um, ohne auch nur ein einziges Wort gelesen zu haben.

Dass Deverell sie zusammen mit Jessica sehen würde, damit hatte sie nicht gerechnet, und entsprechend durcheinander war sie. So sehr, dass sie keinen klaren Gedanken mehr fassen konnte und bis zum Morgengrauen wach gelegen und sich heftige Vorwürfe gemacht hatte.

Anfangs war sie, getrieben von aufflammendem Zorn, in ihrem Zimmer auf und ab gelaufen und verfluchte sich unentwegt für ihre Dummheit und Naivität.

Wie konnte sie je glauben, dass er anders war als die meisten Männer seines Schlags?

Weshalb war sie auf ihn hereingefallen, hatte ihm abgenommen, dass er sich nicht einfach mit Gewalt holen würde, was sie ihm verwehrte?

Zum Dank umgarnte er sie, gewann ihr Vertrauen und enttäuschte sie am Ende.

Doch als sie dann reglos in der Mitte ihres Schlafzimmers verharrte und noch einmal jene Momente im Wald durchlebte, spürte sie, wie ihr ganz schwer ums Herz wurde.

Sie gestand sich ein, dass die Panik, die sie zu erfassen drohte, nichts mit ihm zu tun hatte. Mit leisem Stöhnen war sie daraufhin aufs Bett gesunken, und während sich die Schleier ihrer Panik allmählich hoben, erkannte sie in einem kalten und erbarmungslosen Licht die Wahrheit.

Ja, er hatte getan, was er getan hatte, und reagiert, wie er reagiert hatte.

Doch das war nicht die Ursache für ihre aufkeimenden panischen Gefühle.

Schuld daran trug ihr Gedächtnis, das ihr einen üblen Streich spielte.

Und eine böse Erinnerung heraufbeschwor.

Eine, die sie für erledigt gehalten hatte und die sie jetzt mit neuem Entsetzen erfüllte.

Nach dem Vorfall, der sich vor langer Zeit ereignete, war sie großen, starken und dominanten Männern stets mit äußerster Vorsicht und großem Misstrauen begegnet und hatte sämtliche Herren auf Abstand gehalten. Was ihr jedoch nicht schwergefallen war – Hauptsache, sie konnte sich in Sicherheit wiegen und die quälenden Ereignisse vergessen.

Außerdem hielt sie unabhängig von diesen schlechten Erfahrungen generell nichts von der Ehe und gestattete keinem Verehrer, ihr ernsthaft den Hof zu machen.

Insofern hatte sie Deverell nicht belogen. Sie war tatsächlich nie interessiert gewesen.

Er jedoch hatte ihre Schutzwälle durchbrochen und ihre Erstarrung gelöst, bis sie sich in seine Arme wünschte und die Gefahr nicht mehr kommen sah. Auf diese Weise vermittelte er ihr das Gefühl, die Vergangenheit vergessen und abhaken zu können, weil sie ihr nichts mehr anzuhaben vermochte.

Bis die Dämonen letzte Nacht unversehens zurückkehrten und sie hinterrücks überfielen.

In den Stunden, die dieser Erkenntnis folgten, hatten Enttäuschung und Verdruss sie wach gehalten.

Enttäuschung, weil sie ihre Hoffnung zerschlagen sah, mit Deverell all das Versäumte nachholen zu dürfen. Mit dem einzigen Mann, der je ihr Interesse und Verlangen geweckt hatte. Und weil ihre Sehnsüchte nun unerfüllt bleiben würden.

Verdruss kam hinzu, der sie umso mehr bekümmerte, je länger sie über jenen Zwischenfall im Wald nachdachte. Nachdem er Zeuge ihrer Schwäche, ihrer dummen, sinnlosen Panik geworden war, wollte sie ihm auf gar keinen Fall noch einmal gegenübertreten. Zu peinlich war ihr das Ganze, zu albern und unreif. Deshalb mied sie nach Kräften seine Blicke und seine Gesellschaft und wünschte die baldige Abreise herbei.

Um die Sache gänzlich unerträglich zu machen, war er gebeten worden, Jessicas Verschwinden aufzuklären. Damit hätte sie niemals gerechnet. Dass er aber eins und eins zusammenzählte, sah sie ihm sofort an. Er begriff viel zu schnell, leider auch den Zusammenhang mit den beiden anderen Vorfällen.

Sie konnte bloß hoffen, dass er nicht noch mehr herausfand.

Dafür musste sie Sorge tragen und eisernes Schweigen bewahren.

Allerdings wusste er schon genug, um sie in ernsthafte Schwierigkeiten zu bringen. Falls er seine Beobachtungen der letzten Nacht verriet und am Ende seiner Nachforschungen mit dem Finger auf sie zeigte, wäre ihr Ruf ein für alle Mal dahin.

Wie sollte sie darauf reagieren?

Während der Nachmittag kein Ende zu nehmen schien,

spielte sie sämtliche Möglichkeiten durch und versuchte, sich seinen nächsten Schritt vorzustellen. Schließlich kam sie zu dem Schluss, dass es nur einen Weg gab: striktes Leugnen. Sie würde ihre Haut lediglich retten, wenn sie beharrlich bei ihrer Version blieb und ihm unterstellte, dass er sie unmöglich mit Jessica gesehen haben konnte.

Sein Wort gegen ihres.

Keine besonders überzeugende Verteidigungsstrategie, denn sie würde unweigerlich Fragen aufwerfen und derartige Aktionen zudem in Zukunft schwieriger gestalten.

Allerdings nicht unmöglich machen.

Und das Wichtigste dabei: Solange sie jeden Vorwurf, den Deverell eventuell erhob, einfach hartnäckig bestritt, würde sie niemanden in Gefahr bringen, und sie könnten weitermachen mit der Rettung unglücklicher Mädchen.

Als es allmählich Abend wurde und sich alle ins Haus begaben, um sich für das Dinner umzuziehen, ging auch sie hinein, nahm dabei einen kleinen Umweg über die Bibliothek, um angesichts der für den morgigen Tag geplanten Abreise den entliehenen Roman zurückzustellen, an dem sie mittlerweile das Interesse verloren hatte.

Vorsichtig schlüpfte sie durch die Tür und war äußerst erleichtert, nicht das dunkle, attraktive Gesicht eines ehemaligen Agenten zu erblicken, der nur darauf wartete, sich auf sie zu stürzen.

Außer Lord Cranbrook und Lord Craven war niemand dort.

Sie hatte die Bibliothek gerade verlassen, als sie ihn spürte.

Noch bevor sie sich umdrehen konnte, legte sich eine Hand auf ihren Rücken und schob sie vorwärts.

»Wehren Sie sich nicht und machen Sie keine Szene, sonst werde ich Sie tragen«, flüsterte eine Stimme an ihrem Ohr.

Sie dachte kurz daran, es darauf ankommen zu lassen, verwarf den Gedanken aber schnell, denn zweifellos meinte er es ernst. Also gehorchte sie dem Druck seiner Hand und ging auf steifen Beinen weiter. Er steuerte sie zum Morgensalon und führte sie hinein.

Als er stehen blieb, um die Tür zu schließen, brachte sie sich eilig hinter einem Tischchen in Sicherheit und wandte sich zu ihm um.

Gemächlich schlenderte er auf sie zu, die Augen fest auf sie gerichtet und den Mund spöttisch verzogen.

Verwirrung und Wut stiegen gleichermaßen in ihr auf. Sie verschränkte die Arme, hob das Kinn und herrschte ihn an: »Was wollen Sie? Ich habe Ihnen nichts, aber rein gar nichts zu sagen.«

Er musterte sie mit zusammengekniffenen Augen, ehe er in ruhigem Ton gelassen erwiderte: »Irgendwann müssen Sie es mir erzählen.«

Zweifellos meinte er die Rettungsaktion.

Sie wich seinem Blick nicht aus, klammerte sich an ihren Zorn und reckte das Kinn noch entschiedener.

»Darauf können Sie warten, bis die Hölle zufriert.«

Zu ihrem Erstaunen zeigte er keine Reaktion, rührte sich nicht vom Fleck, sondern musterte sie nur, dachte nach, überlegte … Hüllte sich in ein Schweigen, das gar nicht mehr zu enden schien und an ihren Nerven zerrte.

Phoebe rief sich in Erinnerung, wie wichtig diese Aktionen waren und unter gar keinen Umständen aufs Spiel gesetzt werden durften durch einen Fehler. Sie redete sich ein, dass sie ihm standhalten würde, dass er sie nicht zwingen konnte, ihm alles zu erzählen …

Endlich bequemte er sich zu einer Entgegnung: »Ich denke, Sie werden feststellen, dass ich längst nicht so lange warten muss.«

Verwundert, dass er sich auf eine solch allgemeine Floskel beschränkte, verharrte sie abwartend, was als Nächstes kam.

Nichts.

Deverell drehte sich mit einem langsamen Nicken um, stapfte zur Tür und verschwand.

Ratlos blieb Phoebe zurück, fragte sich, was er wohl plante, und stellte fest, dass sie keine Ahnung hatte.

Eines allerdings spürte sie: dass sie so gut wie keine Angst mehr vor ihm empfand.

Eigentlich hatte er sie viel härter anfassen wollen.

Als er sie jedoch so voller Entschlossenheit, nicht nachzugeben, vor sich sah, fiel ihm wieder ein, dass es sich bloß um einen kleinen Schritt auf einem mit Schwierigkeiten gepflasterten Weg handelte. Nicht wert, ihm zu viel Bedeutung beizumessen.

Sinnvoller erschien es ihm, seine Strategie entsprechend anzupassen.

Wenn er sie unter Druck setzte, würde er ihren Trotz nur vergrößern und ihre unterschwellige Angst neu beleben. Er musste also eine andere Möglichkeit finden, sie zum Reden zu bringen.

Eine, die sein Vorhaben, ihr Geheimnis zu ergründen, nicht unterlief und sein langfristiges Ziel, sie ganz für sich zu gewinnen, nicht gefährdete.

Erst einmal würde er sie auf Distanz halten und sich völlig anders benehmen, als sie es von ihm erwartete.

Die Zeit bis zum Abendessen verbrachte er mit Audrey

und Lady Cranbrook, bei Tisch saß er zwischen Georgina und Heather.

Seine Rechnung ging auf.

Phoebes Miene verriet Ratlosigkeit und Argwohn.

Auch später im Salon machte er keine Anstalten, sich zu ihr zu gesellen, ließ sie weiter links liegen und beobachtete, wie ihre Anspannung sich verstärkte. Besonders als der Hausherr ihn bat, die Gäste über Jessicas Verschwinden zu informieren.

Mit einem Nicken wandte er sich den Anwesenden zu, die voller Erwartung schwiegen.

»Auf Wunsch Seiner Lordschaft habe ich den heutigen Tag über Nachforschungen hinsichtlich des Verschwindens von Lady Moffats Zofe angestellt. Nachdem ich all diejenigen befragt habe, die am ehesten etwas wissen konnten«, begann er und ließ den Blick durch den Salon schweifen, um schließlich Phoebes blasses Gesicht ins Visier zu nehmen, »bin ich zu dem Schluss gekommen, dass sich das Mädchen irgendwann in der Nacht davongestohlen hat oder weggelockt worden ist.«

Phoebes Hand packte den Fächer fester.

Nur sie war gemeint, kein anderer.

Deverell musste es erst gar nicht aussprechen.

Ein Raunen ging durch die Menge. Die Gäste steckten die Köpfe zusammen und tauschten Vermutungen und Verdächtigungen aus.

Nur die Hauptakteurin schien kaum zu bemerken, worüber sie redeten. Zu erleichtert fühlte sie sich für den Moment, dass Deverell sein Wissen offenbar nicht preisgeben würde.

Er hatte sie nicht verraten.

Warum nur?

Über Peters Schulter spähte sie zu Deverell hinüber, der sich mit Lord Cranbrook und Lord Craven unterhielt. Die Ereignisse des Tages hatten ihn deutlich von den jüngeren Männer isoliert, die ihn mit einem Mal nicht mehr als einen von ihnen ansahen.

Ihre Vergnügungen waren nicht mehr die seinen.

Nicht nur weil er älter, sondern weil er zudem anders war.

Erfahrener und von einem völlig anderen Schlag.

Hatten sie das vorher nicht bemerkt, fragte Phoebe sich. Ihr war diese Tatsache schließlich seit jeher bewusst und der Grund gewesen, warum sein Anblick regelmäßig ein Gefühlschaos bei ihr auslöste.

Als hätte er ihre Aufmerksamkeit gespürt, drehte er sich halb zu ihr um. Ihre Augen begegneten sich und verschmolzen miteinander. Fast meinte sie zu hören, dass er ihr mit seiner tiefen, dunklen Stimme ein Versprechen gab, das seiner Entschlossenheit wie Unnachgiebigkeit entsprang.

Ihr Herz schlug schneller.

Dann neigte er wie zum stillen Einverständnis den Kopf, ehe er sich wieder den beiden Lords zuwandte.

Ein Beben ging durch Phoebes Körper, und es dauerte eine Weile, bis sie wieder frei atmen und sich am Gespräch der anderen jungen Leute beteiligen konnte, die bereits für die Zeit der Rückkehr nach London gemeinsame Unternehmungen planten.

Innerlich aber wuchs ihre Beklommenheit.

Deverell hatte ihre Beteiligung am Verschwinden der Zofe verschwiegen, was die Frage nach seinen Motiven aufwarf. Wo war der Pferdefuß? Erwartete er etwa eine Gegenleistung?

Bis zu dem Moment, da sich ihre Blicke begegnet waren

und sie begriff, dass er noch nicht mit ihr fertig war, hatte sie sich keine Gedanken darüber gemacht, ob sie ihm in besonderer Weise zu Dank verpflichtet war.

Und in seiner Schuld zu stehen war das Letzte, was sie sich freiwillig ausgesucht hätte.

In dieser Nacht fiel es ihr schwer einzuschlafen, und selbst in ihren Träumen verfolgte Deverell sie noch. Nicht als der Mann allerdings, wie sie ihn in den ersten drei Tagen auf Cranford Manor kennenlernte, nicht als der Verführer, der ihr eine Liaison vorschlug und ihr ungeahnte Sinnesfreuden in Aussicht stellte.

Nein, der Mann, der sie in ihren Träumen heimsuchte, war jener, der sie im nächtlichen Wald mit dem Rücken an einen Baum presste, dessen brennend grüne Augen sie verfolgten, dessen Mund den ihren verschlang. Der Mann, der sich nahm, was er wollte, und seinen harten Körper fest an sie presste. Der eine Welle der Erregung durch ihren Körper jagte, die ihr gänzlich fremd war.

Atemlos und mit pochendem Herzen schreckte sie aus dem Schlaf auf, spürte eine seltsame Hitze und Ruhelosigkeit am ganzen Körper und das unangenehme Flattern ihrer überreizten Nerven.

Eingehüllt in die Dunkelheit lag sie regungslos da und hörte, wie ihr Atem und ihr rasendes Herz allmählich zur Ruhe kamen.

Und wunderte sich.

7

Am folgenden Abend saß Deverell, eingehüllt in wohltuende Stille, in der Bibliothek seines Clubs am Montrose Place, genoss seinen Brandy und betrachtete nachdenklich die Decke, über die Schatten des flackernden Kaminfeuers huschten.

Noch wäre es ein Leichtes, sich zurückzuziehen und die Finger von Phoebe Malleson zu lassen.

In gewisser Weise würde sein Leben dadurch zweifellos einfacher und weniger anstrengend sein, denn sie war eindeutig nicht unbedingt die Frau, bei der man Ruhe fand. Hinzu kam, dass sie höchstwahrscheinlich in etwas verwickelt war, das Schwierigkeiten mit sich brachte – und zwar in einem Ausmaß, das noch gar nicht abzusehen war.

Doch sosehr er sich einerseits einzureden versuchte, die Sache lieber auf sich beruhen zu lassen, stellte er andererseits fest, dass ihn diese Frau reizte.

Obwohl sie anstrengend war.

Oder vielleicht gerade deshalb.

Jedenfalls merkte er mehr und mehr, dass er Phoebe, wie nervenaufreibend sie auch sein mochte, nicht mehr aus seinen Gedanken und Plänen zu vertreiben vermochte. Diese merkwürdige junge Frau weckte Gefühle in ihm, die er bislang nie empfunden hatte.

Die heftiger und dringlicher waren als alles zuvor.

Er dachte zurück an die Geschehnisse auf Cranbrook Manor und an Audreys Beteuerung, dass er von allen anwesenden Gentlemen derjenige sei, der als Einziger Phoebe erobern könne.

Obwohl seine Fortschritte bisher eher recht bescheiden waren, wusste er instinktiv, dass Audrey recht hatte. Kein anderer außer ihm würde bei ihr Erfolg haben. Und wenn er sich nicht sehr täuschte, spürte Phoebe das ebenfalls.

Außerdem hatte Audrey in umgekehrter Hinsicht ebenfalls den Nagel auf den Kopf getroffen: Phoebe war genau die Richtige für ihn, und er würde sie heiraten.

Ein Entschluss, der sich von Tag zu Tag verstärkte.

Deshalb wollte und durfte er eines nicht akzeptieren: dass sie ihr Geheimnis, was immer das sein mochte, vor ihm verbarg. Es in Erfahrung zu bringen war er schon seiner Stellung schuldig.

Und der seiner künftigen Ehefrau.

Träge nippte er an seinem Brandy, überdachte zum wiederholten Mal den derzeitigen Stand der Dinge erneut und überlegte zugleich, wie er die Angelegenheit vorantreiben könnte. Er brauchte irgendeine Information, die sie in Zugzwang bringen würde.

In diesem Zusammenhang kreisten seine Gedanken auch um die Männer auf dem Feldweg bei der Kutsche. Sein Gefühl sagte ihm, dass er durch sie mehr über Phoebes Geheimnis erfahren würde, und er hatte als Geheimagent gelernt, solchen Eingebungen zu folgen.

Nur wo sollte er nach ihnen suchen?

Wo mit seinen Nachforschungen ansetzen?

Er leerte sein Glas, stand auf und streckte sich, um schlafen zu gehen.

Morgen würde er sich auf die Jagd begeben.

Am nächsten Abend entschloss Deverell sich, einer Einladung bei Lady Loxley in der Hoffnung zu folgen, Phoebe dort zu treffen. Sobald er die Dame des Hauses begrüßt hatte, begab er sich in den Ballsaal, um seine Blicke suchend über die Schar der festlich gekleideten Gäste schweifen zu lassen.

Es dauerte nicht lange, bis er sie am anderen Ende des großen Raumes entdeckte, denn ihr dunkelrotes Haar, das im Schein der Kronleuchter wie Gold schimmerte, war nicht zu übersehen.

Sie trug eine Kreation aus bernsteinfarbener Seide und stand neben einem Sofa, auf dem Edith saß. Beide waren in ein Gespräch mit zwei anderen Damen vertieft, die er nicht kannte. Unverzüglich schickte er sich an, ihr seine Aufwartung zu machen.

Audrey wäre mit ihm zufrieden.

Ein amüsiertes Grinsen überzog unwillkürlich sein Gesicht, als er an seine Tante dachte. Da sie an diesem Abend einer anderen Veranstaltung den Vorzug gab, hatte sie ihm das Versprechen abgenommen, sich weiterhin um die störrische Miss Malleson zu bemühen.

Und genau das würde er tun.

Phoebe spürte seine Anwesenheit, ehe sie ihn sah. Für einen kurzen Moment meinte er ein überraschtes Aufblitzen in ihren Augen zu sehen, als sie ruckartig den Kopf hob. Doch dann senkte sie schnell die Lider und wandte ihre Aufmerksamkeit wieder ihren Gesprächspartnerinnen zu, die, aus der Nähe betrachtet, unschwer als Mutter und Tochter zu identifizieren waren.

Deverell verbeugte sich vor Edith und wechselte ein paar Worte mit ihr, ehe er zu Phoebe trat. Unaufgefordert reichte sie ihm die Hand, weil sie davon ausging, dass er eine Weigerung ohnehin nicht akzeptieren würde. So weit kannte sie ihn inzwischen. Umso mehr erstaunte es sie, dass er diesmal darauf verzichtete, ihre Hand an seine Lippen zu heben.

Seine neue Taktik durchschaute sie nicht.

Zurückhaltung üben, sie im Ungewissen über seine Pläne lassen – das hatte er sich auch für diesen Abend vorgenommen.

Wenn es sie irritierte, umso besser.

»Lady Cartwell, Miss Emily Cartwell, Lord Paignton«, stellte sie Deverell die beiden Damen neben Edith vor.

Er setzte ein gewandtes Lächeln auf und tat sein Bestes, um der matronenhaften Lady diskret zu verstehen zu geben, dass es an der Zeit sei, sich zu empfehlen. Mit Erfolg. Nach wenigen Minuten zog sie mit ihrer Tochter im Schlepptau von dannen.

Phoebe drehte sich zu ihm um. »Wenn Sie mich bitte entschuldigen wollen, Mylord …«

»Nein.«

Sie sah ihn mit großen Augen an, als er verborgen hinter ihren ausladenden Röcken die Hand um ihre Finger schloss, und wunderte sich über diesen plötzlichen Sinneswandel.

»Glauben Sie etwa, dass ich gekommen bin, weil ich mich gerne mit Dutzenden von Matronen und ihren langweiligen Schützlingen abgebe? Da kann ich mir Reizvolleres denken«, raunte er ihr zu und stürzte sie endgültig in heillose Verwirrung.

Was bezweckte er mit diesem Wechselbad?

»Noch einmal: Ich bin Ihretwegen hier«, fügte er hinzu, und es klang fast wie eine Antwort auf ihre unausgesprochene Frage.

Sie versteifte sich und hob trotzig den Kopf. »Wenn Sie meinen …«

»Im Moment meine ich gar nichts. Möchte Sie allerdings über mehrere Dinge in Kenntnis setzen, die Sie zweifellos interessieren werden.«

Sie zögerte. Er hatte den leicht überheblichen, dandyhaften Tonfall angeschlagen, dessen er sich in Gesellschaft gerne bediente und der sich bestens eignete, die anderen über seine wahren Absichten im Unklaren zu lassen.

Wie jetzt sie.

Ihr Blick glitt forschend über sein Gesicht. »Was für Dinge?«

»Ich konzentriere mich derzeit darauf herauszufinden, wer diese Männer nachts bei der Kutsche waren. Die, denen Sie die Zofe übergeben haben. Mein Erinnerungsvermögen ist hervorragend, und ich könnte sie problemlos identifizieren, obwohl ich nur einen kurzen Blick auf sie erhaschen konnte. Außerdem wäre ich kein bisschen abgeneigt, mich notfalls in Verkleidung auf die Straße zu begeben und Informationen einzuholen.«

Als sie schwieg, redete er einfach weiter. »Ich weiß bereits, dass einer zumindest nicht dem Haushalt Ihrer Tante angehört. Womit sich natürlich die Frage stellt, woher eine Lady wie Sie solch grobschlächtige Kerle kennt. Das befremdet mich einigermaßen, muss ich gestehen.«

Erwartungsvoll schaute er sie an, musste jedoch eine ganze Weile auf ihre Antwort warten.

»Nichts, was diese Männer betrifft, geht Sie auch nur im Mindesten etwas an«, sagte sie schließlich und sah ihn kampflustig an.

»Obwohl ich einer Dame nur ungern widerspreche, muss ich gestehen, dass ich das anders sehe und Ihre Sichtweise nicht nur für unangemessen, sondern auch für ziemlich dreist halte.« Sein Blick wurde für einen Moment hart und streng, ließ sie die ganze Wucht seiner Missbilligung spüren. »Darf ich Sie in diesem Zusammenhang daran erinnern, dass ich Ihre Beteiligung an dem Vorfall auf Cranbrook Manor für mich behalten habe, und das sollte Ihnen weiß Gott zu denken geben.«

Sie hob das Kinn. »Ja, aber ...«

»Deshalb«, redete er mit sanfter Stimme weiter, »fühle ich mich gewissermaßen für Ihre Sicherheit verantwortlich. Eigentlich hätte ich nämlich Alarm schlagen müssen, wissen Sie. Und alle würden mir die Schuld geben, falls Ihnen etwas zustoßen sollte.«

Ihre Augen weiteten sich erschrocken, denn dass er solche Argumente auffahren würde, damit hätte sie im Leben nicht gerechnet.

»Sie tragen keinerlei Verantwortung für mich und sind ebenfalls nicht für meine Sicherheit verantwortlich«, erwiderte sie trotzig. »Und sollte jemand je diesen Vorwurf erheben, werde ich das energisch zurückweisen.«

Er lächelte unfroh, weil sie ihn einfach nicht verstehen wollte und seine Sorge um sie als lachhaft abtat.

»Wie überaus freundlich von Ihnen. Aber wie dem auch sein mag – ich könnte es mir selbst nicht verzeihen«, erwiderte er ernst und ließ für einen Moment die Maske fallen. »Allerdings wird dieser Fall nie eintreten, weil ich es zu verhindern weiß«, setzte er hinzu.

Es war die reine Wahrheit und eine unumstößliche Tatsache dazu, doch Phoebe weigerte sich nach wie vor, eine Gefährdung ihrer Person überhaupt in Betracht zu ziehen, und stieß unwillige Protestlaute aus.

Da kam Deverell eine kleine Ablenkung gerade recht. »Wie praktisch«, meinte er, als das Orchester zu spielen begann. »Sie tanzen doch einen Walzer mit mir, nicht wahr?«

Eine rhetorische Frage, denn er hielt bereits ihre Hand und führte sie auf die Tanzfläche. Phoebe biss sich auf die Zunge. Zwar schien ihr das keine gute Idee, wohl aber eine gute Gelegenheit zu sein, um mehr über seine Absichten herauszufinden.

Als er sie jedoch schwungvoll in seine Arme zog, vergaß sie alles um sich herum. Dachte nicht mehr daran, wie sie ihn überlisten und austricksen konnte, sondern genoss einfach seine atemberaubende Nähe. Nichts hatte in ihren Gedanken mehr Platz außer diesem Sinnestaumel, in den er sie stürzte. Misstrauen und Ängste zerstoben, lösten sich für einen glücklichen Moment auf.

Alles in ihr konzentrierte sich auf seine faszinierende Männlichkeit und den Genuss, der von seinem gefühlvollen Tanzen ausging und von seiner souveränen Führung, der sie sich nur zu gerne unterordnete, während sie in seinen kräftigen Armen über das Parkett des Ballsaals schwebte.

Einmal mehr spürte sie, wie sensibel sie auf ihn reagierte. Auf seinen Körper, der auf der überfüllten Tanzfläche dem ihren näher kam, als die Regeln des Anstands es erlaubten. Doch zum Glück schien niemand davon Notiz zu nehmen.

Phoebe kam sich beinahe verrucht vor.

Wie nur sollte sie sich je aus seinem Bann befreien?

Prüfend sah er auf sie hinab und beendete den Zauber, stürzte sie erneut in Verwirrung.

»Ich gehe davon aus, dass Sie mir nicht verraten wollen, woher Sie die Männer kennen?«, griff er auf das leidige Thema zurück, das sie vorübergehend für erledigt gehalten hatte.

»Nein«, entgegnete sie nur kurz, um ihre Enttäuschung zu verbergen.

Er zwang sie, sich ihrem Dilemma erneut zu stellen, obwohl oder weil er wusste, dass sie jeder weiteren Diskussion aus dem Weg zu gehen wünschte. Ihre Furcht, zu viel preisgeben zu müssen, saß offenbar tief. Gleichzeitig bereitete ihr die Situation sichtlich Unbehagen, wie Deverell aus ihrem leeren Blick, ihrer verkrampften Haltung schloss.

Zugleich aber bemerkte er etwas anderes in ihrem Verhalten, und diese Erkenntnis ließ ihm den Atem stocken. Zwar fürchtete sie einerseits die Entdeckung ihrer Geheimnisse durch ihn, fühlte sich jedoch zugleich magisch von ihm angezogen.

Eine Faszination wider Willen, der sie sich nicht zu entziehen vermochte.

Sobald er begriff, was in ihr vorging, führte er sie von der Tanzfläche weg in eine ruhige Ecke des Saales, drehte sie zu sich herum und zwang sie, ihn anzuschauen.

»Es reicht. Damit eines klar ist: Ich werde nicht eher ruhen, bis ich herausgefunden habe, was Sie verbergen, und Ihre Gründe kenne. Trotzdem müssen Sie mir glauben, dass ich Ihnen nie ein Leid zufügen werde und ebenso nicht zulasse, dass ein anderer es versucht. Haben Sie mich verstanden?«

»Ja und nein«, antwortete sie in einer Mischung aus Skepsis und Verblüffung, und zur Abwechslung entsprach es der Wahrheit.

Phoebe schien wirklich den Sinn seiner Worte nicht voll zu begreifen.

Dennoch hielt er es für ratsam, das Gespräch an diesem Punkt und an diesem Ort nicht fortzusetzen. »Ich muss gehen«, erklärte er. »Wenn Sie wieder zu Verstand gekommen sind und sich mir anvertrauen wollen, schicken Sie eine Nachricht an meine Adresse: Montrose Place 12. Falls nicht …«

Er senkte den Blick und fixierte begehrlich ihre Lippen, streichelte mit dem Daumen die Knöchel der Hand, die er immer noch hielt. Das erregte Beben, das ihren Körper durchlief, entging ihm nicht.

»Ich werde Sie morgen Abend treffen, um dieses Gespräch fortzusetzen.«

Mit diesen Worten wandte er sich ab, ging quer durch den Raum und verließ den Ballsaal, ohne sich noch einmal nach ihr umzudrehen.

Er hatte sie verunsichert – mehr als sie für möglich gehalten hätte.

Zurück im Schutz ihres Schlafzimmers ließ Phoebe sich beim Auskleiden helfen, redete ein wenig mit Skinner und fand doch ihre innere Ruhe nicht wieder. Nach wie vor rasten die Gedanken unkontrolliert durch ihren Kopf und verhinderten, dass sie klar denken konnte.

Was sollte sie jetzt bloß tun?

»Sie sind ja völlig durcheinander«, sagte Skinner besorgt. »Ist irgendwas passiert?«

Sie verzog das Gesicht. »Deverell.«

»Aha.«

Ihre alte Vertraute sagte nichts weiter, sondern machte sich daran, das Ballkleid ordentlich aufzuhängen, während Phoebe im Nachthemd auf den Stuhl vor der Spiegelkommode sank und die Nadeln aus ihrem Haar zu ziehen begann.

»An jenem Abend auf Cranbrook Manor hat er gesehen, wie ich Jessica zur Kutsche brachte.«

»*Was?*« Skinner riss entsetzt den Mund auf. »Das haben Sie mir gar nicht erzählt.«

»Nein. Ich wusste nicht, was er plante, und wollte verhindern, dass einer von euch, Fergus etwa, unwissentlich seine Aufmerksamkeit erregt. Denn er lässt sich absolut nichts vormachen.«

»So kam er mir auch nicht vor, und wenn dieser Bursche, der für ihn arbeitet, nur ansatzweise recht hat, dann ist Seine Lordschaft kein Mensch, den man an der Nase herumführen kann.«

»Stimmt genau.« Phoebe löste ihr Haar und griff nach einer Bürste. »Heute Abend hat er mir eröffnet, er habe genug gesehen, um die Männer identifizieren zu können. Und er wisse, dass sie nicht alle zum Haushalt gehören. Besonders interessiert ihn, woher ich sie kenne.«

Skinner runzelte die Stirn und legte das Unterkleid zusammen. »Er setzt Sie doch nicht etwa unter Druck, oder?«

»Nein, nicht so, wie du meinst.« Phoebe holte tief Luft. »Er hat immerhin versichert, dass er mir nie ein Leid zufügen würde, aber er will wissen, was da vor sich geht.«

Skinner machte sich weiter im Zimmer zu schaffen.

»Es ist ja nicht so, als müssten wir uns für das schämen, was wir tun. Kein vernünftig denkender Mensch käme auf diese Idee. Vielleicht sollten Sie es ihm einfach erzählen? Nach dem zu urteilen, was sein Bursche erzählt, scheint es nicht ausgeschlossen, dass er uns sogar hilft.«

»Nein. Ich darf das Risiko nicht eingehen. Gentlemen wie er haben ihre eigene Sicht der Welt. Was uns richtig vorkommt, wird er wahrscheinlich nicht gutheißen.« Phoebe legte die Bürste weg und erhob sich. »Geh morgen in aller Frühe aus dem Haus und überbring Scatcher und Birtles eine Nachricht. Sie sollen sich ruhig verhalten und vor allem nicht herkommen. Sofern sie uns etwas mitzuteilen haben, können sie ja einen Boten schicken oder Emmeline. Sie hat Deverell bestimmt nicht gesehen.«

Nachdem sie ins Bett gestiegen war, rief sie Skinner noch einmal zurück. »Verlass das Haus durch einen Nebeneingang. Es könnte durchaus sein, dass Deverell das Anwesen beobachtet.«

»Werde ich machen, aber Sie sollten trotzdem überlegen, ob Sie ihm nicht alles erzählen«, sagte sie im Gehen, während Phoebe sich in die Kissen fallen ließ und die Decke bis zum Kinn hochzog.

Und ihren Gedanken erneut erlaubte, Unruhe in ihrem Kopf anzustiften.

In der Erinnerung ging sie achtundvierzig Stunden zurück zu der Nacht, in der Deverell nicht nur ihrem Geheimnis auf die Spur gekommen war, sondern auch ihre Panik erlebt hatte. Sie befürchtete mittlerweile sogar, dass er daraus bereits Schlussfolgerungen gezogen und entsprechende Nachforschungen angestellt hatte.

Genug Erfahrung mit diesem Metier besaß er ja.

Sie konnte nur hoffen, dass sie sich irrte.

Oder machte sie sich etwas vor und wünschte, dass er es erriet?

Phoebe war sich hinsichtlich ihrer Wünsche und Ängste in Bezug auf ihn völlig unsicher. Und das betraf keineswegs nur das aktuelle Problem. Schwerer wog, dass sie trotz allem nicht der heftigen Empfindungen Herr wurde, die er bei ihr auslöste. Und das, obwohl sie die letzten acht Jahre Männern wie ihm und den Eigenschaften, die sie verkörperten, geflissentlich und erfolgreich aus dem Weg gegangen war.

Nur bei ihm schaffte sie das nicht.

Klar und zweifelsfrei erkannte sie, dass es für ihr Seelenheil weitaus besser wäre, ihn zu meiden. Und doch sah sie sich außerstande, sich seiner Anziehungskraft zu entziehen. Ein Umstand, der sie zutiefst beunruhigte und ihr Selbstvertrauen erschütterte.

Und dann die Art, wie er sie neuerdings behandelte. Diese Mischung aus Zuwendung und Distanz. Was sollte sie davon halten? Was hatte es zu bedeuten, außer dass er nicht ruhen würde, bis er ihr Geheimnis kannte?

Sie lag noch eine ganze Weile grübelnd wach, um die vielen Fragen, die sie bedrängten, mit in ihre Träume zu nehmen.

Am nächsten Morgen begab Deverell sich in seinem Club, wo er derzeit wohnte, nach unten, um das Frühstück einzunehmen.

Und um mit Grainger zu sprechen.

»Lassen Sie bitte meinen Burschen rufen und schicken Sie ihn zu mir«, beauftragte er Gasthorpe, seines Zeichens Majordomus und Butler des Bastion Club.

Ein paar Minuten später, nachdem er an einem Tisch Platz genommen hatte, erschien Grainger, der wie üblich gut gelaunt und munter war.

»Sie haben nach mir verlangt, Mylord?«

Deverell nickte. »Ich möchte, dass du ein Haus in der Park Street beobachtest. Nummer 28. Mrs. Edith Balmain wohnt dort.«

Der junge Stallknecht zog die Augenbrauen zusammen. »Mrs. Balmain? Sie war doch ebenfalls auf dem Landsitz der Cranbrooks und ist Miss Mallesons Tante, oder?«

Deverell nickte und musterte über den Rand seiner Tasse hinweg Graingers Gesicht, das Eifer und Tatendrang verriet.

»Es handelt sich darum, dass du das Anwesen beobachtest und notierst, wer dort ein und aus geht ... Und falls Miss Malleson das Haus verlässt, folge ihr.«

»In Ordnung. Ihr folge ich, alle anderen beobachte ich nur.«

»Genau, und dann berichtest du mir, was du herausgefunden hast«, fügte Deverell hinzu und wandte sich zum Zeichen, dass das Gespräch beendet war, seinem Teller mit Schinken und Eiern zu.

»Phoebes finanzielle Situation?« Audrey hob den Blick von ihrem neuesten Meisterwerk. »Gütiger Himmel, mein Lieber, warum willst du das denn wissen?«

Er lächelte zynisch.

»Halte mich bei Laune, liebe Audrey, und denk daran, dass du mir die Sache mit Phoebe eingeredet hast.«

»Hm. Nun ja, ich muss wohl dem Himmel danken, dass du meinen Rat befolgst, und deshalb alles in meiner Macht Stehende tun, um dich weiter zu ermutigen.«

Sie legte Pinsel und Palette beiseite und drehte ihren Hocker herum, um ihm die gewünschten Auskünfte zu geben.

Solchermaßen vorbereitet, suchte Deverell im Anschluss an das Gespräch mit seiner Tante eine Adresse in der Innenstadt auf.

Auch hier ging es um Phoebe und ihre finanzielle Situation, nur dass er diesmal einen Profi konsultierte.

Heathcote Montague, den Anwalt seiner Familie.

»Es geht also um Miss Phoebe Malleson, Lord Martindales Tochter und Erbin, wenn ich Sie richtig verstanden habe.«

Montague übertrug die Informationen, die Deverell ihm bereits gegeben hatte, auf ein frisches Blatt Papier und schaute seinen Klienten an, der ihm am Schreibtisch gegenübersaß.

»Ich gehe davon aus, dass Sie das Übliche wissen wollen: gegenwärtiges Einkommen und was an Vermögen noch zu erwarten ist.«

Deverell in seinem bequemen Ledersessel nickte. »Ich möchte, dass Sie unter den gegebenen Umständen so gründlich wie möglich vorgehen. Und bedenken Sie bitte, dass ich einen solchen Auftrag hiermit zum ersten Mal erteile. Für mich ist das also durchaus ungewohnt, und ich bitte um absolute Diskretion.«

Montagues rundes Gesicht verzog sich zu einem Lächeln.

»Natürlich, Mylord. Und wenn es mir erlaubt ist, das zu sagen – es ist mir eine Ehre und ein Vergnügen, Ihnen in dieser Angelegenheit behilflich zu sein.«

Aha, dachte Deverell. Wie Audrey ging offenbar auch der Anwalt davon aus, dass die Erkundigungen über Phoebes finanzielle Situation mit Heiratsabsichten des jungen Viscount zusammenhingen. Das war üblich in Kreisen wie diesen, bevor es an die Aufsetzung eines Ehevertrags ging.

Da er in der Tat beabsichtigte, um Phoebes Hand anzuhalten, sah er keine Veranlassung, die Vermutungen dahingehend zu korrigieren, dass es vorrangig andere Gründe für seine Nachforschungen gab.

»Soweit ich informiert bin, wurde ihr bereits durch eine Großtante ein beachtliches Vermögen vererbt«, sagte er deshalb vage.

Der Anwalt machte sich eifrig Notizen und hakte hier und da nach.

»Schätzungsweise befindet es sich bis zu einer Eheschließung in treuhänderischer Verwaltung«, meinte er jetzt.

»Nein, ich glaube, die Großtante war der Ansicht, dass Frauen die Verantwortung für ihr Leben und für ihr Vermögen selbst übernehmen sollten. Meines Wissens verfügt Miss Malleson seit ihrem einundzwanzigsten Geburtstag darüber. Inzwischen ist sie fünfundzwanzig.«

»Hm.« Montagues Blick verdüsterte sich. »Könnte es sein, dass von diesem Vermögen nicht mehr viel übrig ist?« Über seinen Zwicker hinweg schaute er Deverell bedauernd an. »Ich meine, so etwas läuten gehört zu haben. Vermutlich bewegt sich die junge Dame in den höchsten gesellschaftlichen Kreisen? So etwas verpflichtet.«

»Das tut sie, und ich weiß, worauf Sie anspielen. Nur trifft das auf Miss Malleson nicht zu, denn sie ist anders als die meisten Ladys im heiratsfähigen Alter.«

Allein der Gedanke, sie könnte ihr Geld für Kleider oder Juwelen ausgegeben haben, amüsierte ihn. Obwohl sie sich das problemlos leisten könnte, wie er von Audrey wusste.

»Überprüfen Sie einfach ihre Ausgaben und ihre Einnahmen«, schnitt er die Diskussion ab.

»Natürlich, Mylord.« Mit gesenktem Kopf notierte Montague die weiteren Punkte und nickte devot. »Ich wünschte, all meine Klienten wären so klug. Man sollte sich nie von Dingen überraschen lassen, sondern vorher rechtzeitig Erkundigungen einholen.«

Am liebsten hätte Deverell dem Anwalt versichert, dass er sich in diesem Fall gewaltig irrte, doch Montague würde es bald selbst merken. Phoebe mochte ja manchen Fehler haben, aber Verschwendungssucht gehörte bestimmt nicht dazu. Und falls ihr Vermögen geschrumpft war, musste es dafür andere Gründe geben. Eine passende Detektivarbeit für Montague, der über hervorragende einschlägige Kontakte verfügte.

Deverell erhob sich und reichte dem Anwalt die Hand. »Sagen Sie mir Bescheid, sobald Sie etwas Wichtiges zu berichten wissen.«

»Selbstverständlich, aber eine Frage noch«, hielt Montague seinen Besucher zurück. »Ich nehme an, Sie werden den Mietvertrag für das Haus in Mayfair nicht verlängern wollen, wenn er ausläuft?«

»Darüber habe ich noch gar nicht nachgedacht«, meinte er zögernd. Ihm war durch das Erbe auch ein großes Haus in Mayfair zugefallen, in dem er zwar zu Anfang des Jahres ein paar Wochen gewohnt hatte, das inzwischen jedoch vermietet war, weil er es für sich allein zu groß fand und seinem Apartment im Club den Vorzug gab. Im Fall einer Heirat stellte sich das natürlich anders dar.

»Teilen Sie mir bitte mit, wann genau der Vertrag ausläuft. Ich werde mich dann mit Miss Malleson über die weiteren Schritte beraten«, sagte er und sah bei diesen Worten Kinder in den Räumen herumtollen.

Ein Bild, das ihm gefiel.

Montague, der ohnehin bereits die Hochzeitsglocken zu hören schien, dachte seinem Gesicht nach zu urteilen offenbar ganz ähnlich.

Deverell kehrte rechtzeitig in den Bastion Club zurück, um eine ruhige halbe Stunde in der Bibliothek zu verbringen und die Ereignisse des Tages Revue passieren zu lassen. Was er bisher in Erfahrung gebracht, was er in Gang gesetzt und was sein Misstrauen geweckt hatte.

Nicht lange, und Grainger wurde gemeldet. Der Bursche berichtete, dass Phoebe sowohl vor als auch nach dem Mittagessen verschiedene Besuche mit ihrer Tante gemacht habe und dann in die Park Street zurückgekehrt sei.

»Ich weiß nicht, ob sie später noch einmal ausgeht. Deshalb wollte ich fragen, ob ich sie auch am Abend und während der Nacht beobachten soll.«

»Nein. Das wird nicht nötig sein.« Deverell lehnte sich in seinem Sessel zurück. »Schlaf dich heute Nacht aus und nimm deine Überwachungen morgen früh wieder auf. Sei ab neun Uhr auf deinem Posten. Vorher wird sie das Haus sowieso nicht verlassen.«

Er war sich seiner Sache ganz sicher. Audrey, die ihre Rolle als Ehevermittlerin zunehmend genoss, hatte an drei Abenden hintereinander für Phoebe Einladungen zu Bällen organisiert, an denen er ebenfalls teilnahm. So auch heute Abend. Da war es kein Problem für ihn, sie im Auge zu behalten, und morgen würde sie bestimmt endlich einmal ausschlafen wollen, statt bereits in aller Herrgottsfrühe Besuche zu machen.

Nachdem Grainger gegangen war, tauchte Deverell erneut in die beruhigende Stille der Bibliothek ein. Er war froh, dass er im Moment als Einziger im Club wohnte und mit niemandem über diese ganze unselige Geschichte reden musste. Kein Außenseiter würde dafür Verständnis aufbringen. Und so wie sich die Dinge derzeit darstellten, gab es tatsächlich ausschließlich unerfreuliche Erklärungen.

Verwerfliche, wie manch einer sagen würde.

Für ihn hingegen stand völlig außer Frage, dass man nicht vom Offensichtlichen ausgehen durfte. Die Vorstellung, dass Phoebe in unehrenhafte Aktionen verwickelt sein könnte, die gar mit Prostitution oder Schlimmerem zu tun hatten, war in seinen Augen völlig indiskutabel.

Weil es einfach nicht zu ihr passte.

Weil es ihrem Naturell widersprach.

Leider hatte er bislang keinen wirklichen Anhaltspunkt,

was hinter ihrem Geheimnis steckte. Nichts außer Spekulationen einerseits und dem sicheren Wissen andererseits, dass es sich um nichts Anstößiges handelte. Denn nie im Leben würde Phoebe eine andere Frau in Schwierigkeiten oder in Gefahr bringen. Eher konnte er sich vorstellen, dass sie als gute Fee bedrängten weiblichen Hausangestellten aus der Klemme half.

Phoebe war ein Mensch, der nie etwas Böses tun würde. Das lehrte ihn seine Menschenkenntnis. Doch aus Erfahrung wusste er auch, das Gutes zu tun nicht immer belohnt wurde, sondern oft Gefahren heraufbeschwor. Besonders wenn man damit gegen Regeln verstieß.

Deverell seufzte.

Es half nichts: Er musste seine Nachforschungen intensivieren und tiefer in diese verzwickte Angelegenheit eindringen.

Als die Uhr auf dem Kaminsims die volle Stunde schlug, leerte er sein Glas und ging nach oben, um seine Abendgarderobe anzulegen.

8

Sie begegneten sich am Abend auf dem Ball von Lady Camberley, obwohl sie sich zunächst kaum sahen.

Phoebe erschien wie immer in Begleitung ihrer Tante, doch während Edith sich mit ein paar älteren Damen unterhielt, mischte sie sich unter die anderen Gäste, blieb hier und da kurz stehen, um ein paar Worte zu wechseln.

Nirgendwo hielt sie sich länger auf.

Stattdessen schweiften ihre Blicke suchend durch den Raum. Deverell unterdrückte ein Lächeln, als er es bemerkte. Offenbar erinnerte sie sich an seine Worte, dass er heute mit ihr reden wollte, und signalisierte auf diese Weise ihre Bereitschaft.

Wie auch immer. Wenn er sich nicht gänzlich in ihr täuschte, würde sie mittlerweile ganz ungeduldig sein.

Alles lief nach Plan.

Unauffällig näherte er sich ihr von hinten, machte sich erst bemerkbar, als er bereits dicht hinter ihr stand. Beraubte sie damit der Möglichkeit, ihm auszuweichen und ihn daran zu hindern, eine Hand besitzergreifend auf ihren Rücken zu legen.

Prompt versteifte sie sich. Nicht nur wegen der Berührung als solcher, sondern weil sie die Blicke der anderen Gäste fürchtete, die solche Vertraulichkeiten anstößig und ungehörig finden könnten.

Genau wie er es bezweckt hatte.

Er streckte den Arm aus, griff nach ihrer Hand und barg sie in seiner, hob sie an seinen Mund und strich mit den Lippen sanft über ihre Finger.

»Habe ich nicht gesagt, dass ich kommen würde, um Sie zu sehen.«

Seine Stimme war tief, dunkel und verheißungsvoll, sodass es Phoebe schwerfiel, sich auf die Botschaft zu konzentrieren, die in seinen Worten lag, und sich aus seinem Bann zu lösen. Wie sollte sie auch, wenn seine Hand ausgerechnet jetzt sanft über ihren Rücken bis zur Taille glitt. Obwohl die Berührung als solche sich nicht wesentlich von der Haltung beim Walzer unterschied, löste sie andere Empfindungen aus.

Warum bloß war dieses Gefühl so viel stärker, so viel intimer?

Es kostete sie nicht wenig Mühe, das Kinn zu heben und eine kühle Antwort zu geben: »Ich hatte gehofft, dass Sie einem anderen Vergnügen den Vorzug geben würden.«

Seine Lippen verzogen sich zu einem Lächeln angesichts dieser offensichtlichen Lüge. Er stand ganz nahe bei ihr, die Hand nach wie vor an ihrer Taille, und sah sie weiter durchdringend an.

»Ihre Geheimnisse zu enthüllen, all Ihre Geheimnisse, nimmt mich völlig in Anspruch.«

Alle?

Als hätte sie das Wort laut ausgesprochen, wiederholte er es mit einem bedeutsamen Nicken: »Alle.« Das kleine Wort ließ ihren ganzen Körper vibrieren, wirkte wie eine verbale Liebkosung, die gleichzeitig ein Versprechen enthielt.

Welches, das durfte sie sich gar nicht vorstellen.

Unter seinem sengenden Blick wurden ihre Lippen ganz

heiß und trocken, und als sie mit der Zunge darüberfuhr, bemerkte sie, dass etwas verräterisch in seinen Augen aufflammte.

Nein, darüber sollte sie lieber gar nicht erst nachdenken.

Sie gab sich einen Ruck, um die begehrlichen Gedanken zu verdrängen.

»Meine Geheimnisse gehören nur mir allein und gehen Sie überhaupt nichts an.«

Sein Lächeln wurde breiter.

»Ganz im Gegenteil. Jedes Ihrer Geheimnisse erregt meine volle Aufmerksamkeit.«

»Warum?«

Langsam und ohne Eile ließ er die Hand, die auf ihrem Rücken lag, nach unten gleiten und streichelte sie dort, wo das Kleid sich aufreizend über ihrem runden Hinterteil wölbte.

Phoebe zog zischend die Luft ein, während er sein erregendes Streicheln fortsetzte. Jede der trägen Bewegungen kam ihr wohldurchdacht und absolut berechnend vor. Deverell schien sich seiner Sache völlig sicher zu sein. Zweifelte keine Sekunde daran, dass sie ihn gewähren ließ und die erwarteten Reaktionen zeigte.

Ungeahnte Empfindungen strömten durch ihren Körper, Hitze überflutete sie, und eine hingebungsvolle Schwäche breitete sich in ihr aus. Weder wich sie seinem lodernden Blick aus, noch machte sie Anstalten, sich von ihm zu befreien. Sie wusste, er würde es nicht erlauben.

Als seine Hand an ihrem Rückgrat entlang erneut nach oben wanderte und seine Finger die Strähnen in ihrem Nacken umspielten und ihren Hals eine Spur fester umfassten, erbebte sie.

Sie wollte etwas sagen, brachte aber bis auf ein leises Keuchen keinen Ton heraus.

»Warum ich all Ihre Geheimnisse in Erfahrung bringen möchte, sollte eigentlich völlig klar sein.«

Seine Stimme klang jetzt weich und monoton und war doch voller Entschiedenheit. Bestimmend und keinen Widerspruch duldend. Der Griff um ihren Hals löste sich, seine Hand glitt wieder nach unten zu ihrer Taille.

»Erzählen Sie mir von Ihren Geheimnissen oder zeigen Sie sie mir. Egal wofür Sie sich entscheiden, ich will alles wissen.«

Seine grünen Augen kamen ihr vor wie ein tiefer Brunnen, in den sie gestürzt war und aus dem sie nicht mehr herausfand. Und selbst wenn es um ihr Leben gegangen wäre, hätte sie nicht die Kraft aufgebracht, sich daraus zu befreien.

»Ich werde Sie wie besprochen verführen. Ein Schritt nach dem anderen. Erinnern Sie sich?«

Beinahe hätte sie genickt, aber es gelang ihr gerade noch, die Bewegung zu unterdrücken.

»Nein. Das war damals, und jetzt ist jetzt …«

»Es hat sich überhaupt nichts geändert. Ich will Sie nach wie vor und werde Sie bekommen. Bis es so weit ist, wünsche ich alles über Sie zu erfahren, selbst die winzigste Kleinigkeit. Verbergen Sie vor der Welt, was Sie wollen, vor mir jedoch nichts.« Sanft fügte er hinzu: »Sie würden es ohnehin nicht schaffen. Ich beabsichtige, in Ihre Gedanken einzudringen und jede verborgene Regung zu enttarnen.«

Deverell beobachtete, wie sie seine Worte aufnahm und zu verarbeiten suchte. Wie ihre Augen ganz dunkel wurden, weil widersprüchliche Empfindungen sie überfielen. Er erkannte, dass sie schockiert war und gleichzeitig einen Anflug von Angst verspürte, doch unter der Oberfläche nahm er noch eine andere Regung wahr. Etwas Primitives, Elementares, Verstörendes.

Etwas, das man lieber verbarg.

Ähnlich vielschichtig und kompliziert waren ihre Reaktionen auf ihn, in denen sich Faszination, Verlangen und eine dunkle Gier mit Wachsamkeit und Misstrauen mischten. Ein Drahtseilakt, bei dem es darauf ankam, die richtige Balance zu halten. Und der von ihm ein hohes Maß an Vorsicht verlangte.

Mit einem Mal tat sie ihm leid, und er beschloss, sie versöhnlicher zu stimmen.

»Keine Angst, heute Abend will ich mit Ihnen einen Walzer tanzen. Nur einen Walzer, sonst nichts.«

Sein Tonfall war schmeichelnd und verführerisch und hätte die meisten jungen Damen eingelullt, doch nicht so Phoebe. Der Argwohn in ihrem Blick sagte alles, und er konnte nur froh sein, dass rechtzeitig die ersten Takte der Musik erklangen.

Da sie keine Szene provozieren wollte, ließ sie sich von ihm auf die Tanzfläche führen und in die Arme ziehen. Und mit jeder Umdrehung schwand ein bisschen mehr von dem ärgerlichen Funkeln in ihren Augen, von dem trotzig versteiften Rücken. Aber sie blieb verwirrt, verlegen und unsicher, ob sie vor ihm flüchten wollte oder nicht.

Er sah sie sanft lächelnd an, bevor er wieder zu sprechen begann.

»Es wird Sie bestimmt freuen, dass ich heute nichts Wichtiges erfahren konnte. Allerdings habe ich in mehreren Richtungen Nachforschungen in Gang gesetzt.«

Ihre Lippen wurden schmal. »Sie geben wohl nie auf, oder?«

Sein Gesicht sprach Bände, doch er enthielt sich jeden Kommentars, beugte sich über ihre Hand und sah ihr tief in die Augen.

»Bis morgen Abend und bis zu unserem nächsten Schritt.«

Ohne auf eine Erwiderung zu warten, nickte er ihr noch einmal zu und ging. Verließ den Ballsaal, ehe die Versuchung und sie die Überhand gewinnen konnten.

Phoebe gab ihren Gefühlen erst nach, als Skinner sie in ihrem Schlafzimmer allein gelassen hatte. In eines ihrer schönsten Nachtgewänder gehüllt, mit gebürstetem, über die Schultern wallendem Haar trat sie vor den nur noch schwach glimmenden Kamin und versuchte, das Chaos in ihrem Innern zu ordnen und die Kontrolle über sich wiederzugewinnen. Als ihr das nicht gelang, wandte sie sich in ihren Gedanken ärgerlich und frustriert dem Auslöser für das Desaster zu.

Deverell.

Zwar hätte sie gerne alle Schuld auf ihn geladen, doch es war sinnlos, sich etwas vorzumachen. Nicht er, sondern ihre Reaktion auf ihn war die Ursache des Problems. Aufgebracht warf sie die Arme nach oben und rief: »Warum ausgerechnet er?«

Also wirklich.

Ihn zu küssen war ja schon schlimm genug gewesen, aber sich in dieser Weise berühren zu lassen … Statt auf die Alarmglocken zu achten und die Flucht zu ergreifen, war sie bloß ihrem überbordenden Verlangen gefolgt. Und das Unbehagen, die unterschwellige Furcht, verschmolz mit dieser lockenden Woge des Begehrens, wurde ein Teil von ihr und steigerte ihre Erregung nur noch mehr. Und die Vorfreude.

Kein anderer Mann löste solche Empfindungen bei ihr aus außer Deverell.

Und das, obwohl ihr Verstand ihr riet, sich vor ihm zu hüten. Ihr sagte, dass dieser Typ Mann gefährlich sei – jemand, dem man besser aus dem Weg ging. Doch im gleichen Atemzug wusste sie, dass das so nicht ganz stimmte, dass sie bei ihm sicher war. Er hatte es nicht nur geschworen, sondern sie fühlte es auch tief in ihrem Innern.

Wenngleich sie sich gegen diese Einsicht, die sie in den Wahnsinn trieb, wehrte.

Überdies würde er nicht aufgeben, und die Möglichkeit, ihm aus dem Weg zu gehen, war kaum gegeben. Falls er es darauf anlegte, mit ihr allein zu sein, würde er das durchsetzen. Es gab kaum etwas, um einen Mann seines Schlags davon abzuhalten, das zu tun, worauf er Lust hatte. Vor allem keinen, der so erfahren war wie er.

Außerdem …

Sie verbot es sich, an dieser Stelle weiterzudenken, denn sie hatte sehr klare Vorstellungen davon, was dann käme.

»Ich muss diese Sache unter Kontrolle bringen«, presste sie zwischen zusammengebissenen Zähnen hervor. Es war der richtige und wahrscheinlich einzige Weg, um Ruhe zu finden.

Sie beendete ihr zielloses Auf- und Abgehen. Ein Blick zur Uhr mahnte, dass es Schlafenszeit sei.

Zumindest wusste sie jetzt, was sie zu tun hatte. Blieb nur die Frage, ob sie es schaffen würde, ihre Vorsätze wirklich in die Tat umzusetzen.

Am Morgen standen wie immer einige Besuche an, und Phoebe wartete in der Eingangshalle auf Edith, als Fergus McKenna an der Haustür erschien.

Lächelnd schaute sie auf.

»Was gibt's denn, Fergus?«, fragte sie freundlich, während Henderson, der Butler, ihn misstrauisch beäugte. Seiner Meinung nach schickte es sich nicht, dass ein Kutscher den Vordereingang benutzte.

»Ich dachte mir, ich sollte Sie vielleicht warnen«, brummte Fergus mit seinem weichen schottischen Akzent. »Paigntons Bursche schleicht sich auf der Straße rum und behält das Haus im Auge. Soll seinetwegen etwas unternommen werden?«

Phoebe presste die Lippen zusammen, dachte nach und schüttelte dann den Kopf.

»Vorerst nicht. Warten wir erst einmal ab, was Deverell vorhat.«

»Ich glaube, dieser Grainger ist uns durch die Stadt gefolgt.«

»Nun, dann werden wir ihn heute auf Trab halten. Wir müssen nämlich zwei Morgenbesuche absolvieren und nehmen am Nachmittag in drei unterschiedlichen Häusern den Tee zu uns. Soll er uns ruhig folgen, er wird nichts Wichtiges erfahren.«

Fergus scharrte mit den Füßen. »Skinner meint, dass Paignton bereits genug gesehen hat, um argwöhnisch zu werden.«

»Stimmt.« Phoebe drehte sich um, als Edith langsam die Treppe herunterkam, und senkte die Stimme. »Darum will ich auch seinen Burschen gewähren lassen. Sobald du ihn verscheuchst, wird Deverell wissen, dass wir etwas zu verbergen haben. Und einen weiteren Mann zum Beobachten abstellen, vielleicht bei den Stallungen. Mir ist es also lieber, wenn bloß der Junge uns folgt.« Sie sah Fergus an. »Auf die Weise entscheiden wir, was er zu sehen bekommt.«

»Aye.« Der Kutscher zupfte an seinem Ohrläppchen und nickte. »Da ist was dran.« Er lächelte Edith zu. »Dann wollen wir mal los.«

Phoebe nahm ihre Tante beim Arm und stieg mit ihr die Treppe hinunter zu der wartenden Kutsche.

Die Besuche dienten Phoebe in erster Linie dazu, die betreffenden Damen auszuhorchen. Angeblich, ob sie Arbeitskräfte brauchten, doch in Wirklichkeit waren sie selbst und die Zustände in ihrem Haushalt Gegenstand ihres Interesses. Seit nunmehr vier Jahren betrieb sie dieses »Geschäft« mit beachtlichem Erfolg, denn niemand hatte je Verdacht geschöpft.

»Lady Lancaster.« Phoebe knickste vor der letzten Gastgeberin dieses Tages.

Nachdem man sich begrüßt und ein bisschen über die Kinder geplaudert hatte – Annabelle, die älteste Tochter, war inzwischen verheiratet und brauchte in nicht allzu ferner Zukunft ein Kindermädchen –, begaben sich die Damen in den Salon, wo sich bereits andere Besucherinnen versammelt hatten.

Die Lancasters führten ein gastliches Haus, weshalb Phoebe hier am Ende des Tages eine Lady zu finden hoffte, die nicht nur jemanden für den Haushalt brauchte, sondern selbst auch die entsprechenden Voraussetzungen mitbrachte.

Unauffällig schlenderte sie durch den Raum von Gruppe zu Gruppe und dankte erneut dem Himmel für ihre Tante, die ihr diese Arbeit überhaupt erst ermöglichte. Edith gehörte nämlich zu den seltenen Menschen, denen alles anvertraut wurde, ohne dass sie sich aufdrängen mussten, und die man bei keiner Einladung überging.

Und genau davon profitierte Phoebe als ihr Schützling ungemein. Sie war immer dabei, fiel aber als eigenständige Person nicht groß auf, sondern blieb bewusst in Ediths Schatten.

Ein Vorteil für das, was sie tat.

Die Damen der Londoner Gesellschaft, denen die Führung eines großen, anspruchsvollen Haushalts oblag und die deshalb ständig auf der Suche nach rechtschaffenen Mädchen waren, wurden zu ihrem Operationsgebiet. Meist ohne es selbst zu merken, lieferten sie ihr die notwendigen Informationen.

Wie jetzt Mrs. Gilmore, die ihr im Vertrauen mitteilte, dass die alte Lady Pelham aufs Land zu ziehen gedenke.

»Tja, nachdem ihr Sohn endlich eine Frau gefunden hat, gibt es für sie keinen Grund mehr, in London zu bleiben und sich um das zugige alte Haus zu kümmern. Die Stadt hat ihrer Gesundheit sowieso nie gutgetan.«

Phoebe signalisierte zurückhaltend mitfühlendes Verständnis, hielt sich allerdings aus der folgenden Diskussion über das Für und Wider eines solchen Entschlusses heraus. Sie wartete eine günstige Gelegenheit ab, um mit der Lady selbst zu sprechen. Erst als niemand sonst in der Nähe war, nahm sie neben der alten Dame Platz.

»Ich habe gehört, Sie und Edith haben sich unten in Surrey mit Maria herumgetrieben«, eröffnete Ihre Ladyschaft das Gespräch.

Phoebe kicherte und erzählte der Lady, was diese wissen wollte: wer sonst noch da war und ob während der Hausgesellschaft irgendwelche Paare zueinandergefunden hätten.

Nachdem sie alles berichtet hatte, musterte sie ihre Gesprächspartnerin mit fragendem Blick.

»Und ich habe gehört, dass Sie daran denken, uns zu verlassen. Entspricht das den Tatsachen?«

Die Lady seufzte leise. »Ich denke nicht nur daran, meine Liebe, ich bin fest entschlossen. Der Witwensitz dort unten wartet auf mich, und hier hält mich nichts mehr, zumindest nicht dauerhaft. Craxley ist ja nicht weit entfernt, und so kann ich jederzeit in die Stadt kommen, wenn mir der Sinn nach Gesellschaft steht. Aber meine Gesundheit ist nicht mehr das, was sie mal war – auf dem Land wird es mir hoffentlich besser gehen.«

»Werden Sie sich schon bald zurückziehen?«

Die alte Dame seufzte.

»Ich wäre schon längst weg, aber ich habe keine Zofe mehr. Erst letzte Woche hat mich meine alte Carson verlassen. Ihr Bruder ist erkrankt, und deshalb musste sie nach Devon, um ihn zu pflegen. Es war für uns beide ein Schlag, nachdem wir gemeinsam alt geworden sind ... Nun ja, meine Liebe, wo soll ich bloß einen Ersatz finden? Jemanden, der bereit ist, die nächsten Jahre ein ruhiges Leben auf dem Land zu führen? Es gibt zwar genug junge Dinger mit einer guten Ausbildung, doch leider träumen die von einer Arbeitgeberin, die in der Stadt herumgondelt, Bälle und Feste besucht und wirklich die Talente einer exzellenten Zofe benötigt. Zumal es für diese besonderen Dienste zusätzlich kleine Geschenke und Trinkgelder gibt.«

Lady Pelham verzog das Gesicht.

»Für mich hingegen sind die Zeiten, in denen ich mich herausgeputzt habe, vorbei. Immerhin bin ich bald sechzig und ziehe deshalb die Ruhe in Craxley dem Londoner Trubel vor.«

»Hm.« Phoebe nickte anteilnehmend, während sie innerlich jubelte. Das war ja noch besser, als sie zu hoffen gewagt hatte. »Ich habe«, meinte sie nachdenklich, »von einer Agentur gehört, die Zofen und andere Hausangestellte vermittelt. Dort rühmt man sich, für jede Dame genau das richtige Mädchen zu finden, wobei eine optimale Situation für beide Seiten Voraussetzung ist.« Sie sah Ihre Ladyschaft fragend an. »Vielleicht kann man Ihnen dort weiterhelfen.«

Die alte Dame schöpfte sichtlich neue Hoffnung. »Kennen Sie die Adresse dieser Agentur?«

»Ich weiß, dass sie sich in der Innenstadt befindet – Henrietta Willesden hat ihre Dienste erst letztens in Anspruch genommen und ist dem Vernehmen nach sehr zufrieden. Hm, wo war sie doch gleich …« Ihr Gesicht leuchtete auf. »Ich hab's! Es ist die Athena-Agentur in der Kensington Church Street. Warum versuchen Sie es nicht einmal dort? Vielleicht hat man ja genau das richtige Mädchen für Sie.«

»Ich werde die Agentur gleich morgen aufsuchen«, erklärte Lady Pelham erfreut. »Sobald ich eine Zofe gefunden habe, werde ich umgehend aufs Land ziehen.«

Phoebe strahlte und freute sich ebenfalls über diese Aussicht, die mit Glück einem ihrer Schützlinge eine neue Anstellung bescherte.

»Ja. Wenden Sie sich an die Athena in der Kensington Church Street. Viel Glück.«

Zurück in der Park Street zog Phoebe sich auf ihr Zimmer zurück, um ein Bad zu nehmen und sich für den Abend umzukleiden – und um Skinner von ihrem Erfolg zu berichten.

»Ich weiß, dass wir andere Kandidatinnen haben, die besser zu Lady Pelham passen würden, aber wir sollten die Gelegenheit nutzen, um Jessica aus der Stadt herauszuschaffen. Nicht dass man sie womöglich noch findet. Lord Moffat scheint nämlich ziemlich aufgebracht über das Verschwinden seiner kleinen Gespielin. Zumindest erzählte mir seine Frau heute Morgen, er sei wutentbrannt nach London gekommen, als er vom Verschwinden ihrer Zofe gehört habe. Er hat ihr wohl Vorhaltungen gemacht, dass sie mit ihrem herrischen Wesen schuld sei am Verschwinden des Mädchens.« Phoebe stieg aus ihren Unterröcken. »Ihre Ladyschaft war völlig fassungslos und wusste überhaupt nicht, warum er sich so aufregte.«

Skinner gab ein abfälliges Schnaufen von sich.

»Genau mit so etwas haben wir es immer wieder zu tun. Mit der Blindheit der Lady Moffats dieser Welt und den Gelüsten der Lord Moffats, die die wahren Übeltäter sind.«

Phoebe streifte ihr Hemdchen ab, ließ es auf einen Stuhl fallen und stieg in die Wanne mit dem dampfenden Wasser.

»Da hast du leider recht. Und obwohl es nicht allzu wahrscheinlich ist, dass Jessica Lord Moffat in London wieder unter die Augen kommt, wäre es mir lieber, sie außerhalb unterzubringen. Damit reduzieren wir zugleich das Risiko für uns, mit der Sache in Verbindung gebracht zu werden.«

»Tja, da werde ich Ihnen nicht widersprechen.« Skinner reichte Phoebe ihren Schwamm und trat dann an den Kleiderschrank.

»Du musst für mich eine Nachricht zu Emmeline bringen. Ich traue mich nicht, das Haus zu verlassen, solange Deverell es beobachten lässt. Sag ihr, dass Lady Pelham perfekt für uns wäre. Sie ist eine von der alten Schule, etwas streng, aber freundlich, und wird nichts Ungehöriges in ihrem Haushalt dulden. Darauf können wir uns verlassen. Jessica sollte eigentlich gut zu ihr passen – sie ist feinfühlig und geduldig und verfügt über ausgezeichnete Referenzen. Oder zumindest wird sie bald welche haben.«

Phoebe dachte kurz nach, während sie sich in der Wanne zurücklehnte und die beruhigende Wärme des Wassers genoss.

»Lady Pelham sagte, dass sie morgen Vormittag in die Church Street gehen will. Sag Emmeline, dass sie sich nicht allzu auffällig auf sie stürzen soll. Ihre Ladyschaft ist nämlich kein Dummkopf.«

»Das will ich hoffen«, erwiderte Skinner. »Törichte Damen haben bei uns nichts zu suchen.«

»Emmeline soll ein Treffen zwischen Lady Pelham und Jessica in, sagen wir, zwei Tagen arrangieren. Dann haben wir genug Zeit, die notwendigen Papiere auszustellen und das Mädchen auf ein Gespräch mit der Lady vorzubereiten.«

Eigentlich hätte Phoebe lieber selbst mit Jessica gesprochen, um ihr von Lady Pelham zu erzählen und ihr ein bisschen von ihrer Nervosität zu nehmen. Bei allen Frauen war es immer die Angst gewesen, die sie am stärksten berührt und zu ihren Rettungsaktionen bewogen hatte. Sie wollte einfach alles in ihrer Macht Stehende tun, damit diese armen Dinger wieder frei atmen konnten.

Keine einfache Aufgabe, wie sie sehr wohl wusste.

»Ich gehe mit dem Rock nach unten, um ihn auszubürsten. Sie kommen doch allein zurecht, bis ich wieder da bin«, hörte sie Skinner sagen.

Phoebe hob eine tropfnasse Hand und entließ sie mit einem Winken.

Die Zofe blieb kurz an der Tür stehen.

»Sobald Sie heute Abend das Haus verlassen haben und Paignton sich bloß noch für Sie interessiert, werde ich zur Church Street flitzen und Emmeline alles berichten.«

»Ja, tu das, aber sei vorsichtig. Deverell scheint sich zwar auf mich zu konzentrieren, aber trotzdem müssen wir jetzt für eine Weile sehr vorsichtig sein.«

Nachdem Skinner die Tür hinter sich geschlossen hatte, öffnete sie seufzend die Augen und setzte sich auf. Träge drückte sie den Schwamm aus und beobachtete, wie das Wasser über ihre Hand zurück ins Badewasser tropfte.

»Verdammter Deverell.«

Allmählich störte er den reibungslosen Ablauf in der Agentur nämlich gewaltig, und das gefiel ihr ganz und gar nicht.

Nicht weniger Unbehagen bereiteten ihr seine »Nachforschungen«. Je länger er darauf beharrte, hinter ihr Geheimnis zu kommen, desto mehr wuchs die Gefahr, dass er die Existenz der Agentur entdeckte und ihre Arbeit zunichtemachte.

Alles, wofür sie sich die letzten vier Jahre eingesetzt hatte, wurde durch ihn bedroht. Ganz zu schweigen davon, dass auch andere mit drinhingen, denen dieses Projekt ebenfalls ein Herzensanliegen war. Allen voran Skinner und Fergus, Emmeline und Birtles sowie all die Frauen und Mädchen, die auf ihre Hilfe zählten.

Das Wasser wurde allmählich kalt.

Phoebe seifte den Schwamm ein und begann sich langsam zu waschen. Das sanfte Streicheln erinnerte sie an die Berührung seiner Hand, an die Empfindungen, die Erregung …

Sie seufzte.

Trotz der unbestreitbaren Anziehungskraft, die er auf sie

ausübte, durfte sie der Verlockung nicht nachgeben und in ihrer Vorsicht ihm gegenüber nachlassen. Vielmehr musste sie dafür sorgen, dass er seine Nachforschungen nicht vorantrieb, und sich von der naiven Hoffnung verabschieden, dass alle Probleme sich von selbst lösten und es nicht zur Katastrophe kam.

Mit anderen Worten: Sie musste ihn ablenken, ihm etwas anderes bieten, das ihn hinlänglich beschäftigen würde. Nachdem sie eine Weile darüber nachgegrübelt hatte, kam sie zu dem Schluss, dass es nur ein Patentrezept gab: nämlich sich selbst und ihr zweites Geheimnis in den Mittelpunkt seiner Aufmerksamkeit zu rücken.

Die Tür ging auf, und Skinner schlüpfte herein. »Wie weit sind Sie?«

Phoebe richtete sich in der Wanne auf. »Fast fertig. Ich habe übrigens meine Meinung geändert und ziehe nicht das blaue Kleid, sondern das dunkelrote an.«

Ein erstaunter Blick traf sie. Dann zuckte Skinner die Achseln und ging zum Schrank, um das Kleid zu holen.

»Sie müssen es ja wissen, aber falls Sie ihn entmutigen wollen, wird das mit dem Dunkelroten nicht klappen.«

9

Das letzte Tageslicht verschwand vom Himmel über den Dächern der Stadt.

Deverell saß im Sessel vor Montagues Schreibtisch und arbeitete sich durch eine Liste von Zahlen und Daten, die der Anwalt ihm kommentarlos überreicht hatte.

Er hatte mittlerweile genug gelesen, um den Grund für das taktvolle Schweigen zu erkennen. Es gab Hinweise, die stark auf eine Erpressung Phoebes hindeuteten.

Die Sache war nur die, dass er nicht daran glaubte und sie nicht den Eindruck eines Opfers erweckte. Er schaute auf und begegnete Montagues ausdruckslosem Blick.

»Verfolgen Sie die Gelder zurück.«

Mit stoischer Ruhe musterte sein Gegenüber ihn und fragte dann leise: »Wollen Sie das wirklich?«

Deverell nickte und warf die Liste auf den Tisch.

»Ich weiß Ihren Takt zu schätzen, doch in einer Sache bin ich mir zu hundert Prozent sicher: Mit diesen Zahlungen verhält es sich anders, als es den Anschein hat. Obwohl ich kein Spieler bin, würde ich darauf fast mit Ihnen wetten. Ich bin zutiefst davon überzeugt, dass es eine Erklärung gibt, an die keiner von uns beiden denkt. Etwas Abwegiges, völlig Ungewöhnliches.«

Montague griff nach der Liste, setzte seinen Zwicker auf und ging die Aufstellung noch einmal durch.

»Bei den Barabhebungen könnte es sich um Schneiderrechnungen handeln. Was meinen Sie?«

Obwohl Deverell bei diesen Posten ebenfalls gestutzt hatte, schüttelte er den Kopf.

»Ich denke eher nicht. Das passt nicht zu ihrer wenig aufwendigen Garderobe. Auf so etwas legt sie keinen allzu großen Wert. Und was andere Ausgaben angeht: Der Lohn für ihre Zofe und den Kutscher wird direkt von ihrem Vater bezahlt, das kann es also auch nicht sein. Was ansonsten ihre Geldbörse belasten könnte ... Keine Ahnung, muss ich gestehen.«

Während Montague sich mit gerunzelter Stirn noch einmal die Zahlen vornahm, erhob Deverell sich.

»Mich interessieren insbesondere die Wechsel, auf die Sie bitte Ihr Augenmerk richten wollen. Sobald Sie herausgefunden haben, auf wen sie ausgestellt wurden, lassen Sie es mich bitte wissen.«

Der Anwalt nickte und hob den Blick. »Ich werde meine Leute gleich darauf ansetzen.«

Deverells Hand lag bereits auf dem Türknauf.

»Sehr schön, ich bin sicher, dass Sie bald Näheres in Erfahrung bringen werden.«

Mit diesen Worten verließ er das Büro und hörte noch im Hinausgehen, wie Montague seine Angestellten zu sich beorderte.

Er selbst machte sich auf den Weg zu seinem Club.

Am Abend besuchte er den Ball bei Lady Fenshaw, wo er Phoebe und ihre Tante traf.

Er hatte nur ein paar Minuten mit Edith plaudern müssen, um in Erfahrung zu bringen, dass sie nicht planten, später noch zu einer anderen Veranstaltung zu gehen.

Perfekt.

Neugierig beobachtete Deverell Phoebe, deren Aufmerksamkeit gerade von einem Kontratanz in Anspruch genommen wurde. Wobei sie sich nicht nur auf die Tanzschritte zu konzentrieren schien, wie er feststellte.

Merkwürdig. Wenn sie so erpicht darauf war, als alte Jungfer ihr Leben zu beschließen, warum tanzte sie dann sichtlich angeregt mit einem Mann, der als Heiratskandidat durchaus infrage kam? Aus schmalen Augen musterte er den Gentleman, der sie durch den Saal schwenkte, und überlegte, wer er wohl sein könnte.

Seine Verärgerung wuchs, als plötzlich Lady Charters mit Tochter und Nichte im Schlepptau vor ihm auftauchte und ihn mit Beschlag zu legen versuchte.

»Jetzt müssen Sie uns aber wirklich erzählen, ob es stimmt, was man so hört ... Ist Paignton Hall tatsächlich eine Burg?« Die durch eine Lorgnette stark vergrößerten Augen Ihrer Ladyschaft hefteten sich erwartungsvoll auf ihn.

»Wie im Märchen«, sagte ihre Tochter Melissa schwärmerisch.

»Wie in einer Zauberwelt«, seufzte ihre Nichte.

»Nein, das kann man nicht sagen«, antwortete er höflich. »Das Herrenhaus wurde lediglich innerhalb der Mauern einer mittelalterlichen Burg errichtet.«

»Wollen Sie damit sagen, dass die Wände tatsächlich früher zu einer Burg gehörten und noch aus richtig aus alten Steinen bestehen?«

Miss Charters drückte die Hände an den Busen, als sei es das Romantischste, was sie je gehört hatte.

Ihre Mutter schien da realistischer zu sein. »Ist es nicht fürchterlich kalt und zugig in so alten Gemäuern?«, wollte sie wissen. »Was sagen denn Ihre Tanten dazu?«

»Eigentlich …«

Schnell brach er ab. Mit Entsetzen bemerkte er nämlich plötzlich, dass er in der Falle saß. Der Stammsitz der Paigntons war ein unerschöpfliches Gesprächsthema, bei dem immer wieder neue Fragen auftauchten. So auch bei den drei Damen.

Er stand mit dem Rücken zur Wand, wortwörtlich sowie im übertragenen Sinn. Bis zu seiner Verblüffung Phoebe mit einem Mal neben ihm auftauchte, die soeben die Tanzfläche verlassen hatte.

»Ich fürchte, ich muss Ihnen Lord Paignton entführen, seine Tante ruft«, sagte sie und schob vertraulich ihren Arm unter seinen, um ihn von den lästigen Charters-Damen, die leise Worte des Bedauerns murmelten, wegzuziehen.

Kaum waren sie außer Hörweite, atmete er erleichtert auf.

»Das war furchtbar.« Verwirrt sah er Phoebe an. »Wieso aber Tante? Audrey ist ja gar nicht da.«

»Ich weiß, sie musste zu den Deveraux. Allerdings habe ich nicht gesagt, welche Tante. Davon gibt es schließlich mehrere, oder nicht?«

»Drei, um genau zu sein. Nur ist keine von ihnen heute Abend anwesend.«

»Das wird Lady Charters kaum wissen.«

Sie verlangsamte ihren Schritt, und er gewann den Eindruck, dass sie über etwas nachdachte. Als sie das andere Ende des Ballsaals gegenüber vom Eingang erreichten, blieb er stehen, bedeckte ihre Finger, die auf seinem Arm lagen, mit der Hand.

»Ich bin zwar in höchstem Maße für Ihr rechtzeitiges Eingreifen dankbar, aber welchem Zweck dient das Ganze?«

»Es gibt etwas, über das ich mit Ihnen sprechen möchte. Wissen Sie einen Ort, wo wir uns unter vier Augen unterhalten können?«

Erstaunen trat in seinen Blick.

»Worüber möchten Sie mit mir reden?«

»Das werde ich Ihnen sagen, sobald wir ungestört sind.«

Er spürte, dass eine leichte Anspannung sich ihrer bemächtigt hatte, denn nervös schaute sie sich im Ballsaal um. Deverell dachte an Montagues Liste mit Summen und Daten und fragte sich, ob er vielleicht doch falsche Schlüsse zog. Hatte sie unter Umständen beschlossen, ihm alles zu gestehen und ihn um Hilfe zu bitten? Damit er sie von einem Erpresser befreite? Außerdem stand seine Drohung im Raum, dass er ihr Geheimnis auf jeden Fall lüften werde.

Was einen ruhigen Ort betraf, musste er nicht lange überlegen, da er die Räumlichkeiten von Fenshaw House von früheren Besuchen recht gut kannte.

»Nun schön, dann folgen Sie mir einfach«, meinte er und führte sie zu einer Ecke zwischen den Terrassentüren. Als sie ihn zweifelnd ansah, weil ihr das nicht unbedingt passend für eine ungestörte Unterhaltung erschien, fügte er hinzu: »Warten Sie.«

Bald stellte sie fest, dass hier ein reges Kommen und Gehen herrschte.

Einige Paare traten von der Terrasse in den Ballsaal, andere gingen hinaus, und alle verfingen sich in den langen Vorhängen, mussten stehen bleiben und sich unter viel Gelächter aus den dünnen Stoffbahnen befreien.

Deverell wartete einen solchen Moment ab, um blitzschnell eine Tür zu öffnen, die sich unauffällig in der kunstvollen Holzvertäfelung verbarg und die man auf den ersten Blick nicht bemerkte.

Schnell huschten sie hindurch.

In dem schmalen Dienstbotengang dahinter brannten keine Lampen, doch aus dem nächsten Flur fiel ein schwacher Schimmer zu ihnen herüber. Dorthin winkte er Phoebe und führte sie zu einer von mehreren Türen. Nachdem er sie geöffnet und in den Raum gespäht hatte, verbeugte er sich vor ihr und sagte: »Wie Sie gewünscht haben.«

Sie ging an ihm vorbei und blieb in der Mitte des Zimmers stehen, bei dem es sich um einen kleinen Salon handelte, der offenbar zwischen zwei Schlafgemächern lag und im Bedarfsfall für Gäste genutzt wurde. Jetzt wirkten die Räumlichkeiten unbewohnt.

Deverell trat an einen Tisch, auf dem eine Lampe stand, und schaute sich nach einer Zunderbüchse um.

Phoebe räusperte sich. »Das ist nicht nötig.«

Da war er anderer Meinung, denn er wollte den Ausdruck in ihren Augen sehen, wenn sie mit ihm redete. Das schwache Mondlicht würde ihm nichts bringen.

»Äh …« Als er schwieg, deutete sie nervös auf das Fenster. »Wenn Sie die Lampe entzünden, könnte uns jemand vom Garten aus sehen.«

Er schüttelte den Kopf. »Unwahrscheinlich, aber ich finde sowieso keine Zunderbüchse oder Streichhölzer. Also müssen Sie mir doch im Dunkeln erzählen, was Sie auf dem Herzen haben.«

Sie hob den Kopf, als er um den Tisch herum auf sie zukam, und fuhr sich langsam mit der Zunge über die Lippen, trat schließlich ganz dicht an ihn heran und schlang die Arme um seinen Hals, streckte sich und wisperte an seinen Lippen: »Ich wollte über das hier sprechen.«

Dann küsste sie ihn.

Es war bereits das zweite Mal an diesem Abend, dass er sich in einen Hinterhalt gelockt fühlte.

Trotzdem: In dem Moment, als ihr Körper den seinen berührte, packten seine Hände instinktiv zu und rissen sie an sich. Der unerwartete Druck ihrer weichen, betörend weiblichen und einladenden Lippen ließ eine Woge durch seinen Körper schießen. Lust, Begehren und Leidenschaft brachen hervor, und er bog ihren Kopf so, dass er den Kuss erwidern und sich an ihrem Mund und allem, was sie ihm bot, laben konnte.

Mit dem anderen Arm presste er ihren anmutigen Leib an seinen festen Körper, seine harte Brust an ihren weichen Busen, seine Schenkel an ihre. Eine Verheißung auf zu erwartende Freuden, die sie ihm so bereitwillig zu geben schien.

Tat sie das wirklich?

Ihr Mund unter seinem, ihr Körper an seinem. Unendlich faszinierende Regionen, die er jahrelang hätte erforschen können, ohne sich je zu langweilen. Und doch erkannte sein Verstand, dass etwas hier nicht stimmte. Weil es nicht die logische Weiterführung der vorhergegangenen Ereignisse war.

Er war mit dem festen Entschluss zu dem Ball gekommen, einen weiteren Schritt auf dem Weg zu ihrer Verführung zu wagen. Hatte damit gerechnet, sie verfolgen und in eine Ecke treiben zu müssen. War davon ausgegangen, dass er sich sehr würde anstrengen müssen, um sie überhaupt so weit zu bekommen …

Ihre Zunge berührte seine und strich verwegen-unschuldig darüber, wand sich und lockte. Flammen schossen durch seinen Körper, und die Versuchung wurde immer größer. Verlangen strömte durch seine Glieder.

Geheimnisse.

Deshalb waren sie hier. Weil er dachte, sie wollte ihm endlich reinen Wein einschenken. Wegen der verschwundenen Zofen und ihrer Beteiligung daran, wegen Erpressungen und Schweigegeldern womöglich.

Stattdessen …

Plötzlich ging ihm ein Licht auf.

Es handelte sich um das falsche Geheimnis. Anders konnte es gar nicht sein, als dass sie noch anderes verschwieg. Etwas, mit dem sie ihn jetzt zu ködern versuchte.

Unwillig löste er sich von ihren Lippen und schaute ihr ins Gesicht. »Phoebe …«

Sie hingegen senkte den Blick erneut auf seinen Mund. »Ich will mehr …«, hauchte sie, und in ihrem Flüstern schwangen Erregung und Erwartung mit.

Ehe er sich eine Antwort zurechtlegen konnte, streckte sie sich erneut, drückte ihren Körper entschlossen an ihn und küsste ihn.

Seine Gedanken zerstoben, sein Widerstand brach in sich zusammen. Er reagierte instinktiv, denn zu sehr sprach sie die primitive Seite ihn ihm an. Eine Facette seiner Persönlichkeit, die er schwer zu kontrollieren vermochte und deshalb lieber verbarg.

Statt sie zu bremsen, übernahm er die Führung, öffnete ihre Lippen und schwelgte in ihrem weichen Mund. Zu seiner Überraschung entzog sie sich der Glut, mit der er über sie herfiel, nicht. Im Gegenteil.

Automatisch legten sich seine Hände auf ihren Rücken, glitten tiefer und drückten ihre Hüften fester an seine Lenden. Er merkte, dass sie zögerte, innehielt, sich plötzlich nicht mehr so sicher war …

Zu viel, zu schnell.

Doch sie wich nicht zurück.

Vielmehr durchströmte sie ein sinnlicher Schauer bei diesem nächsten Schritt. Es schien, als sei ihr erst jetzt klar geworden, wohin ihr impulsives Handeln sie führte.

Bei jeder anderen Frau hätte er eine so unverhohlene Einladung bedenkenlos und uneingeschränkt angenommen, sie einfach auf das Sofa geworfen und sich bedient. An ihrem Körper, an ihrer Lust und immer in der Erwartung, dass sie ihn auf dem Weg der Sinnesfreuden begleitete.

Nicht so bei Phoebe, denn trotz der Einladung war eigentlich gar nichts klar.

Es kostete ihn große Anstrengung, sich von ihr zu lösen. Als er sich zurücklehnte, hob sie träge die Lider, um ihn mit verhangenem Blick anzuschauen.

»Hast du überhaupt eine Ahnung, was du da tust?«

Die Worte klangen schroffer als beabsichtigt, und er bedauerte es sofort. Schließlich wollte er keine Panik wie damals im Wald heraufbeschwören – eine Erinnerung, die ihm immer noch lebhaft vor Augen stand. Wenn er nur an diesen schrecklichen Ausdruck in ihren Augen dachte …

Sie fuhr sich mit der Zunge über die Lippen und hauchte: »Ja.«

»Und du weißt wirklich, zu was du mich aufforderst?«

Ihr zweites Ja klang weniger überzeugt, doch schnell besann sie sich und drängte sich aufs Neue an ihn. »*Ja.* Hör endlich auf zu diskutieren.«

Die schamlose Aufforderung erfüllte ihren Zweck. Er ließ allen Widerstand fahren, legte die Arme fest um sie und stürzte sich mit heißen Küssen in die leidenschaftliche Glut …

Das war nicht gut, raunte ihm eine innere Stimme zu.

Entgegen ihrer Behauptungen hatte sie nämlich keine Ahnung, auf was sie sich da einließ, was sie bei ihm entfesselte. Provozierte. Selbst er war sich nicht sicher hinsichtlich der Tragweite dieser Situation. Jedenfalls war sie dazu angetan, ihn bis in die Grundfesten zu erschüttern und seine Prinzipien über Bord zu werfen.

Er war ein Mann, kein Eunuch.

Dennoch huschte ein fast vergessener Gedanke durch seinen vernebelten Verstand, an den er sich jetzt klammerte.

Ein Schritt nach dem anderen.

Darauf hatten sie sich geeinigt. Langsam, langsam, langsam, das musste sein Credo sein und bleiben.

Seine Hände legten sich fester auf ihren in Seide gehüllten Rücken, glitten nach vorn, dann nach oben. Seine Daumen strichen leicht über die Seite ihrer Brüste, erforschten die vollen Rundungen. Sie hörte auf zu atmen, war völlig gebannt von dieser Berührung und verharrte bei jeder dieser trägen Liebkosungen.

Um die Kontrolle über sie zu behalten, sah er nur diese eine Möglichkeit: es langsam anzugehen, sie gleichermaßen zu reizen und zurückzuhalten und bei jedem neuen Schritt ein bisschen mehr zu fordern, damit sich ihre Sinne nach und nach auf die neuen Erfahrungen einstellten.

Sein Kuss wurde sanfter, weniger drängend, während seine Hände ihre Brüste umfassten. Er drückte sie leicht, hob sie an und spürte deutlich die in ihr aufsteigende Anspannung, die sie auf die nächste Ebene sinnlicher Wahrnehmung führte.

Phoebe musste kämpfen, um mit all den Empfindungen klarzukommen, die durch ihren Körper strömten. Mit den Trieben, die geweckt wurden, den Gefühlen, der nebulösen Angst.

Die Berührung seiner kräftigen Hände, das sanfte Streicheln seiner Finger betörten ihren Geist, ihren Körper und ihre Sinne. Ihre Brüste schienen fester, größer und schwerer zu werden. Die Hitze, die er ausstrahlte, drang durch das seidene Mieder und entflammte ihre Haut.

Sie wurde von seinem Kuss gehalten, seinen Lippen und seiner Zunge. Und von seinen stählernen Schenkeln, an die sie sich schmiegte. Phoebe fühlte sich sicher und geborgen in seinen Armen, in seiner Gegenwart. Und war überwältigt von den Empfindungen, die er in ihr auslöste.

Seine Hände spielten mit ihren Brüsten, den steifen Spitzen, die er mit den Daumen langsam umkreiste und liebkoste. Sie bog sich ihm entgegen, spannte sich an unter dieser erregenden Berührung. Ihre Sinne brannten vor Verlangen, jede Faser ihres Körpers vibrierte. Ein silbriger Sporn erwartungsvoller Lust trieb sie an, verhieß eine unbeschreibliche, unvorstellbare Glückseligkeit.

All das wollte Phoebe.

Ihre Hände umklammerten seine Schultern, seinen Nacken, damit er es spürte.

Deverell wusste Bescheid.

Als er begann, die empfindlichen Spitzen ihrer Brüste zu kneten, durchzuckten sie die köstlichsten Empfindungen. Überwältigt keuchte sie an seinem Mund, und er genoss es. Trotzdem reagierte er nicht hektisch oder mit Eile. Seine Bewegungen blieben langsam, trieben sie fast in den Wahnsinn. Sie wollte mehr und wollte es schneller, doch sie beugte sich ihm.

Schließlich blieb ihr keine andere Wahl.

Sie hatte dieses Zwischenspiel bewusst und voller Entschlossenheit entfacht. Als Köder, um ihn von seinen Nachforschungen wegen der verschwundenen Zofen abzulenken und seine Aufmerksamkeit stärker auf ihre Person zu fokussieren.

Zur Not würde sie ihr zweites Geheimnis, das ihr weniger schützenswert schien, preisgeben.

Allerdings sah sie sich keineswegs als Heldin, die ihre Tugend einem höheren Zweck opferte. Immerhin wollte sie von ihm verführt werden, genoss jede seiner Berührungen und erhoffte sich von ihm, dass er die Schatten der Vergangenheit auf diese Weise bannte. Von allen Männern, denen sie je begegnet war, traute sie allein ihm das zu. Und deshalb war er auch der Richtige, ihr all das beizubringen, wovon sie bislang nicht einmal geträumt hatte. Weil es für sie nicht infrage zu kommen schien.

Ihn abzulenken war also keine sonderlich schwere Entscheidung gewesen.

Wohl aber eine, über deren Konsequenzen sie nicht wirklich nachgedacht hatte.

Ihr war nicht klar gewesen, dass nicht sie die Kontrolle haben würde, sondern dass er die Spielregeln bestimmte. Sie war in seine Arme gekommen und konnte nicht mehr zurück. Wollte es auch nicht. Er würde ihr beibringen, was sie wissen wollte.

Zu seinen Bedingungen und zu dem Preis, den er festsetzte.

Trotzdem erfüllte sie im Moment nur freudige Erwartung, und die Aussicht auf die Lust, die sie durch ihn erleben würde, ließ das Blut noch heißer durch ihre Adern pulsieren.

Ein kluger Kopf ist das reizvollste Ziel, wenn es um Verführung geht.

Er wusste eindeutig, wovon er sprach. Und setzte es zudem um, wie seine zielstrebigen Berührungen erkennen ließen. Seine Hände an ihren Brüsten, seine Lippen auf ihren – das Netz aus Verlangen und Begierde, das er so kunstvoll gewoben hatte, bezeugte das.

Als er sie schließlich freigab, sie bloß ein letztes Mal lang und innig küsste, wusste sie, dass es für heute vorbei war. Sie seufzte und nahm es hin, als er sich endgültig von ihr löste.

»Ein Schritt nach dem anderen. So und nicht anders wird es laufen«, sagte er mit fester Stimme, die keinen Widerspruch duldete.

Es war eine Anweisung, in der eine Warnung mitschwang.

Sie legte den Kopf auf die Seite, nickte und folgte ihm zur Tür.

Am nächsten Abend begegneten sie sich bei Lady Joinville. Deverell erschien in Begleitung von Audrey und hoffte bloß inständig, dass Edith sich ihrer annehmen würde und er frei war für seine eigenen Pläne.

Er war nicht schlauer als am Tag zuvor. Montague würde den oder die Empfänger von Phoebes Wechseln nicht sofort in Erfahrung bringen, und er hütete sich davor, den gewissenhaften Anwalt allzu sehr zu drängen.

Auch Grainger konnte nicht mit brauchbaren Informationen aufwarten. Bisher war es ihm nicht gelungen, Ungewöhnliches bei Phoebe oder den Bediensteten zu entdecken. Allerdings sollte Grainger künftig in den Abendstunden weiter auf seinem Beobachtungsposten bleiben.

Als er Audrey in den Ballsaal hinunterführte, winkte Edith ihnen sogleich zu, und mit nicht geringer Erleichterung lieferte er seine Tante bei ihr und ein paar anderen Damen ab.

»Phoebe muss hier irgendwo sein, sie trägt Fuchsia«, erklärte Edith verschwörerisch. »Sie müsste also leicht zu finden sein.«

Was Fuchsia wohl bedeutete, fragte er sich. War es eine Farbe oder ein Stoff? Er hätte gerne Audrey gefragt, doch die war bereits dabei, die neuesten Gerüchte auszutauschen. Also machte er eine Verbeugung in Richtung der Damen und mischte sich auf der Suche nach Phoebe unter die anderen Gäste.

Fuchsia erwies sich als leuchtender Farbton, irgendwo zwischen dunkelrosa und helllila angesiedelt, und Phoebe sah in dem Kleid dermaßen umwerfend aus, dass es ihm für einen Moment den Atem verschlug.

Die zu ihrem roten Haar durchaus gewagte Farbe betonte die helle, makellose Haut von Armen und Schultern, das tiefe Dekolleté brachte ihre Rundungen äußerst vorteilhaft zur Geltung, und die weich fallende Seide ließ die schlanken Glieder darunter erahnen. Mit ihrer Erscheinung zog sie bestimmt die Blicke eines jeden Mannes auf sich.

Um nicht erneut von irgendwelchen Matronen belästigt zu werden, achtete Deverell darauf, etwaigen Plagegeistern aus dem Weg zu gehen, ließ aber dennoch die Augen nicht von Phoebe, die in eine höchst lebhafte Unterhaltung mit einem Herrn vertieft war. Als unbestechlicher Spezialist für Verhöre betrachtete er interessiert die Szene.

Wusste der Gentleman eigentlich, dass sie ihn einer Befragung unterzog?

Sobald ihre Neugier befriedigt war, wandte sie sich von ihrem Opfer ab und lächelte ihm zu.

Überrascht von der wohligen Wärme, die sich bei ihrer Reaktion in seinem Innern ausbreitete, gab er das Lächeln zurück und wollte zu ihr gehen, als sie auch schon bei ihm war.

Da die Musiker gerade einen Walzer anstimmten, griff er nach ihrer Hand, verbeugte sich galant und führte sie auf die Tanzfläche.

»Es könnte klug sein, nicht ganz so eifrig zu erscheinen«, flüsterte er ihr zu.

Sie sah ihn aus großen Augen an. »Eifrig?«

»Das nächste Mal warte lieber, bis ich zu dir komme. Ich verspreche, nicht beleidigt zu sein, wenn du ein bisschen arrogant tust.« Er sah ihr tief in die Augen und fügte hinzu: »In der Öffentlichkeit.«

»In Ordnung, ich werde es mir merken.«

Seine Belustigung verbergend, walzte er mit ihr quer durch den ganzen Ballsaal und dachte über seinen nächsten Schritt auf dem Weg der langsamen Eroberung nach. Das raffinierte Spiel begann ihm langsam Spaß zu machen, zumal es nicht nur den größten Erfolg, sondern am Ende auch höchste Lust und Erfüllung aller Begierden versprach.

Wenngleich es ihn und seine Leidenschaft auf eine harte Probe stellte.

Und ihre ebenfalls.

Als die Musik verstummte und sie schwungvoll zum Stehen kamen, befanden sie sich in der Nähe der offenen Türen, durch die man auf die Terrasse und den dahinterliegenden, vom Mond erhellten Garten gelangte.

»Wohin gehen wir?«, fragte sie, als er sie in diese Richtung führte.

Auf seinem Gesicht lag wieder jener Ausdruck, den sie als seine Gesellschaftsfassade bezeichnete: eine charmante, weltmännische Miene, die er offensichtlich aufsetzte, um seine wahren Absichten zu tarnen.

»Zunächst einmal in den Garten.«

Die Antwort sagte alles. Offensichtlich hatte er das Gleiche im Sinn wie sie, und sie würden den nächsten Schritt tun. Wo und wie auch immer war die Zeit reif dafür.

Draußen ging er mit ihr am Haus entlang zu den Treppen, die an beiden Seiten der Terrasse zum Rasen hinunterführten. Obwohl sie nicht als Einzige die kühle Dunkelheit aufsuchten, hatte sie das Gefühl, mit ihm allein zu sein. Sie nahm niemanden außer ihm wahr, nichts außer seiner Wärme, seiner Kraft, seiner Dominanz.

Ein Beben durchlief durch ihren Körper.

Sofort schaute er sie an. »Ist dir kalt?«

Sie erwog, ihn anzulügen, aber dann würde er vielleicht auf einer Rückkehr ins Haus bestehen.

»Nein«, sagte sie wahrheitsgemäß, und sein leichtes Grinsen verriet, dass er sie genau verstand.

Sie stiegen die Treppen hinunter zu dem Kiesweg, der die Rasenfläche einfasste, und bogen nach links in den Schatten hoher Bäume ein, wo sie ungestört waren.

Phoebe räusperte sich.

»Du hast mal erwähnt, dass der Morgensalon am Abend ein günstiger Treffpunkt sein kann.«

»Weißt du denn, wo er sich befindet?«

Sie deutete auf einen kleinen Weg, der sich hinter den Bäumen zwischen Blumenrabatten fortsetzte.

»Er liegt in diesem Flügel dort, und seine Türen gehen direkt auf den Rasen. Ich weiß es von meinem letzten Besuch hier.«

Er lächelte sie an und ließ ihr den Vortritt, nur fanden sie die Türen des kleinen Salons verschlossen vor. Mit einem ärgerlichen Geräusch machte sie ihrem Unmut Luft und starrte mit finsterem Blick das Schloss an.

»Was zum Teufel …«

Sie brach mitten im Satz ab, als plötzlich eine Klinge in seiner Hand aufblitzte, mit der er sich an der Tür zu schaffen machte, bis es klickte und der Weg frei war. Phoebe drehte sich um und landete in seinen Armen.

Als er sie fordernd küsste, ging sie ohne Zögern darauf ein und erwiderte den Kuss voller Leidenschaft, umklammerte dabei seine Schultern, während er ihre Taille packte und sie nach hinten gegen die Kante des Tisches drängte, der neben dem Sofa stand. Dort hielt er sie fest, um sie noch verführerischer, noch leidenschaftlicher zu küssen, bis sie vor Lust zu vergehen meinte.

Dann löste er sich von ihr und hob sie hoch, setzte sie auf die Kante des Tisches. Schaute sie unter schweren Lidern an, schob mit funkelnden Augen und lächelnden Lippen ihre Knie auseinander und trat zwischen ihre gespreizten Beine. Seine Hände glitten von ihrer Taille über die Hüften zur Außenseite ihrer Oberschenkel.

Ihr Atem stockte, und um ein Haar hätte sie einen spitzen Schrei ausgestoßen.

Stumm musterte Deverell sie aus schmalen Augen, die keine Gefühlsregung erkennen ließen, hob schließlich beide Hände, umfasste ganz langsam und sanft ihr Gesicht, neigte es zur Seite und beugte sich vor, um sie zu küssen.

Sanft. Betörend sanft.

Allmählich entzündete er aufs Neue die Glut in ihr. Sie war bereit, spürte die Anspannung, unter der er stand, die Leidenschaft, das Verlangen. Und die Zurückhaltung, die er sich auferlegte.

Das war wieder er selbst. Nicht sein anderes Ich, vor dem sie sich bisweilen fürchtete.

Entspannt erwiderte sie seine Zärtlichkeiten, denen die

gleiche Trägheit wie immer anhaftete, bis er sie ein wenig von sich schob und ihr in die Augen schaute.

»Ich habe einen Vorschlag: Lass uns etwas spielen.«

»Spielen?«

Bestimmt meinte er nicht Mikado oder Ähnliches.

»Ein gedankliches Spiel«, sagte er und küsste sie flüchtig. »Wir stellen uns eine Situation vor, in der du frei entscheiden kannst, wie du reagieren willst.«

Sein Atem strich über ihre Lippen, und sie versuchte sich ihm entgegenzustrecken, doch sein Griff hielt sie auf Abstand.

»Stell dir Folgendes vor: Du bist die Tochter eines spanischen Granden. Man schickt dich nach Westindien, wo du im Rahmen einer arrangierten Ehe einen viel älteren Mann heiraten sollst. Du bist natürlich noch unberührt, aber nicht weil du das unbedingt so wolltest. Dann wird dein Schiff auf hoher See von Piraten angegriffen.«

Er zeichnete mit den Fingern auf dem Tisch die Umrisse eines Käfigs.

»Alle Männer auf deinem Schiff wurden getötet oder außer Gefecht gesetzt und alle Schätze auf das Piratenschiff gebracht. Und dazu gehörst du ebenfalls. Du wirst in der Kajüte des Kapitäns eingesperrt und musst mit ansehen, wie dein Schiff versenkt wird. Außerdem hörst du die Männer an Deck murren. Sie sind abergläubisch und wollen keine Frau an Bord dulden, sondern dich ins Meer werfen.«

Wie gebannt hielt sie den Atem an und hatte das Gefühl, in dieser Kajüte zu sein, die er beschrieb. In ihrer Fantasie sah sie alles vor sich.

Sein Blick ließ sie nicht los, während er mit seiner Erzählung fortfuhr.

»Du hörst, wie der Captain zu seinen Leuten sagt, sie sollen keine Narren sein, aber dir ist klar, dass er sich in einer schwierigen Situation befindet. Dann kommt er die Kajütenleiter herunter und eilt durch den Gang. Die Tür öffnet sich, und er ist da. Groß, dunkel und gut aussehend, genau wie man sich einen Piratenkapitän vorstellt. Er erklärt dir die Lage und fragt dich, was du ihm bietest, falls er sich den Wünschen seiner Männer nicht beugt.«

Er sah sie mit einem lüsternen Lächeln an.

»Ich bin der Piratenkapitän. Was bekomme ich, damit ich dir das Leben rette?«

Ihre Lider flatterten, und sie erkannte, dass dies der Moment der Entscheidung war. Sie erinnerte sich an ihre Perlenkette und die Ohrringe, die sie trug, hob eine Hand an ihren Hals und berührte das schimmernde Collier.

»Meine Perlen?«

Er schaute sie empört an. »Ich bin ein Piratenkapitän und habe gerade eine spanische Brigg gekapert, in der sich Kisten voller Juwelen befanden.«

»Was dann?«

»Tja ...« Er senkte den Blick auf ihre Lippen und dann noch tiefer, bis er registrierte, wie sich die Spitzen ihres Busens verlangend aufrichteten.

»Ich könnte ein bisschen entgegenkommender sein, wenn du mir andere Perlen anbietest.«

Empörung und Erregung lagen im Widerstreit, als Phoebe tief Luft holte und seine Worte einzuordnen versuchte.

»Du willst, dass ich ...?«

»Das liegt ganz bei dir, nur musst du dich entscheiden«, sagte er mit einem gleichmütigen Achselzucken.

Sie musterte ihn und seine ausdruckslose Miene. In dem dunklen Raum hätte man ihn leicht für einen Piraten halten können, und worauf er abzielte mit seinen Worten, das wusste sie genau.

Zitternd atmete sie aus und öffnete die winzigen Perlenknöpfe ihres Mieders, streifte anschließend das Kleid mit dem großzügigen Ausschnitt und den winzigen Ärmelchen mit einem einzigen Griff von ihrem Oberkörper.

Sie war das unberührte Mädchen, nicht nur in Deverells Geschichte, und verwandelte sich jetzt zu der spanischen Adligen, die ihr Leben retten wollte.

Um jeden Preis.

Als sie ihren Busen entblößte, verspürte sie eine ebenso prickelnde wie verbotene Erregung. Ihre Hände zitterten, als sie die Schleife des Unterhemds löste und den dünnen Stoff nach unten zog.

Schließlich saß sie vor ihm mit nacktem Oberkörper, und die Spitzen ihrer Brüste hatten sich in der kalten Luft bereits steif aufgerichtet. Im Halbdunkel schimmerte ihre Haut blass wie Perlmutt.

Deverell vermied es, ihr direkt ins Gesicht zu schauen. Selbst dann, als er sie zu liebkosen begann, über die Rundungen strich und die empfindlichen Stellen sanft streichelte.

Erst die eine, dann die andere Seite.

In ihrem Innern zuckte und bebte es, während ihre Haut brannte und ihr Busen fester und schwerer wurde. Er nahm sich, wonach ihn verlangte, und es kam ihr vor, als sei er wirklich ein Pirat, der den Wert der erbeuteten Schätze taxierte.

»Sehr hübsch.« Seine Stimme klang leise und rau und unendlich verführerisch. Dann hob er den Kopf, sah ihr tief in die Augen und sagte langsam: »Die gehören jetzt mir, und ich kann damit machen, was ich will.«

Den Griff seiner Hände um ihre Brüste weiter verstärkend, fügte er hinzu: »Was mir gefällt.«

Völlig gebannt von seinem Blick und seinen festen, heißen Händen auf ihrem Fleisch, schluckte sie mühsam und nickte.

10

Er kam näher und drückte ihre Schenkel weiter auseinander. Seine Hände umfassten ihre Brüste, sein Mund suchte den ihren, und ihre Lippen fanden sich zu einem langen, leidenschaftlichen Kuss.

Sie klammerte sich an seine Schultern, lehnte sich weit nach hinten, um sich ihm voll und ganz ausliefern zu können.

Kurz unterbrach er den Kuss, um ihr mit dunkler Stimme zuzuraunen: »Stütz dich mit den Händen hinter dir auf dem Tisch ab.«

Willig folgte sie der Aufforderung, und sogleich begann er damit, intensiver ihre Brüste zu kneten und zu erregen. Keuchend drückte sie den Rücken durch und presste ihre Rundungen noch fester in seine besitzergreifenden Hände. Bot sich ihm unverhohlen dar und überließ sich seiner liebevollen Fürsorge.

Der Piratenkapitän lachte leise und lehnte sich ein wenig zurück, um die Auswirkungen seines Streichelns und Massierens besser beobachten zu können.

Kein Zweifel, dass er ein Freibeuter war.

Plötzlich wirkten die vertrauten Züge auf Phoebe strenger und kantiger. Irgendwie skrupelloser.

»Jetzt wollen wir doch mal sehen …«, flüsterte er.

Die Worte versetzten sie in Aufruhr und ließen sie erwartungsvoll aufstöhnen. Erneut drängte sie sich ihm entgegen, ihr Kopf sank nach hinten, und ihre Augen schlossen sich, als sein Griff fester wurde, das Kneten ihres Busens sich verstärkte und eine weitere Welle der Lust durch ihren Körper jagte.

Ihre Lippen öffneten sich für ihn, seine Zunge drang in ihren Mund ein und setzte alles daran, ihre Sinne zu vernebeln.

Gier und Sanftheit wechselten einander ab.

Als er das leidenschaftlichen Spiel unterbrach, begann er zärtliche Küsse auf ihrem ganzen Gesicht zu verteilen, bis er schließlich wieder hungrig ihren Mund suchte. Und wie aus weiter Ferne meinte sie ihr eigenes lustvolles Keuchen zu hören, als seine Lippen schließlich über das erhitzte Fleisch ihrer Brüste strichen und sich um die schmerzenden Spitzen schlossen.

Phoebe wimmerte leise.

Dann fing er an zu saugen und versetzte ihren Körper in Flammen.

Und sie? Sie wollte mehr, drückte seinen gierigen Mund nur fester an sich. Gab ihm damit zu verstehen, dass er mit ihr tun und lassen konnte, wonach ihn gelüstete.

Eine Einladung, die er selbst ohne Worte verstand.

Und während er sich am Spiel mit ihrem Busen erfreu te, dankte er dem Himmel, dass sie sich auf ihn eingela sen hatte.

Nur ihre Ängste, die sie kaum verbergen konnte, be ruhigten ihn, und er fragte sich nicht zum ersten Mal n den Gründen.

Gingen sie auf schlechte Erfahrungen mit einem M tegernliebhaber zurück?

Oder war gar ein Schurke im Spiel gewesen, der Ge-

Wieder und wieder strich er mit den Fingerspitzen über die seidenweiche Haut ihrer Brüste, erforschte sie gründlich. Schenkte ihr Lust und sich ebenfalls.

Die Spuren seiner Liebkosungen an dieser Stelle würde niemand zu sehen bekommen, wohl aber die verräterische Röte des Dekolletés, die erhitzten Wangen. Er beschloss, einen längeren Umweg zum Ballsaal zu nehmen, damit die kühle Nachtluft ihr Werk tun konnte.

Vorausgesetzt, er ließ endlich von ihr ab, hörte auf damit, sie ständig aufs Neue zu erregen.

Er tat es nicht, denn für den Augenblick wirkten ihre schönen Gesichtszüge völlig entspannt, verrieten nichts als Hingabe. Mit geschlossenen Augen spürte sie den Bewegungen seiner Finger nach, seinen Zärtlichkeiten und den dadurch ausgelösten Empfindungen.

Lächelnd setzte er sein Spiel mit ihr und ihren Sinnen noch eine Weile fort, bevor er sich einen Ruck gab. Seufzend nahm er die Hände von ihren Brüsten, umfasste ihren Kopf und küsste ihre leicht geöffneten Lippen. Dann schlang er einen Arm um sie und zog sie hoch.

»Heute Abend habe ich genug von dir gekostet, mein Liebling. Es ist an der Zeit, zur Gesellschaft zurückzukehren.«

»Eines verstehe ich nicht.«

Ein Tag war vergangen, und Grainger hatte nichts Interessantes in Erfahrung bringen können. Montague hatte ebenfalls nichts von sich hören lassen.

Allmählich wurde Deverell immer ungeduldiger.

So sehr, dass er sich entschloss, sogar Lady Griswalds Musikabend zu besuchen, was einem reinen Akt der Verzweiflung gleichkam.

Audrey, Edith und ihre Freundinnen jedoch schienen erfreut. Genau wie Phoebe.

»Vielleicht kannst du mich aufklären?«, sagte er zu ihr.

Sie musterte ihn kurz und zog eine Augenbraue hoch. »Was möchtest du denn wissen?«

Sein Blick ruhte auf der Schar der Gäste, die sich zwischen den Stuhlreihen im Musiksalon drängten und nach dem besten Platz Ausschau hielten. Zumeist handelte es sich um Damen, doch auch einige heiratswillige Männer waren erschienen, um sich unter den Kandidatinnen umzusehen.

»Warum gehst du eigentlich zu solchen Veranstaltungen, wenn du gar nicht heiraten willst?«

Mit einem Ruck drehte sie sich zu ihm herum, ihre Lider flatterten nervös, und ihre Verärgerung über seine Frage war unverkennbar, obwohl sie das hinter einer gleichmütigen Miene zu verbergen suchte.

»Warum? Nun, ich fühle mich ganz einfach verpflichtet, Edith zu solchen Einladungen zu begleiten. Sie ist immer sehr gut zu mir gewesen, und ich habe ihr viel zu verdanken.«

»Verstehe. Dann kommst du also nur als eine Art Gesellschafterin mit?«

Sie nickte. »Ja, so könnte man das nennen: eine Art Gesellschafterin. Das bin ich in der Tat, wie du treffend erkannt hast.«

Und das sollte er glauben?

Er kannte niemanden, der weniger wie eine Gesellschafterin wirkte als Phoebe. Um diesem Bild zu entsprechen, war sie viel zu gewandt, viel zu eigenständig, viel zu selbstbewusst.

Auch Edith betrachtete ihren Schützling mit Sicherheit

nicht wie eine von ihr abhängige Gesellschafterin. Phoebe war eine angenehme Mitbewohnerin in dem Haus, das für sie allein zu groß war, während sie für die junge Frau gewissermaßen die gesellschaftlich verlangte Anstandsdame spielte und ihr überall Zutritt verschaffte.

Ein glückliches Arrangement für beide Seiten.

Als die Musiker hereinkamen und ihre Instrumente zu stimmen begannen, beendete er die Diskussion, bevor sie sich gänzlich unerfreulich entwickelte.

»Komm.« Er nahm ihren Ellbogen. »Lass uns einen Platz suchen.«

Sie vergaß ihren Ärger, schaute ihn jedoch verwundert an, als er sie zu einer Stuhlreihe führte.

»Ich dachte ...«, raunte sie ihm leise zu.

Mit Mühe unterdrückte er ein verräterisches Grinsen. »Nicht jetzt. Nach der Pause.«

Ihre Augen wurden ganz groß, und ihre Lippen hauchten ein »Oh«, dann nickte sie und setzte sich bereitwillig, um Lady Griswalds überschwänglichen Worten zu lauschen, mit denen der musikalische Abend eröffnet wurde. Allerdings kostete es sie einige Mühe, sich ihre Langeweile nicht allzu sehr anmerken zu lassen.

Deverell neben ihr war ebenfalls nicht bei der Sache. Weder bei der Musik und dem Orchester noch bei der vollbusigen italienischen Sopranistin und ihren Sangeskünsten. Ihn beschäftigte vielmehr die schwierige Frage, wie er ausgerechnet bei dieser Soiree Phoebes Erwartungen erfüllen sollte.

Um sich abzulenken, dachte er über seine Nachforschungen nach. Über ihre Geheimnisse. Zwar gab es bislang keine grundlegenden Erkenntnisse, wohl aber ein paar kleine Hinweise.

Wie ihre eigentlich unverständlichen Besuche solcher Veranstaltungen.

Dafür musste es einen anderen Grund geben als die Begleitung der Tante. War ihm etwas entgangen? An ihrem Verhalten, an ihren Worten? Immerhin hatte sie gereizt auf seine Frage nach ihren Motiven reagiert.

Und nicht die Wahrheit gesagt.

Ihre lebhaften Gespräche mit anderen Gästen irritierten ihn zusätzlich. Inzwischen ging er davon aus, dass sie damit einen bestimmten Zweck verfolgte. Was, das konnte er bloß ahnen. Ihm kam es vor, als benutze sie die älteren Damen und ihre Teegesellschaften als Quelle, um an Informationen über Familien der ersten Londoner Kreise zu kommen. Und auf den diversen Veranstaltungen erfuhr sie bestimmt so manchen Klatsch und Tratsch.

Besuchte Phoebe, eigentlich eine Außenseiterin in solchen Zirkeln, die angesagten Salons lediglich, um die Leute auszuspähen?

Und hatte das etwas mit dem Personal zu tun? Immerhin schien sie in das Verschwinden von drei Zofen verwickelt zu sein.

Inwiefern und in welchem Ausmaß, galt es noch herauszufinden.

Auf welchem Weg auch immer musste er sich Gewissheit verschaffen.

Phoebe, die ihn von der Seite anschaute, bemerkte seine abwesende Miene. Den Grund zu erraten fiel ihr nicht schwer, und sie fragte sich, ob sie einfach so weitermachen konnte wie bisher. Darauf vertrauend, dass er die Wahrheit nicht erriet. Zumindest nicht im vollen Umfang.

Ein schwieriges Problem.

Zu dieser Zeit des Jahres hatte die Agentur immer am

meisten zu tun. Je näher der Sommer rückte und Herrschaft und Personal lange Monate gemeinsam auf irgendwelchen Ländereien verbrachten, desto mehr geriet so manches Mädchen unter Druck durch Zudringlichkeiten oder schlechte Behandlung und suchte nach einer Fluchtmöglichkeit.

Genau hier trat die Agentur auf den Plan.

Phoebe und ihre Mitstreiterinnen halfen den Unglücklichen, indem sie sie an einem sicheren Ort unterbrachten, bis sich eine bessere Lösung für sie fand.

Was vor allem ihre Aufgabe war, weil sie ihre gesellschaftlichen Kontakte nutzte, um nach passenden Haushalten Ausschau zu halten. Ohne ihren Einsatz würde die Agentur nicht in der Lage sein, wirklich zufriedenstellende Arbeit zu leisten.

Doch jetzt war Deverell ihnen trotz aller Bemühungen, ihn auf Abstand zu halten, auf die Schliche gekommen. Leider wusste er schon viel zu viel und schränkte sie zudem durch seine Überwachungsmaßnahmen erheblich in ihren Aktivitäten ein.

Ständig musste sie auf der Hut sein, damit sie ihm nicht unwissentlich weitere Informationen zuspielte.

Besorgt runzelte sie die Stirn, weil die Sache immer komplizierter wurde.

An ein solches Problem hatte sie nicht im Entferntesten gedacht, als sie einer Liaison zustimmte. Ein kleines Ablenkungsmanöver sollte das sein, mehr nicht. Ein paar Intimitäten und dann Schluss, davon war sie naiverweise ausgegangen. Weil sie voraussetzte, dass er ohnehin bald das Interesse verlieren würde.

Und sie selbst?

Sie wollte die Zeit nutzen, um von ihm in puncto intime

Beziehung zu lernen, um danach wieder ihr altes Leben aufzunehmen.

Im Dienste der Agentur und der unglücklichen Frauen.

Anfangs hatte sie mit ein, zwei Wochen gerechnet, die sie mit ihm verbringen müsste. Doch angesichts der Langsamkeit, mit der er ihre Beziehung vorantrieb, würde das kaum reichen. So langsam fragte sie sich voller Ungeduld, wann er endlich zur Sache kam. Zumal ihr inzwischen dämmerte, dass es noch vieles gab, was er ihr beibringen konnte. Mehr jedenfalls als ursprünglich angenommen.

Und darauf wollte sie trotz aller Bedenken nicht verzichten.

Dumm war nur, dass ihrer beider Ziele zunehmend in Konflikt gerieten.

Denn wie sollte sie effektiv für die Agentur tätig werden, wenn seine Verführungskünste sie ablenkten und sein Argwohn ihren Aktionsradius einschränkte?

Es war ihre Gewohnheit, alles sorgfältig zu planen und mögliche Klippen zu umschiffen. Doch fiel ihr nichts ein, um den Herrn neben ihr verschwinden zu lassen.

»Ich nehme an, dir gefällt die Vorstellung nicht«, hörte sie ihn sagen.

Die träge vorgebrachte Bemerkung riss sie in die Gegenwart zurück. Zu ihm und zu seinen grünen Augen, die sie durchdringend anschauten. Seine Mundwinkel waren zu einem leichten Grinsen verzogen.

Als er ihre Verwirrung bemerkte, fügte er hinzu: »Du sahst aus, als hättest du etwas Ungenießbares heruntergeschluckt, und ich habe es auf die Musik geschoben.«

Sie blinzelte ein paarmal, setzte sich gerader hin und schaute sich um. Die Sängerin hatte ihren Vortrag beendet, und das Publikum applaudierte begeistert. Um kein Aufsehen zu erregen, stimmte sie rasch in den Beifall ein und ignorierte sein zynisches Lächeln.

Als die Gastgeberin eine weitere Darbietung der fülligen italienischen Diva nach dem Dinner ankündigte, nahm er ihren Arm. »Komm.«

Phoebe zögerte, überlegte kurz, für die Zeit des Abendessens in die Rolle der braven Gesellschafterin zu schlüpfen, tat diesen Gedanken jedoch als albern ab. Ihn konnte sie ohnehin nicht zum Narren halten und Edith ebenfalls nicht.

Als sie sich dem Strom der Gäste anschlossen und sich in Richtung Speisezimmer bewegten, zog er Phoebe aus der Menge und trat mit ihr zur Seite, als wolle er den zahlreichen älteren Damen höflich den Vortritt lassen, ging mit ihr ein Stück weiter zu einem Flur, der tiefer ins Haus hineinführte.

»Oder hast du Hunger?«, fragte er.

»Nein…« Sie fuhr sich mit der Zunge über ihre Lippen. »Zumindest nicht auf das, was Lady Griswald servieren wird.«

Eine Bemerkung, die jeder Kurtisane zur Ehre gereicht hätte, aus dem Mund einer unberührten jungen Frau jedoch verwegen und verwerflich klang.

Die Wirkung auf ihn blieb nicht aus.

Seine Hand drückte sich fester auf ihre Finger, die auf seinem Ärmel lagen. Er warf einen schnellen Blick zurück, ob man sie beobachtete, doch niemand nahm von ihnen Notiz. Diejenigen, die sie aus der Menge hatten treten sehen, befanden sich längst im Esszimmer. Und die anderen, die jetzt noch den Musiksalon verließen, schauten gar nicht erst in ihre Richtung.

Schnell zog er sie weiter in den verlassen daliegenden

Gang. Schweigend hielt sie mit ihm Schritt, folgte ihm bedenkenlos.

Wohin sie gingen, wusste Deverell selbst nicht recht, denn er kannte dieses Haus nicht, orientierte sich einfach instinktiv.

Darauf verstand er sich schließlich.

Als sie einen weiteren Korridor passierten, entdeckte er die perfekte Stelle.

»Hier entlang«, flüsterte er und strebte einer Nische am anderen Ende zu.

Ein idealer Ort. Nicht bloß für flüchtige Intimitäten, sondern auch für eine Verführung.

Am Ende des Gangs befand sich ein Erkerfenster, das in Kniehöhe ansetzte und fast bis zur Decke reichte. Doch das Beste waren die dicken Samtportieren, die gehalten von Kupferringen an einer glänzend polierten Stange hingen und den Erker von Wand zu Wand vor neugierigen Blicken abschirmten.

Die Vorhänge würden sie vom Rest der Welt abschließen.

Als sie hinter diesen Schutzschild traten, wehte durch einen geöffneten Fensterflügel kühle Nachtluft herein, und sie hörten, dass die Musiker ihre Instrumente für den zweiten Teil des Abends stimmten.

Während Phoebe noch am Fenster stand und in den baumbestandenen Park blickte, legte er von hinten eine Hand um ihre Taille und presste sich an sie. Gerade so fest, dass sie es nicht als Druck empfand. Seine Brust gegen ihren Rücken, seine Schenkel gegen ihr Hinterteil.

Sie drehte den Kopf und schaute zu ihm auf, sah ihm tief in die Augen.

Die Frage in ihrem Blick war leicht zu erkennen, auch

wenn das fahle Mondlicht die blauvioletten Tiefen kaum zu erhellen vermochte.

»Keine Küsse«, erklärte er. »Zumindest nicht Mund zu Mund.«

Er strich das Haar zur Seite, das ihren Nacken umspielte, beugte sich vor und drückte seine Lippen auf die weiche Haut.

Spürte, wie sie dahinschmolz und zitternd einatmete.

»Dieses Mal«, sagte er leise, »brauchst du gar nichts zu tun, du sollst nur fühlen.«

Bereitwillig folgte sie seiner Aufforderung, schloss die Lider und sank entspannt nach hinten, genoss das Streicheln seiner Lippen auf ihren Schultern.

Er schien alle Stellen zu kennen, wo selbst die leiseste Berührung ein Beben durch ihren Körper sandte, wo schon der kleinste Kuss wie eine raffinierte Zärtlichkeit wirkte.

Jetzt glitten seine Hände nach oben, legten sich auf ihre Brüste und drückten sie gerade so fest, dass Hitze in ihr aufstieg, der Busen anschwoll und die Spitzen ganz fest wurden.

Seine Finger tasteten sich vor zu den kleinen goldenen Knöpfen des Mieders, um es geschickt zu öffnen. In weiser Voraussicht hatte sie kein Kleid gewählt, das im Rücken geschnürt wurde. Unter halb geschlossenen Lidern beobachtete sie, wie er die kornblumenblaue Seide zur Seite schob und das Hemdchen öffnete, um ihren Busen zu entblößen, der sich ihm bereits verlangend entgegenreckte.

Im fahlen Mondlicht wirkte ihre Haut wie edles Perlmutt, von dem sich seine dunkleren, leicht gebräunten Hände deutlich abhoben.

Sie bog den Rücken durch, als er sie zu liebkosen begann. Lust stieg in ihr auf, breitete sich aus und erfasste schließlich jede Faser ihres Körpers, schärfte alle ihre Sinne. Er trieb sie weiter vorwärts, ganz ohne Eile, langsam und bedächtig, bis eine unbekannte Sehnsucht in ihr aufstieg, die sie in seinen Armen ganz ruhelos werden ließ.

Unwillkürlich drückte sie ihre Hüfte gegen ihn.

Er beugte sich vor, strich mit den Lippen über ihren Nacken und die bloßen Schultern, knabberte und biss ganz zart, um sich schließlich wieder ihren Brüsten zuzuwenden.

Es raubte ihr beinahe den Verstand.

Plötzlich verspürte sie einen kühlen Luftzug an ihren Waden, denn seine Hand hatte ihren Rock hochgezogen.

Ihr Körper gefror, ihre Muskeln verkrampften sich. Sie unterdrückte einen Schrei: das »Nein«, das ihr auf der Zunge lag. Sie rang mit sich, verzichtete aber darauf, um sich zu schlagen und wegzulaufen.

Während sie noch mit sich und ihren Reaktionen kämpfte, ließ er von ihr ab. Hörte einfach auf mit seinen Liebkosungen. Reglos stand er da, seine Hände ruhten auf ihr, und eng presste sich sein Körper an ihren Rücken. Seine männliche Kraft schien sie zu umhüllen, doch ohne sie festzuhalten oder einzuengen.

Geduldig wartete er, wie sie reagierte.

Schlag für Schlag beruhigte sich allmählich ihr zitterndes Herz.

»Was möchtest du tun?«, fragte er sanft.

Es war nur ein leises Raunen – eine ruhige Stimme, die nichts forderte.

Sie schloss die Augen und legte den Kopf wieder an seine Schulter.

»Ich möchte weitermachen.«

Das wollte sie wirklich. Unbedingt.

»Aber ich weiß nicht, ob ich's kann«, hauchte sie.

»Du kannst. Wir können.«

Seine Lippen berührten ihr Ohrläppchen, seine Finger liebkosten erneut ihren Busen, und überrascht stellte sie fest, dass sie nicht erstarrte. Vielmehr regte sich schnell wieder diese seltsame Glut, die ihren ganzen Körper erfasste.

»Wir werden das folgendermaßen machen.«

Seine Stimme klang zwar befehlsgewohnt, signalisierte jedoch zugleich die Bereitschaft, auf ihre Wünsche einzugehen.

Sofern sie diese äußerte.

»Ich begehre dich, das weißt du«, flüsterte er ihr schmeichelnd ins Ohr. »Und ich werde dich wie ein Mann berühren.«

Prickelnde Erregung schoss durch ihren Körper und erwartungsvolle Vorfreude.

Bald würde sie alles wissen, alles kennen.

»Wenn du willst, dass ich dich in Ruhe lasse, musst du nur Nein sagen«, fuhr er mit schleppender Stimme fort. »Aber überleg es dir gut, denn wenn du das tust, werde ich sofort aufhören.«

Mit geschlossenen Augen lag sie in seinen Armen und dachte darüber nach. »Und wenn ich …?«

Sie brach ab, doch er schien ihre Frage zu erraten.

»Wenn du willst, dass ich kurz innehalte, damit du dich darauf einstellen kannst, sag einfach ›Warte‹.« Seine Lippen strichen über ihre Schulter »Und wenn du möchtest, dass ich es langsamer angehe, sag ›Langsam‹.«

Nach einer Weile fügte er leise hinzu: »Hast du das verstanden?«

Sie holte tief Luft und nickte.

»Gut.« Er zögerte. »Ich werde dich nur berühren, sofern du es wirklich willst. Du hast also die Kontrolle – ich übergebe sie hiermit an dich.«

Mit nichts hätte er sie mehr beruhigen können. Tränen der Erleichterung stiegen ihr in die Augen, und sie war bloß froh, dass er sie nicht sehen konnte.

Seine Hand, die nach wie vor auf ihrem Schenkel lag, spannte sich an. Mehr nicht.

»Darf ich dich berühren, Phoebe?«

Sie nickte mit angehaltenem Atem.

Jetzt erst bewegte sich seine Hand nach oben.

Mit geschlossenen Augen konzentrierte sie sich auf die kommenden Empfindungen.

In diesem Moment drang Musik zu ihnen herüber. Die Stimme der Sopranistin schwebte lieblich durch die Nacht, auch sie eine Verführung, und steigerte die drängende Erwartung, die sie erfüllte.

Als er den Saum ihres Rockes bis zur Mitte des Schenkels gehoben hatte, glitten seine Finger forsch darunter, fanden die Öffnung im Schritt ihrer langen Unterhose und ertasteten ihre nackte Haut. Sein Streicheln ließ sie erzittern.

Nicht vor Schreck, sondern vor Lust.

Er las es trotz der kaum erhellten Dunkelheit in ihrem Gesicht.

Sie stöhnte, als seine Fingerspitzen sich weiter nach oben schoben.

Und als er die Löckchen zwischen ihren Beinen berührte, keuchte sie erstaunt auf und spannte ihren Körper vor ungeduldiger Erwartung an, untermalt vom kristallklaren Sopran der Sängerin.

Sie fuhr mit der Zunge über die Lippen. »Langsam«, flüsterte sie.

Er küsste ihre Schläfe. »Wir können so langsam machen, wie du möchtest.«

Sie brauchte das Wort nicht ein zweites Mal zu sagen, es nicht einmal erneut zu denken. Er schien zu wissen und zu spüren, wann sie was brauchte.

Egal ob langsam oder schnell, er hörte nicht auf.

Geduldig passte er sich ihren Wünschen an, bis er schließlich seine Finger sanft in sie hineinschob und sie zu streicheln begann.

Ganz langsam.

Die Musik wurde lauter, intensiver, und das anschwellende Crescendo war ein Spiegelbild ihrer wachsenden Leidenschaft. Ein Gefühl, das sie noch nie erlebt hatte. Fast verzweifelt suchte sie die schier unerträgliche Anspannung zu unterdrücken.

Doch dann wollte sie mehr und gab es ihm zu verstehen.

Noch tiefer drangen seine Finger jetzt in ihr Fleisch ein. Noch intimer, noch besitzergreifender.

Sie bebte und spreizte die Beine weiter. Die Stelle, wo er sie berührte, wurde zum Zentrum einer unbekannten Lust, die sie gleichermaßen verwirrte und beglückte – sie völlig vereinnahmte und sie ihre Ängste vergessen ließ.

Wieder und wieder streichelte er sie, drückte und massierte, bis sie laut stöhnte und sich mit dem Rücken gegen ihn presste, um nicht den Halt zu verlieren, während sich in ihrem Kopf alles drehte. Es war, als ob eine Woge herrlichster Freuden sie in ein schäumendes Meer voller verbotener, wollüstiger Genüsse spülen würde.

Die begehrlichen Empfindungen breiteten sich in ihr aus und verstärkten sich mit jeder Bewegung seiner Finger. Hüllten sie ein, schwappten über sie hinweg, kehrten zurück und hoben sie in ungeahnte Höhen, während in der Ferne die Stimme der Sängerin die Begleitmusik lieferte.

Deverell wusste, dass ihnen nicht mehr viel Zeit blieb und sie zurückmussten. Auch war für sie alles viel zu neu, und er durfte nichts überstürzen. Sie nicht etwa zu einem vorschnellen Ende treiben, das sie nicht befriedigte und schon gar nicht erlöste.

Nein, für heute war es genug.

An seine eigene frustrierende Leere durfte er allerdings nicht denken. Jeder anderen Frau hätte er einfach von hinten die Röcke hochgezogen und seinen pochenden Schaft in ihren heißen Schoß geschoben. Eine Vorstellung, die ihn zugegebenermaßen quälte.

Trotzdem tat er nichts dergleichen.

Nicht bei ihr. Noch nicht.

Tief durchatmend, holte er sie von der Schwelle zurück, die sie an diesem Abend nicht überschreiten sollte.

Morgen vielleicht, aber das war ein anderer Tag.

Jetzt schien es ihm geboten, sich wieder unter die Gäste zu mischen.

Glücklicherweise widersprach Phoebe nicht. Während begeisterter Applaus durchs offene Fenster zu ihnen drang, ließ sie sich von ihm ihr Kleid richten und kehrte an seiner Seite zu der Gesellschaft zurück.

Niemand schien ihre Abwesenheit bemerkt zu haben.

Offenbar fiel es auch keinem der Anwesenden auf, dass Phoebe benommen und leicht erhitzt wirkte und sich kaum an den Gesprächen beteiligte.

Unwillkürlich fragte Deverell sich, wie sie wohl aussehen würde, wenn …

Er verdrängte den Gedanken und steuerte auf die beiden Tanten zu, verfrachtete erst Edith und Phoebe in ihrer Kutsche, danach Audrey und machte sich anschließend auf den Weg zu seinem Club.

Wahrscheinlich würde er den größten Teil seiner schlaflosen Nacht damit verbringen, über Phoebe nachzudenken. Über den Abend mit ihr, über ihre Geheimnisse und über jenen Unbekannten, der ihr vermutlich Schlimmes angetan hatte und den er am liebsten dafür nach allen Regeln der Kunst bestrafen würde.

Den nächsten Tag wollte er eigentlich nutzen, um weitere Nachforschungen anzustellen, doch dann beschloss er, wie Phoebe zu Lady Flemings Freiluftlunch in Wimbledon zu gehen.

Nach dem vergangenen Abend verspürte er das Bedürfnis, zu Ende zu bringen, was er angefangen hatte. Ihn quälte der Gedanke, versagt zu haben. Was in seinen Augen seine Qualitäten als Liebhaber deutlich beeinträchtigte.

Das konnte er nicht so stehen lassen, das musste er in Ordnung bringen.

Phoebe schien sein Kommen nur recht zu sein, denn ihre anfängliche Verblüffung wich schnell mildem Verstehen.

»Was machst du hier?«, fragte sie erwartungsvoll und streckte ihm ihre Hand entgegen.

Er beugte sich darüber und legte ihre Finger auf seinen Ärmel, ließ dann den Blick über die Gästeschar schweifen.

»Ich bin seit über elf Jahren nicht mehr bei einer solchen Veranstaltung gewesen und daher mit den Gepflogenheiten wenig vertraut. Ist es Paaren immer noch erlaubt, die Gartenanlage zu erkunden?«

»Ja. Sieh doch selbst.«

Sie deutete auf die jungen Pärchen im heiratsfähigen

Alter, die durch den Garten promenierten, auf die verheirateten Frauen und älteren Damen, die sich am Rand der Grünfläche auf Stühlen niedergelassen hatten, plauderten und alles aus der Ferne beobachteten.

»Aber du denkst nicht etwa daran, dass wir uns wegschleichen und uns ... beschäftigen?«

Doch, genau das beabsichtigte er, wie sie in seinem Gesicht las und was ihr Herz dazu brachte, einen Schlag lang auszusetzen.

»Warum nicht?«, fragte er unnötigerweise.

Blinzelnd schlug sie die Augen nieder vor diesem wissenden Blick und angesichts des verführerischen Vorschlags.

»Ich, äh ...«

»Willst du nicht?«

Seine Stimme hatte diesen samtigen Tonfall angenommen, der ihr jedes Mal einen köstlichen Schauer über den Rücken jagte.

Sie presste die Lippen aufeinander, um nicht mit einem unüberlegten Kommentar herauszuplatzen und erst einmal nachzudenken.

Er rückte näher.

»Gestern Abend war das Konzert schneller als erwartet zu Ende. Deshalb dachte ich daran, unsere Erkundungen an anderer Stelle fortzusetzen.«

Jede Silbe der sündigen Einladung hallte in ihrem Kopf wider. Lockte. Verführte.

Sie sah hinüber zu Edith und Audrey, die sich mit drei ihrer Freundinnen unterhielten und es bewusst vermieden, in ihre Richtung zu schauen. Als hätten sie ihn, den dunklen, gefährlichen Jäger, nicht bemerkt.

»Ich bin mir sicher ...« Sie brach ab, räusperte sich und

setzte mit festerer Stimme neu an. »Ich bin mir ganz sicher, dass man es als überstürzt ansehen würde, wenn wir uns heimlich davonstehlen.«

»Phoebe, nicht eine von den reizenden Damen erwartet, dass wir bleiben, plaudern und Albernheiten mit den anderen austauschen. Die wissen, oder hoffen zumindest zu wissen, warum ich hier bin. Und werden viel enttäuschter sein, falls wir nicht für eine halbe Stunde verschwinden.«

Sie hatte den unangenehmen Verdacht, dass er recht haben könnte.

»Was glauben die, warum du hier bist?«

»Um dich zu verführen natürlich.« Der Blick, mit dem er sie bedachte, zeigte deutlich, dass er sie für leicht begriffsstutzig hielt. »Du bist fünfundzwanzig, aus gutem Hause und verfügst über eine stattliche Mitgift. In ihren Augen ist es höchste Zeit, dass jemand sich deiner annimmt.«

Sie seufzte, denn auch sie kannte die Wünsche von Edith und Audrey sehr genau. Die beiden wollten sie an der Seite eines Mannes sehen, der ihr Herz im Sturm erobert hatte. Und sei es durch Verführung.

Sofern am Ende die Hochzeitsglocken läuteten.

Beides trauten sie offenbar Deverell zu.

Nur ihm und keinem anderen.

Aber sie hatte Nein zu einer Heirat gesagt, was ihm sehr wohl bewusst war und was er nach wie vor akzeptierte. Warum sonst sollte er eine Liaison vorgeschlagen haben?

Oder hatte er etwa seine Meinung geändert?

Sie gab sich einen Ruck. Vorerst ging es nur darum, eine Entscheidung für den Ablauf des heutigen Tages zu treffen, die in der Frage gipfelte, ob sie mit ihm verschwinden sollte oder nicht.

Was wäre die Alternative, überlegte sie.

Noch eine Nacht, in der sie sich gepeinigt von einem unerfüllten Verlangen ruhelos in ihrem Bett wälzte?

Sie räusperte sich und nickte. »In Ordnung, wie stellen wir es jetzt an, uns heimlich zu verdrücken?«

»Ganz einfach.« Seine Hand umschloss ihre Finger, die auf seinem Ärmel lagen. »Hier entlang«, sagte er und führte sie zu einem von dichten Büschen umstandenen Weg. »Erlaube mir, dich auf einen Rundgang zu den Schönheiten, die so eine Anlage zu bieten hat, mitzunehmen. Wusstest du, dass diese Gärten ursprünglich von Capability Brown angelegt wurden?«

»Nein.« Sie sah ihn an. »Tatsächlich?«

Er nickte. »Allerdings entwickelte die damalige Lady Fleming zum Kummer dieses genialen Landschaftsarchitekten eine absurde Abneigung gegen seine weiten, freien Flächen und bestand auf diesem Gewirr aus Bäumen, Blumenbeeten und Sträuchern, die alle miteinander verbunden sind.« Er sah ihr tief in die Augen. »Das perfekte Ambiente für eine Verführung.«

»Warum perfekt?«

»Weil es selbst bei vielen Gästen wie heute nie schwierig ist, ein verschwiegenes Plätzchen zu finden, wo man völlig ungestört ist. Einen romantischen Ort, um sich mit dem zu beschäftigen, wonach einem der Sinn steht.«

»Hm. So also spricht ein Verführer.« Sie warf ihm einen frivolen Blick zu. »Ein wahrer Verführer. Welchen Ort hast du denn für uns ausgewählt?«

Er führte sie unter den herunterhängenden Ranken einer Glyzinie auf einen schmalen, mit Kies bestreuten Weg.

»Lass dich überraschen. Ich werde es selbst erst wissen, wenn ich die Stelle sehe.«

Zweifelnd schaute sie sich um, während sie sich Seite an

Seite mit gleichmäßigem Schritt immer weiter vom Haus entfernten, von der Gartenanlage und den anderen Gästen. Bald war nichts mehr zu sehen außer Unmengen von Bäumen und Sträuchern.

»Weißt du überhaupt, wohin wir uns wenden sollen?«

Er warf ihr einen rätselhaften Blick zu.

»Ja ... und hör auf, dir Gedanken zu machen. Ich weiß genau, was ich tue.«

Eindeutig meinte er damit nicht nur die Suche nach dem perfekten Ort.

Als sie plötzlich vor einem malerischen Teich standen, in den sich sprudelnd und rauschend ein Bach über ein Wehr ergoss, fühlte sie sich an den Fluss auf Cranbrook Manor erinnert und fragte sich, ob sie am Ziel waren.

Doch er ging weiter, und sie erreichten einen tiefer liegenden Rosengarten, in dem eine Bank inmitten der duftenden Blütenpracht zum Verweilen einlud, aber Deverell führte sie auch daran vorbei.

Kurz darauf, als sich die Landschaft ein bisschen öffnete, stießen sie auf einen kleinen Tempel aus weißem Marmor mit dorischen Säulen, der in der Nähe eines mit Seerosen bedeckten Teiches lag. Erneut überfiel sie die Erinnerung an Cranbrook Manor, aber dieser Ort entsprach ebenfalls nicht seinen Erwartungen.

Er ging ohne Eile einfach weiter. Seine Stiefel knirschten auf dem kiesbestreuten Weg, und sie spürte das Selbstvertrauen, das aus jedem seiner Schritte sprach. Er wusste, wo er sie hinbrachte. Hatte bereits entschieden, welcher der vielen Gartenabschnitte seinen Zwecken am besten entsprach.

Welcher den geeigneten Rahmen für eine Verführung bot.

Und die Erfahrung intensivierte, wie er es genannt hatte.

Sie sah nach vorn, wo eine dichte Hecke die Sicht versperrte. Auf der anderen Seite, die sie durch einen Rundbogen erreichten, empfing sie kühlere Luft. Hohe Bäume, davon einige mit mächtigen Stämmen und dicker Rinde, standen dicht beieinander, Laub bedeckte den Boden, und sie merkte kaum, als sie den Weg verließen.

Auf einer Lichtung voller Schatten, die das hohe Blätterdach warf, verlangsamte er seine Schritte. Eine leichte Brise strich über ihre Köpfe hinweg.

Sie erinnerte sich noch gut an das letzte Mal, als sie in einer ähnlichen Umgebung allein gewesen waren, und daran, was dann geschah.

Ihr Atem begann zu fliegen.

Er blieb stehen, ließ ihre Hand los, nahm den Arm herunter und drehte sich langsam zu ihr um.

Als er sie anschaute, konnte sie deutlich erkennen, was er wollte und was er vorhatte.

Sie fuhr sich mit der Zunge über ihre plötzlich ganz trockenen Lippen, während ihre Nerven nicht aufhörten zu flattern.

Weshalb nur?

Worauf wartete sie?

Er hatte ihr Gesicht, ihre Miene gemustert, und jetzt richtete sich sein Blick auf ihre Augen.

»Du musst keine Angst vor mir haben, auch nicht vor diesem Ort. Nicht bei hellem Tageslicht.«

Sein leiser, entschiedener Tonfall brachte sie wieder zur Besinnung.

Sie nickte und fand ihre Stimme wieder. »Ich habe keine Angst vor dir. Und vor diesem Ort auch nicht.«

Es war bloß der Wald, fügte sie im Stillen hinzu.

»Schön.«

Als er langsam näher kam, wich sie jedoch instinktiv Schritt für Schritt zurück. Genau seinem Plan entsprechend, denn bald war sie da, wo er sie haben wollte. Mit dem Rücken gegen die Rinde eines hohen Baumes gelehnt.

Wie damals.

Während sie sich mit der Zunge erneut über die Lippen fuhr, fragte sie mit brüchiger Stimme: »Warum ist das schön?«

Seine Hände umfassten ihre Taille, und er drückte sich gegen sie.

»Weil ich dich küssen und in höchstes Verzücken versetzen werde, hier im dunklen Wald unter den Bäumen«, antwortete er nach kurzem Zögern und sah ihr tief in die Augen. »Und du wirst jede Sekunde genießen.«

11

Er küsste sie, doch dieses Mal hielt er ihre Hände nicht fest. Unsicher schwebten sie in der Luft, dann legte sie sie vorsichtig auf seine Schultern.

Sie wartete.

Weder sein Kuss noch er selbst flößten ihr Angst ein. In diesem Moment war er wieder der Mann, bei dem sie sich sicher und geborgen fühlte. Dessen Innerstes sie zu kennen glaubte.

Seine Zunge strich über ihre Lippen. Sie öffnete ihren Mund, und er folgte der Aufforderung, verwöhnte sie mit zärtlichen Spielereien.

Er durfte sich ihrer Zustimmung sicher sein.

Sie hatte sich ihm ergeben.

Der Kuss dauerte an, wurde leidenschaftlicher, fordernder, wollte Sinne, Geist und Seele erobern.

Und ihren Körper.

Gefangen zwischen seinen Armen und gegen den Stamm gedrückt, wurde er immer wärmer, fing an zu glühen und brannte schließlich. Deverell tat alles, um die Flamme, die er in ihr entzündet hatte, erbarmungslos weiter anzufachen.

Seine Hände glitten zu ihren Brüsten und streichelten sie besitzergreifend, bis sie vor sehnsüchtigem Verlangen ganz groß und schwer wurden. Er zupfte an den empfindsamen Knospen, bis sie sich schmerzhaft aufrichteten. Durch ihr

Kleid hindurch versetzten seine Berührungen sie in eine Erregung, als würde er ihre nackte Haut liebkosen.

Oder steigerte der trennende Stoff gar ihre Leidenschaft, ihre Sehnsucht?

Sie war bereit für ihn und sein Verlangen. Konnte es annehmen.

Es gefiel ihr, festgehalten zu werden zwischen dem starken Stamm in ihrem Rücken und dem festen Körper dieses Mannes, der ihr höchste Wonnen versprochen hatte.

Eine gefährliche Vorliebe.

Und zugleich eine verführerische, die ihre Sinne taumelnd zum Leben erweckte.

Jetzt nahm er eine Hand von ihrem Busen und griff nach ihrem Rock. Diesmal ließ er sich keine Zeit. Hastig und ungeduldig zog er die Stoffmassen hoch, klemmte sie zwischen ihren Körpern fest und schob seine Hand darunter.

Um ihre nackte Haut zu berühren und in Besitz zu nehmen.

Er umfasste die Rückseite ihres Oberschenkels, der über dem Strumpf nackt war, und tastete mit den Fingern nach ihrer Pobacke, knetete begehrlich das feste Fleisch ganz ohne Sanftheit wie am Abend zuvor.

Phoebe spürte die Dringlichkeit seines Begehrens, das Drängende in seinen Bewegungen.

Sie hatte nie daran gezweifelt, dass er sie wollte. Es nur zuvor nie so nachdrücklich gespürt, weil er darauf bestand, sein Verlangen zu kontrollieren und Verzicht zu üben.

Bis jetzt.

Seine Hände waren überall. Streichelten, kneteten, massierten. Ihren Busen, ihr Hinterteil, ihre Schenkel. Die Liebkosungen seiner Lippen und Zunge raubten ihr fast den Verstand.

Seine Kraft und seine männliche Dominanz waren überwältigend. Alles an ihm drückte Macht und Willensstärke aus. Kein Zweifel, dass er bekam, was er wollte.

Er musste nicht fragen, nahm es sich einfach.

Sie öffnete die Augen gerade so weit, um die unverhüllte Begierde zu erkennen, die dicht unter der Oberfläche brodelte und sich Bahn zu brechen suchte. Eine Erkenntnis, die ihren Atem beschleunigte, ihn unregelmäßig, schnell und fast schon keuchend klingen ließ.

Ihm ging es kaum anders.

»Die Wörter, auf die wir uns gestern geeinigt haben – die gelten heute auch«, flüsterte er erregt an ihren Lippen.

»Nein, warte und langsam?«

Er nickte und beugte sich wieder über sie. »Sie finden immer Gehör bei mir.«

Mehr wollte er nicht sagen, ließ stattdessen seine Lippen sprechen, die das Feuer in ihr aufs Neue zum Brennen brachten. Und die Leidenschaft, die ihre Sinne verzehrte.

Die Hand unter ihren Röcken bewegte sich, wanderte verwegen zu ihrem Bauch, während seine Schenkel sich zwischen ihre Beine schoben und seine Hand ihre weiche Weiblichkeit suchte.

Und sie in Besitz nahm.

Nicht nur die empfindsame Stelle, die er am Abend zuvor gestreichelt hatte. Jetzt drang er tiefer vor in ihr Fleisch und erforschte ihren ganzen Schoß.

Sie bebte, war dankbar, dass der Baum sie stützte. Nur kurz fragte sie sich, ob sein Vorgehen am Ende nicht eine Panik bei ihr auslöste. Doch ehe der Gedanke richtig Gestalt annehmen konnte, war er schon wieder verschwunden.

Vergessen angesichts dieses unvorstellbaren Angriffs auf ihre Sinne.

Einen Augenblick lang verharrte sie auf einem schmalen Grat unterschiedlicher Empfindungen, bis eine Woge atemlosen Verlangens in ihr aufstieg, über ihr zusammenschlug und sie in einen Strudel riss, ohne dass sie etwas dagegen tun konnte.

Er zog seine Finger aus ihr heraus, um sogleich wieder einzudringen. Vor und zurück. Phoebe meinte zu explodieren. Plötzlich verstand sie, was sie bisher nur als hinter vorgehaltener Hand verbreitetes Gerücht kannte: dass dieses Verlangen süchtig machen konnte.

Zum Rhythmus seiner Finger in ihrem Schoß bewegte sich seine Zunge in ihrem Mund, schnellte vor und zog sich zurück.

Als ein lustvolles Zucken sie durchlief, krallten sich ihre Finger in seine dichten Haare, hielten seinen Kopf umklammert und gaben ihm durch eine Flut heißer Küsse zu verstehen, dass sie mehr wollte.

Alles.

Deverell fühlte sich ebenso erleichtert wie bestätigt. Zudem wusste er im Unterschied zu ihr, dass sie noch nicht die Grenze erreicht hatte. Dass er sie noch viel weiter zu treiben vermochte. Dass der absolute Glücksmoment sie noch erwartete.

Das Geschenk dieser Erlösung wollte er sich aufheben.

Nachdem er sie auf dem Weg dorthin bereits dazu gebracht hatte, ihre Lust entspannt und ohne Reue zu genießen, konnte er den nächsten Schritt wagen.

Bereitwillig folgte sie seiner Führung.

Als seine Hände unermüdlich ihre Brüste und das Innere ihres Schoßes liebkosten und sie sich unter ihm wand, stieß sie schließlich einen leisen Schrei aus, den er durch seinen Kuss erstickte.

Ihr erster Höhepunkt.

Er wartete, bis ihr Körper erschlaffte, das Beben abebbte. Dann hob er den Kopf, um ihr ins Gesicht zu schauen. Sah, wie die Anspannung der Leidenschaft sich verflüchtigte und durch Sanftheit und Zufriedenheit ersetzt wurde.

Deverell liebte diesen Ausdruck, dieses Leuchten. Es faszinierte ihn jedes Mal nach dem Geschlechtsakt. Bei Phoebe aber zog sich bei diesem Anblick sein Herz vor lauter Rührung zusammen.

Seine Hand ruhte weiter zwischen ihren Beinen, streichelte sie leicht und zärtlich, eher beruhigend denn erregend. Dennoch schien sie nach wie vor zu glühen, und ihr Fleisch war nass und bereit, weich und geschwollen. Ein süßer Duft lockte seine Männlichkeit und umnebelte seine Sinne.

Auch er strebte nach Erfüllung.

Aber erneut legte er sich Zurückhaltung auf, zügelte sein Verlangen. Es machte ihm nicht viel aus: Wenn es um Phoebe ging, war ihm kein Opfer zu groß.

Und das, obwohl sie seine Urinstinkte mehr ansprach als jede andere Frau.

Nachdenklich musterte er ihr Gesicht.

Vielleicht lag es daran, dass er eines instinktiv erkannt und akzeptiert hatte: Um Phoebe zu bekommen, musste es so und nicht anders laufen.

Ein Schritt nach dem anderen.

Zumindest verstand er jetzt die Gründe dafür.

Es war eine Sache des Vertrauens. Von Anfang an ging es bei Phoebe nur darum. Zunächst musste sie lernen, ihn als Freund, als Mann, als Liebhaber zu akzeptieren und sich bei ihm sicher zu fühlen – erst dann war sie zu weiteren Schritten bereit.

Am Ende hoffentlich auch zu dem, dass sie ihre Geheimnisse mit ihm teilte.

Dann hätte er alles, was er wollte.

Ihren Körper und ihre Seele, ihr ganzes Denken und Fühlen. Und das ein Leben lang.

»Fergus und ich haben uns gefragt«, meinte Skinner, während sie Phoebes auffällig zerknittertes Musselinkleid ausschüttelte, »ob Sie wohl heute Abend nach dem Abendessen kurz zur Agentur wollen. Schließlich müssen Sie und Mrs. Edith nicht so früh zu dem Ball, und morgen steht schließlich das Gespräch zwischen Lady Pelham und Jessica an.«

Phoebe, die in Wasserdampf gehüllt in der Badewanne saß, hörte auf, sich mit dem Schwamm zu schrubben, und runzelte die Stirn.

»Ich würde ja gern, aber ...«

Sie brach ab, als sie merkte, was sie da tat. Nämlich einer Trägheit nachzugeben, die ihr bislang fremd gewesen war. Wenn das die unausweichliche Folge sexueller Befriedigung war, dann wunderte es nicht, dass die Hälfte aller Damen der Gesellschaft dümmlich wirkte.

»Ich bin mir nicht sicher ...«

Sie war sich nicht sicher?

Warum?

Es dauerte eine Weile, bis ihr vernebeltes Hirn in der Lage war, den Grund hierfür zu erfassen.

»Deverell.«

»Sein Bursche hat wieder vor dem Haus Posten bezogen. Wir können uns aber hinten rausschleichen, damit keiner etwas mitbekommt.«

»Nein, darum geht es nicht.« Sie zog die Augenbrauen

zusammen und erklärte Skinner, was Sache war. »Er sagte, er würde mich heute Abend bei Lady Crackendower nicht sehen, weil er eine andere Verpflichtung habe.«

»Na, das ist doch perfekt.«

Skinner ließ sich auf einen Stuhl fallen und musterte erneut kritisch das ramponierte Kleid. »Ich weiß ja nicht, was Sie angestellt haben und woher die Rinde kommt …« Sie fing an, einzelne Borkenstücke abzuzupfen. »Sie sollten besser aufpassen.«

Phoebe hob den Schwamm an ihre Wangen und verdeckte so die verräterische Röte.

»Das mag ja sein«, meinte sie, »aber ich habe den starken Verdacht, dass diese Verpflichtung darin besteht, sich selbst in die Beobachtung des Hauses einzuschalten. Und er ist viel zu schlau, um nicht an die Rückseite zu denken.«

Es sei denn, er wurde durch sie abgelenkt.

Wenn nicht, bestand keine große Hoffnung, dass er sich von seinen Plänen abbringen ließ. Dazu war er viel zu zielstrebig, während sie schon Mühe hatte, ihre Gedanken zusammenzuhalten.

Phoebe dachte an ihre letzte Begegnung zurück und wunderte sich einmal mehr über ihre eigene Schamlosigkeit, mit der sie ihre Verführung beschleunigt hatte.

Als er nämlich am Ende seine Hand zwischen ihren Schenkeln hervorzog, um sich von ihr zurückzuziehen, packte sie seine Schultern und übermittelte ihm damit indirekt die Aufforderung, er könne sich ruhig nehmen, wonach ihn gelüste. Nur solle er endlich aufhören, so verdammt beherrscht zu tun, und endlich in sie eindringen.

Er verstand ganz genau, was sie meinte, blieb aber standhaft. Beugte sich bloß über sie, einen Arm am Stamm abgestützt und die Finger, mit denen er ihr eben noch Lust bereitet hatte, in ihr Haar geschoben, und schaute ihr tief in die Augen.

Um ihr dann die Bedingungen für diesen Schritt zu erläutern.

Wenn er mit ihr schlief, sollte das in einem Bett geschehen mit ausreichender Beleuchtung, damit er sie sehen könnte. In ihrer Nacktheit. In ihrer Lust, wenn er sie nahm.

Ehe sie jedoch weiter über dieses Bild nachdenken konnte, hatte er sie schnell geküsst, ihre Hand ergriffen und sie vom Baum weggezogen.

Zurück bei den anderen Gästen, wuchs ihre Verwirrung, je länger sie über ihn nachdachte. Wie sollte sie sich da noch auf andere Dinge wie die Agentur konzentrieren?

Das schien nahezu unmöglich.

Sie hantierte weiter unschlüssig mit dem Schwamm, während sie die verschiedenen Möglichkeiten gegeneinander abwog. Im Haus bleiben, um auf der sicheren Seite zu sein, oder das Risiko eingehen, dass er ihr folgte?

Sie seufzte und beschloss, sich auf ihre Intuition zu verlassen.

»Geht heute Nacht nicht raus, weder du noch Fergus. Es ist zu gefährlich, falls Deverell draußen auf der Lauer liegt. Schick gleich morgen früh einen Jungen mit einem Brief los, als handle es sich um einen ganz normalen Botengang. Und richte Jessica meine besten Wünsche für das Gespräch aus. Emmeline soll hinterher gleich eine Nachricht schicken, wieder über den Jungen.«

Skinner warf ihr einen bohrenden Blick zu. »Sie sind in Bezug auf diesen Deverell sehr vorsichtig.«

»Wenn du so viel Zeit mit ihm verbracht hättest wie ich, würdest du verstehen, warum.«

»Meinen Sie wirklich, dass er Ärger machen wird, falls er das mit der Agentur herausfindet?«

Phoebe verzog das Gesicht und schaute zur Decke hoch. »Ich weiß es nicht«, erwiderte sie schließlich. »Aber ich will nicht einmal das Risiko eingehen, es herauszufinden.«

Am nächsten Abend, als sie mit Edith Lady Gosforths Ballsaal betrat, war Phoebe nicht mehr so sicher, was sie riskieren würde und was nicht.

Eines allerdings wusste sie ganz genau: dass Deverell sie mit seiner Einen-Schritt-nach-dem-anderen-Strategie an die Grenze ihrer Geduld trieb. Denn wenn sie ihn einmal nicht sah, fühlte sie sich leer und gelangweilt, war außerstande, einen schönen Moment zu erkennen oder gar zu genießen.

Selbst hinsichtlich ihres Herzensanliegens fühlte sie sich wie gelähmt.

Kaum vorstellbar, doch sie hatte auf dem gestrigen Ball nicht eine einzige Gelegenheit wahrgenommen, um sich wegen der Nachfrage nach gutem Hauspersonal auf den neuesten Stand zu bringen.

Es war ihr unmöglich gewesen, sich darauf zu konzentrieren. Ihr Verstand hatte einfach gestreikt. Was sich einen ganzen Abend und eine ruhelose Nacht lang bis zum nächsten Tag hinzog. Zwar dachte sie wiederholt an Jessica und ihr Gespräch mit Lady Pelham sowie an andere Dinge, die es in der Agentur zu erledigen galt, aber nichts davon schien ihr wirklich dringlich zu sein.

Wichtig waren derzeit für sie allein ihre Fantasien, was beim nächsten Zusammentreffen mit Deverell passieren würde.

Solch unnütze Tagträume mussten aufhören, beschloss sie.

Am Rand von Lady Gosforths Ballsaal stehend, schmiedete sie Pläne. Glücklicherweise war das Anwesen hervorragend geeignet, damit Deverell endlich zur Sache kam.

Wo blieb er bloß?

Ihre Ungeduld verstärkte sich, und sie ließ es einen arglosen Verehrer spüren, der sie um einen Tanz bat und den sie kurzerhand abwies. Ohne Begründung. Schließlich konnte sie ihm nicht sagen, dass sie nach einem anderen Mann Ausschau hielt.

Warum kam er nicht?

Immerhin hatte sie ihm einen Brief geschickt und ihn gebeten, sie in Gosforth House zu treffen. Was er wohl kaum missverstehen konnte, oder?

Es war bereits nach halb elf, als er endlich in den Ballsaal schlenderte. Phoebe fackelte nicht lange. Nachdem er Gastgeberin und Gastgeber begrüßt hatte, stürzte sie ohne Umschweife auf ihn zu.

Sein Entzücken darüber verbarg er hinter seiner gewohnt charmanten Maske. »Miss Malleson.«

Er nahm ihre Hand, beugte sich darüber und spürte allein durch die Berührung ihrer Finger die nervöse Anspannung, unter der sie stand.

»Was gibt's?«, erkundigte er sich lächelnd, denn ihm blieb nicht verborgen, dass sie etwas bedrückte.

»Ich muss mit dir unter vier Augen sprechen. Komm mit.«

Sie hakte sich bei ihm unter und strebte auf eine Ecke des großen Raumes zu. Geschmeidig folgte er ihr, legte seine Hand auf ihre Finger und sah sie aufmerksam an.

Und ein wenig missbilligend, weil sie so einfach über ihn verfügte.

»Wohin gehen wir?«

»Das wirst du sehen, wenn wir da sind«, erklärte Phoebe und steuerte auf eine Tür am anderen Ende des Raumes zu.

Zielstrebig wie ein Feldmarschall.

Deverell stellte erleichtert fest, dass niemand ihren schnellen Abgang bemerkte. Zum Glück war Lady Gosforth eine der beliebtesten Gastgeberinnen der Stadt und ihr Ball dementsprechend gut besucht.

Hätte *er* Phoebe unter den strengen Augen der verheirateten Matronen weggeführt, wäre das vermutlich verzeihlich. Umgekehrt nicht. Eine junge Dame durfte sich nicht auf einen Gentleman stürzen und ihn aus dem Raum schleifen.

So etwas galt mit Sicherheit als äußerst unschicklich, und er fragte sich, was sie wohl dazu getrieben haben mochte.

»Was willst du mir erzählen?«

»Das werde ich dir sagen, wenn wir allein sind«, sagte sie und öffnete die Tür zu einem schmalen Gang.

Sie wirkte wie eine zu straff gespannte Feder. »Hier entlang.«

»Wo willst du hin?«, fragte er erneut.

»An einen Ort, wo wir uns ungestört unterhalten können. Jetzt sei still, damit uns nicht zufällig jemand hört.«

Schweigend folgte er ihr, nahm jedoch verblüfft zur Kenntnis, dass sie ihn wie eine Schlafwandlerin durch ein Gewirr von Gängen und schließlich zu einer Treppe führte.

»Du kennst dich hier aus?«, flüsterte er.

Sie warf ihm über die Schulter einen verschmitzten Blick zu. »Ja. Ich bin hier häufig zu Besuch gewesen.«

Mehr gab sie nicht preis.

Während er hinter ihr die Treppe hinaufstieg, ruhte sein

Blick wohlgefällig auf ihrem Hinterteil, das sich unter der goldfarbenen Seide rundete. Um ein Haar hätte er danach gegriffen, aber sie schien nicht in der rechten Stimmung für einen solchen Übergriff zu sein.

Irgendwie wirkte sie besorgt.

Warum bloß?

Was war geschehen seit ihrer letzten Begegnung?

Im oberen Stock ging sie eine Galerie entlang und führte ihn dann durch einen Flur in einen anderen Flügel des Hauses, in dem die Geräusche aus dem Ballsaal nicht mehr zu hören waren. Alles wirkte unheimlich ruhig.

Wie ausgestorben. Unbenutzt.

Er schaute sich um und bemerkte die dünne Staubschicht auf einem Beistelltisch.

Schließlich öffnete Phoebe eine Tür und betrat einen Raum, der in völligem Dunkel lag.

»Schließ die Tür«, klang ihre Stimme aus den tiefen Schatten des Zimmers. »Dann zünde ich eine Lampe an.«

Eine Flamme blitzte auf, ein Docht fing Feuer, flackerte und erhellte Phoebes Gesicht, um dann ruhig weiterzubrennen und schließlich das ganze Zimmer in ein sanftes Licht zu tauchen.

Deverell blinzelte und schaute sich neugierig um, konnte den Blick nicht von der Einrichtung lösen.

»Gütiger Himmel.«

Seine Stimme verbarg nicht seine Verblüffung. Bizarr war das erste Adjektiv, das ihm bei diesem Anblick in den Sinn kam, dann folgten gleich andere wie verrückt und völlig exzentrisch.

Ihm war das Kinn nach unten gesackt, und verwirrt betrachtete er das befremdliche Interieur. Der kleine Salon stellte eine Mischung aus Serail und Wüstenzelt dar, und man erwartete fast, einen lüsternen Sultan oder Scheich aus einer Ecke hervortreten zu sehen.

Hier war jemanden bei seiner Liebe zum Orient die Fantasie offenbar gründlich durchgegangen.

Die Wände waren mit gemusterter, hauchdünner Seide behängt, auf einem Diwan häuften sich Brokatkissen in leuchtenden Farben; scharlachrot, violett, blau und golden. Überall baumelten Seidenquasten, standen Kupferlampen, Kerzenständer und kleine exotische Tischchen mit Intarsien herum. Weitere Kissen lagen auf den bunten Teppichen. Sogar die Decke war mit goldenen Sternen verziert.

»Was für ein Zimmer ist das?«, stammelte er.

»Es gehört Catherine, Lady Gosforths mittlerer Tochter. Wir waren enge Freundinnen. Obwohl sie inzwischen verheiratet ist, bestand sie darauf, dass an ihrem Boudoir nichts verändert wird.«

Beinahe hätte er gefragt, warum – entschied aber schnell, dass er das lieber gar nicht wissen wollte. Allein die Vorstellung, dass diese Einrichtung den Vorlieben einer jungen Dame entsprungen war, erschreckte ihn schon genug. Nicht so sehr allerdings wie die Tatsache, dass Phoebe dieses Ambiente offensichtlich völlig in Ordnung fand.

Ihn grauste bei diesem Gedanken.

Während er nach wie vor nicht fassen konnte, was er da sah, nahm sie sein Gesicht zwischen beide Hände und küsste ihn. Völlig unvorbereitet auf diesen Vorstoß, erwachten seine Lenden zum Leben.

Oder war es eine Reaktion auf die sündig anmutende Umgebung?

So oder so steigerte sich der Kuss schnell von süßer Unschuld zu sinnlicher Leidenschaft und dann zu hemmungsloser Lust.

Es kostete ihn mehr Anstrengung, als ihm lieb war, seine Lippen von ihren loszureißen. Seiner Kehle entrang sich ein unverständliches Krächzen.

»Wir können mehr Lampen anmachen, wenn du möchtest.«

Er sah sie verwirrt an. »Warum?«

»Nun, du hast auf einem Bett bestanden und auf Licht, damit du genug sehen kannst.« Sie holte tief Luft und zupfte an seiner Krawatte. »Wir können also mehr Lampen anmachen, falls dir eine nicht reicht.«

»Phoebe.« Er legte seine Hand über ihre, damit sie den weißen Binder nicht länger derangierte.

Wieso hatte er nicht früher erkannt, worauf das hier hinauslief?

Er wartete, bis sie wieder zu ihm aufsah und er ihr in die dunkel gewordenen violetten Augen schauen konnte. Ihr Kinn war trotzig vorgereckt, ihre Miene drückte wilde Entschlossenheit aus.

»Was wolltest du ansprechen?«

»Es geht mir weniger ums Reden als ums Handeln. Lass es uns angehen. Meine Verführung.« Sie deutete nach hinten zu dem mit Kissen bedeckten Diwan. »Da ist das Bett, wir haben Licht, jetzt brauchen wir also nur noch …«

»Nein.«

Er packte ihre Hand und hielt sie fest, musterte den Raum noch einmal.

»Der letzte Akt deiner Verführung wird nicht hier stattfinden. Nicht heute Abend, nicht in diesem Zimmer.«

Sie sah ihn aus schmalen Augen an, in denen jetzt eher Wut als Verlangen stand. »Warum nicht?«

Er musste ihr eine Erklärung geben, die sie akzeptierte, die sie verstand. Eine, die sie nicht verletzte.

»Weil der letzte Teil deutlich länger dauern wird als nur eine halbe Stunde.«

Nervös blinzelte sie ein paarmal. »Oh.«

Seine Sicherheit wuchs. »Im Grunde sprechen wir von mehreren Stunden.«

Mehrere?

Stumm formten ihre Lippen dieses eine Wort, dann schluckte sie und nickte. »Ich verstehe. Na gut.« Einen Moment lang sah sie über seine Schulter hinweg. »Wenn das so ist …«

Als sie sich aus seinen Armen zu lösen suchte, erkannte er, dass sie sich überfordert fühlte von dieser Vorstellung.

»Wo willst du hin?«

Sie drückte die Hände gegen seine Brust.

»Wenn wir das nicht tun können, sollten wir lieber in den Ballsaal zurückkehren.«

Ihr Tonfall klang gesetzt und förmlich und brachte ihn zum Lachen.

»Vergiss nicht: Du hast dich mir für etwa eine halbe Stunde in einer Umgebung ausgeliefert, die geradezu zu angenehmer Erregung einlädt.« Er grinste sie verschwörerisch an. »Du glaubst doch nicht wirklich, dass ich gänzlich darauf verzichte.«

Phoebe sah das Funkeln in seinen grünen Augen und stöhnte leise auf. Das war keine gute Idee, überhaupt nicht. Und erst recht hatte sie das Ganze nicht so geplant.

»Nein«, sagte sie lächelnd.

Es dauerte eine Weile, bis der Groschen bei ihm fiel. Dann schüttelte er langsam den Kopf.

»Diese Wörter, die wir vereinbart haben, gelten nur, wenn ich dich küsse und berühre. Oder wenn du dich in irgendeiner Weise eingeengt und bedroht fühlst. Was derzeit nicht der Fall ist, und aus diesem Grund ist dein Nein gegenstandslos.«

Er schaute bedeutungsvoll zum Diwan.

»Vor allem nachdem du mich hierhergebracht hast. Das zählt als Aufforderung, und da gibt es keinen Rückzieher. Wenn man etwas anfängt, muss man auch mit den Konsequenzen rechnen. So ist das nun mal im Leben.«

Sie weigerte sich, seine Ausführungen zu akzeptieren.

»Wir sollten wirklich lieber in den Ballsaal zurück«, beharrte sie.

»Später. Wir haben noch Zeit. Mehr als eine halbe Stunde.«

Während sie krampfhaft über einen Ausweg, einen ehrenhaften Rückzug nachdachte, setzte er sich auf den Diwan, wippte ein bisschen auf und ab und legte sich schließlich aufreizend in die Kissen zurück.

Sprachlos starrte sie ihn an.

Ein wölfisches, kein bisschen vertrauenerweckendes Lächeln verzog seine Lippen und ließ seine grünen Augen aufleuchten.

»Du willst mir doch nicht ernsthaft erzählen, dass du es vorziehst, im Ballsaal zerquetscht zu werden, statt dich um meine Bedürfnisse zu kümmern?«

Ihr Mund wurde trocken. Sie musterte ihn eine Weile und fragte dann: »Deine Bedürfnisse?«

»Hm. Gehört das nicht mit zu den Fantasien, die Catherine und dich bei der Einrichtung dieses Boudoirs inspiriert haben? Von einem Scheich oder Sultan, der euch gefangen hält und euch als Lustobjekte benutzt? War das nicht so?«

Phoebe errötete.

Er hatte den Nagel auf den Kopf getroffen, doch dass

er hinter dieses schwülstige Geheimnis zweier junger Mädchen gekommen war, erschütterte sie.

Sie hätte es wissen müssen. Neben ihm verblasste jeder Sultan und jeder Scheich, den sie und die Freundin in ihren wilden Träumen heraufbeschworen hatten.

Kein orientalischer Wüstling könnte ihm je das Wasser reichen.

Abgesehen von allem anderen war er echt: aus sehr lebendigem Fleisch und Blut und mit sehr festen Muskeln. Lag da in einer unfassbar arroganten Haltung, die ihrem ohnehin schon geschwächten Widerstand vollends den Garaus machte.

»Komm.« Er zog leicht an ihrem Handgelenk. »Küss mich.«

Seine Stimme klang weich und schmelzend, und doch ließ sein Tonfall erkennen, dass er keinen Widerspruch duldete.

Sie seufzte leise. Schließlich war es ihre Idee gewesen, ihn herzubringen.

Zögernd ging sie auf den Diwan zu, setzte sich neben ihn und erwartete einen Ausbruch seiner Leidenschaft.

Doch weder griff er entschlossen nach ihr, noch zog er sie zu sich herunter. Hob bloß zart eine Hand und strich über die widerspenstigen Löckchen in ihrem Nacken. Bei der Berührung, die so leicht, so liebevoll war, lief ein Beben durch ihren Körper, und sie schloss die Augen.

»Jetzt bist du in meinem Serail und musst lernen, was eine Haremsdame so tut.«

Er wartete, bis sie die Augenlider hob und ihren violetten Blick mit seinem grünen verschränkte.

»Komm, küss mich. Gib mir deinen Mund.«

Ihre Hände legten sich beinahe automatisch um sein Gesicht. Sie konnte sich seinem Sog nicht entziehen – zu sehr hielt er sie in seinem Bann gefangen und zwang ihr seinen Willen auf.

Ihre Lippen bebten, als sie sich über ihn beugte, nur einen Zentimeter von seinem Mund entfernt innehielt, sodass ihr Atem über sein Gesicht strich und sie den seinen auf ihrer Haut spürte.

Dann küsste sie ihn und gab sich dabei den Erinnerungen und Fantasien hin, die sie vor so langer Zeit gehabt hatte.

Er war der geheimnisvolle Liebhaber ihrer Jungmädchenträume, den Märchen aus Tausendundeiner Nacht entsprungen und jedem wirklichen Mann überlegen.

Ein besserer Liebhaber, ein stärkerer Krieger, ein mächtigerer Herrscher, ein Meister der Verführung.

Sie öffnete ihren Mund und schob ihre Zunge zwischen seine Lippen. Tat, was er ihr befohlen hatte, was er von ihr erwartete, und küsste ihn voller Glut. Feuriger, als sie selbst es je für möglich gehalten hätte.

Schamloser, hingebungsvoller, drängender und erregender.

Er dankte es ihr mit gesteigerter Leidenschaft, erwiderte ihren Kuss und forderte mehr.

Die Führung allerdings überließ er dieses Mal ihr.

Sie spürte, wie sie immer tiefer in ihren Gefühlen versank, wie ihr schwindelig wurde, wie Verstand und Sinne in einen Strudel des von ihr entfachten Verlangens gerieten.

Er war es, der den Kuss beendete und sich so weit von ihr löste, dass er ihr in die Augen schauen konnte. Dann griff er nach unten und raffte ihre Röcke bis zur Taille hoch.

Sie zog scharf die Luft ein, als sie einen kühlen Hauch auf ihrer nackten Haut spürte, und hielt den Atem an, als seine Hand sich besitzergreifend auf eine entblößte Pobacke legte.

»Jetzt gelten die Wörter wieder«, murmelte er.

Doch als er erregt ihren Körper liebkoste und den vertrauten Sinnestaumel auslöste, erkannte sie, dass sie überflüssig geworden waren.

Sie musste sich nicht mehr daran erinnern.

Dies hier war ihr Traum, nicht seiner. Und Deverell ihr zum Leben erwachter Scheich, der sie begehrte und verlangte, dass sie sich ihm ergab …

Sie würde ihn nicht davon abhalten.

Genauso wollte sie diesen letzten Akt ihrer Verführung. Deshalb war sie hergekommen. Um ihn in dieser Umgebung zu spüren, in dieser Mischung aus Fantasie und Wirklichkeit, die ihr Verlangen ins Unermessliche steigerte.

Er drehte sie herum und legte sich auf sie.

Alle Sinne angespannt, genoss sie den harten Körper, der sie unter sich festhielt, sodass sie sich nicht bewegen konnte. Ihr nacktes Hinterteil lag auf rotem Seidenbrokat, der sich zuerst kühl anfühlte, aber schnell warm wurde durch ihre Hitze.

Eine harte Hand massierte sie, während die Finger der anderen über die goldene Seide ihres Mieders glitten, aus dem ihr Busen sich vorwölbte. Sie drängte sich ihm entgegen und forderte ihn wortlos, aber unmissverständlich auf, sich mehr zu nehmen.

Er unterbrach den Kuss und warf einen Blick auf die winzigen Knöpfe ihres Kleides. »Öffne dein Mieder.«

Ein Befehl. Prickelnde Erregung strömte durch ihren Körper, als sie die Hände aus seinem Haar nahm und gehorchte.

Alle Zweifel, er könnte nicht für sie entbrannt sein oder

sie nicht begehren, schmolzen wie Schnee in der Sonne. Nachdem sie den letzten Knopf geöffnet hatte, schob er ihre Hände zur Seite und zog ihr Mieder auseinander, um zu betrachten, was er enthüllt hatte.

Dann senkte er genießerisch den Kopf.

Als würde er niemals genug von ihr bekommen.

Phoebe brannte lichterloh, wand sich unter seinen Händen, seinen Lippen, seinen gekonnten Zärtlichkeiten. Ihr Keuchen und Stöhnen wurde von einem Meister seines Fachs dirigiert. Jeder Laut eine andere Note in einer Sinfonie der Sinne.

Bei jeder Berührung seiner Zunge, jedem Saugen schossen lustvolle Empfindungen durch ihren Körper. Sie hieß jede Woge des Begehrens, jeden Flammenstoß des Verlangens willkommen und bot sich ihm dar, wie er es wollte.

Freudige Erwartung durchzuckte sie, als er nach unten rutschte und ihren Unterleib entblößte, den offenen Schoß und die langen Beine unverhüllt seinem Blick ausgesetzt.

Mühsam öffnete sie die Lider und sah, dass er neben ihr hockte und sie begehrlich musterte. Jeder Zoll ein Scheich, der sie als seinen Besitz betrachtete. Dann hob er eine Hand, legte sie auf ihre weiche Haut und ließ sie über ihren Körper gleiten bis zu ihrer Mitte. Überwältigt von Lust, schloss sie erneut die Augen.

Er hingegen, ihres Bebens gewahr werdend, fachte ihr Verlangen weiter an.

Ungeniert erforschte er ihren Körper, drückte ihre Schenkel auseinander und spreizte sie, um sie anschließend mit kundigen Fingern zu verwöhnen.

Sie hob sich ihm rastlos und wollüstig entgegen, während sie zu ersticken glaubte. Wand sich, bäumte sich auf, keuchte und bettelte.

Nicht nur um Erlösung, nein, auch um mehr.

Sie wollte ihn in sich spüren.

Woher diese Gewissheit kam, vermochte sie nicht zu sagen. Sie war einfach ganz selbstverständlich da, und mit ganzem Herzen und mit allen Fasern ihres Körpers wusste sie, dass es wichtig und richtig war.

Nur wenn sie sich ihm ganz hingab, würde sie sie selbst sein.

Bei der ersten Berührung ihres Venushügels durch seine Lippen stockte ihr der Atem. Und als er diesen winzigen Punkt empfindsamen Fleisches spielerisch leckte, schien die Welt stillzustehen.

Sie verging in einem Meer aus Hitze und Flammen, tauchte ein in ungeahnte Empfindungen, die er meisterhaft hervorzurufen verstand. Er zeigte ihr alles und unterwies sie in seinen Liebeskünsten. Mal langsam, mal schnell führte er sie durch ein Labyrinth der Gefühle.

Und schenkte ihr schließlich unendliches Entzücken, ließ es in ihr wirken und sich kaskadengleich Bahn brechen.

Einen perfekten, endlosen Moment lang wurde sie zu den Sternen getragen, bevor sie wieder auf die Erde zurücksank.

Irgendwie enttäuscht und leer.

Unerfüllt.

Er hatte ihr die letzte Vereinigung vorenthalten, hielt sie bloß in seinen Armen, als das Beben der Lust langsam verebbte, und streichelte beruhigend ihren Körper.

Sie holte tief Luft und zwang sich, ihn anzusehen.

»Ich möchte, dass du dich mir anschließt.«

»Nicht jetzt«, sagte er mit ernster Miene und ließ seine Hand zärtlich über ihren Busen gleiten. »Es ist weder der richtige Ort noch der rechte Moment … Noch nicht.«

Am liebsten hätte sie widersprochen, doch sie wusste, dass es sinnlos war. Sie musste sich damit begnügen, zu sehen und zu spüren, wie sehr er sie begehrte, wie er sich nach Erfüllung sehnte.

Mehr würde er ihr heute nicht bieten.

Sehnsüchtig schmiegte sie sich an seinen Körper, an die harte Wölbung, die sich gegen ihre Hüfte presste und ihr das Ausmaß seines Begehrens verriet.

Als könne er ihre Gedanken lesen, beugte er sich über sie und berührte mit den Lippen ihr Ohr.

»Bald.« Er holte tief Luft. »Du bist das, was ich will – das, was ich bekommen werde.«

Seine nächsten Worte waren nur noch ein dunkles Raunen.

»Und ich bin kein Fantasiegebilde, sondern sehr, sehr real.«

12

Am nächsten Morgen erwachte Phoebe mit einer herrlichen Mattigkeit in den Gliedern.

Und freudiger Erwartung im Herzen.

»Bald«, hatte er gesagt, und er war ein Mann, der zu seinem Wort stand.

Mit einem tiefen Seufzer streckte sie sich unter der Decke aus, und ihre Lippen verzogen sich zu einem Lächeln, während sie an die schockierenden Freuden des gestrigen Abends zurückdachte.

Bis das Klappern von Gardinenringen sie aus ihren süßen Träumen riss. Skinner zog energisch die Vorhänge beiseite, um die Morgensonne hereinzulassen.

Die resolute Zofe drehte sich zu ihr um. »Gut, Sie sind wach. Emmeline hat eine Nachricht geschickt. Es gibt einen Notfall, um den wir uns kümmern müssen.«

Phoebe setzte sich auf. »Einen Notfall?« Sie warf die Decke zurück. »Jessica?«

»Nein, das scheint gut zu laufen. Lady Pelham war angetan von ihr und wird sie wohl einstellen. Emmeline kümmert sich jetzt um alles.«

»Worum geht es denn dann?« Phoebe schob die Arme in ihren Morgenmantel und ging zu dem Sessel und dem Tischchen mit dem Frühstückstablett. »Raus mit der Sprache! Was hat Emmeline geschrieben?«

Skinners Lippen wurden ganz schmal. »Dass die neue Gouvernante der Chifleys vom ältesten Sohn belästigt wird. Das arme Mädchen ist erst zwanzig, und es ist ihre erste richtige Stelle. Gestern Abend hat dieser Mistkerl versucht, sich mit Gewalt Zutritt zu ihrem Zimmer zu verschaffen, was nur durch das Hinzutreten der Haushälterin vereitelt wurde. Und weil die von unserer Arbeit weiß, hat sie die Agentur benachrichtigt. Jedenfalls müssen wir das Mädchen dort wegschaffen.«

Phoebe, die an ihrem Tee nippte, machte bereits Pläne.

»Die Chifleys wohnen doch in der Dover Street, oder? Edith wird das wissen.« Sie dachte nach und meinte dann: »Wir werden heute Nachmittag Lady Chifley unsere Aufwartung machen und sehen, was wir in Erfahrung bringen können.« Sie sah Skinner an. »Schick eine Nachricht an Emmeline. Sie soll der Haushälterin und der Gouvernante Bescheid geben, dass wir so schnell wie möglich etwas arrangieren. Vielleicht sogar schon für heute Abend.«

Natürlich nur, falls die Situation solche Eile erforderte. Ansonsten hatte Phoebe inzwischen gelernt, eine Rettungsaktion nicht zu überstürzen. Es zahlte sich aus, alles sorgsam zu planen.

Kam sie jedoch zu der Überzeugung, dass Abwarten nur schadete und man der jungen Gouvernante einen weiteren Aufenthalt im Haus der Chifleys nicht zumuten konnte, dann würde sie umgehend Maßnahmen ergreifen.

Zur Not eben am gleichen Tag, wie schwierig das auch sein mochte.

Während Skinner sich auf den Weg machte, um die Botschaften zu übermitteln, wandte Phoebe sich ihrem Frühstück und dem Plan für den Tag zu.

Wie immer standen eine Reihe von Besuchen an. Obwohl

Edith über die Agentur halbwegs Bescheid wusste, zumindest was die reguläre Vermittlungstätigkeit betraf, wurde über Phoebes genaue Rolle nie gesprochen. Und über die Rettungsaktionen schon gar nicht. Insofern herrschte stillschweigendes Einverständnis zwischen Tante und Nichte.

Solange Edith nichts Genaues wusste und sich auf indirekte Hilfe beschränkte wie etwa die Anbahnung wichtiger Kontakte, konnte sie ahnungslos tun und sich dadurch selbst schützen. Vor allem musste sie sich nicht verpflichtet fühlen, ihren Bruder etwa über die merkwürdigen Interessen seiner Tochter aufzuklären.

Ein perfektes Arrangement.

Jedenfalls zweifelte Phoebe nicht daran, dass sie auch bei dem neuen Fall auf ihre Tante zählen könnte. Bestimmt erhob sie keine Einwände, wenn sie sie bat, sie zu den Chifleys zu begleiten, und würde auch keine überflüssigen und peinlichen Fragen stellen.

Edith war wirklich ein Glücksfall.

Während sie ihren Tee trank, schweiften ihre Gedanken ab. Zu Deverell. Schuldbewusst zuckte sie zusammen und rief sich zur Ordnung, denn es erschreckte sie nicht wenig, wie häufig sie sich mit diesem Mann beschäftigte.

Mit seiner verführerischen Präsenz ebenso wie mit den Gefühlen, die er ständig in ihr weckte. Und sie fragte sich, wohin das alles am Ende führen werde. Immerhin ging ihre Beziehung bereits jetzt weit über das ursprünglich geplante Maß heraus.

Schlimmer noch: Er hatte sie abhängig und süchtig gemacht.

Jeden Tag freute sie sich auf den Abend, auf das Zusammensein mit ihm und auf die neuen sinnlichen Erfahrungen, die er ihr verheißen hatte.

Die sie nicht nur kennenlernte, sondern wirklich spürte.

Die in ihr erwachten, durch ihren Körper strömten und ihr Flügel verliehen.

Mit ihm allein teilte sie dieses Erleben. Nur er vermittelte ihr dieses überwältigende Gefühl, ganz und gar lebendig zu sein.

Er hatte sie verzaubert und in ein Netz faszinierender Sinnlichkeit verstrickt.

Eine gefährliche Situation, denn schließlich gab es nicht nur ihn auf der Welt.

Nachdenklich zog sie die Augenbrauen zusammen und rief sich mit einem unterdrückten Fluch ihre eigentlichen Prioritäten in Erinnerung. Die Agentur und ihre Arbeit dort. Die Menschen, die von ihr abhängig waren.

Daran musste sie vorrangig denken.

Mit einem gut aussehenden Viscount herumzutändeln mochte ja schön und gut sein, durfte aber nicht zum Inhalt ihres Lebens werden.

Es war nur eine Liaison. Mehr nicht. So sehr sie es auch in mancher Hinsicht bedauern mochte.

Ihre Arbeit musste an erster Stelle kommen, nicht Deverell. Das durfte sie nie vergessen.

Niemals.

Siedend heiß fiel ihr ein, dass sie ihm am Abend zuvor erklärt hatte, sie erwarte den letzten und endgültigen Schritt definitiv für den heutigen Abend.

Was aber, wenn sie nicht bei Lady Fortescue erschien, weil sie eine Rettungsaktion durchführen musste?

Würde er sie suchen?

Sollte sie ihn über ihre geänderten Pläne in Kenntnis setzen, ihm mitteilen, dass der letzte Akt nicht stattfand? Zumindest nicht an diesem Abend.

Die Höflichkeit würde das gebieten, doch erhöhte sich dadurch das Risiko, dass er Verdacht schöpfte. Es reichte ihr schon, wenn er Ediths Haus beobachtete und ihre Bewegungsfreiheit damit einschränkte.

Nein, sie würde ihm keine Nachricht zukommen lassen. Es geschah ihm ganz recht, wenn er bei Lady Fortescue vergeblich nach ihr Ausschau hielt.

Sollte er doch ruhig wütend sein, dachte Phoebe. Seiner Selbstherrlichkeit tat ein kleiner Dämpfer sicherlich ganz gut.

Und während er den Ballsaal absuchte, konnte sie falls erforderlich ungestört das Mädchen in Sicherheit bringen. Ohne ihn auf ihre Fährte und zu ihrem Geheimnis zu locken.

Solange er keine Ahnung hatte, wo sie sich aufhielt, dürfte es selbst ihm schwerfallen, irgendwelche Rückschlüsse zu ziehen.

Erleichtert über diesen Notfallplan, beendete sie ihr Frühstück. Jetzt brauchte sie bloß noch Edith zu bewegen, einen unangemeldeten Besuch bei Lady Chifley zu machen.

Derweil begab sich der Mann, dem ihre Sorgen und Sehnsüchte galten, in seinem Club gemächlich zum Frühstück. Auf der Treppe empfing ihn bereits der köstliche Duft von frisch gebrühtem Kaffee und gebratenem Speck. Er schlenderte ins Esszimmer und nahm an einem Tisch Platz.

Gasthorpe begrüßte ihn ehrerbietig.

»Guten Morgen, Mylord. Es ist gerade ein Brief für Sie abgegeben worden.«

Mit einem Silbertablett kam er zu ihm und hielt es ihm hin.

»Danke.« Deverell nahm den Brief und erkannte Montagues gestochene Handschrift. »Das verspricht ein wundervoller Tag zu werden«, sagte er lächelnd.

Dem hoffentlich eine noch bessere Nacht folgte, fügte er im Stillen hinzu.

Er brach das Siegel, faltete die Bogen auseinander und begann zu lesen, während er von dem Kaffee trank, den der Majordomus ihm eingeschenkt hatte.

Schon nach den ersten drei Zeilen verzog er erfreut das Gesicht. »So, so.«

»Gute Nachrichten, Mylord?«

»In der Tat.«

Phoebes Bankwechsel waren sämtlich auf das Konto der Athena-Agentur eingezahlt worden. Eine Stellenvermittlung, wie Montague ihm weiter mitteilte, deren Klientel aus vornehmen Haushalten bestand, die hervorragend geschulte junge Mädchen und Frauen suchten.

Das also war ihr Geheimnis.

Schade, dass er nicht mit Montague gewettet hatte. Weder er noch sein Anwalt wären je auf die Idee gekommen, dass Phoebes Gelder in solchen Kanälen verschwanden. Aber er hatte recht behalten, dass es eine völlig ungewöhnliche Auflösung für dieses Rätsel geben musste.

Neben einer Auflistung der finanziellen Transaktionen gab der Bericht ebenfalls Auskunft über die Agentur selbst. Sie hatte ihren Sitz in der Kensington Church Street, einer durch und durch anständigen Gegend, und war eingetragen auf den Namen eines gewissen Mr. Edmund Birtles nebst Gemahlin und eines Mr. Loftus Coates.

Während die Adresse des Ehepaars mit jener der Agentur übereinstimmte, wohnte Coates am Connaugh Square, nur einen Katzensprung von Mayfair entfernt.

Deverell las die Namen noch einmal durch, ehe er den Brief zusammengefaltet in die Tasche steckte, um sich vom Büfett Schinken, Eier und Bücklinge zu holen. Dabei stellte er in Gedanken zusammen, was er bereits wusste und was er noch in Erfahrung bringen musste.

Als sein Teller leer war, richtete er sich auf und drehte sich fragend zu Gasthorpe um. »Ist Grainger schon weg?«

»Nein, Mylord.«

»Sehr schön.« Das Lächeln, mit dem er vom Tisch aufstand, drückte Selbstzufriedenheit aus. »Sagen Sie ihm, er soll in die Bibliothek kommen – ich habe einen neuen Auftrag für ihn.«

Auf dem Weg zurück in sein Zimmer dachte er darüber nach, welche neuen Einblicke dieser Tag wohl für ihn bereithalten würde und was er konkret unternehmen musste.

Schnell entwarf er einen Plan. Grainger sollte das Gebäude der Agentur beobachten, während er selbst Erkundigungen über Birtles und Coates einzuholen gedachte.

Coates? Wer war der Mann überhaupt?

Doch nicht etwa ein Verehrer?

Ein Rivale um Phoebes Zuneigung?

Die ganze Sache kam ihm merkwürdig vor, und er fragte sich, was ein Gentleman mit einer auf weibliches Hauspersonal spezialisierten Agentur zu schaffen hatte.

Er beschloss, Phoebe am Abend bei Lady Fortescue darauf anzusprechen. Sowohl was Coates als auch die Agentur betraf.

Zunächst nutzte er den Nachmittag, um als Arbeiter verkleidet an den Bogenfenstern in der Kensington Church Street vorbeizuschlurfen, aber mehr als einen Schreibtisch und zwei Stühle sowie einen Tresen, hinter dem eine Frau

Mitte dreißig stand und ein paar Papiere durchging, konnte er in dem Büroraum der Agentur nicht erspähen.

Das Gebäude selbst machte einen dezent gediegenen und eher geschäftlichen Eindruck. Die Fassade war frisch gestrichen, jedes Fenster frisch geputzt. Der Name »Athena« prangte in sauberen großen Lettern über der Tür.

Offensichtlich bemühte man sich darum, schon durch das äußere Erscheinungsbild Vertrauen bei den betuchten Kunden zu wecken. Sogar die Lage gegenüber von Hyde Park und Kensington Gardens war eine hervorragende Wahl. Man gab sich als Dienstleister der Oberklasse, ohne sich mit dieser auf eine Stufe zu stellen, was man mit einer Adresse in Mayfair getan hätte.

O ja, Phoebe war schlau vorgegangen und hatte genau diese kleinen, wichtigen Details beachtet.

Loftus Coates' Rolle indes ließ sich schwerer ergründen. Sein Wohnsitz verriet lediglich, dass er ein seriöser, gut situierter Mann sein musste, der sich ein repräsentatives Haus leisten konnte. Allerdings verfügte er offenbar nicht über die notwendigen Verbindungen, um sich in der tonangebenden Gesellschaft zu bewegen, denn sonst wäre er ihm vermutlich bei diversen Gelegenheiten begegnet.

Außerdem hatte er in Erfahrung gebracht, dass der Mann zurückgezogen lebte. Weder er noch seine Dienstboten schienen etwa die umliegenden Gasthäuser aufzusuchen, und auch in den meisten Geschäften kannte man Coates so gut wie nicht. Ein bisschen seltsam, fand Deverell, aber vielleicht war der Mann ja ein überzeugter Einsiedler und Eigenbrötler, der sich von allem fernhielt.

Falls er von Phoebe keine befriedigende Auskunft erhielt, konnte er immer noch Montague mit weiteren Nachforschungen beauftragen.

Vielleicht würde sie endlich Vernunft annehmen und ihre Geheimniskrämerei aufgeben, wenn er sie mit der Tatsache konfrontierte, dass er Bescheid wusste.

Über alles.

»Ich bin außerordentlich erfreut, Sie zu sehen, Mylord.« Lady Fortescue nahm seine Verbeugung wohlwollend zur Kenntnis. »Es war wirklich höchste Zeit, dass Sie wieder unter die Leute gehen und endlich eine Wahl treffen. Audrey, die irgendwo hier herumschwirrt, wird Sie bestimmt gerne einigen netten und geeigneten jungen Damen vorstellen.«

Zwar kostete es Deverell keine Mühe, ein charmantes Lächeln aufzusetzen, doch am liebsten hätte er Ihrer Ladyschaft rundheraus erklärt, dass er seine Wahl bereits getroffen habe und sein Interesse nur einer einzigen Dame gelte.

Einer, die gar nicht mehr so jung war oder so unschuldig, wie seine Gastgeberin das voraussetzte.

Er überließ Lady Fortescue schnell wieder anderen Gästen und ging in Richtung einer Straußenfeder, die wippend auf einem scharlachroten Turban saß.

Audrey.

Wie immer befand sie sich in Gesellschaft von Edith, wobei aus dem weiteren Kreis ihrer Freundinnen diesmal Lady Cranbrook mit von der Partie war. Die drei Damen steckten tuschelnd die Köpfe zusammen.

Wo aber war Phoebe?

Nach den recht eindeutig formulierten Erwartungen von gestern Abend hatte er fest damit gerechnet, sie hier zu treffen. Schließlich war es ihre Idee, die Verführung zu beschleunigen.

Höflich trieb er ein bisschen Konversation, bis er sich direkt zu fragen traute.

»Miss Malleson? Ich kann sie nirgends entdecken.«

Ediths blassblaue Augen schauten betrübt.

»Ich fürchte, Phoebe ist indisponiert, mein Lieber. Leider. Sie liegt zu Hause im Bett. Wahrscheinlich hat sie etwas gegessen, was ihr nicht bekommen ist.«

Die Auskunft alarmierte ihn.

Indisponiert? Was sollte das heißen? Lag sie wirklich krank im Bett? Oder log Edith für sie?

Vielleicht hatte sie ja auch beschlossen, sich rar zu machen und ihn auf die Folter zu spannen, damit er sich mehr anstrengte.

Bei ihr schien alles möglich.

Er lächelte mitfühlend und plauderte weiter mit den drei Damen, horchte dabei auf Hinweise und Zwischentöne. Wog ab und fand doch nichts Entscheidendes heraus.

Bis auf eines: Er war nicht geneigt, Ediths Geschichte zu glauben.

Nur reichte ein Bauchgefühl nicht als Beweis.

Sein Unbehagen verstärkte sich, wie das verräterische Kribbeln im Nacken signalisierte. Früher hatte er es gespürt, wenn Gefahr drohte, aber in diesem Fall ging es nicht um ihn, sondern um Phoebe.

Beharrlich ließ er in Gedanken alle Punkte noch einmal Revue passieren: Sie hatte höchst eindeutig und keinerlei Widerspruch duldend klargemacht, dass sie ihn heute Abend auf Lady Fortescues Ball zu treffen wünschte. Stattdessen musste Edith sie jetzt entschuldigen.

Deverell misstraute der Sache und vermutete, dass der Grund für ihr Fernbleiben keine Krankheit, sondern ein hilfsbedürftiges Hausmädchen war.

Eine Situation, die sich scheinbar sehr kurzfristig ergeben hatte. Denn in dem orientalischen Boudoir hatte er keinerlei Verdacht geschöpft, dass erneut die Rettung einer armen Seele bevorstand.

Er würde es gespürt haben, da war er sicher.

Wie erfuhr sie überhaupt davon? Und wie planten sie und ihre Mitstreiter die Entführung der Mädchen? Woher bekamen sie die notwendigen Informationen über das Haus, die angrenzenden Straßen, die Routine im Haushalt?

Eine Antwort auf all diese Fragen begann schemenhaft in seinem Kopf Gestalt anzunehmen.

Von Grainger und einem jungen Diener aus dem Club, der den Stallburschen gelegentlich auf seinem Beobachtungsposten ablöste, wusste er, dass es beim Anwesen in der Park Street zwar keine besonderen Vorkommnisse gegeben, Tante und Nichte jedoch ihre üblichen Besuche absolviert hatten. Trotz angeblicher Krankheit.

Eine Liste aller Adressen war ihm ausgehändigt worden, nur dass sie vergessen auf seiner Kommode im Club lag.

Abrupt drehte er sich zu Edith um und unterbrach damit die Unterhaltung der Damen.

»Ich bin in höchstem Maße betrübt, dass Phoebe krank geworden ist. Wie ich hörte, haben Sie im Laufe des Tages aber noch eine Reihe von Besuchen abgestattet.«

Edith lächelte ihn freundlich an.

»Nur drei. Zwei am Vormittag, die alte Lady Crenshaw und später Mrs. Fortinbras. Am Nachmittag bestand Phoebe darauf, Lady Chifley ihre Aufwartung zu machen.« Edith stieß einen tiefen Seufzer aus. »Ich weiß wirklich nicht, was Phoebe sich dabei gedacht hat. Lady Chifley ist immer so langweilig und redet endlos über die Heldentaten ihrer genauso langweiligen Söhne. Als könnte man die überhaupt auseinanderhalten.«

Eine leichte Röte stieg in Ediths faltige Wangen. Sie

senkte die Stimme. »Total verwöhnt, müssen Sie wissen, jeder Einzelne.«

Deverell zog die Augenbrauen hoch und heuchelte höfliches Interesse, denn zumindest in diesem Fall schien Edith ahnungslos zu sein und würde nicht misstrauisch werden, wenn er nachhakte.

»Wie alt sind denn die Söhne Ihrer Ladyschaft? Ich glaube nicht, dass ich je einen von ihnen kennengelernt habe.«

»O nein, bestimmt nicht«, versicherte Edith. »Sie sind viel jünger. Lediglich der Älteste hat bereits die Universität absolviert, und obwohl es mich schmerzt, das sagen zu müssen, kann man Frederick kaum als eine gesellschaftliche Bereicherung bezeichnen.«

Deverell bemühte sich krampfhaft um eine gleichgültige Miene. »Warum?«

Ediths Lippen wurden ganz schmal, und sie schob ihren Stock hin und her. »Er ist unangenehm, ziemlich unangenehm.« Sie sah Deverell ins Gesicht, und ihr normalerweise gleichmütiger Blick nahm eine ungewohnte Intensität an. »Phoebe fand das auch. Er wurde uns heute Nachmittag von seiner Mutter kurz vorgestellt.«

Deverell stutzte.

War Edith wirklich so arglos, oder wusste sie, was sie da tat? Dass sie ihn indirekt auf Phoebes Aktivitäten aufmerksam machte? Auf diesen Gedanken war er bisher nie gekommen.

Schnell verbeugte er sich. »Bitte entschuldigen Sie mich.«

Edith lächelte sanft und wirkte wieder völlig harmlos. »Natürlich, mein Lieber.«

Er nickte Audrey und Lady Cranbrook zu, machte auf dem Absatz kehrt und verließ den Ballsaal. Sekunden später verließ er das Haus.

Sobald er den Club betrat, kam der Majordomus aus dem hinteren Teil des Eingangsbereichs auf ihn zugeeilt.

»Mylord, Grainger hat gerade vor fünf Minuten eine Nachricht geschickt, dass Miss Malleson vor einer halben Stunde mit einer Kutsche am Hintereingang der Athena-Agentur vorgefahren, hineingegangen und kurz darauf mit zwei Männern herausgekommen sei. Einer von ihnen war ihr Bursche. Sie sind alle zusammen mit der Kutsche weggefahren. Gemäß Ihren Anweisungen ist Grainger auf seinem Posten geblieben.«

Deverell schloss die Eingangstür und fluchte ausgiebig.

Mädchen wegschaffen, unangenehme Söhne. Da war es nicht schwer zu erraten, womit Phoebe und ihre Agentur sich befassten. Und warum.

Dabei war das Entführen oder Verschleppen von weiblichen Hausangestellten mitten in London ganz und gar nicht ungefährlich. Ob mit Recht oder nicht dürften die Arbeitgeber der Mädchen bestimmt sehr erbost sein.

Wer konnte schon wissen, zu welchen Mitteln sie griffen?

Er musste etwas unternehmen, unbedingt, und machte sich Vorwürfe, nicht gleich daran gedacht zu haben. Jetzt galt es keine Zeit mehr zu verlieren.

Sein Blick richtete sich wieder auf Gasthorpe, der immer noch neben ihm stand.

»Wo genau liegt Chifley House?«

In einer engen Gasse, die hinter den großen Häusern in der Dover Street verlief, entdeckte Deverell Phoebes schmale, in einen Umhang gehüllte Gestalt. Die Kapuze tief ins Gesicht gezogen, eilte sie neben einem großen, stämmigen Mann einher, dessen schwere Stritte weithin hallten.

Das Gässchen war nur ein paar Meter breit und zu beiden Seiten von hohen Mauern begrenzt, die den hinteren Abschluss der Anwesen bildeten. Lautlos glitt Deverell in die tiefen Schatten und folgte Phoebe und ihrem Begleiter, dabei ausreichend Abstand haltend.

Er lauerte wie ein Jäger seiner Beute auf.

Bald würde er wissen, wie diese Entführungen abliefen, hatte bereits mit dem geschulten Auge eines Offiziers einen größeren strategischen Fehler bemerkt, den er sich zunutze machen konnte.

Die Kutsche stand am Straßenrand der Hay Hill kurz hinter der Gasse, obwohl es vor der Einmündung richtiger gewesen wäre, denn nur so ließ sich das Kommen und Gehen in dem Sträßchen beobachten. Wie etwa seine Anwesenheit, die dem Kutscher, der wachsam auf dem Bock saß und jederzeit zum Losfahren bereit war, entging.

Sein Glück, ihr Pech, sagte er sich und schlich weiter im Schutz der Mauer ungesehen hinter Phoebe und ihrem Begleiter her.

Als Phoebe langsamer wurde und den Blick über die Rückseite der Häuser gleiten ließ, verhielt auch Deverell den Schritt. Erst jetzt erkannte er, dass sie eine kleine Laterne in der Hand trug, doch trotz der finsteren Gasse und der mondlosen, wolkenverhangenen Nacht war diese abgedunkelt.

Das vermaledeite Frauenzimmer wusste ganz genau, dass sie auf der Hut sein musste, damit man ihre Anwesenheit nicht bemerkte.

Deverell presste die Lippen grimmig aufeinander und hielt sich so weit wie möglich im Dunkeln, während er immer weiter zu ihr aufschloss.

Der Riese streckte die Hand aus und berührte Phoebes

Schultern, deutete auf ein kleines Tor in einer der Mauern, die die Gasse begrenzten.

Phoebe schaute zurück und musterte wieder die Häuser, ohne jedoch auf Deverell aufmerksam zu werden, der nur noch zwanzig Meter hinter ihnen war.

Phoebe nickte schweigend – weder sie noch ihr Begleiter sagten ein Wort. Der große Mann griff nach dem Riegel und hob ihn an. Vergeblich, denn die Tür war verschlossen. Jetzt endlich bequemte Phoebe sich, ein bisschen Licht aus ihrer Laterne auf das Schloss fallen zu lassen.

Ihr Begleiter brauchte mehr als zwei Minuten, um es zu öffnen, wie Deverell geringschätzig feststellte, aber schließlich hatte er es geschafft, nickte Phoebe zu und hielt ihr die Pforte auf.

Zu seiner Verwunderung schlüpften sie jedoch nicht hinein, sondern lehnten das Tor wieder an.

Phoebe bückte sich und hob die Laterne hoch. Blendete auf, blendete ab. Wiederholte den Vorgang ein paarmal.

Zweifellos ein vereinbartes Zeichen.

Dann warteten sie im Dunkeln, bis ein leiser Ruf die Stille durchbrach. Noch ehe er verklungen war, hörte Deverell Schritte, die sich schnell näherten und jede Vorsicht vermissen ließen. Gleichzeitig ertönte vom Haus her ein undefinierbares Brüllen.

Eine Frau, in einen weiten Umhang mit Kapuze gehüllt, tauchte mit einer Reisetasche, die sie an die Brust drückte, im Tordurchgang auf und stürzte hinaus in die Gasse.

Ganz offensichtlich war irgendetwas schiefgelaufen. Die Frau sprudelte hysterische Worte hervor und gestikulierte aufgeregt in Richtung des Hauses, von wo erneut wütende Laute herüberdrangen.

Und das Stapfen schwerer Schritte.

Der Riese fluchte, zog rasch die Tür zu und legte die Arme schützend um die beiden Frauen, um sie wegzuführen.

Hinter ihm wurde die kleine hölzerne Pforte erneut aufgerissen.

Der junge Mann, der jetzt auftauchte, hatte die Lippen zu einem wütenden Knurren zurückgezogen und setzte zum Angriff an, bevor Phoebes Begleiter reagieren konnte. Deverell hörte den Hieb eher, als dass er ihn sah, und schloss dem Geräusch nach auf einen Totschläger.

Er hatte recht.

Der große Mann taumelte und brach zusammen.

Mit angespannten Muskeln verharrte Deverell im Schatten und wartete, dass Phoebe ein paar Meter weiterging, damit weder sie noch die andere Frau sich zwischen ihm und dem Angreifer befanden.

Aber er machte die Rechnung ohne sie.

Sobald sie den Riesen am Boden liegen sah, drehte sie sich auf dem Absatz um und lief zurück, obwohl der junge Chifley – um keinen anderen konnte es sich handeln – sich gerade seinem hilflosen Opfer näherte. Sie hatte nur Augen für ihren Begleiter, nachdem sie die junge Frau gerade noch rechtzeitig aus der Gefahrenzone gedrängt hatte.

Deverell unterdrückte einen Fluch und eilte ebenfalls auf den Kampfplatz.

Den der Angreifer soeben wieder verließ.

Anstatt sich nämlich an Phoebe oder dem großen Mann schadlos zu halten, setzte er unter wüsten Beschimpfungen der panisch davonrennenden Frau hinterher. In der einen Hand den Totschläger, in der anderen einen verdächtig dünnen Spazierstock.

Die Flüchtende blickte zurück und sah ihn auf sich zukommen. Schluchzend taumelte sie weiter, bis Deverell ihr in den Weg trat, und stieß einen spitzen Schrei aus, als er plötzlich vor ihr stand. Während sich sein Blick über ihre Schulter hinweg auf ihren Verfolger heftete, packte er sie bei den Armen, riss ihren Umhang herunter und drängte sie zum Weiterlaufen.

»Los! Es wartet eine Kutsche am Ende der Gasse.«

Die Frau schluchzte und floh weiter.

Chifley hingegen stieß einen unflätigen Fluch aus, warf den Totschläger zur Seite und zog den Degen, der wie ein Spazierstock aussah, aus seiner Scheide.

Kam mit der tödlichen Klinge in der Hand auf Deverell zu.

Sprungbereit wartete der auf den Angriff, um genau im rechten Moment den Umhang so hochzuschleudern, dass er sich um die schmale Klinge wickelte.

Chifley schnappte überrascht nach Luft, als ihm der Degen aus der Hand flog.

Solchermaßen aus dem Gleichgewicht gebracht, war der Rest für Deverell ein Kinderspiel. Als ein mächtiger Fausthieb Chifley direkt am Kinn traf, verdrehte der Mistkerl die Augen und sackte lautlos wie eine Stoffpuppe auf dem Boden zusammen.

Geschafft.

Nicht ganz, denn hinter ihm erklang ein erstickter Schrei. Wider besseres Wissen war die Frau stehen geblieben, vielleicht vor Angst gelähmt, und lehnte heftig atmend und schluckend mit dem Rücken an der Mauer, eine Faust auf den Mund gepresst und am ganzen Leib zitternd.

Er hob eine Hand und bedeutete ihr, sich nicht von der Stelle zu rühren.

Mit weit aufgerissenen Augen gelang es ihr zu nicken.

Jetzt musste es schnell gehen, denn bestimmt hatten die

Bewohner der angrenzenden Häuser den Tumult mitbekommen. Wenn sie nicht entdeckt werden wollten, war es Zeit zu verschwinden.

Er lief zu Phoebe und dem Hünen, dem sie inzwischen beim Aufsitzen geholfen hatte.

»Wie schlimm ist es?«

Der Mann hielt sich mit einer Hand den Kopf. »Der hat mir fast den Schädel gebrochen.« Er schnappte nach Luft. »Glücklicherweise ist der ziemlich dick«, fügte er mit einem schwachen Grinsen hinzu.

Obwohl er den schottischen Akzent nur schwer verstand, nickte Deverell und streckte die Arme nach Phoebe aus, legte die Hände um ihre Schultern und zog sie hoch. »Schnapp dir die Frau und setzt euch in die Kutsche.«

Als sie zögerte und weiter den am Boden Sitzenden ansah, knirschte Deverell mit den Zähnen und zischte: »Sofort!«

Jetzt endlich folgte sie seinen Anweisungen, während Deverell sich um den gefällten Riesen kümmerte, ihn mit einer gewaltigen Kraftanstrengung hochwuchtete und schließlich aus der Gasse führte.

»Danke.«

Der Mann mühte sich auf unsicheren Beinen so schnell wie möglich zu gehen. Er hatte Deverells Hilfe angenommen, ohne irgendwelche Fragen zu stellen.

»Bestimmt hat jemand den Kerl gehört und wird bald auf der Bildfläche erscheinen. Ich denke, wir sollten uns so schnell wie möglich aus dem Staub machen, bevor irgendwer nachschauen kommt und dummes Zeug redet.«

»Ich bin froh zu hören, dass wenigstens einer von eurer kleinen Bande genug Verstand besitzt«, antwortete er mit unüberhörbarem Spott. Vor ihnen hatten Phoebe und das

Mädchen gerade das Ende der Gasse erreicht und strebten nun auf die Kutsche zu.

»Na ja. Es ist das erste Mal, dass etwas schiefgegangen ist.« Sich langsam weiterschleppend, fügte er hinzu: »Ich habe immer wieder gesagt, dass es gefährlich ist. Besonders für jemand wie sie. Aber sie hört nicht auf mich.«

Eines von ihren hervorstechenden Merkmalen, dachte Deverell und beschloss, das in Zukunft ein für alle Mal zu ändern.

Etwa eine Viertelstunde später schaute er aus dem Fenster der Kutsche und sah, dass sie an den Bäumen des Hyde Park vorbeifuhren.

Sie waren der Gasse und Hay Hill entkommen, ohne dass jemand sie beobachtete.

Trotzdem hatte Phoebe ihn mit einem bitterbösen Gesichtsausdruck bedacht, als er sich mit dem verletzten Mann der Kutsche näherte.

Als ob er an dem ganzen Durcheinander schuld sei.

Am Ende saß er in dem schaukelnden Gefährt neben ihr, obwohl er den Platz gegenüber vorgezogen hätte, um ihr besser ins Gesicht schauen zu können. So aber wandte sie den Kopf die meiste Zeit eigensinnig von ihm ab, außer wenn sie einen besorgten Blick auf den Verletzten warf, der Fergus hieß und ihr als Bursche und Kutscher in einer Person diente.

Sie war so grenzenlos sorglos und blind für alle Gefahren.

Eigentlich sollte sie es als Glücksfall betrachten, dass er heute Abend zufällig zur Stelle war.

Allein der Gedanke, was hätte passieren können, wäre er ihr nicht gefolgt …

Er knirschte heimlich mit den Zähnen, schaute auf den Park hinaus und hing seinen Gedanken nach.

Nach einer Weile verließen sie die mit Kopfsteinen gepflasterte Straße und bogen in einen schmalen Weg ein, der an der Rückseite einer Häuserzeile entlanglief. Schließlich wurden die Pferde langsamer, und die Kutsche blieb schwankend stehen.

Deverell musterte das schmale Gebäude, hinter dem sie angehalten hatten. »Die Athena-Agentur, nehme ich an?«

Phoebe schwieg, doch ihr verblüffter Blick sagte mehr als Worte.

Der Kutscher, auch er ein großer, kräftiger Mann, öffnete ihnen den Schlag. Deverell erkannte ihn wieder. Es war einer der Männer, die bei der Entführung der Zofe aus Cranbrook Manor auf dem Feldweg hinter dem Park gewartet hatten.

Jetzt wandte er sich an den Verletzten. »He, Fergus? Alles in Ordnung mit dir?«

»Ja«, ertönte es aus der Kutsche. »Am besten schaffen wir alle schnell rein ... Sorg nur dafür, dass die Pferde gut festgebunden sind.«

Deverell beobachtete die beiden, sagte aber nichts. Half bloß den Frauen aus der Kutsche und stellte fest, dass Phoebe keine Anstalten machte, nach drinnen zu gehen. Inzwischen kannte er sie gut genug, um zu wissen, was sie vorhatte: Sie suchte nach einer Möglichkeit, sich seiner irgendwie zu entledigen.

Während der Kutscher seinem Freund beim Aussteigen half, ging er zu ihr.

»Denk nicht einmal daran«, murmelte er leise drohend, hob den Kopf und rief laut nach seinem Burschen.

Hinter ein paar Fässern, die in der Nähe standen, rumorte es, und Grainger tauchte auf. »Ja, Mylord?«

»Pass auf die Pferde auf. Wir werden nicht lange weg sein.«

»Okay, wird gemacht.«

Jetzt endlich schien Phoebe aus dem Gleichgewicht zu geraten, erkannte sie doch, dass ihr Kartenhaus eingestürzt war.

Wie hatte Deverell das bloß herausgefunden?

Wie lange wusste er es schon?

Wie viel konnte er in Erfahrung bringen?

Am wichtigsten allerdings war, was er mit seinem Wissen anfing.

Während seine Finger ihren Arm umfasst hielten, ließ sie sich hocherhobenen Hauptes von ihm zur Hintertür führen. Constance Spry, die ehemalige Gouvernante der Chifleys, eine ruhige junge Dame mit hervorragenden Referenzen und einwandfreiem Leumund, folgte ihnen schüchtern mit gesenktem Kopf.

Trotz aller Pannen war Phoebe froh, dass sie die Rettungsaktion so rasch durchgeführt hatten, denn die kleine Gouvernante war in einer verzweifelten Situation gewesen.

Davon hatte sie sich am Nachmittag in Chifley House selbst überzeugen können.

Als sie sich nämlich heimlich aus dem Salon auf die Terrasse schlich, um von dort aus den Sohn des Hauses zu beobachten, bekam sie mit, wie sich die zierliche Miss Spry im Garten beherzt gegen den jungen Chifley und seine Zudringlichkeiten zur Wehr setzte. Doch erst durch Phoebes demonstratives Hüsteln war sie in die Lage versetzt worden, sich loszureißen und wegzulaufen.

Den jungen Mann schien das nicht anzufechten. Er stieß bloß ein gemeines Lachen aus und rannte der Gouvernante nach. Und in diesem Moment wusste Phoebe, dass er ihr bei jeder sich bietenden Gelegenheit nachstellen würde.

So lange, bis er sie ruiniert hatte.

Wobei der Umstand, dass es sich bei Constance um die Tochter eines Vikars handelte, seinen Jagdeifer vermutlich nur anspornte.

Sie war erleichtert gewesen, als Edith, der die Szene ebenfalls nicht ganz entgangen war, zum Aufbruch drängte, nachdem der missratene Junior sich wieder zu seiner in ihn vernarrten Mutter und deren Besucherinnen gesellt hatte.

Phoebe fragte sich, ob er sie heute Abend in der dunklen Gasse wohl wiedererkannt hatte. Eher nicht, vermutete sie, denn er hatte sich ausschließlich auf die flüchtende Gouvernante konzentriert, und so konnte sie zumindest davon ausgehen, dass durch ihn niemand etwas von ihrer Beteiligung beim Verschwinden dieses Mädchens erfahren würde.

Zumindest ein Teilerfolg bei der Wahrung ihres Geheimnisses.

Deverell allerdings wusste jetzt definitiv Bescheid.

Trotzdem hatte es natürlich auch sein Gutes, dass er rechtzeitig zur Stelle gewesen war, wie sie widerwillig zugeben musste. Ohne ihn wäre die arme Constance ebenso wenig entkommen wie sie und Fergus, und Chifley hätte keine Prügel bezogen.

Dafür verdiente er Dank oder wenigstens eine höfliche Behandlung.

Obwohl er ihr eindeutig nachspioniert hatte.

Gemeinsam betrat die kleine Gruppe durch die Hintertür die Räume der Agentur.

Durch einen kleinen dunklen Eingangsbereich ging es in eine geräumige Küche, wo Emmeline strickend am Feuer saß und sich mit Jessica unterhielt. Beide schauten auf, als sie Schritte hörten.

Als sie Deverell erblickten, erschraken sie zutiefst, sprangen beunruhigt auf und suchten in den Gesichtern der anderen nach einer Erklärung.

Phoebe ging zum Kamin, um ihre Hände am flackernden Feuer zu wärmen, drehte sich dann um und deutete auf Deverell. »Das ist Lord Paignton.«

Mehr sagte sie nicht.

Betretenes Schweigen breitete sich aus, bis Fergus zum Tisch schlurfte und sich leise stöhnend auf einen Stuhl fallen ließ.

»Verzeihen Sie, Miss Phoebe, Mylord, aber mein Kopf platzt gleich.«

Emmeline wurde ganz blass bei diesen Worten, warf ihr Strickzeug beiseite und eilte alarmiert um den Tisch herum.

»Gütiger Himmel, was ist passiert?«

Sie wartete nicht auf irgendwelche Erklärungen, sondern erteilte gleich energisch Anweisungen. Schickte Birtles saubere Tücher holen und trug Jessica auf, eine Schüssel mit warmem Wasser zu bringen.

Phoebe stand neben dem Feuer und beobachtete das Durcheinander. Sie wusste, dass dies Emmelines Art war, mit schwierigen Situationen fertigzuwerden.

Wobei nicht ganz klar war, was sie mehr verwirrte: der Schock über Fergus' Verletzung oder die Tatsache, einen leibhaftigen Lord in ihrer Küche stehen zu sehen.

Einen Vertreter jener Klasse, vor der sie selbst vor Jahren mit gutem Grund geflohen war und vor der sie jetzt andere in Sicherheit brachten.

Ob ihm dieser Gedanke wohl selbst kam?

Phoebe musterte ihn von der Seite, doch er schien keine Peinlichkeit zu empfinden. Und demzufolge keine Notwendigkeit, sich zu verabschieden.

Constance jedoch schien seine Anwesenheit mit Furcht zu erfüllen. Die kleine Gouvernante war ganz weiß im Gesicht und drückte all ihre Habseligkeiten mit angstvoller Miene an ihre Brust.

»Jessia, das ist Constance«, schaltete Phoebe sich ein. »Sei doch bitte so gut und bring sie nach oben, damit sie sich etwas ausruhen kann.«

Ohne auf den Mann zu achten, der mit Argusaugen neben ihr stand, beruhigte sie anschließend das verschreckte Mädchen. »Du bist hier vollkommen sicher. Sobald Emmeline Fergus verarztet hat, wird sie nach oben kommen und sich um dich kümmern. Geh jetzt erst einmal mit Jessica. Wir werden euch beide heute Abend nicht mehr brauchen.«

Während Jessica sich bereits zum Gehen wandte, knickste Constance unbeholfen, schluckte und schaute erst Phoebe, dann Deverell an.

»Danke«, sagte sie ehrfürchtig. »Ich schulde Ihnen und Ihren Freunden mehr, als ich je zurückgeben kann. Das werde ich Ihnen nie vergessen.«

Nachdem die beiden Mädchen sich nach oben begeben hatten, richtete Deverell den Blick wieder auf Fergus, dessen Kopf übel zugerichtet war und der sich ächzend gegen Emmelines Behandlung wehrte.

»So, lassen Sie mich mal sehen.«

Er ging um den Tisch herum zu dem Burschen, der zusammengesunken auf seinem Stuhl saß, während Emmeline weiter nervös um ihn herumflatterte. Belustigt beobachtete er, wie die Frau dabei die Hände zu Fäusten ballte, als müsse sie den Verletzten vor ihm beschützen.

»Es ist eine riesige Platzwunde.«

Emmeline rang die Hände, als er sich über Fergus beugte und vorsichtig das Haar dort auseinanderstrich, wo ihn der Totschläger getroffen hatte. Energisch schob sie das Kinn vor. »Das sollte sich ein Arzt ansehen.«

Vielleicht war der Mann tatsächlich ernstlicher verletzt, als es den Anschein hatte, überlegte Deverell. Immerhin klagte er über heftige Schmerzen.

»Wenn ich es recht bedenke, sollten wir wirklich einen Arzt hinzuziehen«, schlug er vor und schaute in die Gesichter reihum.

Phoebe, der diese Entscheidung nur recht war, nickte zustimmend, nicht jedoch Fergus selbst. Als er heftig zu protestieren begann, mischte sich erneut Deverell ein.

»Ich habe mich um genug Kriegsverletzungen gekümmert, um zu wissen, was von einem Wundarzt versorgt werden muss und was nicht«, sagte er begütigend. »Ich glaube zwar nicht, dass es eine komplizierte Sache ist, aber mit einem Fachmann sind wir auf der sicheren Seite.«

»Wir brauchen also einen Wundarzt?« Phoebe sah fragend Emmeline an. »Mir fällt niemand ein.«

»Wenn ich einen Vorschlag machen dürfte«, warf Deverell ein. »Im Club haben wir einen Wundarzt, an den wir uns jederzeit wenden können und der sich mit solchen Verletzungen auskennt. Außerdem ist Pringle, wie der gute Mann heißt, sehr diskret.« Er blickte bedeutungsvoll zu Phoebe hin. »Wir könnten Fergus in den Club bringen und den Arzt dorthin bestellen.«

Der Verletzte verfolgte die Diskussion inzwischen apathisch und mit trüben Augen, während Emmeline offenbar ihren Ohren nicht traute, dass ein Viscount ihnen seine Hilfe anbot, und Phoebe sichtlich irgendwelche Hintergedanken vermutete.

»Pringle weiß mehr über solche Verletzungen als jeder andere. Er kann Sie untersuchen, und dann werden wir uns alle viel besser fühlen. Zumindest würde er die Wunde richtig säubern«, fügte Deverell hinzu.

Natürlich hatte er seine Gründe für diesen Vorschlag.

Er wollte sie in seinen Club locken, wo er sie ungestört und unter vier Augen befragen konnte und hoffentlich endlich die gewünschten Auskünfte erhielt. Hier, in Gegenwart all ihrer Leute, war das nicht möglich, ohne ihre Stellung zu untergraben.

Und das würde er ihr nie antun.

Außerdem schienen ihre Leute unsicher zu sein, ob sie ihn nun als Bedrohung betrachten sollten oder nicht. Ein weiterer Grund, mit ihr allein zu sein. Dass er sich dabei des armen Fergus bediente, schien ihm nur recht und billig.

Schweigend wartete er auf ihre Entscheidung.

Sie zögerte, doch ihre Sorge um ihren Burschen war größer als ihre Skepsis ihm und seinen Plänen gegenüber. Schließlich nickte sie.

»Das ist ein sehr freundliches Angebot«, sagte sie mit schmalen Lippen.

Er unterdrückte ein Grinsen, und sie erriet, woran er dachte.

Jetzt hielt er das Heft in der Hand und gab seine Anweisungen, entschied etwa, dass Birtles in der Agentur blieb und Grainger die Kutsche zum Club fahren sollte.

Was unerwartet auf Proteste von Fergus stieß, dem nicht wohl war bei dem Gedanken, seine Pferde einem so jungen

Spund anzuvertrauen. Erst Deverells Beteuerung, dass der Bursche sogar sein edles Gespann lenkte, vermochte Fergus zu überzeugen.

Ein paar Minuten später waren sie startklar. Birtles und Emmeline stützten den Verletzten, der sich immer noch nicht allein auf den Beinen halten konnte, und verfrachteten ihn in der Kutsche.

Phoebe und Deverell schwiegen beide. Sie angespannt, er locker. Schließlich befanden sie sich auf dem Weg in sein Revier.

13

Phoebe betrachtete durch das Kutschfenster die Häuser, die draußen vorüberzogen.

Viele waren trotz der späten Stunde noch hell erleuchtet. Elegante Equipagen fuhren vor, um die Ballbesucher heimzubringen oder sie in einem anderen Haus oder einem Club abzusetzen.

Offenbar war für viele Gäste der Abend noch nicht beendet.

Flüchtig überfiel sie der Wunsch, unter diesen vergnügten Menschen zu sein, anstatt sich mit einer Situation auseinandersetzen zu müssen, die im besten Fall als schwierig zu bezeichnen war. Ihr einziger Trost bestand darin, Constance Spry vor einem Wüstling gerettet zu haben.

Sie zwang sich zu einer kämpferischen Stimmung, die sich gegen Deverell richtete.

Der Mann war eindeutig zu einem echten Problem geworden und zu einer ernsthaften Bedrohung.

Nicht nur für sie, sondern auch für die Agentur.

Wie sollte sie damit klarkommen und ihn daran hindern, noch mehr Schaden anzurichten, fragte sie sich zum wiederholten Mal.

Gar nicht, lautete die ehrliche Antwort. Zumindest nicht, solange sie es versäumte, sich aus seinem unheilvollen Bann zu befreien.

Hatte sie es überhaupt je ernsthaft versucht?

Obwohl sie sich mit abgewandtem Gesicht in die Ecke der Ledersitzbank drückte, spürte sie seine Gegenwart mit allen Sinnen. Seinen festen Körpers, seine Wärme und Lebendigkeit, seine stählernen Muskeln, seinen scharfen Verstand und seine Kraft.

Zweifellos ein gefährlicher Mann, wenn man ihn zum Gegner hatte.

Aber konnte man ihn als Verbündeten gewinnen? Oder zumindest auf seine Toleranz zählen, falls sie ihn bat, Schweigen zu bewahren? Sie wusste es nicht, würde es jedoch herausfinden müssen.

Als die Kutsche in eine ruhige Straße einbog, verzog sie das Gesicht. Nachdem er Fergus' Verletzung schamlos als Vorwand genommen hatte, um sie in die Höhle des Löwen, in seinen Club, zu schleppen, war sie felsenfest von einem überzeugt: Er würde jeden Vorteil, den ihm das Schicksal bot, ausnutzen und alle Macht, die ihm zur Verfügung stand, einsetzen.

Um schließlich von ihr eine Dankesschuld einzufordern.

Eine Gegenleistung dafür, dass er sie nicht verraten hatte.

Phoebe seufzte. Deverell wusste ohnehin schon viel zu viel. Jetzt ging es nur noch um Schadensbegrenzung. Deshalb musste sie um jeden Preis verhindern, dass er weiter in die Arbeit der Agentur eindrang.

Sie hatten ihr Ziel erreicht.

Die Kutsche wurde langsamer und hielt an. Deverell öffnete den Schlag und stieg aus, drehte sich um und reichte ihr die Hand, um ihr beim Aussteigen behilflich zu sein.

Sie schaute sich um, während er seinen Burschen ins Haus schickte. In weniger als einer Minute kam Grainger mit einem Diener zurück, gefolgt von einem würdevollen, akkurat gekleideten, rundlichen Mann, bei dem es sich um den Majordomus und Butler des Clubs handelte.

Zu dritt halfen sie Fergus aus der Kutsche, brachten ihn ins Haus, gefolgt von Deverell, der Phoebe auf einem gepflasterten Weg an sauber gestutzten Büschen und Sträuchern vorbei zur Eingangstür führte.

Das Gebäude unterschied sich kaum von den anderen Häuser in der Straße und wies keinerlei hervorstechende Merkmale auf. Nicht einmal eine Flagge war gehisst wie bei anderen Etablissements, um die Exklusivität hervorzuheben.

Hier hielt man das wohl für überflüssig.

»Das ist also dein Club?«, fragte sie unnötigerweise und schalt sich sogleich dafür.

Wie albern.

»Ja«, bestätigte er. »Das ist der Bastion Club.«

Er führte sie die Treppe hinauf in eine Eingangshalle mit Marmorfliesen, die ziemlich nüchtern wirkte. Irgendwie ausgesprochen maskulin, denn Dekorationen wie Vasen, Portieren oder anderen Schnickschnack suchte man vergeblich.

Als alle im Haus waren und ein Lakai die Tür geschlossen hatte, musterte Deverell den erschöpften Fergus und wandte sich an Grainger. »Bring Mr. McKenna in den kleinen Salon und bleib bei ihm.«

Gasthorpe trug er auf, den Wundarzt zu rufen. »Bitten Sie ihn, Mr. McKenna gründlich zu untersuchen. Er hat in Ausübung seiner Pflichten einen schlimmen Hieb abbekommen.«

Der Majordomus verbeugte sich. »Wird gemacht, Mylord.«

»Ist heute Abend jemand von den anderen da?«

»Nein, Mylord. Nur Sie.«

»In diesem Fall werden wir mit der Tradition brechen. Miss Malleson und ich ziehen uns in die Bibliothek zurück«, sagte er, nahm ihr den Umhang ab und reichte ihn Gasthorpe, bevor seine Finger sich um ihren Ellbogen schlossen und er sie herumdrehte in Richtung Treppe.

»Rufen Sie uns, wenn wir gebraucht werden. Und schicken Sie Pringle hoch, sobald er McKenna untersucht hat.«

»Ja, Mylord.«

Steif verharrte der Majordomus am Treppenabsatz. »Soll ich Tee bringen?«

Deverell warf Phoebe einen fragenden Blick zu.

»Danke, das wäre sehr nett«, sagte sie nach kurzem Zögern und ließ sich nach oben führen.

Als sie den Treppenabsatz zum ersten Stock erreicht hatten, musterte er sie prüfend und stellte fest, dass sie trotz der für sie nicht einfachen Situation keinerlei Nervosität oder Unruhe zu erkennen gab.

Erstaunlich.

Die meisten jungen Damen, selbst die bereits fünfundzwanzigjährigen, wären nach den Ereignissen des Abends bestimmt etwas mitgenommen, dachte er. Sie war eindeutig aus härterem Holz geschnitzt.

Galant führte er sie weiter zur Bibliothek, öffnete die Tür und trat zur Seite, um ihr den Vortritt zu lassen. Mit kerzengeradem Rücken und stolz erhobenem Kopf rauschte sie an ihm vorbei.

Es sollte ihm nur recht sein. Besser so als eine wehleidige Miene. Deverell hatte nichts übrig für derartiges weibliches Getue.

Gelassen nahm sie den Raum in Augenschein, durchquerte ihn langsam. Die Bibliothek war eindeutig auf männliche Benutzer zugeschnitten mit den schweren Ledersesseln, zwischen denen kleine polierte Tischchen standen, und den gut bestückten Bücherschränken aus dunklem Holz. Sportmagazine, die hier und da herumlagen, verstärkten den maskulinen Eindruck.

Sie blieb vor dem offenen Kamin am anderen Ende des Raumes stehen, über dessen Sims ein großer Spiegel hing, und warf einen prüfenden Blick hinein. Beugte sich dann betont gemächlich vor, um die Hände am flackernden Feuer zu wärmen.

Er erinnerte sich, dass sie in der Küche der Agentur das Gleiche getan hatte, obwohl es draußen eigentlich gar nicht kalt war. Nicht einmal als sie aus der Kutsche stieg, waren ihre Finger kühl gewesen.

Ein Ablenkungsmanöver, überlegte er amüsiert.

Ein versteckter Hinweis darauf, dass sie doch nervös war oder zumindest angespannt?

Als er hinter sie trat, drehte sie sich zu ihm um und schaute ihn an. Folgte schweigend seiner Handbewegung, die sie zum Sitzen aufforderte, während er für sich einen zweiten Sessel ein Stückchen weiter vom Feuer entfernt zurechtrückte.

Eine Weile saßen sie sich stumm gegenüber, taxierten einander bloß und versuchten die Gedanken des anderen zu erraten.

Phoebe konnte sich des Eindrucks nicht erwehren, dass er sie mit voller Absicht in die Bibliothek geführt hatte.

Ihr Eindruck trog sie nicht, denn normalerweise waren Damenbesuche lediglich in dem kleinen Salon, in den man Fergus gebracht hatte, erlaubt. Niemals in der Bibliothek, dem Refugium der männlichen Mitglieder.

Sie ahnte, warum Deverell sich über die Regeln hinweggesetzt hatte.

Weil er fürchtete, dort neben dem Eingang zu häufig gestört zu werden, und das konnte er angesichts der schwierigen Situation und in Anbetracht des noch schwierigeren Gesprächs, das sie führen würden, absolut nicht brauchen.

Ihr sollte es recht sein, denn ein Blick in den unteren Salon hatte ihr gezeigt, dass es sich um einen sehr kleinen Raum handelte. Zu klein, um frei atmen und auf Distanz gehen zu können.

Zusammengesunken saß Phoebe in den dicken Polstern der Bibliothek und lauschte, ob unten der Arzt bereits eingetroffen war. Jedenfalls machte sie keine Anstalten, ein Gespräch über die Geschehnisse des Abends zu beginnen. Sie war mit ihren Gedanken ganz woanders.

»Es kommt alles wieder in Ordnung«, wandte Deverell sich schließlich an sie, wobei die vage Wortwahl einen großen Spielraum für Interpretationen ließ.

Meinte er den verletzten Fergus, ihre waghalsige Rettungsaktion oder ihre fragwürdigen Aktivitäten insgesamt?

Misstrauisch beäugte sie ihn mit ihren geheimnisvollen blauvioletten Augen, bevor ein leichtes Beben durch ihren Körper ging. Sie verschränkte die Arme vor der Brust und rieb sie, als ob sie trotz des wärmenden Feuers frieren würde.

Bevor sie etwas entgegnen konnte, klopfte es an der Tür, und Gasthorpe erschien mit einem Teetablett, stellte es auf einen Wink Deverells hin neben Phoebes Sessel ab und schenkte ihr ein.

»Mylord?« Fragend hielt Gasthorpe die Teekanne hoch.

Deverell schüttelte den Kopf. »Nein danke, ich nehme einen Brandy.«

Für die bevorstehende Auseinandersetzung konnte er eine Stärkung bestimmt brauchen. Das würde ihm hoffentlich helfen, nicht aus der Haut zu fahren und die richtigen Fragen zu stellen. Er musste es schaffen, ihr so viele Informationen wie möglich zu entlocken, ohne sie zu verprellen und ihr kompliziertes Verhältnis zusätzlich zu belasten.

Er beobachtete, wie sie an ihrem Tee nippte, und erkannte, dass seine Wut, die er gerade noch empfunden hatte, wie weggeblasen war. Sie tat ihm leid, denn unverkennbar stand sie unter Schock, obwohl sie das nie zugeben würde.

Zu seinem Erstaunen versuchte er seine Besorgnis gar nicht erst zu unterdrücken, gab ihr vielmehr nach und erlaubte ihr, von seinen Gedanken Besitz zu ergreifen. Und er stellte fest, dass sie Ausdruck seiner tiefen Gefühle für sie war. Seiner Empfindungen, die ihn erneut zu überwältigen und seine Selbstbeherrschung zu untergraben drohten.

Eine seltsame Aufregung überfiel ihn.

Als Gasthorpe ihm ein Glas reichte, das zur Hälfte mit einer bernsteinfarbenen Flüssigkeit gefüllt war, schrak er zusammen und gab dem Mann mit einem Nicken zu verstehen, dass er nicht mehr gebraucht werde.

Dann drehte er sich wieder zu Phoebe um, die ihre Tasse mit beiden Händen umfasste und ins Feuer starrte. Was er im Moment fühlte – für sie, ihretwegen –, packte ihn mit einer Heftigkeit, die er nicht verstand.

Was allerdings nichts an seinem Plan änderte.

Er wollte ihre Beziehung bald mit dem letzten Schritt besiegeln und sie zur Frau haben. Nicht nur weil das eine vernünftige Entscheidung für einen Viscount mit Verpflichtungen war, sondern weil es etwas viel Stärkerem entsprang. Dass er sich ausgerechnet ein so kompliziertes Geschöpf wie Phoebe ausgesucht hatte, damit musste er zurechtkommen. Irgendwie.

Zunächst einmal bedeutete es, die Sache weiterhin mit Vorsicht anzugehen.

Als sie schluckte, tief und ein bisschen zittrig einatmete und die Luft anhielt, glaubte er, der Boden unter seinen Füßen würde ins Wanken geraten. Als ob er auf Treibsand stünde.

»Was für Geschäfte macht eigentlich die Athena-Agentur?«

Seine Stimme klang leicht gepresst, obwohl er sich um einen neutralen Tonfall bemühte.

Sie musterte ihn einen Moment lang und erwiderte dann kühl: »Das geht dich nichts an.«

Er sah sie unverwandt an, ließ ein paar Sekunden verstreichen und erklärte dann ruhig: »Überleg dir das noch einmal.«

Als sie nur scheinbar unbeeindruckt eine Augenbraue hochzog, nahm er einen weiteren Schluck von seinem Brandy, bevor er wieder zu sprechen begann.

»Da bin ich anderer Meinung. Allein schon wegen meines Eingreifens heute Abend – und natürlich auch wegen unserer Beziehung. Die haben wir doch, oder? Korrigiere mich also, falls ich unrecht habe mit meinen Vermutungen. Du hilfst über die Agentur weiblichen Angestellten, vor ihren Arbeitgebern die Flucht zu ergreifen. Wahrscheinlich, um sie vor Nachstellungen der Männer des Hauses zu schützen. Du hast die Einnahmen aus dem Vermögen, das du von deiner Großtante geerbt hast, verwendet, um diese Agentur zu gründen und zu finanzieren. Sie gehört dir ebenso wie das

Gebäude, obwohl beides auf die Birtles und einen Mr. Loftus Coates registriert ist.«

In ihrer Miene spiegelte sich bei seinen Worten eine Mischung aus Entsetzen, Betroffenheit und Wut.

»Woher weißt du das alles?«

»Ich habe es überprüft«, antwortete er erstaunt darüber, dass sie eine solche Frage überhaupt stellte. Nachforschungen waren schließlich sein ureigenes Metier, auf das er sich wie kaum ein Zweiter verstand.

Offensichtlich war sie doch naiver, als er vermutet hatte.

Mit kerzengeradem Rückgrat saß sie in ihrem Sessel und schaute ihn aus schmalen Augen an.

»Wie hast du es überprüft?«

Wieder so eine überflüssige Frage, dachte er, denn das konnte sie sich ebenfalls ausrechnen.

»Du hast deine Beziehungen genutzt, um meine Finanzen zu überprüfen?«, fügte sie drohend hinzu.

Als er nickte, flammte Zorn in ihren Augen auf, und ihr ganzer Körper bebte vor rechtschaffener Empörung.

»Wie konntest du es wagen!«

All die Empfindungen, die er ständig im Zaum gehalten hatte, kamen angesichts ihres Vorwurfs umso mächtiger hoch. Es wäre so leicht, so befriedigend, sie herauszulassen, aber …

»Phoebe.« Erneut kämpfte er seine Emotionen ebenso herunter wie seine Verärgerung über ihre Uneinsichtigkeit. »Wenn es um dich geht, um Dinge, die dich betreffen und die in irgendeiner Form gefährlich sein könnten, gibt es wenig, was ich nicht wagen würde.«

Sie hörte die Ehrlichkeit, die aus seinen Worten klang, und verbarg nur mühsam ihre Bestürzung. Im Grunde ihres Herzens wusste sie, dass sie sich der unabänderlichen, wenngleich verwirrenden Wahrheit nicht ewig verschließen konnte.

Was er ihr sowieso auf Dauer nicht durchgehen lassen würde. Zum einen, weil er viel zu viel über sie wusste, und zum anderen, weil er nicht der Mann war, der solche Dinge auf sich beruhen ließ.

Und, verflucht, sie hatte sich alles selbst zuzuschreiben! Indem sie ihn dazu ermutigte, eine Liaison mit ihr einzugehen, ohne sich vorher Gedanken über die möglichen Folgen zu machen. Erst jetzt, nachdem es passiert war, fiel ihr wieder ein, dass Gentlemen wie er gerne glaubten, sie müssten die Verantwortung für die Frau in ihrem Leben übernehmen.

Egal was sie sagte oder wie sie argumentierte, egal wie sie ihn abzulenken versuchte – er würde nicht zulassen, dass sie wie bisher weiterlebte. Mit ihren Geheimnissen und ihrem Einsatz für missachtete junge Frauen.

Aber es musste eine Möglichkeit geben. Er durfte ihr keine Steine in den Weg legen, um sie an ihrer Mission, wie sie es bezeichnete, zu hindern.

Deverell kam ihr in diesem Augenblick vor wie eine hohe Mauer, die sie am Entkommen hinderte. Was tat man in einer solchen Situation? Über Mauern stieg man hinüber oder suchte ein Schlupfloch.

Eine Lösung fiel ihr nicht ein.

Vielleicht, beruhigte sie sich, war sie bloß zu aufgeregt, weil die Entführung von Constance Spry beinahe in einem Desaster geendet wäre. Doch dann überkamen sie erneut schlimme Befürchtungen, dass Deverell ihre ganze Arbeit von einem Tag auf den anderen zunichtemachen könnte.

Wenn er irgendjemandem davon erzählte, würde das ganze Unternehmen, für das sie so lange und so hart gearbeitet hatte, zusammenbrechen. Schließlich würde niemand sie bei ihren heiklen Aktivitäten offiziell unterstützen. Selbst die gutherzige Edith und die exzentrische Audrey nicht. In den Augen ihrer Gesellschaftskreise war es nicht akzeptabel, eine Arbeitsagentur zu betreiben – ganz zu schweigen von illegalen Mitteln, um verfolgte Dienstmädchen in Sicherheit zu bringen.

Der Mann, der ihr gegenübersaß und sie schweigend musterte, stellte zweifellos die größte Bedrohung dar, die sich denken ließ. Und zwar auf allen Ebenen.

Für ihre Arbeit ebenso wie für ihr Seelenheil.

Während sie den Blick seiner grünen Augen auf sich gerichtet fühlte, überschlugen sich ihre Gedanken. Was würde er unternehmen? Sie wusste es nicht, denn bislang hatte er weder gedroht noch Forderungen aufgestellt.

Er schien einfach abzuwarten.

Phoebe dachte zurück und rief sich ihre Gespräche in Erinnerung, fasste einen Entschluss. Sie holte tief Luft und versuchte sich zu entspannen.

»Was möchtest du wissen?«

Es war eine Kapitulation. Deverell erkannte das sofort, ohne sich jedoch seine Befriedigung über diesen Erfolg anmerken zu lassen.

»Woher weißt du, welche Frauen deiner Hilfe bedürfen und von dir gerettet werden wollen?«

Sie trank ihren Tee aus, stellte die Tasse zurück und erzählte ihm von ihrem Netzwerk, das sich von Mayfair bis zu den Landsitzen der näheren Umgebung erstreckte, aus Haushälterinnen und Butlern bestand, die einander kannten und Informationen über die Arbeitsbedingungen bei diesem Lord und jener Lady austauschten.

»Es ist nicht schwierig, von unhaltbaren Zuständen zu

erfahren, sofern man über die richtigen Kontakte verfügt. Emmeline beispielsweise hat in vielen Häusern gearbeitet, desgleichen ihre sieben Schwestern und die zwei Brüder. Und es gibt viele andere wie sie. Auch aus den Kreisen der Gesellschaft kommt einem so einiges zu Ohren, wenn man nur hinhört. Bei den Teestunden etwa. Alles zusammengenommen ergibt wichtige Erkenntnisse, wo jemand gut aufgehoben ist und wo nicht.«

»Und dann?«

»Nun ja.« Sie holte tief Luft. »Wenn wir jemanden aus einem bestimmten Haus herausholen wollen, eine junge Gesellschafterin, Gouvernante oder Zofe, tauche ich dort mit Edith oder einer meiner anderen Tanten zu einem Höflichkeitsbesuch auf. In Wirklichkeit will ich mir selbst ein Bild verschaffen. Allerdings setze ich mich nie direkt mit der betreffenden jungen Frau in Verbindung. Dieser Kontakt läuft immer über die Haushälterin oder denjenigen vom Personal, der uns alarmiert hat.«

»Du gehst dann hin, um alles auszukundschaften: das Haus, die Abläufe dort und wie man die Rettungsaktion am besten bewerkstelligt. Sehe ich das richtig?«

Sie konnte aus seinem Tonfall weder Empörung noch Missbilligung heraushören.

»Ja.« Sie stand auf und begann vor dem Kamin auf und ab zu gehen, dachte dabei an ihre diversen Rettungsaktionen zurück. »In manchen Fällen starten wir die Aktion auch, wenn die Mädchen ihre Damen zu einer Hausgesellschaft begleiten. Kommt ganz darauf an. Oft stehen sie dort weniger unter Kontrolle als in London oder auf dem Landsitz der Familie.«

»Wie die Zofe, der du auf Cranbrook Manor die Flucht ermöglicht hast. Ich nehme an, das war Jessica?«

Sie nickte. »Ja, sie ist ein ganz typischer Fall. Lord Moffat begnügt sich leider nicht mit Hinschauen und hat einen gewaltigen Appetit, du verstehst schon. Da tut er sich keinen Zwang an.«

Sie sah ihn an, um die Wirkung ihrer Worte auf ihn zu entschlüsseln, vermochte jedoch nicht wirklich zu erkennen, was er dachte. Verstand er sie überhaupt, oder fand er das alles indiskutabel, wie es der Denkweise seiner Klasse entsprach? Äußerlich wirkte er ruhig und beherrscht. Lediglich die Augen, die sich verdunkelten, deuteten auf unterschwellige Emotionen hin.

Verborgen blieb ihr weiterhin, was er mit ihren Geheimnissen, die sie ihm enthüllte, anzufangen gedachte. Und obwohl er nachdenklich schwieg, verriet sein Gesichtsausdruck ihr, dass er sich offenbar die gleiche Frage stellte.

Es hatte keinen Sinn, um den heißen Brei herumzureden. Sie blieb vor seinem Sessel stehen, richtete sich auf, legte die Hände ineinander und bemühte sich um eine selbstbewusste Haltung.

»Was wirst du jetzt tun?«

»Was meinst du damit?«

Seine betonte Harmlosigkeit brachte sie in Rage. Er tat ja gerade so, als wüsste er nicht, dass er sie in der Hand hatte und ihr ganzes Lebenswerk zerstören konnte. Egal ob aus Prinzip oder aus einer Laune heraus. Der fast rasende Zorn, der sie erfasste, ließ ihre Augen funkeln.

»Ja«, presste sie mit funkelnden Augen hervor. »Was gedenkst du jetzt zu unternehmen?«

Sie warf die Arme in die Luft und nahm ihre unruhige Wanderung durchs Zimmer wieder auf.

»Mir ist sehr wohl bewusst, dass die Gesellschaft entsetzt wäre, würde sie von meinem ›Geschäft‹ erfahren. Du brauchst nur einer Person, egal welcher, davon zu erzählen, und schon würde das Ganze zusammenbrechen.«

Zitternd schlang sie die Arme um sich, drehte sich zu ihm um und fragte noch einmal: »Was wirst du jetzt also tun?«

»Aha.«

Deverell nickte, doch was sollte er antworten? Bislang war er sich nicht einmal über sein mögliches Vorgehen im Klaren.

Eine Situation schnell beurteilen zu können hatte er immer für selbstverständlich gehalten.

Bis jetzt.

Plötzlich merkte er, dass es so einfach nicht war. Entsetzen über ihre Missachtung gesellschaftlicher Regeln rang mit Bewunderung für ihren Mut und die ungewöhnlichen Methoden, die Unerschrockenheit und Charakterstärke verrieten. Und Mitgefühl.

Er atmete tief durch, um einen klaren Kopf zu bekommen. Sie war nervös, gereizt und im höchsten Maße angespannt, und er durfte auf keinen Fall in diesem Moment etwas Falsches sagen und ihr etwa Vorwürfe machen.

Weil sie ihm unterstellte, er wolle ihr schaden.

Oder weil sie außer Acht ließ, in welche Gefahr sie sich mit ihren waghalsigen Aktionen brachte.

Nein, das alles schluckte er lieber runter.

»Wer ist Loftus?«, fragte er stattdessen.

Ihr Gesicht wurde hart, und sie reckte kämpferisch das Kinn vor. »Sag mir erst, was du vorhast. Ich will nicht, dass ihm was passiert. Das hat er nicht verdient.«

Aha, eine Schlüsselperson, dachte Deverell. Jemand, für den sie sich ebenfalls verantwortlich fühlte. Wie für die beiden Birtles oder McKenna.

»Was ich vorhabe?«

Plötzlich kam ihm die Idee, das Ganze zu verhandeln. Sie hatte ein Ziel, er hatte eines – man musste sich bloß auf ein gemeinsames Vorgehen verständigen. Endlich fühlte er sich wieder in der Lage, sich angemessen mit dem Problem auseinanderzusetzen.

Er musste nur die richtigen Worte, die passenden Formulierungen und den besten Ansatz finden, ohne sein Ziel aus den Augen zu verlieren. Musste einen Deal mit ihr abschließen, sie davon überzeugen, ihm das zu geben, was er unbedingt brauchte.

»Na gut.« Er sah ihr fest in die Augen. »Versetz dich in meine Lage. Ich weiß jetzt, dass du dich regelmäßig in Situationen bringst, die völlig unakzeptabel für eine Dame deiner Herkunft sind. Sowohl im Hinblick auf deinen Ruf als auch im Hinblick auf deine persönliche Sicherheit, was mir persönlich am wichtigsten ist.«

Sie warf ihm einen ärgerlichen Blick zu. »Normalerweise läuft alles glatt.«

»Und was hättest du getan, wäre ich heute Abend nicht da gewesen? Verrate es mir. Du und die kleine Miss Spry hättet schutzlos einem zu allem entschlossenen Mann gegenübergestanden – einem Kerl, der eine hilflose Frau mit einem Totschläger in der einen Hand und einem Degen in der anderen bedroht hat. Ich erlaube mir, dich darauf hinzuweisen, dass du mit Argumenten nicht weitergekommen wärst.«

Sie errötete beschämt und unterdrückte ein leichtes Beben.

»Wirklich, es war das erste Mal, dass solche Probleme aufgetaucht sind.«

»Ja. Aber es ist vorgekommen, und mir scheint, als wärst du mir deshalb etwas schuldig.«

Sie musterte ihn aus zusammengekniffenen Augen. »Worauf willst du hinaus?«

»Angesichts dessen, was ich jetzt weiß, dürfte es wohl die einhellige Meinung unserer Kreise sein, dass ich zumindest deinen Vater darüber in Kenntnis zu setzen hätte.«

Seine Lippen verzogen sich zu einem angespannten Lächeln, und er hob abwehrend eine Hand, als sie ihn unterbrechen wollte.

»Warte bitte erst einmal ab. Ich wüsste nämlich eine andere Lösung, die sowohl für mich als auch für die Gesellschaft, sollte die Sache je publik werden, akzeptabel wäre. Allerdings setzt das voraus, dass ich dich voll und ganz unter meinen Schutz stelle. Was deinen Ruf und ebenso deine persönliche Sicherheit angeht.«

Sie schaute ihn eine Weile schweigend an, bevor sie das Wort ergriff. »Du hast gerade einen Ehemann beschrieben.«

Er zuckte die Achseln. »Ehemann, Beschützer, Liebhaber. Nenn es, wie du willst, aber das ist etwas, was man akzeptieren würde.«

Phoebe verstand. Er wollte alle drei Positionen besetzen, wenngleich er das nicht mit aller Deutlichkeit aussprach. Noch nicht.

Doch dieser Zeitpunkt würde bald kommen.

Ein paar Minuten verstrichen. »Was würde es nach sich ziehen, wenn du mein … Beschützer wärst?«, fragte sie schließlich.

»Du müsstest mich in alles einbeziehen, was mit deinen Aktivitäten zu tun hat und deinem Ruf irgendwie schaden oder dich auch nur im Entferntesten in Gefahr bringen könnte.«

Er legte den Kopf nachdenklich auf die Seite und schaute

sie an. »Selbstverständlich würde ich in diesen Schutz gleichermaßen deine Agentur einbeziehen, die ja ein Teil deines Lebens ist.«

Sie runzelte ungläubig die Stirn. »Und wenn ich einverstanden bin, wirst du mir erlauben, weiterzumachen wie bisher? Ohne mich bei meiner Arbeit zu behindern?«

Er nickte, ohne zu zögern und ohne ihrem Blick auszuweichen.

»Vorausgesetzt, du hältst dich an die Vereinbarungen, dann könnt ihr, du und deine Leute, die Agentur weiterführen. Unter der einen Bedingung jedoch, dass ich jederzeit eingreife, sobald ich deine Sicherheit oder die deiner Leute gefährdet sehe.«

Sein Angebot verwirrte sie, und einmal mehr fand sie ihn völlig rätselhaft. Mit allem hatte sie gerechnet, aber nicht mit solch weitgehenden Zugeständnissen.

Sie kam einfach nicht hinter seine Beweggründe und wusste entsprechend nicht, wie sie reagieren sollte.

Er gab ihr noch einen Moment zum Nachdenken. »Nun?«

Sie hatte keine Wahl.

Eine Weile sträubte sich Phoebe noch, bevor sie sich geschlagen gab.

»Na gut. Auf der Basis dessen, was du eben gesagt hast, nehme ich deinen Vorschlag an.«

»Gut. Und wer ist nun dieser Loftus?«

Wie erwartet handelte es sich um einen Mann mittleren Alters, der sehr zurückgezogen lebte. Phoebe bezeichnete ihn als wahren Menschenfreund und erzählte, dass er durch seine Haushälterin von der Arbeit der Agentur erfahren habe und sie seitdem nach Kräften unterstütze. Auch in finanzieller Hinsicht.

»Er ist erstaunlicherweise sehr gut darin, uns Informationen über passende Stellen für unsere Mädchen zu beschaffen. Trotz seiner zurückgezogenen Art erfährt er durch seine mannigfachen Geschäftskontakte so manches. Von wohlhabenden Kaufleuten etwa, die nach einer Gouvernante suchen oder die eine Zofe für ihre Tochter brauchen. Solche Sachen eben.«

Deverell beschloss, sich den Mann zum Verbündeten zu machen.

Ein Klopfen an der Tür unterbrach ihre Unterhaltung, und Pringle betrat den Raum, um Deverell und Phoebe zu begrüßen.

»Ich habe die Verletzung untersucht, gesäubert und verbunden«, erklärte der Wundarzt. »Der Mann kann von Glück sagen, dass er so einen dicken Schädel hat. Außer Kopfschmerzen, die wahrscheinlich ein paar Tage anhalten werden, sind meiner Ansicht nach keine Schäden zu befürchten. Die Wunde müsste eigentlich gut verheilen und sollte ihm keinen Ärger machen.«

Das war es dann schon, und Pringle zog sich, nachdem man ihm Anerkennung und Dank für seine Bemühungen ausgesprochen hatte, mit einer eleganten Verbeugung zurück.

»Komm.« Deverell winkte sie zur Tür. »Lass uns sehen, wie es McKenna geht, und wenn er in der entsprechenden Verfassung ist, werde ich euch nach Hause bringen.«

Ihm schien es besser, vorerst das andere Thema nicht weiter zu vertiefen.

Nur nichts überstürzen, sagte er sich.

Sie nickte und folgte ihm aus der Bibliothek.

»Fergus scheint für dich mehrere Aufgaben zu erledigen, nicht wahr?«, fragte er, als sie die Treppe hinabstiegen.

»Ja, mein Vater hat ihn als Burschen für mich eingestellt, als ich acht war. Immer wenn ich mich nach dem Tod meiner Mutter bei meinen Tanten aufhielt, brachte er mich dorthin, und so übernahm er mehr und mehr auch die Aufgabe des Kutschers. Inzwischen fährt er Edith ebenfalls. Er sitzt nicht gerne untätig herum.«

Deverell enthielt sich eines Kommentars. Allerdings hegte er den Verdacht, dass Lord Martindale den Mann nicht nur als Burschen für seine Tochter eingestellt hatte. Bestimmt war ihm daran gelegen gewesen, ihr einen Beschützer an die Seite zu geben. Jemanden, der auf sie aufpasste, wenn sie das väterliche Haus verließ. Und als Kutscher war er ständig in ihrer Nähe.

Ein geradezu ideales Arrangement.

Vermutlich hatte Fergus aus diesem Grund auch sein Eingreifen, seine Beschützerrolle, so bereitwillig akzeptiert. Und weil er zu wissen schien, dass Deverell keine Bedrohung darstellte. Weder für ihn, die Agentur und für Phoebe erst recht nicht.

Jetzt versicherte er seiner jungen Herrin, die viel Aufheben um ihn machte, dass er sehr wohl in der Lage sei, selbst in die Park Street zu fahren.

»Nein, Grainger wird das übernehmen, während Sie hübsch ruhig in der Kutsche sitzen«, entschied Deverell kategorisch. »Er kann sich ebenfalls um die Pferde kümmern. Sie brauchen ihm nur zu sagen, wohin er sie bringen soll und wo er was findet.«

Murrend willigte Fergus ein, und binnen kurzer Zeit waren alle zum Aufbruch bereit. Deverell führte Phoebe, die wieder in ihren Umhang mit Kapuze gehüllt war, hinter Fergus und Grainger nach draußen, und Minuten später rumpelte die Kutsche gemächlich durch verlassene, dunkle Straßen, denn inzwischen waren die abendlichen Vergnügungen längst beendet. Abgesehen von einigen Nachtschwärmern, die es noch in die Clubs von St. James zog.

Da Fergus darauf bestanden hatte, neben Grainger auf dem Kutschbock Platz zu nehmen, saß Deverell mit Phoebe allein in der engen, dunklen Kutsche. Ohne es sehen zu können, spürte er, dass sie ihn anschaute. Wusste allerdings nicht, ob mit Misstrauen, Skepsis oder Erleichterung.

Alles war möglich. Obwohl es ihm schwerfiel, ließ er es auf sich beruhen und unternahm keinen Versuch, noch einmal auf ihren Deal zurückzukommen.

Für alles gab es die richtige Zeit und den richtigen Ort, wie er einmal gesagt hatte. Er brauchte nur zu warten.

Nicht mehr lange, und Grainger lenkte die Kutsche, dirigiert von McKenna, zur hinteren Einfahrt von Ediths Haus und zu den Stallungen, die sich am Ende des Gartens erstreckten.

Deverell hielt Phoebes Arm, während er Grainger anwies, erst die Pferde auszuspannen und in den Stall zu bringen, ehe er Fergus in sein Zimmer im Kutscherhaus half.

»Ich werde Miss Malleson noch nach drinnen begleiten«, sagte er und fügte hinzu: »Sobald du hier fertig bist, begib dich wieder zum Montrose Place.«

»Aye, Sir.« Grainger salutierte, bevor er sich den Pferden zuwandte, um das Gespann in den Stall zu führen.

Deverell umfasste Phoebes Arm fester, um sie durch den Garten zum Haus zu geleiten.

Sie warf noch einen Blick zurück. »Danke, dass du Fergus geholfen hast. Er ist schließlich nicht mehr der Jüngste.«

»Das sind wir alle nicht«, entgegnete er und öffnete das Gartentor.

»Schließ bitte wieder ab, wenn du gehst. Wirf den Schlüssel einfach über die Mauer. Ich werde ihn morgen holen«, sagte sie und zeigte ihm die Stelle, wo der große, eiserne Schlüssel hing.

Zunächst ging sie mit ihm zum Hintereingang, bog aber kurz davor auf einen Weg ab, der entlang des ganzen Gebäudes, von einer Seite zur anderen, verlief.

Aha, das war also ihr Schleichpfad, wenn sie zu ihren nächtlichen Aktionen aufbrach. Sie benutzte keinen der regulären Eingänge, sondern betrat das Haus durch eine nicht verschlossene Terrassentür des Morgensalon, wie er bald darauf feststellte.

Auf den Gedanken, sich draußen von ihr zu verabschieden, kam er nicht.

Ganz selbstverständlich folgte er ihr in den dunklen Raum. Als die Glastür mit einem leisen Klicken ins Schloss fiel, wandte sie sich zu ihm um. Schien mit einem Mal überrascht, dass er noch da war.

Jetzt stand er dicht hinter ihr. Zu dicht.

Sie rührte sich nicht, als er noch näher trat und eine Hand um ihre Taille legte, sie sanft, aber bestimmt an sich zog.

Dann beugte er sich über sie, und sie spürte seine Brust an ihrem Rücken und seine Schenkel, die sich von hinten an sie drückten, während seine Finger die Strähnen in ihrem Nacken zur Seite strichen. Als seine Lippen sich auf ihre Haut pressten, schloss sie die Augen und erschauerte von wohligen Empfindungen.

Seine tiefe, dunkle Stimme drang sündhaft gefährlich an ihr Ohr. »Die Nacht ist noch nicht vorbei für uns.«

Er hatte es nicht vergessen. Und sie war fast schon überzeugt gewesen, dass es nie mehr passieren würde.

Auf einen Schlag gerieten ihre Sinne in Aufruhr, erwachten erneut heftiges Verlangen und verzehrende Sehnsucht in ihr. War der verheißene Moment etwa gekommen?

Sie wagte noch nicht, es zu glauben.

»Hier?«

Selbst in ihren Ohren klang die Frage seltsam.

Sanft küssten seine Lippen ihren Nacken.

»Ich wohne derzeit im Club, mein Haus ist vermietet. Ich kann dich also nicht mit in mein Bett nehmen …«

Er hielt inne, und sie stand da erwartungsvoll und mit angehaltenem Atem. Was würde jetzt passieren?

Noch fester umfasste er ihre Taille, sodass seine Kraft sie umfing wie eine schützende Hülle, unbeschreiblich männlich und ursprünglich in der Dunkelheit.

Er drückte einen heißen, feuchten Kuss auf ihren Nacken und befahl dann mit rauer Stimme: »Nimm mich mit nach oben in dein Bett.«

14

Er ging dicht hinter ihr her, als sie ihn die Treppe hinaufführte. Zwar berührte er sie nicht, war aber nah genug, um ein erwartungsvolles Kribbeln bei ihr auszulösen. Zu überwältigend empfand sie seine körperliche Präsenz.

Als sie den oberen Korridor erreichten und Phoebe den Weg zu den vorderen Räumen einschlug, fragte er leise: »Wo befindet sich Ediths Zimmer?«

»Nach hinten raus.«

Da ihre Tante häufig unruhig schlief, zog sie die Gartenlage vor und trank zudem vor dem Schlafengehen immer einen Beruhigungstee. Es bestand also kein Anlass zur Sorge, dass sie etwas von ihrem nächtlichen Treiben mitbekam. Sie würde erst am Morgen aufwachen. Bis dahin …

Sie erreichten die Tür zu ihrem Zimmer.

»Und deine Zofe?«

»Die schläft im Dienstbotenflügel.«

Nach einem Abend wie diesem, wenn sie zu einer Rettungsaktion unterwegs gewesen waren, musste Skinner nicht warten, bis Phoebe sich zu Bett begab.

Alles passte zusammen.

Doch obwohl sie diesen Moment herbeigesehnt hatte, beschlich sie mit einem Mal ein merkwürdiges Gefühl.

Erst jetzt wurde ihr nämlich wirklich bewusst, dass sie tatsächlich allein war mit einem Mann. Mit niemandem in der Nähe, der ihre Rufe oder Schreie hörte, falls sie Hilfe brauchte. Keiner war da, der eingreifen würde.

Warum auch?

Das hier geschah schließlich auf ihren Wunsch.

Sie wollte diesen dominanten Mann, der stark und gebieterisch daran gewöhnt war, seinen Willen durchzusetzen und sich zu nehmen, was er wollte. Und genau das würde er in dieser Nacht tun. Daran zweifelte sie nicht im Geringsten.

Eine heimliche Erregung angesichts ihres ganz und gar unschicklichen Vorhabens erfasste sie.

Ja, sie hatte das hier herbeigesehnt und darauf gebrannt, dass er seine Versprechungen endlich in die Tat umsetzte. Nur eines fragte sie sich mit einer gewissen Bangigkeit: Würde sie im letzten Moment zurückscheuen? Weil sie Angst vor der eigenen Courage bekam? Oder weil die Dämonen der Vergangenheit, die sie so lange verdrängt hatte, wieder zum Leben erwachten?

Nein, das durfte sie nicht zulassen. Sonst würde sie nie erfahren, was sie so dringend zu wissen wünschte, und nie erleben, wie es war mit einem Mann.

Mit ihm.

Sie gab sich einen Ruck und verscheuchte entschlossen alle Bedenken, die ganz im Verborgenen noch an ihr nagten.

Als sie sich zu ihm umdrehte, schloss er die Tür und kam ohne Eile auf sie zu, schaute sich im Zimmer um und musterte das große Bett mit dem smaragdgrünen seidenen Himmel, der von Kordeln mit Quasten zusammengehalten wurde. Dazu passten die Vorhänge an den beiden Fenstern neben dem Kopfende des Bettes, die so fest zugezogen waren, dass nicht einmal der geringste Schein des Mondes ins Zimmer fiel. Eine kleine blakende Petroleumlampe auf dem Frisiertisch war die einzige Lichtquelle.

Suchend ließ er den Blick schweifen und zeigte auf drei mehrarmige Kerzenleuchter, die auf einer Kommode beziehungsweise auf dem Nachtkästchen und dem zierlichen Pembroke Table standen, an dem sie ihr Frühstück einzunehmen pflegte.

»Zünde die Kerzen an«, flüsterte er ihr zu.

Ein Schauer der Erregung lief daraufhin über ihren Rücken, und sie erinnerte sich seiner Worte. Ein Bett hatte er haben wollen und Licht …

Eine Lampe, eine Kerze, egal. Hauptsache, er konnte sie sehen, wenn er sie nahm.

Sie meinte noch immer den Klang seiner Stimme zu hören, verheißungsvoll und verführerisch hallte sie in ihr wider.

Mit zitternden Händen entzündete sie eine Kerze nach der anderen, bis der Raum in ein warmes Licht getaucht war.

Er deutete auf die Nachttische. »Stell auf jeden einen Leuchter«, sagte er und zog gleichzeitig das Frühstückstischchen zum Fußende des Bettes. »Und den dritten hier drauf.«

Ihr Herz raste, als sie seine Vorbereitungen beobachtete, und sie wunderte sich, wie genau er das Arrangement für ihre erste gemeinsame Nacht durchdacht hatte. Er war eben ein Mann, der nichts dem Zufall überließ.

»Perfekt«, erklärte er zufrieden und griff nach ihrer Hand, um sie an sich zu ziehen und ihr tief in die Augen zu schauen. Ihr rotes Haar schimmerte im Kerzenschein, und goldene Lichter schienen darauf zu tanzen.

Zärtlich umfasste er ihr Kinn und neigte ihren Kopf nach hinten. »Und jetzt zu meiner nächsten Bedingung.«

Für eine Sekunde erschrak Phoebe, als ihr einfiel, was er meinte.

Er wollte sie nackt und ohne einen Faden am Leib.

So oder so ähnlich hatte er es doch ausgedrückt damals im orientalischen Boudoir ihrer Freundin. Sie schloss die Augen.

Seine Lippen legten sich auf ihre und küssten sie, bis sie ihm entgegenkam und ihn in ihren Mund ließ. Weil sie es beide so wollten.

Er forderte, und sie gab – er befahl, und sie gab nach. Frohen Herzens und voller Bereitwilligkeit.

Es war ein Spiel, das sie gelernt hatte. Von ihm.

Eines, das sie unbedingt spielen wollte und das ihr alles gab, was sie brauchte.

Und sogar noch mehr, wenn sie seinen Verheißungen glaubte.

»Zieh dein Mieder aus«, raunte er ihr zu.

Ohne auch nur eine Sekunde zu zögern, machte sie sich an den winzigen Knöpfen des Oberteils zu schaffen. Sie hatte schon jetzt, obwohl er sie noch nicht berührt hatte, das Gefühl, ihr Busen würde alle Fesseln sprengen. Heiß und schwer verzehrte er sich nach seinen Zärtlichkeiten.

Während sie hastig ihr Mieder abstreifte, legte er seine Hände um ihr Hinterteil, rieb seine steife Männlichkeit wollüstig an ihrem weichen Bauch und umkreiste gleichzeitig mit seiner Zunge durch den dünnen Stoff des Unterhemds die steifen Spitzen ihres Busens.

Als er an ihr zu saugen begann, entrang sich ihrer Kehle ein unkontrolliertes Keuchen.

Doch er ließ nicht nach, umspielte mit flatternder Zunge die empfindlichen Knospen nur noch heftiger. Erst die eine, dann die andere Seite.

Bis sie in Flammen stand.

Mühsam unterdrückte sie einen lauten Schrei.

Immer mehr ergriff er Besitz von ihrem Körper, immer stärker durchströmten sie lustvolle Empfindungen, und immer heftiger erblühte in ihr ein wildes Verlangen.

Und auch ihm erging es nicht besser, denn sein Atem flog nicht weniger als ihrer, und hektisch zerrte er an ihrer Kleidung.

»Rock und Unterröcke, das Hemd … Zieh es aus, zieh alles aus«, stieß er hervor, und sie wusste nicht zu sagen, ob es eine Bitte oder ein Befehl war.

Es spielte sowieso keine Rolle, denn sie kam der Aufforderung nach, ohne lange darüber nachzudenken.

Schließlich hatte sie sich damit einverstanden erklärt, sich ihm nackt hinzugeben. Im Gegenzug für die Lust, die sie in seinen Armen erwartete. Ein Geschenk, das sie ihm nur allzu gerne gab.

Raschelnd fielen Stoffbahnen zu Boden, und schon lagen seine Hände erneut auf ihrem Körper. Wieder eroberte sein Mund ihre Lippen, doch diesmal war es anders als sonst. Alle Selbstbeherrschung war wie weggeblasen – diesmal schmeckte er nach Begierde und Gefahr.

Nach wundervoller, kräftiger Männlichkeit, die bloß ein Ziel kannte. Voller Verlangen nach ihr, nach ihrem Körper, den er nehmen, erobern, besitzen wollte. Um sie zu der seinen zu machen.

Voll und ganz. Mit jedem Zentimeter ihres Körpers, jedem Herzschlag.

Und jedes Keuchen, jedes Stöhnen bestätigte ihm, dass sie ihn mit gleicher Unbedingtheit begehrte. Als sie sein Gesicht in beide Hände nahm und seinen Kuss erwiderte, geschah es hingebungsvoll und gebieterisch zugleich.

So leidenschaftlich, wie er es wollte.

Wie sie es wollte.

Denn ja, Phoebe verzehrte sich nach diesem berauschenden Aufruhr der Sinne. Nach dem Feuer, das die Lust in ihr entfachte, nach der Lavaglut, die durch ihre Adern strömte.

Und dieses Mal war er kein Beobachter ihrer Lust, sondern ein mit Leib und Seele Beteiligter. Sie schwelgte in diesem Gefühl, genoss den festen Griff seiner Hände, die Hitze seiner Berührungen und die Härte seines Körpers, die drängende Gier und jeden sengenden Kuss.

Am Ende war sie es, die plötzlich den Atem anhielt, den Kuss unterbrach und nach dem Saum ihres Hemdchens griff, das noch ihre Nacktheit bedeckte.

Er packte sie, ehe die Seide ihren Fingern ganz entglitten war, und schon lagen seine Lippen wieder auf ihren und erstickten den leisen Schrei, während seine Finger ungeduldig ihren Busen liebkosten und Tausende Nerven zum Leben zu erwachen schienen.

Und dann wanderte seine Hand nach unten über den Bauch bis zu den braunen Löckchen zwischen ihren Beinen, während er mit seinem festen Schenkel ihre Knie auseinanderdrückte. Langsam schob er seine Finger in sie hinein, massierte ihr bereits nasses, geschwollenes Fleisch und glitt immer tiefer.

Ihre Nägel bohrten sich in die Muskeln seiner Oberarme, ihr ganzer Körper bebte unter den Liebkosungen seiner Finger, die sich immer fester, immer schneller, immer erbarmungsloser bewegten.

Ihr versagte der Atem. Körper und Sinne waren der wilden Woge nicht gewachsen, die er heraufbeschwor und die sich unaufhaltsam in ihr Bahn brach, um sie mit sich zu reißen.

Einen endlosen, schwindelerregenden Moment lang waren da nur die überwältigenden Empfindungen und die beruhigende Kraft, die sie festhielt, sie umhüllte und hochhob …

Er erstickte ihren Schrei mit seinen Lippen und bettete sie auf die Laken, bevor er sich erhob, um ebenfalls seine Kleidung abzustreifen.

Ihr Kopf ruhte auf den Kissen, und das Haar umgab wie ein roter Heiligenschein ihr Gesicht. Sie lag da wie die personifizierte Verführung, ohne die geringste Scham zu empfinden: die Arme entspannt neben ihrem Körper, der Busen entblößt, die Beine leicht angewinkelt.

Die Kerzen tauchten sie in einen goldenen Schein, doch es war sein Blick, der sie wärmte.

Der sie mit seiner Glut erfüllte und ihr den Mut gab, sich ihm so ungehemmt darzubieten.

Die drängende Ungeduld, die aus jeder seiner Bewegungen sprach, erfüllte sie mit Freude. Schließlich war es ihr Körper, der sein Verlangen weckte und seine Gier, sie zu besitzen, entfachte. Es kam ihr wie ein Wunder vor, dass ausgerechnet sie unter allen Frauen auf diesen Mann eine solche Wirkung hatte.

So sehr, dass sogar seine Hände zitterten, als er die Knöpfe am Hosenbund öffnete.

Träge wanderte ihr Blick von seinem flachen, harten Bauch über die von einem dunklen Flaum bedeckte Brust, die breiten Schultern und die muskulösen Oberarme, den sehnigen Hals hinauf zu seinem Gesicht und sah darin eine bisher nie entdeckte Intensität, die sie erschauern ließ. Elementar und animalisch.

Vor noch nicht langer Zeit hätte sie sich davor gefürchtet und die Flucht ergriffen. Jetzt nicht mehr, denn die unverhohlene Absicht, sie zu besitzen, schreckte sie nicht länger. Warum auch, wo sie es doch selbst so dringend wünschte.

Seine Hose fiel zu Boden, und er stand nackt vor ihr.

Trotzdem vermied sie es, ihn anzustarren. Hob stattdessen die Arme und öffnete sie für ihn. Um ihn zu empfangen und sich von ihm nehmen zu lassen.

Einen Moment lang wurden seine Augen ganz schmal, und er ließ ihre Hingabe auf sich wirken, bevor er sich ihr wie ein Raubtier näherte, sich vor sie kniete und ihre Beine spreizte. Dann schob er sich dazwischen und stützte sich mit einem Arm ab, um nicht mit seinem ganzen Gewicht auf ihr zu liegen.

Zugleich griff er nach unten, brachte seine voll erigierte Männlichkeit in Position und drang behutsam in sie ein. Er ging langsam vor, Schritt für Schritt, damit er sie nicht erschreckte.

Bis er merkte, wie sich ihr Körper an ihn und die von ihm ausgelösten Empfindungen gewöhnte.

Er spürte, wie ihr Atem stockte, und sah, wie ihre Augen vor Überraschung ganz groß wurden. Da beugte er sich zu ihr herunter und eroberte in vertrauter Weise ihren Mund.

Er wusste ganz genau, wie er ihr Lust bereiten konnte, wie er sie dazu brachte, sich unter ihm zu winden und sich ihm verlangend entgegenzubäumen.

Als sie stöhnend an seinen Lippen um mehr bettelte, drückte er sich mit einem einzigen Stoß ganz in sie hinein.

Der Schmerz traf sie unerwartet wie ein sengender Blitz. Ihre Muskeln verkrampften sich. Sie drückte den Rücken durch, warf den Kopf mit geschlossenen Augen in den Nacken und krallte ihre Fingernägel in seine Oberarme.

Nach einer Weile erschlaffte sie, denn der Schmerz begann abzuebben.

Es war passiert. Ihr Körper, den sie ihm dargeboten hatte, gehörte jetzt unwiderruflich ihm.

Befriedigung erfüllte sie.

Als sie seinen Atem auf ihrem Gesicht spürte, zwang sie sich, die Augen zu öffnen und seinen Blick zu erwidern. Grün, dunkel, lodernd.

»Geht es dir gut?«, murmelte er.

Nachdenklich schaute sie ihn an, bevor sie antwortete. Zu verwirrend war noch das Gefühl, ihn tief in sich zu haben, so unsagbar männlich und erregend, und sein Gewicht zu spüren, das sie auf den Laken festhielt.

Das alles musste sie erst auf sich wirken lassen.

Und sich versichern, dass es gut und in Ordnung war. Dass sie nichts bereute.

»Ja«, sagte sie schließlich und fuhr sich mit der Zunge über die Lippen, bevor sie sich erneut der Lust hingab, die er ihr in Aussicht gestellt hatte.

Diesem Versprechen kam er jetzt nach und lehrte sie alle Feinheiten der körperlichen Liebe. Zeigte ihr mehr, als sie je für möglich gehalten hätte.

Phoebe schmolz in seinen Armen dahin. Merkte erst jetzt, was ihr beinahe entgangen wäre.

Wie konnte man nur so dumm sein, darauf verzichten zu wollen?

Heimlich tat sie Abbitte und gab sich der Glut ihrer Vereinigung hin, dem Gefühl von Fleisch an Fleisch, von Haut an Haut – ihre seidig zart, seine rauer und mit feinen Härchen bedeckt. Sie genoss seinen harten, schweren Körper, der sich in so vielfältig sinnlicher Art an sie drückte.

Mit Lippen und Fingern erforschte er ihr Gesicht, ihren Mund, ihre Kehle, ihre Brüste und ihren ganzen Körper.

Jede Berührung wurde noch dadurch verstärkt, dass sie

ihn in sich spürte, dass er ihr seinen Rhythmus aufzwang und sie wirklich eins zu werden schienen.

Phoebe konnte nicht genug bekommen.

In den goldenen Schein des Kerzenlichts getaucht, führte er sie immer weiter in Gefilde, die vertraut und doch anders waren. Wo die Farben heller strahlten, die Gefühle intensiver wahrgenommen wurden und die Sinne lebendiger, gieriger und zugleich verletzlicher waren. Offener.

Er raunte kehlige Worte der Ermutigung, als sie sich stöhnend unter ihm wand, während er ihr die vom Denken losgelöste Sehnsucht zeigte, das heftige Verlangen zu berühren, zu fühlen und die Sinnenlust immer weiter zu steigern, bis die blendende Herrlichkeit des Höhepunkts erreicht war.

Immer weiter trieb er sie, ließ nicht ab von ihr und verschaffte ihr unermüdlich neue Lust.

Ein ums andere Mal.

Auf beide Hände gestützt, stemmte Deverell sich schließlich hoch und sah auf sie hinunter, während er mit keuchendem Atem heftiger in ihren willigen Leib stieß, der sich ihm verlangend entgegenreckte.

Verzweifelt klammerte sie sich an ihn, ließ ihn los und trieb dahin, um sich erneut an ihm festzukrallen, wenn die nächste Woge der Leidenschaft sie erfasste und sie höher trug. Und höher.

Auch er gab sich endlich ganz seiner Lust hin, war blind vor Verlangen und genoss jeden Stoß in ihren glühenden Schoß, der ihn fest umschloss – die herrlichste Art, wie eine Frau einen Mann zu umarmen vermochte.

Doch er wollte nicht, dass es schon zu Ende war. Und so zwang er sich zu einem langsameren Rhythmus, bei dem er die Kontrolle behielt. Seinet- ebenso wie ihretwegen.

Damit sie allein den Weg zum Gipfel fand, statt von ihm dorthin gepeitscht zu werden.

Sie sollte sich nicht von ihm abhängig fühlen, sich nicht vorkommen wie eine Marionette, die nur von ihm gesteuert wurde. Er wollte sie begleiten, ohne sie zu manipulieren.

Und sie zu den Sternen führen.

Es war wie ein Rausch, als ihr verzweifeltes Sehnen endlich seinen überwältigenden Abschluss fand. Er sah, wie sie den Höhepunkt erreichte, spürte, wie sie sich unter ihm aufbäumte, sich an ihn klammerte, wie die Spannung noch eine Weile hielt, bevor sie sich ergab und die Erlösung zuließ.

Im letzten Moment senkte er den Kopf und erstickte ihren Schrei mit seinen Lippen.

Dann entglitten ihm die Zügel, und er schloss sich ihr an, fiel ein in den sinnlichen Tanz, bei dem sein Körper ihr und ihrer ihm gehörte und Herrlichkeit sie vereinte.

Er ließ sich fallen und war in diesem Moment blind, taub und stumm. Gedanken, Worte oder Vernunft hatten keine Bedeutung mehr. Noch einmal erbebte er vor Lust, bevor er sich in ihr weiches, heißes Fleisch ergoss, das für ihn wie ein sicherer Hafen war.

Sein. Alles sein.

Stöhnend sank er auf sie, um sie fest in seine Arme zu ziehen.

Zwei Stunden später löste Deverell sich behutsam von der verführerischen Frau, die sich mit dem Rücken an ihn kuschelte. Sie passte perfekt dorthin, als hätte der Himmel sie eigens für ihn geschaffen.

Nur musste er jetzt erst einmal über etwas anderes nachdenken.

Die Kerzen waren erloschen, und der Raum lag in tiefes

Dunkel getaucht. Noch war es zum Aufstehen zu früh, viel zu früh. Außerdem wollte er ihr ein wenig Zeit gönnen, um sich von ihrem Liebesspiel zu erholen, und in der Zwischenzeit über die Frage nachdenken, welche Pläne er für die Zukunft verfolgte und wie es weitergehen sollte mit ihrer Beziehung.

Insgesamt empfand er die Fortschritte, die sie gemacht hatten, als sehr erfreulich. Ja, er war in der Tat recht zufrieden mit sich. Sowohl was das Private als auch was das Geschäftliche betraf. Sogar die Beweggründe für ihre Arbeit hatte sie ihm offenbart und damit ihr Geheimnis preisgegeben.

Blieb allein das Rätsel, woher ihre Ängste rührten.

Finster zog er die Augenbrauen zusammen. Er konnte es sich beinahe denken. Irgendein Mistkerl, so ein wildernder Wolf in feinem Gewand, hatte sicherlich versucht, ihr Gewalt anzutun. Eine Vorstellung, die er lieber nicht näher an sich heranließ. Zwar war sie zum Glück nicht vergewaltigt worden, doch der Übergriff hatte Spuren hinterlassen.

Irgendwann, so beschloss er, würde er danach fragen und sich nicht abspeisen lassen, aber sein Bauchgefühl sagte ihm, dass die Zeit dafür noch nicht reif war.

Trotzdem quälte ihn der Gedanke an den unbekannten Schuft. Nie würde er die Angst vergessen, die er unabsichtlich mehrmals bei ihr hervorgerufen hatte. Zu tief schien sie sich in ihre Seele eingegraben zu haben. Beinahe hätte das Erlebnis sie ein für alle Mal verdorben und sie daran gehindert, ihre Wünsche und Bedürfnisse ungehindert auszuleben.

Eine sinnliche Frau wie sie. Geschaffen dafür, einen Mann glücklich zu machen – einen, der das zu schätzen wusste. Das hatte er vom ersten Moment an gespürt.

Welch ein Segen, dass er rechtzeitig in ihr Leben getreten war.

Die vergangene Nacht empfand er in mehr als nur einer Hinsicht als schicksalhaft. Er würde das Erlebnis ihrer Vereinigung nutzen, ihr den nächsten, den ultimativen Schritt nahezubringen.

Und das war die Ehe mit ihm.

Er dachte an die Empfindungen, die sie in ihm weckte, und stellte fest, dass er sich durch sie von Grund auf umgekrempelt fühlte. War das überhaupt noch er selbst? Sogar dem vertrauten Drang, zu erobern und zu besitzen, wohnte plötzlich etwas Tieferes, Mächtigeres inne.

Ungläubig schüttelte er den Kopf über diese fremden, neuen Gefühle, die ihm irgendwie unheimlich waren, obwohl er den Grund dafür nicht wirklich zu benennen vermochte. Daran änderte auch die Tatsache nichts, dass er Phoebe nach wie vor zur Frau wollte. Unbedingt und verbindlich.

Und in dieser Hinsicht machte er gute Fortschritte.

Sie hatte ihn unter sanftem Druck zwar erst als Beschützer und dann als Liebhaber akzeptiert. Lediglich die dritte Rolle, die des Ehemanns, stand weiter zur Diskussion, aber die würde er sich auch noch erkämpfen. Wobei die Klugheit gebot, erst das Erreichte zu festigen, bevor er den nächsten Vorstoß wagte.

Zärtlich schaute er seine schlafende Geliebte an, die ihn mit ihrer unverhüllten Sinnlichkeit an jene Haremsdame erinnerte, die sie in ihren Mädchenträumen gerne gewesen wäre.

Er seufzte, drehte sich zu ihr um und legte die Hand auf ihre nackte Schulter, um sie von dort langsam nach unten gleiten zu lassen.

Schluss mit den Grübeleien, beschloss er.

Neben ihm räkelte sich Phoebe, und erfreut bemerkte er, dass ihr Körper bereits glühte und hingebungsvoll auf seine unmissverständlichen Berührungen reagierte.

Deverell brauchte keine weitere Aufforderung. Voller Leidenschaft presste er sich von hinten an ihren Rücken, während sie genießerisch die Augen schloss und sich dem sinnlichen Spiel seiner Finger hingab.

Nicht lange, und eine Welle der Lust erfasste sie und brachte ihren Körper zum Beben.

Leise raunte sie seinen Namen.

Ohne sie zu sich umzudrehen, hob er eines ihrer Beine an und glitt von hinten in sie hinein. Langsam. Mühelos. Tief.

Bis seine heiße, steife, pulsierende Männlichkeit sie ganz füllte.

Dann zog er sich zurück und drang wieder vor. Jedes Mal ein bisschen weiter, bis sie glaubte, er würde ihr Herz berühren.

Sie keuchte unter diesem Ansturm und krallte ihre Finger in das Laken, während er ihr ohne Eile, ganz gemächlich höchste Lust schenkte.

Immer und immer wieder. In ihrem Innern loderte eine Feuersbrunst, die sie verzehrte, und sie sehnte die Erlösung herbei. Doch noch enthielt er sie ihr vor und verlangsamte absichtsvoll seine Bewegungen, um dann umso kraftvoller zuzustoßen und ihre Lust erneut zu steigern.

Er durchdrang sie mit seiner Leidenschaft und traf sie bis ins Mark, vereinnahmte ihren Geist und nahm ihre Sinne gefangen.

Zärtliche Empfindungen durchfluteten sie. Sie wollte ihm die gleiche Lust schenken, mit der er sie verwöhnte. Ihn mit den gleichen Freuden überschütten, die er ihr so großzügig gab.

Aber wie?

Sein Gewicht drückte sie aufs Laken, seine Brust ruhte an ihrem Rücken, ein Arm war um ihre Taille geschlungen, eine Hand lag auf ihrem Busen, den seine kräftigen Finger im Rhythmus seiner Bewegungen kneteten.

Sie versuchte sich zu drehen, um ihm in die Augen zu sehen, schaffte es jedoch nicht, sich von ihm zu lösen.

Vielmehr glitt er tiefer in sie hinein, verharrte eine Weile so, um keuchend auszuatmen. Beugte sich schließlich über sie und spürte mit seinen Lippen den Konturen ihres Ohrs nach.

»Du brauchst nur dazuliegen und dich verzaubern zu lassen.«

Tief und rau und verführerisch klang seine Stimme aus dem Dunkel hinter ihr.

Seine Lippen kehrten zu ihrem Ohr zurück und knabberten zart daran, ehe er einen Kuss auf die empfindsame Haut darunter drückte, um dann ihren schlanken Hals mit seinen Liebkosungen zu verwöhnen.

»Nackt, im Dunkel der Nacht, in diesem Bett. So gehörst du mir, erinnerst du dich? Du bist meine Haremsdame, meine Lustsklavin, mit der ich machen kann, was ich will.«

Er nahm seine Hand von ihrem Busen und ließ sie über ihre Taille nach hinten gleiten, um ihr Hinterteil zu streicheln.

»Die ich nehmen kann, wie ich will. Genauso … Mit deinem entzückenden Po an meinen Lenden und deinem hingebungsvollen Körper unter meinem. Mir hilflos ausgeliefert, sodass ich mir alles nehmen kann, was ich will und wie ich es will.«

Ihre Lippen verzogen sich zu einem Lächeln. Sie hatte eigentlich nicht das Gefühl, völlig hilflos ausgeliefert zu sein.

Sie räkelte sich verführerisch-lasziv und forderte ihn damit heraus, doch zu tun, was er da verkündete. Sie aggressiver, entschiedener zu nehmen, heftiger.

Unverhohlen gab sie ihm zu verstehen, nicht mehr an ihre Lust zu denken, sondern sich seine zu holen und sich an ihrem höchst willigen Körper zu befriedigen.

Der Damm brach, als sie ihre Beckenmuskulatur anspannte und sich unter ihm zu winden begann.

Zischend stieß er einen Fluch aus.

Dann packte er ihre Hüfte, drückte sie erbarmungslos nach unten und tat das, was sie von ihm verlangt hatte. Ließ alle Selbstbeherrschung fahren und nahm sie völlig zügellos.

Eine Feuersbrunst raste sengend heiß und voller Begierde durch sie beide, brannte alle Hemmungen nieder, bis sie nur noch wie von Sinnen keuchten und alles um sich herum vergaßen.

Gemeinsam erklommen sie den Gipfel der Lust.

Strebten dem Himmel entgegen und wurden belohnt mit unvergleichlicher Seligkeit.

Um am Ende in ein Meer von Glück einzutauchen.

Als die letzten Flammen der Leidenschaft erloschen waren, lagen sie da mit verschlungenen Gliedern. Erschöpft, befriedigt und erfüllt von einer unaussprechlichen Zärtlichkeit.

Und mit sehnsuchtsvoll klopfenden Herzen.

Phoebe wagte kaum zu atmen, um diesen friedlichen Moment nicht zu stören. Bevor er sich in sie ergoss, hatte er laut ihren Namen gerufen, und sie war bei ihm gewesen, durch nichts voneinander getrennt.

Als der Morgen dämmerte, erhob er sich. Zeit zu verschwinden, bevor das Haus erwachte. Phoebe richtete sich schläfrig auf und beobachtete, wie er im Dunkeln seine Sachen vom Boden aufsammelte und sich anzuziehen begann.

Er schaute zu ihr hin. »Der Tag bricht an – ich muss gehen.«

Erfreut stellte sie fest, dass Widerwillen aus seinen Worten klang. Lieber würde er noch bleiben, da war sie sich sicher.

Bei ihr und in ihrem Bett.

Unverhohlen ließ sie ihren Blick im Zwielicht über seinen Körper gleiten, denn nach dieser Nacht waren Anstandsregeln überflüssig. Sie hatten sich einander hingegeben. Schrankenlos. Hemmungslos.

Sie sich ihm und er sich ihr.

Während sie ihn noch wohlgefällig betrachtete und sich dabei in ihre Kissen kuschelte, überlegte sie, welche Veränderungen sich in den letzten Stunden durch ihn und ihr Liebesspiel bei ihr vollzogen hatten.

Zwar mochte sie unschuldig gewesen sein, jedoch nicht naiv und prüde. Ihr war sehr wohl klar, dass sie durch Worte und Fantasien zielstrebig verführt worden war. Durch einen Angriff auf ihre Sinne.

Zum Glück, wie sie jetzt erkannte.

Alles war schließlich zu ihrem Vorteil geschehen. Damit sie endlich ihre alten Ängste überwand, Nähe überhaupt zuließ und ihre körperlichen Bedürfnisse genießen konnte.

Von Anfang an wusste er genau, wie es um sie stand. Hatte sie seit ihrer ersten Begegnung durchschaut, ob ihr das nun gefiel oder nicht. Immerhin durfte sie mit dem Ergebnis mehr als zufrieden sein, nachdem so vieles Belastende von ihr abgefallen war.

Ihre unbegründete Angst ebenso wie alberne Schamgefühle und Anstandsregeln.

Phoebe fühlte sich seltsam befreit, befriedigt und herrlich lebendig, eins mit sich und der Welt.

Und das hatte sie allein ihm zu verdanken.

Nachdenklich ruhte ihr Blick auf ihm, und sie erkannte, dass es nicht einfach Dankbarkeit war, die sie erfüllte.

Da war mehr.

Ein inniges, tiefes Gefühl, das sie in einer Weise berührte wie nie etwas zuvor.

Das sie jedoch nicht zu benennen wagte.

Sie starrte auf seinen breiten Rücken, als er auf dem Bett sitzend seine Stiefel anzog, und überlegte.

In Kürze würde er sie verlassen, doch sie wusste mit unumstößlicher Sicherheit, dass er wiederkommen würde. Zurück in ihr Bett, zurück zu ihrem Körper. In der nächsten Nacht und in allen anderen, die noch folgten.

Weil er sie begehrte, weil sie ihm gehörte.

Schrankenlos und unverbrüchlich. Ja, und auch sündig und schamlos.

Nach dieser Nacht, in der sie zueinandergefunden hatten, würden ihr Leben und die Entscheidungen, die sie fällen musste, allerdings nicht leichter werden, denn sie konnte ihn nicht mehr ausschließen von ihren Plänen.

Was geschehen war, markierte einen Umbruch. Einen Wendepunkt, der alles Gewohnte auf den Kopf stellte.

Wie sollte sie darauf reagieren?

Wie mit der veränderten Situation fertigwerden?

Sie würde es hoffentlich herausfinden, denn eine Alternative gab es nicht. Auch nicht mehr für sie.

Er blieb neben dem Bett stehen und sah auf sie hinunter. Streckte nach einem Augenblick die Hand aus und strich ihr mit den Fingern leicht über die Wange, hob ihr Kinn an, um sie sanft zum Abschied zu küssen.

»Pass auf dich auf.« Rau kamen die Worte von seinen Lippen, bevor er sie losließ und sich aufrichtete. »Ich werde dich im Laufe des Tages besuchen.«

Dann nickte er ihr zu, drehte sich um und durchquerte den Raum, ohne ein Geräusch zu verursachen, öffnete leise die Tür und verschwand.

Seufzend ließ sie sich zurück in die Kissen sinken und sah zum grünen Betthimmel hoch. Dachte an ihn und die Freuden, die er sie lehren wollte und die sie ihm zurückzugeben wünschte.

Um Gleiches mit Gleichem zu vergelten.

Zum Teufel mit einer kurzen Liaison!

So wie die Sache derzeit aussah, brauchte Deverell nur in ihre Nähe zu kommen, und schon verspürte sie diese verbotene Erregung, die unzüchtige, höchst sinnliche Genüsse verhieß. Jedes Mal, wenn er sie ansah, jedes Mal, wenn er sie berührte – wie unschuldig das auch sein mochte –, dachte sie daran, mit ihm allein zu sein und in seinen Armen zu liegen.

In Zukunft würde sie nur noch davon träumen, dass er wieder zwischen ihren Schenkeln lag und welch unbeschreibliche Wonne es bedeutete, mit ihm vereint zu sein.

Mit keinem anderen Mann vermochte sie sich das auszumalen.

Mit keinem anderen würde sie so etwas tun wollen.

Mit ihm allein wünschte sie die Dinge zu erkunden, die das Schicksal ihr bisher vorenthalten hatte.

Diese Chance würde sie sich nicht entgehen lassen, sondern sie in vollen Zügen auskosten. Egal welcher Gefahr sie sich dabei aussetzte.

Sie zögerte, fragte sich, ob sie sich wirklich so leicht über alles hinwegsetzen würde.

Ja, beschloss sie. Wenn einem etwas wichtig war, musste man auch Risiken in Kauf nehmen. Da brauchte sie nur an die Agentur zu denken.

Sie zog die Decke hoch und kuschelte sich hinein. So wie es aussah, würde sie sich weiter auf Deverell einlassen. Er konnte ihr helfen, ihr wahres Wesen kennenzulernen und anzunehmen. Und zu entdecken, was eine Frau ausmachte.

Warum hatte sie das früher bloß als unwichtig empfunden?

Sie schloss die Augen und war bald darauf eingeschlafen.

15

Spät am Morgen desselben Tages blieb Malcolm Sinclair in einem Stadthaus in der eleganten Arlington Street, gleich um die Ecke von St. James, vor der Tür zum Arbeitszimmer seines Vormunds stehen. Nach einem kurzen Moment des Zögerns hob er die Hand und klopfte.

»Herein«, blaffte Henry von drinnen.

Malcolm folgte der Aufforderung und öffnete die Tür.

Eine beeindruckende Gestalt mit stahlgrauem Haar saß hinter einem riesigen, mit Papieren bedeckten Schreibtisch und war damit beschäftigt, ein Urteil niederzuschreiben. Ein kurzes Zucken um die schmalen Lippen war der einzige Hinweis darauf, dass er die Gegenwart seines Besuchers zur Kenntnis nahm.

Vorsichtig schloss der junge Mann die Tür und durchquerte den Raum auf leisen Sohlen, nahm auf der anderen Seite des Schreibtischs Platz.

Henry schaute unter buschigen Augenbrauen auf, musterte fragend sein Mündel, doch aus Malcolm Gesicht ließ sich wie gewöhnlich nichts ablesen.

»Nun?«

Der schroffe Tonfall war ein deutlicher Hinweis darauf, dass Henry sich gestört fühlte.

Pflichtbewusst erstattete Malcolm Bericht.

»Sieht ganz so aus, als hätten wir ein Problem.«

Er musterte die unwirschen Züge seines Vormunds, während er mit der ihm eigenen Geduld wartete. Andere an seiner Stelle hätten sich Sorgen gemacht und wären bestimmt nervös gewesen.

Nicht so er. Seit frühester Kindheit Henrys Mündel, wusste er mit dessen arroganter, herablassender Strenge umzugehen. Er war erst sechs gewesen, als seine Eltern starben. Seitdem hatte er gelernt, sich anzupassen.

Wozu gehörte, Henry niemals auf einen Irrtum hinzuweisen, obwohl ihm die häufig unterliefen.

Malcolm harrte einfach der Dinge und wartete ab.

So auch jetzt.

Henry nahm die Eröffnung mit einem unwilligen Brummen zur Kenntnis, um sich wieder seinem Dokument zuzuwenden, und das Kratzen der Feder blieb für einige Zeit das einzige Geräusch im Raum.

Währenddessen ließ der junge Mann den Blick über die Pistolen seines Vormunds gleiten – diese todbringende Sammlung, an der sein ganzes Herz hing. Er betrachtete die hölzernen Läufe, das kunstvoll geschmiedete Eisen, die schimmernden Intarsien.

Ihm bedeuteten sie nichts. Obwohl es sich überwiegend um seltene und antike Stücke handelte, waren es für ihn nur Waffen. Werkzeuge, die man benutzte, falls man sie brauchte, aber ansonsten relativ uninteressante Gegenstände. Henrys Besessenheit erstaunte ihn deshalb umso mehr, zumal sein Vormund ansonsten eigentlich ein eher leidenschaftsloser Mann war.

Nicht jedoch, wenn es um seine Pistolen ging. Die waren eine Passion für ihn. Und beinahe so etwas wie Objekte der Begierde. Ja, genau das waren sie.

In der Tat hatte der unstillbare Wunsch, eine von Napoleon benutzte Pistole zu besitzen, das Vermögen seines Vormunds in fast skandalöser Weise verringert. Und seitdem mit Ende des Krieges die Waffen der geschlagenen Grande Armée und ihrer sieglosen Marschälle den englischen Markt überfluteten, verstärkte sich diese Tendenz zunehmend, während die Zahl der Pistolen wuchs.

Mit der Folge, dass Henry sich ständig gezwungen sah, irgendwo Geld aufzutreiben. Aber darum ging es jetzt nicht.

»Was für ein Problem haben wir?«, fragte er nach einer Weile, ohne Malcolm anzusehen.

»Diese niedliche kleine Gouvernante, die wir uns von Chifley holen wollten ... Sie ist verschwunden.«

Henry hielt inne, ließ die Feder sinken und hob endlich den Blick. »Einfach weg?«

»Genau. Sie ist letzte Nacht weggelaufen oder eher geflüchtet. Sagt zumindest Chifley. Er hält das Ganze für eine abgekartete Sache. Da sollen kräftige Männer in der Gasse hinter dem Haus gewesen sein, um sie fortzuschaffen, und die waren wohl nicht zimperlich.«

Sein Vormund verzog die Lippen. »Und das hast du ihm geglaubt? Dieser kleine Wichtigtuer kann doch seine Hose nicht geschlossen halten. Bist du dir sicher, dass er es ihr nicht besorgt hat und sie danach einfach stiften gegangen ist?«

Der junge Mann wiegte den Kopf. »Unter normalen Umständen sehr wahrscheinlich, gebe ich zu. Aber in diesem Fall neige ich dazu, ihm zu glauben. Nicht nur wegen seiner Empörung, die ehrlich klang, sondern weil eine Prellung seine Wange ziert, die bestimmt nicht vom Zusammenstoß mit einer Tür herrührt, wie er seiner Mutter weismachen wollte.«

Henry runzelte die Stirn und legte die Feder weg. Seine

Miene wurde noch finsterer, und er kniff die blassen Augen zu schmalen Schlitzen zusammen. Was sein Mündel ihm da erzählte, ging ihm gewaltig gegen den Strich. Gedankenverloren strich er über das Papier, das vor ihm lag.

»Hört sich ja ganz so an, als gäbe es noch andere, die auf die gleiche Beute aus sind wie wir. Und das in unserem Revier.«

Sein Mündel nickte kurz. »Da ist noch etwas. Ich habe Gerüchte gehört, dass weibliche Angestellte bei Hausgesellschaften verschwunden sind, zu denen sie ihre Herrschaften begleitet haben. Weil das auf Landsitzen passierte, fiel es zunächst weniger auf und hätte Zufall sein können. Alle dachten, die Mädchen seien einfach abgehauen. Jetzt ist allerdings während eines Besuchs auf Cranbrook Manor eine weitere Zofe auf geheimnisvolle Weise abhandengekommen, zudem die Sache in Mayfair bei den Chifleys ... Das gibt zu denken.« Er legte eine kurze Pause ein und schaute seinen Vormund an. »Ihre Schlussfolgerung könnte also durchaus zutreffen. Wie lauten Ihre Befehle?«

»Finde mehr heraus«, antwortete Henry grob und ballte eine Hand zur Faust, wobei seine Stimme einen drohenden Tonfall annahm. »Falls es sich bewahrheitet, dass irgendwelche Banditen sich erdreisten, in unserem Revier zu wildern, dann müssen wir dem energisch einen Riegel vorschieben und den Burschen eine Lektion erteilen, die sie nicht vergessen werden.«

Vertrauen. Es ging immer nur darum.

Wollte er Phoebe für sich gewinnen, musste er zunächst ihr Vertrauen erringen. Oder es vielmehr langsam aufbauen. Das war das Allerwichtigste.

Deverell hatte allerdings den Eindruck, in dieser Hinsicht

außerordentlich gute Fortschritte zu machen. Sofern es ihm gelang, die bisherigen Erfolge für seine Zwecke und seine weitere Vorgehensweise zu nutzen.

Frauen vertrauten den Männern, mit denen sie schliefen. Das waren zumindest seine Erfahrungen. Und bei Phoebe würde es hoffentlich nicht anders sein.

Nachdem sie ihn in ihr Bett und in ihren Körper gelassen hatte, ging er davon aus, dass die erste entscheidende Hürde genommen war und es jetzt vor allem darauf ankam, diesen Vertrauensvorschuss nicht leichtfertig zu verspielen.

Natürlich würde er alles daransetzen, dass dies nicht geschah und sie bald bereitwillig eine Heirat in Erwägung zog.

Dazu gehörte, dass er die Erinnerung an ihre gemeinsame Nacht wachhielt. Und so tauchte er bereits mittags wieder in Ediths Haus an der Park Street auf.

Gemeinsam mit ihrer Tante saß Phoebe im Morgensalon, durch dessen Terrassentür er das Gebäude erst wenige Stunden zuvor verlassen hatte.

»Ich habe mich gefragt, ob Sie wohl eine Spazierfahrt im Park mit mir machen würden, Miss Malleson?«, fragte er höflich, nachdem er Edith begrüßt hatte. »Vielleicht könnten wir ja auch an diesem herrlichen Tag einen größeren Ausflug unternehmen.«

In die Kensington Church Street zum Beispiel.

Ihre Augenlider flatterten, als sie begriff, was er meinte.

»O ja, das klingt gut«, sagte sie ein wenig atemlos und rang sich ein verbindliches Lächeln ab. »Eine Spazierfahrt im Park wäre sehr schön.« Sie wandte sich fragend an ihre Tante. »Das heißt, falls du ohne mich auskommst.«

»Aber ja, mein Liebes.« Edith strahlte Deverell an. »Heute Vormittag steht nur Lady Hardcastles Besuch an. Ich werde wunderbar allein zurechtkommen.«

»Gut. Wenn das so ist, gerne. Ich hole bloß schnell Haube und Umhang.« Phoebe erhob sich und war schon fast zur Tür hinaus, als sie sich noch einmal zu Edith umdrehte. »Du denkst doch an das, was wir besprochen haben, falls du Lady Purcell triffst?«

Edith lächelte und wedelte mit der Hand. »Natürlich, Liebes. Wenn ich sie sehe, werde ich eine kurze Andeutung fallen lassen. Aber jetzt geh endlich.«

Phoebe nickte und eilte zur Tür hinaus und hinauf in ihr Zimmer.

Während sie ihre Haube aufsetzte und die breiten Bänder unter ihrem Kinn zu einer Schleife band, klingelte sie nach Skinner und teilte ihr mit, dass sie nach den beiden jungen Mädchen sehen wolle, die sich in der Agentur versteckt hielten.

»Jessica wird morgen mit Lady Pelham abreisen. Ich muss sicher sein, dass sie alles hat, was sie braucht. Wie geht es übrigens Fergus?«

»Der hütet immer noch das Bett.« Skinner schüttelte Phoebes Umhang aus. »Glücklicherweise ist dieser Bursche von Seiner Lordschaft vorbeigekommen, dieser Grainger, und hat seine Hilfe angeboten. Er sagte, der Viscount hätte ihm das angeschafft. Offenbar war er ja auch unserem Fergus letzte Nacht behilflich. Und heute wird er Ihre Tante sogar zu ihren Besuchen fahren. Mit Fergus' Zustimmung, obwohl er die nicht gerne gibt. Er schwört, dass es ihm heute Abend bestimmt wieder besser geht und er selbst kutschieren kann.«

Phoebe schaute Skinner an und sah die Anspannung in ihrem Gesicht. Ihre alte Vertraute schien sich ernstlich Sorgen zu machen, nachdem sie von dem um ein Haar missglückten Rettungsversuch erfahren hatte. Seine Lordschaft, wie sie Deverell konsequent zu nennen pflegte, war hingegen durch sein tatkräftiges Eingreifen in ihrer Achtung erheblich gestiegen.

»Hoffen wir das Beste.«

Sie erhob sich und ließ sich von Skinner den Umhang um die Schultern legen, zog noch ihre Handschuhe an und ging nach unten.

Deverell stand wartend in der Eingangshalle und nahm ihre Hand.

»Edith ist nach oben gegangen, um sich für ihre Besuche umzukleiden. Wir können also aufbrechen.«

Sie warf ihm einen prüfenden Blick zu. Obwohl sie die Gelegenheit, in der Agentur nach dem Rechten zu sehen, bereitwillig ergriffen hatte, begann sie sich zu fragen, welchen Zweck er damit verfolgte.

Was sollte dieser Vorschlag überhaupt?

Aus seiner Miene vermochte sie nichts abzulesen.

War es pure Neugier? Der verständliche Wunsch, die Agentur näher in Augenschein zu nehmen, nachdem sie jetzt quasi unter seinem persönlichen Schutz stand?

Oder plante er etwa, sie auszuschalten und alles an sich zu reißen? Männer wie er taten so etwas, flüsterte ihr eine innere Stimme beharrlich ein.

Sie schob das Kinn vor. Das sollte er nur ja nicht versuchen, dachte sie und stieg in den offenen Zweispänner.

»Wie viel weiß Edith eigentlich von deinen kleinen Unternehmungen?«, fragte er, während er die Zügel ergriff und die Schimmel antraben ließ.

Sie schrak zusammen, brauchte einen Moment, um die richtigen Worte zu finden.

»Sie weiß es und auch wieder nicht«, sagte sie schließlich zögernd. »Edith ist einer dieser Menschen, denen man nichts zu erklären braucht. Sie sieht und versteht Dinge und weiß es irgendwann einfach. Und in diesem Fall haben wir es dabei belassen. Solange ihr nichts erzählt wird, kann sie reinen Gewissens ganz unschuldig und arglos tun. Das ist wichtig für sie, vor allem falls mein Vater einmal Wind von der Sache bekäme.«

Deverell nickte, als sei das die plausibelste Erklärung der Welt. »Aber falls du verschwinden müsstest und sie Kontakt zu dir aufnehmen wollte, wüsste sie dann, wie sie dich erreichen kann?«

»Nein, ich glaube nicht, aber andere wissen Bescheid. Sie würde vermutlich Skinner bitten, mir eine Nachricht zu übermitteln. Oder Fergus beispielsweise.«

Er nickte erneut. »Und warum soll Edith sich mit Lady Purcell unterhalten?«

Phoebe verzog das Gesicht. Sie hatte gehofft, dass ihm das Gespräch zwischen ihr und ihrer Tante entgangen war.

»Edith kennt keine Details, bekommt jedoch so einiges mit. Dass mir etwa das Wohl der jungen Zofen und Gouvernanten am Herzen liegt und ich da bisweilen ein wenig Schicksal spiele und vermittle. Von meinem Engagement in der Agentur ahnt sie vermutlich nichts. Und was Lady Purcell betrifft: Sie ist die Schwester von Lady Chifley, zum Glück allerdings eine deutlich gescheitere Person.«

»Edith war doch dabei, als du den jungen Chifley kennengelernt hast.«

»Ja, und das reichte, um Lady Purcell gegenüber das unangemessene Verhalten des jungen Mannes zu erwähnen. So läuft das mit Edith. Und Lady Purcell wird, sobald sie von der geflohenen Gouvernante erfährt, zwei und zwei zusammenzählen und ihre Schwester beiseitenehmen, um ein paar Takte über den missratenen Neffen loszuwerden. Mit ein bisschen Glück wird Lady Chifley dann in Zukunft besser aufpassen, was in ihrem Haus geschieht. Und damit hätten auch wir etwas erreicht.«

Er ließ ihre Worte auf sich wirken. »Sehr geschickt«, sagte er schließlich anerkennend.

Kurz darauf bog die Kutsche in die Kensington Church Street ein, fuhr an der Agentur vorbei zum Hintereingang, wo Deverell das Gespann anhielt und die Bremse einlegte.

Zwei Gassenjungen kamen mit großen Augen angeschlichen, um die elegante Equipage und die rassigen Pferde zu bewundern. Auch Phoebe und Deverell boten für sie mit Sicherheit einen sehr noblen Anblick.

Lächelnd winkte er die Bürschchen heran. Verunsichert traten sie näher, doch als er sie bat, ein Auge auf seine Pferde zu haben, strahlten ihre Gesichter, und mit dankbarem Nicken steckten sie die Münzen ein, die er ihnen in die Hand drückte.

Danach wichen sie nicht mehr von der Seite des Gespanns, hüteten es wie ihren Augäpfel.

Phoebe musterte argwöhnisch die großen, kräftigen Tiere und die mageren Jungs. »Ist das eine gute Idee?«

Amüsiert zuckte es um seine Lippen. »Sagen wir es so: Auf meine Pferde kann ich mich verlassen, sie sind außerordentlich gut erzogen.«

Als sie in seine funkelnden grünen Augen schaute, erkannte sie den Schalk darin. Wollte er sich etwa über sie lustig machen? Sie brummte Unverständliches vor sich hin und ging voraus ins Gebäude.

Bis auf Jessica trafen sie alle in der Küche an. Emmeline knetete am Tisch Teig. Constance stand neben ihr und hackte Nüsse klein, während Birtles in einem Stuhl neben dem Feuer saß, um nicht im Weg zu stehen. Grinsend erhob er sich, als Phoebe hereinkam, und begrüßte sie mit einem Nicken, bevor er sich ehrerbietig vor Deverell verbeugte. »Mylord.«

Dann wandte er sich wieder an Phoebe. »Wie geht's Fergus?«

»Besser, aber er ist immer noch etwas angeschlagen. Schwört allerdings, dass er bis zum Abend wieder auf dem Posten ist.«

Sie lächelte Birtles noch einmal zu, ehe sie zu Emmeline trat. »Kekse?«

Wie am Abend zuvor wirkte die Frau durch Deverells Anwesenheit wie gelähmt. Sie nickte verlegen, ehe sie wieder anfing, den Teig zu bearbeiten.

»Ich dachte, ich gebe Jessica morgen ein paar für die Reise mit.« Emmeline schaute zu der Gouvernante hinüber. »Constance hat freundlicherweise ihre Hilfe angeboten.«

Phoebe zog sich einen hochlehnigen Stuhl heran und setzte sich an den Tisch.

»Ich hoffe, du hast dich von den schrecklichen Erlebnissen erholt? Es war bestimmt ein schrecklicher Schock, als er dich verfolgte.«

Ein scheues Lächeln glitt über das Gesicht des Mädchens. »Es hat mir geholfen, dass Seine Lordschaft ihn verprügelte. Ich sehe ihn immer noch vor mir, wie er die Augen verdreht und wie ein Sack Zwiebeln umkippt«, erklärte sie leise und zerkleinerte noch heftiger ihre Mandeln und Nüsse.

Phoebe musste grinsen bei dieser Schilderung, denn ihr war Deverells Eingreifen vor lauter Sorge um Fergus mehr oder weniger entgangen. Nur das Ergebnis hatte sie gesehen.

»Wir müssen noch darüber reden, was mit Constance geschehen soll. Damit wir eine Vorstellung davon bekommen, welche Anstellung die beste für sie wäre. Aber zuerst möchte ich mit Jessica sprechen.«

Emmeline nickte, den Blick fest auf den Teig gerichtet. »Sie ist oben und packt.«

Phoebe fand die junge Zofe in einem kleinen Zimmer am Ende des Flurs. Jessica war gerade dabei, ihre paar Habseligkeiten sorgfältig zusammenzulegen und in einer abgenutzten Reisetasche zu verstauen. Sie schaute auf und strahlte, als sie Phoebe sah, und machte schnell einen Knicks.

Der panische Ausdruck war zum Glück inzwischen aus ihren Augen verschwunden. Nur ein paar Tage mit Emmeline und Birtles hatten gereicht, aus Jessica wieder das fröhliche Mädchen zu machen, das sie sein sollte.

»Du wirst sehr gut mit Lady Pelham zurechtkommen, ganz bestimmt.«

Phoebe hockte sich auf die Kante des schmalen Bettes und beschrieb die Eigenheiten der Dame, riet Jessica, auf dieses und jenes zu achten. Außerdem gab sie ihr eine Kurzfassung der Familiengeschichte, die zu kennen sich immer als nützlich erwies. Obwohl in diesem Fall keine besonderen Probleme zu erwarten waren, da Jessica mit Lady Pelham zurückgezogen auf dem Land leben würde. Auch Nachstellungen musste sie im Haus der Witwe nicht befürchten.

»Eine Sache noch: Solltest du jemals wieder in ähnliche Schwierigkeiten geraten, kannst du jederzeit zur Agentur zurückkehren. In Lady Pelhams Haushalt wirst du dir jedoch keine Sorgen machen müssen … Sie ist eine nette Person, ebenso wie ihre Haushälterin und der Butler.«

Jessica seufzte aus vollem Herzen. »Es ist eine riesige Erleichterung für mich, nicht ständig auf der Hut sein zu müssen … Na ja, Sie wissen schon.«

Jessica wollte sich weiter überschwänglich bedanken, aber Phoebe gebot ihr Einhalt. Wenn das Mädchen glücklich wurde bei Lady Pelham, war das für sie Dank genug.

Außerdem wurde sie in diesem Moment abgelenkt vom Schlagen einer Tür und von Stimmen, die sie nicht eindeutig zuordnen konnte. Sie waren zu weit entfernt.

Verwirrt runzelte sie die Stirn.

Das war doch nicht Deverell gewesen, der sich gerade verabschiedete und das Haus verließ, oder?

Schnell verließ sie das Zimmer und eilte die Treppe hinunter. In dem schmalen Gang angekommen, bemerkte sie, dass die Stimmen nicht aus der Küche, sondern aus dem Büroraum der Agentur, der zur Straße hin lag, kamen.

Seltsam, dachte sie und fühlte sich irgendwie alarmiert. Sie warf einen Blick in die Küche, wo Constance gerade die Plätzchen formte und auf ein Backblech legte.

Bevor sie das Mädchen fragen konnte, wo die anderen seien, war erneut eine Stimme zu vernehmen.

»Sagen Sie mir nur, wohin. Da oben?«

Deverell. Kein Zweifel, das war er. Und er befand sich eindeutig irgendwo im vorderen Bereich des Hauses.

Bloß was tat er dort?

Schnell verließ Phoebe die Küche und eilte nach vorn, um nach dem Rechten zu sehen. Inzwischen war sie bereits so misstrauisch, dass alles ihr verdächtig vorkam.

Mit wem redete Deverell?

Und wo war Emmeline?

Ihre Befürchtungen erwiesen sich als unbegründet, und der Anblick, der sich ihr bot, entlockte ihr sogar ein Lachen.

Emmeline, bislang ausgesprochen schüchtern und verlegen in Gegenwart Deverells, stand da mitten im Büro und erteilte Seiner Lordschaft Anweisungen.

Unfassbar.

Phoebe traute ihren Augen nicht. Deverell schleppte doch tatsächlich wie ein Hausdiener große Kisten mit Akten. Gerade stellte er eine in das Wandregal, trat zurück, wischte den Staub von den Händen und nahm sich die nächste vor.

Als er sie entdeckte, grinste er sie schief an.

»Birtles ist losgezogen, um Kohlen zu bestellen. Er meinte, solange ich im Haus sei und aufpasse, könne ja nichts passieren.«

Es hörte sich an, als sei es für einen Viscount des Königreichs das Normalste von der Welt, solche Hilfsdienste zu leisten. Und dann noch für eine Agentur, in der es nicht immer legal zuging.

»Ein bisschen nach rechts, Mylord, wenn Sie so gut wären«, kommandierte Emmeline. »Wenn dazwischen mehr Platz ist, kommt Birtles besser an die Unterlagen ran, falls wir sie noch einmal brauchen.«

Deverell folgte ihren Anweisungen, ohne zu murren, und griff nach der nächsten Kiste.

Ungläubig betrachtete Phoebe die Szene, die sich ihr bot.

Sie hatte keine Ahnung, dass sie sich bald noch mehr wundern würde.

In den nächsten Tagen drang Deverell kontinuierlich Stück für Stück in ihre Welt vor. Und das nicht nur am Tage, sondern auch während der Nacht.

Nachdem er einmal den Weg in ihr Schlafzimmer gefunden hatte, bereitete es ihm keine Schwierigkeiten, sich regelmäßig bei ihr einzuschleichen, nachdem im Haus Ruhe eingekehrt war.

Phoebes Empfindungen waren zwiespältig.

Einerseits wollte sie ihn in ihrem Bett haben, andererseits spürte sie, wie sie mit jeder Nacht zunehmend tiefer in seinen Bann geriet und von dem Zauber gefesselt wurde, den sie gemeinsam heraufbeschworen.

Sie genoss es, dieses Geben und Nehmen, diesen Austausch von Lust, Verlangen und Begierde, und erwies sich als eifrige Schülerin. Zugleich aber erkannte sie, dass andere Dinge ihr plötzlich weniger wichtig erschienen.

Eine bedenkliche Situation, ein beunruhigendes Zeichen.

So hatte sie sich das nicht vorgestellt, dass sie über Deverell beinahe alles andere vergaß.

Zudem wusste sie nicht, was sie von seinem verstärkten Einsatz in der Agentur halten sollte. Binnen zwei Tagen war es ihm gelungen, dort als vollwertiges Mitglied der verschworenen kleinen Gemeinschaft akzeptiert zu werden. Auch das verwirrte sie, weil sie um ihre Selbstständigkeit fürchtete.

Wollte er sie etwa ausbooten?

Als sogar Skinner mit fliegenden Fahnen zu ihm überlief und nur noch lobende Worte für ihn fand, wuchsen ihre Bedenken. Zwar zweifelte sie nicht an seinen guten Absichten oder an seiner Vertrauenswürdigkeit, doch fragte sie sich dennoch, ob es klug sei, einen Mann wie ihn so stark in ihre Belange einzubeziehen und ihm damit weitestgehenden Einblick in ihre Arbeit zu gewähren.

Deverell gehörte schließlich Kreisen an, in denen es selbstverständlich war, dass ein Mann die Führung übernahm. Zumal wenn ihm diese Eigenschaften in die Wiege gelegt worden waren. Irgendwann würde er nicht widerstehen können und sich um alles kümmern.

Damit wäre sie draußen. Verdrängt aus der Agentur, die sie ins Leben gerufen hatte.

Das durfte sie nicht zulassen. Bei aller Liebe nicht!

Phoebe ging in Habtachtstellung.

Ständig war sie auf dem Sprung und darauf gefasst, sich eventuelle Übergriffe seinerseits sofort zu verbitten. Er spürte ihre Befürchtungen und versuchte sie lächelnd zu unterlaufen.

Mit Erfolg, wie sie widerstrebend zugeben musste.

Verwirrt, befremdet und vielleicht sogar ein wenig enttäuscht musste sie nämlich erkennen, dass sie ihn mal wieder falsch eingeschätzt hatte. Er schien immer zu wissen, wie weit er gehen konnte, ohne dass er ihr auf die Zehen trat.

Niemals überschritt er seine Kompetenzen.

Hielt inne, bevor er einen Schritt zu viel machte.

Und fügte sich.

Nach sechs Tagen, in denen sie ihn ständig beobachtet, ihn tagsüber wie abends unentwegt um sich gehabt hatte, warf sie ihre Skepsis über Bord und tat heimlich Abbitte.

Mehr noch, sie war beeindruckt.

Weil er sie unterstützte, ohne alles an sich zu reißen.

Ein seltener Fall bei Gentlemen seines Kalibers.

Nicht dass sie es ihm gesagt hätte, das nicht. Dazu war sie zu stolz, und zudem brauchte ein so von sich überzeugter Mann wie er weiß Gott keine zusätzliche Ermutigung. Er wusste nämlich selbst genau, was er tun und lassen sollte. Dazu gehörte auch, sich die Bücher der Agentur vorzunehmen und Bilanzen und Rechnungen zu überprüfen.

Eine Aufgabe, die Phoebe nicht liebte und die sie ihm mit Freuden überließ.

Mehr und mehr begann ihr Widerstand zu bröckeln, und seufzend erklärte sie Skinner, dass jeder Mann, der ihr das abzunehmen bereit sei, sich eine Auszeichnung verdient habe.

Woraufhin die Zofe bloß brummte: »Auszeichnung, so nennt man das jetzt also.«

Phoebe wurde rot und zog es vor zu schweigen.

Eine Woche nach Jessicas Abreise aufs Land saß sie mit Deverell bei Emmeline in der Küche der Agentur, und gemeinsam gingen die beiden Frauen die Liste der Mädchen durch, die nach einer seriösen Stelle Ausschau hielten, und verglichen sie mit den Haushalten, die zuverlässiges Personal suchten.

Nach vier Jahren ihres Bestehens konnte sich die Agentur einer beeindruckenden Zahl von Vermittlungen rühmen und hatte sich einen exzellenten Ruf erworben.

Auf beiden Seiten.

Bei den Arbeitsuchenden ebenso wie bei den Arbeitgebern.

Durch ihre eigenen gesellschaftlichen Verbindungen hatte Phoebe es geschafft, die Agentur diskret als beste Vermittlungsstelle der Hauptstadt zu etablieren, ohne dass man sie direkt damit in Verbindung brachte. Die Ladys in den Salons wussten jedenfalls, an wen man sich wandte, wenn man weibliches Personal mit guten Referenzen brauchte. Egal ob Zofe, Gouvernante, Haushälterin oder Dienstmädchen.

Die Rettungsaktionen, wenngleich der spektakulärste Teil ihrer Tätigkeit, fielen dabei zahlenmäßig kaum ins Gewicht. Zum Glück, denn alles andere würde die normale Arbeit gefährden.

Während die beiden Frauen diskutierten, hörte Deverell lediglich mit halbem Ohr zu, denn er glich gerade Rechnungen ab. Inzwischen war ihm nämlich klar geworden, dass niemand sich bisher um den finanziellen Bereich sonderlich gekümmert hatte.

Zeit, das zu ändern. Selbst ein Unternehmen wie die Agentur musste nach wirtschaftlichen Prinzipien geführt werden. Und ausnahmsweise schien Phoebe in dieser Hinsicht keine Einwände zu erheben.

Als die Türklingel ertönte, schauten alle auf und hörten, wie Birtles im Büro einen Besucher begrüßte.

»Wie war Harrogate, Sir?«

Die beiden Frauen tauschten überraschte und erfreute Blicke, denn sie wussten offensichtlich auf Anhieb, um wen es sich handelte.

»Kommen Sie herein, Sir. Miss Phoebe ist da und wird Sie sicher gerne empfangen«, erklärte Birtles gerade, und unmittelbar darauf betrat ein hochgewachsener, seriös gekleideter älterer Herr mit weißen Haaren die Küche, um sie zu begrüßen.

»Loftus.« Lächelnd ging Phoebe mit ausgestreckten Händen dem Besucher entgegen.

»Mr. Coates.« Emmeline strahlte.

Deverell erhob sich und nickte dem Mann zu. Das war er also, der geheimnisvolle Unbekannte.

Loftus Coates nahm Phoebes Hände in seine, und ein schüchternes, gütiges Lächeln umspielte seine Lippen.

»Ich fürchte, die Heilwasser von Harrogate sind mir nicht sonderlich bekommen, deshalb bin ich etwas früher als geplant zurückgekehrt.«

Er verstummte und schaute fragend den Fremden an, der in dieser Küche seiner Meinung nach nichts zu suchen hatte.

Deverell kam mit einem freundlichen Lächeln um den Tisch herum. »Gestatten, Deverell. Oder Paignton, ganz wie es beliebt«, sagte er und schüttelte die Hand des Mannes. »Ich unterstütze Miss Malleson bei ihren Unternehmungen«, setzte er hinzu, um etwaigen Fragen zuvorzukommen.

»Ach ja?« Coates wirkte eindeutig verwundert und sah Phoebe fragend an.

Deverell verharrte ebenfalls wartend.

Die junge Frau schaute von einem zum anderen.

»Stimmt«, bestätigte sie schließlich. »Seine Lordschaft, der Viscount Paignton, hat mir dankenswerterweise bei diesem und jenem geholfen. Unter anderem was die Buchhaltung betrifft, die für mich eine Qual bedeutet.«

Einladend wies sie auf die Stühle. »Außerdem gab es Ärger bei unserer letzten Rettungsaktion, die Lord Paignton dann gewissermaßen retten musste.«

Coates runzelte die Stirn und setzte sich an den Tisch. »Ärger?«

Er musterte Phoebe einen Moment lang und richtete den Blick dann auf Deverell. »Verstehe ich das richtig, dass Fergus und Birtles mit der Situation nicht fertiggeworden sind?«

In seinen dunklen Augen stand echte Sorge, und Deverell überlegte erneut, ob Loftus Coates sich für ihn nicht als nützlicher Verbündeter erweisen könnte.

»Ja, wir hatten es mit einem Totschläger und einem Degen zu tun.«

Coates' Lippen wurden ganz schmal, und er sah Phoebe vorwurfsvoll an. »Mein Liebe …«

Sie brachte ihn mit einem Heben ihrer Hand zum Schweigen.

»Bevor Sie anfangen, mir einen Vortrag zu halten – ich habe das Angebot Seiner Lordschaft …« Sie hielt abrupt inne, bevor sie den Satz beendete: »Also, ich habe sein Angebot, sich als zusätzlicher Begleiter zur Verfügung zu stellen, angenommen.«

Die Worte »mich zu beschützen«, die ihr um ein Haar herausgerutscht wären, verschluckte sie gerade noch rechtzeitig.

»Er wird uns auch in Zukunft bei solchen Aktionen unterstützen«, fügte sie schnell hinzu.

Coates musterte beide einen Moment lang schweigend. »Na gut. Wenn das so ist, soll es mir recht sein. Eigentlich bin ich gekommen, um mich nach einer anderen Sache zu erkundigen: Gibt es jemanden, der untergebracht werden muss? In Anbetracht der letzten Aktion gehe ich davon aus.«

Als Phoebe ihm von Constance Spry erzählte, hörte er aufmerksam zu und schien sich bereits seine Gedanken zu machen, warf hier und da einen Namen ein. Deverell erkannte, dass er in Kreisen des Großbürgertums tatsächlich über bedeutende Kontakte verfügte: Kaufleute, Handelsherren, Bankiers und Ähnliches.

»Eine Gouvernante mit tadellosem Charakter und Erfahrung mit kleinen Kindern – ich glaube nicht, dass es schwierig sein wird, sie unterzubringen, meine Liebe.« Coates lächelte Phoebe an. »Überlassen Sie das mir. In ein oder zwei Tagen sollte ich mehr wissen.«

Erleichtert atmete Phoebe auf.

»Wenn Ihnen das gelingt, werden wir alle sehr froh sein. Constance ist eine reizende junge Frau, nur haben wir im

Moment nichts Passendes für sie. Außerdem macht Chifley ein ziemliches Aufheben, da können wir uns unter seinen Bekannten nicht allzu offensichtlich umhören.«

»Nein, auf keinen Fall. Das wäre weder für Miss Spry noch für die Agentur gut.« Coates warf Phoebe einen besorgten Blick zu. »Sie müssen wirklich große Vorsicht an den Tag legen, meine Liebe. Keine Vermittlung ist es wert, dafür all die wertvolle Arbeit, die die Agentur noch leisten wird, womöglich zu gefährden.«

Unverkennbar ein leiser Tadel, dem Deverell nur zustimmen konnte.

Und der ihn der Notwendigkeit enthob, Phoebe selbst darauf anzusprechen.

Er war schließlich froh, wenn er so wenig Kritik wie eben möglich üben musste.

Das war besser für ihn und für sie und für ihr Verhältnis.

Obwohl sie angesichts der versteckten Rüge prompt das Gesicht verzog, wahrte sie die Form und verabschiedete sich von Loftus Coates mit ausgesuchter Höflichkeit.

Der allerdings wandte sich plötzlich an Deverell. »Lord Paignton, hätten Sie vielleicht einen Augenblick Zeit für mich?«

»Selbstverständlich«, sagte Deverell konziliant und bat Coates mit einer Handbewegung, ihm zu folgen. »Ich begleite Sie nach draußen.«

Unter Phoebes argwöhnischen Blicken verließen die beiden Gentlemen die Agentur und gingen ein Stück, bis sie außer Hörweite waren und Coates sich umständlich räusperte.

»Ich gehe wohl recht in der Annahme, dass ich Sie nicht nach Ihren Absichten fragen muss, Mylord.«

Deverell wartete mit seiner Antwort, bis Coates ihn wieder ansah.

»Nein.« Ihm kam vor, als würde in den Augen des anderen Erleichterung aufblitzen, doch er mochte sich genauso gut täuschen.

Coates musterte ihn durchdringend. »Dürfte ich Sie dann vielleicht fragen, wie Sie … äh … zu Miss Mallesons Aktivitäten hinsichtlich der Agentur stehen? Ich sollte vorausschicken, dass ich seit drei Jahren einen bescheidenen Beitrag leiste und sie gelegentlich unterstütze, soweit es in meiner Macht steht. In dieser Zeit ist meine Bewunderung für diese ungewöhnliche junge Dame zumnehmend gewachsen. Es ist gar nicht genug zu loben, was sie alles geleistet hat durch die Rettung so vieler armer Mädchen vor …«

»Vor einem wenig beneidenswerten und unverdienten Schicksal?«

»Genau.« Coates nickte energisch. »Genau das hatte ich sagen wollen.«

Deverell überlegte, was er dem Mann antworten sollte, damit es ehrlich klang. Immerhin gehörte er einer Gesellschaftsschicht an, die nicht unbedingt für ihre Mildtätigkeit den unteren Klassen gegenüber bekannt war. Auf keinen Fall durfte er zu dick auftragen.

»Ich sehe keinen Grund – überhaupt keinen –, etwas gegen Miss Mallesons Absicht zu haben, solch armen Frauen zu einem besseren Leben zu verhelfen. Genau wie Sie halte ich ihr Engagement für bewundernswert. Trotzdem kann und werde ich nicht zulassen, dass sie sich oder irgendjemanden aus der Agentur in Gefahr bringt. Jedweder Art.«

Er schaute auf und fuhr mit fester Stimme fort: »Mein Standpunkt ist folgender: Zwar will ich ihre Aktivitäten nicht einschränken, erachte es aber als notwendig, mich daran zu beteiligen. Als ihr Beschützer und der ihrer Leute. Ihre Sicherheit steht für mich an vorderster Stelle.«

Coates sah ihn einen Moment lang schweigend an, ehe er lächelnd seine Hand ausstreckte.

»Danke. Ich glaube, wir verstehen einander. Es ist eine Erleichterung für mich zu wissen, dass jemand auf sie achtet. Wenn Sie je Hilfe brauchen, wäre es mir eine Ehre ...«

Sie verabschiedeten sich in gutem Einvernehmen, und zufrieden kehrte Deverell in die Agentur zurück.

Er wusste, was er tat, oder zumindest glaubte er das. Doch während die Tage vergingen und er immer mehr über die Aktivitäten der Agentur erfuhr, merkte Deverell, dass er sich stärker in die Sache hineinziehen ließ als ursprünglich vorgesehen.

Nicht wegen Phoebe oder zu ihrem Schutz.

Nein, es ging ihm zunehmend um die Sache an sich.

Um seinen kleinen privaten Kreuzzug.

Sogar in Phoebes Bett wollte ihm diese Arbeit nicht mehr aus dem Kopf. Eine Vorstellung, die er noch vor Kurzem weit von sich gewiesen hätte. Jetzt hingegen fand er es gar nicht mehr so abwegig, sich dort zu engagieren.

Im Gegenteil.

Warum sollte ein Mann wie er, der so viele Jahre dem Wohl seines Landes geopfert hatte, seine Talente nicht auch anderswo nutzen. Schließlich handelte es sich ebenfalls um eine Art Krieg. Den zwischen Gut und Böse, zwischen Richtig und Falsch.

Ein Kampf, der größtenteils verdeckt geführt wurde, was die Geschichte für einen ehemaligen Geheimagenten nur attraktiver machte.

Eine Aufgabe, wie für ihn geschaffen.

Etwas anderes kam hinzu: Er genoss das Gefühl dazuzugehören. Teil einer Gemeinschaft zu sein. Etwas, das ihm in seinem Leben bislang gefehlt hatte. Mit Phoebe und den anderen zusammenzuarbeiten verlieh seinem Dasein jenen Inhalt und Sinn, nach dem er seit seinem Ausscheiden aus dem Militärdienst gesucht hatte. Es beendete seine Rastlosigkeit ebenso wie Langeweile und Überdruss, die ihn nur zu oft in den oberflächlichen Zirkeln der Aristokratie überfielen.

Aber war es fair, sich mit fremden Federn zu schmücken?

Statt sich eine eigene Aufgabe zu suchen?

Er drehte den Kopf und betrachtete Phoebe, die sich neben ihm auf dem Kissen räkelte und sich im Halbschlaf an ihn presste.

Versonnen ließ er die Zeit seit ihrer ersten gemeinsamen Nacht Revue passieren.

Inzwischen hatte sich im Tagesablauf eine feste Routine eingestellt. Ein Muster, an das sie sich zu halten pflegten, damit niemand Verdacht schöpfte.

Die Vormittage nutzte Phoebe meist, um gemeinsam mit Edith ihren gesellschaftlichen Verpflichtungen nachzukommen und diversen Ladys ihre Aufwartung zu machen. Das war umso wichtiger, als sie bei diesen Gelegenheiten die Ohren offen hielt und häufig mit Informationen über Personalprobleme und Vermittlungsmöglichkeiten zurückkehrte, die sie unverzüglich an Emmeline weiterleitete.

Deverell nutzte die Vormittage für die Erledigung seiner eigenen Geschäfte, die nicht wenig Zeit beanspruchten, seit er Titel und Ländereien geerbt hatte.

Am Nachmittag dann schaute er kurz in der Agentur vorbei, um dort nach dem Rechten zu sehen. Meist stieß

Phoebe irgendwann zu ihnen, und etwa eine Stunde lang beschäftigten sie sich mit anstehenden Angelegenheiten. Mit Routinesachen ebenso wie mit Problemen.

Und jedes Mal empfand er eine große Befriedung, wenn er aufgrund seiner reichen Erfahrungen und seiner Weltgewandtheit Lösungsansätze fand, wo die anderen bereits kapituliert hatten.

Es fühlte sich einfach gut an.

Diese Arbeit gab ihm etwas, mit dem er nicht gerechnet hatte. Und er war Phoebe ausgesprochen dankbar, dass sie bereitwillig seine Hilfe annahm.

Auch das ein Novum, das er noch vor gar nicht langer Zeit für undenkbar gehalten hätte. Wenn er nur daran zurückdachte, wie sie sich anfangs gegen jede Art von Einmischung wehrte.

Gelegentlich wurde die Routine unterbrochen durch Einladungen aufs Land.

Seine Gedanken schweiften ab zum gestrigen Tag, als ein Picknick bei Lady Castlereagh auf dem Familiensitz in Surrey auf dem Programm stand. Überraschend zog Edith ihre Zusage zurück, weil sie sich nicht gut fühlte, und Deverell erklärte sich bereit, Phoebe zu begleiten.

Natürlich leistete ihr gemeinsames Erscheinen weiteren Spekulationen Vorschub, denn inzwischen beobachtete man die beiden mit Argusaugen.

Unter den Gästen befand sich auch Leonora, Countess Trentham, einschließlich ihrer gefürchteten Großtanten. Er erinnerte sich bei diesem Anblick dunkel, dass sein Freund Tristan aus dem Bastion Club sich irgendwann in der Verlegenheit befunden hatte, eine große Anzahl älterer Damen in London unterbringen zu müssen. Vermutlich handelte es sich dabei um die Familie Trentham.

Deverell stellte also Phoebe vor und empfahl sich sogleich wieder.

Da Leonora vor ihrer Heirat nicht viele Gesellschaften besucht hatte, kannten sich die beiden jungen Frauen nicht. Trotzdem entdeckten sie schnell ihre Seelenverwandtschaft und gingen binnen kürzester Zeit miteinander um, als seien sie die besten Freundinnen.

Als sie sich voneinander verabschiedeten, vereinbarten sie gegenseitige Besuche, von denen der erste bereits fest verabredet war. Eine Einladung zum Tee bei Leonora.

Deverell sollte es nur recht sein, denn es lag auch in seinem Interesse, die vernachlässigten Kontakte zu den Freunden aus dem Bastion Club endlich wieder aufzufrischen.

In Gedanken ließ er die Namen und Gesichter Revue passieren. Diese Männer gehörten zu den wertvollsten Menschen, die man sich denken konnte.

Ihnen würde er sein Leben anvertrauen.

Und vieles andere mehr.

Sie schienen, soweit er das beurteilen konnte, auch bei der Auswahl ihrer Frauen ein glückliches Händchen gehabt zu haben.

Deverell hoffte inständig, das ebenfalls in naher Zukunft von sich sagen zu können, und begann sich sinnlichen Träumen darüber hinzugeben, wie die Ehe mit Phoebe aussehen würde. Geduld, mahnte er sich. Noch war es nicht so weit, aber bald …

Immerhin schlief er inzwischen ständig neben ihr. Eine Tatsache, die schließlich einiges besagte.

Mehr noch: Ohne sie konnte er nicht mehr einschlafen.

So hatte er vor einigen Tagen, als Edith abends nicht das Haus verlassen wollte, widerwillig seinen Club aufgesucht, um dort zu übernachten. Trotz seines bequemen Bettes war es eine Tortur geworden, und er hatte Höllenqualen ausgestanden.

Weil Phoebe sich im Bett nicht an ihn kuschelte.

Weil er die ganze Nacht kaum ein Auge zutat und mit den Nerven am Ende gewesen war.

Weil seine Gefühle verrücktspielten.

Diese Erfahrung hatte ihm gereicht, und nach Möglichkeit wollte er so etwas nicht noch einmal erleben. Oder zumindest nicht mehr allzu oft.

Sobald sie seine Frau war, würde die verzehrende und irgendwie beunruhigende Sehnsucht, die ihm inzwischen sogar den Schlaf raubte, vorüber sein. Dann hätte er sie beständig an seiner Seite und in seinem Bett.

Deverell beschloss, dass es Zeit war, die Heirat voranzutreiben. Alles andere würde sich von selbst ergeben.

Er drehte sich zu ihr herum, schlang seine Arme um sie und glitt rasch in einen ruhigen, erholsamen Schlaf.

Am Abend darauf trafen sie sich auf Lady Walkers Ball. Audrey und Edith waren ebenfalls anwesend, und die scharfen Augen seiner Tante wurden ganz schmal, als sie sah, wie er Phoebes Hand nahm.

Als ob sie etwas ahnte.

Zeit, sich vor ihr in Sicherheit zu bringen.

Schnell zog er Phoebe mit sich, als das Orchester die ersten Takte anstimmte.

»Wie praktisch, ein Walzer.« Er sah Phoebe in die Augen. »Sollen wir?«

Lächelnd willigte sie ein und ließ sich von ihm auf die Tanzfläche führen, wo er sie schwungvoll herumwirbelte. Um nach der ersten Runde sogleich eine ruhige Ecke aufzusuchen.

»Wie geht es unserem neuesten Zugang?«, fragte er.

»Sie erholt sich gut – scheint so, als seien wir gerade noch rechtzeitig gekommen«

Phoebe fand es nach wie vor verwirrend, mit ihm solche Sachen zu besprechen. Und es wollte ihr sowieso nicht in den Kopf, dass er sich für so etwas wie die letzte Rettungsaktion, die sie vor drei Tagen durchgeführt hatten, überhaupt interessierte.

Aber genau das tat er, und zwar nicht weniger als sie selbst.

»Emmeline hat letztens angedeutet, dass zwei weitere Ausflüge bevorstehen«, sagte er mit leichter Sorge. »Sind das immer so viele?«

»Ja und nein, das ist ganz unterschiedlich. Zu dieser Zeit des Jahres allerdings ist meist einiges los.«

»Warum? Hat das etwa mit der Saison zu tun?«

»Nein, zumindest nicht direkt. Die betroffenen Mädchen geraten deshalb unter Druck, weil im Juni der große Rückzug aufs Land beginnt. In der Regel ist es schwierig, von dort wegzukommen. Wer fliehen will, versucht deshalb sein Glück vorher. Die Vorstellung, auf einem einsamen Landsitz eingesperrt zu sein, schreckt die meisten. Zumal die Männer, die alten wie die jungen, sich gleichfalls den ganzen Sommer über dort aufhalten. Ein echter Horror.«

Sie schaute ihn fragend an, ob er noch mehr hören wollte, und als er auffordernd nickte, fuhr sie fort. »Außerdem ist jetzt die beste Zeit, um eine andere Stellung zu finden. Das gilt grundsätzlich für Personalfragen, denn alle, die Landsitze haben, warten in der Regel mit Neueinstellungen, bis sie wieder in der Stadt sind. Auf dem Land behilft man sich zur Not mit Leuten aus dem Dorf.«

Erstaunt zog er die Augenbrauen hoch. »Das habe ich

mir bislang gar nicht wirklich klargemacht.« Er dachte kurz nach. »Mit wie vielen Notfällen rechnest du denn?«

Sie zuckte die Achseln. »Keine Ahnung, aber der eine oder andere wird schon noch kommen.«

In diesem Augenblick setzte die Musik wieder ein, und er zog sie zurück auf die Tanzfläche. Drückte sie ganz fest an sich. Um zur Abwechslung ihre Nähe zu genießen, statt Probleme zu diskutieren.

Doch sie wirkte abwesend, nachdenklich und gleichzeitig irgendwie betroffen.

»Eines solltest du wissen«, sagte sie schließlich unvermittelt. »Ich habe vor einiger Zeit erkannt, dass wir nicht jedes Mädchen, nicht jede Frau retten können. Das ist einfach nicht möglich. Man kann nur einigen helfen, so ist das nun mal im Leben, und das müssen wir akzeptieren.«

Sie machte eine längere Pause. »Ich habe das ebenso eingesehen wie die Tatsache, dass wir die Welt nicht zu ändern vermögen. Das steht nicht in unserer Macht, denn das Böse existiert weiter. Trotzdem sollten wir versuchen, zumindest unser Möglichstes zu tun. Das ist niemals wertlos oder umsonst, weil auch die Bemühungen bereits zählen. Nur das ganze Problem werden wir nie lösen.«

Eine Weile tanzten sie schweigend weiter, bis er sie mit einer letzten Drehung zum Stehen brachte und ihre Hand an die Lippen zog.

»Einer Reihe von Mädchen und Frauen geholfen zu haben ist wirklich Rechtfertigung genug.«

Sie erwiderte sein Lächeln und ließ sich von ihm durch die Menge führen, um sich mit den anderen Gästen zu unterhalten und allerlei Klatsch auszutauschen.

Und Informationen zu sammeln.

Als sie sich von Lady Ferguson verabschiedeten, um die

nächste Dame zu begrüßen, musste Phoebe verstohlen grinsen. Er war mittlerweile fast so geschickt wie sie darin, jungen und älteren Damen nützliche Hinweise zu entlocken.

»Vergiss nicht, Emmeline zu erzählen, dass Mrs. Caldecott nach einer neuen Gesellschafterin sucht«, mahnte er sie.

Sie nickte und wunderte sich einmal mehr, wie er das schaffte. Gesellschafterinnen und Gouvernanten waren schließlich eher ein Frauenthema. Aber er setzte einfach seinen Charme und seine Redegewandtheit ein und gelangte auf diese Weise ans Ziel.

Schneller vielleicht sogar als bei einem Austausch zwischen zwei Damen.

Gab es überhaupt jemanden, der sich nicht von ihm um den Finger wickeln ließ?

Vermutlich nicht, denn er übte auf Alt und Jung, Arm und Reich die gleiche Faszination aus, wie Phoebe nur zu gut an Skinner, Emmeline und ihren Schützlingen beobachten konnte. Deverell war eben ein ausgemachter Frauentyp, ob er es nun darauf anlegte oder nicht.

Um der Wahrheit die Ehre zu geben, musste sie ihm jedoch zugestehen, dass er den Mädchen, die sie vor den Nachstellungen lüsterner Dienstherren bewahrt hatten, wie ein Licht im Dunkel erschien, wie der lebende Beweis, dass nicht alle Männer seiner Schicht Schurken waren.

Er war ihr Held. Ihr Retter.

Außerdem bauten sie durch ihn wieder Vertrauen in das Gute im Menschen auf, verloren ihre Ängste und gewannen auf diese Weise neues Selbstbewusstsein. Keine von ihnen würde ihn je vergessen.

Auch er konnte zwar ihr Los nicht grundsätzlich ändern, aber es sehr wohl bessern.

Und das tat er, wann und wo immer möglich.

Groß, stark und beschützend stand er neben ihr und lächelte. Früher hatte sie alles allein bewältigen müssen, jetzt war jemand an ihrer Seite, der sie unterstützte und ihr so manche Last abnahm.

Die Berry-Schwestern rissen sie aus ihren Gedanken, üble Klatschtanten, die ihre Verbundenheit mit Deverell neuerdings voller Interesse beäugten.

Mit zu viel Interesse.

Obwohl sie die Damen seit Jahren kannte, hatte sie noch nie erlebt, dass sie sich dermaßen um ein Gespräch mit einem Mann rissen. Gerade taten sie es und belagerten Deverell in geradezu penetrante Weise.

Phoebe traute ihren Ohren nicht, als sie mitbekam, wie er unbeirrt von neugierigen und taktlosen Fragen höfliche Antworten gab, ohne das Geringste preiszugeben, und wie er, charmant wie immer, das Gespräch beendete und die Klatschbasen stehen ließ.

Na, das konnte ja heiter werden, dachte sie. Wenn die Berry-Schwestern scharfsinnig schlossen, dass etwas im Busch war, dann würde sich bald die ganze Gesellschaft dieser Meinung anschließen.

Und damit nicht einmal falschliegen.

Während ihr die Spekulationen der alten Damen Kopfschmerzen bereiteten, schien Deverell völlig unbeeindruckt. Sie konnte es nicht fassen, dass ihn die Mutmaßungen nicht störten. Schließlich waren die Anspielungen ziemlich eindeutig gewesen.

Den Blick gesenkt, holte Phoebe tief Luft.

Es war an der Zeit, ein paar Dinge richtigzustellen. Und zwar in dem von ihr gewünschten Sinn.

16

Sie hatten eine Liaison miteinander, mehr nicht.

Während sie im dunklen Morgensalon auf Deverell wartete, überlegte Phoebe, was sich in den vergangenen Wochen alles verändert hatte und was nicht.

Zweifellos beeinflusste er sie seitdem in vielerlei Hinsicht, eröffnete ihr neue Sichtweisen und überraschte sie immer wieder mit Verhaltensweisen und Reaktionen, die nicht zu ihrem vorgefassten Bild von ihm passten.

Und vor allem lernte sie durch ihn Dinge, an die sie früher nicht einmal in ihren kühnsten Träumen zu denken gewagt hätte. Was sich etwa abspielte zwischen Männern und Frauen in der Intimität ihres Schlafzimmers. Durch ihn erlebte sie nie gekannte Wonnen und die Fähigkeit zu rückhaltloser Hingabe. Ihm war es zu verdanken, dass sie die Angst vor Männern verloren hatte.

Blieb die Frage nach ihrer Zukunft.

Und die war nach wie vor unklar.

Nachdem sie ihm zu Beginn ihrer Bekanntschaft unmissverständlich klargemacht hatte, dass sie an einer Heirat nicht interessiert sei, war das Thema nie mehr zur Sprache gekommen. Offensichtlich reichte ihm ihr derzeitiges Arrangement. Zumindest gab es keinen Hinweis, dass er eine Ehe mit ihr anstrebte. Trotz seiner Verpflichtung, für einen Erben zu sorgen.

Und sie?

Phoebe runzelte die Stirn.

Zwar redete sie sich gerne ein, unverändert für sich eine solch endgültige Bindung abzulehnen, doch manchmal kamen ihr Zweifel. Zu sehr war sie ihrem verführerischen Liebhaber inzwischen verfallen.

Ein Geräusch von draußen riss sie aus ihren Grübeleien.

Als sie zum Fenster ging und hinausschaute, sah sie im Mondschein, wie ein Mann die Pforte in der Mauer öffnete, die den Garten von den Stallungen trennte.

Endlich war er da.

Sie beobachtete, wie er von innen zusperrte, den Schlüssel an den dafür vorgesehenen Haken hängte und mit großen Schritten über den Rasen direkt auf die Terrassentüren zukam. Es dauerte nicht länger als eine Sekunde, ehe das Schloss klickte und er eintrat.

Leise erhob sie sich aus ihrem Sessel und ging ihm ein Stück entgegen. Als sie einander gegenüberstanden, erkannte er, dass er heute nicht mit ungetrübter Freude empfangen wurde.

Irgendetwas stimmte nicht.

Er legte den Kopf auf die Seite. »Phoebe? Was ist los?«

»Ich …« Sie verstummte, sah ihn bloß mit großen Augen an.

Besorgt musterte er ihr Gesicht, das angespannt und verunsichert wirkte, und streckte ihr die Hände entgegen.

Beinahe verzweifelt griff sie danach und hielt sie fest, während sie atemlos hervorstieß: »Ich wollte mit dir sprechen. Über das, was die Leute denken. Erwarten. Ich glaube, wir müssen überlegen …«

»Das Einzige, worüber wir reden sollten, ist die Frage, was wir selbst wollen.« Er zog sie ein Stück zu sich heran. »Was zwischen uns ist, betrifft auch nur uns. Niemand anders, und deshalb gestehe ich keinem das Recht zu, uns Ratschläge zu geben oder uns zu erklären, was wir seiner Meinung nach tun sollten. In keiner Weise.« Er drückte die Lippen auf ihr Handgelenk und spürte das verräterische Flattern ihres Pulses.

Es rührte nicht von ihrer Besorgnis über das Gerede der Leute her.

Trotz der Schatten im Raum suchte er ihren Blick. »Du willst mich, Phoebe, und ich will dich. Das ist heute Abend alles, was zählt.«

Das war alles, worüber er ihr erlaubte nachzudenken. Für weitergehende Überlegungen schien es noch immer zu früh zu sein, wie er an ihrer Reaktion erkannte. Der Zeitpunkt, um über eine Heirat zu sprechen, war nach wie vor nicht gekommen.

Und ein erfahrener Stratege wie er ging keine unnötigen Risiken ein, die vielleicht alles verdarben. Nein, er würde erst handeln, wenn er sicher sein konnte zu gewinnen.

Besser war es, sie abzulenken.

Langsam streckte er eine Hand aus, strich über das Mieder ihres grünen Seidenkleids, das sie bereits beim Ball getragen hatte, und spürte, wie ihre Brustspitzen sich aufrichteten. Hörte, wie sie erregt Luft holte, und streichelte weiter die schwellende Erhebung.

Bewusst spann er ein Netz, von dem er wusste, dass es sie halten würde. Zumindest hier, zumindest in dieser Nacht.

»Ich möchte, dass du dir etwas vorstellst.« Seine Stimme bekam einen beschwörenden Unterton. »Du sitzt im Dunkeln, genau wie jetzt, und ein dunkler Fremder erscheint. Du springst auf, um zu flüchten, aber er greift nach deiner Hand.«

Ohne sie aus den Augen zu lassen, legten sich seine Finger wie eine Fessel um ihr Handgelenk. »Du willst fliehen, doch er hält dich fest und berührt deinen Busen.«

Er strich weiter leicht über die Seide, sah ihr weiter tief in die Augen.

»Du zitterst, willst fliehen, kannst aber nicht. Du weißt, was er will, was er mit dir machen wird.«

Ja, das wusste sie. Er beschrieb exakt, was sie in seiner Gegenwart empfand. Und ihr Zittern war ebenfalls real, nur dass es nicht von Angst, sondern von Verlangen herrührte. Ihr Mund wurde trocken. Wie immer vermochte sie sich seinem Bann nicht zu entziehen, ihre Sinne nicht aus seinem Griff zu lösen.

»Dein größtes Problem«, sagte er mit beschwörender Stimme, »und zugleich dein größtes Geheimnis ist, dass du das, was er will, ebenfalls willst.«

Er hatte recht, und er genoss diese Tatsache, denn trotz der Dunkelheit erkannte sie das zufriedene Lächeln, das seine Mundwinkel umspielte.

»Deshalb wirst du genau das tun, was er dir sagt«, spann er seine Geschichte weiter, ließ einen Moment verstreichen und fügte hinzu: »Was ich dir sage.« Und dann im barschen Ton, der keinen Widerspruch duldete: »Du wirst keinen Laut von dir geben und dich jetzt als Erstes umdrehen und mich, deinen dunklen Fremden, in dein Schlafzimmer führen.«

Sie zögerte. Überlegte, ob es klug sei, auf dieses Spiel einzugehen. Natürlich konnte sie sich einfach weigern und darauf bestehen, dass sie über ihr Problem redeten. Er würde dann bestimmt nachgeben, obwohl er den ganzen Klatsch offensichtlich nicht ernst nahm.

Vielleicht aber sollte sie die Sache vorerst auf sich beruhen lassen, dachte sie. Im Grunde wollte sie selbst schließlich viel lieber erfahren, was er mit ihr vorhatte. In allen Einzelheiten. Das war eindeutig spannender als ein Gespräch über die Berry-Schwestern und das Gerede anderer Damen. Zudem schien es ihr plötzlich ratsam, sich auf eine Diskussion, die ihre Zukunft betraf, sorgfältig vorzubereiten.

Als sie zu einer Antwort ansetzte, legte er einen Finger über ihre Lippen. »Keine Worte heute Abend. Sobald wir in deinem Schlafzimmer sind und die Tür uns vor dem Rest der Welt abschließt, darfst du stöhnen, seufzen, schreien und atemlos keuchen, nicht sprechen. Kein einziges Wort.«

Er hielt ihren Blick fest, und sie spürte, wie sich die Fäden des Netzes fester um sie legten. »Jetzt führ mich nach oben.«

Schweigend gingen sie durch das dunkle Haus, ohne dass er ihr Handgelenk freigab. Bei ihrem Zimmer angekommen, rückte er ganz dicht an sie heran und begann zu sprechen. Seine Stimme war leise und dunkel.

»Sobald wir durch diese Tür hindurch sind, wirst du genau das tun, was ich dir sage und keinen Moment lang zögern. Ich werde dich in eine Fantasiewelt entführen, und das beginnt in diesem Augenblick.« Er hielt kurz inne. »Stell dir also vor, du bist spät in der Nacht nach oben gekommen. Alle im Haus schlafen längst. Du gehst in dein Zimmer und bist, soweit du weißt, allein.«

Beim letzten Wort stieß er die Tür weit auf. »Geh hinein.«

Sie trat über die Schwelle, während seine Finger ihr Handgelenk losließen.

Sie machte einen tastenden Schritt nach vorn und spürte, dass er ihr folgte, und hörte, wie er die Tür schloss.

»Du glaubst, du seist allein in deinem Zimmer, fängst an, dich zu entkleiden, und denkst dabei an deinen Geliebten.«

Aus dem Augenwinkel nahm sie wahr, dass er den Lichtkreis der Kerze verließ, die Skinner offenbar auf ihrem Frisiertisch entzündet hatte, und in die dunklen Schatten tauchte. Sie trat an die Kommode, setzte sich und löste ihr Haar, griff sodann nach ihrer Bürste und entwirrte die ungebärdige Mähne.

»Du denkst an deinen Geliebten. Was er sehen könnte, wäre er hier. Was er denken würde.«

Sie hörte, wie Möbel gerückt und über den Boden geschoben wurden. Nachdem sie ihr Haar gebürstet hatte, stand sie auf, ging um den Stuhl herum und erkannte, dass der Sessel jetzt ein Stück hinter dem Drehspiegel stand, der wiederum weiter nach vorn geschoben worden war.

Und in dem Sessel saß er, die Beine übereinandergeschlagen, die Ellbogen auf die Lehne gestützt.

Eine einzige Provokation.

Die Verführung in Person.

Sie griff nach den Bändern, mit denen ihr Kleid geschnürt war, und sah die Bewegung im Spiegel. Das war es, was er von ihr zu sehen wünschte. Wie sie sich entkleidete.

Seufzend folgte sie der wortlosen Aufforderung und war erleichtert, sich aus dem engen Oberteil befreien zu können.

»Du stellst dir vor, dass dein Geliebter hier ist, bei dir. Und dir zusieht, wie du dich ausziehst.«

Sie spürte seinen brennenden Blick auch ohne große Fantasie und Vorstellungsgabe. Den kannte sie schließlich allzu gut und wusste zudem, wohin das führen würde.

»Du entkleidest dich und stellst dir vor, ihn damit aufzureizen.«

Mit halb gesenkten Lidern hielt sie das Mieder mit beiden Händen unter ihrem Busen fest, während sie über den Boden glitt bis zu dem hohen Spiegel, in dem sie eine ziemlich große, schlanke Frau mit mahagonifarbenem Haar und heller Haut sah. Zumindest was die eine Körperhälfte betraf, die vom Kerzenlicht beleuchtet wurde.

Langsam schoben ihre Hände das Kleid weiter nach unten, tiefer bis zur Hüfte, und erst über den Schenkeln ließ sie es raschelnd zu Boden sinken.

Sie atmete tief ein, füllte ihre Lunge mit Luft, wobei ihr Busen sich über dem Ausschnitt ihres Hemdchens wölbte. Dann fasste sie nach den winzigen Knöpfen und öffnete sie langsam einen nach dem anderen, bis das Unterhemd bis zur Taille offen stand und einen Blick auf die Rundung ihrer Brüste und das dunkle Tal dazwischen erlaubte.

Mit seitlich geneigtem Kopf betrachtete sie ihr Spiegelbild und beobachtete, wie sich langsam ein sinnlicher Ausdruck über ihre Züge legte. Dann ließ sie den Blick nach unten gleiten. Dorthin, wo der Saum des Unterhemds ihre Strumpfbänder berührte.

Sie zog den Hocker, der vor ihrer Frisierkommode stand, zu sich heran, hob das rechte Bein und stellte einen Fuß, der immer noch in flachen Tanzschuhen steckte, darauf. Schob mit einer lasziven Bewegung das Strumpfband samt Seidenstrumpf nach unten, um am Ende alles entschlossen von sich zu werfen.

Noch bevor sie das Gleiche mit dem anderen Bein gemacht hatte, verriet ihr das Knacken des Sessels, dass er sich erhob.

Sie unterdrückte ein Lächeln.

Während sie sich weiter entkleidete, betrachtete sie sich erneut im Spiegel. Täuschte sie sich, oder sah sie mit einem Mal wirklich sinnlicher aus? Ganz hüllenlos, wie sie war?

Zum ersten Mal faszinierte sie ihr eigenes Spiegelbild.

Wie mochte es ihm ergehen?

Er hatte sie inzwischen viele Male nackt gesehen, aber sie hatte keine Vorstellung davon gehabt, was er sah oder wie sie auf ihn wirkte.

War das wirklich sie dort im Spiegel? Sie konnte seinen sengenden Blick spüren, der ganz auf sie fixiert war. Völlig gefangen. Hatte sie, hatte ihr Körper tatsächlich so viel Macht über ihn?

Als er zu sprechen begann, erhielt sie die Antwort, und ein Beben ging durch ihren Körper.

»Fass deinen Busen an. Streichle ihn so, wie er es tun würde.« Seine Stimme war rau und fast krächzend. »Schließ die Augen.«

Sie folgte seiner Anweisung, strich mit den Fingern weiter über ihre seidenweiche Haut.

»Stell dir vor, wie es sich anfühlen würde, wenn er bei dir wäre.« Er trat hinter sie und griff nach ihr. »Stell dir vor, es wären seine Hände, die dich berühren.«

Fantasie und Wirklichkeit verschmolzen, als seine Hände erregt über ihren Körper glitten. Wortlos, stumm, in schweigendem Einverständnis. Er berührte sie so, wie sie berührt werden wollte – so, wie sie es sich erträumte. Und beide genossen es.

Vor dem Spiegel erweckte er ihre Träume zum Leben, ließ sie Wirklichkeit werden.

Seine Hände wurden fordernder, drängender, seine Liebkosungen heißer und verlangender. Entfachten ein Feuer, dessen Flammen hell aufloderten.

Dann spreizte er die Finger über ihrem Bauch und führte

sie zum Zentrum ihrer Weiblichkeit, um dort sanft ihr weiches Fleisch zu erforschen.

Sie atmete tief ein, weil sie meinte, keine Luft mehr zu bekommen, öffnete die Lider einen Spaltbreit und wagte erneut einen Blick in den Spiegel. Sah hinter ihrer unverhüllten Nacktheit einen dunklen Schatten, der fasziniert beobachtete, wie seine Finger mit ihr spielten und aufreizend provozierend über ihren Körper glitten, bis sie anfing zu beben und die Augen erneut schloss.

Seine Berührungen wurden zarter, und dann nahm er seine Hände ganz von ihr weg.

»Du wünschst dir, dein Geliebter wäre hier ... Du willst ihn in dir spüren. Aber er ist nicht da.«

Er entfernte sich von ihr und dem Spiegel, doch sie erkannte nicht, was er als Nächstes plante.

»Deshalb öffnest du die Augen und ziehst dein Nachthemd an, löscht die Kerzen und gehst ins Bett.«

Widerspruchslos nahm sie ihr Negligé aus feinem Leinen, das bereits auf einem Sessel für sie bereitlag, streifte es sich über den Kopf und schloss die Knöpfe. Dann kehrte sie zur Frisierkommode zurück und blies die Kerzen aus.

Und erhaschte einen schemenhaften Blick auf ihn.

Er stand neben dem Bett, und als sie sich näherte, begann er erneut zu sprechen. »Du schlüpfst ins Bett, legst dich auf den Rücken, ziehst die Decke bis zum Kinn hoch, schließt die Augen und stellst dich darauf ein zu schlafen.«

Sie wunderte sich und tat dennoch wie befohlen: Legte sich hin, schloss die Augen und entspannte sich.

»Das ist der Moment, in dem du merkst, dass du nicht allein bist. Dass sich tatsächlich jemand bei dir im Zimmer befindet. Ein Mann, der dir lüstern beim Entkleiden zugesehen hat. Dein Geliebter? Oder jemand anders? Du weißt es nicht. Im Zimmer ist es zu dunkel, als dass du etwas erkennen könntest. Deshalb behältst du die Augen geschlossen und tust so, als würdest du schlafen, während du darauf wartest, was er, wer immer er sein mag, mit dir machen wird.«

Sie lauschte angespannt und erkannte am Geräusch seiner Bewegungen, dass er sich ebenfalls langsam auszog. Dann war es still.

Plötzlich wurde die Decke hochgehoben, und die Matratze gab nach. Gleich darauf spürte sie einen festen, warmen, nackten Körper, der sich neben ihr ausstreckte und sich danach noch einmal aufrichtete. Ein dunkler, bedrohlicher Schatten.

Was mochte er vorhaben?

Er griff über sie hinweg nach ihren Händen, zog sie hoch und drückte sie über ihrem Kopf in die Kissen.

»Öffne deine Augen«, raunte er ihr mit kehliger Stimme zu. »Wer bin ich? Dein Geliebter? Oder der dunkle Fremde? Schau genau hin.«

Ihr Herz klopfte wie verrückt, ihr Körper bebte. »Beides«, wisperte sie und bäumte sich instinktiv auf. Voller Sehnsucht, ihn zu spüren. Überall.

Sie hörte ein leises Lachen, das eindeutig ihrem unverkennbaren Verlangen galt, und er kam dieser Erwartung nur zu gerne nach.

Küsste sie, bis ihr der Atem verging.

Gehüllt ins Dunkel, war er beides: ein zärtlicher Geliebter ebenso wie ein dunkler Fremder. Ein höchst verführerischer Mann, der sich von ihr alles zu nehmen gedachte, wonach ihn gelüstete.

Der alle Leidenschaft und alle Hingabe einforderte, zu der sie fähig war.

Sie aber verfolgte eigene Pläne. Drehte und wand sich, bis er sich über sie schob und sie sich nicht mehr rühren konnte. Ihre angespannten Sinne bebten vor erregter Erwartung, waren gefangen vom Paarungstanz schmelzender Lippen und unersättlicher Zungen. Und während er ihr Nachthemd aufknöpfte und eine Hand auf die schwellenden Rundungen legte, verging sie fast.

Als er sich schließlich von ihrem Mund löste und seinen Kopf zwischen ihre Beine schob, konnte sie sich nur noch keuchend und ekstatisch unter ihm winden.

Zu seinem Genuss und ihrer Freude.

Zu ihrer beider Entzücken.

Ihre entfesselten Bewegungen entfachten auch sein Feuer. Hart spürte sie seine Männlichkeit, die sich in zügellosem Verlangen gegen sie presste.

Um Erfüllung zu finden.

Hastig griff er nach unten, zerrte ihr Nachthemd bis zur Taille hoch, spreizte sie mit seinen Schenkeln und ließ sich schwer zwischen ihre Beine sinken.

Sie bäumte sich auf, kam ihm entgegen, um ihm den Weg zu ihrer Mitte, in ihren weichen, warmen Schoß zu weisen.

Ein zischendes Geräusch entrang sich seinen Lippen, als lustvolle Schauer ihn durchliefen. Elementar und verheißungsvoll.

Wieder und wieder drängte sie sich ihm einladend entgegen, damit er ihre Leere füllte. Sie sehnte sich danach, ihn in sich zu spüren, ganz tief, um ganz mit ihm eins zu sein.

»Sag mir, was du willst.«

Überwältigt von ihrem eigenen blinden Verlangen, schluchzte sie auf und wand sich unter ihm, doch er hielt sie fest.

»Sag es mir. Sprich es aus. Willst du genommen werden? Soll ich dich nehmen?«

»Ja!«

Es klang wie eine flehentliche Bitte, und noch immer brachte sie ihr Schluchzen nicht unter Kontrolle. Bis er ihre Lippen mit seinen bedeckte und zugleich heftig in ihren Körper stieß.

Da schrie sie auf vor Wonne, nicht vor Schmerz, und wollte sich ihm entgegenstrecken, um ihn noch tiefer aufzunehmen. Aber sein fester, heißer Körper, der sie aufs Bett drückte, erlaubte ihr nicht einmal diese kleine Bewegung.

Er nahm sie im wahrsten Sinne des Wortes.

Das Einzige, was sie tun durfte, was er von ihr verlangte, war, den primitiven Akt zu genießen, diese zügellose Paarung, und die Leidenschaft, die ihn antrieb, zu teilen.

Diese hemmungslose Begierde, die gleichermaßen ein unleugbarer Beweis tief empfundenen Begehrens war.

Ohne Zögern ließ sie sich gehen, bebte und zitterte, stöhnte und keuchte, als ihr Körper sich anspannte und die Lust sie zu überfluten begann. Sie mochte diejenige sein, die genommen wurde, doch er gab mehr, als er nahm.

Oder war sein Nehmen zugleich eine Form des Gebens?

Danach konnte sie keinen klaren Gedanken mehr fassen angesichts der Glückseligkeit, in die sie eintauchte. Sie drängten sich aneinander in dieser Welt, die nur für sie existierte: dieses goldene Nichts, dieses Gespinst aus Träumen und Hoffnungen, das sie gewoben hatten.

Erschöpft vom Sturmwind der Leidenschaft, lagen sie eng umschlungen da und versuchten wieder in die Gegenwart zu finden. Fühlten sich wie Strandgut, das an eine unbekannte Küste gespült worden war.

Sie hatten ein neues, fremdes Land betreten.

Phoebe wusste nicht zu sagen, was sie verändert hatte und wie, doch dass es geschehen war, stand außer Frage. Nur mühsam schaffte sie es, sich auf die alltäglichen Dinge zu konzentrieren, die erledigt werden mussten.

Wie die Vermittlung neuer Stellen, über die sie dringend mit Emmeline reden musste.

Als sie am Nachmittag in der Agentur eintraf, war Deverell bereits vor Ort. Die langen Beine unter dem Tisch ausgestreckt, hatte er sich in die Geschäftsbücher vertieft, schaute aber sofort auf und schenkte ihr ein warmes Lächeln.

Vertraulich, wissend und beruhigend.

Alles wird gut, sollte es wohl sagen.

Aus Angst, sich etwas anmerken zu lassen, beschränkte Phoebe sich darauf, die Mundwinkel leicht zu verziehen und zu nicken, bevor sie ihren Umhang auf einen Stuhl legte und ebenfalls Platz nahm.

»Na gut, dann lasst uns mal anfangen«, sagte sie getont munter. »Hat Loftus etwas Passendes für Constance gefunden?«

Er wolle selbst vorbeikommen, beschied Emmeline sie, und wirklich dauerte es keine zehn Minuten, bis Coates sich zu ihnen gesellte. Nachdem er der kleinen Runde kurz zugenickt hatte, warf er lächelnd einen gefalteten Zettel auf den Tisch.

»Betrifft das unsere kleine Constance?«, fragte Phoebe hoffnungsvoll, um sogleich hastig das Papier zu entfalten und die Informationen zu überfliegen.

Zufrieden schaute sie Loftus Coates an. »Ich denke, diese Leute könnten passen.«

Der rührige Menschenfreund war am Abend zuvor noch einmal in die Agentur gekommen und hatte sich von Emmeline alles über Vorgeschichte und Referenzen des Mädchens erzählen lassen.

Er deutete mit dem Kopf auf den Zettel. »Sie gehören dem niederen Adel an, haben ein gewisses Vermögen und verfügen über gute Beziehungen. Zwar sind beide etwas zerstreut, doch dabei herzensgut. Und da ihre Familie mal wieder im Wachsen begriffen ist, brauchen sie dringend Hilfe.«

Den beiden Frauen reichte das nicht. Sie wollten Näheres über die Follingworths und ihren Haushalt wissen.

»Sie leben in Bloomsbury, haben drei Kinder unter fünf Jahren, und ein weiteres ist unterwegs.«

Emmeline schüttelte entsetzt den Kopf. »Wenn das so ist, benötigen sie mehr als ein Kindermädchen. Zwei sollten es schon sein.«

»Davon einmal abgesehen, macht alles einen guten Eindruck«, schaltete sich Phoebe ein und wandte sich an Loftus. »Haben sie gezielt nach einer Gouvernante gesucht?«

Loftus lächelte süffisant. »Ursprünglich nicht. Sie kamen erst durch einen kleinen Hinweis meinerseits auf die Idee. Ich denke, Sie werden innerhalb einer Woche von Mrs. Follingworth hören.«

Phoebe legte den Kopf schräg. »Bloomsbury und dazu eine Familie, die keine Verbindungen zu den Chifleys und deren Kreisen hat. Das wäre geradezu perfekt. Da sollte Constance eigentlich sicher sein, vorausgesetzt wir erwähnen mit keinem Wort ihre letzte Anstellung.«

Emmeline ging einen Stapel Papiere durch, nahm ein Blatt heraus, las es durch und schüttelte den Kopf. »Wir werden das ändern müssen«, sagte sie. »Auf dem vorherigen Empfehlungsschreiben steht ein Datum, somit haben wir eine Lücke, für die wir eine gefälschte Referenz brauchen.«

Phoebe verzog das Gesicht. »Das geht nicht. In letzter

Zeit hast du schon zu viele solcher Bestätigungen geschrieben.«

»Und was nun?« Emmeline sah Phoebe ratlos an. »Wir können das arme Mädchen ja kaum sich selbst überlassen.«

Es wurde still im Raum. Schließlich räusperte sich Loftus. »Was halten Sie davon, wenn ich einspringe? Und so tue, als sei ich eine Mrs. Loftus.«

Phoebe und Emmeline starrten ihn nur überrascht an, Deverell hingegen protestierte. »Nein, können Sie nicht. Und ich auch nicht.« Er lächelte. »Wir haben die falsche Handschrift.«

Phoebe nickte. »Danke für Ihr Angebot, Loftus, aber Deverell hat recht: Es muss eine weibliche Schrift sein, doch Edith möchte ich nicht in die Sache hereinziehen ...«

Die Türklingel am Vordereingang ertönte, und anschließend hörten sie Birtles' Stimme. »Guten Tag, meine Damen. Kann ich Ihnen irgendwie helfen?«

Dem leisen Rascheln von Röcken folgte das Klicken einer sich schließenden Tür. Emmeline schob ihren Stuhl zurück und erhob sich.

»Eigentlich würde ich lediglich gerne wissen, ob meine Nichte, Miss Malleson, hier ist?«

Phoebe riss die Augen auf und schaute panisch zu Deverell hinüber.

»Und ich vermute, mein Neffe Deverell könnte sich gleichfalls in diesen Räumen aufhalten. Vielleicht kennen Sie ihn eher unter dem Namen Paignton.«

Audrey und Edith. Ein Irrtum war ausgeschlossen.

»Das hört sich ganz nach einer Invasion an.«

Deverell stieß seinen Stuhl unsanft zurück und erhob sich, um sich gefolgt von Phoebe nach vorn zu begeben.

»Ah, da seid ihr ja.«

Audrey wedelte mit einer verzierten Lorgnette herum, die Geschmack und Geld verriet. Ebenso wie die Seidenstoffe in Gold- und Grüntönen sowie der kupferfarbene Satinturban, der mit einer Perlennadel festgehalten wurde.

Deverell lächelte seiner orientalisch gewandeten Tante harmlos zu, während er sich vor Edith galant verbeugte. »Welchem Umstand haben wir dieses unerwartete Vergnügen zu verdanken?«

Phoebe versetzte ihm einen Stoß in den Rücken und schob sich an ihm vorbei. »Ist irgendetwas passiert?«

»Nein, nein, mein Liebes.« Edith sah sich neugierig um. »Wir wollten nur, nun ja, mal schauen.«

Audrey gab ein wenig damenhaftes, unwirsches Geräusch von sich. »Reden wir Klartext. Wenn Deverell dich besuchen kann, dann können wir das auch. Wir unterstützen dich immerhin schon viel länger als er, falls du das überhaupt bemerkt haben solltest.«

Deverell verkniff sich mühsam ein Lachen, doch die Belustigung in seinen Augen vermochte er nicht zu verbergen. Phoebe hingegen wirkte völlig konsterniert.

Beruhigend tätschelte Edith ihre Hand. »Ich fand es wirklich an der Zeit, ein paar Dinge in Erfahrung zu bringen, Liebes. Spätestens seit jemand Fergus diesen Schlag verpasst hat. Darüber war ich ernstlich beunruhigt, und zudem sollte man wissen, was im eigenen Haus so vor sich geht. Schließlich kann ich nicht immer ahnungslos tun.«

Als Emmeline, die noch halb versteckt im Flur verharrte, ihren Kopf durch die Tür steckte, fügte Edith lächelnd hinzu: »Und wer ist das?«

»Mrs. Emmeline Birtles, Madam«, sagte die Frau und versank in einen tiefen Knicks.

»Hm, Sie kommen mir bekannt vor.« Audrey hielt sich die Lorgnette vor die Augen. »Woher kenne ich Sie nur?« Plötzlich wurden ihre Augen ganz groß. »Gütiger Himmel! Sie sind die Gesellschafterin, die damals verschwunden ist. Wie war gleich der Name? Miss Ponsonby, ja genau. Es passierte während Lady McAllisters Hausgesellschaft.« Audrey verog nachdenklich das Gesicht. »Aber das ist jahrelang her.«

»Fünf Jahre«, half Phoebe aus und warf Deverell einen flehentlichen Blick zu.

Sofort trat er hinter die beiden Damen, nahm sie bei den Schultern und führte sie Richtung Flur.

»Vielleicht sollten wir in die Küche gehen, damit ihr alle kennenlernen könnt, ohne dass uns irgendwer stört. Fangen wir gleich mit Birtles an.« Er deutete mit dem Kopf auf ihn. »Er ist Emmelines Ehemann, und die beiden leiten die Agentur.«

»Und was genau macht die Agentur?«, hakte Audrey nach.

»Kommt erst mal mit nach hinten«, drängte Deverell. »Dann werdet ihr alles erfahren.«

Phoebe warf ihm einen vielsagenden Blick zu, erhob aber keinen Widerspruch und folgte den anderen zur Küche, wo Loftus nach wie vor am Tisch saß. Trotz seiner Schüchternheit war er geblieben, um ihnen in dieser unerwarteten Situation beizustehen.

Er hatte keine Ahnung gehabt, was ihn erwartete.

Audrey nämlich blieb wie angewurzelt stehen und musterte ihn verblüfft.

Niemand nahm davon allerdings Notiz, weil Phoebe ihn gerade mit Edith bekannt machte.

»Das ist Mr. Loftus Coates, seit einigen Jahren ein Wohltäter der Agentur.« Dann wandte sie sich an Loftus und lächelte ermutigend. »Das ist meine Tante, Mrs. Edith Balmain, von der Sie mich so häufig haben sprechen hören.«

Sichtlich verlegen verbeugte er sich steif. »Madam. Es ist mir ein Vergnügen, Sie kennenzulernen.«

Nun war Audrey an der Reihe.

Als Deverell zu ihr ging, um ihr einen Stuhl zurechtzurücken, schoss ihre Hand pfeilschnell vor und packte seinen Arm.

»Stell mich vor«, zischte sie leise und ließ Loftus nicht aus den Augen.

»Das scheint heute unser Familientag zu sein«, sagte ihr Neffe spöttisch, bevor er ihrer Aufforderung nachkam. »Erlauben Sie mir, Ihnen meine Tante vorzustellen: Miss Audrey Deverell, die außerdem Miss Mallesons Patin ist.«

Loftus nahm seinen ganzen Mut zusammen und verbeugte sich. »Miss Deverell.«

Deverell fiel auf, dass er dabei jeden Augenkontakt vermied. Kein Wunder, dachte er, bei Audreys einschüchternder Art, die sie bevorzugt Männern ihres Alters gegenüber an den Tag legte.

Er sollte sich noch wundern.

Zu seiner Überraschung nämlich heftete seine Tante den Blick auf Loftus, ging zu ihm hin und streckte ihm die Hand entgegen. »Mr. Coates.«

Loftus sah auf die schlanken Finger, die ihm gereicht wurden, schluckte und nahm sie zögernd, um sie zu schütteln.

Audrey strahlte ihn an. »Es ist faszinierend und überdies beruhigend zu erfahren, dass die jungen Leute sich an klügere Leute wenden, wenn es um wirklich Wichtiges geht.«

Sie entzog ihre Finger Loftus' schlaffem Griff, drehte sich um und nahm lächelnd Platz.

Deverell warf Phoebe einen fragenden Blick zu, den sie mit einem Hochziehen der Augenbrauen beantwortete, während Loftus sich verlegen räusperte.

»Ich sollte jetzt wirklich gehen«, sagte er und drehte seinen Hut. »Ich bin nur vorbeigekommen, um …«

»Unsinn!« Audrey bedachte ihn mit einem umwerfenden Lächeln. »Edith und ich wären beide am Boden zerstört, falls wir durch unser Eintreffen Ihre Zusammenkunft gestört hätten. Ich wäre wirklich dankbar, wenn Sie blieben. Ihre Sichtweise würde uns bestimmt helfen, das alles besser zu verstehen.«

Sie schaute Beifall heischend in die Runde. »Bitte, bleiben Sie, Mr. Coates.«

Außerstande, sich solch flehentlichen Bitten zu entziehen, nahm Loftus erneut Platz, während Audrey ihren strahlenden Blick auf Phoebe richtete.

»So, meine Liebe, jetzt erzähl uns endlich, wie hier alles läuft.«

Nach einem letzten verzweifelten Blick zu Deverell holte sie tief Luft und fing an, die verschiedenen Aufgabenbereiche der Agentur zu beschreiben. Beide Damen stellten immer wieder kluge Fragen, darunter auch verwirrend freimütige.

Bei dieser Gelegenheit fiel Phoebe insbesondere auf, wie entspannt Audrey sich im Umgang mit Menschen verhielt, die standesmäßig deutlich unter ihr rangierten.

Edith benahm sich da deutlich reservierter, schon bei Loftus und mehr noch bei Emmeline. Ihr fehlte offenbar Audreys Neugier, wissen zu wollen, was Leute anderer Herkunft dachten, und deren weitgehende Ignoranz Standesgrenzen gegenüber. Vielleicht weil sie sich stets in gesellschaftlich vorgezeichneten Bahnen bewegt und kein so unkonventionelles Leben geführt hatte wie ihre exaltierte Freundin.

In dieser Hinsicht waren sich Tante und Neffe ausgesprochen ähnlich.

Phoebe spürte das ebenfalls. Sie sah den verständnisvollen Blick, den Deverell mit Loftus tauschte, erinnerte sich daran, mit welcher Leichtigkeit er Fergus und Birtles für sich gewonnen hatte und genauso Emmeline, wie nett er mit Grainger umging. Früher hatte sie seinen unverkrampften Umgang mit einfachen Leuten auf seinen Militärdienst geschoben, doch seit sie Audrey in der Küche in Aktion erlebte, wusste sie, dass mehr dahintersteckte.

Eine angeborene soziale Neigung, ein vererbtes Talent, mit Menschen aller Schichten auszukommen, sie für sich zu gewinnen.

Inzwischen war ihm das in Fleisch und Blut übergegangen. Eine Fähigkeit, die sie zu schätzen wusste und die ihrem eigenen Wesen entsprach. Sie selbst hatte es schon vor langer Zeit aufgegeben, die Leute nach Standeszugehörigkeit zu beurteilen und als Angehörige der Oberschicht Distanz zu wahren.

Erst bei Emmeline, dann bei all den anderen.

Sie mussten schließlich in ihrem Leben alle mit ähnlichen Ängsten und Gefühlen kämpfen. Das verband. Und von Erscheinung und äußeren Umständen sowie von Bildung, Sprache und Umgangsformen einmal abgesehen, unterschieden sich diese Frauen nicht allzu sehr von den Damen, denen sie dienten.

Und waren es wert, dass man ihnen half und ihnen Achtung entgegenbrachte.

Für sie nichts Besonderes, doch dass Deverell ähnlich zu denken schien wie sie, dass ihm ein Dienstmädchen nicht weniger galt als eine hochgestellte Lady, das betrachtete sie als eine Entdeckung, die fast einem Wunder gleichkam.

Als Offenbarung, die sie einem Mann wie ihm nie zugetraut hätte.

Fünf Nächte später lag Phoebe warm und befriedigt in ihrem weichen Bett. Zwar schläfrig, aber noch nicht bereit zu schlafen. Mit geschlossenen Augen gab sie sich ihren Gedanken hin und staunte darüber, welche Wende ihr Leben genommen hatte.

Die Gegenwart des schweren männlichen Körpers, der neben ihr lag, einen muskulösen Arm um ihre Taille geschlungen hatte und sie sogar im Schlaf schützend an sich drückte, war nicht die einzige Veränderung.

Als mindestens ebenso einschneidend betrachtete sie die Tatsache, dass er sich in ihre ureigene Welt, zu der auch die Agentur gehörte, einfügte und sich beharrlich seinen Platz eroberte.

Ohne sie zu beeinträchtigen.

Ohne ihr den Vorrang streitig zu machen.

Ohne ihren Platz zu beanspruchen.

Er verstand sich nicht als ihr Konkurrent, sondern als ihr Partner. Und vieles andere mehr.

Im Dunkeln warf sie einen Blick auf ihn. Er schlief auf der Seite, das Gesicht im Kissen vergraben. Noch immer verwirrte und faszinierte es sie über die Maßen, dass ein Mann wie er so zugänglich sein konnte. So bereit, sich anzupassen, obwohl niemand besser als sie wusste, dass er es gewohnt war zu befehlen. Und gar einer Frau die Entscheidung zu überlassen, das kam in der Welt, in der sie bislang gelebt hatte, nicht vor.

Nur wenn er um ihre Sicherheit fürchtete, war es aus mit seiner Toleranz. Da stellte er sich auch gegen sie wie etwa bei riskanten Rettungsaktionen. In diesem Punkt verstand er keinen Spaß.

Ansonsten jedoch zeigte er viel Verständnis. Hatte beispielsweise eingesehen, dass die Agentur ohne Phoebe und Emmeline nicht funktionieren würde. Weil die Mädchen in erster Linie Frauen vertrauten und keinem Mann. Zu schlecht waren die Erfahrungen, die sie zumeist machen mussten. Darüber mochte er sich zwar ärgern, doch es war eine Tatsache.

Erst wenn sie ihn näher kennenlernten, fassten sie Vertrauen, und insofern war der heutige Tag eine Offenbarung für sie gewesen.

Seit einiger Zeit schon lag es ihr am Herzen, zwei ihrer Schützlinge zu besuchen. Ohne dass sie ihn bitten musste, hatte er sich erboten, sie nach Surrey zu fahren, wo die Mädchen auf Landsitzen untergekommen waren. Es wurde verabredet, sich in einem Gasthaus zu treffen.

Deverell hatte sich bewusst ein bisschen abseits hingesetzt, während sie mit den Mädchen plauderte, war erst dazugestoßen, als die Zeit zum Aufbruch kam. Hatte mit seinem freundlichen Lächeln und ein paar charmanten Worten die instinktive Angst der Mädchen beschwichtigt und auf diese Weise deutlich zu erkennen gegeben, dass er sich den Zielen der Agentur verpflichtet fühlte.

Beide Mädchen, zunächst misstrauisch, hatten am Ende sogar sein Angebot, sie nach Hause zu bringen, bereitwillig angenommen. Phoebe hegte keinen Zweifel, dass sie künftig nicht mehr alle Gentlemen von Rang und Namen als Schurken betrachteten. Zum Abschied winkten sie ihm freundlich zu.

Während der Rückfahrt sprachen sie über das Treffen, über die Bedürfnisse und die überstandenen Qualen der Mädchen. Er war ganz konzentriert und engagiert gewesen, und sie spürte, dass er eine hingebungsvolle Verpflichtung für die Sache empfand und möglicherweise sogar an eine Ausweitung ihrer Aktivitäten dachte. Fast würde sie darauf wetten, obwohl es bislang keinerlei Andeutungen von seiner Seite gab.

Sie hatte ihn am Abend bei Lady Hubert eigentlich danach fragen wollen, es aber vergessen. Zu sehr war sie damit beschäftigt, ihn vor den Nachstellungen der zahlreichen Mütter mit heiratsfähigen Töchtern zu schützen.

Bei Einladungen, die sie und Edith sonst meist wahrnahmen, eher die Ausnahme. Dieser Ball hingegen, eine der ersten Veranstaltungen der Saison, kam ihr vor wie der reinste Heiratsmarkt. Obwohl Deverell deutlich zeigte, dass er nicht interessiert war, erwies es sich als fast unmöglich, ihn loszueisen. Da half selbst alle Standhaftigkeit nicht.

Sie regte sich im Bett und strich mit ihrem Bein über seines. Wenn sie ehrlich war, hatte sie verblüfft bei sich festgestellt, dass sie eifersüchtig auf solche Aufdringlichkeiten reagierte. Als würde er ihr gehören. Nur ihr allein.

Eine Reaktion, die sie früher albern fand. Besitzergreifend.

Galt das genauso für sie?

Und wenn sie sich solche Ansprüche erlaubte, standen sie dann auch ihm zu?

Eines allerdings war ihr auf dem Ball mit erschreckender Deutlichkeit klar geworden: Er brauchte eine Frau, die bereit war, an seiner Seite alle gesellschaftlichen Verpflichtungen zu unterstützen, die mit seinem Titel verbunden waren. Im Verlauf des Abends konnte sie hier und da entsprechende Bemerkungen aufschnappen.

Eine Liaison mochte ja schön und gut sein, doch sie ersetzte keine Ehe.

Nicht wenn man ein Viscount war.

Partnerschaft. Auch das traf es nicht und klang überdies sehr geschäftlich. Er war ihr Partner in der Agentur, wenn man so wollte. Aber er selbst brauchte nicht bloß eine Partnerin, um seinen Repräsentationspflichten nachzukommen, sondern eine Ehefrau, die neben ihm im Licht der Öffentlichkeit stand. Die seinem Haushalt vorstand und, ohne zu murren, Bälle, Feste und Hausgesellschaften organisierte. Eine liebenswürdige Gastgeberin.

Nur ging sie das überhaupt etwas an?

Die Antwort hing davon ab, wie man ihre Beziehung definierte.

Wenn das, was sie miteinander teilten, eine Liaison darstellte, eine vorübergehende Affäre, dann müsste diese mit der Zeit einschlafen. Vorausgesetzt, die gegenseitige Anziehungskraft ließ nach.

Aber das tat sie nicht, ganz im Gegenteil. Immer mehr wuchsen sie zusammen, immer mehr verwoben sich tagtäglich ihrer beider Leben, ihre Hoffnungen und Erwartungen. Und von seiner Seite durchaus bewusst und gewollt.

Wenn es also keine Liaison war, die sie verband, was dann? Sie wusste es nicht.

Als sie sich auf dieses Arrangement einließ, hatte sie sich nicht vorzustellen vermocht, dass eine Beziehung wie die ihre überhaupt möglich war.

Und wenn doch? Sollte sie ihre Meinung ändern und ihre Abneigung gegen die Ehe über Bord werfen?

Würde er seine dann ein zweites Mal revidieren? Konnte sie ihn dazu überreden?

Wollte sie das überhaupt?

Ihre Gedanken überstürzten sich, gingen ihr nicht mehr aus dem Kopf und verfolgten sie bis in ihre Träume.

17

»Da ist sie, meine Liebe.« Audrey legte eine sauber geschriebene Referenz auf den Küchentisch der Agentur. »Brauchst du noch mehr?«

Phoebe griff nach dem Bogen, las den Inhalt und sah dann lächelnd auf. »Im Moment nicht. Aber vielen Dank, die ist perfekt.«

»Natürlich. Lass es mich wissen, falls du mehr benötigst.« Audrey winkte noch einmal kurz und verschwand im Flur. Sie hörten, wie sie sich von Emmeline verabschiedete, die am Empfangstresen stand, wie die Tür aufging und sich wieder schloss.

Deverell warf Phoebe einen zufriedenen Blick zu und lächelte sie an, bevor er sich wieder den Geschäftsbüchern widmete.

Seine Tante hatte ihnen mit Freuden den Gefallen getan, für Constance Spry eine Referenz zu fälschen, nachdem sie von den Problemen erfahren hatte. Sogar Edith wäre dazu bereit gewesen, um einen Beitrag zu Phoebes Kampf für das Gute zu leisten, den sie trotz gewisser Vorbehalte im Grunde ihres Herzens bewunderte.

Audrey hingegen bereitete es uneingeschränktes Vergnügen, mit dieser Mogelei den Zierden der meist dünkelhaften, selbstgerechten Gesellschaft eins auszuwischen. Ihre Schrift zu verstellen, damit sie sich nicht zu ihr zurückverfolgen ließ, stellte für sie aufgrund ihrer künstlerischen Begabung ohnehin kein Problem dar.

»Damit«, meinte Phoebe leise und legte die gefälschte Referenz auf den Tisch zurück, »müsste Dulcie eigentlich die Stelle bei Lady Huntwell bekommen.«

Womit zum Glück ein weiterer Schützling untergebracht wäre, denn drei weitere würden bald folgen. Wie von Phoebe prophezeit, nahm kurz vor Beginn der Saison die Zahl der fluchtwilligen Mädchen und damit die der notwendigen Rettungsaktionen zu.

Sie hörten, dass jemand das Büro der Agentur betrat. Fragend schaute Deverell Phoebe an, doch die schüttelte den Kopf, und so lauschten sie beide weiter angestrengt. Ohne jedoch zu verstehen, worüber die Frau sich mit Emmeline unterhielt. Die Stimmen waren zu leise.

Die Besucherin blieb nicht lange. Sobald sie die Agentur verlassen hatte, eilte Emmeline den Flur entlang nach hinten, blieb aber im Durchgang stehen, um jederzeit sofort wieder auf ihren Posten zurückkehren zu können. Auf ihrem Gesicht lag ein verwirrter Ausdruck.

»Na, wenn das nicht seltsam ist.«

»Was gibt es denn?« Birtles kam gerade mit einem Sack Kartoffeln von draußen herein. »Wo soll ich die hier hintun?«

Emmeline zeigte auf die Speisekammer. »Dort hinein. Und um deine erste Frage zu beantworten, das war meine Schwester Rose. Sie ist wegen eines Mädchens gekommen, das ihre Freundin, eine Mrs. Camber, ihr ans Herz gelegt hat. Die beiden sind im gleichen Haushalt, und wie es aussieht, ist das junge Ding mit einem Mal auf und davon. Vermutet Mrs. Camber und hat deshalb meine Schwester benachrichtigt.«

Deverell runzelte die Stirn.

»Sie ist weggelaufen?«, fragte Phoebe.

Emmeline nickte. »Sagt zumindest Rose. Sie kennt das Mädchen und weiß, dass sie ständig vom Neffen ihrer Herrschaft belästigt wurde. Sie wollte sich unbedingt an uns wenden und war dann heute Morgen plötzlich fort. Rose denkt, dass sie schrecklich verzweifelt war und oder aus irgendeinem Grund nicht mehr warten konnte.«

Alle schwiegen und stellten sich ein junges Dienstmädchen vor, das auf eigene Faust flüchtete und hilflos durch die Straßen Londons irrte.

»Nun«, meinte Phoebe schicksalsergeben, »wir können bloß denen helfen, die zu uns kommen. Vielleicht schlägt sie sich ja zu uns durch.«

Emmeline nickte und kehrte wieder ins Büro zurück, während Birtles brummend die restlichen Einkäufe hereinholte und Phoebe sich wieder über ihre Listen machte. Deverell hingegen dachte mit nachdenklicher Miene weiterhin an dieses unglückliche Mädchen. War sie wirklich weggelaufen, oder war ihr etwas anderes passiert?

Irgendein Verdacht spukte in seinem Kopf herum, der sich noch nicht so recht fassen ließ.

Auf der anderen Seite Londons stieg Malcolm Sinclair die drei Stufen zum Eingang eines hohen, schmalen Gebäudes in der Threadneedle Street im geschäftigen Herzen der Innenstadt hoch, stieß die äußere, unverschlossene Tür auf und trat ein. Ohne nach links oder rechts zu schauen, ging er die Treppe in den ersten Stock hinauf zu den der Straße zugewandten Räumen, in denen sich die Firma Drayton and Company befand, ihres Zeichens Vermögensverwalter.

Malcolm klopfte energisch an die Tür.

Weniger als eine Minute später wurde er in das Heiligtum des Inhabers geführt. Drayton, ein äußerlich durchschnittlich, aber freundlich wirkender Mann galt in einschlägigen Kreise als erfahrener und außerordentlich umsichtiger Geschäftsmann. Er erhob sich und erwartete seinen Besucher hinter seinem Schreibtisch.

»Mr. Glendower! Es ist wie immer ein Vergnügen, Sie zu sehen, Sir.«

Mit einem dünnen Lächeln auf den Lippen schüttelte Malcolm reserviert die ihm entgegengestreckte Hand.

»Ich gehe davon aus, dass alles gut läuft?«

»In der Tat, Sir.«

Einladend wies Drayton auf den Sessel vor dem Schreibtisch, wartete, bis Malcolm sich gesetzt hatte, ehe er sich selbst wieder auf seinen Stuhl sinken ließ.

»Es wird Sie freuen zu erfahren, dass unsere Einlage bei Bonnington and Company bereits eine beachtliche Dividende gebracht hat«, eröffnete er das Gespräch und fuhr fort, Malcolm alias Thomas Glendower detailliert über seinen umfangreichen Wertpapierbestand zu unterrichten.

Aufmerksam hörte der junge Mann zu, speicherte Fakten und Zahlen in seinem Kopf, prüfte und überlegte, wog ab und schätzte seine Möglichkeiten ein.

Züge auf dem Schachbrett des Lebens, auf dem Drayton und Thomas Glendower sich begegnet waren.

Sich ergänzten und vielleicht sogar eine Einheit bildeten.

Sein Vormund Henry wusste nichts von seiner zweiten Identität und von seinen Fähigkeiten in Finanzdingen. Und zum Glück noch weniger von seinem überragenden Wissen über die Vermehrung und profitable Anlage von Vermögen.

Während seiner Zeit auf der Universität hatte Malcolm begonnen, einfach so zum Spaß unter einem Decknamen Depotgeschäfte zu tätigen. Anfangs wollte er auf diese Weise lediglich die erkleckliche Summe verstecken, die er bereits in Oxford angehäuft hatte, kam dann aber auf die Idee, gleichzeitig etwas Sinnvolles damit anzustellen.

Die jungen Gentlemen in Oxford wetteten nämlich gern und spielten Karten um exorbitante Summen, aber der Gewinn ging regelmäßig an Malcolm. Ehrenhaft und völlig ohne Tricks oder gar durch Betrug. Das kam für ihn nie infrage, denn er liebte die Erregung, den Kick des Risikos. Die Herausforderung, der er sich stellte.

Im Laufe der Jahre hatte er es sich angewöhnt, sich als Lehrmeister zu sehen. Als jemand, der seinen Kommilitonen eine wertvolle Lektion erteilte, was sich leider nur sehr wenige zu Herzen nahmen. Und so verloren sie immer wieder. Man musste schon ein Zahlenkünstler sein, um Malcolm Paroli zu bieten.

Ansonsten war es unklug, mit ihm zu spielen.

Was als Spaß begonnen hatte, entwickelte sich für den jungen Mann zur Berufung. Die Beschäftigung mit Geldgeschäften wurde seine Leidenschaft, sein Lebensinhalt. In diesem Bereich brillierte er und fand höchste Befriedigung. Das durfte ihm niemand nehmen.

Deshalb auch würde er seine Anlagen und Wertpapiere mit Zähnen und Klauen gegen einen drohenden Verlust verteidigen.

Bei Drayton waren sie gottlob in guten Händen. Der Mann hatte alles im Griff und mehrte sein Vermögen in höchst erfreulicher Weise. Wie immer, wenn er bei ihm saß und dessen begeisterten Berichten lauschte, gratulierte Malcolm sich zu seiner Weitsicht, ihn als Finanzberater ausgewählt zu haben, denn der Mann verwaltete nicht nur sein Vermögen klug, sondern ließ darüber hinaus große Summen Bargeld in unbekannten Quellen verschwinden.

»Hervorragend!«

Ein seltenes Lob aus Malcolms Mund.

Er griff in die Tasche und holte ein Bündel Banknoten hervor. Diesmal handelte es sich nicht um Spielgewinne, sondern um die Erträge aus einem anderen Geschäft. Um jenen Anteil, den er von der mit den Mädchenhändler vereinbarten Zahlung für die letzten beiden Frauen abgezweigt hatte.

Ohne Henrys Wissen selbstverständlich, denn seinem Vormund legte er eine manipulierte, niedrigere Abrechnung vor, bei der er ein weiteres Mal abkassierte. Zum Glück war Henry im Gegensatz zu ihm in Finanzdingen eher nachlässig und überprüfte die Unterlagen nicht, die er ihm präsentierte. Er wunderte sich nicht einmal, dass für ihn nicht mehr heraussprang. In seiner selbstherrlichen Art kam Henry gar nicht auf die Idee, dass ihn jemand übers Ohr hauen könnte.

Und ganz bestimmt nicht sein Mündel.

Solche Naivität war Malcolm fremd. Selbst schuld, dachte er, wenn er diese Arglosigkeit seines Vormunds nach Strich und Faden ausnutzte und regelmäßig fünfzig Prozent der vereinbarten Summen direkt auf das Konto von Thomas Glendower umleitete.

Lässig warf er jetzt die Scheine auf den Schreibtisch. »Legen Sie das zunächst auf mein Konto und investieren Sie da, wo Sie es für sinnvoll erachten. Die Sache mit dem Kanalprojekt scheint mir zum Beispiel recht interessant zu sein.«

Draytons Augen leuchteten auf, als er nach dem Geld griff. »In der Tat, Sir, eine hervorragende Wahl«, sagte er und begann das Geld zu zählen, um es anschließend zu verbuchen.

Währenddessen hing sein Klient weiter seinen Gedanken nach.

Henry stellte, arrogant und blind, wie er war, für ihn eine Belastung dar. Als Malcolm in einem Anflug von Leichtsinn irgendwann laut über die Gefahren illegal erworbenen und angelegtes Geldes nachgedacht hatte, erntete er von Henry nur ein verächtliches Lachen. Sein Ruf und seine Stellung würden ihn jederzeit vor jedwedem Verdacht und vor jeder gerichtlichen Untersuchung schützen, behauptete er.

Selbst bei etwas so Anstößigem wie Mädchenhandel?

Malcolm glaubte das nicht, denn ihm war Anderslautendes zu Ohren gekommen.

Früher mochten die Behörden vielleicht großzügiger gewesen sein, doch inzwischen hieß es, die Obrigkeit reagiere ausgesprochen wachsam und verfolge unerbittlich alle Verdachtsmomente. Was ausgesprochen schlecht wäre.

Also hieß es vorsichtig sein.

Mit ein Grund, warum Malcolm am liebsten die Geschichte mit dem Mädchenhandel an den Nagel hängen würde. Schließlich brauchte er diese zusätzlichen Einkünfte nicht angesichts seines beträchtlichen Vermögens, das sich ständig vermehrte.

Bei Henry, der seine finanziellen Besitztümer bereits verschleudert hatte, sah das anders aus. Womit sollte er sein teures Hobby, die Pistolen, finanzieren, wenn aus dieser illegalen Quelle keine Gelder mehr flossen?

Alle Versuche, ihn zu größerer Achtsamkeit zu mahnen, waren gescheitert. Henry hielt sich offenbar für unverwundbar und weigerte sich, Malcolms Mahnungen überhaupt ernst zu nehmen.

Er benahm sich wie ein verblendeter, eigensinniger Narr.

Seinem Mündel waren uneinsichtige, bornierte Menschen wie er ein Gräuel. Gut, sollte er, solange er sich selbst an den Rand des Ruins trieb. Was ihm an dem Ganzen hingegen überhaupt nicht gefiel, war die mögliche Schwächung seiner eigenen Position.

Die Gefahr, dass Henry ihn durch seinen Leichtsinn ebenfalls in einen gefährlichen Strudel zog.

Malcolm erhob sich lächelnd und ließ sich von Drayton zur Tür begleiten, um auf dem Weg nach unten erneut über Henry nachzudenken.

Henry würde sich nichts sagen lassen. Zum Glück musste er sich nicht mehr lange mit ihm herumschlagen. Fast fünfzehn Jahre waren sie recht und schlecht miteinander ausgekommen – jetzt würde er bald frei sein, denn in wenigen Wochen endete mit seinem einundzwanzigsten Geburtstag die Vormundschaft. Er durfte künftig selbst über sein Leben bestimmen und zudem über das Vermögen verfügen, das sein Vater zur Verwaltung in Henrys Hände gelegt hatte. Konnte aus dem Schatten seines Vormunds treten und die Nabelschnur durchtrennen, die ihn bisher an ihn gefesselt hatte.

Ein erfreulicher Gedanke.

Trotzdem wich sein Unbehagen nicht, und er beschloss, sich vorsichtshalber für den Fall zu wappnen, dass Henry in diesen letzten Wochen noch unliebsame Aufmerksamkeit auf sich zog und ein Riesenproblem heraufbeschwor. Einige Vorkehrungen zu treffen, die ihn absicherten, wäre sicher nicht dumm.

Nicht ganz einfach, wie er wusste. Und vielleicht musste er auch Mittel und Wege in Betracht ziehen, die sich am Rande oder gänzlich außerhalb der Legalität bewegten.

Malcolm war bereit dazu und trat mit einem entschlossenen Gesichtsausdruck auf die Straße hinaus.

»Drei Rettungsaktionen in einer Woche, das ist ein Rekord!«

Phoebe stieß mit Deverell an. Sie lächelte fröhlich und strahlte ihre kleine Schar an, die sich in der Küche der Agentur versammelt hatte.

»Dank unseres hervorragenden Teams sind alle Aktionen glatt über die Bühne gegangen. Zudem ist es höchst erfreulich, dass ein Mädchen bereits untergebracht ist und wir für die beiden anderen auch schon etwas in Aussicht haben.«

Birtles hob seinen Krug. »Auf die Athena-Agentur«, sagte er, und alle folgten seinem Beispiel.

Deverells Blick glitt über die bunt zusammengewürfelte Gruppe, die in der Tat unter großem Einsatz Außerordentliches leistete. Sie hatten allen Grund, in Hochstimmung zu sein. Drei Rettungsaktionen in so kurzer Zeit.

Scatcher, der Besitzer des Ladens zur Linken, der Antiquitäten und Altertümer fragwürdiger Herkunft verkaufte, hatte sich ebenfalls Zeit genommen. Er war ein unansehnlicher Bursche, hinter dessen ziemlich schmuddeligem Äußeren sich indes ein warmherziger Mann, eine Seele von Mensch, verbarg.

Außerdem machten ihn seine scharfen Augen, denen nichts entging, und seine rasche Auffassungsgabe zu einem wichtigen Helfer. Bei ihm dauerte es allerdings eine ganze Weile, in der Phoebe viel Überzeugungsarbeit aufbrachte, bis er Deverell traute. Jetzt war das Eis gebrochen, und er tat wieder das, was bereits bei früheren Aktionen seine Aufgabe gewesen war: Schmiere stehen.

Deverell hätte sich nie vorstellen können, dass Menschen so unterschiedlicher Herkunft jemals die Köpfe zusammenstecken könnten. Zwei Damen von Stand, ein Mann aus dem Bildungsbürgertum, dazu eine Handvoll Leute aus den unteren Schichten sowie Phoebe und er selbst. Alle verstanden sich blendend, wobei sich speziell zwischen Audrey und Loftus Coates ein besonderes Verhältnis entwickelt hatte. Eines, hinter dem seiner Meinung nach mehr steckte.

Er spürte Phoebes Hand auf seinem Arm. »Das Einzige, was meine Freude an diesem Tag schmälert, ist der Gedanke, dass es noch mehr Mädchen gibt, die eigentlich unserer Hilfe bedürften. Es gibt so viel Elend und Ungerechtigkeit in dieser Gesellschaft.«

Beruhigend nahm er ihre Finger, drückte sie leicht. »Das stimmt. Aber wie du einmal so klug erklärt hast, können wir nicht bei jedem Unglück helfen. Wir tun schließlich alles, was in unserer Macht steht. Bei dem Rest müssen wir auf das Schicksal vertrauen.«

»Hm, ich kann mich zwar nicht erinnern, das genauso gesagt zu haben, doch du hast recht.« Phoebe sah ihm in die Augen. »Ich wollte dir noch für deine Hilfe danken. Sie war und ist sehr wertvoll. Drei Aktionen in einer Woche hätten wir ohne dich und Grainger nicht geschafft.«

»Es war uns ein Vergnügen. Wir machen das gerne«, erwiderte Deverell trocken. »Das solltest du wissen.«

»Trotzdem.« Phoebe betrachtete erneut die kleine Runde. »Weißt du was«, sagte sie leise. »Ich habe Edith selten so angeregt gesehen, so engagiert. Uns aktiv zu helfen hat ihr gutgetan.«

Deverell grinste. »Es ist das leicht Skandalöse an dem Ganzen, was sie so beflügelt. Audrey übt einen schlechten Einfluss auf sie aus.«

Phoebe lachte und hob ihr Glas, um erneut mit den anderen auf ihren Erfolg anzustoßen.

Später in der Nacht, als er durch die Terrassentüren des Morgensalons hereinkam und leise nach oben ging, fällte Deverell eine Entscheidung.

Eine, von der er gehofft hatte, nicht dazu gezwungen zu sein.

Am Abend waren sie auf Lady Carnabys Ball gewesen, einer Veranstaltung mit recht erlesenen und erlauchten Gästen. Einem übersichtlichen Kreis also. Zwar befanden sich mehrere Gentlemen im heiratsfähigen Alter darunter, doch ging es denen mehr ums Gesehenwerden als um Brautschau.

Irgendwann war er losgezogen, um für Audrey und Edith Erfrischungen zu holen, und weil er dabei nacheinander von Lord Grimsby und Lady Hendricks aufgehalten wurde, dauerte es eine Weile, bis er mit einem Glas Mandelsirup in jeder Hand wieder in den Ballsaal zurückkehrte. Phoebe stand immer noch neben Edith und Audrey.

Der Anblick gab ihm zu denken.

Er fragte sich, ob während der reichlich bemessenen Zeit seiner Abwesenheit wirklich kein Gentleman mit ihr geplaudert hatte. Schon früher war ihm das aufgefallen. Die Männer pflegten ihr bewundernd nachzuschauen, sie auch anzustarren, aber sich ihr zu nähern, das wagte nur ganz selten jemand.

Warum?

Anfangs war er davon ausgegangen, dass es etwas mit ihm zu tun hatte, mit seiner besitzergreifenden, dominanten Art. Dass man ihm nicht ihn die Quere kommen wollte. Nur war es vor seiner Zeit nicht anders gewesen.

Das Ganze ergab keinen Sinn.

Ein Gentleman blieb neben ihm stehen, ein gut aussehender Mann, vielleicht ein paar Jahre jünger als er selbst. Er blickte in Phoebes Richtung.

»Ich habe gerade gedacht …«, begann er lächelnd ein Gespräch und deutete mit einer Bewegung des Kopfes zu ihr hinüber. »Verdammt attraktiv, finden Sie nicht? Eine Schande, wirklich.«

»Eine Schande?«

»Na ja.« Der Mann wandte Deverell das Gesicht zu. »Sie wissen es nicht? Dann waren Sie zu der fraglichen Zeit bestimmt im Krieg.«

»Und was ist mir da entgangen?«

»Dass man Miss Malleson am besten aus dem Weg geht. Zumindest wenn man ungeschoren davonkommen will. Mit ihrer spitzen Zunge kann sie einen wie mit einem Dolch aufschlitzen. Man sollte ihr eigentlich ein Warnschild umhängen: Todesgefahr, Annährung auf eigenes Risiko.«

»Ach ja?«

Er musste sich bemühen, ein Lächeln zu unterdrücken, doch plötzlich kam ihm ein schrecklicher Gedanke.

»Warum? Kennen Sie den Grund?«

Der junge Mann schüttelte den Kopf. »Keine Ahnung. Soweit ich weiß, war sie schon immer so. Nicht gerade wenige haben es bei ihr versucht, sind aber wieder davongeschlichen, um ihre Wunden zu lecken.« Und nach einer kleinen Pause: »Allerdings habe ich gehört, dass irgendein tapferer Held den Drachen gezähmt haben soll. Allerdings kann ich niemanden entdecken. Vielleicht wurde ihm ja ebenfalls schon eine Schlappe beigebracht.«

Am liebsten hätte er sich auf den Burschen gestürzt wie weiland der heilige Georg auf den Drachen, doch es schien ihm klüger, kein Aufheben zu machen. Also nickte er dem anderen nur zu und machte sich auf den Weg zu den drei Damen.

Aber die Anspielungen gingen ihm nicht aus dem Kopf.

Krampfhaft versuchte er sich ihre anfängliche Reaktion auf sein Interesse in Erinnerung zu rufen. Sie hatte wirklich ihr Bestes gegeben, um ihn in die Flucht zu schlagen. Offenbar war sie genauso mit jedem potenziellen Verehrer umgesprungen, von denen die meisten bestimmt nicht über sein Beharrungsvermögen verfügten. Ihr Verhalten Männern gegenüber hatte also Methode. Auch ihm sollte es eigentlich nicht besser ergehen als den erfolglosen Vorgängern.

Was war bloß passiert, dass sie einen solchen Schutzwall um sich herum errichtet hatte?

Worin bestand dieses letzte Geheimnis, das er noch nicht wirklich kannte?

Jener Vorfall, der sie bewog, für sich eine Ehe auszuschließen und sich stattdessen der Fürsorge für unglückliche Mädchen zu widmen.

Vor ihrer Tür angekommen, fasste er einen Entschluss. Es war an der Zeit, sie danach zu fragen.

Im Ballkleid stand sie mit verschränkten Armen vor dem Fenster und schaute auf die Straße hinunter. Als sie ihn bemerkte, lächelte sie ihm zu und drehte sich um.

Er trat hinter sie, legte die Hände auf ihre Schultern. »Was machst du?«

»Einfach nachdenken.« Sie lehnte sich an ihn. »Nach unserer kleinen Feier in der Agentur scheint es der richtige Moment zu sein, sich noch einmal an alles zu erinnern. Wie wir angefangen, was wir durchgemacht haben und wo wir jetzt stehen.«

Er erwiderte nichts darauf, strich nur mit den Händen

über ihre bloßen Schultern, ehe er die Arme um sie schlang und sie fest an sich zog.

Als er in ihr Gesicht schaute und das Lächeln sah, wusste er, was es bedeutete: Sie war zufrieden mit sich und ihrer Arbeit.

»Im ersten Jahr bauten wir die Agentur auf: ich, Emmeline, Skinner, Fergus und Birtles. Er war Gärtner auf dem Landsitz, wo sie gearbeitet hatte, und kam ihr nach. Dann brauchte er noch zwei Jahre, bis er sie dazu überreden konnte, ihn zu heiraten.«

Deverell hoffte inständig, dass es bei ihnen nicht so lange dauern würde.

»In jenem ersten Jahr haben wir zwei Mädchen gerettet. Im zweiten Jahr waren es vier. Damals schloss Loftus sich uns an. Wir wollten einen unserer Schützlinge in seinem Haushalt unterbringen, doch er bemerkte ihre gefälschten Referenzen und kam zur Agentur. Sobald er die ganze Wahrheit wusste – wir fürchteten schon das Schlimmste –, entschied er sich nach eingehendem Nachdenken, uns zu unterstützen. Was er seitdem mit zunehmender Intensität tut. Außerdem hat sich seine Hilfe als ausgesprochen wertvoll erwiesen.«

»Und du hast immer mehr Frauen aus schlechten Häusern weggeholt?«

»Ja.« Sie nickte. »Letztes Jahr haben wir es auf neun gebracht, jetzt sind es bereits acht, und das Jahr ist nicht einmal zur Hälfte herum. Es werden also noch einige hinzukommen.«

»Eine schon morgen Nacht.« Deverell legte die Wange an ihr Haar. »Und du solltest auch nicht den Erfolg der normalen Arbeitsvermittlung vergessen. Dank deiner Agentur finden viele Frauen gute und sichere Stellungen.«

»Stimmt.«

Man hörte Phoebes Stimme an, wie glücklich sie war, und wohlig drückte sie sich in seinen Arm.

Deverells Griff wurde fester, und sie spürte eine ungewohnte Anspannung bei ihm.

»Was ist denn?«

Er holte tief Luft. »Phoebe, ich muss dich etwas fragen ... Eigentlich wollte ich das nicht, weil ich dachte, du würdest es mir irgendwann von allein erzählen.«

Er zögerte, suchte nach Worten, um die Geschichte richtig zu erklären. Schließlich wusste er nichts Genaues, folgte bloß einem unbestimmten Gefühl.

»Was denn?«, hakte sie nach, während sie ihre Hände auf seine legte.

»Ich möchte wissen, was dir widerfahren ist. Damals. Warum du Männer immer in die Flucht geschlagen hast.«

Eine Ewigkeit, wie ihm schien, sagte sie nichts, und er ließ sie gewähren, schwieg ebenfalls. Zu seiner Erleichterung wandte sie sich nicht von ihm ab, sondern schmiegte sich weiter an ihn.

»Das ist lange her«, sagte sie schließlich leise.

»Trotzdem. Bitte, erzähl es mir.«

Sie stieß einen Seufzer aus und lehnte ihren Kopf an seine Schulter, verschränkte ihre Finger mit seinen.

»Ich besuchte mit meiner Tante Marion eine Hausgesellschaft. Obwohl ich erst siebzehn und noch nicht in die Gesellschaft eingeführt war, nahm ich zum ersten Mal an einem größeren Ereignis teil. Eine höchst erlauchte Schar hatte sich dort auf dem Landsitz eingefunden, und ich betrachtete es als Ehre, dabei sein zu dürfen. Natürlich war ich sehr aufgeregt.«

Ihre Stimme wurde leiser. Er spürte, dass sie gerade ganz in die Erinnerung abtauchte.

»Am dritten Tag sollte ein Ball stattfinden. Ein glanzvolles Ereignis, zu dem jede Menge Abendgäste erwartet wurden. Mein Gott, ein Ball! Ballsaal und Salons waren voller Leute, und ich bekam irgendwann das Gefühl zu ersticken. Offenbar war mir der ganze Trubel zu viel. Ich suchte nach Marion, wurde stattdessen von jungen Gentlemen umringt, die mich alle um einen Tanz baten und auf mich einredeten. Mir schwirrte der Kopf, doch dann …«

Ihr Tonfall veränderte sich, wurde flacher, monotoner. »Ein Gentleman eilte zu meiner Rettung herbei, zumindest dachte ich das. Er war so zuvorkommend, ein guter Freund des Gastgebers und wie dieser nicht mehr der Jüngste …«

Sie hielt inne und fuhr dann fort: »Er schickte die jüngeren Männer weg mit der Begründung, dass ich einen Moment Ruhe brauchte, und schlug vor, die abseitsgelegene Galerie aufzusuchen. Er sagte, da oben sei es kühl und ruhig und die Fenster stünden bestimmt offen, um frische Luft hereinzulassen. Ich wollte erst zu Marion, aber er versicherte mir, dass das nicht nötig sei. Nicht auf einem Landsitz wie diesem und mit so seriösen Gästen. Das könne man nicht mit einem Ball in London vergleichen.«

Phoebe verstummte für eine ganze Weile.

»Ich ließ mich von ihm wegführen und musste feststellen, dass wir nicht zu der Hauptgalerie oberhalb der Eingangshalle gingen, sondern in einen ganz anderen Flügel des Hauses. Dort befanden sich lediglich Schlafzimmer, und entsprechend ließ sich keine Menschenseele blicken. Auf der Galerie war es zwar kühl und ruhig, jedoch ebenfalls stockdunkel. Kein einziges Licht brannte. Mir war nicht wohl bei der ganzen Sache, aber ich schob alles auf meine überreizte Fantasie. Sah die Gefahr nicht – glaubte gar nicht, dass überhaupt eine existierte. Bis es zu spät war.«

»Was ist passiert?«

Ihre Hände drückten seine Finger fester, und ihre Stimme zitterte.

»Er fing an, unanständige Sachen zu sagen, laszive Vorschläge zu machen. Ich war schockiert und zeigte das auch, doch das stachelte ihn bloß zusätzlich auf. Wenn ich bloß an den Ausdruck in seinen Augen denke …« Sie musste schlucken, ehe sie fortfahren konnte. »Er drängte mich gegen die Wandverkleidung …«

Als er das hörte, reagierte er aus einem ihm selbst unverständlichen Impuls heraus, drehte sie zu sich herum und drückte sie an die Wand, hielt sie gefangen.

»So?«

Durch das Fenster fiel nur ein schwacher Lichtschein, aber er reichte. Ihre Augen wurden ganz groß, und sie nickte. »Ja.«

»Was tat er dann?«

»Er versuchte mich zu küssen.«

»Versuchte es bloß?«

»Ich wehrte mich und hinderte ihn daran.«

Er senkte den Kopf und bedeckte ihre Lippen mit seinen. Zwang sie, den Mund zu öffnen. Küsste sie, ohne sich irgendeine Zurückhaltung aufzuerlegen, leidenschaftlich und fordernd, bis sie beide schwankten.

Dann hob er den Kopf und sah ihr tief in die verschleiert wirkenden Augen. »Du musst dich nicht gegen mich wehren, du magst es schließlich, wenn ich dich küsse.«

Ihre Lider flatterten. »Ja.«

»Und dann?«

Ihr Blick ging in die Ferne.

»Wir rangen miteinander. Ich versuchte mich loszureißen, nur war er viel kräftiger als ich, drückte mich einfach weiter gegen die Wand und fing an, meine Röcke hochzuziehen.«

»So?«

Mit einer Hand packte er ihre Röcke, schob sie hoch und hielt die Stoffmassen mit seiner Faust.

Während sie ihn unverwandt ansah, holte sie zitternd Luft. »Ja.«

Ihre Stimme bebte, aber nicht vor Furcht, sondern vor Verlangen.

Sanft strich er über ihre Lippen, bevor er sich hungrig auf ihren Mund stürzte.

»Und dann? Was geschah dann?«

Ihr Busen hob sich, als sie tief einatmete. »Er drängte eines seiner Beine zwischen meine und zwang mich, sie zu spreizen.«

»So?«

Er stieß mit einem Bein vor, winkelte es an und hob sie auf seinen muskulösen Schenkel, suchte mit seinen Fingern ihr weiches Fleisch und massierte es.

Sie keuchte und ließ den Kopf gegen die Wand sinken. »Ja, genauso.«

Plötzlich schüttelte sie verwirrt den Kopf.

»Nein, nicht so. Mit ihm fühlte es sich nicht gut an.« Sie schaute ihm in die Augen. »Überhaupt nicht.«

»Nicht so wie mit mir.«

»Nein, das damals war schrecklich, und das hier ist schön.«

Das hatte er zu hören gewünscht, es erhofft. Die Bestätigung, dass ihre Vergangenheit weder jetzt noch später zwischen ihnen stehen würde, es gar nicht konnte.

»Was passierte als Nächstes?«

»Drei Dienstmädchen kamen mit Wärmpfannen für die

Betten der Gäste auf die Galerie. Sie schwatzten miteinander und wären fast über uns gestolpert. Als sie uns bemerkten, wichen sie erschrocken zurück und erstarrten. Sie wussten nicht, was sie tun sollten. Ich nutzte die Gelegenheit, und als er sich zu ihnen umdrehte, schubste ich ihn weg. Er taumelte zurück, ich konnte mich befreien und rannte davon.«

»Hier gibt es leider keine Dienstmädchen«, sagte er mit einem Grinsen.

»Nein.« Ein sanfter Zug legte sich um ihre Lippen. »Nichts, was dich daran hindern würde, mich zu nehmen.«

Er sah ihr tief in die Augen. »Nur dich.«

Ihr Blick glitt forschend über sein Gesicht, eine Hand legte sich in seinen Nacken, um seinen Mund zu sich herunterzuziehen.

»Ich will nicht, dass du aufhörst.«

Sie hauchte die Worte nur und verschloss seine Lippen leidenschaftlich mit ihren.

Er zog ihre Röcke höher, klemmte sie an ihrer Taille fest, griff zwischen ihre gespreizten Schenkel und fand sie, bereit und sehnsuchtsvoll.

Schnell öffnete er seine Hose, um sein pochendes Geschlecht zu befreien und gleichmäßig und langsam in sie einzutauchen, während sie an seinem Mund stöhnte und sich ihm entgegendrängte.

Mit einem heftigen Ruck stieß er in sie hinein, und sie ermunterte ihn, indem sie die Beine um seine Hüften schlang und sich an ihm festklammerte. Gepfählt von seiner Männlichkeit, ganz weit geöffnet. Ganz sein.

Es war eine wundervolle Art, sich zu lieben. Voller Seufzer und ersticktem Stöhnen, noch nicht entkleidet. Ihr

Schoß ließ ihn nicht los, sondern hielt ihn tief in sich. Da war keine Hast, keine unbeherrschte, außer Kontrolle geratene Leidenschaft, nur der Wunsch nach Lust. Und die Suche, sie zu finden, sie zu geben und zu bekommen, das letzte Fünkchen Gefühl aus dem Moment zu ziehen.

Als schließlich ihre Sinne in Aufruhr gerieten und alle Nerven vibrierten, als der berauschende Moment kurz bevorstand und sengende Hitze durch ihre Adern strömte – bevor sie für diesen einen herrlichen Augenblick der Welt entrissen wurden, klammerten sie sich beinahe verzweifelt aneinander, die Körper verschlungen, und strebten gemeinsam der Erfüllung entgegen.

Bis die Woge sie erfasste, sie mit sich riss und ihnen unvergleichliche Ekstase schenkte.

Anschließend lagen sie auf dem Bett. Zu erschöpft, um sich noch zu rühren, und zu befriedigt, als dass es ihnen etwas ausgemacht hätte. Ihre angestrengten Atemzüge hallten durch den Raum, und selbst das heftige Schlagen ihrer Herzen war zu hören.

Nur langsam ließ der Aufruhr nach.

Phoebe, entspannt in seinem Arm liegend, begann mit einem Mal zu kichern, drehte sich mit leuchtenden Augen zu ihm um.

»Das war einfach wundervoll! Außergewöhnlich. Aber verlang nicht von mir, mich in nächster Zeit zu bewegen.«

Er stieß ein belustigtes Hüsteln aus.

»Wir bleiben jetzt erst einmal ein oder zwei Stunden liegen, bis ich wieder zu unterscheiden vermag, wo oben und unten ist.«

Amüsiert über die Anzeichen von Schwäche, lachte sie. Ein wohltuender, beruhigender Klang. Genau wie ihre atemlosen, lustvollen kleinen Schreie, wenn sie sich liebten.

Alles war gut und schön und richtig, wenn es mit ihnen beiden zu tun hatte.

Nach einer Weile stemmte er sich mühsam auf einem Ellbogen hoch und schaute zärtlich in ihr Gesicht, das wie beseligt wirkte. Beinahe reute es ihn, diesen Moment zu stören, doch er wollte den Rest erfahren.

»Und wie ging es weiter?«

Sie hob die Lider und seufzte. Ihre Miene veränderte sich, als sie sich wieder an die Vergangenheit erinnerte.

»Ich bin den ganzen Weg bis in mein Zimmer gelaufen und habe Skinner gerufen. Später, als Marion kam, um nach dem Rechten zu sehen, erzählte ich ihr, dass ich Kopfschmerzen hätte. Skinner verriet mich nicht. Damals gab es nichts, was ich hätte tun können. Eine Siebzehnjährige, die unvorstellbare Vorwürfe gegen einen Freund des Hauses erhebt? Unmöglich! Niemand würde das geglaubt haben. Man hätte getuschelt und mir haltlose Behauptungen unterstellt, weil ich mich wichtigmachen wollte. Außerdem fand ich das Ganze peinlich. Nicht nur meinetwegen. Marion sollte da nicht hineingezogen werden und ebenso wenig unsere freundlichen Gastgeber.«

»Nun, falls sie von dieser Vorliebe ihres Bekannten etwas ahnten, war es leichtfertig, ihn einzuladen.«

Phoebe dachte an die arglose Unschuld zurück, die sie damals gewesen war. »Stimmt, so habe ich das nie gesehen.«

Ein Moment verging, dann fragte Deverell: »Wer war es?«

An ihrem Blick erkannte er, dass sie es ihm nicht verraten würde.

»Es spielt keine Rolle. Ich habe mich ein paar Jahre später an ihm gerächt, als ich nicht mehr dumm und naiv war.«

Er sah sie verwirrt an. »Wie denn?«

»Ich erfuhr, dass er eine Geldheirat eingegangen und von der Familie seiner Frau abhängig war, also ihre Unterstützung brauchte. Mittlerweile wusste ich durch Edith, wie das mit dem Gerede in unseren Kreisen läuft.« Sie verzog den Mund zu einem boshaften Grinsen. »Seine Frau ahnte nichts von seinem Vorleben, aber andere redeten darüber. Also setzte ich ein Gerücht in die Welt. Du weißt ja, dass die Leute Edith alles anvertrauen und ihr alles glauben. Was von ihr kommt, gilt als zuverlässig. Das kam mir aufgrund unserer verwandtschaftlichen Beziehung zugute: Niemand zweifelte an der Richtigkeit meiner Worte, ich hätte dieses und jenes gehört. Seiner Frau wurde es von mehreren Seiten hinterbracht, und sie fing an, ihren Ehemann zu beobachten. Innerhalb von ein paar Tagen hatte sie den Beweis, dass die Gerüchte stimmten. Seitdem sitzt er praktisch wie ein Gefangener auf dem Land fest und wird von ihr an der kurzen Leine gehalten. Finanziell und auch anderweitig.«

Nach einer kurzen Pause fügte sie noch hinzu: »Am Ende habe ich ihn dort getroffen, wo es ihn am meisten schmerzte, an seinem Stolz. Er ist so etwas wie eine Witzfigur geworden, ohne gesellschaftliche Auftritte, ohne Feste und Feiern, bei denen er sich präsentieren könnte.«

Deverell musterte sie und nickte dann. »Erinnere mich daran, dich niemals zu verärgern.«

Der junge Mann, mit dem er auf dem Ball ins Gespräch gekommen war, hatte gar nicht mal so falschgelegen, überlegte er. Todesgefahr, Annährung auf eigenes Risiko.

Sie kicherte und schloss die Augen.

»Nachdem ich dir all meine Geheimnisse verraten habe, möchte ich auch von dir eines erfahren.«

»Ich glaube, ich habe gar keine. Zumindest keines, von dem du wissen möchtest.«

»Oh, aber natürlich.« Sie öffnete die Augen und suchte seinen Blick. »Sag mir, warum es mit dir so schön ist. Egal was du tust, egal wie heftig, wie dominant, wie Furcht einflößend du bist und wie angewidert und panisch ich mich verhalte.« Sie hielt inne, sah ihm tief in die Augen und sagte: »Warum sind die gleichen Dinge mit dir so ungemein faszinierend?«

»Weil die anderen die Falschen sind. Weil«, er berührte ihren Mund mit seinen Lippen, »nur ich der richtige Mann für dich bin.«

Sie stellte keine weiteren Fragen.

Nach einem langen, innigen und zärtlichen Kuss zogen sie sich im Dunkeln aus, ließen ihre Kleider einfach fallen und schlüpften unter die Decken, um Arm in Arm einzuschlafen.

»Was meinst du damit, sie ist fort?« Phoebe saß am Küchentisch der Agentur neben Deverell vor den aufgeschlagenen Geschäftsbüchern und starrte Emmeline an.

»Verschwunden.« Die Frau nickte grimmig. »Genau wie die andere. Nur dass dieses Mädchen wusste, dass wir sie heute Nacht holen wollten. Warum ist sie also kurz vorher weggelaufen?«

Deverell spähte nach vorn ins Büro. »Ist das die Haushälterin?«

»Ja. Mrs. Stanley. Sie hat uns bei der Planung der Rettungsaktion geholfen. Es ist ihr schrecklich peinlich, aber kaum ihre Schuld.« Emmeline zuckte die Achseln.

»Bitten Sie Mrs. Stanley zu uns. Wollen wir doch mal sehen, ob wir nicht ein bisschen Licht ins Dunkel bringen können.«

Die Besucherin, die nervös ihre Gobelintasche umklammerte, bekam ganz große Augen, als sie Deverell und Phoebe sah, und machte schnell einen Knicks. Gänzlich verwirrt reagierte sie, als Deverell sie zu allem Überfluss höflich bat, sich zu setzen.

»Na los, die beißen nicht.« Emmeline schob sie auf einen Stuhl. »Beantworten Sie einfach die Fragen, und dann sehen wir weiter.«

Die Haushälterin hockte sich vorsichtig auf die Stuhlkante und schluckte. »Lizette freute sich darauf, aus dem Haus herauszukommen und bei Ihnen Zuflucht zu finden. Ich schwöre, dass ich mir keinen Reim darauf machen kann, warum sie letzte Nacht verschwunden ist. Sie ist kein dummes Mädchen. Nicht Lizette.«

»Verschwunden?«

Deverell schlug einen aufmunternden Tonfall an und versuchte, so wenig einschüchternd wie möglich zu wirken.

»Ja, einfach so.«

»Ihre Kleidung, ihre Habseligkeiten, sind die noch in ihrem Zimmer?«

Mrs. Stanley nickte. »Alles ist noch da, sie muss ziemlich überstürzt weg sein.« Sie zuckte die Achseln. »Aber wer weiß schon, was in so einem jungen Ding vorgeht.«

Deverell gefiel der Gedanke nicht, der sich in seinem Kopf herauskristallisierte.

»Mrs. Stanley, ich glaube, Sie oder der Butler sollten die Polizei von Lizettes Verschwinden in Kenntnis setzen. Es ist zwar höchst unwahrscheinlich, dass man sie findet, aber sicher ist sicher.«

Die Frau nickte niedergeschlagen. »Aye. Das hatte ich mir auch schon gedacht, nur ist es so sicher wie das Amen in der Kirche, dass man keine Spur von der armen Lizette entdeckt. Genau wie bei Bertha von den Wrigleys.«

Deverell beugte sich vor. »Wer?«

»Ich weiß es von Mrs. Higgins, der Haushälterin von Major Wrigley und seiner Frau aus der South Audley Street. Bertha war ein gut aussehendes Mädchen und seit sechs Jahren im Haushalt, bevor sie vor zwei Wochen plötzlich spurlos verschwand. Genau wie Lizette.« Mrs. Stanley schüttelte den Kopf. »Higgins hat es auf der Wache gemeldet, ohne je wieder was gehört zu haben. Und Bertha hat niemand mehr gesehen.«

»Diese Bertha war, wie Sie sagten, ein hübsches Mädchen. Und ich nehme an, Lizette ebenfalls, oder?«

»O ja. Richtige Hingucker. Nun ja, so muss es ja auch sein, wenn man heutzutage als Hausmädchen arbeiten will.«

Ohne auf diesen Punkt näher einzugehen, erhob Deverell sich, um Mrs. Stanley zu verabschieden, und wiederholte lediglich seinen Ratschlag, Lizettes Verschwinden zu melden. Kurz darauf verließ die Haushälterin die Agentur.

Birtles, der während des ganzen Gesprächs auf einem Stuhl vor dem Feuer gesessen hatte, schaute Deverell an. »Sie denken, dass was anderes dahintersteckt bei diesen Mädchen, die einfach so verschwinden. Die eine völlig grundlos, die andere kurz bevor wir sie holen. Ist schon merkwürdig, nicht wahr?«

»Ich glaube«, sagte er und wählte seine Worte sorgfältig, »dass es zu viele Mädchen sind, die auf diese Weise verschwinden, um einfach darüber hinwegzugehen. Drei Mädchen innerhalb von zwei Wochen, alle attraktiv. Die Sorte, die in den Villen von Mayfair arbeitet.«

Es gefiel ihm kein bisschen, woran er da dachte, doch in Phoebes und Emmelines Mienen las er die gleiche Sorge.

»Die gleiche Gegend, aus der unsere Schützlinge kommen«, stellte Birtles fest.

»Genau.« Deverell ließ sich keine Regung anmerken. »Aber es sei, wie es sei. Ich sehe keine Möglichkeit, die Sache zu verfolgen. Wir können bloß die Augen offen halten.«

Eine unumstößliche Tatsache, solange sie keine weiteren Informationen besaßen.

Sosehr er auch hin und her überlegte, er kam zu keinem anderen Ergebnis.

»Bis wir das Rätsel um die verschwundenen Mädchen gelöst haben, sollten wir sehr vorsichtig sein.«

Phoebe verzog das Gesicht. »Tja, wegen heute Abend brauchen wir uns zumindest keine Sorgen zu machen – es gibt schließlich niemanden mehr, den wir retten müssten.«

18

»Da kommt sie.«

Phoebe zeigte auf eine kleine weibliche Person, die in einen Umhang gehüllt die Hintertreppe eines Stadthauses herunterschlich, das nach vorn an der Curzon Street lag.

Deverell schenkte der scheuen Gestalt lediglich einen kurzen Blick, ehe er seine Aufmerksamkeit wieder auf die enge, dunkle Gasse richtete, in der sie hinter ihrer Kutsche halb verborgen lauerten. Angespannt warteten sie, ob alles klappte oder Unvorhergesehenes geschah.

Bei dieser Rettungsaktion, seiner sechsten, hatte er ein irgendwie mulmiges Gefühl.

Die Gegend war unübersichtlich. Nur wenige Meter von den breiten Hauptverkehrsstraßen Mayfairs entfernt, befanden sie sich in einem Gewirr aus kleinen Straßen und Gässchen, Gärten und Stallungen. Alles war finster, und es gab einfach zu viele Richtungen, aus denen man sich ihnen unbemerkt nähern konnte.

Zwar sagte er sich immer wieder, dass sie sich schließlich nicht im Krieg befanden, dass Phoebe und ihre Leute keine Truppen waren, die er zur Abwehr eines Angriffs positionieren musste, aber die langen Jahre hinter den feindlichen Linien hatten ihn gelehrt, so zu denken.

Und seinem Instinkt zu vertrauen.

Phoebes Blick war fest auf das Mädchen gerichtet, das

durch die Gasse geradewegs auf die Kutsche zuhielt. Deverell griff nach ihrer Hand und drückte sie.

»Geh zu ihr«, flüsterte er.

Sie ließ es sich nicht zweimal sagen, eilte sogleich mit raschen Schritten davon, ging auf die schemenhafte Gestalt zu. Das verängstigte Mädchen hielt inne und drückte seine Tasche schützend an die Brust.

Ein unangenehmes Kribbeln überfiel Deverell.

Fergus saß auf dem Kutschbock, während Grainger weiter hinten ihren Fluchtweg sicherte und Birtles am anderen Ende eine der Nebenstraßen im Blick behielt. Scatcher hatte unfern der Kutsche einen Beobachtungsposten bezogen.

Sein Bauchgefühl drängte Deverell, Phoebe zu begleiten, an ihrer Seite zu bleiben, doch womöglich fühlte sich das arme Ding durch einen großen Kerl wie ihn zusätzlich verunsichert oder gar bedroht. Deshalb hielten sich auch die anderen Männer im Hintergrund.

Eine Panik wäre das Letzte, was sie jetzt brauchen konnten.

Phoebe sprach jetzt mit dem Mädchen, das sich ein wenig zu entspannen schien, und deutete auf die Kutsche. Und dann … Deverell lief ein kalter Schauer über den Rücken.

All seine Befürchtungen wurden schlagartig Wahrheit. Schatten glitten aus einer schmalen Lücke zwischen zwei Häusern. Erst einer, dann ein weiterer. Außerdem hörte er hinter sich Flüche und Kampfgeräusche. Ohne Zweifel ein Handgemenge.

Sofort rannte er los.

»Zur Kutsche«, rief er Phoebe zu, die schreckensstarr auf die Rauferei blickte. Und auf die beiden Männer, die plötzlich hinter dem Mädchen auftauchten, es unsanft zur Seite schubsten und sich auf Deverell stürzten.

Ihr Pech, denn mit mehreren schnellen, harten Schlägen und einem gezielten Tritt gegen ein Knie setzte er die beiden außer Gefecht.

Stöhnend wälzten sie sich am Boden, während ihr Angreifer die Atempause nutzte, um sich umzuschauen und sich dabei einen Überblick über die Situation zu verschaffen. Zu seiner Beruhigung stellte er fest, dass Scatcher und Grainger sich dort gegen den Rest der Bande tapfer schlugen und ihn vorerst nicht brauchten.

Plötzlich allerdings brach einer der Männer durch und stand unversehens vor Phoebe und dem Mädchen. Sein Blick ging unschlüssig zwischen den beiden hin und her. Offensichtlich wusste er nicht, welche das Zielobjekt war.

Er griff sich Phoebe.

Deverell sah rot.

Sie wehrte sich und schlug mit ihrer freien Hand auf den Mann ein, der sie die Gasse hinunterzuzerren versuchte. Fluchend blieb er stehen und hob den Arm, um ihr ins Gesicht zu schlagen. Stattdessen traf ihn Deverells Faust.

Phoebe war frei.

Zumindest solange der Mann seine lädierte Nase betastete.

»Zur Kutsche«, schrie Deverell und schob Phoebe in Richtung des Mädchens, bevor er sich wieder dem wutentbrannten Schläger zuwandte, der jetzt wie ein verwundeter Stier mit gesenktem Kopf auf ihn losstürmte.

Doch der Mann hatte nicht in der gleichen Liga das Kämpfen gelernt wie Deverell. Neuerlich verpasste sein routinierter Gegner ihm ein paar üble Faustschläge und einen Tritt mit hohem Bein, der ihn seitlich am Kopf traf und zu Boden schickte.

Erst jetzt, nachdem der Bursche für längere Zeit ausgeschaltet sein würde, rannte er zur Kutsche, wo Phoebe gerade für das zitternde und hysterisch schluchzende Mädchen den Schlag öffnete.

»Einsteigen«, befahl sie, doch nichts passierte. Woraufhin Deverell beide umstandslos in die Kutsche hob und die Tür schloss. »Bleibt ja, wo ihr seid!«

Wo war bloß Fergus?

Auf dem Kutschbock jedenfalls nicht. Er fand ihn hinter der Kutsche, wo er gerade mit der Peitsche auf drei Schurken einhieb, die offenbar Birtles überwältigt hatten.

Wie viele waren es inzwischen eigentlich?, zuckte es Deverell durch den Kopf.

Obwohl sie zahlenmäßig überlegen waren, erstarrten die Angreifer, als ein großer, kräftiger Mann aus dem Dunkel auftauchte. Erkannten wohl, dass das Blatt sich zu ihren Ungunsten wendete, sahen einander kurz an und ergriffen die Flucht.

Fergus fluchte und wollte ihnen hinterher, aber Deverell hielt ihn am Arm fest und hinderte ihn daran. »Nein, verschwinden wir lieber von hier.«

Der Kutscher fügte sich und stapfte ergeben zur Kutsche zurück, gefolgt von Deverell, der Birtles stützte.

»Rein mit Ihnen.«

Deverell überließ es dem Mann, allein in die Kutsche zu steigen, sondierte stattdessen lieber das Terrain. Die drei Schläger hatten sich davongemacht. Er erhaschte gerade noch einen Blick auf den Rücken des letzten, als dieser in der schmalen Lücke zwischen den beiden Häusern verschwand.

Weiter unten standen Grainger und Scatcher immer noch ihren Mann, doch das Gleiche galt für die beiden Angreifer.

Zeit zum Eingreifen.

Mit langen Schritten war er bei der Kutsche und schwang sich auf den Tritt.

»Los! Wir sammeln sie unterwegs ein.«

Fergus löste die Bremse und ließ die Leinen locker, sodass die Pferde einen Satz machten und sogleich lostrabten.

Als die beiden Burschen, die es auf Scatcher und Grainger abgesehen hatten, die Kutsche direkt auf sich zurumpeln sahen, ließen sie von ihren Opfern ab und flohen durch eine andere der engen Gassen.

»Springt auf!« Deverell winkte Scatcher und Grainger heran.

Scatcher rannte auf der Stelle los, während Grainger, der offensichtlich lieber die Verfolgung aufgenommen hätte, noch eine Minute zögerte, bevor er der Aufforderung seines Herrn folgte. Sobald das Gespann etwas langsamer geworden war, schwangen die beiden sich hinten auf den Kutschkasten, wo sonst Lakaien zu sitzen pflegten.

Kaum waren sie oben, trieb Fergus die Pferde an, verließ das Gewirr dunkler Gassen und schlug auf einer Hauptstraße den Weg Richtung Agentur ein.

Deverell, der inzwischen neben ihm auf dem Kutschbock saß, traute dem Frieden noch nicht. »Wir sollten lieber einen Umweg nehmen, nicht dass diese Mistkerle uns am Ende noch verfolgen.«

Erst als alle um den Tisch in der Küche saßen, ließ die Spannung langsam nach. Sämtliche Beteiligten waren sichtlich erschöpft, verwirrt und vor allem aufs Höchste besorgt.

Was um Himmels willen war da eigentlich passiert?

Phoebe saß reglos auf ihrem Stuhl und ließ die Blicke ratlos über ihre Leute schweifen.

Deverell, der sich zunächst um Birtles' Prellungen gekümmert hatte, umklammerte einen Becher mit dampfendem Kaffee.

Emmeline erschien mit einer Tasse Tee, die sie vor die dankbar lächelnde Phoebe stellte. Zuvor hatte sie mühsam die panische Molly Doyle beruhigt, die jetzt unter warmen Decken zusammengerollt in einem schmalen Bett im ersten Stock lag und dem Himmel für ihre Rettung dankte.

Birtles hockte zusammengesunken in einem Sessel vor dem Kamin und nippte an einem Getränk, das Phoebe für einen extrastarken Grog hielt.

Nach und nach tauchten auch die anderen auf und scharten sich ums Feuer. Fergus, der Brennholz hereinbrachte, und Scatcher sowie Grainger, die sich um die Pferde gekümmert hatten. Alle erhielten sie von Emmeline einen wärmenden Tee.

Sobald keiner mehr fehlte, ergriff Deverell das Wort, um über diese beinahe missglückte Aktion zu reden.

»Gut. Es sind alle da und mehr oder weniger gesund und munter. Wir haben uns aus der Bredouille befreien können.« Er schaute einen nach dem anderen an. »Aber wer waren diese üblen Typen? Warum haben sie uns angegriffen? Und werden sie es wieder versuchen?«

»Der Übergriff hatte nichts mit den Aristos zu tun, vor denen das Mädchen geflohen ist«, sagte Birtles. »Solche Schläger kennen die feinen Herrschaften nicht. Und das waren auch keine Jungspunde, die das nur zum Spaß gemacht haben.«

Scatcher nickte. »Das war Gesindel, richtiges Pack.«

»Habt ihr irgendwen erkannt?«, fragte Deverell.

»Nein, denn die sind nicht von diesem Ende der Stadt«, erklärte Scatcher. »Und wenn Sie mich fragen, auch nicht aus dem East End.« Er trank einen Schluck und fügte hinzu: »Ich tippe auf Southwark.«

»Was mir am meisten Gedanken an der ganzen Sache macht«, sagte Fergus mit seinem schweren schottischen Akzent, »ist die Frage, warum sie das getan haben.«

Genau das beunruhigte Phoebe ebenfalls.

Der Kutscher sah erst sie und dann Deverell an. »Könnte es sein, dass sie es waren, die sich schon die letzten beiden Mädchen geschnappt haben? Diese Bertha und Lizette? Vielleicht waren wir diesmal einfach nur schneller. Und da gab es doch auch schon einen früheren Fall, wo eine kleine Zofe verschwunden ist, ohne dass man es sich erklären konnte. Wir hatten jedenfalls nichts damit zu tun.«

Deverell dachte kurz nach.

»Es sieht verdächtig nach dunklen Machenschaften aus.« Er brach ab, starrte abwesend auf den dampfenden Kaffee in seinem Becher und zog die Brauen zusammen. »Lasst uns das mal Schritt für Schritt durchsprechen. Diese Bande, sofern sie ebenfalls hinter dem Verschwinden der anderen Mädchen steckt, scheint es auf einen ganz bestimmten Typ abgesehen zu haben.« Er machte eine bedeutungsvolle Pause. »Habt ihr euch Molly Doyle mal genauer angeschaut?«

Verwirrt schüttelten Fergus, Scatcher und Grainger den Kopf.

»Sie ist Irin und überaus hübsch, wenn nicht gar schön. Mrs. Higgins hat Lizette und Bertha als richtige Hingucker bezeichnet. Es sieht ganz so aus, als würde diese Bande es auf besonders hübsche Hausmädchen abgesehen haben, wofür Mayfair natürlich die erste Adresse ist.«

»Aber zu welchem Zweck?« Emmeline sprach aus, was alle dachten.

Deverells Miene wurde ernst. »Ein ehrenwertes Anliegen

steckt nicht dahinter, so viel ist klar. Mir fällt eigentlich nur ein einziger Grund ein. Diese Vorstadtganoven versorgen professionelle Mädchenhändler mit Frauen. Frischfleisch sagen sie dazu.«

Emmeline holte schockiert Luft, und Phoebe hielt vor Entsetzen den Atem an.

»Ich dachte, so etwas passiert heutzutage nicht mehr«, stammelte Birtles.

»Doch, das tut es sehr wohl«, erwiderte Deverell. »Allerdings sind es immer Phasen. Diese Banden suchen London ein paar Monate lang heim und ziehen dann weiter etwa nach Bristol, Liverpool oder Southhampton. Damit vermeiden sie Aufsehen und mindern das Risiko – und sie laufen weniger Gefahr, dass sich unter den jungen Hausmädchen einer Stadt zu große Nervosität und Angst ausbreitet. Zudem verlangen ihre Abnehmer vom Typ her ständig Abwechslung und natürlich grundsätzlich unberührte junge Frauen. Wie auch immer: Diese Verbrecher sind darauf bedacht, dass keine Gerüchte die Runde machen, doch im Moment scheint London mal wieder dran zu sein.«

Phoebe schüttelte deprimiert den Kopf. »Ist es nicht schrecklich, dass wir es letztlich mit den gleichen Mädchen zu tun haben, auf die auch diese Schurken abzielen? Nämlich mit den besonders Hübschen unter ihnen. Unattraktive Hausangestellte bleiben schließlich vor Nachstellungen verschont. Ich darf gar nicht daran denken, welches Schicksal die armen Dinger erwartet.«

»Genau«, bestätigte Deverell. »Und das ist auch der Grund, weshalb wir etwas gegen diese Verbrecher unternehmen müssen. Unbedingt. Abgesehen davon, dass es die Anstrengungen der Agentur gefährdet oder gar zunichtemacht, werden wir immer wieder mit diesem Gesindel zusammenstoßen.« Er zögerte kurz. »Genauer gesagt: Die werden irgendwann anfangen, nach uns zu suchen.«

»Das müssen sie gar nicht«, meinte Fergus düster. »Sie wissen, wo sie uns finden. In dunklen, engen Gassen hinter herrschaftlichen Häusern. Genau da, wo sie ebenfalls den Mädchen auflauern. Und wie man sieht, sind sie oft genug zur richtigen Zeit zur Stelle.«

»Das allein ist schon schlimm genug«, erwiderte Deverell grimmig, »aber es könnte noch schlimmer kommen, falls sie uns bis hierher folgen. Das dürfen wir auf keinen Fall riskieren.«

Als alle zustimmend nickten, fuhr er mit seinen Überlegungen fort. »Das heißt, wir müssen eine Entscheidung treffen, mehr oder weniger gleich heute Nacht.«

Phoebe sah ihn fragend an. »Was für eine Entscheidung?«

»Wir haben zwei Möglichkeiten, zwischen denen wir wählen können. Die erste: Wir tun nichts, um die Mädchenhändlerbande aufzuhalten – nichts, was die Aufmerksamkeit auf die Agentur lenken könnte, ziehen uns stattdessen zurück und verstecken uns, bis die Wölfe ein anderes Jagdrevier wählen. Was allerdings, wie gesagt, Wochen oder Monate dauern kann. So lange müssten wir alle Aktionen einstellen und die Mädchen ihrem Schicksal überlassen. Nicht einmal Unterschlupf dürften wir ihnen gewähren, selbst wenn sie aus eigener Kraft den Weg zu uns fänden. Das allein wäre bereits verräterisch und würde die Bande zu unserer Tür locken.«

Von allen Seiten wurde Widerspruch laut.

Er hob die Hand und bat um Ruhe. »Ehe wir zu dieser Möglichkeit Nein sagen, sollten wir bedenken, wie vielen unglücklichen Mädchen die Agentur im Laufe der Jahre geholfen hat und wie viele noch folgen werden. Falls wir uns allerdings gegen eine vorübergehende Einstellung unserer Arbeit aussprechen, riskieren wir die Zukunft der Agentur und damit die mögliche Rettung weiterer Frauen. Das muss euch allen klar sein.«

Als er in die Gesichter reihum schaute, sah er nur betretene Mienen. Dazu Entsetzen und Ungläubigkeit. Alle schienen krampfhaft nachzudenken. Von dieser Seite hatten sie das Problem bislang nicht betrachtet.

»Wie groß ist dieses Risiko?«, fragte Phoebe schließlich. »Und was wäre die andere Möglichkeit? Du sagtest, es gäbe zwei?«

»Die Alternative bestünde darin, den Mädchenhändlern das Handwerk zu legen.«

»Wie denn?« Fergus zog ein besorgtes Gesicht. »Wir konnten uns heute so gerade eben mit Müh und Not gegen sie behaupten. Das nächste Mal kommen sie mit einem ganzen Haufen Kerle, und wir stehen dann auf verlorenem Posten. Vier Männer gegen eine Schlägertruppe.«

Deverells Lippen verzogen sich zu einem leichten Lächeln.

»Ja und nein. Ich plane nicht, es nachts in irgendwelchen verlassenen Gassen mit ihnen aufzunehmen. Das wäre töricht. Aber ich verfüge über Kontakte, und diese Gentlemen wissen genau, wie man einer solchen Bande das Handwerk legt. Ich kann mir sogar vorstellen, dass man an höherer Stelle sehr dankbar für unsere Hinweise ist und sich der Sache nur allzu gerne annimmt. Was gleichzeitig unser Vorteil wäre. Allerdings sollten wir die Aufmerksamkeit der Behörden dabei nicht unbedingt auf unsere speziellen Schützlinge und die Rettungsaktionen ziehen. Denn schließlich sind unsere Methoden alles andere als einwandfrei und werden von manch einem sogar als illegal betrachtet. Also heißt es, weitgehend auf Tauchstation zu gehen. Wie lange das notwendig ist, vermag ich im Voraus nicht zu sagen.«

Erneut schaute er sie der Reihe nach an und fixierte dabei insbesondere Phoebe.

»Wir können also durchaus etwas gegen die Bande unternehmen. Mit etwas Glück wird man sie fassen, ihnen ein für alle Mal ihr schändliches Handwerk legen, und die Agentur kann anschließend weiterarbeiten. Allerdings birgt diese Variante die Gefahr, dass die Obrigkeit auf unseren geheimen Tätigkeitsbereich stößt. Weil es ja nur in diesem Zusammenhang zu einer Konfrontation mit den Mädchenhändlern kam. Das ist also ein heikles Problem, das wir nicht vernachlässigen dürfen. Wir müssten uns, falls wir die Sache melden und damit Nachforschungen auslösen, auf sämtliche Eventualitäten einstellen und uns reiflich überlegen, wie wir dann den Kopf aus der Schlinge ziehen.«

Als weder Zustimmung noch Einwände kamen, fasste Deverell seine Ausführungen noch einmal zusammen, damit sie das Für und Wider besser erkannten.

»Wir haben also«, schloss er, »zwei Möglichkeiten. Die eine ist vollkommen sicher für uns, richtet aber nichts gegen die Mädchenhändler aus. Die zweite birgt ein gewisses Risiko, führt jedoch am Ende hoffentlich zum angestrebten Ziel.«

Phoebe spürte, dass er insbesondere auf eine Reaktion von ihr wartete. Nicht nur er, sondern alle anderen auch. Sie wollten von ihr hören, was sie tun sollten.

Ihre Leute, ihre Agentur, ihre Entscheidung.

Sie sah Deverell an, der nach wie vor die Augen fest auf sie gerichtet hielt. Als wolle er ihr Kraft und Sicherheit verleihen. Sie räusperte sich, bevor sie zu sprechen begann.

»Ich glaube nicht, dass wir wirklich eine Wahl haben. Wir können nicht zulassen, dass Mädchenhändler ihr Unwesen treiben. Zumindest müssen wir versuchen, ihrem verbrecherischen Tun ein Ende zu setzen. Das erklärte Ziel unserer Agentur läuft deren Absichten schließlich komplett zuwider.« Sie holte energisch Luft und schaute noch einmal alle an. »Ich glaube, wir sollten uns für die zweite Möglichkeit entscheiden und die Behörden informieren.«

Niemand widersprach, alle nickten.

Deverell erklärte anschließend, welche Schritte sie jetzt konkret unternehmen mussten, und schärfte allen erneut nachdrücklich ein, mit niemandem, der nicht ohnehin eingeweiht war, darüber zu reden, welchen Aufgaben sich die Agentur neben der normalen Vermittlung von Arbeitsstellen verpflichtet fühlte.

Nachdem er am Morgen darauf im Club sein Frühstück eingenommen hatte, rief Deverell sich das Gespräch in Erinnerung, das er und Phoebe am Abend zuvor noch im Schlafzimmer geführt hatten.

War bislang lediglich von dem Risiko für die Agentur die Rede gewesen, so hatten sie sich unter vier Augen zusätzlich die Frage gestellt, was die Angelegenheit, sollte sie auffliegen, für Phoebe bedeutete und für ihren Ruf, der mit Sicherheit großen Schaden nahm.

Man würde in der Gesellschaft bereits die Nase rümpfen, dass sie sich als Dame von Stand dazu herabließ, eine Stellenvermittlung zu gründen. So etwas tat man nicht. Ganz zu schweigen davon, dass sie die Angehörigen ihrer Klasse düpierte, indem sie deren weibliche Angestellte entführte.

Ein Skandal erster Ordnung, der womöglich sogar zu ihrer gesellschaftlichen Ächtung führte.

Doch als er Phoebe das zu bedenken gab, hatte sie nur abgewinkt. Obwohl sie die Gefahr nicht unterschätzte, wollte sie weitermachen und sich nicht den scheinheiligen Regeln ihrer Kreise beugen.

Abgesehen von allem anderen, was er für sie empfand, bewunderte er sie allein wegen dieser Haltung noch mehr als vorher. Grund genug, unverbrüchlich an ihrer Seite zu stehen. Sie besaß ein feines Gespür, was richtig und was falsch war, welche Regeln man brechen oder beugen konnte und welche man auf keinen Fall verletzen durfte.

Und für die Risiken, die ein Mensch gelegentlich eingehen musste.

Konnte sich jemand mit seinem Hintergrund, seiner Vorgeschichte etwas Besseres bei seiner Frau wünschen als diese Mischung aus Feinfühligkeit und Pragmatismus, die eine perfekte Basis für die Zukunft verhieß, überlegte er bei sich und ging in die Bibliothek, um dort einige Schreiben aufzusetzen.

Eine halbe Stunde später rief er Gasthorpe zu sich. »Lassen Sie das hier so schnell wie möglich überbringen.«

Er reichte dem Majordomus Briefe, die an den Viscount Trentham und den Marquess Dearne in London adressiert waren. »Und geben Sie das hier Crowhurst, sobald er aufwacht.«

Gasthorpe hatte ihm beim Frühstück mitgeteilt, dass Gervase Tregarth, der Earl of Crowhurst, letzte Nacht von seinen Gütern im tiefsten Cornwall nach London zurückgekehrt sei. Da wollte er ihm zunächst seinen Schlaf gönnen und ihn nicht vorzeitig behelligen.

Der Majordomus musterte die Schreiben interessiert. »Ist irgendetwas im Busch, Mylord?«

Da er während der Kriege gegen Napoleon als Stabsfeldwebel gedient hatte, besaß Gasthorpe einen fast untrüglichen Riecher dafür, wenn ungewöhnliche Vorgänge die Alltagsroutine durchbrachen. Und als Mann, der im Club für alles verantwortlich war, sperrte er Augen und Ohren auf.

»Ja.« Deverell erhob sich. »Ich lade für heute Nachmittag die Gentlemen zu einer Zusammenkunft ein. Es wäre nett, wenn Sie in der Bibliothek alles vorbereiten könnten.« Er zögerte kurz und fügte hinzu: »Miss Malleson wird ebenfalls daran teilnehmen. Ich hoffe, meine alten Freunde stoßen sich nicht daran, dass sie in die Bibliothek darf.«

»Bestimmt nicht, Mylord. So schätze ich die Herren nicht ein. Wann soll das Treffen beginnen?«

»Ich habe vier Uhr angesetzt, doch es könnte auch später werden. Ich bin sicher, dass Trentham, Dearne und Crowhurst genau wie Miss Malleson pünktlich sein werden, weiß allerdings nicht, wann der Rest, den ich dazubitten möchte, eintreffen kann.«

Gasthorpe sah ihn fragend an.

Deverell verzog die Lippen, klopfte ihm auf die Schulter und ging zur Tür.

»Wünschen Sie mir Glück. Ich begebe mich jetzt zunächst nach Whitehall in die Höhle des Löwen.«

Zu einem hungrigen, frustrierten, unzufriedenen Löwen, der durchaus bereit schien, etwas in Stücke zu reißen.

Deverell saß vor Dalziels Schreibtisch und beobachtete, wie der elegante Gentleman, der zehn Jahre oder länger sein Vorgesetzter gewesen war, im Geiste die Informationen durchging, die er ihm gerade vorgelegt hatte.

Dass Dienstmädchen verschwunden und Rettungsaktionen gestört worden waren und welche Hintermänner er vermutete. Während Dalziel mürrisch schweigend nachdachte, fragte Deverell sich, ob sein ehemaliger Kommandant gnädiger gestimmt wäre, wenn er endlich den Mann schnappen würde, dem er seit Langem vergeblich nachjagte. Seinem letzten Verräter, wie seine Mitarbeiter von früher gerne spöttisch sagten.

Beinahe hätte es im vergangenen Monat geklappt, doch im letzten Moment ging ihnen der Mann erneut durch die Lappen. Eine lange Zeit war es ihnen beinahe so vorgekommen, als existiere er gar nicht, und sie würden womöglich ein Phantom jagen, das als bloßes Ablenkungsmanöver diente. Erst die skrupellose Ermordung seines Handlangers belehrte sie dann eines Besseren.

Dalziels Miene blieb indes ausdruckslos wie immer und ließ keine Rückschlüsse zu. Allerdings wollte Deverell mit ihm auch keine alten Fälle diskutieren. Schließlich war er hergekommen, weil er sich von Dalziels Kontakten Hilfe versprach.

Er war der Joker in diesem Spiel, der Garant für Erfolg.

Dieser geheimnisvolle Mann konnte alle Türen öffnen, wenn er nur wollte, sich auf allen Ebenen der Ministerien Gehör verschaffen und auf Dingen bestehen, die kein anderer durchsetzen würde. Trotz seines Misserfolgs bei der Verfolgung des letzten Verräters genoss er nach wie vor überall hohes Ansehen und verfügte selbst über große Macht.

Trotzdem umgab Dalziel ständig eine ruhelose Anspannung, eine heimliche Sehnsucht nach Aktionen wie früher, ein unbefriedigter Tatendrang. Einer, der auf dem Sprung ist, hatten sie das im Krieg genannt und damit die Empfindungen in der Stunde vor dem ersten Angriff oder dem ersten Einsatz im Feindesland gemeint.

Wer wie Dalziel und Deverell allerdings für den Geheimdienst gearbeitet hatte, musste dieses Gefühl zu unterdrücken lernen. In einer solchen Position jäh zu agieren, konnte viele Menschen in Gefahr bringen. Allerdings ging es in Dalziels Fall nicht so sehr um den richtigen Moment als vielmehr um die verpasste Möglichkeit, was Wut und Frust bei ihm erzeugte.

Mit Misserfolgen nämlich kam Dalziel nur schwer zurecht.

Mit seinem Scheitern im Fall des letzten Verräters schon gar nicht.

Plötzlich richtete Dalziels Blick sich wieder auf Deverell. »Mädchenhändler.« Allein wie er das Wort aussprach, verriet unbeschreiblichen Abscheu, und in diesem Moment wusste Deverell, dass er gewonnen hatte, dass sein alter Weggefährte ihm helfen würde. Ihn nicht im Stich ließ.

Mit allem, was dazugehörte.

»Diese Agentur, von der Sie mir erzählt haben ... Wie steht es da um die Sicherheit?«

»Im Moment noch gut. Ich halte es zudem für ziemlich unwahrscheinlich, dass die Mädchenhändler und ihre gedungenen Schläger herausfinden, dass von dort für sie eine Gefahr ausgeht. Insofern werden sie sich eher nicht nach Namen und Adresse erkundigen. Es sei denn, sie erhalten entsprechende Hinweise aus ihrem Milieu. In der Halbwelt hilft man sich ja nach Kräften, und eine Hand wäscht die andere.«

Dalziel nickte energisch. »Sehr gut. Sie können auf mich zählen. Mädchenhandel an sich ist schon schlimm genug, aber dass eine Bande jetzt mitten in London ihr Unwesen treibt und Frauen entführt, möglicherweise mit Unterstützung oder Duldung gesellschaftlich einflussreicher Kreise, ist ein unerträglicher Gedanke. Ein Unding. Das darf man nicht hinnehmen. Dass die gedungenen Helfershelfer einen Fehler gemacht haben und sich Miss Malleson greifen wollten, zeigt nur, dass die Gefahr nicht auf die unteren Klassen beschränkt ist. Und Sie haben vollkommen recht: Man kann diese heikle und diffizile Angelegenheit nicht einem überarbeiteten Beamten überlassen.« In Dalziels Augen leuchtete der Jagdtrieb auf. »Zumal es für einfache Chargen in der Polizeibehörde schwierig sein dürfte, Zutritt zu den involvierten Häusern zu bekommen. Sie würden gegen eine Mauer des Schweigens anrennen. Wir nicht. Vor uns hat man Respekt. Und Angst dazu.«

Wir, hatte er gesagt, stellte Deverell mit Genugtuung fest.

»Also, was schlagen Sie vor, wie wir die Sache angehen sollen?« Dalziels Blick wirkte plötzlich täuschend sanft. »Ich bin mir sicher, Sie haben bereits Überlegungen angestellt, bevor Sie herkamen. Und vielleicht sogar Vorkehrungen getroffen.«

Dieser ausgefuchste ehemalige Geheimdienstchef, der unauffällig und effektiv ein Heer von Agenten geführt hatte, ließ sich nichts vormachen, dachte Deverell amüsiert. Und nach wie vor liebte er Konfrontationen. Wie gut, dass er in dieser Angelegenheit auf seiner Seite stand. Sonst hätte er womöglich gegen Windmühlen gekämpft.

»Ich habe für heute Nachmittag um vier ein paar Leute in den Bastion Club eingeladen und hoffe, dass sie wirklich kommen. Mit Crowhurst und höchstwahrscheinlich Trentham und Dearne rechne ich fest. St. Austell, Torrington und Warnefleet hingegen halten sich derzeit auf ihren Gütern auf und sind so schnell nicht erreichbar. Bis sie in der Stadt eintreffen, ist der ganze Spuk hoffentlich vorbei.«

»Stimmt. Und ich wage zu behaupten, dass sie – frisch verheiratet wie sie sind – im Moment anderen Verpflichtungen nachgehen.«

Ein ungewohnter Kommentar bei dem nüchternen Geheimdienstmann. Deverell vermochte beim besten Willen nicht zu erkennen, ob er es ernst oder spöttisch gemeint hatte. Wie immer ließ sich an seiner Miene nichts ablesen.

»Vier Uhr also im Bastion Club.« Dalziel schaute von seinem Terminkalender auf. »Ich werde da sein – Sie können mit mir rechnen.«

Früh am Nachmittag desselben Tages wagte Malcolm sich wieder in das Arbeitszimmer seines Vormunds, machte es sich unaufgefordert im Sessel vor Henrys Schreibtisch bequem und wappnete sich mit der Geduld eines Heiligen.

Wartete, bis Henry ihn anzuschauen geruhte.

Mit versteinerter Miene musterte ihn der Vormund, der gerade eine Versandkiste inspizierte.

»Nun?«

Mit gekonnter Nonchalance, die beinahe perfekt zu nennen war, schnippste Malcolm einen Fussel von seinem Ärmel.

»Wir haben ihnen ein bisschen Ärger gemacht, aber …«

»Aber was?«

Henry blickte ihn noch finsterer als zuvor an und klappte den Deckel der Kiste mit einem lauten Knall zu. »Ihr solltet ihnen eine Lektion erteilen.«

»Ach ja? Was haben wir wohl anderes getan? Genau das. Und sie haben es kapiert, da bin ich mir sicher.«

Malcolm zog die Augenbrauen leicht zusammen und merkte, dass er den Alten diesmal nicht so leicht um den Finger wickeln konnte.

»Ich habe alles von einem nahe gelegenen Hauseingang aus beobachtet. Ohne gesehen zu werden, versteht sich«, betonte er hastig und zögerte eine Weile, bevor er fortfuhr. »Allerdings muss ich gestehen, dass mir nicht gefallen hat, was da passiert ist.«

»Was zum Teufel willst du damit sagen?«, grollte Henry.

Malcolm vergegenwärtigte sich nochmals die Szene, bevor er antwortete. »Einer von den anderen, der konnte vielleicht austeilen. Geradezu unglaublich. Und damit meine ich nicht, dass er ein Raufbold, ein Faustkämpfer oder ein simpler Schlägertyp war. Nein, er wirkte wie ein Profi. Wie einer, der sich auf effiziente Kampftechniken versteht. Weil er sie gelernt und irgendwo auch praktiziert hat. Jedenfalls sehr beeindruckend, der Mann.«

Malcolm erinnerte sich lebhaft an die große, bedrohliche Gestalt, an die leisen, geschmeidigen Bewegungen, die kontrollierte Kraft sowie die Präzision und Energie, gegen die seine gedungene Bande nichts auszurichten vermochte. Man durfte ja von Glück sagen, dass er sich nicht von hinten angeschlichen hatte – dann wäre er noch später bemerkt worden.

»Er war ganz anders und eindeutig gefährlich. Ich konnte zwar in der Dunkelheit sein Gesicht nicht erkennen, aber wenn ich ihn beschreiben sollte, würde ich sagen, dass er wie ein Gardist aussah. Oder wie ein Militärangehöriger mit Nahkampfausbildung. So was in der Art.«

»Hm.« Henry wirkte mit einem Mal ernstlich besorgt. »Klingt ganz so, als hätten unsere Konkurrenten sich jemanden geholt, der sein Handwerk versteht. Schlecht für uns.«

»Noch etwas anderes fand ich ebenfalls merkwürdig«, fügte Malcolm hinzu und gab zu verstehen, dass er diese

Information für nicht weniger bedenklich hielt als die erste. »Da war eine Frau, die eindeutig dazugehörte. Sie kümmerte sich um das Mädchen, und das wehrte sich nicht einmal. Kein bisschen. Ist doch komisch, oder?«

»Eine Frau, vor der das Mädchen keine Angst hatte?«, fragte Henry ungläubig. »Angeblich wehren die sich immer wie Wildkatzen.«

Er schwieg und dachte nach. »Pah, vielleicht handelte es sich um irgendein Liebchen. Jedenfalls keine schlechte Idee, eine Frau ins Boot zu holen, um die Mädchen zu beruhigen. Mach dir also keine unnötigen Sorgen.«

Malcolm legte den Kopf schief und musterte seinen Vormund, bevor er ihm die nächste Hiobsbotschaft unterbreitete.

»Chifley hat damals ebenfalls etwas von einer Frau gefaselt. Hielt sie für ein Flittchen, das der anderen Bande hilft. Falls es sich jedoch um die gleiche Frau handelte, die ich letzte Nacht gesehen habe, dann war das bei Gott keine hergelaufene Dirne.« Malcolm legte eine wirkungsvolle Pause ein, um dann zu einem weiteren Schlag auszuholen. »Sie war eine richtige Lady, eine Angehörige der feinen Gesellschaft«, erklärte er und wartete gespannt, was sein Vormund wohl dazu sagen würde und ob er die Tragweite dieser Mitteilung begriff. »Das ist übrigens keine Vermutung, denn ich habe sie irgendwo auf einer Einladung gesehen, weiß allerdings ihren Namen nicht.«

Obwohl Henry der Schlag zu treffen schien, weil er seine Felle davonschwimmen sah, gab er sich nicht geschlagen. Malcolm meinte fast, die Gedanken durch seinen Kopf rattern zu hören.

»Besuch so viele gesellschaftliche Veranstaltungen wie möglich. Bälle, Matinees und Soirees, egal. Such dir die wichtigsten raus, schließlich hast du überall Zutritt und triffst sie vielleicht. Finde heraus, wer diese Frau ist. Unter allen Umständen.«

Henrys Augen funkelten wie Eiskristalle. »Nähere dich ihr jedoch nicht. Wichtig ist bloß ihr Name. Sobald du den kennst, können wir ein kleines Treffen arrangieren. Und glaube mir: Bei einer solchen Gelegenheit verrät sie uns bestimmt, wer die Sache organisiert. Unsere Argumente müssen nur überzeugend genug sein.«

Eine unmissverständliche Drohung. Henrys Bosheit und Skrupellosigkeit waren wirklich grenzenlos.

Malcolm überlief es kalt. Er mochte gar nicht daran denken, wie sein Vormund sich diese Überredung konkret vorstellte, und beschloss, sich zumindest dafür nicht herzugeben. Anders verhielt es sich mit Henrys Befehl, gesellschaftliche Veranstaltungen zu besuchen.

»Ich werde heute Abend ausgehen«, sagte er und neigte ergeben den Kopf.

»Gut, dann wäre ja alles besprochen. Sobald du erfahren hast, wer sie ist, teilst du es mir umgehend mit«, verabschiedete er sein Mündel mit barscher Stimme.

»Er kommt hierher?« Tristan zog die Augenbrauen hoch. »Tja, dann ist er offenbar wirklich interessiert.«

Phoebe musterte verständnislos den Gesichtsausdruck des jungen Mannes. Sie begriff nichts oder kaum etwas von dem, worüber die Freunde redeten.

Deverell kam ihr zur Hilfe. »Unser ehemaliger Kommandant, von dem ich dir ja bereits erzählt habe, ist fast schon das Gesetz selbst.«

»Was immer das bei ihm bedeuten mag«, fügte Gervase mit leisem Spott hinzu. »Man kennt ihn unter dem Namen Dalziel, aber so heißt er nicht wirklich. Seinen richtigen Namen weiß niemand. Keine Ahnung, warum er so ein Geheimnis daraus macht. Dieses Rätsel würden wir alle gerne lösen. Und andere, die sich um seine Person ranken, ebenfalls.«

Tristan, Christian und Gervase hatten bei ihrem Eintreffen bereits wartend in der Bibliothek gesessen und es sich mit einem Brandy gemütlich gemacht.

Alle drei waren bei Deverells Anblick erfreut aufgesprungen und hatten sich überschwänglich begrüßt. Immerhin war seit ihrer letzten Begegnung einige Zeit vergangen. Entgegen ihrer Befürchtungen, die Freunde könnten etwas gegen ihre Anwesenheit haben, nahmen sie Phoebe mit großer Herzlichkeit auf.

Kein Wort davon, dass Frauen in diesem Club laut Reglement lediglich der vordere Salon vorbehalten war. Selbst Deverell traf kein tadelnder Blick. Sie fanden offenbar an dem Arrangement nichts auszusetzen.

Als alle sich setzten, wiesen sie ihr einen Platz in ihrer Mitte zu und reichten ihr ein Glas Amontillado, den besten Sherry, den der Club zu bieten hatte. Dort saß sie nun und harrte der Dinge, die da kommen würden. Unter anderem dieses Dalziels, mit dessen Eintreffen sie für vier Uhr rechneten.

Bis dahin blieb noch eine Viertelstunde.

Und damit Zeit für ein paar Informationen.

»Vor einigen Wochen haben wir erfahren, dass sein richtiger Vorname Royce lautet«, griff Christian das Thema Dalziel wieder auf, »was uns leider nicht viel bringt. Familienname und Titel, Häuser und Ländereien, das wäre interessant.«

»In dieser Hinsicht hat er bestimmt einiges zu bieten. Immerhin wissen wir, dass Lady Osbaldestone und mindestens zwei weitere Damen aus allerhöchsten Kreisen seine wahre Identität kennen, was auf eine ähnliche Abstammung bei ihm schließen lässt«, ergänzte Deverell. »Aber obwohl wir alles versucht haben, um ihnen nähere Einzelheiten über ihn zu entlocken, haben wir auf Granit gebissen. Sie wollten uns nichts verraten. Nur dass ihnen die Gründe für diese Geheimniskrämerei selbst schleierhaft sind.«

»Mit anderen Worten«, sagte Tristan, »sind wir letztlich so schlau wie zuvor.«

Phoebe lächelte. »Ich könnte mir vorstellen, dass dieses Geheimnis keiner von Ihnen auf sich beruhen lassen wird.«

»Schon möglich. Er kennt schließlich all unsere Geheimnisse«, sagte Gervase. »Da wäre es nur gerecht, wenn wir um seines ebenfalls wüssten. Apropos«, er sah Deverell an, »gibt es da eigentlich eine Verbindung zwischen deinem Problem, über das du mit uns reden willst, und seiner Obsession, dieser besessenen Jagd nach dem letzten Verräter? Ist er vielleicht deshalb mit solchem Eifer bei der Sache?«

»Höchst unwahrscheinlich«, meinte Deverell. »Ich glaube eher, dass er frustriert und rastlos ist, weil er derzeit keinen Feind hat, dem er seine Zähne ins Fleisch hauen kann. Und da kommt ihm mein Fall gerade recht, um sich abzureagieren. Hauptsache, es gibt überhaupt jemanden zum Beißen.«

Alle lachten leise.

Christian nickte. »Ja, das würde zu ihm passen.«

»Eines ist mir übrigens klar geworden«, meinte Deverell. »Seine Reaktion beweist, dass er während des Krieges nicht die ganze Zeit hinter seinem Schreibtisch gesessen und Einsätze gelenkt hat. Ich vermute, dass er zumindest teilweise in vorderster Linie dabei war. Sonst würde ihn sein erzwungenes Nichtstun weniger stören, und er wäre nicht so gereizt.«

Während die anderen noch zustimmend nickten, vernahmen sie von unten ein gebieterisches Klopfen an der Tür, und im selben Moment schlug die Uhr auf dem Kaminsims die volle Stunde.

Dalziel.

Pünktlich auf die Minute.

Gespannt schaute Phoebe zur Tür. Was mochte das für ein Mann sein, der sich mit solchen Geheimnissen umgab? Ein wichtiger Staatsdiener jedenfalls. Sie fragte sich, ob seine Erscheinung dem Bild, das sie sich von ihm machte, überhaupt gerecht werden konnte. Oder würde sie enttäuscht sein, weil er ganz durchschnittlich wirkte?

Dann ging die Tür auf, und Gasthorpe führte ihn herein.

Ein Blick genügte, um zu erkennen, dass sie völlig falschlag.

So etwas wie er war ihr noch nie begegnet.

Er war viel imposanter, als sie es sich vorgestellt hatte.

Fasziniert beobachtete sie, wie die vier sich erhoben, um ihn zu begrüßen. Lehrer und Schüler, kam ihr in den Sinn. Dabei handelte es sich bei Deverell und seinen Freunden um gestandene Männer, die so manchen Normalsterblichen einschüchterten. Jetzt musste sie feststellen, dass sie ehrfürchtig vor Dalziel Aufstellung nahmen und seinen Worten lauschten, als seien sie das Evangelium.

Oder das Gesetz, wie Deverell es auszudrücken pflegte.

Und in der Tat spürte selbst sie, dass dieser Mann seine Stimme, die im Moment verbindlich klang, bei anderer Gelegenheit als Waffe benutzen würde.

Oberflächlich betrachtet, sah er wie die anderen aus: makellos gekleidet in Gehrock, Weste, enge Hose und Stiefel, eine perfekt gebundene Krawatte. Sein Haar war dunkelbraun, und seine Züge trugen unübersehbar den Stempel einer normannischen Herkunft.

Wie die der anderen auch.

All das erfasste sie mit einem Blick, um sich anschließend auf seine Ausstrahlung zu konzentrieren und die Grundzüge seines Wesen zu erraten.

Hatte sie Deverell bislang für den maskulinsten Mann überhaupt gehalten, so lief sein ehemaliger Kommandant ihm den Rang ab, verkörperte er doch diese Eigenschaften in noch viel höherem Maße. Lag es daran, dass unter seiner weltläufigen Oberfläche bedrohlich ein Vulkan brodelte? Der jederzeit ausbrechen konnte?

Und dann kam er auf sie zu, den dunklen Blick auf sie geheftet. Phoebe fühlte sich zutiefst befangen.

Dieser Mann hatte von allem zu viel. War zu gefährlich, zu stark, zu männlich.

Plötzlich kehrten ihre Vorbehalte gegenüber solchen Vertretern seines Geschlechts wieder zurück. Deverell erkannte es an ihren weit aufgerissenen Augen. Sogleich eilte er an ihre Seite und nahm ihren Arm, um ihre Angst zu vertreiben.

Sie atmete erleichtert auf, denn die Berührung seiner Hand gab ihr Halt, und begrüßte höflich Dalziel.

Als er ihre Hand ergriff und sich darüber beugte, fühlten sich seine Finger unangenehm kühl an. Und irgendwie beunruhigend. Nur mühsam konnte sie ein Lächeln auf ihre Lippen zaubern, das er mit dem gleichen lässigen Charme erwiderte, der auch Deverell zu eigen war.

»Es ist mir ein großes Vergnügen, Sie kennenzulernen, Miss Malleson.«

Mehr gab es nicht zu sagen. Dalziel trat zu Tristan, der ihm ein Glas Brandy reichte, und Phoebe sank in ihren Sessel. Plötzlich fiel ihr etwas ein.

Sie war Dalziel schon einmal begegnet.

Vor langer Zeit. Auf einer Feier, zu der sie eine der Tanten mitgenommen hatte. Die Erinnerung war verschwommen, denn sie hatte ihn damals bloß am Rande wahrgenommen, ohne mit ihm zu sprechen. Doch er war es eindeutig gewesen.

Unverkennbar. Unverwechselbar.

Sie schob ihre Gedanken beiseite, weil Deverell soeben den Grund dieses Treffens zu erläutern begann. Bislang wussten die anderen lediglich, dass er über eine Mädchenhändlerbande gestolpert war, die ihr Unwesen in Mayfair trieb.

Entgegen seiner ursprünglichen Absicht schenkte er den ehemaligen Kollegen jetzt doch reinen Wein über die Tätigkeit der Agentur ein. Wie zuvor bei seinem Besuch in Whitehall bereits Dalziel. Wenn sie deren Hilfe wollten, mussten sie ihnen die ganze Wahrheit anvertrauen – zu dieser Erkenntnis hatte sich Deverell nach längerem Überlegen durchgerungen. Und auch Phoebes Zweifel vergingen, als sie die anderen kennenlernte.

Wie mochte das bloß alles auf die Männer wirken?

Hielten die sie vielleicht für verrückt?

Diese und ähnliche Fragen schossen ihr durch den Kopf, während Deverell von der Agentur erzählte, von den Notlagen ihrer Schützlinge und den Rettungsaktionen. Von den Problemen, die Mädchen anderweitig unterzubringen und gute Stellen zu finden. Solche, wo sie nicht nur sicher vor neuen Nachstellungen waren, sondern auch nicht von den ehemaligen Arbeitgebern aufgespürt werden konnten.

Neugierig musterte sie die Gesichter der Zuhörer. Waren sie schockiert, weil sie in etwas verwickelt war, wovon Damen ihres Standes gar nichts wissen oder worüber sie zumindest nicht reden sollten?

Sie drehte ihr Glas mit dem Sherry unschlüssig und mit gesenktem Blick in den Händen, schaute erst auf, als Deverell seine Ausführungen beendete.

Kritisch schaute sie in die Runde.

Tristans Miene ließ sich am besten entschlüsseln, denn sie verriet gleichermaßen Betroffenheit wie Bewunderung. »Was für ein lobenswertes Ziel«, sagte er.

»Stimmt.« Gervase hob sein Glas in ihre Richtung. »Geradezu vorbildlich.«

»Ich beglückwünsche Sie zu Ihrem Mut, Miss Malleson.« Dalziel neigte den Kopf, ohne sie dabei aus den Augen zu lassen. »Das Einzige, was mich an der ganzen Sache stört, ist die Tatsache, dass überhaupt in dieser Richtung etwas unternommen werden muss.« Seine Züge verhärteten sich. »Das Leben wäre erfreulicher ohne solche kriminellen Elemente.«

»Genau«, sagte Christian. »Doch da wir uns der Realität stellen müssen, verdienen Ihre Anstrengungen den höchsten Respekt. Und wie nützlich wäre es, wenn mehr Damen energisch zupacken würden, statt ihre Zeit mit sinnloser Mildtätigkeit zu verschwenden, die kein einziges Problem wirklich zu lösen vermag. Trotz allen guten Willens nicht.«

»Wo wir davon sprechen, Miss Malleson ... Würde es Ihnen etwas ausmachen, wenn ich meiner Frau von Ihrer Agentur erzähle?«, fragte Tristan. »Da macht sie bestimmt liebend gerne mit.«

Angesichts des überschwänglichen Lobes wurde Phoebe ganz verlegen und gestand, dass sie Leonora bereits kenne und mit ihr verabredet sei. Und ja, natürlich dürfe er ihr von der Agentur berichten und dass sie dankbar für zusätzliche Unterstützung sei.

»So viel zur Agentur«, meinte Deverell abschließend. »Was dann geschah, ist Folgendes …«, begann er und erzählte anschließend ausführlich von den Ereignissen der jüngsten Vergangenheit, von den Mädchen, die unerklärlicherweise verschwanden, und dem Handgemenge bei der letzten Aktion.

Verstohlen beobachtete Phoebe weiter die Gesichter der Anwesenden und ihre Reaktionen.

Und sie erkannte, wen sie da vor sich hatte.

Große, starke, von Natur aus charismatische und mächtige Gentlemen, aber im Herzen vor allem Krieger. Allerdings solche, die nicht den Drang verspürten, zu herrschen und zu besitzen, zu nehmen und auszubeuten, sondern von dem Wunsch beseelt waren, zu beschützen und zu verteidigen.

Auch auf Dalziel traf das zu. Allem äußeren Anschein zum Trotz vielleicht sogar am stärksten, denn seine Wut war schärfer und heftiger und deutlicher spürbar.

Phoebe hegte nicht mehr den leisesten Zweifel, dass es richtig war, die Hilfe dieser Männer zu erbitten. Bei ihnen waren die Geheimnisse der Agentur sicher aufgehoben.

Deverell kam zum Ende seiner Ausführungen und hielt kurz inne, ehe er seine Schlussfolgerung zog. »Diese Entführungen sind sehr speziell. Man hat es nicht auf irgendwelche Mädchen abgesehen, die zufällig vorbeilaufen, man sucht sie vielmehr vorher gezielt aus. Jung, unberührt und ganz besonders hübsch müssen sie sein, das ist offenbar die Vorgabe.«

»Das bedeutet …« Christians graue Augen, die normalerweise sanft in die Welt schauten, wirkten jetzt hart wie Stein. »Es kann sich nur so verhalten, dass ein Mitglied der Gesellschaft, also einer von uns, die Auswahl trifft und mit den Mädchenhändlern zusammenarbeitet. Sehe ich das richtig?«

Deverell nickte. »Genau. Natürlich habe ich anfangs an Leute vom Personal gedacht, einen Butler etwa, aber den Gedanken wieder verworfen. Dafür ist die Sache eine Nummer zu groß.«

»Ja«, brummte Gervase, »die verfügen nicht über die entsprechenden Kontakte. Wenn man bedenkt, wie sorgfältig die Mädchen ausgewählt werden, dann muss das in großem Stil geplant werden.«

»Deshalb«, sagte Tristan, dem der Abscheu deutlich anzuhören war, »ist es einer von uns. Anders kann es gar nicht sein.« Er sah die anderen fragend an.

»Genau richtig«, stimmte Dalziel ihm zu, und seine bedrohlich leise Stimme ließ ahnen, was diese Bande nach ihrer Ergreifung zu erwarten hatte. »Aus diesem Grund müssen wir als Erstes den Informanten zur Strecke bringen und ihn der gerechten Strafe zuführen. Um seine Geschäftspartner, wenn man das so nennen will, kümmern wir uns dann später.«

»Das bringt uns zu unserer ersten Frage«, fasste Deverell zusammen. »Wie machen wir das?«

Phoebe lehnte sich zurück und lauschte, während Vorschläge und Möglichkeiten diskutiert wurden, die ihr eine ganz neue Seite bei den Männern enthüllten.

Rücksichtslos, unversöhnlich, hasserfüllt waren sie zum Zuschlagen bereit.

Zum Kampf gegen Feinde.

Darauf verstanden sie sich, das hatten sie bereits im Krieg

getan. Nur dass sie jetzt Kriminelle im eigenen Land verfolgten.

Obwohl es in ihrem ureigenen Interesse lag, war Phoebe zunächst erschrocken über die Unbedingtheit, mit der sie an die Sache herangingen, und verstört über das Jagdfieber, das in ihren Augen aufleuchtete. Bis sie begriff, dass sie nicht anders konnten. Sie machten ein fremdes Problem zu ihrer Mission und betrachteten es fortan als ihre Pflicht, nicht nur der Gerechtigkeit zum Sieg zu verhelfen, sondern zugleich die Schwachen und Hilflosen zu schützen. Vor gewissenlosen Schurken, die kein Mitleid verdienten.

Das betrachteten sie als ihre Aufgabe, vielleicht sogar als ihr Geburtsrecht. Sie verstanden sich so und lebten danach, hatten diese Überzeugung verinnerlicht. Phoebe atmete erleichtert auf, als sie die Zusammenhänge endlich verstand.

Nie wieder würde sie Männern wie ihnen mit Argwohn begegnen.

Gervase beugte sich vor und ergriff das Wort. »Wenn einer aus unseren Kreisen in die Sache verwickelt ist, dann geht es um Geld.«

»Sehe ich ebenfalls so«, pflichtete Dalziel bei. »Ich kann mir zwar noch ein paar andere unangenehme Beweggründe vorstellen, aber Geld dürfte die stärkste Triebfeder sein.«

»Was wissen wir jetzt also über diese Person?«, fragte Christian. »Es ist ein Mann, oder?«

Tristan verzog das Gesicht. »Theoretisch könnte es natürlich eine Frau sein, ist jedoch eher unwahrscheinlich. Außer es gäbe ganz besondere Verbindungen zu den Mädchenhändlern, was ich mir nicht vorstellen kann. Zudem würde eine Frau Gefahr laufen, vom Täter zum Opfer zu werden – falls man sich ihrer entledigen wollte. Nein, ich denke, wir sollten von einem Mann ausgehen.«

»Gut«, meinte Deverell. »Also ein Mann, und weiter? Wie sieht sein Hintergrund aus? Meines Erachtens müsste er den größten Teil des Jahres in London leben, höchstwahrscheinlich in Mayfair, und sich in den ersten Kreisen bewegen. Darauf deuten zumindest die Häuser hin, aus denen die Mädchen verschwunden sind. Und er scheint finanzielle Probleme zu haben.«

»Vielleicht weiß niemand, dass er Geld braucht«, stellte Christian zur Diskussion.

Dalziel wiegte nachdenklich den Kopf. »Das wäre zu einfach.«

»Trotzdem«, erwiderte Deverell, »sollte wir dieser Frage nachgehen, sobald wir Anhaltspunkte haben, wer als Maulwurf infrage kommt. Es gibt genug Leute, die solche Aufträge diskret übernehmen.«

Christian grinste. »Sieht ganz so aus, als hättest du dich noch nicht völlig aus unserem Geschäft zurückgezogen. Wie weit reichen denn deine Kontakte?«

»Wahrscheinlich weit genug. Ich werde unser Anliegen morgen dem einen oder anderen zuflüstern. Dann schauen wir mal, was dabei herauskommt.«

Dalziel drehte das Glas zwischen seinen schlanken Fingern. »Ich werde ebenfalls mein Glück versuchen, allerdings nicht ganz so direkt. Vielmehr hoffe ich, bewährte Kanäle von früher nutzen zu können.«

Deverell tauschte einen Blick mit Christian. An welche Möglichkeiten mochte ihr ehemaliger Kommandant dabei wohl denken? Er würde es ihnen schwerlich verraten, und keiner wagte zu fragen.

Nur dass es sich um Top-secret-Bereiche handelte, daran zweifelte niemand von ihnen.

»In der Zwischenzeit«, fuhr Dalziel fort, »sollte man eruieren, ob die Polizeiwachen in der Stadt irgendwelche Erkenntnisse gesammelt haben. Speziell die in der Umgebung von Mayfair. Vielleicht erfährt man dort etwas über weitere verschwundene Mädchen. Um ein Muster zu erkennen, nach dem die Bande vorgeht.« Er sah Deverell an. »Mit ein bisschen Glück hilft uns das auch bei der Identifizierung. Wichtig wäre zudem eine Auflistung der Daten und ein Abgleich mit den Kontoeingängen verdächtiger Personen.«

Deverell nickte. »Ist zwar nicht ganz leicht, aber auch nicht unmöglich. Je mehr Informationen wir haben, desto besser. Optimal wäre es, wenn wir von anderer Seite, von Banken und Vermögensverwaltern, über ungewöhnliche Kontobewegungen erführen. Das würde uns ebenfalls zu dem Informanten führen, selbst wenn er sich eines falschen Namens bedient.«

»Stimmt«, meinte Christian. »Und dann sind da noch die Mädchenhändler selbst.« Er grinste. »Ich werde bei meinen Halbweltkontakten herumfragen und schauen, was die so gehört haben. Viel Hoffnung habe ich allerdings nicht, weil Mädchenhändler selten Kontakte zum örtlichen kriminellen Milieu aufbauen. Doch wer weiß, vielleicht habe ich ja Glück.«

»Bleibt noch die Hafengegend.« Gervase schaute Tristan an. »Die sollten wir beide übernehmen. Wer immer unsere Verbrecher sein mögen – es werden Schiffe für die Flucht auf den Kontinent benötigt, und darüber muss irgendwer Bescheid wissen.«

»Ich alarmiere vorsichthalber die Küstenwache«, warf Dalziel ein. »Soweit ich weiß, meiden Mädchenhändler inzwischen vielfach die Häfen und vereinbaren lieber einen Treffpunkt im Fluss oder vor der Küste, zu denen sie sich mit kleinen Booten bringen lassen. Die Hafenaufsicht ist in den letzten Jahren viel wachsamer geworden und kontrolliert gerne Schiffe, die längere Zeit ohne Ladetätigkeit vor Anker liegen.«

Alle nickten, ohne weitergehende Anregungen beizusteuern.

»Dann fangen wir einfach mal an«, schlug Dalziel vor. »Was mir gerade noch einfällt, wäre ein Wachposten bei der Agentur. Gut versteckt, versteht sich. Da wir die Struktur der Organisation und vor allem unseren Informanten nicht kennen, sollten wir große Wachsamkeit walten lassen. Nicht dass plötzlich ungebetener Besuch auftaucht.«

Dalziel bedachte Phoebe mit einem leichten Lächeln, das sie ziemlich angespannt erwiderte. Bei allem, was sie zu hören bekam, wurde ihr ganz mulmig zumute. Natürlich geschah das alles zu ihrem Besten, und dennoch graute ihr davor, ihren Leuten in der Agentur diese Maßnahmen erklären zu müssen.

Und sie ihnen als notwendig zu verkaufen.

Wie etwa sollte sie gerade den Frauen klarmachen, dass mehrere große, gefährlich aussehende Gentlemen künftig bei ihnen ein und aus gehen würden?

Als ihre Beschützer und Bewacher.

Würden Emmeline und ihre Schützlinge das verstehen, oder führte das nur zu Verwirrung und Ängsten?

19

Später am Abend, als Phoebe an ihrer Frisierkommode saß und ihr Haar bürstete, dachte sie über die Ereignisse des Tages nach.

Es war faszinierend gewesen, Deverells Kameraden aus Kriegszeiten kennenzulernen und zu erfahren, inwieweit sie sich bei der Lösung ihrer Probleme engagieren und welche Ideen sie vorbringen würden.

Ihre Hilfsbereitschaft war für sie schier überwältigend gewesen.

Obwohl sie selbst nicht viel geredet, sondern nur zugehört hatte, fühlte sie sich nicht eine Minute überflüssig. Oder gar ausgeschlossen, im Gegenteil.

Immer wieder hatte man von ihr Bestätigung und Zustimmung gesucht, denn niemand in der Runde wollte über ihren Kopf entscheiden. Es war für sie ein seltsames Gefühl gewesen, von Männern als ebenbürtig behandelt zu werden. So etwas sahen die gesellschaftlichen Regeln schließlich nicht vor, und ohne die Erfahrungen mit Deverell wäre sie gar nicht darauf vorbereitet gewesen.

Und wie er dachten auch seine Freunde. Ob das an ihrer Vorgeschichte, ihrer Geheimdiensttätigkeit lag, bei der sie sich bestimmt ständig über alle Konventionen hinwegsetzen mussten? Und Frauen genauso selbstverständlich als Partner akzeptierten wie Männer?

Wie auch immer: Für sie war es eine völlig neue Erfahrung gewesen.

Sie seufzte leise, legte die Bürste weg und griff in den Nacken, um den Verschluss ihrer Perlenkette zu lösen. Skinner würde heute Abend nicht mehr kommen, um ihr zur Hand zu gehen. Dafür erwartete sie wie immer Deverell.

Nachdem sie den Club verlassen hatten, waren sie zur Agentur gegangen, um die anderen zu informieren. Emmelines Lider hatten nervös geflattert, und ihre Miene wirkte plötzlich ganz leer, als sie die Einzelheiten erfuhr. Mit einem Mal sah alles so viel komplizierter aus, als sie sich das am Tag zuvor in der Küche ausgemalt hatten.

Sie war sehr still geworden.

Phoebe war daraufhin mit ihr nach oben zu Molly gegangen, die ebenfalls auf Nachricht wartete. Speziell sie wollte wissen, wie es weiterging, und auch sie reagierte zunächst erschrocken. Vier Männer, große, starke Kerle, waren das Letzte, was sie ständig um sich haben mochte.

Sie müssten keine Angst haben, versicherte Phoebe immer wieder. Alle seien wie Deverell und nur auf ihren Schutz bedacht. Da endlich lächelte Emmeline erleichtert. Wenn sich das so verhalte, versicherte sie, würde sie sich sogar auf die Bekanntschaft freuen und die Herren gerne in ihrer Küche willkommen heißen. Jederzeit, wann immer sie etwas wünschten.

Ganz in Gedanken versunken, hörte Phoebe weder das Klicken der Tür noch die leisen Schritte.

Unversehens stand Deverell hinter ihr, schaute verwundert auf ihre Kleider. »Du bist noch nicht ausgezogen?«

Sie stand auf und streckte ihm die Arme entgegen.

»Egal, es passt wunderbar.« Er nahm ihre Hände. »Weil es meinen Plänen für heute Abend entgegenkommt.«

»Ach?«

Normalerweise wollte er sie immer so schnell wie möglich aus ihrer Kleidung heraushaben. »Warum, wenn ich fragen darf.«

Er verzog die Lippen. »Da ich ernsthaft bezweifle, dass du die nächsten paar Wochen, bis wir die Mädchenhändler und ihre Mittelsmänner gefasst haben, brav in deinem Zimmer oder zumindest im Haus bleibst, möchte ich dir ein paar Tricks beibringen, mit denen du dich gegen jeden Mann zur Wehr setzen kannst.«

»Oh! Soll ich den Angreifer schlagen?« Sie wirkte völlig fasziniert.

Er bedachte sie mit einem geduldigen Blick und hob eine ihrer Hände. »Mach eine Faust, ganz fest.«

Sie tat wie befohlen, bevor er ebenfalls die Hand zur Faust ballte. Er hielt sie neben ihre. »Siehst du den Unterschied?«

Sie verzog das Gesicht. »Deine ist fast dreimal so groß wie meine.«

»Stimmt. Mein Handgelenk ist auch mindestens doppelt so dick wie deines. Wenn du versuchst, einen Mann zu schlagen, musst du davon ausgehen, dass du dir selbst dabei mehr wehtust als ihm. Aber wir kommen gleich zu dem, was du trotzdem ausrichten kannst. Als Erstes musst du dich losreißen.«

Sie betrachtete resigniert ihre Hände, die er fest umklammert hielt. Der Mann letzte Nacht auf der Straße hatte nur eines ihrer Handgelenke gepackt, und trotzdem vermochte sie sich nicht zu befreien. Wie sollte sie das bei jemandem schaffen, der größer und stärker war und sie mit eisernem Griff an jeder Bewegung hinderte?

»Kann ich das denn?«, fragte sie verzagt. »Geht das überhaupt?«

Er lächelte. »O ja. Reiß die Arme hoch und führe sie dann nach außen.«

Sie sah ihn verwirrt an, richtete den Blick wieder auf ihre Hände und befolgte seine Anweisung. Es funktionierte. Phoebe kam aus der Umklammerung frei. »Oh«, hauchte sie nur verwundert.

»Du musst es viel schneller machen, sonst merkt er, was du vorhast, und hindert dich daran. Nur wenn du schnell genug bist, ist es fast unmöglich, dich festzuhalten. Für jeden Mann, selbst einen Riesenkerl mit gewaltigen Muskeln.« Er griff wieder nach ihren Handgelenken. »Versuch es noch einmal.«

Sie wiederholten die Übung mehrere Male. Und obwohl er zunehmend mehr Kraft einsetzte, riss sie sich regelmäßig los.

»Wie schön«, sagte sie, als sie aufhörten. »Ich hatte ja keine Ahnung, dass es so einfach ist.«

Er grinste. »Ist es nicht, denn dieser Trick funktioniert nur für die Handgelenke. Wenn er dich woanders festhält, bist du aufgeschmissen. Und bevor dich der Schuft laufen lässt, wird er deinen Körper packen.«

Er demonstrierte es ihr, indem er seine Hände so rasch um ihre Taille legte, dass sie nicht mehr zurückspringen konnte.

»Was machst du jetzt?«

Sie betrachtete ihre Hände, die auf seinen Oberarmen lagen und lächerlich klein wirkten. »Nichts jedenfalls mit der Faust.«

»Genau. Bloß wenn du gar keine Alternative hast, kannst du damit dein Glück versuchen. Aber in der Regel bietet sich in einer solchen Situation eine viel effektivere Waffe an.«

»Welche denn?«

Er hob eine Hand und tippte ihr auf die Stirn. »Das ist der dickste Knochen deines ganzen Körpers. Benutze ihn, hau damit zu. Sofern die Nase des Angreifers in Reichweite ist, ziel darauf. Wenn nicht, tut es auch das Kinn …«

Sie versuchte es.

Taumelnd stolperte er einen Schritt zurück.

»Ja.« Er kniff die Augen zusammen und fasste sich ans Kinn. »Genauso. Sehr gut.«

»Gütiger Himmel! Habe ich dir wehgetan?« Mit ausgestreckten Händen kam sie auf ihn zu.

»Ich erhole mich wieder, keine Sorge. Hauptsache du weißt, dass du weniger hilflos bist, als du denkst. Doch die wichtigste Regel, die du lernen musst, ist folgende: Lass dich gar nicht erst von so einem Schurken packen. Denk an letzte Nacht, als dieser Typ zögerte, weil er nicht wusste, welche Frau er sich greifen musste. Da habt ihr beide einfach dagestanden und praktisch darauf gewartet, dass er euch schnappt. Das war dumm, sehr dumm sogar. So etwas darf dir nicht noch einmal passieren.« Er hielt sie auf Armeslänge von sich. »Wenn ein Fremder auf dich zukommt, der nichts Gutes im Sinn hat, dann renn!«

Als er unvermittelt einen Schritt auf sie zumachte, schrie sie erschrocken auf und war mit einem Satz hinter dem Sessel.

»Gut.«

Er stieß den Sessel so heftig an, dass er durch den Raum schlitterte, und verfolgte sie. Woraufhin sie sich umdrehte und in Richtung Bett flüchtete. Vergeblich, denn schon war er bei ihr, schlang einen stahlharten Arm um ihre Taille, drückte sie an sich und neigte den Mund an ihr Ohr.

»Verlass dich nicht darauf, dass du es schaffst, dich loszureißen oder ihn mit dem Kopf zu stoßen.«

Er wich mit dem Oberkörper zur Seite aus, als sie mit einer ruckartigen Bewegung ihres Kopfes ihm einen schmerzhaften Stoß zu versetzen suchte, statt des Kinns jedoch bloß die Schulter traf.

»Lass das lieber, denn solche Manöver sind untauglich. Renn einfach wie der Teufel davon, damit er dich erst gar nicht erwischt. Sonst wird er dich unter seinen Arm klemmen und dich wegschleppen. Und damit bist du geliefert.«

Keuchend startete sie trotzdem eine Befreiungsaktion, musste indes schnell feststellen, dass er recht hatte. Sie war tatsächlich völlig hilflos.

»Eigentlich bleiben dir nur zwei Möglichkeiten, falls er dich von hinten packt – bevor er dich hochhebt natürlich.« Deverell stellte sie wieder auf die Füße und berührte den Absatz ihres Schuhs mit seiner Stiefelspitze. »Erspare es mir, mich damit zu treten, denn das tut höllisch weh. Bei einem Angreifer solltest du allerdings nicht zögern. Falls du Schuhe mit Absätzen trägst, kannst du ihm auch auf den Spann treten. Mit etwas Glück lässt er dich vor lauter Schmerzen los, und dann …«

»Renne ich weg.« Sie drehte den Kopf, sah ihn über die Schulter an. »Welche andere Möglichkeit gibt es noch?«

»Was du außerdem versuchen kannst, wäre in seinen Armen einen Zusammenbruch zu markieren. Ist allerdings nicht optimal, sondern lediglich für den Notfall gedacht. Falls nichts anderes mehr geht. Lass dich einfach fallen – ein schlaffer Körper ist nämlich ziemlich schwer zu halten.«

Sie probierte es aus und erkannte, was er meinte.

»Aber«, sagte er und fasste schnell nach, »wenn du das tust, musst du dich losreißen, sobald er den Griff lockert.

Andernfalls wird er dich fester packen, so wie ich es gerade getan habe.«

Er zog sie hoch. »Du siehst also: Wegrennen und sich gar nicht erst packen lassen ist die beste Möglichkeit. Wenn er dich einmal hat, wird er dich hochheben und …«

Er warf sie aufs Bett.

Sie unterdrückte einen Schrei, und dann war er schon bei ihr, drückte sie mit seinem Körper nach unten. Phoebe hielt den Atem an und sah ihm in die Augen, hob die Arme und schlang sie um seinen Nacken.

»Ich gehe davon aus, dass damit meine Unterrichtsstunde beendet ist.« Sie wusste sehr genau, in welche Richtung sein Interesse jetzt ging.

»Ja.« Sein Blick senkte sich auf ihre Lippen. »Für heute Nacht.«

Sie wand sich verführerisch unter ihm. »Und was machen wir nun?«

Er griff nach den Schnüren ihres Mieders. »Zunächst konzentrieren wir uns darauf, dich zu entkleiden. Danach sehen wir weiter.«

Ihm selbst ging nach wie vor so vieles durch den Kopf, was er verdrängen wollte. Wenigstens für eine Weile, für diese Nacht. Seine Sorge um sie, die ihn trotz noch so zahlreicher Wachposten verzehrte. Deshalb auch die Unterweisung zur Selbstverteidigung. Er hatte alles unternommen, was in seiner Macht stand, um sie zu beschützen, und wusste doch nicht, ob es reichte.

Ein Gedanke, der ihn rasend machte.

Die einzige Möglichkeit, seine Ängste zu verdrängen, bestand darin, Trost und Vergessen bei ihr selbst zu suchen. An ihrem Körper. In ihr.

Nur wenn er seine elementaren Bedürfnisse befriedigte,

würde er Frieden finden. Wenn er sich in Erinnerung rief, dass er das konnte, weil sie sein war. Ganz und gar und willig.

Als er ihre Schenkel spreizte und sich in ihre weiche, sengende Hitze schob, stieß er einen tiefen Seufzer aus, ließ sich fallen und tauchte mit ihr ins Paradies ein.

»Wenn Sie uns bitte entschuldigen würden, Lady Harting, meine Tante ruft.«

Phoebe bedachte Ihre Ladyschaft, einen alten Drachen, mit einem süßen Lächeln und griff nach Deverells Arm, um ihn wegzuführen. Fort von den begehrlichen Blicken einer jungen Nichte der Hartings, die ihm unverhohlene Avancen machte.

Er rückte etwas näher, als sie durch die Menge gingen.

»Wo hast du Edith denn winken sehen? Ich dachte, sie hielte sich am anderen Ende des Raumes auf.«

»Tut sie auch, aber andere Tanten sind ebenfalls anwesend. Vielleicht winkt von denen eine ja wirklich, wer weiß das schon.«

Sie besuchten an diesem Abend Lady Giffords Ball, der zu den größeren gesellschaftlichen Ereignissen der Saison zählte und deshalb viele Gäste anlockte. Fünf Tage waren vergangen seit dem Treffen im Club, und nicht einer war dabei gewesen, ohne dass sie zu einem Fest geeilt wären, um die Ohren aufzusperren. Bislang leider vergeblich. Niemand hatte etwas geäußert, was sie auf die Spur des Kontaktmanns gebracht hätte.

Das war enttäuschend. Und frustrierend dazu.

Phoebe hatte die Bälle langsam satt. Es widerstrebte ihr mehr und mehr, dieses Theater auf dem Heiratsmarkt. Schließlich war es kein Vergnügen, Deverell allabendlich vor den Nachstellungen der Matronen zu schützen, die ihre Töchter unter die Haube bringen wollten.

Dabei hatte sie ganz andere Dinge im Kopf.

Finster schaute sie in die Runde. »Ich fasse es nicht, wie viele kuppelnde Mütter dich für Freiwild halten und sich bei der Jagd auf dich geradezu überbieten. Trägst du irgendwo ein Schild, auf dem steht ›Saison eröffnet‹?«

»Das ist das Kreuz, das Männer wie ich zu tragen haben«, grinste er und tätschelte ihre Hand, die besitzergreifend auf seinem Arm lag. »Innerhalb der Salons und Ballsäle sind wir nicht die Jäger, sondern die Gejagten. Ein wirklich trauriges Spiegelbild unserer Zeit.«

Phoebe gab ein verächtliches Geräusch von sich. »Du könntest ja auch etwas abweisender reagieren und nicht so viel Charme an Unwürdige verschwenden. Was hältst du von dieser Möglichkeit?«

Er musterte sie spöttisch. War Phoebe etwa eifersüchtig? Das wäre zu schön, um wahr zu sein.

Natürlich hatte sie mit ihrem Tadel nicht ganz unrecht. Nur erkannte sie nicht den Grund, warum er sich von uninteressanten Ladys hofieren ließ.

Es geschah ihretwegen.

Nichts liebte er nämlich mehr, als sie dabei zu beobachten, wie sie alles daransetzte, ihn aus der Schusslinie zu zerren. Dabei hatte sie es beinahe zur Meisterschaft gebracht. Nie wirkte sie plump oder unhöflich, sondern ersann lauter glaubhafte Ausreden und schützte in der Regel eine der Tanten vor.

Deverell indes zog sie gerne damit auf.

»Du musst noch an deinen Fertigkeiten feilen, um ehrenwerte Gentlemen vor lästigen Gorgonen und ihren Schutzbefohlenen zu bewahren. Und wer weiß? Vielleicht stellst du ja in den kommenden Jahren fest, dass du diese Fähigkeiten brauchst.«

Sobald sie seine Frau war zum Beispiel, setzte er im Stillen hinzu.

Phoebe brummte Unverständliches vor sich hin und steuerte den Raum mit den Erfrischungen an. »Nachdem ich Lady Harting endlich abgewimmelt habe, bin ich kurz vorm Verdursten.«

Pflichtschuldig tat er ihr den Gefallen, obwohl er sie am liebsten auf direktem Weg nach Hause gebracht hätte.

Zwar stellten diese ganzen Veranstaltungen derzeit ein Muss für sie dar, um den Maulwurf aufzuspüren, dennoch hasste er diese seichten Vergnügungen.

Banal und überflüssig fand er sie.

Oberflächlich, borniert und ohne Format die Leute.

Sie gierten nur danach, zu sehen und gesehen zu werden. In dieser Saison kam hinzu, dass alle bloß Hochzeiten im Kopf zu haben schienen, denn zu allem Überfluss hatte letzte Woche eine der königlichen Prinzessinnen geheiratet und bei vielen Müttern und Töchtern den Nachahmungstrieb geweckt.

Ein schlechtes Beispiel in Deverells Augen.

Jetzt rannten nämlich alle zu den Bällen und Teegesellschaften, sodass man sich beim Tanzen auf die Füße trat und in den Salons kein freier Sessel zu ergattern war. Und an jeder Ecke lauerten kuppelwütige Weiber, die ihm ihre hässlichen Töchter schönzureden versuchten.

Viel lieber wäre er solchen Veranstaltungen ferngeblieben, aber das konnten sie sich im Moment nicht leisten. Schließlich handelte es sich nicht um ihr Privatvergnügen, sondern diente einem höheren Zweck.

Außerdem legte Phoebe Wert darauf, auf dem Laufenden

zu bleiben, um weiterhin Stellen vermitteln zu können. Sowohl an offiziell geführte Frauen als auch an ihre besonderen Sorgenkinder.

Nachdem sie den kleinen Salon erreicht hatten, in dem die Erfrischungen serviert wurden, besorgte er zwei Gläser Champagner, während Phoebe sich in dem Raum umschaute, der nicht allzu voll war.

»Dahinten ist eine Art Erker, lass uns dorthin gehen.«

Er nickte und führte sie zu der von Palmen weitgehend verdeckten Nische, wo sie einigermaßen unter sich waren. Zugleich konnte man den Ballsaal überblicken und die Gäste im Auge behalten.

Phoebe ließ den Blick müßig über die Paare auf der Tanzfläche schweifen, während er an seinem Champagner nippte und ihr Gesicht betrachtete. Sie wirkte eindeutig entspannter, seit sie mit ihm allein war.

Es waren Augenblicke wie dieser, in denen der Drang in ihm erwachte, das Thema Ehe anzusprechen. Momente, wenn sie allein waren. Zwei Menschen, die doch eine Einheit bildeten und sich ergänzten, die einfach zusammengehörten.

Überall und in jeder Hinsicht.

Jeder bemerkte es, die Tanten ebenso wie die ganze Londoner Gesellschaft. Sie waren das Gesprächsthema der Salons, allein Phoebe schien es nach wie vor nicht zu erkennen.

Konnte sie nicht, oder wollte sie nicht?

Deverell hatte keine Ahnung.

Trotzdem klammerte er sich an die Hoffnung, dass sie genauso dachte wie er und bloß noch Zeit brauchte, um endgültig über ihren Schatten zu springen.

Seitdem sie ihm ihre Geheimnisse anvertraut hatte, waren sie immer mehr zusammengewachsen, nicht nur in sexueller Hinsicht. Mindestens ebenso wichtig wie ihre leidenschaftliche Hingabe fand er das Vertrauensverhältnis, das sie inzwischen verband.

Ihre Leben waren miteinander verwoben.

Und füreinander bestimmt.

Für ihn schien das ganz offensichtlich, für sie hingegen nach wie vor ein Problem zu sein. Deshalb schreckte er immer noch davor zurück, über eine Heirat zu sprechen. So auch jetzt. Besser warten, bis sie sich keine Sorgen mehr wegen der anstehenden Probleme machte, redete er sich ein. Dann würde sie mit größerer Gelassenheit über die Sache nachdenken und hoffentlich seinen Antrag auf der Stelle annehmen.

Ja, so wollte er vorgehen.

Er fühlte sich bestätigt, als sie ihn auf ein Treffen ansprach, das am Vormittag zwischen ihm und seinen Freunden stattgefunden hatte.

»Ich bin schon ganz gespannt, was bei eurem Gespräch herausgekommen ist. Niemand kann uns hier hören, also erzähl schon: Hat jemand etwas entdeckt, eine Spur vielleicht, oder einen Hinweis bekommen?«

Sie hatte tatsächlich nichts anderes im Kopf, dachte er. Schlimm war nur, dass ihre Ungeduld von Tag zu Tag größer wurde und sie unaufhörlich drängte. Obwohl sie wusste, dass alle ihr Bestes gaben, empfand sie die Bedrohung als so stark, dass sie sich kaum noch auf andere Dinge zu konzentrieren vermochte.

Deverell schaute sich vorsichtig um, ob wirklich niemand in der Nähe war, bevor er zu reden begann.

»Über die Wachstuben der Polizei haben wir erfahren, dass in den letzten Wochen acht Frauen verschwunden sind.

Sechs aus Mayfair oder aus der näheren Umgebung. Alle arbeiteten in herrschaftlichen Häusern bei Leuten, die nicht nur wohlhabend sind, sondern gesellschaftliches Ansehen genießen. Bei den anderen beiden handelt es sich um bildschöne Töchter von Kaufleuten, die enge geschäftliche Kontakte mit adligen Kunden pflegen. Womit wir erneut bei einem Informanten aus unseren Kreisen wären.«

»Du meinst, er hätte sie in den Geschäftsräumen der Väter kennengelernt.«

Deverell nickte. Die beiden Mädchen wurden später aus den Gärten ihrer Elternhäuser entführt. Wenn er bloß daran dachte, packte ihn kalte Wut, und nur mühsam verbarg er sie, damit niemand mitbekam, worüber sie sprachen. Schließlich sollte ihre Unterhaltung sich nach einer harmlosen Plauderei anhören.

»Vermutlich verhielt es sich so, obwohl wir das nicht mit letzter Sicherheit wissen. Tatsache ist jedoch, dass wir mittlerweile die Daten von acht Entführungen haben. Ich hoffe, Montague, mein Anwalt, wird damit etwas anfangen können. Er ist ein ungewöhnlich findiger Mann und verfügt über Mittel und Wege, an die sonst niemand denken würde. Oder es lieber nicht will. Vielleicht kann er ja Verbindungen zu irgendwelchen Geldtransaktionen verfolgen. Egal ob er sie selbst getätigt hat oder darüber etwas weiß. Auch in dieser Branche wäscht eine Hand die andere.«

Phoebe zog verwundert die Augenbrauen hoch. »Tatsächlich?«

»Ja, Geld hinterlässt Spuren, sofern es nicht einfach unter einer Matratze landet. Allerdings ist es ein mühsames Geschäft, das im Einzelnen anhand von Kontobewegungen nachzuverfolgen.«

Deverell wiegte nachdenklich den Kopf. »Große Ausgaben fallen auf, hohe Schulden desgleichen. Hier sind wir aber auf Hinweise angewiesen. Dalziel hat seine Leute bereits darauf angesetzt, die Clubs zu durchforsten. Dort erfährt man am ehesten, wer über seine Verhältnisse lebt und wer damit angibt, Geld im Überfluss zu haben, oder es mit vollen Händen zum Fenster hinauswirft. Beides könnte uns zu unserem Mann führen.«

»Was glaubst du, wie dieser Verbrecher arbeitet? Was für eine Verbindung besteht zwischen ihm, einem nach außen angesehenen Gentleman, und kriminellen Elementen wie den Mädchenhändlern?«

»Soweit wir von unseren Kontaktleuten aus dem Unterweltmilieu erfahren konnten, beschränkt sich seine Tätigkeit eindeutig auf die Vermittlung. Er zieht Erkundigungen ein, begutachtet die Mädchen, gibt entsprechende Hinweise an die Mädchenhändler und erledigt mit ihnen das Geschäftliche. An Entführung und Verschleppung der Opfer ist er nicht selbst beteiligt, wirbt vermutlich jedoch die Schläger an, bei denen es sich um regional operierende Kleinkriminelle handeln dürfte. Unser Mann selbst legt Wert auf eine weiße Weste. Und was die Mädchenhändler betrifft: Die halten sich auf der ganzen Linie bedeckt und treten erst nach Ablieferung der ›Ware‹ in Erscheinung, um sie zu den betuchten Auftraggebern zu bringen. Wo immer die sitzen mögen. Wahrscheinlich im Ausland oder sogar auf anderen Kontinenten. Jedenfalls dürfte eine Menge Geld im Spiel sein, wenn so viele daran verdienen.«

Deverell überlegte kurz, ob sie nun alles Wesentliche wusste. »Ach ja, unsere Gewährsleute berichteten von einem Mann, der relativ neu im Geschäft sein soll. Angeblich haben sich irgendwelche Typen, die von ihm ausgebootet wurden, beschwert. Und es heißt, dass er hervorragende

Ware liefert. Über Namen, Adresse und Herkunft war dagegen nichts zu erfahren. Da können wir uns bloß in Geduld fassen und hoffen, dass sich noch etwas ergibt.«

»Weiß man denn, wo sie die Mädchen gefangen halten?«

»In irgendeinem Lagerhaus, nehme ich an. Aber auch das ist vage, zumal es davon in London Tausende gibt. Da das richtige aufzuspüren käme der Suche nach der sprichwörtlichen Nadel im Heuhaufen gleich.«

Entsetzt schaute Phoebe ihn an. »Mit anderen Worten, wir können die entführten Mädchen nicht mehr zurückholen?«

»Schwer zu sagen. Dalziel baut darauf, die Verbrecher zu erwischen, wenn sie das Lagerhaus verlassen und sich mit den Mädchen auf ein wartendes Schiff begeben. So ein Vorgang fällt eher auf. Deshalb haben wir beschlossen, unsere Beobachtung darauf abzustellen und nicht länger ein Lagerhaus nach dem anderen abzuklappern. Wir schätzen die Chance, auf diese Weise die Mädchen zu finden, als gar nicht so schlecht ein.« Eine Weile schwieg er und fügte dann mit leiser Stimme hinzu: »Es ist unwahrscheinlich, dass man ihnen etwas antut. Allein schon, weil die Mädchenhändler ihr Geld nur bekommen, wenn sie heil, hübsch und unberührt abgeliefert werden. Deshalb versorgt man sie bestimmt gut.«

»Und später, nachdem sie abgeliefert wurden …« Sie mochte nicht aussprechen, woran sie dachte.

»Wir tun alles, um sie rechtzeitig zu finden. Tristan hat mit Jack Warnefleet, Lord Hendon, gesprochen, ebenfalls ein ehemaliger Geheimagent. Ihm gehört Hendon Shipping, eine der größten Schifffahrtsgesellschaften des Königreichs, und er verfügt über die nötigen Kontakte, um den ganzen

Fluss bis zur Mündung zu überwachen. Zudem hat Dalziel die Wasserpolizei eingeschaltet. Du siehst, alle sind alarmiert und stehen bereit. Und im Übrigen sieht es so aus, als sei kein Schiff, das infrage käme, bislang vor Anker gegangen. Nicht in den Häfen, nicht entlang der Themse und nicht an der Küste.«

»Dann gibt es also wirklich Hoffnung, die Mädchen noch zu retten?«

»Mit Glück ja. Doch jetzt lass uns dieses Gespräch beenden, denn da kommen ein paar Leute auf uns zu«, sagte er und zog sie aus der Nische, um sie zurück in den Ballsaal zu führen. »Nur eine letzte Information zum Schluss. Erst wenn sie die volle Zahl der bestellten Mädchen zusammenhaben, werden sie dieses Schiff rufen. Dabei kann es sich um eines mit einer Ladung handeln, die zur Tarnung ganz offiziell im Hafen gelöscht wird. Schwieriger wird es, wenn sie ein Schiff zu einem Treffpunkt vor der Küste oder irgendwo im Fluss bestellen, aber auch für diesen Fall haben wir Vorkehrungen getroffen.«

»Das heißt also …« Phoebe überdachte das eben Gehörte. »Wir müssen so oder so bis zum letzten Moment warten und können erst zuschlagen, kurz bevor die Mädchen an Bord gebracht werden.«

Deverell nickte. »Bis sie uns die Mädchen praktisch auf einem Tablett servieren.«

Wir hatte sie gesagt und er *uns*, als sie über ihre Möglichkeiten bei der Befreiung der entführten Mädchen sprachen.

Es gab inzwischen so vieles, was sie verband.

Wozu natürlich nicht zuletzt die gemeinsamen Nächte zählten.

Als am Morgen nach dem Ball langsam der Tag anbrach,

kuschelte sich Phoebe wohlig an Deverell. Mit geschlossenen Augen und noch träge vom Schlaf dachte sie über alles nach, was sie gerade besonders beschäftigte.

Die Bedrohung der Agentur und ihr Verhältnis zu Deverell, und beides hatte sie verändert.

Im geschäftlichen Bereich ebenso wie im privaten.

Ihr unsinniges Misstrauen Männern gegenüber war einer neuen Erkenntnis gewichen. Stärke und Macht bedeuteten nicht zwangsläufig Brutalität und Skrupellosigkeit. Das bewiesen ihr Deverell und seine Freunde, die sie von Tag zu Tag mehr zu schätzen begann. Aus Ablehnung war Hochachtung geworden.

Und was ihn selbst betraf ...

Er gehörte einfach dazu, war Teil ihres Lebens und ihrer Arbeit geworden. Partner, Beschützer und Liebhaber in einer Person. Und im Laufe der letzten Wochen waren diese verschiedenen Funktionen zunehmend verschmolzen, um etwas Größeres hervorzubringen.

Er war ihr Streiter in allen Belangen.

Niemand stand ihr so nah wie er.

Auch die anderen sahen das. Nicht nur seine ehemaligen Kriegskameraden, sondern auch ihre Leute in der Agentur. Und die schienen das ausnahmslos gut und richtig zu finden, sie hatte sogar den Eindruck, dass sie sie ermutigten, die Beziehung zu vertiefen.

Ihre Lippen verzogen sich spöttisch.

Was für eine erstaunliche Wende des Schicksals, dass ausgerechnet sie eine so enge Verbindung zu Männern unterhielt, vor denen sie sich noch vor Kurzem gefürchtet und die sie gemieden hätte.

Um jetzt ohne Misstrauen bereitwillig ihre Dienste in Anspruch zu nehmen.

Ohne mit der Wimper zu zucken.

Phoebe fragte sich, woran das lag. War es das Gefühl der Gemeinsamkeit, das sie in seiner Gegenwart verspürte und das sich durch ihre Arbeit zum Schutz der Agentur noch verstärkte? Oder die für sie überraschende Einsicht, dass sie ihn falsch eingeschätzt hatte und sich hinter der äußeren Fassade, seiner gesellschaftlichen Maske, ein ganz anderer verbarg? Ein feinfühliger und hilfsbereiter Mann nämlich, der sich aus echtem Interesse und sozialem Verantwortungsbewusstsein für die Schwächeren in der Gesellschaft engagierte.

Beseelt von dem Wunsch, zu der von ihr verfolgten Mission etwas beizutragen.

Manchmal erinnerte er sie mit dieser Haltung an Loftus Coates, den Philanthropen und Menschenfreund, der ihre Arbeit selbstlos unterstützte. Beide waren sie für Phoebe ein Geschenk des Himmels.

Aber während die Bedeutung des einen auf den Bereich der Agentur beschränkt blieb, war der andere mehr für sie. Viel mehr. Schon deshalb, weil er Nacht für Nacht ihr Bett teilte. Und so begann sie nicht nur über gemeinsame Ziele und Aktionen zum Nutzen ihrer Arbeit nachzudenken, sondern auch über ein gemeinsames Leben.

Mit Freud und Leid, mit Vergnügungen und Verpflichtungen.

Noch vermied sie es allerdings, das Thema offen zur Sprache zu bringen. Genau wie er. Und obwohl sie vermutete, dass ihm ebenfalls viel an ihren Gemeinsamkeiten lag, fragte sie sich bisweilen, in welche Richtung er ihre Beziehung zu lenken wünschte.

Sie waren ein Liebespaar, das schon. Aber er brauchte eine Frau zum Repräsentieren, eine Mutter für seinen Erben. Ganz wie es sich für einen Viscount schickte. Das war gang und gäbe in ihren Kreisen, und das wurde von ihm erwartet. Von seiner Familie und der ganzen Gesellschaft, wie sich unschwer an Blicken und Kommentaren in den Ballsälen erkennen ließ.

Wie leicht sie diese Stelle ausfüllen könnte.

Und wie bereitwillig sie das inzwischen tun würde.

Sie, Phoebe Mary Malleson, zog tatsächlich ernsthaft eine Ehe in Erwägung, nachdem sie das jahrelang weit von sich gewiesen hatte. Mehr noch: Sie vermochte sich ihre Zukunft anders nicht länger vorzustellen. Nachdem sie gedanklich diesen Schritt bereits getan hatte, schien der Weg ihr eindeutig vorgezeichnet.

Ohne Wenn und Aber.

Nur dass er sie nicht fragte. Dabei war sie sich ziemlich sicher, dass es in seinem Sinne wäre und er sich bloß nicht traute, ihr diesen Vorschlag zu machen. Nicht nach der harschen Abfuhr, die sie ihm anfangs erteilt hatte. Vielleicht sollte sie über ihren Schatten springen und forsch das Thema von sich ansprechen.

Während sie noch darüber nachdachte, wie sie das am geschicktesten anstellte, regte er sich neben ihr und streckte unter der Decke die Hand nach ihr aus, um sie schlaftrunken zu streicheln.

Als sei es eine stumme Bestätigung ihres Vorsatzes.

Ja, dachte Phoebe, sie sollte ihn einfach dazu bringen, ihr einen Ring an den Finger zu stecken. Das wäre das Beste für sie und für ihn und für sie beide zusammen.

Malcolm Sinclair lehnte gelangweilt an einer Wand in Lady Rathdownes Salon und wünschte sich, es gäbe mehr ruhige Ecken in dem Raum. Er mochte die Aufmerksamkeit nicht, die ihm die jungen Damen entgegenbrachten, und noch weniger gefielen ihm die Mütter mit den wieselflinken Augen, die ihn durchdringend musterten und sich fragten, ob er wohl eine lohnenswerte Beute wäre.

Im Gegensatz zu älteren Leidensgenossen schützte ihn bislang seine Jugend ein wenig. Die meisten wussten schließlich, dass er noch nicht volljährig war und damit viel zu jung, um bereits an eine Heirat zu denken. Trotzdem schenkte man ihm mehr Beachtung, als ihm lieb war. Eine Option auf die Zukunft offenbar.

Die Soiree war die dritte Veranstaltung, bei der er am heutigen Abend vorbeischaute, und zwei weitere Stippvisiten standen noch auf dem Programm. Es sei denn, er wurde hier fündig.

Die ganze letzte Woche hatte er sich auf gesellschaftlichen Vergnügungen dieser Art herumgetrieben, was für ihn wirklich einer Strafe gleichkam. Doch es half nichts: Er musste diese Unbekannte aus der Gasse ausfindig machen.

Das wollte Henry, und er wollte es auch.

Der eine aus reiner Geldgier, der andere aus purem Selbsterhaltungstrieb.

Wenn er diese Frau nicht entdeckte, die ihr Geschäft mit den Mädchenhändlern gefährdete, sah es übel aus. Aus seiner Sicht nicht so sehr wegen der finanziellen Einbußen, sondern vor allem wegen der drohenden polizeilichen Verfolgung.

Nur gab es bislang keine Spur von ihr, nicht einmal den geringsten Anhaltspunkt.

Dabei hatte er bereits seine Strategie geändert und konzentrierte sich mehr auf Veranstaltungen für ein reiferes Publikum. Sofern er sich nicht irrte, musste sie bereits etwas älter sein, denn ihre Begegnung lag einige Jahre zurück.

Deshalb, schloss er messerscharf, würde er sie kaum auf Bällen für Debütantinnen finden.

Eher auf einer gediegenen Veranstaltung wie dieser.

Vielleicht war sie ja inzwischen verheiratet, dachte er und ließ deshalb auch die Vertreterinnen dieser Kategorie nicht aus den Augen. Da war es ihm nur recht, dass nicht allzu großes Gedränge herrschte und er sich ungeniert umschauen konnte.

Würde er sie überhaupt wiedererkennen?

Das erste Mal glitt sein Blick über sie hinweg. Sie saß auf einem Sofa und unterhielt sich mit einer Dame mittleren Alters. Doch als sie sich zu einem großen, kräftigen Mann umdrehte, blitzte vage eine Erinnerung in ihm auf. Bei ihr war er sich so gut wie sicher, bei ihrem Begleiter nicht. Ihn hatte er schließlich lediglich im Dunkeln gesehen, und auch jetzt sagte ihm sein Gesicht nichts.

Malcolm drückte sich an einen Bücherschrank und versuchte sich dort so unsichtbar wie möglich zu machen. Das Paar befand sich genau auf der anderen Seite des Raumes, und solange er nicht ihre Aufmerksamkeit erregte, war es kein Problem, sie einigermaßen ungeniert zu beobachten.

Als die Musiker nebenan einen Walzer anstimmten, drehte die Frau sich herum und flüsterte dem Mann etwas zu. Sie war wirklich sehr attraktiv, dachte er, wenngleich in der Tat nicht mehr ganz jung. Ob es sich bei dem Gentleman um ihren Ehemann handelte? Wie auch immer: Nachdem er sie erspäht hatte, sollte es doch möglich sein, ihren Namen in Erfahrung zu bringen.

Gespannt verfolgte er ihre Bewegungen. Wie sie ihm ihre Hand überließ, sich von der Dame auf dem Sofa verabschiedete und mit ihm zu der kleinen Tanzfläche ging.

Malcolm folgte ihnen nicht, heftete stattdessen den Blick

auf die ältere Lady und stellte überrascht fest, dass er sie kannte. Edith Balmain, eine Freundin seiner verstorbenen Eltern, die ihm vor ein paar Monaten zufällig in der Bond Street über den Weg gelaufen war und sich freundlich mit ihm unterhalten hatte.

Perfekt.

Jetzt brauchte er sich bloß noch an sie zu hängen und ein harmloses Gespräch zu beginnen. Bestimmt wusste sie, wer die jüngere Frau war. Ihre Art des Umgangs miteinander wirkte sehr vertraulich, als stünden sie einander recht nahe. Eine Verwandte vielleicht?

Malcolm lächelte leicht, als er sich in Bewegung setzte und den Raum durchquerte. Zwischendurch blieb er kurz stehen und beobachtete das Paar, das sich auf der Tanzfläche drehte, als seien sie dort ganz allein.

Kein Ehepaar also, sondern ein Liebespaar.

Für so etwas hatte Malcolm einen Blick.

Ihm sollte es egal sein, denn für sein Vorhaben spielte das keine Rolle. Ihn interessierten andere Dinge, beispielsweise, was diese alte Freundin seiner Eltern ihm erzählen würde. Geschickt zwei jungen Damen ausweichend, näherte er sich dem Sofa.

»Guten Abend, Mrs. Balmain.« Er verbeugte sich formvollendet und setzte seine unschuldigste Miene auf. »Malcolm Sinclair, Madam. Erinnern Sie sich?«

Ihre blassblauen Augen schauten ihn prüfend an. »Natürlich, wie schön, dich hier zu sehen. Geht es dir gut?«

»Ja, danke der Nachfrage. Ich bin noch nicht lange da und orientiere mich gerade ein bisschen. Ob ich Bekannte entdecke, Sie wissen schon.«

»Unsere Gastgeberin ist sicher entzückt, einen so reizenden jungen Mann wie dich begrüßen zu dürfen. Sie war deiner lieben Mutter bereits sehr zugetan, wie du vielleicht weißt.«

Nein, davon hatte er absolut keine Ahnung, und so beschränkte er sich lieber auf eine vage Antwort. »Das ist alles so schrecklich lange her«, meinte er, »und leider sind mir nicht viele Erinnerungen geblieben.«

»Entschuldige«, sagte Edith mitleidig. »Du warst damals ja noch ein Kind. Aber inzwischen hast du dein Studium beendet, nicht wahr?«

»Ja, letztes Jahr. Danach bin ich lange mit Freunden gereist und erst vor ein paar Monaten zurückgekommen«, erklärte er und erzählte, wo er überall gewesen war und was er gesehen hatte.

Ein Blick auf die Tanzfläche sagte ihm, dass er langsam zur Sache kommen musste, denn die Musiker legten gerade eine Pause ein. Bald würde das Paar zurückkehren.

Abrupt wechselte er das Thema. »Sind Sie allein hier, Madam?«

»Nein, ich werde von meiner Nichte begleitet. Miss Malleson. Sie hat gerade getanzt, wird jedoch bestimmt gleich wieder hier sein.«

»Oh!« Malcolm drehte den Kopf. »Ist das die Dame, die vor ein paar Minuten noch bei Ihnen saß? Zusammen mit einem Gentleman?«

Edith lächelte. »Ja, das war sie. Und bei dem Herrn handelt es sich um Deverell, richtiger gesagt um Viscount Paignton.«

»Deverell?« Malcolm zog die Augenbrauen zusammen, als versuche er den Namen einzuordnen. »Ich glaube nicht, dass ich ihn kenne.«

Edith winkte ab. »Kannst du auch nicht. Lord Paignton hat die letzten zehn Jahre in Frankreich verbracht, war beim Militär und hinter den feindlichen Linien eingesetzt. Da kannst du dir ausrechnen, wann er das letzte Mal in London in Erscheinung getreten ist. Du jedenfalls hast zu diesem Zeitpunkt noch die Schulbank gedrückt, und er dürfte damals nicht wesentlich älter gewesen sein als du jetzt.« Edith legte den Kopf schief. »Wenn du möchtest, stelle ich dich vor.«

Um Himmels willen, nur das nicht.

»Nein danke, ein anderes Mal vielleicht. Ich muss weiter, damit ich rechtzeitig zu einer anderen Verabredung komme«, redete er sich heraus. »Heute Abend ziehe ich nämlich von einer Gesellschaft zur nächsten.«

In Ediths Augen trat ein Funkeln. Vermutlich deutete sie seine Worte ganz falsch, aber das war ihm egal. Hauptsache, er konnte sich rasch verdrücken, bevor diese Nichte und ihr Begleiter auftauchten. Fürs Erste hatte er genug über die beiden erfahren, und sie brauchten nichts über ihn zu wissen.

Es war nicht Phoebe Malleson, die Malcolm keine Ruhe ließ, sondern der Mann, in dessen Armen sie über die Tanzfläche gewirbelt war. Der Gentleman, der sie angeschaut hatte, als würde sie nur ihm gehören – der die letzten zehn Jahre seines Lebens im Feindesland verbracht hatte.

Malcolm war außerordentlich dankbar für diese Information, vermittelte sie ihm doch eine Ahnung davon, mit welchem Kaliber sie es zu tun hatten. Er selbst hatte ja bereits auf Militär geschlossen, nur um einen normalen Offizier handelte es sich gewiss nicht. Henry würde das nicht gerne hören.

»Phoebe Malleson, sagst du?« Sein Vormund zog die Augenbrauen zusammen und legte das Buch beiseite, in dem er gelesen hatte. »Das ist Martindales Tochter, seine einzige Erbin. Er wurde nach dem Tod seiner Frau zum Einsiedler und gab das Mädchen zu seinen Schwestern. Davon hat er jede Menge, aber keine von ihnen schaffte es bislang, die Nichte unter die Haube bringen. Trotz ihrer ansehnlichen Erbschaft nicht.«

Malcolm, der wie gewöhnlich im Sessel vor dem Schreibtisch saß, murmelte: »Ich habe sie zusammen mit einer ihrer Tanten angetroffen. Mrs. Edith Balmain. Über ihre Heiratsaussichten weiß ich nichts – allerdings war da ein Gentleman, der um sie herumscharwenzelte.«

Gespannt beobachtete er Henrys Reaktion, als er Deverell beschrieb, doch der winkte gleichmütig ab.

»Kümmere dich nicht um ihn. Sorge einfach dafür, dass man diese Miss Malleson schnappt und herbringt.«

Seine Augen funkelten hinterhältig. »Es sollte keiner großen Überredungskunst bedürfen, damit sie mir ihre Hintermänner nennt. Bestimmt handelt es sich um einen anrüchigen Liebhaber. Frauen, ob nun Damen oder nicht, sind alle gleich. Geschieht Martindale ganz recht. Er hätte lieber selbst auf sie aufpassen sollen.«

Malcolm fand seinen Vormund mal wieder ignorant, überheblich und leichtfertig. Typisch Henry, dass er die wesentlichen Dinge nicht erkannte und sich stattdessen auf abwegige Spekulationen versteifte. Am liebsten hätte er ihn scharf zurechtgewiesen, ließ es aber bei einer vorsichtigen Frage bewenden. »Wäre es nicht möglich, dass Paignton dieser Mann ist?«

»Paignton oder Deverell, egal.« Aus Henrys Tonfall sprach nichts als Geringschätzung. »Du musst lernen, Männer besser zu durchschauen, Junge. Deverell ist nicht der Typ für so etwas. Ich weiß, dass er als Geheimagent für

Dalziel gearbeitet hat. Für Männer wie ihn zählen nur König und Vaterland. Treu bis in den Tod, lautet ihre Devise.« Er schnaubte verächtlich. »Da friert eher die Hölle zu, als dass so einer in Mädchenhandel verwickelt wäre.«

Arrogante Belustigung blitzte in seinen Augen auf. »Sogar wenn er je daran dächte ... Die Furcht, dass Dalziel plötzlich auf der Matte stehen und um eine Erklärung bitten könnte, würde ihn auf der Stelle zurückschrecken lassen. Nein, wer auch Phoebe Malleson hilft, uns diese Mädchen wegzuschnappen – Deverell ist es auf keinen Fall.«

Na, wunderbar!

Malcolm konnte nur hoffen, dass sein Vormund zur Abwechslung einmal nicht irrte. Dennoch startete er einen letzten Versuch, ihm seine Bedenken zu verdeutlichen.

»Ich bin mir da weniger sicher, denn eindeutig läuft da etwas zwischen diesem Deverell und Phoebe Malleson.«

Henry, borniert, wie er war, ließ sich nicht von seiner vorgefassten Meinung abbringen. »Mag ja sein, dass sie Deverell am Haken hat, aber dann ist da bestimmt noch ein anderer. Und der ist unser Mann. Vielleicht erpresst er sie. Droht damit, Deverell alles zu verraten. Könnte doch so laufen, und damit ergibt die ganze Geschichte einen Sinn.«

Zufrieden lehnte er sich zurück und schaute den jungen Mann kalt an.

»Schaff sie her«, befahl er in einem Ton, der keinen Widerspruch duldete.

Malcolm blieb nichts anderes übrig, als resigniert aufzugeben. Henry würde es nie kapieren. Mit ausdrucksloser Miene neigte er den Kopf und stand auf, um grußlos den Raum zu verlassen.

20

Die Arbeit in der Agentur musste weitergehen. Deverell sagte sich das immer wieder, um sich daran zu erinnern, warum Phoebe ihn allabendlich durch überfüllte Ballsäle und Salons schleppte.

Er seufzte, denn zunehmend empfand er diese öden Veranstaltungen als Qual. Insbesondere jetzt auf dem Höhepunkt der Saison, wenn alle Mütter, die ihre Töchter noch nicht an den Mann gebracht hatten, zur Hochform aufliefen.

Dass sie dabei zunehmend auch ihn ins Auge fassten, war ein besonderes Ärgernis.

Zumal Phoebes Versuche, ihn von den Kupplerinnen loszueisen, immer öfter an deren Beharrungsvermögen scheiterten. Inzwischen war ihm sogar sein routiniertes, charmantes Lächeln vergangen, und meist wirkte seine Miene abweisend. Ohne den gewünschten Erfolg jedoch.

An diesem Abend hatten sie bereits die Dalrymples und die Cavendishs mit ihrer Anwesenheit beehrt und die gleichen geschwätzigen Leute getroffen wie jetzt in Lady Melvins Ballsaal. Es war zum Verzweifeln und ließ sich nur ertragen, weil es einem höheren Zweck diente.

Der Enttarnung des Maulwurfs. Des Informanten, der sie zu den Mädchenhändlern führen sollte.

Damit sie alle sich wieder sicher fühlen konnten.

»Das ist ja Wahnsinn«, murmelte Phoebe, als plötzlich alles zur Tanzfläche strömte und ein schreckliches Gedränge entstand.

»Wohl wahr.« Er zog sie näher zu sich heran. »Aber aus irgendeinem mir unverständlichen Grund laden die Ladys jedes Jahr aufs Neue viel zu viele Gäste ein. Ist das weibliche Erinnerungsvermögen wirklich so schlecht?«

Sie warf ihm einen tadelnden Blick zu, den allerdings ihr Grinsen milderte. »Alles hat seine Vor- und Nachteile. Meine Chancen etwa, hier Lady Canterbury zu treffen, stehen recht gut. Angeblich sucht sie nach einem Hausmädchen. Zuvor möchte ich jedoch wissen, wer außer ihrem Mann, der keine Gefahr darstellt, noch mit im Haushalt lebt.«

Er ließ den Blick suchend über die Menge schweifen. »Das letzte Mal habe ich Ihre Ladyschaft hinten in der Ecke gesehen.« Er sah Phoebe aufmunternd an. »Wollen wir sie zur Strecke bringen?«

Sie grinste. »Bei dir klingt es wie eine militärische Operation.«

»Wenn du meine Meinung hören willst«, erwiderte er leise, während sie sich durch die Menge schoben, »dann gibt es hier mehr als nur ein paar Damen, die selbst einen General das Fürchten lehren könnten.«

Sie lachte über diese Beobachtung, die mehr als zutreffend war. Diese Ballsäle und Salons waren in der Tat Schlachtfelder, auf denen erbitterte Kämpfe ausgetragen wurden. Um Ansehung und Geltung und um begehrte Junggesellen.

Was alles indes belanglos war gegen die Schlacht, die ihnen bevorstand. Bei der es nicht zuletzt um ihrer aller Sicherheit ging.

Erst wenn das vorüber war, würden sie unbeschwert entspannen und zum normalen Alltag zurückkehren können.

Derzeit wagte Phoebe es nicht einmal, nach Einbruch der Dunkelheit ohne Deverell einen Fuß vor die Tür zu setzen. Und am Tag, wenn er nicht da war, hielt sie sich entweder in der Agentur auf oder saß mit Edith, Audrey oder Loftus zusammen.

Überdies bestand eine Vereinbarung zwischen Deverell und Fergus, dass der Kutscher sie im Auge behielt, wenn er selbst verhindert war. Einer der beiden war also immer in ihrer Nähe, obwohl sie das nicht unbedingt mitbekam. Und auch nicht mitbekommen sollte, damit sie sich nicht eingeengt fühlte.

Später am Abend, als sie nach dem letzten Ball mit Edith in der Kutsche saßen, war sie es, die nach Fortschritten bei den Nachforschungen fragte.

Sie hatten längst aufgehört, den Ernst der Lage vor ihren Tanten zu verheimlichen. Was zudem unsinnig gewesen wäre, da Audrey, die viel Zeit mit Loftus verbrachte, immer bestens informiert schien. Da war es nur noch eine Frage der Zeit, bis Edith ebenfalls Bescheid wusste.

»Tristan und ich konnten zwei der Männer aufspüren, die uns während Molly Doyles Rettung in der Gasse angegriffen haben«, vertraute Deverell ihr an. »Beide waren für ebendiesen Abend angeheuert worden, und zwar von einem jungen Mann, dessen Namen sie nicht kannten. Für einen Gentleman hielten sie ihn aufgrund seiner Kleidung nicht, bezeichneten ihn als eher grobschlächtig, aber sauber und ordentlich und mit einigermaßen gutem Ausdrucksvermögen. Wie der genau einzuordnen ist zwischen Mädchenhändler und Informant, das müssen wir noch herausfinden. Vielleicht sind ja mehr Leute in die Geschichte verwickelt als ursprünglich angenommen.«

»Jedenfalls scheint er keine Schwierigkeiten zu haben, eine ganze Bande zusammenzubekommen«, wandte Phoebe ein.

Deverells Lippen verzogen sich zu einem zynischen Lächeln. »Er bezahlt gut. Mehr interessiert solche Ganoven nicht. Angeblich hat er ihnen sogar die ganze Summe für Molly Doyles Entführung gegeben, obwohl sie jämmerlich versagt haben. In der Hinsicht agiert er schlau. Jetzt wissen alle Schläger und Handlanger, dass man ihm vertrauen kann. Der wird keine Schwierigkeiten haben, Leute zu kriegen, wenn er welche braucht.«

»Und weiter?«, fragte Edith gespannt.

»Leider nicht mehr viel. Über seine Gewohnheiten ließ sich nichts erfahren. Unwahrscheinlich ist jedoch, dass er sich in der Halbwelt herumtreibt und zwielichtige Spelunken aufsucht. Zumindest wurde er dort nie gesehen. Deshalb stehen unsere Chancen, ihn aufzuspüren, derzeit eher schlecht.«

Phoebe runzelte die Stirn. »Für jemanden seinesgleichen scheint er ziemlich schlau zu sein.«

»Die Männer, mit denen wir sprachen, meinten, dass er eventuell auf Anweisung von jemandem arbeitet. Er habe sich wie ein Diener benommen, der Befehle seines Herrn weiterleitete. Aber das ist bloß eine Vermutung.«

»Unser Informant aus der Gesellschaft hat also jemanden, der für ihn die Drecksarbeit erledigt«, stellte die sonst so sanfte Edith mit scharfer Stimme fest. »Einen aus der Unterschicht vermutlich, der vor unangenehmen Aufgaben nicht zurückschreckt.«

Deverell nickte. »So könnte es sein. Bloß müssen wir zuerst diesen Mann finden, denn sonst kommen wir nicht weiter. Deshalb wollen wir zusätzlich versuchen, Erkenntnisse über auffällige Geldbewegungen zu gewinnen. Das könnte uns ebenfalls zu den Hintermännern führen. Mit etwas Glück natürlich.«

»Gibt es diesbezüglich Neuigkeiten von deinem fabelhaften Anwalt, diesem Montague?« Phoebe beugte sich vor, um seine Miene besser entschlüsseln zu können, und wurde mit einem zufriedenem Lächeln bedacht.

»Ich hoffe doch sehr. Montague hat mir heute in einem kurzen Schreiben mitgeteilt, dass er etwas entdeckt zu haben glaubt. Will es aber noch einmal überprüfen, bevor er sich genauer dazu äußert. Wir haben für übermorgen Nachmittag ein Treffen vereinbart, um seine Verdachtspunkte zu besprechen und unsere Informationen auszutauschen. Vielleicht ist er ja sogar auf einen Namen gestoßen ...«

Während er Edith anschließend noch von den Maßnahmen zur Überwachung des Schiffsverkehrs berichtete, lehnte sich Phoebe in die Polster zurück und hing ihren eigenen Gedanken nach.

Wie so häufig kreisten sie um die Agentur und ihre Rettungsaktionen.

Ihren privaten Kreuzzug.

Nach Molly Doyle konnten sie noch zwei weitere Mädchen in Sicherheit bringen. Diesmal generalstabsmäßig von Deverell geplant und problemlos mit Hilfe seiner Freunde durchgeführt.

Wie eine professionelle militärische Operation eben.

Sie hoffte, dass die vier Männer sie auch in Zukunft unterstützten und sie vor Pannen bewahrten, die aus einer mangelhaften Vorbereitung resultierten.

Doch woher sollten Birtles, Scatcher und Fergus es besser wissen? Diesen Mangel machten sie außerdem mehr als wett durch ihre hingebungsvolle Begeisterung für die Sache, ohne an die damit verbundenen Gefahren zu denken.

Sie musste froh sein, solch uneigennützige Menschen um sich zu haben.

Wenn sie allerdings an die Bedrohung dachte, die wie ein Damoklesschwert über ihren Köpfen schwebte, lief ihr ein eisiger Schauer über den Rücken. Und einmal mehr fragte sie sich, wie ein Mensch, der in ihrer privilegierten Welt zu Hause war, zu solch verbrecherischen Umtrieben fähig sein konnte. Was ihn dazu bewog, sich unter Ausnutzung seiner gesellschaftlichen Stellung an den Schwächsten zu vergreifen, die doch eigentlich seines Schutzes bedurften.

Das war abscheulich, gemein und unwürdig.

Solchen Menschen musste man das Handwerk legen.

Als sei er in der Lage, ihre Gedanken zu lesen, sah Deverell sie in diesem Moment an. Selbst im Dunkeln erkannte sie das Selbstvertrauen, das ihn wie eine Aura umgab.

»Übermorgen erfahren wir hoffentlich einen Namen und können endlich zur Tat schreiten.«

Spät am Nachmittag des nächsten Tages bewegte sich Malcolm mit geschärften Sinnen und ohne Hast durch die schwefelhaltige, neblige Brühe, die schwer in der schmalen Gasse hing, die man als Swan Lane kannte und die nicht weit von der London Bridge entfernt lag. Obwohl der Nebel seine Schleimhäute reizte, kam er ihm ganz gelegen, denn er schützte ihn vor neugierigen Blicken.

Und vor der Gefahr, wiedererkannt zu werden.

Zu beiden Seiten standen die Häuser dicht an dicht. Armselige Behausungen, schmutzig, kalt und feucht, und dennoch waren sie alle bewohnt, selbst die schäbigsten und baufälligsten unter ihnen.

Zerlumpte, magere Elendsgestalten hasteten an ihm vorbei, und das Geräusch ihrer Schritte hallte unheimlich von den Wänden wider. Allgegenwärtig zudem der Geruch nach Holzfeuer, verrottendem Unrat und Abwässern.

Eklig, dachte Malcolm, der unverwechselbare Gestank des nahen Hafens.

Links von ihm tauchte aus dem Nebel das Gebäude auf, zu dem er unterwegs war und das mit seiner Schenke der Gasse ihren Namen gegeben hatte. Lautlos stieg er die schmale, wackelige Treppe hoch und hielt oben inne, um auf die Geräusche von der Straße zu lauschen.

Nichts Ungewöhnliches, alles wie sonst, stellte er beruhigt fest. Niemand war ihm gefolgt. Zudem würden die knarrenden Treppenstufen ihn warnen, falls ein Fremder sich anzuschleichen versuchte. Mit so etwas musste man in dieser Gegend immer rechnen. Hier durfte man niemandem trauen.

Heute aber schien keine Gefahr zu bestehen.

Er öffnete eine Tür und betrat einen kleinen düsteren und staubigen Raum. Er lag direkt unter den Dachsparren und war nur mit einem nackten Holztisch, auf dem eine einzelne Kerze brannte, und drei Stühlen eingerichtet. Auf einem davon fläzte sich geduldig wartend Jennings, sein cleverer und eifriger Handlanger.

Malcolm schloss die Tür hinter sich und nahm den Hut mit der breiten Krempe ab, der sein auffällig helles Haar und die feinen Gesichtszüge verbarg, die nicht in diese Gegend passten und ihn womöglich den einfachen Leuten suspekt machten. Hier sah man so aus wie Jennings: rundes Gesicht und stämmige Figur, bloß dass die meisten Bewohner der Elendsquartiere weniger auf Sauberkeit achteten.

Einen Moment lang musterte er Jennings. Er mochte in

seinem Alter sein, doch an Erfahrung trennten sie Welten. Malcolm überlegte mit einem Anflug von Zynismus, auf welchen Zug der andere wohl aufspringen würde, sollte je seine Loyalität gefordert werden.

Im Grunde eine unwichtige Frage.

Falls es hart auf hart kam und Jennings in die Fänge der Obrigkeit geriet, würde alles, was er vorbringen konnte, ausschließlich Malcolms Entlastung dienen. Dass dieser nur eine Marionette seines Vormunds sei, der ihn nach seinen Regeln tanzen lasse und mit eiserner Faust die Fäden ziehe. Dass er ihn behandele wie einen subalternen Diener, der bestenfalls eine Stufe über Jennings stehe.

Das alles würde er zu Protokoll geben.

Geschickt hatte Malcolm es verstanden, Jennings ein völlig falsches Bild zu verkaufen, und ihn damit nach Strich und Faden manipuliert. Henry war keinesfalls sein Herr und Meister, wie Jennings glaubte. Und schon gar nicht der Architekt der sorgfältig ausgeklügelten Pläne, nach denen die Entführungen stattfanden.

Genauso trickste er im Gegenzug seinen Vormund aus, dem er einredete, Jennings sei der große Planer, der Dreh- und Angelpunkt des Ganzen. Bei dem alles zusammenlaufe einschließlich der Kontakte zu den Mädchenhändlern selbst. Malcolm war sich sicher, dass der leichtgläubige Henry diese Version nie ernstlich infrage stellen würde. Allein schon deshalb, weil er seinem Mündel solche Raffinesse nicht zutraute.

Malcolm jedenfalls fühlte sich recht sicher.

Henry würde alles auf Jennings schieben und Jennings alles auf Henry.

Er selbst bliebe weitgehend außen vor.

Malcolm zog sich einen der Stühle heran und setzte sich.

»Wir haben einen neuen Auftrag. Nicht ganz das, was wir sonst machen.«

Als er den Eifer in Jennings Augen sah, verzog er angeekelt das Gesicht. »Also wenn es nach mir ginge, sollten wir die Lady lieber in Ruhe lassen. Die ist zu bekannt und zu einflussreich, da könnte es Riesenprobleme geben. Deshalb ist das Ganze für meinen Geschmack viel zu brenzlig.« Er hielt inne und setzte eine betont besorgte Miene auf. »Leider ist der Meister fest entschlossen ...«

Er zuckte mit den Achseln, ehe er erklärte, wie viele Männer gebraucht würden und wo und wann die Entführung stattfinden sollte.

Jennings bekam große Augen, als er die Einzelheiten erfuhr. Er werde alles genau nach Anweisung durchführen, versicherte er, und Malcolm glaubte ihm aufs Wort. Der Vorteil dieses Mannes bestand darin, dass man sich absolut auf ihn verlassen konnte, dass er jede Anweisung befolgte, so geringfügig oder unlogisch sie auch sein mochte, und dass er nie etwas vergaß.

Und vor Gefahren und Risiken nicht zurückschreckte.

Nach einer Weile nickte Jennings. »In Ordnung. Ich weiß, wo ich eine passende Kutsche und zwei zuverlässige Männer auftreibe, die schlau genug sind, die Sache nicht zu vermasseln.« Er hielt inne. »Aber meinen Sie nicht, dass wir angesichts des Risikos mehr Männer anheuern sollten?«

Malcolm schüttelte den Kopf. »Nein, mein Herr und Meister fürchtet, dass dort, wo die Entführung stattfinden soll, zu viele Männer Aufsehen erregen, und das müssen wir unbedingt vermeiden. Sonst verfolgt am Ende noch jemand die Kutsche.«

Jennings zuckte die Achseln. »Sie haben recht. Nur keine Sorge, das kriegen wir schon hin, auch wenn es diesmal eindeutig komplizierter ist. Da bin ich mir sicher.«

»Sehr schön, dann wäre ja alles geklärt.«

Malcolm griff unter seinen Umhang, holte eine Geldbörse hervor und warf sie auf den Tisch. Jennings taxierte sie, um ihren Inhalt zu schätzen, und nahm sie dann an sich.

»Falls die Männer feilschen, biete mehr als das Übliche. Hauptsache, es handelt sich um zuverlässige Leute, die sich genau an den Plan halten«, wies Malcolm seinen Handlanger abschließend an, setzte seinen Hut auf und ging zur Tür. Seine Hand lag bereits auf dem Riegel, als er sich unvermittelt umdrehte.

»Eine Sache noch … Falls ich übermorgen nicht zu unserem Treffen erscheinen sollte, gehst du am besten davon aus, dass der Meister trotz unserer Umsicht aufgeflogen ist. Wenn das geschieht, empfehle ich dir dringend zu verschwinden. Nicht nur aus der Gegend, sondern aus London.«

Jennings schaute ihn aufmerksam an. »Ich habe eine Tante in Exeter. Die könnte ich besuchen und dabei ein bisschen frische Seeluft schnuppern.«

Um Malcolms Lippen spielte ein triumphierendes Lächeln. Sehr gut, denn damit wäre für den Ernstfall vorgesorgt, und niemand würde ihm etwas anhaben können. Einem armseligen Untergebenen wie ihm.

»Eine hervorragende Idee«, sagte er zu Jennings und wollte den Raum verlassen.

»Und was ist mit Ihnen?«

Malcolm kostete es einige Mühe, seine Ungeduld zu verbergen.

»Mach dir um mich keine Sorgen – an einem einfachen Botenjungen ist niemand interessiert«, beschied er Jennings und hob zum Abschied grüßend die Hand.

Zum Glück schien niemand zu merken, dass dieser harmlose Junge alle an der Nase herumführte, dachte er mit stiller Genugtuung und gratulierte sich einmal mehr dazu, wie perfekt er die Rolle des unschuldig in die Irre Geleiteten spielte.

Draußen, auf seinem Weg zurück durch die schmuddeligen Straßen, überlegte er, ob er sich wirklich nach allen Richtungen abgesichert hatte.

Ja, alles schien niet- und nagelfest zu sein, sofern nichts völlig Unerwartetes geschah.

Zwar würde er, falls Henry wegen dieser neuesten Dummheit endgültig in die Mühlen der Justiz geriet, seine Beteiligung an dem Ganzen nicht komplett verheimlichen können, doch er baute darauf, dass seine sorgfältig inszenierte Tarnung hielt.

Bei Henry funktionierte das schließlich bereits seit Jahren. Sein Vormund hatte nämlich nicht die leiseste Ahnung, wie Malcolm Sinclair in Wirklichkeit war und über welch außerordentliche Talente er verfügte. Warum sollte ihm ein anderer auf die Schliche kommen?

Mehr als eine polizeiliche Verwarnung musste er nicht befürchten.

Vielleicht würde er sogar als Opfer betrachtet, sofern er seine Karten geschickt ausspielte. Und darauf verstand er sich schließlich als hervorragender Spieler. Falls sein selbstherrlicher Vormund ihr Kartenhaus tatsächlich zum Einsturz bringen sollte, würde seine nächste Herausforderung darin bestehen, aus den Trümmern etwas Neues zu errichten.

Es gab bereits Pläne für die Zeit nach Henry.

Welch schönes Bild, das einstürzende Kartenhaus, dachte er und kehrte leise pfeifend nach Mayfair zurück. Freute sich auf die Zukunft, die verlockend vor ihm lag. In nur vier Tagen würde er einundzwanzig und damit volljährig, unabhängig und frei sein und ganz sein eigener Herr.

Eine neue Welt stand ihm offen.

Am Nachmittag des folgenden Tages trat Phoebe aus dem Morgensalon auf die schmale Terrasse hinaus, um wie jeden Tag einen Spaziergang durch den eingefriedeten Garten zu unternehmen. Edith und Audrey ruhten sich derweil drinnen von ihrer morgendlichen Besuchsrunde aus und tratschten über dieses und jenes.

Gemächlich schlenderte Phoebe den Weg Richtung Straße entlang und betrachtete das neu angelegte Blumenbeet. Es war nach fünf, und die Sonne stand bereits tief am Himmel, doch ihre Strahlen wärmten immer noch die Backsteinmauer, die den Garten umgrenzte. Es war die beste Zeit des Tages, um ohne Sonnenschirm spazieren zu gehen.

Mit ein Grund, warum Phoebe diese Stunden zwischen Nachmittag und Abend liebte. Wenn die Pflichten des Tages beendet waren und die Rituale für den Abend noch nicht begonnen hatten. Sie blieb stehen, um an einer Rose zu schnuppern, und staunte wie immer über den betäubenden Duft.

Normalerweise nutzte sie diese ruhigen Momente, um ihre Gedanken zu ordnen, den Tag ein letztes Mal Revue passieren zu lassen und sich auf die Erfordernisse des Abends einzustellen.

Heute allerdings dachte sie nur an eines: die Ergreifung des Informanten, der ihnen solche Scherereien bereitete. Hoffentlich erfuhren sie bald Näheres, denn das Warten zerrte an ihren Nerven. Ebenso ihre vollkommene Ahnungslosigkeit, um wen es sich handeln könnte.

Womöglich kannte sie den Kerl sogar.

Trotz der Wärme überlief es sie eiskalt.

Was, wenn Montagues Hinweise ins Leere liefen und sie weiterhin zur Untätigkeit verdammt waren? Sie und ihre Leute ebenso wie Deverell und seine Freunde. Das durfte sie sich gar nicht vorstellen.

»Wenn ich nicht aufhöre, ständig diese Probleme zu wälzen, werde ich noch wahnsinnig«, brummte sie vor sich hin und sah über den Rasen hinweg zu Fergus, der auf einer Bank am Haus saß und Zaumzeug reparierte.

Als sie hörte, wie sich die Hintertür öffnete, drehte sie sich um. Die Haushälterin rief nach ihr. »Mrs. Balmain bittet Sie zum Tee in den Salon.«

Phoebe winkte ihr zu. »Danke, Milligan. Sagen Sie ihr bitte, ich komme gleich.«

Die Haushälterin wandte sich jetzt an Fergus. »Du beeilst dich mit dem Reinkommen lieber ebenfalls, ehe meine Scones kalt werden.«

»Scones?«, fragte er wie elektrisisiert, legte das Zaumzeug weg und schickte sich an, der Aufforderung zu folgen. Nicht ohne sich noch einmal zu vergewissern, dass Phoebe sich bereits auf dem Rückweg zum Haus befand.

Doch sie ließ sich viel Zeit. Zu viel.

Sie war bereits an der Gartenpforte vorbei, als sie hinter sich erst ein leises Plumpsen hörte und dann das Weinen eines Kindes.

»Neiiiin! Mein Ball! Wie bekomme ich den jetzt wieder?«

Als sie sich umdrehte, sah sie ein buntes Ding auf dem Rasen liegen und vernahm hinter der Mauer aufgeregte Stimmen. Offenbar war eine Diskussion im Gang, ob jemand über die Mauer klettern sollte. Schnell hob sie den Ball auf und ging damit zum Tor.

»Klettert nicht über die Mauer, die ist voller Glasscherben. Wartet eine Minute, dann bringe ich euch euer Spielzeug.«

Warum sie ihn nicht einfach über die Mauer warf, vermochte sie später nicht zu sagen.

Sie entschied sich einfach anders, nahm den Schlüssel vom Haken, schob ihn ins Schloss und drehte ihn um. Dann griff sie nach dem schweren Riegel, zog das Tor auf … und blinzelte verwirrt, denn die Straße war leer.

Nur das Geräusch eiliger Schritte war zu vernehmen, und als sie sich ein wenig hinausbeugte, erhaschte sie einen flüchtigen Blick auf drei Straßenkinder, die wie von Höllenhunden gehetzt um die nächste Ecke rannten.

Verwundert blieb sie stehen.

Erkannte im selben Moment ihren Fehler.

Merkte, dass sie nicht allein war.

Kaum dass sie erschrocken herumwirbelte, wurde ein schwarzer Sack über ihren Kopf gestülpt. Sie ließ den Ball los und hob die Hände, um den kratzigen Stoff wegzureißen.

Eine schwielige Faust packte sie an den Armen und wickelte in Mundhöhe ein Band um den Sack, das sie am Schreien hindern sollte. Vergeblich versuchte sie sich davon zu befreien.

Dann spürte sie, wie ihr jemand die Arme seitlich an den Körper drückte, dann ihre Hände nach vorn riss und fesselte. Bevor sie zur Besinnung kam, wurde sie von zwei Männern hochgehoben, ein kurzes Stück getragen und schließlich in eine Kutsche verfrachtet, wo man sie wie einen zusammengerollten Teppich auf den Boden warf.

Sie hörte, wie der Schlag geschlossen wurde, und spürte, wie die Kutsche sich neigte, als erst einer der Männer und dann der andere hochkletterte. Danach ging es sofort los, und in schnellem Trab verließ das Gespann die kleine Gasse, um im Verkehr auf der belebten Park Street zu verschwinden.

Von der anderen Straßenseite aus beobachtete Malcolm die Kutsche, die mit Miss Phoebe Malleson davonfuhr. Er fiel niemandem auf, wie er dastand, war einfach ein elegant gekleideter Mann, der wie andere Passanten auch den sonnigen Nachmittag für einen Spaziergang nutzte.

Mit einem Verbrechen würde man ihn nie in Verbindung bringen.

Und mit Phoebe Malleson ebenfalls nicht.

Er schüttelte den Kopf und ging weiter. Nach wie vor hielt er diese Aktion für eine Torheit und Henrys Beurteilung der Situation für Schwachsinn. Klüger wäre es gewesen, einem Konflikt aus dem Weg zu gehen und sich ein anderes Operationsgebiet zu suchen, wo man der Konkurrenz nicht in die Quere kam. Es gab schließlich noch andere noble Gegenden, in denen man hübsche Mädchen fand.

Je länger er darüber nachdachte, desto mehr verfestigte sich seine Überzeugung, dass Henrys Theorie von einer zweiten Bande völlig abstrus war. Weder Phoebe Malleson noch dieser Deverell waren mit Mädchenhändlern im Bund und auch nicht mit dem Londoner Rotlichtmilieu. Hinter ihren Aktivitäten musste etwas ganz anderes stecken.

Nur was?

Das erst einmal zu eruieren wäre der richtige Weg gewesen. Und Malcolm hätte das mit seinen exzellenten Kontakten sicher bewerkstelligen können und dabei vielleicht sogar eine sensationelle Entdeckung gemacht. Nichts wirklich Anrüchiges und Illegales zwar, aber vielleicht etwas Anstößiges.

Ein kleiner Skandal, eine delikate Affäre. In der feinen Gesellschaft geriet man schnell in Verruf.

Aus solchen Informationen ließ sich überdies leicht Kapital schlagen.

Doch Vorsicht und nüchternes Kalkül waren nicht Henrys Ding. Und er selbst hatte keine Lust verspürt, weiterhin auf seinen Vormund einzureden. Denn um ihn von der Dummheit seines Vorgehens zu überzeugen, hätte er seine Raffinesse offenbaren und ausspielen müssen. Seine Klugheit und sein taktisches Geschick. Was einer Aufgabe seiner Tarnung gleichgekommen wäre.

Dazu war er nicht bereit gewesen. Sobald Henry nämlich die Wahrheit erkannte, würde er dieses Wissen nutzen und Malcolm mit in den Abgrund ziehen, falls er selbst stürzen sollte.

Ein Risiko, das er nicht eingehen durfte.

Unter gar keinen Umständen.

Schließlich wusste er allzu gut, wozu sein Vormund fähig war, hatte zu häufig seine Rachsucht erlebt. Und er hegte keinen Zweifel daran, dass er sie auch bedenkenlos gegen ihn richten würde. Mit dem einzigen Ziel, ihn zu zerstören.

Deshalb hielt Malcolm es mit dem Grundsatz weiser Leute, dass man die Klippen umschiffen musste, die weniger begünstigte Sterbliche in den Tod lockten. Oder um es anders auszudrücken: Er wollte sich nicht in dem Netz verfangen, das er selbst speziell für Henrys Verderben kunstvoll gesponnen hatte.

Und daran war sein Vormund selbst schuld, dachte er mitleidslos. Warum war er auch so verblendet, dass er sich für unverwundbar hielt? Für außerhalb der Reichweite der Gesetze stehend, weil er selbst das Gesetz zu sein glaubte? Ihm konnte es nur recht sein, wenn Henry endlich Schiffbruch erlitt.

Am Piccadilly angekommen, überquerte Malcolm die Straße und ging am Green Park entlang. Schwang seinen Spazierstock und gab sich ganz den Anschein eines eleganten Gentlemans, der mit sich und der Welt im Einklang lebte.

Und das tat er auch.

Wenn er auf die vergangenen Monate zurückblickte und seine damaligen Entscheidungen überdachte, gab es nicht viel, was er jetzt anders machen würde oder könnte. Immerhin stand er seinerzeit unter Zugzwang.

Henry hatte nämlich irgendwann angefangen, sich an Malcolms Vermögen zu vergreifen, und regelmäßig kleinere Summen abgezweigt, um seinem kostspieligen Hobby zu frönen. Nur deshalb war Malcolm die Idee gekommen, eine andere Geldquelle aufzutun. Sollte Henry doch seine Gier nach Pistolen befriedigen, aber bitte nicht auf seine Kosten.

Da kamen ihm die Mädchenhändler gerade recht.

Wie erwartet stürzte sich Henry begeistert auf diesen Vorschlag. Und der Einfall, den er Malcolms Kreativität verdankte, nahm unter seiner Anleitung schnell eine überaus lukrative Gestalt an. Je länger die Zusammenarbeit dauerte, desto größer waren die Einnahmen. Henry wurde süchtig nach diesen Finanzspritzen und weigerte sich, aus dem Geschäft wieder auszusteigen.

Trotz der inzwischen gestiegenen Gefahr einer Entdeckung.

Malcolm hingegen, der es lediglich für eine Frage der

Zeit hielt, bis die Sache aufflog, begann Vorkehrungen zu seinem Schutz zu treffen. Er empfand nicht den leisesten Hauch von Bedauern, dass es bald vorbei sein würde. Weil er nicht auf das Geld angewiesen war.

In drei Tagen würde er frei sein, und die Welt mit all ihren Möglichkeiten stünde ihm dann offen. Er wollte sie erkunden und zu seinem Vorteil nutzen. Ohne Henry.

Bis dahin allerdings musste er vorsichtig sein.

An der Ecke Arlington Street blieb er stehen und blickte an der Fassade von Henrys Haus hoch. Phoebe Malleson befand sich mittlerweile bestimmt irgendwo auf dem Gelände, entweder noch in den Stallungen oder bereits im Haus selbst.

Dann setzte er sich wieder in Bewegung und ging Richtung White's in St. James. Dort würde er viele Bekannte treffen, mit denen er etwas trinken konnte. Darunter Freunde mit guten Beziehungen, die später seine Anwesenheit bestätigen würden.

Außerdem verspürte er nicht die geringste Lust, sich jetzt in Henrys Nähe zu begeben und mit ansehen zu müssen, was sein Vormund mit Miss Malleson anstellte.

Wie er ihn einschätzte, bestimmt nichts Gutes.

21

Auf dem Boden der rumpelnden Kutsche liegend, spürte Phoebe jeden Stoß und jeden Ruck, hatte das Gefühl, bis ins Mark durchgeschüttelt zu werden. Es war eine Erleichterung, als sie endlich anhielten.

Bewegen konnte sie sich jedoch nicht. Ihre Hände waren zu gut gefesselt, um den Knoten zu lösen, und der schwarze Sack über ihrem Kopf verhinderte zudem, dass sie nur das Geringste sehen konnte.

Immerhin wusste sie, dass sie sich nach wie vor in London befand, denn die Fahrt über das Kopfsteinpflaster hatte nicht sehr lange gedauert. Auch drangen vertraute Geräusche der Großstadt, wenngleich durch den dichten Stoff gedämpft, an ihr Ohr. Ja, sie ging sogar davon aus, dass sie sich noch in Mayfair oder in unmittelbarer Nähe davon befand.

Vermutlich irgendwo im Bereich von Stallungen, worauf Geräusche und Gerüche hinwiesen.

Ehe sie weiter überlegen konnte, wurde der Kutschschlag aufgerissen. Große Männerhände packten sie grob, hoben sie heraus und warfen sie über die Schulter.

»Ich bring sie nach drinnen«, hörte sie einen ihrer Entführer sagen. »Du bleibst bei den Pferden.«

»Aye, aber beeil dich.« Der zweite Mann klang nervös. »Hier gefällt's mir nicht. Man weiß nie, ob nicht gleich ein

Constable vorbeikommt. Die Wachstube ist ganz in der Nähe.«

Der andere, über dessen Schulter sie hing, brummte Unverständliches, bevor er sie wie einen Kartoffelsack davontrug. Ihr Kopf baumelte an seinem Rücken herunter, ihre Beine wurden von einem seiner muskulösen Arme festgeklemmt. Ihr schwindelte in dieser unbequemen Lage.

Erst als der Mann stehen blieb, mobilisierte sie wieder ihre Sinne und versuchte sich zu orientieren, so schwer ihr das auch fiel. Immerhin registrierte sie, dass es plötzlich kühler wurde. Offenbar brachte man sie in einen Raum, den kein Sonnenstrahl wärmte. Sie begann zu frösteln.

»Hier entlang.«

Verwundert zwinkerte sie beim Klang dieser Stimme unter der Kapuze mit den Augen. Was war das? Töne wie zu Hause, die Distinktion und Beherrschung verrieten. Unverwechselbar ein Butler. Ihre Verwunderung wuchs.

Sie konnte die Schritte des Entführers und die des Butlers, der ihnen den Weg wies, deutlich unterscheiden. Sie liefen ein Stück geradeaus auf Steinplatten oder Fliesen, wie ihr das Hallen der Schuhe auf dem Boden verriet, und stiegen dann ein paar Stufen nach oben.

Vermutlich verließen sie die Wirtschaftsräume und betraten den vorderen Bereich des Hauses, denn die Luft war hier erheblich wärmer, und ein dicker Teppich dämpfte die Schritte der Männer.

Zweifellos ein elegantes, herrschaftliches Haus.

Eines wie das, in dem sie selbst lebte.

Über eine Holztreppe ging es nach oben, wobei der Mann sich an einem Geländer festhielt, um ihr Gewicht besser ausbalancieren zu können. Im ersten Stock angekommen, führte der Butler sie durch einen mit Teppichen ausgelegten Flur.

»Hier entlang«, sagte er erneut.

Phoebe zählte die Schritte, während sie sich gleichzeitig Deverells Anweisungen zur Selbstverteidigung in Erinnerung rief.

Wenn man dich gefasst hat und du nichts anderes tun kannst, konzentriere dich darauf, so viel wie möglich über deine Umgebung und die Leute in Erfahrung zu bringen.

So oder so ähnlich hatte er es ihr eingeschärft und ihr anschließend die verschiedenen Tricks und Handgriffe erklärt, mit denen sie sich befreien sollte. Fast meinte sie ihn sprechen zu hören, so gegenwärtig war ihr das alles.

Nur dass es sich jetzt nicht um einen Test handelte, sondern um bittere Realität.

Würden ihre Beschützer sie rechtzeitig aufspüren?

Zwölf Schritte vom Treppenabsatz entfernt blieb der Entführer stehen und drehte sich ächzend um. Eine Tür wurde geöffnet, und er schob sich mit ihr in einen schmalen Durchgang, wo ihre Schulter die Wände berührte, folgte dann dem vorausgehenden Butler über weitere Stufen nach oben. Die Dienstbotentreppe?

Nein. Unter der Kapuze runzelte Phoebe die Stirn. Das wäre eine seltsame Stelle – vom ersten Stock aus erreichte man normalerweise weder den Dienstbotentrakt noch den Dachboden. Alle Häuser in Mayfair waren mehrstöckig.

Was für eine Treppe war das jetzt also?

Wohin brachte man sie?

Sie zählte elf Stufen, bis sie ihr Ziel hinter einer niedrigen Tür, unter der sich der Mann bücken musste, erreichten.

»Leg sie aufs Bett.«

Der Mann kam dem Befehl nach, zerrte sie erleichtert von seiner Schulter und warf sie von oben herab auf eine Matratze. Panik bemächtigte sich ihrer. Sie wand sich verzweifelt, rollte herum und tastete mit den Füßen nach der Bettkante.

»He, lass das.«

Der grobe Mann packte ihre Füße, umfasste beide Knöchel mit seiner fleischigen Faust und drückte sie aufs Bett. Vergeblich versuchte sie sich aufzubäumen, doch jetzt wurden auch ihre Füße gefesselt und an irgendwelchen Pfosten festgebunden.

Nahezu bewegungsunfähig lag sie auf dem Bett, ein hilfloses Bündel, konnte sich nicht einmal mehr zur Seite drehen, geschweige denn sich aufsetzen. Sie spürte, dass beide Männer sie prüfend musterten.

»Das wird halten«, hörte sie den Butler, der entgegen dem ersten Anschein kein angenehmer Zeitgenosse zu sein schien, höchst selbstgefällig sagen. »Komm mit«, fuhr er anschließend fort. »Ich werde den Herrn darüber in Kenntnis setzen, dass sie da ist, und du erhältst dann den Rest deines Lohnes.«

Als die Männer den Raum verließen, konzentrierte Phoebe sich erneut auf ihre Umgebung. Ein Schlüssel wurde gedreht, Treppenstufen knarrten, eine Tür fiel leise ins Schloss. Sie lauschte angespannt, hörte aber nichts mehr.

Da lag sie nun gefesselt und geknebelt mit einem dunklen Sack über dem Kopf in einem seltsamen Raum, und niemand wusste, wo sie sich befand. Außer den Schurken, die sie entführt hatten, sowie dem Butler, auf den sie ebenfalls nicht zählen konnte, und dem ominösen Hausherrn, der offenbar hinter dem Ganzen steckte.

Wer mochte er sein?

Der Mittelsmann der Mädchenhändler, der sich an ihr rächen wollte?

Sehr wahrscheinlich, nur was hatte er mit ihr vor? Und

woher wusste er, wer sie war? Sie waren schließlich so vorsichtig gewesen. Ihre Gedanken gingen in viele Richtungen, ohne dass sie eine Antwort auf ihre drängenden Fragen fand.

Deverell würde kommen und sie holen, tröstete sie sich. Er und seine Freunde würden nicht eher ruhen, bis er sie gefunden hatte.

Bloß wie?

Erneut drohte Panik sie zu überwältigen, als ihr einfiel, dass er vielleicht inzwischen mehr wusste. Von Montague, der auf eine Spur gestoßen war. Auf einen Namen.

Dann wäre alles gut und ihre Rettung nah.

Sie war gerade zu diesem beruhigenden Schluss gekommen, als sie Geräusche von jenseits der Tür hörte. Das Knacken der Treppe, den Schlüssel, der sich im Schloss drehte, das Klicken des Riegels ...

Und dann kam jemand herein.

Angst durchströmte sie. Von dieser Person ging etwas Bedrohliches aus – eine Aura der Gefahr, die sie nicht näher zu entschlüsseln vermochte. Sie zwang sich, ganz ruhig liegen zu bleiben.

»Sehr schön. Ich bin froh, dass Sie vernünftig sind, meine Liebe«, sagte der Mann, und eine Hand berührte ihren Schuh.

Sie zuckte zusammen.

»Hysterische Anfälle sind ermüdend. Und ich versichere Ihnen, dass sie in diesem Fall überdies nichts bringen würden.«

Die Stimme klang kalt und barsch, befehlsgewohnt, dabei zugleich kultiviert und gebildet. Ein Angehöriger der Gesellschaft. Von ihrem Stand. Aus ihrer Klasse.

Jung war er nicht, eher im Alter ihres Vaters. Phoebe bemühte sich, so viele Informationen wie möglich über ihn zu sammeln. Vielleicht war ja irgendetwas dabei, das ihr aus ihrer Zwangslage half. Jeder noch so kleine Hinweis könne sich als wichtig erweisen, hatte Deverell gesagt.

Das musste sie beherzigen, daran sich halten.

Und einen kühlen Kopf bewahren.

Der Mann begann wieder zu reden. »Ich möchte Ihnen versichern, meine Liebe, dass ich Ihre Situation vollkommen verstehe. Sie befanden sich offenbar in einer Art Zwickmühle und wählten den einzig möglichen Weg, um wieder herauszukommen. In Ihrer Lage wären wohl viele Damen ihrem Liebhaber – Exliebhaber, nehme ich an – zu Willen gewesen und hätten ihm bei der Entführung der Frauen geholfen, um einen früheren Fehltritt zu vertuschen. Ein Mann wie Deverell würde eine Mesalliance bei einer Frau, um die er sich bemüht, kaum akzeptieren.«

Phoebe verstand überhaupt nichts mehr. Wovon redete dieser Kerl eigentlich? Was faselte er von einem ehemaligen Liebhaber?

Der Mann schien ihre Verwirrung nicht zu bemerken, dozierte herablassend weiter. »Dem verflossenen Galan ein paar hübsche Dienstmädchen auszuliefern ist ein angemessener Preis, wenn man dafür die Viscountess Paignton werden kann. Zumal Deverell außerordentlich wohlhabend ist.«

So langsam begann Phoebe, sich einen Reim auf sein Geschwätz zu machen.

Allem Anschein nach glaubte er, dass sie erpresst worden sei und notgedrungen bei der Entführung geholfen habe. Damit sie sich Deverell angeln und irgendeinen Makel aus der Vergangenheit vertuschen konnte. Wut und Empörung stiegen in ihr auf angesichts dieser ungeheuren Unterstellung und ließen sie für einen Moment sogar alle Furcht vergessen.

Wie konnte er es wagen?!

Sie rief sich zur Ordnung. Nur keine Hektik jetzt, keine überschäumenden Reaktionen. Sie musste kühles Blut bewahren und diese absonderlichen Schlussfolgerungen zu analysieren versuchen, auf jedes Wort achten und jede Nuance hinterfragen. Lediglich wenn sie verstand, um was es ging, würde sie mit Glück ihren Kopf aus der Schlinge ziehen können.

»Das Einzige, was ich von Ihnen hören möchte, ist der Name dieses Mannes, Ihres nicht standesgemäßen, anrüchigen Liebhabers. Konsequenzen haben Sie nicht zu befürchten. Ich verspreche Ihnen sogar, mich darum zu kümmern, dass Sie ihn nie wiedersehen müssen und dass er sie nie mehr belästigen kann.«

Obwohl er ihr scheinbar ein Versprechen gab, klang es eher nach einer Drohung. Einer, die ihr galt und nicht dem ominösen Liebhaber.

»Wenn Sie meinen Wünschen nachkommen, gebe ich Ihnen mein Wort, dass Sie weder von mir noch von meinen Mitarbeitern etwas zu befürchten haben.« Sie spürte, wie er innehielt und sie musterte. »Wenn nicht ... Nun, dann werde ich zu anderen Mitteln greifen müssen. Wäre schade um Sie. Also denken Sie nach und überlegen Sie gut: Ich habe von Ihnen nichts zu befürchten, Sie von mir hingegen eine ganze Menge. Während Sie nichts Konkretes gegen mich in der Hand haben, kann ich Zeugen aufbieten, die Sie mit Mädchenhandel in Verbindung bringen werden. Weil sie Sie gesehen haben. Wollen Sie das wirklich riskieren?«

Stille senkte sich herab. Der Mann schien sich seiner Sache völlig sicher zu sein und wartete auf eine Antwort.

»Also?«, fragte er schließlich ungeduldig nach. Offenbar war er es nicht gewohnt, dass man seine Aufforderungen missachtete.

So ein Idiot! Merkte nicht einmal, dass Phoebe gar nicht sprechen konnte, weil ihr Mund zugebunden war. Sie gab ein krächzendes Geräusch von sich.

»O Verzeihung, meine Liebe. Wie nachlässig von mir«, sagte er jetzt, und seine Schritte verrieten, dass er um das Bett herumkam.

Als sie seine Hände spürte, die an dem Band nestelten, das ihren Mund verschloss, schüttelte es sie innerlich. Dieser Mensch, obwohl sie ihn nicht sehen konnte, war ihr zutiefst zuwider. Doch sie unterdrückte jede Regung, um nichts zu verderben.

Hoffentlich nahm er auch die Kapuze weg, dachte sie, als der Stoffstreifen sich löste. Aber nein, diesen Gefallen tat er ihr nicht. Allerdings sah sie jetzt, wenn sie nach unten schielte, einen schmalen Lichtschein und ein paar schemenhafte Umrisse.

»So, meine Liebe«, sagte er ölig. »Jetzt können Sie sprechen. Wie heißt der Mann?«

Sie leckte sich über ihre ausgetrockneten Lippen, dachte krampfhaft nach. Nicht eine Minute lang glaubte sie seiner Versicherung, dass er ihr nichts antun würde. Doch was sollte sie antworten? Irgendeinen beliebigen Namen nennen und so tun, als gäbe es diesen dubiosen Liebhaber wirklich? Er würde die Täuschung bemerken und seine Wut an ihr auslassen. Oder sie quälen, um ihr die Wahrheit zu entlocken.

Dieser Mann mochte der besseren Gesellschaft angehören – ein Gentleman war er nicht.

Sondern ein Schurke ohne einen Funken Ehre im Leib.

Sie holte tief Luft und merkte, wie ihre rasenden Gedanken langsam Gestalt annahmen.

»Äh, ich muss überlegen …«, sagte sie und fügte schnell hinzu: »Mylord, Sie verstehen sicher, dass ich über meine Lage nachdenken möchte. Das alles ist nicht so einfach und eindeutig, wie Sie annehmen.«

»Ach ja?«

Sein Tonfall war noch kälter als zuvor, unbarmherzig und schneidend, als würde er ihr ein Messer in die Brust stechen. Sie bekam eine Gänsehaut.

Sonst sagte er nichts, marschierte nur am Fußende des Bettes auf und ab. Plötzlich konnte sie ihn sehen, seine massige Gestalt, die kostspielige Kleidung.

In letzter Minute unterdrückte sie einen Aufschrei. Sie kannte diesen Mann, hatte ihn zumindest schon einmal gesehen. Obwohl ihr sein Name nicht einfiel, war er kein Fremder für sie. Allerdings blieb die Erinnerung vorerst vage und ließ sich nicht fassen.

Während er mit gesenktem Kopf und hinter dem Rücken verschränkten Armen auf und ab ging, versuchte sie ihn genauer zu betrachten. Er mochte etwa Mitte fünfzig sein, hatte grauweißes Haar, dessen Farbton an Zinn erinnerte, war mittelgroß und schwer gebaut. Jede seiner Bewegungen zeugte von der steifen, unnahbaren Arroganz, die man so häufig bei Männern seines Alters und seines Standes fand, und in seinen Gesichtszügen spiegelte sich Verärgerung und Unduldsamkeit.

Was sie sah, verriet ihr einiges über seinen Charakter.

Nicht mehr lange, und er würde wütend werden.

Sie räusperte sich. »Ich weiß, dass es eine Zumutung ist, aber ich hätte gerne ein bisschen Zeit, um nach dem Schrecken wieder klar denken zu können. Das alles hat mich sehr mitgenommen, denn Ihre Männer waren nicht gerade zimperlich. Man hat mich einfach auf den Boden der Kutsche geworfen, und von der Schaukelei wurde mir ganz schlecht.« Ihre Stimme bebte und klang tränenerstickt, und das war nicht einmal gespielt.

Ein höhnischer Ausdruck trat auf sein Gesicht. »Na schön, zwei Stunden«, stieß er hervor. »Mehr nicht. So lange erledige ich andere Sachen.« Seine Hand lag schon auf der Türklinke. »Doch dann erwarte ich den Namen zu hören. Keine weiteren Ausflüchte. Und von meiner Seite keine weitere Nachsicht.«

Er legte eine bedeutungsschwere, lange Pause ein. »Und falls Sie mir die Auskunft verweigern, werden Sie leider in eine höchst unangenehme Lage geraten. Ich weiß, wie man junge Frauen wie Sie zur Raison bringt – und wenn sie so hübsch sind wie Sie, macht es sogar Spaß. Es wird mir ein Vergnügen sein. Verstehen wir uns?«

Ohne eine Reaktion abzuwarten, machte er auf dem Absatz kehrt, öffnete die Tür und verließ den Raum.

Erst als Phoebe das Klicken des Schlosses und das Knarren der Treppe hörte, wagte sie wieder zu atmen. Und dankte stumm dem Himmel, dass sie es so weit geschafft hatte.

Aber was nun? Ihr blieben zwei Stunden, bis er zurückkam und den Namen von ihr zu hören verlangte.

Jedenfalls würde sie nicht einfach untätig auf dem Bett liegen und warten, machte sie sich Mut. Alles war besser als das.

Soweit unter der Kapuze möglich, inspizierte sie ihre Fesseln. Weil eine Schnur ihre Arme seitlich am Körper fixierte, konnte sie ihre zusammengebundenen Hände nicht zum Gesicht heben, um die Knoten vielleicht mit den Zähnen zu lösen. Enttäuscht musste sie einsehen, dass sie auf diese Weise nicht freikam.

Als Nächstes versuchte sie es mit dem Sack, in dem ihr Kopf steckte, und schaffte es mit heftigem Winden und Drehen tatsächlich, den rauen Stoff Stück für Stück bis über ihre Augen zu schieben. Erleichtert atmete sie auf, dass sie wieder richtig sehen konnte, und inspizierte sogleich ihre Umgebung.

Der Raum war klein und spärlich eingerichtet, mit dem Nötigsten eben. Kein Luxus, jedoch einigermaßen passabel. Außer dem Bett mit vier Pfosten sah sie zwei Kommoden: eine kleine unmittelbar neben der Tür und eine etwas größere mit Kanne und Waschschüssel an der gegenüberliegenden Wand.

Irgendetwas allerdings war komisch mit dem Zimmer.

Phoebe brauchte eine Weile, bis sie es merkte. Es gab keine Fenster, nicht ein einziges. Nur ein in die Decke eingelassenes Oberlicht.

Viel zu weit oben, um es zu öffnen.

Viel zu hoch, um Hilfe zu rufen.

Selbst wenn sie auf die Kommode kletterte, würde es nicht reichen. Seufzend richtete sie den Blick wieder auf ihre gefesselten Hände. Irgendwie musste sie sich schließlich aus dieser Misere freien. Als sie beinahe schon resigniert hatte und den Kopf hängen ließ, fiel ihr Blick auf ihre Perlenbrosche mit der großen, robusten Nadel.

Das war die Rettung.

Es dauerte keine drei Sekunden, und sie hatte das Schmuckstück vom Kleid gelöst, schob die Nadel zwischen ihre Finger und machte sich daran, die Schnur an den gekreuzten Handgelenken aufzutrennen. Faser für Faser.

Es war ein langer, mühevoller Prozess, aber die Fortschritte waren unverkennbar. Deverell hatte recht gehabt: Man konnte immer selbst etwas tun und sollte nie vorschnell aufgeben.

Hoffentlich kam der Mann nur nicht zu früh zurück.

Es mochte eine Stunde vergangen sein, als die Schnur endlich durchtrennt war. Frei! Sie widerstand dem Drang, laut zu jubeln, legte sich bloß zufrieden zurück und massierte die schmerzenden Handgelenke.

Die restlichen Fesseln zu lösen war ein Kinderspiel, und binnen Minuten saß sie auf der Bettkante, um ihre Muskeln zu strecken und zu dehnen. Dann erhob sie sich, schlich zur Tür und lauschte, ob jemand in der Nähe war.

Nein, niemand da. Falls überhaupt jemand zur Bewachung abgestellt war, dann unten.

Nachdem sie eine Weile herumgegangen war, um ihre Glieder zu lockern, setzte sie sich wieder auf die Bettkante, legte die Hände in den Schoß und zwang sich, den Tatsachen ins Auge zu sehen.

Zwar hatte sie sich von ihren Fesseln befreit und ihre Bewegungsfähigkeit zurückerlangt, aber was nützte ihr das alles, wenn Deverell den Namen des Mittelsmanns nicht wie erhofft heute erfuhr.

Dann wäre sie geliefert. Ausgeliefert.

»Draußen auf der Themse liegt ein Schiff, die *Marie Jeune* aus Den Haag.«

Die Uhr auf dem Kaminsims in der Bibliothek des Bastion Club schlug sechsmal, doch die fünf Männer, die dort zusammensaßen, schenkten dem keine Beachtung. Zu sehr waren sie gebannt von Tristans Ausführungen.

»Gestern wurde die Ladung, Wolle übrigens, gelöscht, und es heißt, sie würden bald neue Fracht an Bord nehmen. Aber diesbezüglich ist nichts registriert oder angekündigt. Niemand hat dieses Schiff angeheuert. Der Kapitän behauptet, sein Makler würde gerade wegen einer neuen Ladung Verhandlungen führen. Unterlagen existieren indes nicht, nicht einmal ein Firmenname wurde genannt. Die Wasserpolizei behält das Schiff deshalb im Auge.«

»Sieht also ganz so aus, als hätten wir das Schiff entdeckt«, meinte Deverell. »Jetzt müssen wir die Schurken nur noch fassen, bevor sie die Mädchen an Bord bringen und mitten in der Nacht den Anker lichten.«

Dalziel richtete sich ein wenig in seinem Sessel auf und zog ein kleines Notizbuch aus der Innentasche seines Gehrocks. »Wie sieht das Schiff aus? Ich will vorsichtshalber eine Nachricht an den Marinekapitän in Fallmouth schicken. Für den Fall, dass sie es trotz aller Vorsichtsmaßnahmen schaffen, heimlich aus London zu entkommen. Es schadet ja nicht, gründlich zu sein und sich nach allen Seiten abzusichern.«

Und damit übertraf Dalziel den Rest der Menschheit bei Weitem, denn niemand konnte es in puncto Gründlichkeit mit ihm aufnehmen. Ein Phänomen, das Deverell immer wieder bei seinem ehemaligen Vorgesetzten bewunderte.

»Charles soll die Nachricht überbringen«, schlug Gervase vor. »Das übernimmt er sicher gerne, weil es ihm das Gefühl gibt, nicht ausgeschlossen zu werden.«

Dalziel neigte zum Zeichen seiner Zustimmung den Kopf. »In der Tat, St. Austell ist der perfekte Überbringer.« Er schaute fragend in die Runde. »Und was haben wir sonst in Erfahrung bringen können?«

Nichts. Das Schiff war und blieb ihr einziger Anhaltspunkt.

»Damit ergibt sich die Notwendigkeit, es anders zu

probieren«, fasste Dalziel zusammen, »und zwar durch Rückverfolgung des Geldes. Wie bereits besprochen, sehe ich hierin eine reelle Chance, den Mittelsmann aufzuspüren. Deverells Anwalt wollte sich ja ohnehin darum kümmern.«

»Gibt es irgendetwas für uns in dieser Richtung zu tun?«, fragte Christian.

»Vorerst nicht«, beschied ihn Dalziel. »Ich würde mich zunächst ganz auf Montague verlassen. Er ist nicht nur außerordentlich beharrlich in solchen Dingen, sondern verfügt außerdem über Kontakte, für die ich meinen rechten Arm hergeben würde.« Er verzog die schmalen Lippen. »Unnötig zu sagen, dass er ebenfalls die Diskretion in Person ist. Vermutlich hätte er sonst diese exzellenten Verbindungen nicht.«

Wohl ein versteckter Hinweis darauf, dass der Anwalt auch über Dalziel selbst Bescheid wusste und seine wahre Identität kannte. Deshalb verbürgte er sich vermutlich so vehement für seine Integrität und Verschwiegenheit, überlegte Deverell.

»Montague wollte heute mit mir über seine Nachforschungen reden. Es gab da Hinweise auf einen Namen … Vielleicht hat er die Sache inzwischen überprüft und kann uns Ross und Reiter nennen. Ich werde ihn später danach fragen, um keine wertvolle Zeit zu verschwenden.«

Alle nickten.

Inzwischen war es fast sechs Uhr dreißig.

Christian erhob sich und holte die Karaffe mit dem Brandy, als an der Tür des Clubs geklopft wurde. Immer wieder. Laut und stürmisch. Kurz darauf drang das Geräusch von Schritten, die eilig die Treppe hinaufpolterten, in die stille Bibliothek.

Die fünf Männer sahen einander besorgt an. Alle setzten sich auf und stellten ihre Gläser ab, den Blick gebannt auf die Tür gerichtet.

Dann stürmten auch schon Fergus und Grainger herein, denen Gasthorpe etwas gemächlicher folgte. Phoebes Kutscher heftete den Blick auf Deverell, wrang dabei seine Mütze in den großen Händen.

»Sie haben sie geschnappt, Mylord ... Dieses Lumpenpack hat Miss Phoebe entführt.«

Deverells Welt geriet aus den Fugen. Eine kalte Faust schien nach seinem Herzen zu greifen und alles Leben herauszuquetschen, dabei nichts als Trostlosigkeit und Verzweiflung hinterlassend. Er stand da wie gelähmt und erstarrt und zugleich erfüllt von dem Drang, loszustürzen und ganz London auf den Kopf zu stellen.

Mühsam machte er einen Schritt nach vorn.

Dalziel, der neben ihm stand, streckte eine Hand aus und hielt ihn zurück. Sein kurzes »Nein« brachte Deverell, der vor Anspannung am ganzen Körper zitterte, zur Besinnung. Bevor er handelte, sollte er wieder einen klaren Kopf bekommen. Das war schließlich immer ihre Maxime gewesen.

»Als Erstes müssen wir uns gründlich informieren, wie diese Entführung genau abgelaufen ist. Wer wann wo aufgetaucht ist und wer was getan hat.« Dalziel wirkte mit seiner unerschütterlichen Ruhe wie ein Fels in der Brandung. »Nur dann können wir effektiv eingreifen.«

Ein logisches Argument, dem nichts entgegenzusetzen war.

Auch Deverell nickte, zwang seinen Verstand, sich auf das Wesentliche zu konzentrieren, doch es fiel ihm sichtlich schwer. Zu groß waren Verzweiflung und Angst. Wie ein gefährlicher Strudel, der ihn verschlang.

Nicht minder schlecht fühlte sich Fergus, der zusammengesunken wie ein Häufchen Elend auf einem Stuhl saß. Ihn plagte das schlechte Gewissen, und er quälte sich mit Selbstvorwürfen.

Warum hatte er nicht besser auf sie aufgepasst?

Warum musste er in die Küche gehen, solange sie noch im Garten war?

Trostlos schaute der große Schotte zu Deverell hinüber. Ihn hatte er ebenfalls enttäuscht, weil er seine Anweisung, Phoebe in seiner Abwesenheit nicht aus den Augen zu lassen, missachtet hatte.

Und nun das!

Deverell, der den gequälten Blick sah, bemühte sich um einen neutralen Tonfall. »Was ist passiert? Fangen Sie da an, wo Sie sie das letzte Mal gesehen haben, aber bitte schnell.«

Fergus nickte und holte tief Luft. »Nun, sie ging im Garten spazieren, wie sie das immer in der Zeit tut, wenn Miss Audrey und Mrs. Edith sich im Salon ausruhen.«

Christian beugte sich vor. »Sie unternimmt also diesen Spaziergang jeden Tag zur gleichen Zeit?«

»Aye.«

»Der Garten ist von einer Mauer umgeben und nicht so ohne Weiteres zugänglich«, warf Deverell ein, bevor er Fergus zum Weitererzählen aufforderte.

»Ja, dann kam Milligan, unsere Haushälterin, an die Hintertür und rief Miss Phoebe zu, dass der Tee serviert sei. Da befand sie sich gerade im hinteren Teil des Gartens. Sie sagte, sie würde kommen, und ging Richtung Haus. Ich dachte, jetzt kann nichts mehr passieren, und bin zu Milligan in die Küche.« Man sah Fergus an, dass er am Boden zerstört war. »Sie war fast schon da, keine zwanzig Meter mehr ... Außerdem hatte ich die Gartenpforte extra eigenhändig zugesperrt. Wie sollte ich ahnen, dass sie trotzdem geschnappt wird?«

»War die Pforte danach noch immer verschlossen?«

»Nein.« Grainger war neben Fergus getreten. »Als wir nach ihrem Verschwinden nachschauten, stellten wir fest, dass der Schlüssel steckte und das Tor bloß ins Schloss gezogen war.«

»Und keiner hat irgendetwas gehört?«, fragte Tristan.

Fergus schüttelte den Kopf. »Und auch nichts gesehen. Wir haben alle im Haus gefragt.«

»Sie muss selbst die Pforte geöffnet haben.« Deverell zog die Augenbrauen zusammen. »Warum nur? Sie wusste schließlich, dass sie in Gefahr schwebte.«

Nach einem Moment beantwortete er seine Frage selbst: »Jemand hat sie offenbar mit etwas nach draußen gelockt, was sie für ungefährlich hielt. Anders kann es gar nicht gewesen sein.«

Dalziel, der gedankenverloren zur Decke hinaufgeblickt hatte, wandte sich jetzt an Fergus. »Wie viel Zeit verging, ehe ihr Verschwinden bemerkt wurde?«

»Ich denke, eine halbe Stunde oder so. Wir dachten, sie sei bei Mrs. Edith und Miss Audrey – bis das Hausmädchen nach unten kam und uns fragte, wo denn Miss Phoebe bleibe. Ihr Tee werde ganz kalt.«

»Insgesamt dürfte sie also inzwischen eine Stunde weg sein, vielleicht ein bisschen mehr«, rechnete Dalziel nach und schaute auf seine Uhr.

Deverell wollte sich gerade dazu äußern, als es erneut an der Haustür klopfte. Diesmal allerdings diskret und leise. Dann vernahmen sie murmelnde Stimmen und das Geräusch fester Schritte auf der Treppe.

»Meine Herren.« Der Majordomus öffnete die Tür und geleitete einen Gast in die Bibliothek.

Montague – kein anderer war es – ließ seinen Blick prüfend über die Anwesenden gleiten. Die meisten kannte er nicht, doch als er Dalziel entdeckte, flatterten seine Lider für den Bruchteil einer Sekunde. Schnell fing er sich wieder und wandte sich Deverell zu.

»Ich hoffe, ich habe keinen ungünstigen Zeitpunkt erwischt, Mylord.«

»Überhaupt nicht.« Deverell spürte Hoffnung in sich aufsteigen und bat den Anwalt mit einer Handbewegung, sich zu setzen. »Sie haben einen Namen herausgefunden?«

Montague, der ungewöhnlich ernst aussah, setzte sich. »Ja, das habe ich in der Tat.« Erneut schaute er in die Runde. »Was ich zu berichten habe, ist allerdings sehr heikel.«

»Unter den gegebenen Umständen bitte ich Sie, ganz offen vor allen Anwesenden zu sprechen. Miss Malleson ist vor einer Stunde entführt worden, und wir dürfen keine Zeit verlieren. Deshalb sollten Sie uns schnellstmöglich die Identität des Mannes enthüllen.«

Man sah Montague, sonst die Beherrschung selbst, den Schock an.

»In dem Fall …« Er hielt inne und holte tief Luft. »Es gibt lediglich zwei Konten in der ganzen Stadt, auf die nach dem Verschwinden eines Mädchens beträchtliche Summen eingezahlt wurden.«

Als Deverell ihn unterbrechen wollte, um gleich nach den Namen zu fragen, hob Montague eine Hand.

»Sie sollten sich das erst anhören, damit Sie die Relevanz meiner Schlussfolgerungen beurteilen können.«

Obwohl er nicht begriff, was der Anwalt meinte, neigte Deverell zustimmend den Kopf.

»Zum einen haben wir da ein Anlagenkonto, das einem Mr. Thomas Glendower gehört, einem jungen Mann aus guter Familie mit Geschick in Finanzdingen. Allerdings sind hier die Einzahlungen nicht ganz so regelmäßig und eindeutig mit den Mädchen in Verbindung zu bringen wie bei dem zweiten Konto.«

»Und das gehört wem?«, fragte diesmal Dalziel.

Montague sah ihn an. »Henry Hubert Lowther. Lord Lowther, dem Lordrichter.«

Erstauntes Schweigen breitete sich im Raum aus, ehe Christian das Wort ergriff. »Jetzt verstehe ich, warum Sie gezögert haben, uns den Namen zu nennen.«

»Und warum Sie wollten, dass wir uns alles anhören«, ergänzte Dalziel.

»Richtig.« Montagues Lippen wurden ganz schmal. »Aber da ist noch mehr.«

Dalziel unterbrach ihn. »Weiß irgendwer, wo Lowther wohnt?«

Nein, niemand wusste es, und so schickte Deverell Grainger los. »Geh zu Gasthorpe und frag ihn.«

Mit großen Augen eilte der junge Bursche davon, während alle anderen gespannt Montague anschauten.

»Mag Lowther sein, wer er will – den Tatsachen kann man sich nicht verschließen und sie auch nicht umdeuten. Ich habe mich selbst mit der Sache befasst und Einblick in die Unterlagen der Konten genommen. Was natürlich im höchsten Maße unkorrekt ist, doch ich vertraue darauf, dass Sie darüber hinwegsehen. Jedenfalls fand ich heraus, dass Lowther immer, wenn eines dieser Mädchen verschwand, zweihundertfünfzig Pfund auf sein Konto einzahlte. Ausnahmslos. Zur Sicherheit habe ich seine Einnahmen aus Grundbesitz überprüft, aber die sind erbärmlich niedrig und stehen in keiner Relation zu den anderen Geldbewegungen. Es heißt, er sammle wertvolle Pistolen, für die er jeden Preis zu zahlen bereit sei.«

»Haben Sie uns nicht gerade erklärt, dass er bloß über ein geringes Einkommen verfügt?«, wandte Gervase ein.

»Genau.« Montagues Augen funkelten. »Deshalb fing ich an, tiefer zu graben, um sicherzugehen, dass mir nichts entgangen ist, und fand heraus, dass Seine Lordschaft sich seit über einem Jahr bereits am Rand des finanziellen Abgrunds bewegt. Es sind die Pistolen, die ihn ruinieren ... Er hat einfach zu viele davon gekauft und brauchte dringend eine zusätzliche Einnahmequelle. Zuvor vergriff er sich offenbar bereits an den Konten seines Mündels. Allerdings in kleinerem Umfang.«

»Vermutlich weil er rechtzeitig eine lukrativere Einnahmequelle fand«, meinte Tristan.

Deverell ließ sich Montagues Informationen durch den Kopf gehen. »Letztlich laufen Ihre Nachforschungen darauf hinaus, dass Lowther ohne das Geld der Mädchenhändler bankrott wäre.«

Montague nickte. »Das ist exakt der Punkt.«

Alle wussten, was ein Bankrott für einen Mann von Lowthers gesellschaftlicher Stellung bedeutete. Dalziel fasste es in Worte. »Das wäre das Ende. Eine ausweglose Situation.«

»Wo wohnt Lowther?«, fragte Deverell mit solcher Heftigkeit, dass Dalziel ihn zurückhielt.

»Moment. Wir sollten Mr. Montague erst mit unserem aufrichtigen Dank verabschieden, bevor wir Pläne schmieden.« Er schaute Deverell tadelnd an. »Es ziemt sich nicht, seine Zeit unnötig zu verschwenden und ihn mit Dingen zu belasten, die er gar nicht hören möchte.«

Kurz suchte Montague Dalziels Blick. »Sehr richtig. Ich

überlasse die Herren dann dem, was getan werden muss«, sagte er verbindlich und empfahl sich.

Den Worten haftete etwas Endgültiges an.

Inzwischen war Grainger zurückgekehrt und hatte sich von Gasthorpe die Adresse geben lassen. »Arlington Street 21«, sprudelte er heraus.

Kaum hatten er und Fergus den Raum verlassen, wandte Deverell sich an Dalziel. »Sind Sie nach wie vor unser Kommandant?«

Der andere richtete sich zu seiner vollen Größe auf und lächelte. Unermesslich gefährlich, unermesslich skrupellos, unermesslich erbarmungslos.

»Bei so einer Jagd?« Die Frage schwebte einen Herzschlag lang im Raum. »Auf jeden Fall.«

Obwohl Deverell Lowther gerne eigenhändig zur Strecke gebracht hätte, ließ er Dalziel den Vortritt. Einen Lordrichter auszuhebeln war schließlich keine Kleinigkeit und erforderte Beharrungsvermögen. Nein, es war in Ordnung, wenn Dalziel die Operation leitete.

»Also, wie gehen wir das jetzt an?«, fragte er ihn.

Sie fühlte sich innerlich fast ruhig.

Phoebe lehnte neben der Tür an der Wand und umklammerte den schweren Nachttopf, den sie unter dem Bett gefunden hatte, mit beiden Händen. Von hier aus würde ihr nichts entgehen, was auf der Treppe oder im Gang passierte.

Bald würde der Mann zurückkommen und ihre Antwort einfordern.

Er würde sie erhalten in Gestalt eines weißen Porzellantopfs, den sie ihm um die Ohren hauen wollte. Eine wirkungsvollere Waffe hatte sie nicht entdecken können.

Sie baute darauf, ihn auf diese Weise wenigstens für kurze Zeit außer Gefecht zu setzen. So lange zumindest, dass sie aus dem Zimmer fliehen und die Treppe hinunterstürmen konnte. Vielleicht schaffte sie es ja sogar, die Tür zum ersten Stock hinter sich abzuschließen und den Haupteingang zu erreichen. Der Rest wäre dann einfach.

Als sie nach oben schaute, stellte sie fest, dass es bereits dämmerte. Der Abend brach an, und bald würde ihre Schonfrist um sein und die Stunde der Wahrheit anbrechen.

Widerstand zu leisten war zwar riskant, aber ihr blieb keine andere Wahl. Davon war sie felsenfest überzeugt. Egal was dieser Mann ihr versprechen mochte, ihm durfte sie nicht trauen. Und selbst wenn sie ihm einen Namen nannte, würde er sie nicht verschonen, sondern sie den Mädchenhändlern übergeben.

Wie sollte Deverell sie dann finden?

Gar nicht oder erst zu spät.

Sie durfte nicht daran denken.

Noch etwas anderes belastete sie: dass ausgerechnet in dem Moment, als sie sich zu einem Leben an Deverells Seite entschlossen hatte, all ihre Pläne und Hoffnungen wie Seifenblasen zu platzen schienen.

Das war nicht gerecht.

Das durfte sie nicht hinnehmen.

Nein, sie würde sich von diesem Schurken nicht daran hindern lassen, Deverells Frau zu werden. Schließlich waren sie füreinander bestimmt, und daran würde keine Macht der Welt etwas ändern. Da stimmte er ihr sicherlich zu.

Phoebe wunderte sich über sich selbst. Fragte sich, woher sie in einer solchen Situation die dreiste Entschlossenheit nahm, dem Schicksal die Stirn zu bieten. Wirklich erstaunlich, welche Kräfte man mobilisieren und die Angst überwinden oder zumindest vergessen konnte.

Natürlich hatten sie die letzten Wochen stark gemacht, in denen sie durch Deverell lernte, sich nicht länger als Opfer zu fühlen, sondern zu kämpfen und an den Erfolg zu glauben.

Und an das Gute im Menschen.

Der Mann, mit dem sie es jetzt zu tun hatte, war allerdings schlecht und abgrundtief böse. Selbst wenn ihr Anschlag mit dem Nachttopf gelang, war die Gefahr noch längst nicht gebannt. Ohne Hilfe vermochte sie nicht allzu viel ausrichten.

Phoebe tat einen Schwur. Sollte sie heil aus dieser Situation herauskommen, würde sie sich überwinden und Deverell auf eine Heirat ansprechen.

Oder sollte sie sagen, ihn um seine Hand bitten?

Geräusche hinter der Tür rissen sie aus ihren Gedanken. Es war das Übliche: die Treppe, der Schlüssel, der Riegel, die Tür.

Leise nahm sie ihre Position hinter der Tür ein, hob den Nachttopf hoch über ihren Kopf und ließ die Arme nach unten sausen, sobald sie zinngraues Haar sah. Doch der Mann nahm die Bewegung im letzten Moment aus dem Augenwinkel wahr und duckte sich schnell weg. Statt seinen Scheitel zu erwischen, traf sie ihn lediglich seitlich am Kopf. Dann entglitt der Topf ihren Händen, krachte zu Boden und zersprang in tausend Stücke.

Er taumelte, und sein Gesicht verzog sich zu einer wütenden Fratze. Knurrend drehte er sich zu ihr um, packte ihre Handgelenke.

Deverells Ermahnungen fielen ihr ein.

Sie riss die Arme erst hoch und dann zur Seite und lockerte so seinen Griff. Nutzte seine Verwirrung, um ihm ihr Knie in den Körper zu rammen. Wo sie ihn getroffen hatte, merkte sie nicht.

Sein Gesicht lief jedenfalls violett an. Er stieß ein bösartiges Zischen aus und packte ihre Schultern, versuchte sie zu schütteln, aber beide gerieten sie aus dem Gleichgewicht, rangen miteinander und drohten zu Boden zu stürzen.

Da holte Phoebe mit ihrer Stirn zum Schlag aus und traf ihn mit großer Heftigkeit am Kopf. Sein Geheul war Musik in ihren Ohren, doch seine Finger bohrten sich tiefer in ihre Schultern.

Sie fluchte, schaute nach unten und suchte nach seinem Fuß, um ihm mit dem Absatz auf den Spann zu treten.

»Mylord! Mylord! Schnell, kommen Sie rasch nach unten!« Aufgeregt und atemlos ertönte die Stimme des Butlers vom Fuß der Treppe. »Da unten sind drei Gentlemen, die Sie wegen einer dringenden Sache zu sprechen wünschen. Sie lassen sich nicht abwimmeln.«

Phoebe sog Luft in ihre Lunge, und schrie los.

Ihr Gegner packte sie und schleuderte sie so heftig durch den Raum, dass sie gegen die Wand schlitterte und erst in letzter Sekunde ihren Kopf mit den Händen schützen konnte.

Mit zitternden Händen strich ihr Angreifer seine Jacke glatt und musterte sie rachsüchtig mit seinen kalten grauen Augen.

»Mit Ihnen befasse ich mich später.« Seine Stimme war nur noch ein Krächzen. »Und anschließend können die Mädchenhändler Sie haben!«

Die letzten Worte spie er ihr fast entgegen, verließ den Raum und sperrte von außen zu. Phoebe rappelte sich auf, rannte zur Tür und trommelte mit den Fäusten gegen das Holz.

»Deverell! Ich bin hier!«

Es konnte doch nur er sein, der unten wartete.

Er und seine Freunde, die zu ihrer Rettung herbeigeeilt waren.

Sie hielt inne, um Luft zu holen, lauschte und stellte fest, dass jedes Geräusch verstummt war. Weder Stimmen noch Schritte ließen sich vernehmen. Niemand war da, der sie hören konnte.

Es hatte keinen Sinn zu schreien – die Anstrengung sollte sie sich lieber sparen. Sie presste die Lippen aufeinander und setzte sich aufs Bett, trat mit dem Fuß eine Scherbe weg.

Und wenn es nicht Deverell war?

In diesem Fall würde dieser bösartige Mann bald zurück sein und dann Gnade ihr Gott. Ihr wurde ganz schlecht bei dem Gedanken, was er mit ihr anstellen würde.

Wichtiger war allerdings die Frage, was *sie* tun würde.

22

Verborgen in den Schatten von Lowthers Salon, sah Deverell durch die angelehnte Tür Dalziel, Christian und Tristan, die auf das Erscheinen Seiner Lordschaft warteten.

Der Butler, der ihnen die Haustür geöffnet hatte, schien zwar nicht erfreut über das Auftauchen dreier unbekannter Gentlemen, doch es war ihm keine andere Wahl geblieben, als sie hereinzubitten.

Ganz wie es sich für das Haus eines Lords geziemte und in diesen Kreisen den Gepflogenheiten entsprach. Allerdings hatte der gute Mann den drohenden Tonfall kaum überhören können, mit dem Dalziel ihm befahl, unverzüglich den Lordrichter über den Besuch zu informieren.

Nach einem letzten misstrauischen Blick auf den Respekt gebietenden Dalziel bequemte er sich endlich die Treppe hinauf, und Tristan konnte den Rest ihrer Gruppe, Deverell und Gervase, hereinlassen. Ohne jedes Geräusch verschwanden sie sogleich wie Geister im dunklen Salon und bezogen dort Posten.

Sie hatten bei der Planung der Operation die Aufgaben verteilt, und ihre würde darin bestehen, das Haus nach Phoebe zu durchsuchen und sie zu befreien, während es den anderen dreien zufiel, Lowther abzulenken.

Was insbesondere Dalziel mit Vergnügen übernehmen würde.

Mehr als zwei Stunden waren inzwischen seit Phoebes verhängnisvollem Spaziergang durch Ediths Garten und ihrer Entführung vergangen. Vermutlich wurde sie irgendwo im Haus festgehalten, so die einhellige Meinung der Freunde. Nach allem, was sie von Montague wussten, fühlte sich Lowther so sicher, dass er besondere Vorsichtsmaßnahmen wie ein außerhalb gelegenes Versteck gar nicht in Betracht zog.

Nein, das hier war sein Rückzugsort, seine Festung, und hier würde er sich auch Phoebe vorknöpfen.

Um herauszufinden, inwieweit sie in das Verschwinden der Mädchen verwickelt war.

Sie konnten nur hoffen, dass er nicht bereits damit angefangen hatte, mussten sich aber zumindest noch in Geduld fassen, bis der Butler zurückkehrte. Was verständlicherweise insbesondere Deverell schwerfiel. Seit er die Schreckensnachricht erhalten hatte, konnte er an nichts anderes denken als daran, was diese Verbrecherbande mit Phoebe anstellen mochte, um sie zum Reden zu bringen.

Das Wissen, wer hinter dem Ganzen steckte, machte die Sache nicht einfacher. Im Gegenteil. Es stand zu befürchten, dass der Lordrichter gefährlicher war als seine Helfershelfer.

Einfach weil er mehr zu verlieren hatte.

Wie mochte Phoebe mit dieser Situation umgehen?

Obwohl inzwischen um einiges erfahrener und selbstbewusster und weniger anfällig für Panikattacken, befand sie sich in einer Lage, die selbst einen gestandenen Mann überfordern konnte. Da halfen auch die Hinweise zur Selbstverteidigung kaum weiter, denn das hier war kein Sandkastenmanöver, sondern eine sehr reale Bedrohung, eine Gefahr für Leib und Leben.

Dagegen dürfte die alte Geschichte ein Kinderspiel gewesen sein.

Deverell konnte nur hoffen, dass Phoebe nicht die Nerven verlor und einen einigermaßen kühlen Kopf behielt. Um sich wenigstens über die Zeit hinwegzuretten, bis sie sie fanden und sie befreiten.

Wenngleich er sich mit dem Gedanken tröstete, dass sie zum Glück rechtzeitig gekommen waren, traf ihn die Vorstellung, was sie gerade durchmachte, bis ins Herz. Und es kam ihn hart an, untätig in diesem dunklen Salon zu warten. Lieber wäre er vorgeprescht, um sie zu suchen. Er wollte sie in Sicherheit wissen.

Weil sie alles für ihn war.

Der Dreh- und Angelpunkt seines Lebens.

Eine überraschende Erkenntnis für einen Mann, der sich bislang gern als den Nabel ihrer Welt betrachtet hatte. Als das Zentrum, um das sich alles drehte. Nun verhielt es sich genau andersherum.

Ohne sie wäre er verloren.

Sobald das hier vorbei war, würde er sie bitten, seine Frau zu werden. Das schwor er sich. Keine weiteren Verzögerungen, keine neuen Ausflüchte. Er würde einfach darauf beharren und hoffen, dass sie das Offensichtliche endlich selbst erkannte. Sie gehörten zusammen nicht nur für eine vorübergehende Liaison, eine flüchtige Bettgeschichte, sondern für immer und ewig.

Für ein ganzes Leben.

Schritte kamen die Treppe herunter, die Hast verrieten. Mehr als nur ein Mann. Also hatte der Butler den Hausherrn aufgetrieben. Deverell war erleichtert, dass Lowther sich nicht hatte verleugnen lassen, um womöglich Phoebe wegzuschaffen.

»Dalziel, Sie?« Lowther klang sichtlich irritiert. »Was hat das zu bedeuten?«

Nach einem kleinen Moment absichtsvollen Zögerns antwortete Dalziel kühl: »Verzeihen Sie, dass ich Sie gestört habe, Mylord. Hoffentlich nicht bei etwas Wichtigem oder einem kleinen Nickerchen.« Erneut legte er eine kurze bedeutungsvolle Pause ein, um den Lordrichter weiter zu verunsichern. »Sie scheinen da etwas am Kopf abbekommen zu haben.«

»Wie? Ach das. Das ist nichts … Ich habe mich bloß an einer Kommode gestoßen. Ziemlich ungeschickt, aber harmlos.« Lowther atmete tief durch. »So, und jetzt wüsste ich gerne, was Sie in mein Haus geführt hat?«

»Nun, es handelt sich um eine dringende juristische Angelegenheit, in der ich Sie konsultieren muss. Sie kennen Dearne und Trentham?«

»Ja, natürlich.« Lowther hüstelte gekünstelt. »Wenn Sie mir bitte in mein Arbeitszimmer folgen wollen?«

Während die vier Männer die Halle durchquerten, grinste Gervase im Salon Deverell an.

»Nickerchen«, flüsterte er.

Mit versteinertem Gesicht deutete Deverell zur Decke. Sofern er Dalziels Worte richtig deutete, wies Lowthers derangiertes Aussehen darauf hin, dass er eine handgreifliche Auseinandersetzung hinter sich hatte. Irgendwo da oben.

Mit Phoebe, mit wem sonst?

Sie warteten noch einen Moment, ehe sie vorsichtig nach draußen spähten.

Lowther war mit seinen Besuchern inzwischen im Arbeitszimmer am Ende des Ganges verschwunden, nur der Butler, ein großer, ernst blickender Mann, stand unschlüssig vor der verschlossenen Tür. Während Deverell ihn beobachtete, verzog er das Gesicht und verschwand schließlich durch zwei Schwingtüren, die in den hinteren Teil des Hauses führten.

Sobald die Luft rein war, schlichen sich die beiden Freunde leise durch die Halle zur Treppe, stiegen lautlos hinauf. Deverell voran, Gervase dicht hinter ihm. Auf dem oberen Treppenabsatz blieben sie stehen, schauten sich um, lauschten und überzeugten sich davon, dass keine Bediensteten in der Nähe waren. Sie nickten einander kurz zu und trennten sich.

Schnell, gründlich, systematisch und in völliger Stille durchsuchten sie den ersten Stock.

Als sie nichts entdeckten, nahmen sie sich den zweiten vor und danach die Dachkammern, wobei sie jetzt vorsichtiger sein mussten, falls sich irgendwelche Angestellten auf ihren Zimmern aufhielten.

Sie fanden nichts und niemanden.

Unschlüssig blieben sie auf dem schmalen Flur des Dachbodens stehen. Auf ihren Gesichtern spiegelte sich Ratlosigkeit.

»Wir haben etwas übersehen«, flüsterte Deverell.

Gervase nickte. »Keine Zeichen eines Kampfes. Nicht einmal ein zerwühltes Bett. Aber irgendetwas muss passiert sein, dass Lowther derangiert wirkte. Sonst hätte Dalziel es nie und nimmer erwähnt – und Lowther nicht so um den heißen Brei herumgeredet.«

Keine Spur von Phoebe. Die Kälte in seinem Innern breitete sich aus. Seine Brust war so zugeschnürt, dass er kaum atmen konnte. Irgendwo musste sie doch sein. Erneut begann er die Türen zu beiden Seiten des Flurs zu untersuchen.

»Wir müssen noch einmal nachschauen, uns diesmal weniger auf das Offensichtliche beschränken. Stattdessen auf mögliche Verstecke achten. Geheimtüren und so.«

Beinahe Zentimeter für Zentimeter nahmen sie sich die Räume vor. Einer klopfte an die Wand, und der andere überprüfte nebenan, ob sie vielleicht hohl war und Platz für ein enges Verließ bot.

Trotz aller Gründlichkeit gingen sie zügig vor – schließlich wussten sie nicht, wie viel Zeit ihnen blieb. Wie lange Dalziel den Lordrichter aufhalten konnte.

Nichts, weder auf dem Dachboden noch im zweiten Stock. Bloß ein paar dunkle Kammern, in denen Regale standen. Es war entmutigend.

Obwohl sie sich von einer neuerlichen Durchsuchung der ersten Etage nichts versprachen, wollten sie nichts unversucht lassen und nahmen sich auch diese Räume erneut vor. Wie erwartet fanden sie nichts und waren bereits auf dem Weg nach unten, als sie frustriert an der Haupttreppe stehen blieben und sich umschauten.

»Das ist verrückt.« Deverell fuhr sich mit einer Hand durch die Haare. »Sie muss irgendwo sein.«

Gervase verzog das Gesicht. »Und wenn wir uns irren, und sie haben sie nicht ins Haus gebracht?«

An diese Möglichkeit mochte Deverell nicht einmal denken. Das wäre zu schrecklich, weil es die Chance, sie schnell zu entdecken, dramatisch verminderte oder gar unmöglich machte.

In seinem Innern tobte ein Aufruhr, wie er ihn nicht einmal aus Kriegszeiten kannte. Er hatte dem Tod ins Auge gesehen, doch jetzt ging es um Phoebes Leben.

Trostlosigkeit und Verzweiflung drohten ihn zu verschlingen. Er ballte die Fäuste, um nicht laut zu schreien.

»Lass es uns mit dem Butler versuchen«, stieß er zwischen zusammengepressten Lippen hervor. »Vielleicht könne wir den Mann ja zum Reden bewegen, auch wenn er mit drinsteckt.«

Als er einen Schritt vortrat, knirschte es unter seinem Fuß. Er sah nach unten und hockte sich hin, nahm eine Scherbe vom Boden und hielt sie dem Freund vor die Augen.

»Seltsam.« Gervase sah nach links und nach rechts. »Eigentlich schaut es ansonsten hier sehr sauber aus. Frisch geputzt und gefegt.«

Deverell musterte den Freund nachdenklich. »Wenn Lowther sich nun gar nicht den Kopf angeschlagen hat, sondern ihm ein Schlag versetzt worden ist?«

»Bliebe nur die Frage, wo.« Gervase senkte den Blick und betrachtete angelegentlich den Boden. »Ist das noch ein Splitter? Da, neben den Türen.«

Sofort bückte Deverell sich, griff nach dem kleinen weißen Porzellanstück, um es zu untersuchen, und in diesem Moment fiel ihm etwas auf.

Eine kleine, schmale Tür, kaum zu erkennen und auf den ersten Blick im Muster der Tapete nahezu unsichtbar. War es das, was sie suchten?

»Könnte ein Wandschrank sein.« Deverell zog am Griff. »Abgeschlossen.«

»Warum sollte man einen normalen Schrank abschließen?«

»Genau.«

Deverell holte aus seiner Tasche eine kleine Feile hervor, um im Handumdrehen die Tür zu öffnen.

Ein Schrank. Mit Regalen voller Tücher und Bettwäsche. Die beiden Männer nahmen ihn sich von allen Seiten vor: den oberen Bereich ebenso wie die Seitenwände und den Boden.

»Da ist eine Geheimtür«, sagte Gervase plötzlich.

Deverell war wie elektrisiert. Nach so etwas hatten sie Ausschau gehalten. Das war's.

»Bestimmt befindet sich dahinter eine ebenfalls geheime Treppe, die in einen sehr geheimen Raum führt«, sagte Deverell aufgeregt. »Jetzt müssen wir nur noch den Hebel entdecken, mit dem sich die Tür öffnen lässt.«

Wäschestücke flogen in alle Richtungen, und bald schon wurden sie fündig.

»Hab ihn«, sagte Gervase triumphierend und machte sich an dem Mechanismus zu schaffen. Nicht lange, und die Rückwand des Schranks teilte sich in der Mitte und gab den Blick frei auf eine dunkle, sehr steile und schmale Treppe, die nach oben führte und an einer weiteren Tür endete.

»Gott sei Dank«, raunte Deverell leise, woraufhin Gervase stumm seinen Arm tätschelte und jedes verdächtige Geräusch zu vermeiden suchte. Schließlich wussten sie ja nicht, ob irgendwelche Wachen in der Nähe waren.

Sekunden später schlich Deverell leise die Treppe hoch, während Gervase unten zurückblieb, um ihm den Rücken zu decken.

Phoebe stand wieder an der Wand neben der Tür, allerdings an der anderen Seite diesmal. Vielleicht konnte sie den widerlichen Mann ja täuschen, der sie mit Sicherheit nicht an dieser Stelle erwartete. Ein Gefallen, den sie ihm nicht tun würde, weil sie damit Gefahr lief, die Tür an den Kopf zu bekommen.

Sie drückte sich an die Wand und versuchte nicht daran zu denken, was sie vorhatte. Aber ihr blieb keine andere Wahl, als sich zu wehren. So einfach ließ sie sich nicht zum Opfer machen.

Ihr Blick wanderte zu den Porzellanscherben, die neben der Kommode auf dem Boden lagen. Auf ihrer Suche nach einer passenden Waffe hatte sie Waschschüssel wie Wasserkrug zerschlagen und umklammerte jetzt mit der rechten Hand eine lange, dünne Scherbe, die wie ein Messer oder ein Dolch aussah. Den unteren Teil umhüllte schützend das Seil, mit dem sie gefesselt gewesen war, sodass er eine Art Griff bildete. Die Spitze hingegen war eindeutig scharf genug, um jemanden zu verletzen.

Aber würde es reichen, um einen Angreifer auf Dauer auszuschalten?

Bald würde sie wissen.

Als die Treppe knackte, hielt sie die Luft an. Wartete.

Doch er wartete ebenfalls, bewegte sich sogar mit größerer Vorsicht als zuvor.

Sie würde nur eine einzige Chance bekommen, und zwar in dem Moment, wenn er zur Tür hereinkam. Sie durfte nicht zögern, durfte nicht versagen. Ihre und Deverells Zukunft hing davon ab.

Das Schloss knarrte.

Sie atmete mehrmals tief durch, umklammerte ihre Scherbe und spannte sich an. Die Tür flog mit voller Wucht auf, knallte gegen die Wand.

Ein Mann trat in den Raum.

Wie gut, dass sie nicht hinter der Tür gewartet hatte, dachte sie und holte mit geschlossenen Augen aus, legte alle Kraft in den Hieb.

Einen Wimpernschlag vor seiner Brust griff Deverell nach ihrem Handgelenk und drückte den improvisierten Dolch aus der Gefahrenzone.

Keuchend wehrte sie sich gegen den Griff.

»Phoebe.«

Sie riss die Augen auf und hob den Blick, starrte ihn einen Moment lang nur an. Dann entglitt der Dolch ihren Fingern, alle Kampfbereitschaft schwand, und sie warf sich in seine Arme.

»Ach, dem Himmel sei Dank, du bist es!«

Sie klammerte sich an ihn, umarmte ihn und umfasste sein Gesicht mit beiden Händen. »Wie hast du mich gefunden? Dieser Mann, der …« Sie verstummte, als Gervase den Kopf zur Tür hereinstreckte.

»Ich sage den anderen Bescheid, dass alles in bester Ordnung ist«, meinte er breit grinsend, bevor er wieder verschwand.«

Unfähig zu sprechen, nickte Deverell bloß, und eine unvorstellbare Erleichterung durchströmte ihn. Da war sie, offenbar heil und unversehrt.

Er wandte sich ihr zu, betrachtete ihr Gesicht, ihre Augen, die hell und ungetrübt schimmerten, um sie anschließend in seine Arme zu reißen und an sich zu drücken, bis sie leise stöhnte.

Doch er hielt sie noch immer, mochte sie nicht freigeben nach diesen schrecklichen Stunden, in denen er vor Sorge um sie bald verrückt geworden wäre. Erst als sie heftig protestierte, lockerte er seinen Griff und hielt sie auf Armeslänge von sich.

Ihr Nachmittagskleid aus grünem Batist war völlig zerknittert, und ihre Frisur wirkte unordentlich. Zahlreiche Strähnen hatten sich aus ihrem Knoten gelöst und hingen ihr wirr ums Gesicht. Doch das war es auch schon.

Kein Hinweis darauf, dass man ihr Schlimmes angetan hatte.

Deverell konnte beruhigt aufatmen. Sie wirkte erstaunlich gefasst, überhaupt nicht panisch und beinahe kämpferisch, wie ihm das rebellische Leuchten in ihren violetten Augen verriet.

Und dabei hatte er sich bereits Gott weiß was ausgemalt!

Ungestüm packte er ihre Schultern. »Ist wirklich alles in Ordnung bei dir?«

»Ja.«

Sie nickte energisch, und auf ihr Gesicht trat ein spitzbübisches Grinsen. »Ich habe versucht, ihn mit dem Nachttopf niederzuschlagen – leider duckte er sich weg, und der Topf zerbrach. Dann wollte er mich an den Handgelenken festhalten, aber der Trick, den du mir gezeigt hast, funktionierte. Er war völlig überrascht. Nicht ganz so gut lief das mit dem Knie, weil ich ihn nicht voll erwischte. Und dann …«

Nachdenklich schaute sie ihn an. »An mehr erinnere ich mich nicht. Irgendwann rief ihn sein Butler, und er schleuderte mich zu Boden … Vermutlich warst du inzwischen eingetroffen.«

Sie redete sich regelrecht in Begeisterung, und unwillkürlich musste Deverell lächeln. Seine Phoebe. Er war ehrlich stolz auf sie und bewunderte ihren Mut.

Dann fand ihr Blick den seinen. Nach einer Weile legte sie den Kopf auf die Seite und meinte: »Ich habe ihn vielleicht nicht überwältigen können, doch die Sachen, die du mir gezeigt hast, waren trotzdem hilfreich. Zumindest ist mir nichts Ernstliches passiert. Und jetzt hast du mich gerettet, deshalb …«

»Deshalb ist jetzt alles gut«, hatte er zu hören erwartet, doch die Pause zog sich in die Länge, und ihre Miene wurde ernst. Schließlich gab sie sich einen Ruck und schob das Kinn vor.

»Sobald das hier vorbei ist, müssen wir bei der ersten Gelegenheit, die sich bietet, unter vier Augen miteinander reden.«

Reden? Natürlich, das wollte er auch. Aber dachten sie in diesem Moment an das Gleiche? Ihn irritierte diese merkwürdige Entschlossenheit, die sie mit einem Mal ausstrahlte.

Während er noch über ihre Beweggründe nachdachte, wechselte sie plötzlich das Thema. »Wem will Gervase eigentlich Bescheid geben?«

»Kannst du dir das nicht denken? Den anderen natürlich: Dalziel, Christian und Tristan. Sie sprechen gerade mit Lowther über ein angebliches juristisches Problem, um ihn abzulenken. Sie wollten erst zur Sache kommen, wenn du in Sicherheit bist.«

Er umfasste ihre Schultern, sah sich ein letztes Mal in dem Versteck um, das beinahe zu ihrem Gefängnis geworden wäre, und schob sie sanft zur Tür hinaus.

»Komm, wir sollten nach unten gehen.«

Gervase klopfte an die Tür von Lowthers Arbeitszimmer, öffnete sie und trat ein. Verschaffte sich schnell einen Überblick.

Offensichtlich war noch nichts Aufregendes passiert.

Dalziel saß im Sessel vor dem Schreibtisch, Tristan stand mit verschränkten Armen neben ihm, und Christian hielt sich auf der anderen Seite bereit. Locker, aber konzentriert.

Und was Lowther betraf, so bemühte sich der zwar um eine gleichmütige Haltung, doch die aufkommende Panik war unverkennbar. Sogar seine berüchtigte Streitlust schien ihm abhandengekommen zu sein.

Alarmiert musterte er den Neuankömmling.

Jetzt waren es schon vier unliebsame Besucher.

Bevor er etwas sagen oder fragen konnte, ergriff Gervase das Wort. »Wir haben sie gefunden, in einem Geheimversteck.«

»Ach ja?« Dalziel zog eine Augenbraue hoch und richtete seinen dunklen Blick wieder auf Lowther. »Wie unklug.«

Der Lordrichter, der sichtlich erblasste, startete einen letzten, matten Gegenangriff. »Ich weiß überhaupt nicht, wovon Sie reden. Wenn Sie damit andeuten wollen …«

»Die Zeit für Andeutungen ist vorbei.«

Dalziels Stimme ließ keinen Zweifel daran aufkommen, dass er und nicht Lowther das Gespräch lenkte. »Vielleicht sollte ich Ihnen erzählen, was wir bereits wissen.«

In knapper Form fasste er zusammen, was gegen ihn vorlag, und führte die Beweise auf, die ihn mit der Entführung von acht Frauen in Verbindung brachten.

Als er geendet hatte, war Henry Lowther ein gebrochener Mann, von dessen einstiger Selbstherrlichkeit nichts übrig geblieben war.

Am Ende seiner hochfliegenden Pläne, überführt abscheulicher Verbrechen.

Zusammengesunken hockte er in seinem Sessel und schien das Urteil seiner Besucher zu akzeptieren. Es gab keine Hoffnung für ihn – er würde alles verlieren. Seine Stellung, sein Ansehen, sein Vermögen.

Aber Dalziel war noch nicht fertig mit ihm.

»Wer ist Ihre Kontaktperson bei den Mädchenhändlern?«, verlangte er zu wissen.

Ein wenig von Lowthers alter Arroganz kehrte zurück. »Ich weiß es nicht, denn ich pflege keinen Umgang mit solchen Leuten.«

»Eine nette Differenzierung. Dass Sie lediglich ihr Geld nehmen, macht die Sache auch nicht besser und spricht zudem nicht unbedingt für Charakterstärke. Also bitte, drücken Sie sich präziser aus: Wie wurden Informationen von Ihnen an diese Bande weitergegeben, wer organisierte die Entführungen, und auf welchem Wege gelangten die vereinbarten Zahlungen zu Ihnen?«

Lowther zögerte. »Mein Mündel Malcolm Sinclair hat das eingefädelt«, erklärte er schließlich.

Eine gefährliche Ruhe überkam Dalziel, die Ruhe vor dem Sturm.

»Ihr Mündel war folglich an allem schuld. Korrigieren Sie mich, wenn ich unrecht habe, aber Sinclair wurde Ihnen doch bereits in seiner Kindheit anvertraut, nicht wahr?«

Lowther neigte leicht den Kopf.

»Und Sie haben ihn in diese Sache mit hineingezogen? Oder wollte er das selbst?«

Für einen Moment erlebten sie wieder den alten Henry: großspurig, herablassend und verblendet. Er merkte nicht einmal, dass er sich selbst belastete.

»Malcolm? Er ist nichts als eine Schachfigur. Tut, was ich sage. Ich erteilte ihm die Anweisungen, und er stellte die Kontakte her, fungierte als Übermittler und überbrachte das Geld. So lief das, wenn Sie es genau wissen wollen.«

»Und weiter war er nicht involviert?«

Lowther presste die Lippen aufeinander. »Er hat Freunde aus seiner Zeit in Eton und Oxford. Ich ermutigte ihn, diese Kontakte zu pflegen. Sie erwiesen sich als hervorragende Informationsquellen, was hübsche Hausmädchen betrifft. Worüber junge Männer eben so reden. Malcolm berichtete mir immer gewissenhaft, was er erfahren hatte, und ich entschied dann, ob es nützlich sein könnte oder nicht.«

»Damit tragen Sie also die Verantwortung für die Rolle, die Sinclair bei der ganzen Sache spielte?«

Geringschätzig verzog Lowther die Lippen. »Malcolm ist schwach. Ihm fehlt das Rückgrat. Er ist zwar recht aufgeweckt, aber völlig unentschlossen. Seine übergroße Vorsicht führt leicht dazu, dass er gar nichts unternimmt. Er mag vielleicht Pläne machen, würde jedoch nie einen wirklich in die Tat umsetzen.«

»Wirklich schade, dass Sie nicht seinem Beispiel gefolgt sind«, sagte Dalziel nach einem Moment des Schweigens mit eisiger Stimme. »Dann stünden Sie jetzt besser da.«

Lowther wurde noch einen Schein blasser, als er die neuerliche Drohung aus Dalziels Worten heraushörte. So langsam kam ihm offenbar die ganze Tragweite zu Bewusstsein. Und er begriff, dass er sich mit seinem Gerede immer tiefer in den Sumpf hineinritt.

Dalziel sah die anderen an. »Ich würde gerne ein paar Minuten mit Seiner Lordschaft unter vier Augen sprechen und komme dann in den Salon nach.«

Die anderen erhoben sich kommentarlos. Sie wussten, dass es ihnen nicht zustand, Dalziel Fragen zu stellen. Ein letzter Blick auf den Hausherrn, der kreidebleich und mit starrem Blick hinter seinem Schreibtisch saß, und sie verließen das Arbeitszimmer.

Dann waren sie allein, der Geheimdienstmann und der Lordrichter.

»Nun, Mylord?«, begannn Dalziel mit Grabesstimme.

Lowthers Blick glitt über ihn hinweg. Dorthin, wo an der Wand sechs seiner kostspieligen Pistolen hingen.

Seine Obsession.

Sein Untergang.

Es gab nur eine mögliche Antwort für ihn.

Deverell, der bereits mit Phoebe im Salon wartete und ungeduldig auf und ab ging, hörte, wie die anderen das Arbeitszimmer verließen. Endlich, denn er wollte endlich wissen, was jetzt aus Henry Lowther wurde.

Irgendwie wurmte es ihn nämlich, dass er diesem gewissenlosen Schurken nicht selbst gegenübertreten konnte, doch als unmittelbar Betroffener musste er sich zurückhalten.

Nicht dass er am Ende noch Selbstjustiz übte.

Dalziel würde es in die Hand nehmen, der Gerechtigkeit zum Sieg zu verhelfen. Wenn es jemanden gab, dem er das zutraute, dann ihm, seinem ehemaligen Kommandanten. Und so hatten sie es außerdem bei der Planung abgesprochen.

Phoebe saß derweil erstaunlich entspannt in einem Sessel und nippte an dem Tee, den der Butler ihr gebracht hatte. Servil und devot, zuvorkommend und beflissen. Ein Musterexemplar seines Berufsstands. Offensichtlich war ihm seine Beteiligung an ihrer Verschleppung inzwischen mehr als peinlich, zumal er befürchten musste, dass seine Laufbahn dadurch sehr bald ein unrühmliches Ende fand.

Trotz der strafenden Blicke, mit denen die junge Frau ihn bedachte, und trotz Deverells Wutausbruch, als er vom Verhalten des Butlers erfuhr, hatte dieser Glück im Unglück.

Wohl wissend, wie schwierig es für Dienstboten bisweilen war, einerseits dem Arbeitgeber gefällig zu sein und sich andererseits nicht vom rechten Weg abbringen zu lassen, waren Phoebe und Deverell auf eine besondere Idee verfallen.

Sie würden das Schicksal des unglückseligen Mannes in

die Hände ihrer Leute aus der Agentur legen und es ihnen anheimstellen, über sein weiteres Schicksal zu entscheiden.

Im Gegensatz zu seinem Herrn würde er vermutlich eine letzte Chance bekommen.

»Ich fasse es immer noch nicht.« Phoebe stellte ihre Tasse ab. »Ein Lordrichter. Und wenn es wirklich stimmt, was du in Erinnerung hast, dann zudem einer, der an der Abfassung der Gesetze gegen den Mädchenhandel beteiligt war.«

Sie brach ab, als sie die sich nähernden Schritte aus Richtung des Arbeitszimmers hörte, und schaute wie Deverell gespannt zur Tür.

Christian ergriff als Erster das Wort. »An seiner Schuld kann kein Zweifel bestehen. Es stand ihm nicht nur im Gesicht geschrieben – er hat es letztlich sogar zugegeben.« Verwundert schüttelte er den Kopf. »Es kam mir beinahe vor, als betrachte er das Ganze als Heldentat. Oder zumindest als Beweis für seine Schlauheit.«

Er lächelte Phoebe an und nahm ihr gegenüber auf dem Sofa Platz. »Wo befand sich eigentlich dieser Raum, in dem Sie eingesperrt waren?«

Kaum hatte er die Frage gestellt, redeten alle aufgeregt durcheinander: Phoebe in erster Linie, dann Deverell und Gervase, der allerdings nur kurz dort oben gewesen war. Im Gegenzug erfuhren sie von Tristan und Christian in allen Einzelheiten, was sich im Arbeitszimmer zugetragen hatte.

»Ich glaube, Lowther ahnte ziemlich schnell, dass unser Besuch nichts mit einer juristischen Klärung zu tun hatte, auch wenn er es sich nicht anmerken ließ«, meinte Christian. »Anfangs plante er vielleicht sogar, sich irgendwie herauszureden, doch selbst das versuchte er am Ende nicht mehr. Wobei ich nicht weiß, ob es aus Resignation geschah oder aus Dummheit. Dass jemand sich, ohne es merken, in dieser Weise selbst belastet, ist schon recht ungewöhnlich.«

»So ein Verhör habe ich noch nie erlebt.« Tristan schüttelte den Kopf. »Zunächst tat Lowther ganz großspurig, als könne ihm niemand etwas anhaben. Aber irgendwann verwickelte er sich in Widersprüche, sprach über Informationen, die ihm gar nicht zugänglich sein konnten. Da kam er bei Dalziel an den Richtigen, denn der benahm sich wie ein Inquisitor. Registrierte selbst kleinste Reaktionen und wusste immer genau, wo er weiterbohren musste. Wirklich unglaublich. Und beängstigend.«

Kurz darauf erklangen vom Gang die vertraut energischen Schritte des Mannes, über den sie gerade redeten.

Alle verstummten und lauschten.

Die Tür ging auf, und Dalziel erschien auf der Schwelle. Sein Blick schweifte träge durch den Salon, und als er Phoebe sah, nickte er.

Sie antwortete mit einem verunsicherten Lächeln, denn genauso wie die anderen spürte auch sie seine bedrohliche Aura.

Alle fühlten sich plötzlich alarmiert.

Etwas würde passieren, irgendetwas Schreckliches.

Ein Schuss ertönte und hallte unangenehm von den Wänden wider.

Niemand zweifelte, woher er kam und was er bedeutete.

Eine Weile rührte sich niemand von der Stelle, bis es im ganzen Haus drunter und drüber ging. Rufe ertönten in den Fluren, Diener und Hausmädchen rannten aufgeschreckt hin und her. Jemand verlangte nach einem Arzt …

Dalziel wandte sich erneut Phoebe zu. »Bitte verzeihen Sie, aber es musste getan werden.«

Schockiert und verwirrt starrte sie ihn an. »Sie haben ihm nahegelegt, sich das Leben zu nehmen?«

»Es gibt Menschen auf dieser Welt, die wir einfach nicht brauchen«, erklärte er mit einem Schulterzucken.

Sie wusste nicht, was sie dazu sagen sollte.

Deverell streckte seine Hand nach ihr aus. »Komm, ich bringe dich nach Hause.«

Sie legten die kurze Strecke schweigend in einer Mietdroschke zurück. Die Erlebnisse dieses Nachmittags und vor allem der letzten Stunden wollten verarbeitet werden.

In aller Ruhe.

Als sie das Haus in der Park Street betraten, warteten Edith, Audrey und Loftus im Salon. Alle hatten voller Anspannung der Nachricht geharrt, dass sie in Sicherheit war. Und natürlich wollten sie, nachdem sie sich davon überzeugen konnten, unbedingt auch den Rest wissen.

Was schließlich eine Menge war.

Damit sie nicht alles doppelt und dreifach erzählen mussten, schlug Deverell vor, Skinner, Fergus und Grainger hinzuzubitten, die ebenfalls ungeduldig auf Neuigkeiten gewartet hatten.

Mit einer kurzen Zusammenfassung wie geplant kamen sie allerdings nicht davon. Nicht bei den beiden Damen, die geradezu darauf brannten, alles haarklein zu erfahren. Selbst die geringsten Details. Und dann noch Lowthers Selbstmord, der ab morgen das Hauptgesprächsthema in den Salons sein würde.

Audrey und Edith konnten gar nicht genug bekommen.

Dabei stand Phoebe der Sinn nach ganz anderem. Schließlich hatte sie sich in ihrem Gefängnis geschworen, nach ihrer Befreiung mit Deverell unverzüglich über das Thema Heirat zu sprechen.

Sofort, bei der erstbesten Gelegenheit, die sich ihnen bot. Sofern sie natürlich allein waren.

Das aber waren sie nicht und würden es auch so bald nicht sein, wenn das so weiterging. Deshalb sehnte Phoebe bei allem Verständnis für die allgemeine Neugier und Anteilnahme den Moment herbei, wo die anderen sie endlich freigaben und sie sich zurückziehen konnte.

Zum Glück erbarmte sich Deverell irgendwann und nahm ihren Arm. »Du musst völlig erschöpft sein und solltest dich jetzt lieber ein wenig ausruhen.«

Sie warf ihm einen erleichterten und dankbaren Blick zu. »O ja, das bin ich«, sagte sie betont schleppend, erhob sich langsam und winkte den anderen zu.

»Natürlich, Liebes, geh nach oben und ruh dich aus. Lass dich von uns nicht aufhalten.« Edith bedachte sie mit einem nachsichtigen Lächeln.

»Wir sehen uns dann morgen«, rief Audrey ihr nach.

»Ich bringe dich noch zur Treppe«, erklärte Deverell, »aber dann muss ich weiter…«

Wohin, das sagte er nicht.

Unter der Tür drehte Phoebe sich noch einmal um und wandte sich an Skinner und Fergus. »Bitte, sagt Emmeline und Birtles Bescheid. Ich möchte nicht, dass sie sich unnötig Gedanken machen.«

»Aye. Wir fahren gleich hin.«

»Und du«, Deverell deutete auf Grainger, »kannst zum Club gehen und Gasthorpe erzählen, was passiert ist. Ich habe keine Ahnung, wann Crowhurst heute Abend zurückkommt – es könnte spät werden.«

Über seine eigene Rückkehr sagte er nichts.

Gemeinsam mit Phoebe verließ er den Salon und schloss die Tür hinter sich. In der Eingangshalle blieben sie stehen, und er griff nach ihrer Hand.

»Komm mit«, flüsterte er, zog sie zur Treppe, um Hand in Hand mit ihr hinaufzueilen.

Zu ihrem Zimmer.

Endlich!

Phoebe trat als Erste durch die Tür, die Deverell ihr aufhielt, und ging zu einem der Fenster. Eine Lampe, die Skinner offenbar vorsorglich angezündet hatte, verbreitete eine sanfte Helligkeit im Raum. Während sie noch ihre Gedanken ordnete, kam er auf sie zu, doch sie gebot ihm Einhalt.

Verwundert hielt er inne und blieb ein paar Schritte vor ihr stehen. Der Ausdruck auf seinem Gesicht verriet seine Ahnungslosigkeit.

Was war los?

Was dachte sie?

Was hatte sie vor?

Sie wedelte mit den Händen, damit er sich keine Sorgen machte. »Alles in Ordnung, ich muss bloß mit dir reden«, beschwichtigte sie ihn. »Und das kann ich nicht, wenn du mir zu nahe kommst.«

Seine Anspannung schwand, und sie meinte sogar ein amüsiertes Zucken um seine Lippen zu bemerken.

»Bleib einfach da, wo du bist, und hör mir gut zu.«

Sie holte tief Luft, legte die Hände ineinander und sah ihn direkt an. »Als wir uns auf Cranbrook Manor kennenlernten, meintest du, ich könnte die passende Braut für dich sein. Du musst heiraten, das steht außer Frage. Nicht nur wegen eines Erben, sondern auch wegen der mannigfachen gesellschaftlichen Verpflichtungen, die als Viscount Paignton auf dich zukommen. Für einen Junggesellen kann das unter Umständen recht problematisch werden.«

Sie hielt inne und legte den Kopf schräg. »Du hast also guten Grund, dich nach einer Ehefrau umzusehen ... Ja, eigentlich bleibt dir nichts anderes übrig.«

Sie zögerte und fragte sich, ob sie wirklich den Mut aufbrachte, das zu sagen, was sie sich vorgenommen hatte. Sie musste einfach, beschloss sie und holte ein letztes Mal tief Luft.

»Ich habe den Eindruck, dass du damals ernsthaft erwogen hast, mir einen Antrag zu machen. Dass du es sogar getan hättest, wenn ich nicht so vehement mein Desinteresse an einer Ehe zum Ausdruck gebracht hätte. War es so?«

Ein Augenblick verging. »Ja«, sagte er kurz und knapp.

Erleichterung spiegelte sich auf ihrer Miene.

»Gut. Denn ich wollte dir mitteilen, dass ich meine Meinung geändert habe.« Sie sah ihn unverwandt an. »Dass ich nicht an einer Heirat interessiert bin, stimmt nicht mehr.«

Deverell wusste nicht, wie ihm geschah. Ihm schwindelte vor Glück.

Das Blatt hatte sich gewendet.

Er war am Ziel seiner Wünsche.

So lange hatte sie gezögert und gezaudert und sich geziert. Jetzt endlich war auch sie bereit zuzugeben, dass sie füreinander bestimmt waren. Freude erfüllte ihn, und er betrachtete die Welt plötzlich mit ganz anderen Augen.

Er trat einen Schritt vor.

Wieder hob sie abwehrend eine Hand. »Nein, warte! Du musst es dir bis zu Ende anhören, das ist wichtig. Ich gehöre eigentlich nicht zu jenen Frauen, die ihre Meinung ändern ... Nicht bei solchen Dingen.«

»Phoebe.«

»Nein!« Sie verschränkte die Arme und suchte seinen Blick. »Ich bin fest entschlossen, das hier zu Ende zu bringen, aber du musst mir zuhören.«

Ein eigensinniger Zug legte sich um ihr Kinn, den Deverell mittlerweile zur Genüge kannte. Doch er war zu glücklich, um ihr irgendetwas zu verwehren, und so kapitulierte er, obwohl es ihm schwerfiel, auf Abstand zu bleiben, und lud sie mit einem aufmunternden Nicken zum Weiterreden ein.

»Ich wusste damals nicht, wie eine Ehe zwischen Menschen wie uns, dir und mir, sein könnte. Ahnte ja nicht einmal, dass es Männer wie dich überhaupt gibt. Allerdings sind es vermutlich wirklich nicht allzu viele. Meine Ansichten resultierten aus dem, was ich damals kannte, was ich damals über Männer wusste ... Und wie du weißt, waren das keine guten Erfahrungen.«

Sie schwieg kurz, sah ihn an und erklärte dann schlicht: »Du allein hast meine Wahrnehmung verändert und mir die Augen geöffnet.«

Fast wäre er auf sie zugestürzt, wurde aber erneut zurückgehalten von ihrem Blick.

»Du hast das bewirkt, indem du mir zeigtest, wie du wirklich bist. Was dich als Mensch ausmacht.« Sie suchte nach Worten. »Ich weiß nicht, wie ich es beschreiben soll, aber du bist anders, völlig unkonventionell. Reagierst nicht so, wie andere es tun – und auch nicht so, wie man es von dir erwarten würde. Das habe ich nicht zuletzt durch unsere gemeinsame Arbeit für die Agentur gelernt, bekam es jeden Tag aufs Neue bestätigt. Mehr als alles andere war es dein Verhalten, das meine vorgefasste Meinung auf den Prüfstand stellte und mich dazu bewog, meine Ansichten zu überdenken.« Um ihre Lippen zuckte es spöttisch. »Es gibt nicht viele, die das für sich in Anspruch nehmen können.«

Nachdenklich schaute sie ihn an, ob er die Tragweite ihrer Worte wirklich begriff.

»Wir passen im Bett gut zusammen, doch das allein hätte mir nicht gereicht. Wichtig ist für mich, dass wir überall harmonieren und uns ergänzen. Ob es um unser Engagement für die Agentur geht oder um unsere gesellschaftlichen Auftritte, um das Zusammensein mit der Familie oder mit Freunden – es scheint, als seien wir dazu bestimmt, eins zu werden.«

Sie holte tief Luft und hob den Kopf. »Eine Sache muss noch gesagt werden, denn sie bildet das Herzstück des Ganzen: Du hast mir immer die Freiheit gewährt, ich selbst zu sein. Wenn ich dich vor mir habe, sehe ich nicht einen Ehemann, der mich einengt, sondern einen Partner, der mir Raum zur Entfaltung gibt. Wir würden nie eine konventionelle Beziehung wie andere Paare unseres Standes führen, sondern uns als eine Art liebende, partnerschaftliche Gemeinschaft betrachten.«

Sie machte eine bedeutungsvolle Pause. »Und das ist es, was ich will. Ein Leben lang. Wenn du das ebenfalls so siehst, würde ich dich schrecklich gerne heiraten. Vielleicht empfindest du es aber auch als Zumutung, eine Frau zu heiraten, die keine Ehefrau im herkömmlichen Sinne sein will. Dieses Problem sehe ich durchaus und weiß, dass es dem Verständnis von Ehe eigentlich entgegensteht. Aber mit dir würde es vielleicht funktionieren, denn du bist stark und unabhängig genug, um eine andere Rolle, eine andere Beziehung zu akzeptieren und sie zu leben.«

Sie hielt inne. »Die Frage ist also: Bist du bereit dazu?

Willst du meine Hand nehmen und mit mir, so wie ich bin, durchs Leben gehen?«

Er sah sie an, erkannte die Anspannung, die sie erfüllte – die Emotionen, die ihre Augen zum Funkeln brachten.

»Gib mir deine Hand«, sagte er schlicht.

Sie reichte sie ihm, und damit war alles entschieden.

Seine Finger schlossen sich um ihre, und in diesem Moment wusste er, dass alles, was er im Leben wollte und brauchte, dies sein würde.

Lächelnd zog er ihre Hand an seine Lippen. »Ich liebe dich«, sagte er, und wenngleich sie die Worte nicht wiederholte, las er sie in ihren Augen. »Unwiderruflich und für immer.«

Erneut küsste er ihre Finger, senkte dann den Kopf und bedeckte ihre Lippen mit seinem Mund, um sich endlich seiner verzehrenden Leidenschaft hinzugeben.

Wie immer folgte sie ihm willig, und die Versuchung war groß, nicht aufzuhören. Trotzdem ließ er sie seufzend los. Wartete, bis sie ihm ihre volle Aufmerksamkeit schenkte.

»Du ahnst ja nicht«, erklärte er, »wie sehr ich es vorziehen würde, einfach nur ›Ja‹ zu sagen. ›Ja, ich will, bis dass der Tod uns scheidet.‹ Es dabei zu belassen, dich in meine Arme und in mein Bett zu ziehen, um dich für den Rest der Nacht zu lieben und dann für den Rest meines Lebens. Aber es wäre nicht fair, es sich so einfach zu machen. Weder dir noch mir gegenüber. Nicht angesichts dessen, was zwischen uns gewachsen ist.«

Er hielt kurz inne und ignorierte ihren fragenden Blick. »Du hast recht, wenn du sagst, dass unsere Beziehung nicht dem entspricht, was üblich ist zwischen Mann und Frau. Allerdings ist es nicht etwa weniger, sondern mehr. Inniger, stärker, anspruchsvoller und deshalb lohnender. Etwas, das wir annehmen, bewahren und ehren sollten. Keine Frage, dass ich in meiner Stellung eine Frau an meiner Seite brauche, aber nicht nur deshalb möchte ich dich heiraten. Da gibt es noch einen anderen Grund, und der hat ausschließlich mit dir zu tun.«

Ihre Augen funkelten wie Sterne, als sie sie ihm fest ins Gesicht blickte. »Welchen?«

»Erst seit ich dich kenne, seit du meine Aufmerksamkeit erregtest und ich mich in dein Leben hineinziehen ließ, erkannte ich nämlich, was mir fehlte. Dass ich etwas vermisste, das wusste ich von dem Moment an, da ich meinen Dienst quittierte. Ich empfand eine plötzliche Leere, einen Überdruss, fühlte mich nutzlos und suchte etwas, das meinen Alltag, mein Denken und Handeln mit neuem Sinn erfüllte. Nur was konnte das sein? Ich hatte keine Ahnung und haderte bereits mit meinem Schicksal.«

»Was war mit der Verwaltung deines Besitzes, mit deinen gesellschaftlichen Verpflichtungen? War das nicht Aufgabe genug?«

Entschieden schüttelte er den Kopf. »Nein. Abgesehen davon, dass es fähige Verwalter gibt, stellten die Güter keine Herausforderung dar, keine Befriedigung. Und was ich von gesellschaftlichen Verpflichtungen halte, das weißt du ja. Ich betrachte sie eher als lästig. Sie werden mich nie völlig in Anspruch nehmen, nie vereinnahmen.«

Er zögerte kurz, bevor er fortfuhr. »Ehe ich dich traf, war ich ruhelos und ohne Ziel. Hatte nichts zu tun. Zumindest nichts, womit ich meinen Geist hätte beschäftigen können. Nichts, was mich forderte. Nichts, worauf sich ein Leben aufbauen ließ. Nichts, dem ich mich hingebungsvoll widmen wollte.«

Er hob eine Hand und strich ihr sanft eine Locke aus der

Stirn. »Du hast mir erst all das geboten, was ich für ein erfülltes Leben brauche. Ja, es wird bei uns anders sein als in einer konventionellen Ehe, jedoch spannend und aufregend. Mit täglich neuen Erfordernissen und Herausforderungen. Dafür wird die Agentur schon sorgen. Und du natürlich auch. Wenn wir wirklich wie Partner zusammenarbeiten, können wir viel mehr erreichen, als du dir jemals hast träumen lassen. Und ich erhalte dadurch eine neue Perspektive. Eine Familie, eine Frau, die zu mir hält, eine faszinierende Zukunft für den Rest meines Lebens.«

Eindringlich blickte er in ihre blauvioletten Augen. »Wenn ich eines weiß, dann das: Um meinem Dasein einen Sinn zu geben, dafür brauche ich dich. Ich will dein Ehemann sein, will dich zur Frau nehmen, und ich wünsche mir, dass du der Mittelpunkt meines Denkens und Fühlens bist. Und deshalb sage ich: ›Ja, ich nehme dein Angebot an. Wir werden heiraten und unser Leben nach unseren Bedürfnissen und unserem eigenen Ermessen gestalten. Frei von Zwängen und Vorschriften, von einengenden Konventionen und albernen Regeln. Als Ehemann und Ehefrau, Partner, Liebende.‹«

Die Worte kamen mit großer Ernsthaftigkeit über seine Lippen, klangen irgendwie feierlich. Wie ein Versprechen und eine Bestätigung, dass ihre Beziehung auf festem Boden gründete und sie auf immer verbunden waren.

Mit jedem Blick, mit jeder Berührung.

Überwältigt strahlte sie ihn an. »In so vieler Hinsicht verkörperst du das, was ich nie haben zu wollen glaubte … Du warst mir zu stark, zu mächtig, zu gefährlich, zu skrupellos. Ich könnte die Liste unendlich verlängern. Aber dann merkte ich, wie sehr ich mich in dir getäuscht hatte, und begriff schließlich noch etwas anderes: dass du das Einzige bist, was ich will, und dass ich nichts sehnlicher wünsche, als deine Frau zu werden.«

Sie lächelte verhalten und schüttelte den Kopf. »Ich kann es nach wie vor nicht wirklich begreifen. Und weiß trotzdem, dass ich nur zusammen mit dir glücklich sein und bleiben kann.«

Ihre Hände glitten über seine Schultern nach oben und schlangen sich um seinen Hals, zogen seinen Kopf zu sich herunter, damit sie ihn küssen konnte. Dann führte sie ihn zum Bett, wo er sich willig von ihren Armen und ihrem Körper umschließen ließ.

Phoebe spürte, wie ihr Herz sich ihm öffnete, stärker und freudiger als je zuvor. Ihr dunkler, gefährlicher Liebhaber, dessen stählerne Muskeln vom Kerzenschein vergoldet wurden, während er sie liebte.

Während sie ihn liebte.

Sie schloss die Augen und verschränkte ihre Finger mit seinen, klammerte sich an ihn, als die Woge der Lust sie erfasste und hochriss. Sie in eine andere Welt entführte und verschlang.

Sie hatten alles gesagt, was gesagt werden musste, hatten einander ihre Herzen geöffnet und sich ihre Hoffnungen und Träume gestanden. Um beglückt zu erkennen, dass zwischen ihnen vollständige, selige Übereinstimmung herrschte. Selbst als die Nacht bereits hereingebrochen war und ihre Dunkelheit wie eine wärmende Decke über sie ausbreitete, forschten sie weiter und entdeckten immer neue Landschaften, die es noch zu erobern galt.

Aufregend, lockend und schrankenlos.

Ohne Hemmungen.

Alle Mauern in ihrem Innern fielen in dieser Nacht, und die höchste Belohnung wurde ihnen zuteil.

Die Freiheit, ohne Einschränkung sie selbst zu sein, ohne Vorbehalte alles zu teilen.

Zu lieben und geliebt zu werden.

Bis zum Wahnsinn.

Bis zur vollkommenen Befriedigung.

Epilog

Park Street, London
Fünf Tage später

»Da sind Sie ja, mein Junge!« Edith Balmain lächelte Malcolm Sinclair an, als er hinter Deverell ihren Salon betrat.

Scheinbar unbefangen erwiderte er die Begrüßung mit einem freundlichen Lächeln und beugte sich über die dargebotene Hand, ehe er auf Ediths Aufforderung hin im Sessel gegenüber Platz nahm.

Sie warf Deverell einen vielsagenden Blick zu, woraufhin dieser nickte und sich wie verabredet ans andere Ende des Raumes zurückzog.

Nicht um es sich dort gemütlich machen, sondern um zu beobachten.

Ohne Genaueres zu wissen, hatte er sich bereit erklärt, Sinclair zu holen und zu Edith zu bringen. Offensichtlich kannte sie ihn von irgendwoher, weigerte sich aber hartnäckig, es zu verraten. Desgleichen verriet sie nicht, warum sie ihn zu sprechen wünschte. Eine persönliche Angelegenheit, war alles, womit sie herausrückte.

Danach betrachtete sie die Diskussion als beendet.

Deverell wusste nicht, was er von Sinclair halten sollte. An jenem Abend, als Lowther mit einer seiner kostbaren Pistolen seinem Leben ein Ende setzte, hatte Christian den jungen Mann schließlich bei White's aufgestöbert und ihn über das Ableben seines Vormunds in Kenntnis gesetzt.

Er war nicht sonderlich erschüttert gewesen.

Angeblich schloss er kurz die Augen und murmelte vage, dass das jetzt wohl das Ende sei oder so ähnlich.

Warum das, hakte Christian nach.

Weil er künftig nicht mehr unter der Fuchtel seines Vormunds stünde, erklärte er hastig.

Es klang nach einer Ausrede.

Deverell hielt Sinclair für weitaus weniger naiv, als er zu sein vorgab, und er fragte sich, wie Lowther ihn dermaßen falsch hatte beurteilen können. Der junge Mann war nicht bloß aufgeweckt, wie Lowther es formuliert hatte, sondern in höchstem Maße intelligent. Brillant.

Allerdings in einer leidenschaftslosen, seltsam entrückten Weise, die Deverell in dieser Form noch nie begegnet war. Vielleicht mit ein Grund, warum man ihn, wie sein Vormund, leicht für träge und antriebsschwach halten konnte.

Für einen Menschen mit wenig Präsenz.

Ein fataler Fehler.

Dabei war er eine durchaus angenehme Erscheinung. Gut aussehend, schlank und hochgewachsen, mit angenehmen Zügen und hellen, haselnussbraunen Augen, dazu bereits recht modebewusst, würde er bestimmt bald zum Liebling der kuppelnden Mütter aufsteigen. Zumal auch die finanziellen Voraussetzungen bei ihm stimmten.

Eigentlich seltsam, überlegte Deverell, dass Lowther sich nicht in größerem Umfang am Vermögen seines Mündels vergriffen hatte. Schließlich wäre das ein Leichtes für ihn gewesen, solange er die Verfügungsgewalt besaß.

Und wie sich herausgestellt hatte, war Sinclair wohlhabend.

Sehr wohlhabend sogar.

Angestrengt versuchte Deverell etwas von dem Gespräch zwischen der alten Dame und dem jungen Mann mitzubekommen, der bei ihm ein beträchtliches Unbehagen auslöste. Da die beiden jedoch sehr leise redeten, versuchte er es mit Lippenlesen, das er glücklicherweise beherrschte. Sein Bauchgefühl sagte ihm nämlich, dass er wissen sollte, was da vor sich ging.

An Ediths Gesichtsausdruck erkannte er, dass der Austausch von Artigkeiten beendet war und man endlich zur Sache kam. Zwar mochte Phoebes liebe, sanfte Tante in ihren rosafarbenen Gewändern ausgesprochen harmlos wirken, doch das war sie beileibe nicht. Da sollte sich niemand täuschen. Er hatte sie gerade in den letzten Wochen als aufmerksame und scharfsinnige Beobachterin kennengelernt, der man so leicht nichts vormachen konnte.

Ob der junge Mann das ebenfalls wusste?

Der Blick ihrer hellen Augen ruhte jetzt auf Sinclair. »Ich habe davon gehört, dass du in Lowthers niederträchtige Pläne verwickelt warst, die Polizei aber davon ausgeht, dass du gegen deinen Willen da hineingezogen wurdest und dich aufgrund deiner Jugend keine Schuld trifft.«

Ihren Worten folgte eine bedeutungsvolle Pause, die nichts Gutes verhieß.

»Allerdings bin ich mir nicht sicher, ob die Polizei Lowther und dich gut genug kannte, um das wirklich beurteilen zu können. Ich hingegen weiß, wovon ich rede. Sowohl was Lowther als auch dich betrifft. Und deine verstorbenen Eltern.« Sie sah Malcolm durchdringend an. »Deshalb, mein Junge, scheint es mir an der Zeit, dass wir Klartext miteinander reden.«

Da keine Reaktion erfolgte, hob Edith geziert ihre Tasse an die Lippen und nahm einen Schluck, stellte sie dann betont langsam auf einem Tischchen ab und wedelte ungehalten mit der Hand.

Die scheinbar beiläufige Bewegung weckte Deverells Aufmerksamkeit. Wollte Edith irgendetwas signalisieren? Und wenn ja, wem? Ihm oder Sinclair?

Beabsichtigte sie damit womöglich, dem jungen Mann zu verstehen zu geben, dass es angesichts seiner ungewöhnlichen Talente unter seiner Würde sei, derart dumm zu tun?

Noch gespannter als zuvor bemühte Deverell sich, etwas mitzukriegen von dem, was Edith sagte.

»Lowther war immer ein schwacher Mensch. Und zudem kalt und gefühllos, was er mit deinem Vater gemeinsam hatte. Das machte die beiden auch zu engen Freunden. Doch während Lowther bloß über eine normale Intelligenz verfügte, war die deines Vaters überragend. Genau wie deine.«

Sie sah Sinclair streng und ohne Freundlichkeit an. »Jeder, der ihn kannte, wusste das und bekam es oft genug am eigenen Leibe zu spüren. In negativer Hinsicht, denn dein Vater konnte mit der Welt der Gefühle, der zwischenmenschlichen Beziehungen nichts anfangen. Für ihn zählte nur der Verstand und der Vorteil, der sich daraus ziehen ließ. Er war unfähig, sich in andere Menschen hineinzuversetzen und so etwas wie Fürsorge oder Mitleid zu empfinden. Ihm fehlte, obwohl man ihn als dritten Sohn eines Viscount bestimmt anders erzogen hatte, jedes Gespür für Moral, Ethik und Anstand. Er beherrschte neun Sprachen fließend, verstand aber nicht, dass die Welt sich nicht um ihn drehte.«

Edith machte eine Pause und seufzte bedauernd bei diesen Erinnerungen. »Lowther dachte wie gesagt ähnlich, ohne jemals die gleiche Perfektion zu erreichen. Außerdem blieb ihm das Glück versagt, wie dein Vater eine Frau zu finden, die ihn erlöste. Deine Mutter wurde zu seinem Rettungsanker, seinem Gewissen und seinem Verbindungsglied zur Welt. Er hörte auf sie, und weil er sie wirklich liebte, tat er, worum immer sie ihn bat. Trotz all seiner Fehler war er ihr völlig ergeben. Mit ihrer Unterstützung entwickelte er sich zu dem brillanten Wissenschaftler und Philosophen, der er eigentlich hätte sein sollen.«

Erneut verstummte Edith, um dann auf Malcolm selbst zu sprechen zu kommen. »Es gab natürlich einen Preis für diese völlige Hingabe an deinen Vater. Deine Ausgrenzung. Obwohl sie es nie wollte, vernachlässigte sie dich in gewisser Weise. Die Ansprüche, die dein Vater an ihre Zeit und ihre Aufmerksamkeit stellte, waren einfach zu groß, und so wurdest du fast völlig dir selbst überlassen. Oder Kindermädchen und Gouvernanten. Ganz unerträglich wurde es natürlich, als man dich nach diesem schrecklichen Kutschenunfall ausgerechnet der Obhut Lowthers überließ.«

Ihr Blick wurde wieder weicher und mitleidsvoller. »Viele von uns versuchten anfangs nach dir zu sehen, doch Lowther wusste das zu verhindern. Er mied seitdem gesellschaftliche Kontakte noch mehr als zuvor. Wenn ich zurückblicke, ist das etwas, das wir – die wir deine Eltern kannten – nie hätten zulassen dürfen. So verloren wir dich mit sechs Jahren aus den Augen und bemerkten deshalb nicht …«

Edith verschluckte den Rest des Satzes und setzte neu an. »Ich bin eine der wenigen Bekannten deiner Eltern, die noch am Leben sind, und weiß, wie das damals alles war. Deshalb habe ich gleich gemerkt, dass du genauso brillant bist wie dein Vater. Jeder, der einen Blick dafür hat, sieht es in deinen Augen. Mit Ausnahme von Lowther offenbar. Wenn man ihn ebenfalls kennt, kann man sich nicht vorstellen, wie einer wie er … Tja, mein Junge, ich bin mir sicher, dass nicht er den Plan ausgeheckt hat. Das warst du. Trotzdem hast du bestimmt genug von deiner Mutter geerbt, um nicht gänzlich amoralisch zu sein. Deshalb glaube ich, dass für die skrupellose Umsetzung und die schmutzigen Begleitumstände Lowther verantwortlich war und nicht du. Der Plan selbst allerdings, der trägt deine Handschrift und nicht seine.«

Kein Laut war zu hören.

Deverell wagte nicht zu atmen.

»So wie es aussieht«, fuhr Edith fort, »war die Polizei nachsichtig bei der Beurteilung deiner Mitschuld. Man hat dir eine Chance gegeben, und ich hoffe, dass du sie wirklich nutzt. Hör auf mich, Malcolm, denn ich habe erlebt, wie es Menschen ergehen kann, die die Ausgeburten ihres Verstands nicht zu kontrollieren vermögen. Du wirst immer Gelegenheiten und Möglichkeiten entdecken, die andere gar nicht erst wahrnehmen – aber gleichzeitig läufst du immer Gefahr, dich rücksichtslos über die Rechte und selbst über das Leben anderer hinwegzusetzen. So etwas darf dir nicht gleichgültig sein, sonst nimmst du ein böses Ende. Und hüte dich in Zukunft davor, andere zu manipulieren, damit sie für dich die schmutzige Arbeit erledigen. Und sei es aus dem Ehrgeiz heraus, Bestätigung zu finden. Für deine Raffinesse, deine Schlauheit.«

Deverell sah, dass der junge Mann völlig reglos dasaß. Ein Indiz für die Richtigkeit von Ediths Feststellungen?

Oder ein Anzeichen von Reue?

Edith beugte sich vor, um jetzt ganz eindringlich auf ihn einzureden.

»Ja, das alles traue ich dir zu. Leider. Deshalb nimm meine Worte als Warnung. Zumal es vermutlich die einzige sein dürfte, die du jemals hörst. Bleib auf dem rechten Weg. Du bist gefestigter als dein Vater, kannst Recht von Unrecht unterscheiden. Lass dich von deiner überlegenen Intelligenz nicht in Versuchung führen, den falschen Weg einzuschlagen, nur weil dich die Herausforderung reizt. Der raffinierteste Plan taugt nicht, wenn er anderen schadet. Und obwohl dir jetzt eine Schuld nicht nachzuweisen ist, spricht dich das nicht frei. Mehr kann ich dazu nicht sagen, bitte dich bloß noch einmal inständig um eines: Wenn dir die nächste Versuchung begegnet, meide sie.«

Falls Edith erwartet hatte, dass Malcolm Sinclair irgendetwas erwiderte, so sah sie sich getäuscht. Deshalb erhob sie sich und deutete damit an, dass sie den Besuch als beendet betrachtete.

»Danke, dass du gekommen bist. Paignton wird dich nach draußen führen.«

Zögernd und unschlüssig, was er jetzt tun sollte, stand Sinclair auf, um sich gewandt zu verbeugen. Verlegenheit ließ er nicht erkennen.

»Madam«, sagte er nur, drehte sich um und folgte Deverell zur Tür.

Ein merkwürdiger junger Mann, dachte er. In Windeseile hatte er sich wieder die Maske des harmlosen Jungen übergestülpt, mit der er seine Umgebung täuschte und in die Irre führte. Niemand, der nichts Genaues über ihn wusste, würde den Worten und Warnungen der klugen Edith Glauben schenken.

Jetzt schaute er ein letztes Mal zurück.

Beobachtete die alte Bekannte seiner Eltern, die an ihren Schreibtisch vor dem Fenster getreten war und nach ihrem

Tagebuch griff. Einem schmalen Band mit silbernem, verziertem Einband, der mit einem großen Amethyst in Form ihrer Initialen verziert war. Sie setzte sich und schlug ihn auf, griff nach ihrer Feder und begann zu schreiben.

Über ihre Begegnung mit Malcolm Sinclair?

Der junge Mann jedenfalls wirkte mit einem Mal bestürzt und wandte sich abrupt ab, um das Haus zu verlassen.

Nach diesem aufschlussreichen Zusammentreffen besprach Deverell die Angelegenheit mit Christian und Dalziel.

Wenngleich sie Ediths Vermutungen, wie es sich in Wirklichkeit verhalten hatte, für stichhaltig hielten, konnten sie Malcolm Sinclair nichts nachweisen. Nichts, was ihn als Planer und damit als wichtigste Figur überführt hätte.

Zudem ließ sich kaum bestreiten, dass Lowther sich um die Details einschließlich der Entführungen gekümmert und sich sogar damit gebrüstet hatte.

Sein Mündel tauchte in diesem Szenario bloß als Handlanger auf, als Bote und Zwischenträger. Wenn der Lordrichter es selbst so betrachtet hatte, weil er die Manipulation nicht durchschaute, wie sollte man da Sinclair etwas anhängen?

»Der Mann mag ja kriminelle Ideen haben«, erklärte Dalziel, »aber das allein ist noch kein Verbrechen.«

»Nur solange er nicht versucht, die Theorie auch in die Praxis umzusetzen.« Deverell schaute erst Dalziel und dann Christian bedeutsam an.

Sie brauchten es nicht auszusprechen, um zu wissen, was jeder von ihnen dachte.

Malcolm Sinclair würde ab jetzt beobachtet werden.

Paignton Hall, Devon
Drei Wochen später

Sie heirateten auf dem Stammsaitz der Paigntons, einem bizarren Gemisch aus mittelalterlichen Teilen und neuzeitlicheren Elementen.

Phoebe indes war fasziniert von ihrem neuen Zuhause sowie von der üppig grünen Landschaft, die es umgab, von der Bucht vor ihrem Fenster, in welche die Gezeiten mal donnernde Wogen, mal sanft anströmende kleine Wellen schickten.

Heute an ihrem Ehrentag zeigte sich das Meer von seiner besten Seite, und die Sonne strahlte hell vom Himmel, als sie und Deverell Arm in Arm in der Kapelle durch die Menge schritten, die sich anlässlich ihrer Eheschließung versammelt hatte.

Vor drei Wochen erst war das Aufgebot bestellt worden, sodass sie sich mit der Planung ziemlich beeilen mussten. Insbesondere mit den Einladungen, denn viele der Gäste hatten eine weite Anreise.

Trotzdem waren fast alle erschienen.

Außer den ihr bereits bekannten Freunden aus dem Bastion Club lernte Phoebe jetzt auch Jack Warnefleet kennen, der ebenfalls zum engeren Zirkel zählte, bei den Besprechungen allerdings nicht zugegen war.

Kit, seine schöne Frau, lächelte fröhlich und küsste Phoebe auf die Wange. Zwar etwas älter als diese, waren sie in vielerlei Hinsicht seelenverwandt und verstanden sich vom ersten Moment an.

Als Jack den beiden gratulierte, stellte sich Phoebe auf die Zehenspitzen und küsste ihn auf die Wange. »Danke für die Hilfe.«

Jack grinste. »War mir ein Vergnügen.«

Er sah Deverell an. »Wenn du mal wieder ein Schiff der Mädchenhändler aufhalten willst, sag mir Bescheid.«

Ein paar Tage nach Lowthers Selbstmord war ihnen nämlich die Bande ins Netz gegangen, und alle entführten Mädchen konnten gerettet werden.

Woran Jack und seine Schifffahrtslinie nicht geringen Anteil hatten.

Als nämlich das angeheuerte Schiff aus dem Hafen Richtung offenes Meer zu entkommen suchte, versperrte ihnen nicht nur die Wasserpolizei den Weg, sondern zwei Großsegler von Hendon Shipping legten sich quer und riegelten den Fluss ab.

»Hast du schon alle Mädchen untergebracht?«, fragte Kit. »Ich gebe Emmeline noch zwei weitere Namen, die mir eingefallen sind. Das sind gleichfalls Leute von ausgezeichnetem Ruf.«

»Danke.« Phoebe drückte Kits Hand. »Durch euch alle – und auch deine Freundinnen – konnten wir die armen Dinger, die so viel Schreckliches erlebt haben, ausnahmslos unterbringen. Und außerdem noch einige andere, die die Stelle wechseln wollten.«

Ihr kleiner Kreuzzug nahm zunehmend größere Ausmaße an. Was Deverell bereits zu dem spöttischen Kommentar veranlasste, die Agentur sei auf dem besten Wege, zum Schrecken der Londoner Gesellschaft zu werden. Und zur Geißel für deren skrupellose Vertreter.

»Schön.« Kits Augen funkelten, als sie wieder nach dem Arm ihres Ehemanns griff. »Und da die Gentlemen des Bastion Club sich so erfolgreich verheiratet haben, wird es bald bestimmt einen Riesenbedarf an Kindermädchen und Gouvernanten geben.«

Phoebe wurde rot. Sie war dankbar, dass Deverell sie schnell entschuldigte und weiterführte.

Sie hatte es noch keinem gesagt außer ihm.

»Glaubst du, sie ahnt etwas?«

Angesichts Kits Lächeln sehr wahrscheinlich.

»Es werden ohnehin bald alle erfahren«, meinte er und zuckte die Achseln. »Sobald du mich lässt, werde ich es von allen Dächern brüllen.«

Alles, was er sich je vom Leben erhofft hatte, war mittlerweile in Erfüllung gegangen.

Phoebes Augen strahlten, und sie ließ sich von ihm zu der Stelle führen, wo Audrey und Loftus mit Edith im Schatten eines der alten Türme saßen.

Während Phoebe sich mit Edith und Loftus unterhielt, stand Audrey auf, trat an Deverells Seite und nahm seinen Arm. Fragend schaute er sie an.

»Du bist jetzt das Oberhaupt der Familie, deshalb wollte ich dich vorwarnen ... Ich bin nämlich dabei, einen Skandal zu entfachen.«

Er zog die Augenbrauen hoch. »Ach ja?«

Audrey nickte so heftig, dass die Pfauenfeder auf ihrem Turban wild hüpfte. »Ich werde Loftus heiraten.« Mit dramatisch emporgerecktem Kopf sah sie ihn an. »Wirst du jetzt nichts mehr mit mir zu tun haben wollen?«

»Aber natürlich nicht.«

Er hatte sich so etwas schon gedacht. Die beiden passten zueinander wie Topf und Deckel. Beide waren sie exzentrisch und extravagant, wenngleich auf sehr unterschiedliche Art. Dennoch ergänzten sie einander, und insofern fand Deverell den Entschluss zur Heirat nur folgerichtig.

Außerdem freute er sich für seine Tante, dass sie doch noch ihr Glück gefunden hatte.

Sie musterte ihn nachdenklich und lächelte dann sanft. »Dein Vater hätte nichts mehr mit mir zu tun haben wollen. Das weißt du.«

Er drückte ihre Finger, die auf seinem Ärmel lagen. »Dir habe ich es zu verdanken, dass ich nicht wie mein Vater bin.«

Zum Glück, denn wäre er wie dieser gewesen, hätte er nie den Drang verspürt, eine unkonventionelle Frau wie Phoebe für sich zu gewinnen, geschweige denn sie zu heiraten.

Daran durfte er gar nicht denken.

Gestern Abend hatte sie ihn in der Bibliothek gefunden, wo er gerade in einem Buch über Indien las. Er erzählte ihr ein paar Dinge über das Kastenwesen und die daraus resultierenden gesellschaftlichen Regeln. Woraufhin sie ihm erklärte, sie sei jetzt eine Maharani und er ihr Lustsklave, und ihm befahl, in ihr Schlafzimmer zu kommen, um dort all ihre Wünsche zu erfüllen. Seitdem freute er sich schon darauf, was sie sich für ihre Hochzeitsnacht ausdenken mochte. Bestimmt fiel ihr etwas Originelles und Unkonventionelles ein. Und wenn nicht, dann hatte er selbst ein paar Ideen.

Aber noch war es nicht Abend und das Fest nicht vorbei.

Während Phoebe sich den anderen jungen Frauen zugesellte, schlenderte Deverell hinüber zu seinen Freunden, die im Schatten einer Mauer saßen.

Christian prostete ihm zu. »Ich habe bemerkt, dass unser lieber Exkommandant wie immer durch Abwesenheit glänzt.«

»Natürlich, was hast du denn gedacht?« Er grinste. »Wir haben die üblichen Zeilen des Bedauerns erhalten.«

»Eines Tages«, prophezeite Charles St. Austell, »wird einer von uns darüber stolpern, wer er wirklich ist. Natürlich nur rein zufällig, versteht sich.«

Tristan runzelte die Stirn. »Wo wir gerade von Dalziel sprechen – es hat mich gewaltig verwirrt, dass sowohl Montague als auch Lowther ihn kannten.«

»Ja und?« Tony Blake, ein weiteres Mitglied des Bastion Club, der mit seiner Frau Alicia zur Hochzeit gekommen war, fand das weniger bemerkenswert. »Dass er unseren Kreisen angehört, wissen wir schließlich. Und da scheint es mir nicht befremdlich, wenn irgendjemand etwas über seine Herkunft weiß.«

Jack Warnefleet stieß einen leisen Seufzer aus. »Die Hälfte der alten Klatschtanten scheint zu wissen, wer er ist ... Sie sagen es uns nur nicht.«

»Genau das ist das Problem«, meinte Tristan. »Sie kennen ihn, doch niemand spricht seinen richtigen Namen aus. Kein Einziger. Alle reden immer bloß von Dalziel. Warum? Aus welchem Grund sollte die gesamte, sonst nicht so feinfühlige Gesellschaft in seinem Fall zusammenhalten? Wollen sie ihn schützen?«

Alle sahen einander ratlos an.

Lediglich eine Erklärung kam infrage, und Gervase Crowhust sprach sie aus. »Wegen eines Skandals. Aus irgendeinem Grund ist es ihm verwehrt, seinen Familiennamen zu benutzen. Oder er selbst will es nicht.«

Deverell wandte sich nachdenklich an Christian. »Er ist älter als wir, nicht wahr?«

»Ich bin mir zwar nicht sicher, aber ja, ich glaube schon. Er dürfte ein, vielleicht zwei Jahre älter sein als ich.«

»Dann wäre es also möglich«, folgerte Charles, »dass es einen scheußlichen Skandal in den Jahren gab, als wir uns noch in Oxford mit anderen Dingen vergnügten.«

Deverell nickte. »Und natürlich kann sich keiner von uns daran erinnern, weil wir nie davon gehört haben. Überhaupt nicht davon wussten.«

Alle verfielen in Schweigen, bis Tony schließlich seufzend meinte: »Das bringt uns nicht weiter. Nur wer über seine wirkliche Identität Bescheid weiß, kennt auch den Grund, warum er seinen Namen nicht benutzt. Und sie haben alle akzeptiert, dass es besser ist, ihn nicht so anzureden. Es kommt einem beinahe so vor, als solle seine wahre Herkunft gelöscht werden.«

Charles verzog das Gesicht und nahm einen Schluck von seinem Brandy. »Das muss aber ein ziemlich großer Skandal gewesen sein.«

»Also bleibt er ein Rätsel, zumindest auf absehbare Zeit.« Gervase drehte sich zu Deverell um und reichte ihm die Hand. »Ich muss los, denn ich werde heute Abend auf Crowhurst erwartet.«

»Warum diese Eile?«, warf Charles ein. »Bist du mit einer bestimmten Person verabredet?«

Gervases Lächeln wirkte etwas verkrampft. »Leider nichts sonderlich Interessantes. Familienangelegenheiten, und ich kann es mir nicht leisten, das schleifen zu lassen.«

Charles, der eigentlich etwas erwidern wollte, schloss wieder den Mund und verabschiedete sich ebenfalls von Gervase.

»Was lag dir auf der Zunge?«, fragte Deverell.

Charles' Blick richtete sich nachdenklich auf den Rücken des Freundes, der soeben unter einem Torbogen verschwand. »Hat einer von euch schon bemerkt, wie häufig er wegen Familienangelegenheiten zurück nach Crowhurst gerufen wird?«

Jack Warnefleet schaute ihn nachdenklich an. »Jetzt, wo

du es erwähnst, ja. Er verbringt kaum Zeit in der Stadt, obwohl er das eigentlich beabsichtigt hatte.«

Christian räusperte sich. »Laut Gasthorpe handelt es sich tatsächlich um Familienangelegenheiten. Jedes Mal, wenn Gervase nach London kommt, ist es offensichtlich nur eine Frage von Tagen, bis eine Nachricht eintrifft, er solle zurückkehren.«

Alle sahen dem Freund hinterher, bis er endgültig aus ihrem Blickfeld entschwand.

»Ich frage mich«, meinte Deverell, »was da auf Crowhurst vor sich geht.«